DALE BROWN
Nachtflug zur Hölle

Buch

Fünf Jahre sind vergangen, seit First Lieutenant Frank Luger auf einer Mission ins ehemalige Territorium der Sowjetunion von der Crew seiner B-52 zurückgelassen werden mußte. Alle hielten ihn für tot: aber er lebte. Und ein ehrgeiziger KGB-Offizier unterzog ihn einer Gehirnwäsche, um sein Wissen für die Entwicklung des unsichtbaren Bombers *Tuman* auszunutzen. Als der Zerfall des Sowjetreichs sein geheimes Projekt in Litauen in Gefahr bringt, setzt der KGB-Offizier alles auf eine Karte: Mit Hilfe eines skrupellosen Generals plant er die Annexion Litauens durch Weißrußland. Zur gleichen Zeit erfährt in den USA Luftwaffengeneral Brad Elliott, daß Frank Luger in Litauen gefangengehalten wird. Unterstützt von einer Spezialeinheit der U. S. Marines, soll die alte Crew Luger befreien – und wird in den Wirren der Übernahme in der litauischen Festung eingeschlossen. Eine hochbrisante Situation, die binnen kurzem zu einem Weltkrieg eskalieren könnte. Und während der amerikanische Präsident noch mit seinen Experten berät, plant die Crew, auf eigene Faust loszuschlagen.

Autor

Dale Brown wurde 1956 in Buffalo, New York, geboren und nahm bereits Flugstunden, bevor er seinen Führerschein machte. Er studierte an der Penn State University und schlug dann eine Laufbahn in der US Air Force ein. Seit 1986 widmet er sich in erster Linie dem Schreiben. Dale Brown lebt in Kalifornien.

Bereits erschienen:

Höllenfracht (9636), Die Silberne Festung (9928), Antares (41060), Flug in die Nacht (41163), Der Tag des Falken (44113), Stählerne Schatten (43988)

DALE BROWN
Nachtflug zur Hölle
Roman

Ins Deutsche übertragen
von Wulf Bergner

BLANVALET

Die Originalausgabe erschien unter dem Titel
»Night of the Hawk«
bei Donald I. Fine, Inc./Putnam, New York.

Umwelthinweis:
Alle bedruckten Materialien dieses Taschenbuches
sind chlorfrei und umweltschonend.
Das Papier enthält Recycling-Anteile.

Blanvalet Taschenbücher erscheinen im Goldmann Verlag,
einem Unternehmen der Verlagsgruppe Bertelsmann.

Deutsche Taschenbuchausgabe 8/2000
Copyright © der Originalausgabe 1992 by Dale Brown
Copyright © der deutschsprachigen Ausgabe 1996
by Wilhelm Goldmann Verlag, München,
in der Verlagsgruppe Bertelsmann GmbH
Umschlaggestaltung: Design Team München
Umschlagfoto: Superstock
Druck: Elsnerdruck, Berlin
Verlagsnummer: 35293
Redaktion: Ulrich Hoffman
VB · Herstellung: Heidrun Nawrot
Printed in Germany
ISBN 3-442-35293-2
www.blanvalet-verlag.de

1 3 5 7 9 10 8 6 4 2

Einen der bewegendsten Augenblicke meines Lebens habe ich im Mai 1991 in der litauischen Hauptstadt Wilna erlebt – nur vier Monate nach ihrer Besetzung durch sowjetische Truppen, die dreizehn Zivilisten auf den Straßen massakriert hatten. Ich sah Hunderte von Litauern, die im Angesicht der sowjetischen Panzer, die den staatlichen Fernsehsender abriegelten, ihre (damals noch verbotene) Staatsflagge schwenkten, Plakate anklebten, Gedenksäulen errichteten, Sprechchöre anstimmten und trotzig Freiheitslieder sangen. Ich wußte nicht, wie lange es dauern würde, bis Litauen und die übrigen baltischen Staaten wieder frei waren, aber ich wußte, daß sie die Freiheit verdienten. Sie wollten frei sein, und sie waren bereit, dafür zu kämpfen.

Nachtflug zur Hölle ist allen friedliebenden Menschen dieser Welt und vor allem unseren Freunden in den jetzt unabhängigen Republiken der früheren Sowjetunion gewidmet. Möge der Weg der gesamten Welt zu Freiheit und Demokratie friedlich verlaufen!

Ebenfalls gewidmet ist dieses Buch dem Gedenken an meine Tante Mary Kaminski und meinen Onkel Richard Brown. Sie haben mir einige sehr schöne Erinnerungen und die wunderbarste Verwandtschaft hinterlassen, die jemand wie ich haben könnte.

Freiheit, die unterdrückt und wiedergewonnen wurde, hat schärfere Zähne als nie gefährdete Freiheit.

CICERO

Prolog

Jägerstützpunkt Anadyr, Verteidigungsbezirk Fernost
Russische Sozialistische Sowjet-Republik
Dezember 1988

Daß der Flug der *Old Dog* so enden würde, war nicht geplant, dachte Oberleutnant David Luger von der U.S. Air Force grimmig.

Ganz bestimmt nicht.

Und trotzdem befanden sie sich jetzt in der äußersten Nordostecke der Sowjetunion und hatten auf diesem abgelegenen, verschneiten, bitterkalten feindlichen Jägerflugplatz notlanden müssen, um sich Treibstoff zu stehlen, weil die Tanks ihrer B-52 (I) Megafortress praktisch leer waren. Sie hatten den Flugplatzverwalter mit Waffengewalt gezwungen, ihnen einen seiner Tanklastwagen zu überlassen, und ihre Maschine daraus betankt. Aber der Verwalter hatte flüchten können und offenbar die hiesige Miliz alarmiert. Luger schüttelte den Kopf. Bei ihrem Unternehmen – einem der am strengsten geheimgehaltenen Einsätze der amerikanischen Militärgeschichte – waren sie erfolgreich in ein sowjetisches Sperrgebiet vorgestoßen, hatten ganze Schwärme feindlicher Fla-Raketen abgewehrt, waren im Kampf gegen MiG-Abfangjäger siegreich geblieben und hatten mit einer Striker-Gleitbombe das modernste Waffensystem vernichtet, das die UdSSR jemals entwickelt hatte.

Bisher war ihr Unternehmen ein Erfolg gewesen, aber jetzt würde die gottverdammte Rote Armee sie gefangennehmen. Davon war Luger überzeugt. Selbst in diesem abgelegenen Winkel der Sowjetunion würde die Rote Armee das Vaterland verteidigen – um jeden Preis.

Der große, schlaksige 26jährige Navigator aus Texas war an seinem Arbeitsplatz auf dem eiskalten Unterdeck der Megafortress allein – an Bord eines Testflugzeugs einer umgebauten B-52, die zu diesem ungewöhnlichen und gefährlichen Einsatz zwangsverpflichtet worden war. Er spürte, wie ein unbeherrschbarer Schauer aus Angst, Frustration und reinem Zorn seinen Körper durchlief. Jetzt schien tatsächlich alles aus zu sein.

Vielleicht wäre es besser gewesen, sich einfach zu ergeben, denn kämpfen konnten sie ohnehin nicht. Der gestohlene Treibstoff, den sie in ihre Tanks gepumpt hatten, war verunreinigter Kraftstoff, kein Turbinenbrennstoff JP-4. Eines ihrer Triebwerke war zerschossen, und ein weiteres verlor so viel Öl, daß es praktisch wertlos war. Der Rumpf der *Old Dog* war voller Löcher, und ihr Höhenleitwerk mitsamt Stabilisator war beschädigt. Die Fahrwerksräder waren in knietiefem Schnee festgefroren, und ob die B-52 mit nur sechs Triebwerken überhaupt rollen oder gar von der kurzen, mit Schnee bedeckten Startbahn abheben konnte, war sehr zweifelhaft. Der Pilot, Generalmajor Bradley Elliott, war von den übrigen Besatzungsmitgliedern bewußtlos und fast erfroren nach oben geschleppt worden.

Und jetzt wurden sie von russischer Miliz umzingelt.

Luger war dabei gewesen, sich auf dem Unterdeck auf seinem Schleudersitz festzuschnallen. Aber er hatte damit aufgehört, als ihm klargeworden war, wie unsinnig die Vorstellung war, die Megafortress könnte demnächst starten. Da es keinen Zweck hatte, sich anzuschnallen, wenn das Flugzeug nicht in die Luft steigen würde, hatte er die Gurte wieder aus der Hand gelegt.

Im Fußboden der unteren Besatzungsstation gähnte ein großes Loch, durch das er Fußabdrücke im Schnee unter sich erkennen konnte. Erst vor wenigen Stunden hatte sich sein rechtes Bein unmittelbar hinter diesem gezackten Loch befunden. Zum ersten Mal seit ihrer Landung auf dem sowjetischen Stützpunkt untersuchte Luger sein verwundetes Bein und spürte, wie sich seine Magennerven dabei verkrampften. Selbst unter dem dicken Notverband war zu spüren, daß die Kniescheibe zersplittert und der rechte Fuß unnatürlich verdreht war. Der eisige Fahrtwind und danach die stundenlange Arbeit bei Minustemperaturen im Freien hatten das Bein steiffrieren lassen. Wahrscheinlich würde er es verlieren – oder bestenfalls lebenslänglich humpeln. Das Navigationssystem der Megafortress war zum größten Teil beschädigt, und ihre Waffen waren vermutlich ausgefallen. Warum machten sie sich also noch etwas vor?

Nachdem Lugers Partner, Hauptmann Patrick McLanahan, General Elliott und den beiden weiblichen Besatzungsmitgliedern die Leiter hinaufgeholfen hatte, war er dabei gewesen, sich auf seinem Platz neben Luger anzuschnallen, als der Copilot, Oberstleutnant John Ormack, McLanahan nach oben gerufen hatte. Ormack hatte ein Triebwerk weiterlaufen lassen, während sie die Megafortress betankt hatten, und vor wenigen Minuten war es ihm erstaunlicherweise gelungen, das Triebwerk fünf anzulassen. Zwar rief der verunreinigte Treibstoff bei der Zündung gewaltige Explosionen hervor, aber das Triebwerk lief trotzdem weiter. Im Augenblick wurden weitere Triebwerke gestartet.

Luger konnte sich denken, daß McLanahan als Copilot einsprang, nachdem Elliott ausgefallen war. Er setzte den Kopfhörer auf, um das schrille Heulen der Triebwerke auszusperren. Nun konnte er Ormack und McLanahan über den Bordfunk hören.

»Wenn wir hier eine Schießerei anfangen...«, sagte Ormack gerade.

»Vielleicht bleibt uns nichts anderes übrig«, antwortete McLanahan.

Wir kämpfen uns frei! dachte Luger. Aber womit? Die halbe Besatzung war verwundet, ihr Flugzeug war an vielen Stellen durchlöchert, sie waren von sowjetischer Miliz umzingelt...

»Er will, daß wir die Triebwerke abstellen«, hörte Luger Ormack über die Bordsprechanlage sagen. »Patrick, unsere Zeit wird knapp...«

Dann ertönten von beiden Tragflächen her mehrere laute Detonationen, und die *Old Dog* begann rumpelnd zu zittern, als habe sie einen heftigen Hustenanfall. An seinem Platz auf dem Unterdeck der Megafortress kam sich Luger – allein, verwundet und halb erfroren – wertlos vor, wertlos für die Besatzung, die ihn am meisten brauchte. Aber das Anlassen der Triebwerke ging weiter, und Luger wurde klar, daß Ormack und McLanahan nicht aufgeben wollten. Sie würden die Megafortress in die Luft bringen – oder bei dem Versuch, das zu schaffen, den Tod finden. Er lächelte. Der gute alte McLanahan. Ein zäher Bursche, der sich auch von den Russen nicht einschüchtern ließ. Wenn man kämpfen wollte, war das die richtige Methode. So hatten sie's gelernt. Niemals aufgeben!

Auf dem Unterdeck flammten Lichter auf, als die Generatoren zugeschaltet wurden. Das Navigationssystem schien wider Erwarten in Ordnung zu sein. Das GPS (Global Positioning System) funktionierte, TDC (Geländedatencomputer) und COLA (Computer zur Errechnung der Mindesthöhe) waren betriebsbereit, auch die Anzeigen der Luft-Luft-Lenkwaffen AIM-120 Scorpion leuchteten grün. Wenn schon nicht aus Optimismus, dann aus alter Gewohnheit schaltete Luger seinen TDC von LOCK auf READ um und sah wenig später die Anzeige TERRAIN DATA LOCK OK auf seinem Bildschirm. Doch als die Generatoren Sekunden später wieder ausfielen, gab er es auf, das Navigationssystem in Betrieb nehmen zu wollen.

Die Triebwerke heulten jetzt lauter als zuvor – fast schon mit Startleistung. Die Megafortress bewegte sich noch immer nicht. Aber Ormack und McLanahan gingen nach Checkliste vor und ließen weitere Triebwerke an, deren Generatoren das Bordnetz mit Strom versorgten...

Plötzlich zerriß das unverkennbare Hämmern eines schweren MGs die eisige Luft.

Sie schießen auf uns... diese Scheißkerle! fluchte Luger vor sich hin.

Oben machte McLanahan mit dem Anlassen der Triebwerke weiter. »Können mich alle hören?« fragte Ormack über die Bordsprechanlage. »Meldung stationsweise.«

Dann wurden die Triebwerke in Leerlaufstellung gebracht. »Besatzung, ungefähr hundert Meter von unserem linken Flügel entfernt steht ein russischer Schützenpanzerwagen«, berichtete der Oberstleutnant. »Die Russen haben ein Maschinengewehr. Sie haben uns befohlen, die Triebwerke abzustellen...«

Auf seinem Platz auf dem Unterdeck kochte Luger vor Wut. *Unsere Triebwerke abstellen? Kommt überhaupt nicht in Frage!*

Luger stemmte sich aus seinem Schleudersitz hoch, humpelte nach hinten und zog sein verwundetes rechtes Bein wie einen nassen Sandsack hinter sich her. Als er an der durch einen kreisrunden Ausschnitt nach oben führenden Leiter vorbeikam, hob er den Kopf und sah die ECM-Offizierin Wendy Tork auf dem Oberdeck neben General Elliott knien. Sie hatte ihre Fliegerjacke ausgezogen und über Elliott gelegt, um ihn damit zu wärmen. In ihrem Blick lag eine stumme Frage. Luger starrte sie ausdruckslos an, schlüpfte dann aus seiner Fliegerjacke, reichte sie Wendy hinauf und reckte dabei den linken Daumen hoch. Erstaunt riß sie die Augen auf.

»Danke, Dave«, sagte Wendy Tork, aber diese Worte gingen im Heulen der sechs arbeitenden Strahltriebwerke unter. Der Navigator lächelte trotzdem und verschwand jenseits des Lukenrandes. Sie sah sein gräßlich verwundetes Bein und fragte sich, wohin Dave unterwegs sein mochte. Um ein beschädigtes Relais auszuwechseln? Um das hintere Druckschott zu kontrollieren? Um die Verriegelung der Einstiegsluke zu überprüfen?

Dann wurde ihr klar, daß er Elliott seine Jacke nicht nur gegeben hatte, um ihn vor dem Erfrieren zu bewahren; Luger wollte die Maschine verlassen.

Und sie unternahm nichts, um ihn daran zu hindern.

Luger streckte sich auf der linken Seite liegend an Deck aus, schob die Schutzkappe beiseite und betätigte den Hebel, der die Einstiegsluke entriegelte. Die Luke klappte nach unten auf. Er schwang seine Beine in die Öffnung hinein, blieb kurz auf dem Lukenrand sitzen, sah nach vorn zu den Arbeitsplätzen der beiden Navigatoren und wartete, bis er wieder zu Atem gekommen war.

Die Russen wollen also, daß wir die Triebwerke abstellen? Kommt nicht in Frage! Wenn Ormack und McLanahan weiterkämpfen, mußt du auch deinen Teil beitragen. Verwundet an Bein und Auge angeschnallt dazusitzen und zu erfrieren, nutzt den anderen nichts. Aber vielleicht kannst du ihnen noch irgendwie helfen...

Luger sah eine breite Blutspur, die sich vom Einstieg aus übers Unterdeck zog, und wußte, daß Ströme von Blut aus diesem schwarzen Ungetüm fließen würden, wenn er nicht schnellstens etwas unternahm.

Besatzungen sprachen untereinander selten über die Angst, aber er wußte, daß die anderen ebensoviel Angst haben mußten wie er. Doch das war kein Grund, feige zurückzuweichen; Angst machte einem im Gegenteil erst recht Mut. Während Luger von unten eiskalte Windstöße spürte und das ohrenbetäubende Donnern der Triebwerke hörte, griff er unter seine Fliegerkombi und zog den Revolver Kaliber .38 heraus, mit dem er für Notlandungen bewaffnet war. Er zählte die Patronen: fünf in der Trommel, auf deren leerer Kammer der Hammer ruhte. Obwohl seine Waffe nur klein war, nahm sie ihm den letzten Rest Angst. Er ließ sich langsam vom Lukenrand gleiten, kam im festgetrampelten Schnee auf und schloß die Einstiegsluke über sich.

Im Cockpit flammte die Warnleuchte LUKE NICHT GESCHLOSSEN UND VERRIEGELT auf – und erlosch wieder, bevor Ormack und McLanahan darauf reagieren konnten.

»Was war *das*?« fragte Ormack.

»Keine Ahnung... Dave, hast du die Luke geöffnet?« Als niemand antwortete, verlangte McLanahan nachdrücklich: »Luger! Meldung!«

Keine Antwort.

Der Navigator war noch nie bei geschlossener Luke und laufenden Triebwerken außerhalb einer B-52 gewesen. Es war ein unheimliches, fast überwältigendes Gefühl.

Luger rief sich sekundenlang die Gesichter derer, die er in der Maschine zurückgelassen hatte, ins Gedächtnis. Nach einem Blick auf das bedrohlich wirkende gepanzerte Halbkettenfahrzeug, das schräg links vor dem Bomber zwischen zwei Hangars aufgefahren war, wußte er, was er zu tun hatte.

Das Röhren der Triebwerke war ohrenbetäubend und schmerzhaft laut. Er blieb unter dem linken Flügel, achtete sorgfältig darauf, weder vor noch hinter eines der laufenden Triebwerke zu geraten, und bewegte sich mit dem schußbereiten Revolver in der Hand von der Megafortress weg auf den Schützenpanzerwagen zu.

Luger war nur noch wenige Meter von der zerschossenen Flügelspitze der B-52 entfernt, als er versehentlich sein rechtes Bein belastete. Es gab sofort nach, und er rutschte auf dem großen schwarzen Ölfleck aus, den das beschädigte Triebwerk zwei im Schnee hinterlassen hatte. Der durch den Sturz ausgelöste Schock schien ihm neue Kräfte zu verleihen: Er näherte sich halb stolpernd, halb kriechend dem noch immer knapp neben der linken Flügelspitze geparkten Tankwagen.

Dann hörte er das *Pop-pop-pop!* mehrerer Schüsse, die aus der Megafortress zu kommen schienen, drehte sich um und sah Ormack mit einer großkalibrigen Pistole – anscheinend General Elliotts großer .45er – aus dem Cockpitfenster schießen. Worauf der Oberstleutnant schoß, konnte Luger nicht erkennen, aber er vermutete, daß Ormack auf das Halbkettenfahrzeug zielte. Dessen schweres MG konnte das Cockpit der B-52 mit einem einzigen langen Feuerstoß in Stücke fetzen...

Luger erreichte den Tankwagen, kroch um die Motorhaube herum zur Fahrertür und wollte gerade einsteigen, als er den MG-Schützen des Halbkettenfahrzeugs auf die Megafortress zielen sah.

Er ließ sich nach vorn auf die Motorhaube fallen, zielte eilig und schoß mit seinem Revolver auf den MG-Schützen. Auch wenn die Schüsse schwächlich klangen, spürte er nach jedem Abdrücken eine Druckwelle im Gesicht und an den Augen. Er hielt die Waffe so ruhig, wie es seine vor Kälte starren Hände zuließen. Er wußte nicht, ob er richtig gezielt oder auch nur die Augen geöffnet hatte, doch zu seiner Verblüffung sah er, wie sich der MG-Schütze an die Brust griff und zusammensackte.

»Luger! Komm zurück!« Ormacks Stimme übertönte sogar den Triebwerkslärm.

Luger ließ den leergeschossenen Revolver fallen, humpelte erneut um die Motorhaube des Tankwagens herum und machte sich auf den Rückweg zur *Old Dog*. Er war erst drei Schritte weit gekommen, als ein weiterer Soldat hinter dem Halbkettenfahrzeug auftauchte, sein Sturmgewehr mit einem langen gekrümmten Magazin hochriß und abdrückte. Lugers linkes Bein wurde nach rechts geschleudert und gab unter ihm nach. Luger fiel laut schreiend mit einem Oberschenkeldurchschuß auf die linke Seite. Er kreischte nochmals, als jetzt auf allen Seiten Schüsse fielen, und schrie weiter – nach Patrick, nach seiner Mutter, nach Hilfe von Gott –, während er in die verhältnismäßig sichere Deckung hinter dem Tankwagen zurückrobbte.

Ormack konnte nur auf den Russen mit dem Sturmgewehr schießen, um ihn zum Rückzug hinter den Panzerwagen zu zwingen, doch dabei entging ihm, daß jetzt ein neuer Schütze das MG des Halbkettenfahrzeugs bemannte.

Der Soldat zielte auf die *Old Dog* und jagte einen langen Feuerstoß hinaus.

Die 12,7-mm-Geschosse des MGs durchsiebten die linke Seite der *Old Dog*...

Luger schaffte es irgendwie, sich ins Fahrerhaus des Tankwagens hochzuziehen. Dort lag er auf der eiskalten Sitzbank und starrte durchs Seitenfenster auf die Schreckensszene hinaus.

Die linken Cockpitfenster waren zersplittert, und kleine schwarze Wölkchen aus Glasfaserstahl zeigten, wo die MG-Garben den Flugzeugbug und die linke Seite des Besatzungsraums getroffen hatten. Aus dem Triebwerk vier, das dem Cockpit am nächsten war, quoll eine gewaltige schwarze Rauchwolke, und die Megafortress bebte und zitterte so stark, daß ihre großen Flügel mitschwangen.

Der Kerl gibt unserer Old Dog *den Rest,* dachte Luger. Ormack konnte diesen Beschuß unmöglich überlebt haben... Großer Gott, das ganze Cockpit war zerschossen. »Aufhören, du Schwein!« schrie Luger dem russischen MG-Schützen zu. »Du bringst sie um!«

Der Motor des Tankwagens heulte auf, als Lugers zerschmettertes rechtes Bein zufällig das Gaspedal berührte. McLanahan oder Angelina Pereira, die für die Abwehrbewaffnung der *Old Dog* zuständige Offizierin, mußten den Wagen nach dem Betanken laufen gelassen haben. Luger fand die Handbremse, löste sie und griff mit beiden Händen nach unten, um sein blutiges linkes Bein auf die Kupplung zu stellen. Dann legte er den ersten Gang ein, ließ die Kupplung langsam kommen, trat mit aller Kraft aufs Gaspedal, ließ sein fast erfrorenes rechtes Bein darauf stehen und lenkte den Tankwagen auf das Halbkettenfahrzeug zu.

Der Tankwagen rumpelte auf uralten Federn quietschend und knarrend los. Er war kaum mehr zehn Meter von dem Halbkettenfahrzeug entfernt, als der MG-Schütze ihn kommen sah, einen raschen Zielwechsel vornahm und sofort wieder das Feuer eröffnete. Luger, vor Schmerzen und Schock halb ohnmächtig, schrie wie ein in eine Falle geratenes Tier auf und ließ sich aus der offenen Fahrertür fallen...

...während im selben Augenblick ein Feuerstoß die Windschutzscheibe zersplittern ließ und das Fahrerhaus durchsiebte.

Luger lag mit dem Gesicht nach unten bewußtlos im knietiefen Schnee, als der weiterrollende Tankwagen gegen das Halbkettenfahrzeug prallte. Eine weitere MG-Garbe hatte den Tank aufgerissen und die Treibstoffreste in Brand gesetzt, so daß die beiden Fahrzeuge augenblicklich explodierten. Diese Doppeldetonation schleuderte Luger wie eine Stoffpuppe ungefähr fünfzehn Meter weit davon, aber zum Glück bekam der junge Navigator davon nichts mehr mit.

9. Februar 1989, 05.31 Uhr Moskauer Zeit

Die MG-Garben des Schützenpanzerwagens hatten weiterhin die linke Seite der Megafortress durchsiebt, schließlich die Vorderkante des linken Flügels erreicht und eine gewaltige Detonation ausgelöst, als die rotglühenden Geschosse die Flächentanks aufrissen. Luger war es nicht gelungen, das Halbkettenfahrzeug außer Gefecht zu setzen – er hatte es verfehlt, der Tankwagen war vorzeitig explodiert, was er nicht wußte –, so daß die Megafortress unrettbar verloren war. Ihr linker Flügel stand in Flammen; dann explodierte der linke Mitteltank und riß den ganzen Flügel ab. Wendy und Angelina retteten sich aus der Einstiegsluke ins Freie, während die Old Dog *auf den rechten Flügel kippte, der sofort zerdrückt wurde, wobei die restlichen Treibstofftanks hochgingen. Dadurch entstand ein Feuerball von mindestens einem Kilometer Durchmesser, der die beiden Zivilistinnen verschlang und die riesige B-52 hinter einer Wand aus Rauch und Flammen verschwinden ließ.*

»Patrick!« brüllte Luger entsetzt. »Patrick! Aussteigen! Sofort aussteigen! Patrick! Patrick...!«

Lugers Muskeln verkrampften sich. Sie zuckten unkontrollierbar, aber aus irgendeinem Grund wollte kein einziger funktionieren – er konnte jeden nur ein bis zwei Zentimeter weit bewegen, bevor sie in krampfartige Zuckungen verfielen. Während Luger nach Atem ringend um seine Körperbeherrschung kämpfte, bemühte er sich, die in Wellen aufsteigende Angst zu ignorieren.

Irgendwas stimmte hier nicht...

Als die Muskelkrämpfe allmählich nachließen, konnte Luger wieder gleichmäßig atmen. Er kam sich vor wie nach einem Marathonlauf – völlig erschöpft und ausgelaugt. Seine Fingerspitzen fühlten sich weich und geschwollen an, und schon die geringste Anstrengung wie das Heben seines rechten Zeigefingers löste neue Muskelkrämpfe aus. Also beschloß er, stillzuliegen und sich erst einmal zu orientieren – wenigstens funktionierten seine Augen noch.

Er lag in einem schwach beleuchteten Raum. Über sich nahm er Deckenlampen wahr, und aus dem Augenwinkel heraus erkannte er Krankenhausbetten. Folglich lag er auf einer Krankenstation. Außerdem sah er angegraute Wandschirme, die die Betten voneinander abtrennten, und mehrere Ständer für Tropfgläser – glücklicherweise nicht neben seinem Bett. Mit bewußter Anstrengung konnte er die seitlichen Sicherheitsgitter seines Betts und – Gott sei Dank! – sogar seine Füße unter dem weißen Leinen erkennen. Was auch passiert sein mochte: Seine zerschossenen Beine waren gerettet worden.

Und dann merkte Luger, daß diese Anblicke von Schmerzenslauten begleitet wurden. Von den Stimmen *vieler* Männer, die Schmerzen litten. Er sah eine Tür in der rechten Seitenwand des Krankensaals und rechnete wegen der vielen lauten Schmerzensschreie damit, daß ein Arzt, eine Schwester oder wenigstens ein Krankenpfleger hereinkommen würde – aber niemand betrat den Raum. Luger wartete einige Minuten lang, aber die Schreie der Männer blieben unbeachtet. Er sah Schatten an der Tür vorbeihuschen, aber niemand kam herein.

In was für einem Krankenhaus lag er hier? Falls dies ein russisches Lazarett war, hatte Luger Verständnis dafür, daß er als Kriegsgefangener nicht sonderlich gut behandelt wurde – aber diese anderen Männer waren keine Ausländer. Einige von ihnen jammerten auf russisch. Gab sich hier niemand Mühe, wenigstens die eigenen Leute gut zu versorgen?

Luger tastete mit zitternden Hand nach dem Sicherheitsgitter seines Betts. Das ausgeleierte Gitter ließ sich leicht in seiner Führung bewegen. Als er noch kräftiger daran rüttelte, stürzte es scheppernd nach unten. Dieses plötzliche Geräusch ließ die Schmerzenslaute anschwellen, als spürten die Männer die Anwesenheit einer Krankenschwester und wollten auf keinen Fall übersehen werden. Luger wartete noch ein paar Minuten ab, ob jemand kommen würde, und stellte dann überrascht fest, daß er zwischendurch gedöst hatte – wie lange, konnte er nicht beurteilen.

Aber die kurze Ruhepause erwies sich als nützlich. Wenigstens besaß er jetzt genug Kraft und Körperbeherrschung, um seine Beine über die Bettkante schieben zu können. Als erst das rechte und dann das linke Bein unter der Decke hervorkam, war er überglücklich, daß seine Verwundungen nur wenige Spuren hinterlassen hatten. Gewiß, er sah außerhalb der Verbände tiefe Narben und unbehaarte Stellen, wo Hautübertragungen notwendig gewesen waren, aber er spürte bei diesen Bewegungen kaum Schmerzen. Die Beine waren sehr abgemagert, aber durchaus funktionsfähig. Er befahl seinen Zehen, sie sollten wackeln, und wurde nach merklicher Pause mit einer schwachen Bewegung belohnt. Er war offenbar ausgezehrt, aber sein Körper schien einigermaßen ganz und funktionsfähig zu sein. Dafür mußte er Gott danken.

Luger ließ seine Beine mit neuem Elan über die rechte Bettkante gleiten und stellte die Füße vorsichtig auf den Boden. Das Linoleum war rauh und kalt, aber immerhin konnte er es fühlen. Durch diese Bewegung drehte sein Oberkörper sich etwas nach rechts, und er gab dem Schwung nach, so daß er zuletzt im Bett auf dem Bauch lag, während seine Knie fast den Fußboden berührten. Luger zog die Füße etwas an, holte tief Luft, biß die Zähne zusammen und versuchte, sein Körpergewicht auf die Füße zu verlagern. Seine Beine fingen sofort zu zittern an, aber mit geradezu übermenschlicher Anstrengung gelang es ihm, sich stehend aufzurichten.

Geschafft!

Luger stellte fest, daß er ein Plastiknamensband für Krankenhauspatienten am Handgelenk hatte, aber das Licht im Saal war so schwach, daß er den Namen nicht entziffern konnte. Er trug nur einen ärmellosen, hinten offenen Leinenkittel ohne die Bänder, mit denen er sich hätte schließen lassen müssen. Aber das spielte keine Rolle, denn er wollte ohnehin ins Bett zurück, sobald er sich ein bißchen umgesehen und jemanden vom Pflegepersonal alarmiert hatte. Luger dachte kurz an Flucht, aber hier im Krankensaal war es wirklich kalt, und er konnte sich keine echte Chance ausrechnen. Selbst wenn es ihm gelungen wäre, aus dem Krankenhaus zu entkommen, wäre er vermutlich noch immer im Osten Sibiriens gewesen. Wohin wollte er von dort aus? Alaska? Klar. Sobald er wieder übermenschliche Kräfte besaß.

Er dachte einen Augenblick an die *Old Dog* zurück. Hatten seine Kameraden es geschafft, aus Sibirien rauszukommen? Oder hatte die *Old Dog* gar nicht mehr starten können? Und wo waren dann McLanahan? Ormack? Wendy und die anderen? Waren sie ebenfalls hier? Oder hatten die Russen sich ihrer bereits »angenommen«? Luger verdrängte diesen Gedanken. Falls es dazu gekommen war, konnte er sich ausmalen, was... Vor seinem inneren Auge standen wieder schemenhafte Bilder, undeutliche Erinnerungen an jene letzten Sekunden.

Nein, sagte sich Luger, sie *müssen* es geschafft haben.

Bloß du hast's nicht geschafft.

Diese Erkenntnis deprimierte ihn, während er sich nochmals umsah. Leider hing am Fußende seines Betts kein Krankenblatt, das ihm Informationen über seinen Zustand hätte liefern können. Aber das bedeutete keineswegs, daß er sich diese Informationen nicht selbst beschaffen konnte. Irgendwo außerhalb des Saals hörte er Stimmen. Er wollte nicht erwischt werden, während er auf der Station unterwegs war, aber er mußte diesen Raum erkunden, um seine Flucht planen zu können, während er sich weiter erholte. Schließlich würde er viel Kraft für die Verhöre brauchen, die ihm zweifellos bevorstanden. Luger zählte die übrigen Betten, entdeckte eine weitere Tür und sah Spinde und Waschbecken, eine Toilette und einen Medizinschrank. Ausgezeichnet. Daraus konnte er immer wieder etwas stehlen und unter seiner Matratze verstecken – man wußte nie, was sich später einmal als Waffe, Hilfsmittel für die Flucht oder Signalmittel verwenden ließ.

Er bewegte sich unter Schmerzen und bei jedem Schritt unsicher schwankend auf den Medizinschrank zu und rüttelte an dem ersten Knopf aus rostfreiem Edelstahl. Aber die Tür war abgeschlossen. Die zweite ließ sich jedoch öffnen. *Schön, sehen wir uns mal an, was wir hier...*

»*Ay!*« rief eine Männerstimme aus dem Bett rechts neben ihm laut. »*Stoy! Stoytyee yeevo!*«

Diese Stimme erschreckte Luger so sehr, daß er rückwärts stolpernd vom nächsten Bett abprallte und nach vorn fiel. Er ging zu Boden, schlug sich auf dem kalten Linoleum das Kinn auf und hatte nur noch Sterne vor den Augen.

Der Mann kreischte weiter. »*Ay! Vvahchyah! Ay! Rahzahveetyee bistrah kahvonyeebood nah pomahshch!*«

»Ach, halt die Klappe!« forderte Luger, der pochende Kopfschmerzen hatte. Seine Stimme war rauh und heiser, kaum hörbar. Der aufgeschreckte Russe starrte Luger entsetzt an, murmelte etwas und brüllte weiter – mehr ängstlich als warnend. Luger, der eine blutende Platzwunde am Kinn hatte, wurde plötzlich geblendet, als helle Deckenlampen aufflammten. Das Licht machte ihn schwindlig... schwach...

Dann wurde er von vier starken Händen aufgehoben und in sein Bett zurückgeschleppt. Er konnte nicht sehen, wer ihn trug, aber er konnte ihre Stimmen hören, die aber nicht wütend, sondern überrascht klangen. Die Hände hoben ihn mühelos in sein Bett und hielten ihn dort an Armen und Beinen fest, weil die Männer nicht erkannten, daß Luger außerstande gewesen wäre, sich zu wehren. Wenige Minuten später fühlte er den unvermeidlichen Nadelstich im Oberarm. Auch die Spritze war an sich überflüssig, denn Luger war nach der ungewohnten Anstrengung völlig erledigt.

Sekunden später war er wieder bewußtlos.

»Willkommen im Land der Lebenden, Oberleutnant Luger.«

David Luger öffnete seine Augen. Er sah nur verschwommen, konnte aber keine seiner Hände bewegen, um sich die Augen zu reiben. Nach einem auf russisch erteilten Befehl fuhr ihm jemand mit einem kalten Waschlappen über die Augen, so daß Luger wieder klar sehen konnte.

Er erkannte zwei Ärzte, zwei Krankenschwestern und einen Mann in Zivil – keine Uniformen an seinem Bett. Eine Schwester zählte seinen Puls und maß seinen Blutdruck, während ihre Kollegin die Werte in ein Krankenblatt eintrug. Sobald sie damit fertig waren, verließen sie mit den Ärzten den Raum und schlossen die Tür hinter sich.

»Hören Sie mich, Oberleutnant Luger?« fragte der Zivilist. Luger sah, daß er einen fast knöchellangen Mantel aus feinstem schwarzem Leder trug. Sein blütenweißer Hemdkragen war leicht gestärkt, und seine dezente Krawatte wurde unterhalb des Windsorknotens von einer goldenen Klammer gehalten. Dann konzentrierte sich Luger wieder auf die Augen des anderen: leuchtendblaue Augen mit Fältchen in den Augenwinkeln. Aber das Gesicht war wie aus Stein gemeißelt, das Kinn energisch, der Hals sehnig – ein »Läuferhals«, wie die Vorgesetzten daheim auf dem Stützpunkt gesagt hätten. Kein Bürohengst . . .

»Wie fühlen Sie sich, Oberleutnant?« Der Unbekannte sprach knapp und präzise, fast ohne Akzent. »Können Sie mich hören, Oberleutnant?«

Luger beschloß, nicht zu antworten. Er würde *nichts* sagen. Punktum. Was er in der U.S. Air Force Survival School – im »Kriegsgefangenenlager« auf der Fairchild Air Force Base in Washington – über Widerstand bei Vernehmungen gelernt hatte, war zum größten Teil längst vergessen, aber eine Lektion hatte sich ihm eingeprägt: Klappe halten! Kein noch so cleverer Befrager würde *ihm* irgendwelche Geheimnisse entlocken.

»Antworten Sie bitte, Oberleutnant«, forderte der Zivilist ihn auf. »Nach Auskunft der Ärzte sind Sie so weit wiederhergestellt, daß Sie sprechen können – aber nur Sie können uns sagen, ob Ihre Bedürfnisse befriedigt werden. Sind Sie gesund genug, um mit mir zu sprechen?«

Keine Antwort.

Der Mann wirkte besorgt, aber nicht verärgert. »Nun gut, ich merke Ihnen an, daß Sie mich verstehen, aber es vorziehen, mir nicht zu antworten. Also werde ich als einziger reden. Sie befinden sich in Sibirien an einem Ort, den ich Ihnen nicht sagen darf, in einem Lazarett. Sie sind seit vielen Monaten hier. Wir haben Sie gepflegt, wie wir einen sowjetischen Flieger gepflegt hätten – nur mit dem Unterschied, daß niemand weiß, daß Sie hier sind.

Ich habe Ihnen auf Befehl des Stabschefs der Streitkräfte der Union der Sozialistischen Sowjet-Republiken mitzuteilen, daß Sie ein Gefangener des Volkes der UdSSR sind. Sie sind jedoch kein Kriegsgefangener, der sich auf die Genfer Konvention berufen kann, sondern befinden sich wegen Verbrechen gegen Volk und Staat in Haft. Ist Ihnen das klar?«

Als Luger wieder hartnäckig schwieg, zählte der Mann die Anklagepunkte gegen ihn auf. »Im einzelnen wird Ihnen vorgeworfen: Mord in vierzehn Fällen, versuchter Mord, vorsätzliche Zerstörung von Staats- und Privateigentum, Verletzung der Souveränität der UdSSR, bewaffneter Kampf gegen das sowjetische Volk und weitere weniger schwere Straftaten. Da bei solchen Vergehen ohnehin kein öffentliches Verfahren vorgesehen ist und Sie solange schwer verletzt im Lazarett gelegen haben, hat ein Militärgerichtshof in Abwesenheit gegen Sie verhandelt und die Todesstrafe verhängt.«

Luger hatte nur mit halbem Ohr zugehört und in eine Ecke des Raums gestarrt, um sich von dem Gesagten abzulenken, aber das Wort »Todesstrafe« bewirkte jetzt, daß er dem Mann scharf ins Gesicht sah.

Die Todesstrafe?

Lugers Kehle war plötzlich wie ausgedörrt, und sein Herz begann zu jagen. Er glaubte zu spüren, wie sein Blutdruck zunahm, und hatte zum ersten Mal seit seiner Rückkehr ins Bewußtsein richtiggehend

Angst. Er versuchte, trotz des grellen Lichts und der ungewohnten Umgebung schnell zu denken. Und er bemühte sich, äußerlich gefaßt zu wirken. Er hatte die Explosion des Tankwagens überlebt, die seinen Kameraden hoffentlich die Chance verschafft hatte, nach Nome, Alaska, zu starten – nur um jetzt zu erfahren, daß er trotzdem würde sterben müssen.

Nun, er war auf den Tod gefaßt gewesen, als er aus der *Old Dog* geklettert war... was machte es also aus, wenn er jetzt starb?

»Da ein wegen Mordes zum Tode Verurteilter in der Sowjetunion aller Rechte verlustig geht«, fuhr der Zivilist ausdruckslos fort, »können Sie nirgends Berufung einlegen – weder bei der sowjetischen noch bei irgendeiner anderen Regierung –, und wir sind nicht verpflichtet, das Todesurteil bekanntzugeben, was wir übrigens auch nicht getan haben. Wegen der Schwere Ihrer sicherheitsrelevanten Verbrechen kann es keine Strafumwandlung, Haftverschonung oder Begnadigung geben. Die Urteilsvollstreckung darf unter keinen Umständen – auch nicht zur Erstellung eines psychologischen Gutachtens oder um Ihre völlige Genesung abzuwarten – verzögert werden.

Sobald die Zivilgerichtsbarkeit das Urteil gegen Sie bestätigt hat, was nur eine Formalität ist, werden Zeugen beigeladen und der Hinrichtungsort bestimmt. Das alles passiert binnen sieben Tagen.« Der andere schwieg einige Herzschläge lang, bevor er hinzufügte: »Die Vollstreckung erfolgt durch ein siebenköpfiges Erschießungskommando. Das ist die traditionelle Hinrichtungsmethode in Fällen von Schwerverbrechen gegen das Militär.«

Luger bemühte sich, die Angst zu verbergen, die schließlich Besitz von ihm ergriff – Angst, die sich himmelweit von der durch einen Adrenalinstoß in Mut umgewandelten Panik unterschied, die er in der Schlußphase des Einsatzes der *Old Dog* bewiesen hatte. Damals hatte er alles riskiert, ohne wissen zu können, wie die Sache enden würde. Jetzt war nichts mehr ungewiß. Das Ende stand fest. Der Tod war ihm sicher.

Oder vielleicht doch nicht? Luger wich dem Blick des Mannes aus, während er nachzudenken versuchte. Warum hatten sie ihn noch nicht hingerichtet, wenn sie das ohnehin vorhatten? Warum hatten sie sich die Mühe gemacht, ihn in diesem Lazarett gesundzupflegen, wenn sie ihn angeblich erschießen wollten?

Nein, die Russsen hatten etwas anderes mit ihm vor. Sie würden ihn foltern, was je nach den angewandten Methoden schlimmer als der Tod sein konnte. Sie würden wochen- oder monatelang weitermachen und sich nicht mit dem in der Genfer Konvention festgelegten Scheiß wie Name, Dienstgrad und Personenkennziffer zufriedengeben. Zum Teufel, Namen und Dienstgrad *kannten* sie bereits! Für sie war er ein wertvolles Beutestück, das wußte er, und sie würden ihn für ihre Zwecke nutzen. Sie würden versuchen, alles aus ihm herauszuholen: Informationen über das Strategic Air Command, über »Dreamland« – die streng geheime militärische Einrichtung in Nevada, in der unter General Brad Elliotts Befehl aus Ideen Wirklichkeit, aus Theorien Maschinen und Waffen wurden – und vielleicht sogar über SIOP, den Single Integrated Operations Plan der Vereinigten Staaten für die Führung des Dritten Weltkriegs.

Er war mehr als nur ein wertvolles Beutestück, das wurde Luger jetzt klar. Er war ihr Versuchskaninchen, ihre Laborratte...

Der russische Zivilist sah Lugers nachdenklich gewordenen Blick und hatte Mühe, ein Lächeln zu unterdrücken. Er wußte, was der Amerikaner jetzt dachte. Schließlich lag er hilflos in einem Krankenbett, begutachtete seine Möglichkeiten, wog sie ab und versuchte, seine Überlebenschancen zu berechnen. Davon hing alles ab. Ja, überlegte er sich, Luger redet irgendwann. Selbst wenn er in Anadyr noch so mutig und zäh gekämpft hat, klappt er eines Tages zusammen. Sogar die Amerikaner. Manchmal vor allem die Amerikaner. Auch Luger *wird* zusammenklappen.

Und danach? Dann würde die Gehirnwäsche einsetzen. *Darauf* freute er sich bereits, denn schließlich gehörte sie zu seinen Spezialitäten. Auf diesem Fachgebiet konnte er spektakuläre Erfolge vorweisen.

»Wenn Sie mir jedoch die Hintergründe Ihres Einsatzes erläutern und sich bereit erklären, unsere Ermittlungen zu unterstützen«, fuhr der Mann fort, »könnte der Militärgerichtshof vielleicht bereit sein, Gnade vor Recht ergehen zu lassen und die Todesstrafe in eine Haftstrafe umzuwandeln. Er könnte sogar beschließen, Ihre Regierung von Ihrem Überleben zu informieren, um vielleicht einen Gefangenenaustausch vereinbaren zu können. Dafür kann ich natürlich nicht garantieren – das alles hängt von Ihrer Bereitschaft zur Zusammenarbeit mit uns ab.

Aber ich kann Ihnen versichern, daß dies nicht der rechte Zeitpunkt für Schweigen, Sturheit oder unangebrachtes Heldentum ist, Oberleutnant. Sie sind allein und fern der Heimat. Selbst Ihre Kameraden haben Sie längst als tot aufgegeben.«

Luger kniff die Augen zusammen. *Das* war gelogen, das wußte er. Diese Schweinehunde waren nicht so clever, wie sie zu sein glaubten.

»Sie befinden sich im Ausland und sind von einem ausländischen Gerichtshof zum Tode verurteilt worden. Sie sind allein, Oberleutnant Luger. Schweigen Sie weiter, bleiben Sie allein. Reden Sie mit mir, Oberleutnant! Tun Sie das nicht, verlieren Sie Ihre Identität – und irgendwann Ihr Leben. Ist das Leben Ihnen so wenig wert?«

Noch immer keine Antwort.

»Ich verlange nicht, daß Sie Militär- oder Staatsgeheimnisse preisgeben, Oberleutnant David Luger«, fuhr der andere ungerührt fort. »Wir wissen bereits ziemlich viel über Sie. Offen gesagt bezweifle ich sogar, daß Sie uns etwas Wertvolles erzählen könnten. Da wäre es doch schade, wenn Sie sich grundlos . . . Schwierigkeiten aussetzen würden.«

Wieder keine Antwort. Luger fuhr sich mit der Zungenspitze über die Lippen und versuchte, seine Arme zu bewegen. Aber sie waren ans Bett gefesselt. Der Mann hat gerade seine wahren Absichten preisgegeben, sagte sich Luger – ich soll gefoltert werden. Mit dem Gerede von der bevorstehenden Hinrichtung hat er dich nur einschüchtern wollen . . .

»Wir könnten zum Beispiel mit Ihrem Geburtsdatum anfangen, Oberleutnant. Wie alt sind Sie?« Schweigen. »Kommen Sie, kommen Sie, Oberleutnant. Ihr Alter hat für die Sowjetunion bestimmt keinen militärischen Wert. Ihr Ehrenkodex besagt, daß Sie Ihr Geburtsdatum preisgeben dürfen – sogar das Internationale Rote Kreuz stimmt dem zu. Wann sind Sie geboren, Oberleutnant?« Keine Antwort.

Die Stimmung des Mannes schlug plötzlich ins unfreundlich Finstere um. Er trat einen Schritt auf Luger zu und beugte sich über ihn. Dabei zog er eine kleine runde Blechdose aus der Tasche und hielt sie hoch, so daß Luger sie sehen konnte.

»Wissen Sie, was das ist, Oberleutnant?« fragte der Russe leise, aber bedrohlich knurrend. »Die Dose enthält eine Mentholcreme, die man sich unter die Nase schmiert. So . . .« Er schraubte den Deckel ab, fuhr mit dem Zeigefinger hinein und schmierte etwas Creme auf

Lugers Oberlippe. Der Mentholgeruch war mit irgendeinem anderen Duft versetzt – wahrscheinlich stammte er von einer Droge, vielleicht von einem schwachen Halluzinogen wie LSD. Dieser Duft war stark genug, um Lugers Augen tränen zu lassen – oder kam das doch von dem Mentholgeruch?

»Die Leute, die hier arbeiten müssen, bekommen diese Creme, weil sie den Gestank des Todes überdeckt. Gefangene werden hier eingeliefert, um zu sterben, Oberleutnant. Nur wenige von ihnen verlassen dieses Gebäude lebend... oder gesund. Sie können die letzten sieben Tage Ihres Lebens hier als einer dieser noch atmenden Leichname verbringen, oder Sie können mit dieser kindischen John-Wayne-Maske aufhören und mit mir reden.«

Der Zivilist – Luger kannte seinen Namen noch immer nicht, oder er hatte ihn vergessen – trat einen Schritt zurück, ohne ihn jedoch aus den Augen zu lassen. »Schweigen Sie hartnäckig weiter, haben wir keine Verwendung für Sie«, stellte er drohend fest. »Dann müssen wir entweder versuchen, Sie zum Reden zu bringen, oder Sie – falls sich das als zu mühsam erweist – einfach liquidieren. In beiden Fällen sind Sie binnen sieben Tagen tot. Aber reden Sie als Mann und Soldat mit uns, behandeln wir Sie entsprechend und schonen Ihr Leben.«

Luger schloß die Augen und bemühte sich, die in seinem Inneren durcheinanderwirbelnden Emotionen zu unterdrücken. Dabei wußte er, daß der andere es nur darauf anlegte, ihn zum ersten Schritt zu verleiten... *Nur ein einziges Wort, Dave – und du kannst nie mehr zurück. Ein Wort führt zum anderen, dann zu einigen weiteren, dann zu einer Unterhaltung, dann zu einem Fachgespräch. Denk an deine Ausbildung fürs Gefangenenlager! Denk an deine Heimat, deine Kameraden, an die* Old Dog...

»Ich befehle Ihnen, zu antworten, Oberleutnant!« brüllte der Mann ihn plötzlich an. Luger fuhr heftig zusammen und bemühte sich, dem Blick des anderen standzuhalten. »Ich behandle Sie mit Respekt, weil Sie ein Soldat und Offizier sind – und ich erwarte, daß Sie sich dafür gefälligst revanchieren.

Sagen Sie mir Ihr Geburtsdatum, was eine Kleinigkeit ist, und ich sorge dafür, daß Ihre Hinrichtung um einen Monat verschoben wird. Weigern Sie sich, werfe ich Sie den Wölfen vor, die draußen lauern. Die sehen Sie nicht als Offizier, sondern als ein zähes Stück Fleisch, das *weichgeklopft* werden muß. Reden Sie endlich – zu Ihrem eigenen Besten, Sie verdammter Narr! Wenn ich diesen Raum unzufrieden verlasse, sind Ihre Tage gezählt...«

Lugers Puls raste, sein Atem rasselte. Er versuchte, alles abzublocken, was dieser Schweinehund sagte, aber sein Verstand war... schwerfällig. Seine Neuronen funktionierten nicht im gewohnten Tempo. Wahrscheinlich hatten sie ihm irgendwelche Mittel gegeben. Bestimmt war er während seiner Genesungszeit mit Drogen vollgepumpt worden. Er schluckte angestrengt, bemühte sich klarzusehen, und versuchte zu erkennen, welche Möglichkeiten sich ihm boten – falls es überhaupt welche gab. Aber sein Kopf arbeitete nicht richtig; er war müde und benommen...

Der andere verlor die Geduld. »Zum Teufel mit Ihnen, Luger«, sagte er mit halblauter, drohender Stimme. »Wozu sollte ich Ihnen Respekt erweisen? Sie haben mein Land angegriffen. Sie haben mein Volk überfallen, sein Eigentum vernichtet und seine Rechte verletzt«, fauchte er, während seine Miene zusehends finsterer wurde. »Und trotzdem liegen Sie hier in einem sauberen, warmen Krankenbett und werden von Ärzten betreut, die sich sonst um Sowjetbürger kümmern würden. Das alles haben Sie nicht verdient, kapiert? *Nichts* davon haben Sie verdient!«

Der Mann griff nach einer zufällig auf einem Beistelltisch liegenden Verbandschere – Dave merkte nicht, wie unglaubwürdig dieser »Zufall« war – und machte sich daran, den Verband an Lugers rechtem Bein aufzuschneiden. »Diese Versorgung... diesen Verband... haben Sie nicht verdient...« Er legte das rechte Bein frei. »Mein Gott, sehen Sie sich das an! Man hat Ihnen eine künstliche Kniescheibe eingesetzt! Ein Sowjetbürger müßte jahrelang auf diese Operation warten – wenn er das Glück hätte, sie überhaupt genehmigt zu bekommen! Und was haben Sie getan, um sich diese Vorzugsbehandlung zu verdienen? Nichts! *Gar nichts!*«

Lugers geschwächtes Bein zuckte heftig, als er den kalten Stahl der Schere seitlich an seinem Knie spürte. Im nächsten Augenblick bohrte sich eine scharfe Spitze unter die noch nicht gezogenen Fäden der Operationsnaht. »Verdammt noch mal, das lasse ich nicht zu! Mir ist es egal, ob ich dafür bestraft werde, aber ein Toter braucht keine künstliche Kniescheibe!«

Luger schrie laut, als er spürte, wie der erste Stich aufgeschnitten wurde. Er versuchte, seinen Fuß freizubekommen und den Mann wegzustoßen, aber der andere hielt sein Bein fest wie ein Zimmermann einen Balken.

»Gib uns zurück, was du uns gestohlen hast, du amerikanisches Schwein!«

Lugers Bein zuckte krampfhaft gegen die breiten Gurte, mit denen es ans Bett gefesselt war.

Der Russe schnitt den zweiten Stich auf, und Luger schrie laut – nicht nur aus Schmerz, sondern weil er fürchtete, der Verrückte werde ihm das ganze Bein aufschneiden...

Diesmal wurde sein Aufschrei durch laute Stimmen von der Tür her beantwortet, als Ärzte und Krankenschwestern hereinstürmten. Die Schere verschwand aus Lugers Blickfeld, und der Mann wurde hinausgeführt. Luger hörte ihn noch brüllen: »Sieben Tage, du Schwein! In sieben Tagen bist du tot! Sieben Tage!«

Ein Arzt war zurückgeblieben und untersuchte jetzt Lugers rechtes Bein. Zu seiner Überraschung sagte der Arzt auf englisch: »Seien Sie unbesorgt, Genosse. Er hat keinen wirklichen Schaden angerichtet. Ich sehe eine gewisse Infektionsgefahr, aber die Blutung steht.« Dann forderte er Luger auf, sich zurückzulehnen und die Schmerzen möglichst zu ignorieren, während sein Knie desinfiziert und neu verbunden wurde.

»Ist er... ist er verrückt?« keuchte Luger. »Will er... mich umbringen?«

Daß der Amerikaner redete, schien den Arzt nicht zu überraschen. Er sah sich um, als wolle er sich davon überzeugen, daß die Tür geschlossen war, und sagte dann: »Er ist hier der Boß... Mehr kann ich nicht sagen.«

»Dieser Hundesohn!« murmelte Luger. »Dreckskerl.« Er zitterte am ganzen Leib. Kalter Stahl auf seiner Haut, das unheimliche Geräusch aufreißender Stiche, übers Bein laufendes warmes Blut...

»Ruhig, Genosse, ganz ruhig«, sagte der Arzt beschwichtigend. »Ich bin hier, um zu heilen, nicht um zu schaden.« Luger merkte nicht, daß der Arzt ein ebenso präzises Englisch sprach wie der Mann, der ihn zuvor auszufragen versucht hatte. Der Arzt hielt eine Spritze mit einer wasserklaren Flüssigkeit hoch. »Die wird Ihnen helfen, sich zu entspannen.«

»Nein!« krächzte Luger. »Keine Drogen! Ich brauche keine Drogen...!«

Die Spritze wurde weggelegt. »Wie Sie wünschen, Genosse«, sagte der Arzt. »Aber Sie brauchen wirklich Ruhe. Können Sie sich etwas entspannen«

Luger atmete schwer. Seine Augen waren vor Angst und Zorn geweitet, aber er schaffte ein Nicken. »Yeah... bloß keine Drogen. Und wischen Sie mir dieses Zeug von der Oberlippe. Er hat versucht, mich zu betäuben, glaub' ich.«

»Wie Sie wünschen«, wiederholte der Arzt und wischte die Mentholcreme ab, während er sich im Geiste weitere Notizen über seinen Patienten machte. Daß Luger wegen etwaiger Zusätze in der Creme besorgt war, bewies dreierlei: Er konnte klar denken, war bereits paranoid und malte sich sein »Schicksal« in düstersten Farben aus. Das war gut, denn genau dorthin wollte ihn der Arzt bringen.

In Lugers Blick lag Dankbarkeit, als er ihm die Creme abwischte. Dankbarkeit war der erste Schritt; Vertrauen würde der nächste sein. Das Ganze war ein Aufbauprozeß, der manchmal allerdings langwierig war – je nach Charakter und Persönlichkeit des Betreffenden. Dieser amerikanische Flieger... nun, es gab Hartnäckigere als ihn. Beispielsweise enttarnte Spione. Aber irgendwann packten alle aus. Vor allem, wenn sie ihrem Führungsoffizier vertrauten, wofür der Arzt zu sorgen hatte. Und wenn jemand unbelehrbar blieb...

»Ich werde versuchen, dabeizusein, wenn Major Teresow...« Der Arzt sprach nicht weiter. Sein Gesichtsausdruck verriet, daß er einen schweren Fehler gemacht hatte.

»Teresow? Major Teresow?« fragte Luger. Der Amerikaner lächelte jetzt. »Ist das sein Name? Teresow? Ist er beim KGB?«

»Darüber möchte ich lieber nichts sagen...«

»Ist er beim KGB?« wiederholte Luger.

»Seinen Namen haben Sie nicht von mir gehört«, sagte der Arzt. »Nicht von *mir*, verstanden?«

»Keine Angst, von mir erfährt niemand was.«

Der Arzt wirkte erleichtert. Er streckte Luger seine Hand hin. »Ich bin Jerzy Kaminski.«

»Sie sind Pole?«

»Ja«, bestätigte der Arzt. »Aus Legnica – nahe der Grenze zur DDR. Vor fast fünf Jahren bin ich hierher nach Sibirien zwangsverpflichtet worden. ›Verschleppt‹ wäre das passendere Wort dafür.«

»David Luger, United States Air...« Der Amerikaner machte eine

Pause, weil er merkte, daß er zuviel redete. Andererseits war der Arzt praktisch auch nur ein besserer Gefangener, und er mußte herausbekommen, ob er ihm vertrauen durfte. Außerdem schienen diese Leute bereits zu wissen, daß er bei der Luftwaffe war. ». . . Force«, schloß Luger. »Wir sind beide ziemlich weit von der Heimat entfernt, was?«

»Ich muß gehen«, sagte der Arzt. Er beugte sich mit Verschwörermiene über Lugers Bett. »Hier gibt's keine . . . Wanzen, noch nicht, aber da Sie jetzt bei Bewußtsein sind, wird's bald welche geben, so daß wir im Gespräch vorsichtig sein müssen. Ich bringe etwas mit, das unsere Stimmen tarnt.« Er blinzelte Luger schlau zu. »Das tue ich nicht zum ersten Mal.« Er hielt die Spritze hoch und entleerte sie gegen die Wand hinter dem Bett. »Stellen Sie sich schlafend, sonst wird jemand mißtrauisch. Ich will versuchen, Ihnen zu helfen. Nehmen Sie sich vor Teresow in acht. Trauen Sie keinem. Ich komme möglichst bald wieder. Seien Sie tapfer!« Dann verließ er rasch den Raum.

Nachdem der Arzt gegangen war, sank Luger in sein Krankenbett zurück. Er fühlte sich ausgelaugter als zuvor, aber er hatte nun einen Hoffnungsschimmer, an den er sich mit aller Macht klammerte. Immerhin hatte er hier, mitten in Sibirien, einen Vertrauten, einen Mitverschwörer gefunden.

Aber stimmte das auch wirklich? Wie sollte er das jemals beurteilen können? Woher wußte er, daß das kein weiteres Täuschungsmanöver war? Luger, der fror und sich wie zerschlagen fühlte, war in den sechsundzwanzig Jahren seines Lebens noch nie so einsam – und unsicher – gewesen.

Vielleicht gab es doch noch eine Überlebenschance . . .

Wenig später betrat »Dr. Jerzy Kaminski« sein Dienstzimmer, in dem sich drei seiner Mitarbeiter in Zivil aufhielten. Teresow, der sich einen Kopfhörer ans linke Ohr drückte, saß an seinem Schreibtisch. Als Kaminski – normalerweise als KGB-General Wiktor Gabowitsch bekannt – hereinkam, stand Teresow auf und nahm Haltung an. »Wie hat's geklappt, Genosse General?«

»Besser als erwartet«, antwortete General Gabowitsch und nahm seinen Platz ein, den Teresow frei gemacht hatte. »Der junge Idiot hat's kaum erwarten können, mit mir zu reden. Er hat mir fast die

Hand geküßt, als ich ihm versprochen habe, auf ihn aufzupassen. In ein bis zwei Tagen ist er reif. Amerikaner haben tatsächlich blindes Vertrauen zu Ärzten. Auch wenn sie ihm das ganze Bein abgesäbelt hätten, würde er mir irgendwann seine ganze Lebensgeschichte erzählen – bloß weil er mich für einen Arzt hält.«

»Hat er schon etwas preisgegeben, Genosse General?«

»Hätte ich angefangen, ihn auszufragen, hätte ich ihn nur mißtrauisch gemacht«, stellte Gabowitsch fest. »Nein -- aber er wird reden, wenn's soweit ist. Er ist jung, hat Angst und muß damit rechnen, erschossen zu werden. Was bleibt ihm anderes übrig?«

»Wir machen also wie geplant weiter?«

»Richtig«, bestätigte Gabowitsch. »In fünf Minuten pumpen Sie Schlafgas in sein Zimmer – diesmal nur eine niedrige Dosis. Zwei Stunden später wecken Sie ihn auf. Er wird glauben, inzwischen sei bereits ein Tag vergangen. Sie nehmen ihn wieder in die Mangel, und danach komme ich vorbei, um mir anzuhören, was er zu sagen hat. Je näher sein ›Hinrichtungstag‹ rückt, desto gesprächiger dürfte er werden. In fünf, spätestens sechs Tagen haben wir ihn soweit, daß wir ihn verlegen können.«

»Verlegen?« wiederholte Teresow ungläubig. »Sie haben also noch immer vor, ihn ins Fisikus-Institut zu verlegen?«

»Selbstverständlich«, antwortete der General. »Luger hat Flugzeugbau studiert, ist in der Air Force Academy einer der Jahrgangsbesten gewesen, hat eine SAC-Spezialausbildung als Navigator und ist zuletzt ins High Technology Aerospace Weapons Center abkommandiert gewesen. Gelingt es uns, Luger umzudrehen, ohne seinen Intellekt zu beschädigen, kann er uns genügend Informationen liefern, um dem Fisikus in bezug auf neue Technologien im Flugzeugbau eine Spitzenstellung zu verschaffen. Das wird der Geheimdienst-Coup dieses Jahrhunderts! Damit kann das Fisikus selbst Konstruktionsbüros wie Suchoi oder Mikojan-Gurewitsch überholen.«

»Aber in Litauen herrschen allmählich bürgerkriegsähnliche Zustände«, wandte Teresow ein. »Die dortige Unabhängigkeitsbewegung erhält immer mehr Zulauf – und macht die Weltöffentlichkeit auf sich aufmerksam. Dadurch könnte das Fisikus-Institut gefährdet sein.«

»Das Fisikus geben wir nie auf«, stellte Gabowitsch fest. »Das würde die Partei nicht zulassen. Ich glaube nicht, daß wir die baltischen Staaten jemals räumen werden, aber selbst wenn wir's täten, bliebe das Fisikus *für immer* Eigentum der Sowjetunion – wie das Hauptquartier der baltischen Flotte in Riga und der Stützpunkt für Bomber Tu-32 in Reval. Wir haben diese Einrichtungen gebaut, deshalb gehören sie uns für alle Zeiten.«

»Sind Sie bereit, alles auf diese Karte zu setzen, Genosse General?« fragte Teresow. »Das Konstruktionsbüro Fisikus wird in ein paar Jahren nach Kaliningrad verlegt – wär's nicht besser, Luger dort unterzubringen oder gleich hier in Moskau zu lassen?«

»Es besteht doch gar keine Gefahr«, wehrte Gabowitsch ab. »Diese Unabhängigkeitsbewegung läuft sich irgendwann tot.«

Der General begeht einen Fehler, dachte Teresow, indem er die Verantwortung für seine eigene Sicherheit anderen Einheiten oder Organisationen überläßt. »Aber...«

»Sollten es die Umstände erfordern, kann Luger rasch verlegt werden – aber bis dahin gehört er nach Wilna«, sagte Gabowitsch nachdrücklich. »Nach Einschätzung höchster staatlicher Stellen sind Wilna und das Fisikus-Institut absolut sicher – schließlich ist der gesamte KGB-Apparat dorthin verlegt worden. Folglich brauchen wir uns über diesen Punkt nicht zu sorgen.«

»Ja, Genosse General.« Teresow wußte, daß sich Gabowitsch nicht mehr von seinem Entschluß abbringen lassen würde. »Was Luger betrifft...«

»Ab sofort kennt ihn nur noch ›Kaminski‹ unter diesem Namen«, unterbrach ihn Wiktor Gabowitsch. »In Zukunft trägt er seine Codebezeichnung Vier-eins-Schrägstrich-Zulu. Wir beginnen sofort mit dem Desorientierungszyklus. Sie wecken ihn in zwei Stunden zum ersten Verhör, geben ihm danach ein Schlafmittel und wecken ihn zwei Stunden später erneut. So muß er glauben, inzwischen sei wieder ein Tag vergangen. Nach zwölf Stunden fleht er uns an, ihn nicht zu erschießen – falls er so lange durchhält«, meinte Gabowitsch hämisch grinsend.

Nachtflug zur Hölle

1

An Bord der USS Valley Mistress
vor der Küste der Republik Lettland
29. November, Jahre später, 00.23 Uhr Ortszeit

»Klar zum Teamstart«, befahl Luftwaffenoberst Paul White über die Bordsprechanlage. »An alle Decks, gleich geht's los mit Rock 'n' Roll!« Kapitän zur See Joseph Marchetti, der neben ihm stehende Kommandant der *Valley Mistress*, warf seinem Kollegen White einen verwunderten Blick zu. Rock 'n' Roll? Die Situation hier würde voraussichtlich sehr, sehr schnell kritisch werden...

Paul White war 51 Jahre alt, aber – wie er selbst freimütig eingestand – verspielt und zu Streichen aufgelegt wie ein Dreizehnjähriger. Er wirkte nirgends so fehl am Platz wie an Bord dieses Schiffs – und könnte sich nicht besser amüsieren als mit einer Dauerkarte der Kategorie A für Disneyland. In Augenblicken wie diesem wünschte sich White nichts anderes, als die fliegerischen Fähigkeiten und kampfgestählten Nerven zu haben, die man brauchte, um knietief in Action waten zu können. Obwohl er für das Strategic Air Command und andere fliegende Verbände viele Jahre lang Kampftrainer und Simulatoren konstruiert hatte, besaß er selbst keinen Pilotenschein und war nie im Einsatz gewesen. Aber jeder, der auf der Ford Air Force Base aus einem von Whites hyperrealistischen Simulatoren kletterte, hätte erschöpft geschworen, soeben von einem Luftkampf zurückzukommen.

Auch Whites gegenwärtiger Einsatz bei der Intelligence Support Agency – einer Organisation, die dem CIA-Direktor unterstellt war –, galt offiziell nicht als Kampfeinsatz. Aber wenn etwas schiefging oder sie entdeckt wurden, konnten sie alle ebenso tot sein wie mitten im Dritten Weltkrieg.

Wie es zu einem der ungewöhnlichsten Männer der Welt paßte,

stand der Luftwaffenoffizier, ein Veteran mit 29 Dienstjahren, auf der Brücke des wohl ungewöhnlichsten Schiffs der Welt. Die USS *Valley Mistress* war ein unter amerikanischer Flagge fahrendes Tiefseebau- und Bergungsschiff. Obwohl die *Mistress* eigentlich zur Flottenreserve der U.S. Navy gehörte, die sie von einer Privatfirma in Larose, Louisiana, gechartert hatte, war sie seit einigen Monaten aus diesen Verpflichtungen entlassen und befand sich aufgrund »privater Vereinbarungen« im Ostseeraum, wo sie verschiedene Arbeiten für Finnland, Schweden, Deutschland, Polen und sogar die Gemeinschaft Unabhängiger Staaten (GUS) – die frühere Sowjetunion – ausgeführt hatte. Mit 98 Meter Länge, 18 Meter Breite, vier Meter Tiefgang und offiziell nur 20 Mann Besatzung hatte die *Mistress* auf ihren weltweiten Reisen schon Hunderttausende von Seemeilen zurückgelegt.

Die ursprünglich als Versorgungsschiff für Bohrinseln erbaute *Mistress* war durch den mittschiffs erfolgten Einbau einer großen Druckkammer, aus der ein Deep-Submergence Rescue Vehicle (DSRV) – ein Tiefseerettungsfahrzeug der U.S. Navy – starten konnte, in ein Bau-, Bergungs- und Rettungsschiff umgewandelt und als solches in die Reserveflotte eingestellt worden. Außerdem verfügte die *Mistress* über einen Schwergutladebaum mit 35 Tonnen Tragfähigkeit auf dem Achterdeck, offiziell fürs Aussetzen und Anbordnehmen des DSRVs, und über eine sehr große Landeplattform für Hubschrauber, die das Schiffsheck seitlich und achteraus um gut einen Meter überragte. Damit das Bergungsschiff auch in Polargebieten operieren konnte, hatte sein Rumpf massive Eisverstärkungen erhalten. Mit ihren drei Schiffsdieseln von je 14 000 PS Leistung lief die 3600 BRT große *Mistress* flotte 20 Knoten; computergesteuerte Stabilisatoren sorgten außer bei sehr hohem Seegang für ruhige Fahrt; Schubdüsen und modernste Navigationssysteme ermöglichten ihr, bei Rettungsunternehmen präzise ihren Standort zu halten und Gegenstände in bis zu 600 Meter Wassertiefe aufzuspüren.

Paul White war nicht ihr Kommandant – in der öffentlichen Besatzungsliste stand er als Zahlmeister, der für alles vom Wassereinkauf im Hafen bis zum Ausfüllen von Zollformularen zuständig war –, aber er liebte dieses Schiff, als gehöre es ihm. Eine etwas merkwürdige Gefühlsregung für einen Mann aus Wyoming, der früher nie zur See gefahren war oder wenigstens ein Boot besessen hatte, sondern in der U.S. Air Force Karriere gemacht und sein Leben lang mechanische und elektronische Geräte für fliegende Besatzungen entwickelt hatte. Auf diesem Gebiet war er besonders begabt. Seine Spezialität waren neu zu erfindende Geräte – große und kleine.

Und die *Valley Mistress* war Paul Whites bisher größte und beste Eigenentwicklung.

Das Schiff und Oberst White, der seine Einsätze befehligte, waren unter dem Decknamen MADCAP MAGICIAN bekannt. Sein wahrer Zweck: unkonventionelle Kriegführung, direkte Aktion, Aufklärung, Terroristenbekämpfung, Auslandseinsätze und Rettungsunternehmen zur Unterstützung der National Command Authority und eigener Kommandobehörden in aller Welt. Es war eines von vier im Auftrage Whites für solche Aufgaben umgebauten Hochseeschiffen, die heimlich von der Intelligence Support Agency, den »Pannenhelfern« der CIA, betrieben wurden. Brauchte die CIA mehr Feuerkraft, ohne gleich militärische Unterstützung anfordern zu wollen, wandte sie sich an die Intelligence Support Agency. Wollte die ISA einen schwierigen Auftrag rasch und effektiv ausführen lassen, wandte sie sich an MADCAP MAGICIAN.

Obwohl die *Valley Mistress* jederzeit als Bergungsschiff eingesetzt werden konnte – sie hatte ihrer nichtexistierenden Reederei in Louisiana schon mehrere Millionen Dollar eingebracht, die das US-Finanzministerium als unerwarteten Bonus kassiert hatte –, war sie diesmal mit einem anderen Auftrag unterwegs. Dazu hatte sie ihr DSRV an den italienischen Frachter *Bernardo LoPresti* abgegeben, den die Intelligence Support Agency als Versorgungsschiff der *Mistress* gechartert hatte, und heimlich eine ganz andere Fracht an Bord genommen: sechs speziell ausgerüstete Frachtcontainer sowie das Kipprotorflugzeug CV-22 PAVE HAMMER für Sondereinsätze, das jetzt startbereit in der DSRV-Kammer stand.

Bei diesem Geheimauftrag ging es um die Rettung eines Offiziers – eines geborenen Litauers –, der einer hauptsächlich aus Weißrussen bestehenden Einheit der GUS-Armee in Litauen angehörte und der CIA monatelang Militär- und Staatsgeheimnisse verraten hatte. Er war enttarnt worden und sollte verhaftet werden. Um ihn zu ködern, hatten seine amerikanischen Partner ihm versprochen, ihn im Ernstfall irgendwie rauszuholen.

Nun war es soweit.

»Geben Sie mir PATRIOT, Carl«, sagte White zu Luftwaffenmajor Carl Knowlton, seinem Operationsoffizier. »Und weisen Sie die Zentrale an, noch etwas zu warten.«

Der Kommandant der *Mistress* sah und hörte zu, während White seine Befehle erteilte – obwohl Marchetti die Verantwortung für das Schiff und das Gesamtunternehmen trug, war das hier Whites Show.

»Klar, Boß«, antwortete Knowlton, bevor er die Anweisung an die Kommandozentrale weitergab. Im Einsatz verzichtete das Luftwaffenteam seit langem auf traditionelle militärische Umgangsformen. Tatsächlich wäre es schwergefallen, die Männer an Bord als Soldaten zu erkennen: Sie trugen statt Uniformen zivile Arbeitskleidung, und manche hatten sogar langes Haar oder struppige Vollbärte. Ihre Dienstausweise lagen in dem geheimen Tresor im Maschinenraum und würden ihnen erst wieder ausgehändigt werden, wenn das Schiff in seinen Heimathafen Kittery, Maine, einlief.

Wenig später klingelte eines der Telefone auf der Brücke. Der Oberst nahm den Hörer selbst ab. »Brücke, White am Apparat. Wie sieht's aus, PATRIOT?«

Aus dem Hörer drang das Knistern und Knacken einer abhörsicheren Funkverbindung: »Hier PATRIOT, Controller S-3. Radarbildbeschreibung folgt. Beschreibung enthält für den Einsatz wichtige Angaben.«

PATRIOT war ein AWACS-Flugzeug E-3B der NATO, das zwischen Polen und Schweden über der Ostsee kreiste. Das leistungsfähige Radar dieses Frühwarnflugzeugs konnte Hunderte von Flugzeugen und Schiffen in weitem Umkreis erfassen und ihre digitalisierten Daten an Whites Truppe auf der *Valley Mistress* übermitteln. Obwohl die DDR nicht mehr existierte, der Warschauer Pakt sich aufgelöst hatte und die Sowjetunion zerfallen war, kreiste weiter Tag und Nacht ein NATO-Überwachungsflugzeug an den Grenzen des früheren Ostblocks, ortete Flugzeuge und Schiffe hinter dem Horizont und stimmte diese Informationen mit zivilen und militärischen Dienststellen ab. Der kalte Krieg schien zwar vorbei zu sein, und doch stand in den neunziger Jahren Präsident Ronald Reagans berühmter Ausspruch »Vertrauen, aber verifizieren« als neues Motto über den Ost-West-Beziehungen.

Die politische Lage in der ehemaligen UdSSR war verworren, kompliziert und äußerst gefährlich. Die neue Gemeinschaft Unabhängiger Staaten (GUS) hatte 1992 die Nachfolge der Sowjetunion angetreten, aber die Neugründung war eher eine Ansammlung streitsüchtiger Minister als ein wirkliches Staatswesen. Die Rote Armee hatte sich entlang ethnischer oder religiöser Grenzen aufgelöst, aber diese ungleiche Teilung war destruktiv gewesen: Die russische Armee behielt die meisten ausgebildeten Techniker und fast alle Offiziere, aber niemanden, der »untergeordnete« Tätigkeiten übernehmen wollte, während es in den Streitkräften Weißrußlands, der Ukraine und Kasachstans – neben Rußland die drei mächtigsten GUS-Mitglieder – nur wenige gut ausgebildete Offiziere, dafür aber massenhaft Soldaten auf niedrigem Ausbildungsstand und ohne technisches Wissen gab. Von Chaos zu sprechen, wäre Untertreibung gewesen.

Eines jedoch hatten alle vier Republiken gemeinsam: Atomwaffen.

Obwohl die GUS sich ursprünglich dazu verpflichtet hatte, ihre ICBMs abzurüsten, alle taktischen Atomwaffen ins Innere Rußlands zu bringen oder einzulagern und die restlichen Waffen einem gemeinsamen Oberkommando zu unterstellen, war keine Republik bereit, ihre Atomwaffen abzurüsten, bevor die anderen Republiken damit angefangen hatten. Folglich gab keine von ihnen ihre Atomwaffen auf. Alle vier Republiken – Weißrußland, die Ukraine, Kasachstan und Rußland – hatten ICBMs mit Atomsprengköpfen und militärische Bedienungsmannschaften, die sich mit ihnen auskannten.

Offiziell war die Haltung der Vereinigten Staaten gegenüber der neuen Gemeinschaft sehr simpel: Demokratische Reformen und freie Marktwirtschaft fördern, ansonsten Hände weg! Die GUS hatte sich verpflichtet, alle zwischen den USA und der UdSSR geschlossenen Verträge einzuhalten, und damit war das Weiße Haus vorerst zufrieden. Über neue Handelsbeziehungen zwischen den einzelnen GUS-Mitgliedern, den Vereinigten Staaten und anderen Ländern wurde mit dem Ziel voller diplomatischer Anerkennung und der Beseitigung aller Handelsschranken verhandelt. Die Weltmärkte warteten gespannt auf die Millionen neuer Konsumenten in den neuen Republiken; jedermann schien bereit zu sein, über den abgewerteten, fast wertlosen Rubel (die gemeinsame GUS-Währung) hinwegzusehen und auf eine weit erfreulichere Zukunft zu setzen.

Insgeheim verfolgte das Weiße Haus jedoch eine ganz andere

Politik: Überwachung von Atomwaffen und militärischen Bewegungen in allen GUS-Republiken sowie Entwicklung von Strategien und Doktrinen für den Fall, daß die Gemeinschaft auseinanderbrach und die zentrale Kontrolle über das Atomwaffenarsenal der einzelnen Staaten verlorenging. Für die Central Intelligence Agency bedeutete das vermehrte Aufklärungseinsätze in den GUS-Republiken, vor allem in den strategisch und politisch wichtigen baltischen Staaten.

Deshalb waren Paul White und MADCAP MAGICIAN jetzt hier im Einsatz.

Der Radaroperator an Bord von PATRIOT übermittelte Standort, Flughöhe, Überwachungssektor, Überwachungszeitraum und Gerätezustand trotz der abhörsicheren Verbindung verschlüsselt, bevor er fortfuhr: »Das nächste interessierende Schiff steht Steuerbord achteraus, Entfernung drei-Komma-eins Seemeilen, möglicherweise ELINT-Schiff. In allen Sektoren zahlreiche kleinere Fahrzeuge, zum Teil treibend oder vor Anker, von denen keine Gefahr für das Unternehmen ausgehen dürfte. Das größte Schiff unter der geplanten Flugroute hat seine Identität als Fähre *Baltic Star* bestätigt. Der Frachter *LoPresti* steht westnordwestlich Ihrer Position und soll in ungefähr zwölf Stunden mit Ihnen zusammentreffen. Er ist gerade erst ausgelaufen.«

»Verstanden«, murmelte White nur.

Das ELINT-Schiff, ein GUS-Elektronikaufklärer der *Gagarin*-Klasse und etwa von der Größe der *Valley Mistress*, stellte eine ernste Gefahr für ihren Einsatz dar. Da es hauptsächlich zur Bahnverfolgung und Bergung von Raumfahrzeugen diente, war es mit Funk- und Radargeräten vollgestopft. Das in St. Petersburg stationierte Schiff war zum Atlantik unterwegs gewesen, als es seine Fahrt plötzlich verlangsamt und angefangen hatte, das amerikanische Schiff in der Ostsee zu beschatten und Himmel und Meer in der Umgebung der *Mistress* ständig mit Radar zu überwachen.

Oberst White hatte gehofft, das GUS-Spionageschiff werde die Überwachung einstellen, wenn sie plangemäß im estnischen Reval anlegten, aber das war nicht der Fall gewesen. Nachdem die *Valley Mistress* von estnischen Zollbeamten – unter denen sich nach Whites Überzeugung zahlreiche ehemalige KGB-Agenten befanden – durchsucht worden war, hätte die Überwachung an sich eingestellt werden können. Trotzdem war sie weitergeführt worden, auch wenn das Spionageschiff jetzt kein Radar mehr einsetzte. Als die *Mistress* wieder auslief und Kurs auf einen norwegischen Hafen nahm, blieb das Forschungsschiff unbeirrbar hinter ihr.

Es war lästig, aber vermutlich ratsam, sich unter solchen Umständen grundsätzlich für enttarnt zu halten. Auch wenn das Spionageschiff jetzt kein Radar einsetzte, verfügte es über zahlreiche weitere Aufklärungsmittel – Laser, Infrarotsensoren, Restlichtverstärker, empfindliche optische Hilfsmittel und altbewährte menschliche »Ausgucke« –, mit denen es die *Mistress* überwachen konnte. Oder es trieb sich bloß hier draußen herum, verfolgte seine eigenen Satelliten, führte Übungseinsätze durch, irgendwas. Whites Unternehmen war zu wichtig, um abgebrochen zu werden – also mußten sie jetzt etwas mehr riskieren...

Der Bericht von PATRIOT ging weiter: »Beim Überfliegen der Küste ist im Umkreis von fünfzehn Kilometern vom Zielort mit einem vermutlich militärischen Hubschrauber zu rechnen. Diese Maschine wird seit Sonnenuntergang im betreffenden Gebiet kreisend beobachtet. Laut Analyse dürfte das Ziel diesmal unerreichbar sein. Empfehle daher Verschiebung um weitere vierundzwanzig Stunden. Übertragung der Radardaten folgt. PATRIOT bleibt in Bereitschaft. Ende.«

Das sah allerdings nicht gut aus. Ein Spionageschiff ganz in der Nähe – und jetzt ein Hubschrauber im Zielgebiet. »Irgendwie müssen sie uns auf die Schliche gekommen sein«, sagte Knowlton. »Jetzt bleibt uns nichts anderes übrig, als für heute aufzugeben.«

»Scheiße«, murmelte White. »Vermutlich haben Sie recht.« Aber Knowlton merkte ihm an, daß er keineswegs aufgeben wollte. Der Oberst wandte sich an Marchetti. »Wir müssen versuchen, den Abstand zu diesem *Gagarin* etwas zu vergrößern, Joe. Vielleicht können wir hinter seinem Radarhorizont verschwinden.«

»Das wirkt dann aber verdächtig...«

»Wir *wirken* bereits verdächtig«, stellte White fest. »Ich muß runter in die Zentrale. Sie behalten die Dinge hier oben im Auge«, befahl er Knowlton, bevor er die Brücke verließ, um in die Kommandozentrale hinunterzuhasten.

Der verwirrende Status von Whites HUMINT-Ziel, das durch menschliche Aufklärung überwacht wurde, unterstrich die gefährlich labile Situation im Baltikum. Obwohl die baltischen Staaten seit längerer Zeit unabhängig waren, standen in jedem von ihnen weiterhin fremde Truppen. Noch schlimmer war, daß diese Truppen sich ihrerseits in einer fortgesetzten Identitätskrise befanden. Binnen weniger Monate waren sie aus Verbänden der sowjetischen Roten Armee zu Truppen der Union Souveräner Sozialistischer Republiken, zu Einheiten der Unionsvertragsstaaten und schließlich zu Truppen der Gemeinschaft Unabhängiger Staaten geworden. Die aus Weißrussen bestehenden ehemals sowjetischen Einheiten in den baltischen Staaten unterstellten sich Weißrußland, während die russischen Verbände der russischen Föderation gehorchten und die litauischen Truppen Litauen die Treue hielten.

Verschlimmert wurde das Identitätsproblem durch den Status vieler ehemals sowjetischer Militäreinrichtungen und weiterer wichtiger staatlicher Einrichtungen in den baltischen Staaten. Allein in Litauen gab es etwa 20 solcher Einrichtungen, die von Radarstationen über Forschungslabors bis zu Jäger- und Bomberstützpunkten reichten. Der Grund und Boden gehörte Litauen – das war klar. Aber die Bauten, die Ausstattung und alle Produkte dieser Einrichtungen gehörten der Gemeinschaft Unabhängiger Staaten und sollten irgendwann Gegenstand von Verhandlungen zwischen der GUS-Hauptstadt Minsk und der litauischen Hauptstadt Wilna sein.

In manchen dieser Einrichtungen arbeiteten jedoch sowjetische Wissenschaftler und Ingenieure, die zum Teil keineswegs damit einverstanden waren, daß irgendeine neue Gemeinschaft ihr altbewährtes sowjetisches System aus Dienstgraden und Privilegien kippte. Verschiedene Einrichtungen unterstanden weiterhin ehemaligen KGB-Offizieren, die noch immer beträchtliche Macht besaßen. Andere wurden von schwerbewaffneten Truppen bewacht, die dem gehorchten, der im Augenblick am reichsten, am mächtigsten oder am einflußreichsten war – dem KGB, der GUS, Weißrußland oder sich selbst.

Der Hauptzweck der CIA-Aufklärung in den baltischen Staaten war eine Analyse der komplizierten, potentiell gefährlichen Lage in Litauen. Das ließ sich am besten durch Nutzung von HUMINT-Ressourcen erreichen. In einem armen, weitgehend desorganisierten Land wie diesem fand die CIA mühelos bereitwillige Informanten. Aber sie benötigte schon bald Unterstützung, um alle diese Informanten erfolgreich führen zu können, und wandte sich deshalb hilfesuchend an MADCAP MAGICIAN.

Da die *Valley Mistress* wirklich ein ziviles Bergungsschiff war, das in fremden Hoheitsgewässern jederzeit von anderen Kriegsmarinen durchsucht werden konnte, solange sie nicht im Auftrag der U.S. Navy unterwegs war, konnte sie keine gewöhnliche Nachrichtenzentrale an Bord haben, weil kein GUS-Mitglied oder bündnisfreier Staat sie damit in ihren Gewässern geduldet hätte. Aber White hatte ein System entwickelt, das auch dieses Problem löste. Die speziellen Frachtcontainer der *Mistress* konnten wie jeder andere Container verschifft oder auf See mit dem Schwergutladebaum der *Mistress* an Bord anderer Schiffe abgesetzt werden. Jeder dieser Mission-Specific Cargo Container – kurz MISCOs – war völlig autark, hatte sämtliche benötigten Untersysteme eingebaut und funktionierte, sobald er ans elektrische Bordnetz angeschlossen war.

Die sechs MISCos der *Valley Mistress* standen auf dem Achterdeck festgezurrt, wo der Schwergutladebaum sie abgesetzt hatte. Drei davon gehörten dem Wartungspersonal des Kipprotorflugzeugs CV-22, einer diente als Munitions- und Waffenlager für die CV-22 und den Stoßtrupp, und zwei bildeten die Kommandozentrale, die über alle geheimen Radar-, Fernmelde- und Aufklärungsmittel verfügte, die man brauchte, um Einsätze leiten und Verbindung zum Special Operations Command der Luftwaffe in Florida halten zu können. Für den Fall, daß die *Valley Mistress* überraschend geentert oder angegriffen wurde, ließen sich die sechs MISCOs rasch über Bord kippen, während eingebaute Spreng- und Brandsätze dafür sorgten, daß das belastende Material weitgehend vernichtet wurde.

Die CV-22 PAVE HAMMER war das neueste Flugzeug im Arsenal des Special Operations Command. Dieses ungewöhnliche Kipprotorflugzeug konnte wie ein Hubschrauber senkrecht starten und landen, aber dann bei doppelter Reichweite, Geschwindigkeit und Nutzlast eines Hubschraubers wie ein herkömmliches Flugzeug mit Propellerturbinen fliegen. Außer drei Mann Besatzung – Pilot, Copilot und Flugingenieur/Lademeister – beförderte es bis zu acht Soldaten mit voller Ausrüstung und war mit einer Hughes Chain Gun, einer 20-mm-Maschinenkanone, in einem eigenen Waffenbehälter und zwölf Jagdraketen Stinger in einem weiteren Behälter bewaffnet; beide Waffenbehälter konnten mit dem Helmvisier des Piloten oder Copiloten synchronisiert werden. Mit angeklappten Flügeln war die CV-22 PAVE HAMMER nur noch 17,7 mal 5,5 mal 5,5 Meter groß und paßte damit genau in die DSRV-Kammer der *Valley Mistress*.

Einen Namen gemacht hatten sich Kipprotorflugzeuge des Musters V-22 bei der im Aufbau befindlichen U.S. Border Security Force, den »Hammerheads«, die zur Überwachung der amerikanischen Grenzen und Bekämpfung des Drogenschmuggels 60 dieser Hybridflugzeuge erhalten sollten. In dieser Bewilligung versteckt waren sechs weitere Maschinen, die General Bradley Elliotts High Technology Aerospace Weapons Center (HAWC) in Nevada im Auftrag der U.S. Air Force umgebaut und ans Special Operations Command ausgeliefert hatte. Dies sollte einer der ersten wirklichen Einsätze dieser CV-22 sein...

... falls er nicht abgeblasen wurde.

Im kalten, beengten Inneren des zweiten Containers, in dem die Kommandozentrale untergebracht war, betrachtete Paul White ein auf die digitalisierte Lagekarte übertragenes Radarbild. Die Karte des Zielgebiets – etwa 15 Kilometer nördlich der Hafenstadt Libau, die ihrerseits nur wenige Kilometer nördlich der Grenze zu Litauen an der lettischen Ostseeküste lag – zeigte zahlreiche Flugzeuge, die dieses Gebiet überflogen. »Welches betrifft uns speziell?« erkundigte sich White.

»PATRIOT hat den hier gemeldet«, antwortete ein Nachrichtenoffizier. Er deutete auf einen fast ortsfesten Lichtpunkt knapp nördlich der Stadt – ziemlich weit von den anderen Maschinen entfernt, die weiter östlich kreisen. »Dort drüben haben wir den Flughafen Libau-Ost, den die baltische Flotte der GUS zur Versorgung ihrer Patrouillenboote mitbenutzt. Das bedeutet regen Hubschrauberverkehr. In Wainoden – etwa dreißig Seemeilen ostsüdöstlich von Libau – befindet sich ein GUS-Jägerstützpunkt. Stationiert sind dort hauptsächlich ältere MiG-19 und MiG-21 Tagjäger, aber manchmal auch ein paar MiG-29. Außerdem sind dort Jagdbomber Su-25 und Kampfhubschrauber gesichtet worden. Ich vermute, daß beide Muster jetzt dort stationiert sind.«

White nickte ungeduldig, denn er war über die Stationierung von GUS-Truppen in den baltischen Staaten recht gut informiert. Auf dem Papier mochten diese Jäger und Hubschrauber der GUS gehören, aber ihre Piloten – und die Kommandeure, von denen sie ihre Befehle erhielten –, waren Weißrussen. In den letzten Monaten hatte Weißrußland seine militärischen Aktivitäten in Litauen verstärkt, angeblich zum Schutz seiner Staatsbürger, die Litauen verlassen wollten, und seiner Einfuhren über Kaliningrad, die auf dem Weg nach Weißrußland ganz Litauen durchqueren mußten.

Aber Litauen stellte keine Bedrohung für Weißrußland dar. Möglicherweise hatten diese gesteigerten militärischen Aktivitäten nur den Zweck, eine Besetzung Litauens durch Weißrußland vorzubereiten.

Wie der Irak vor der Eroberung Kuwaits schien Weißrußland kurz davor zu stehen, aus seiner Isolation auszubrechen und ein wertvolles, weitgehend schutzloses Nachbarland zu okkupieren. Die Parallelen zwischen dem Irak und Weißrußland waren erschreckend: Weißrußland war industriell hochentwickelt, aber arm an Kapital und Rohstoffen; Weißrußland besaß starke, gutausgebildete und bewaffnete Streitkräfte, deren Offiziere seit dem Eintritt in die GUS große Einbußen an Prestige hatten hinnehmen müssen; Weißrußland besaß keinen eigenen Hafen, mußte mit den Anrainerstaaten wegen der Mitbenutzung von Ostseehäfen verhandeln und war sehr von Rußland, Polen und Litauen abhängig, was Rohstofflieferungen für seine Fabriken betraf. Es würde schwierig sein, Weißrußland daran zu hindern, seine Muskeln spielen zu lassen.

Bisher ließ sich diese Theorie noch nicht durch Tatsachen untermauern, aber White erkannte untrügliche Anzeichen. Dort draußen braute sich irgend etwas zuammen...

»Der Abholpunkt liegt hier«, fuhr der Nachrichtenoffizier fort und deutete auf ein bewaldetes Gebiet einige Kilometer nördlich von Libau, »und das hier ist der Hubschrauber, den PATRIOT beobachtet. Er überwacht seit zwei Tagen das Zielgebiet und scheint sich auch heute nacht dort draußen rumtreiben zu wollen. Das Gelände ist flach und sumpfig; Navigationsmerkmale fehlen völlig. Weiter südlich liegt ein im Sommer sehr beliebter Badestrand, der jetzt natürlich menschenleer ist. Hier im Osten haben wir Bahngleise und eine Überlandstraße – beide stark befahren und ständig kontrolliert.«

»Wirklich ein idiotischer Treffpunkt, um jemanden rauszuholen!« knurrte White. »Keine fünfzehn Kilometer von einem Militärstützpunkt entfernt. Warum lassen wir ihn nicht gleich mit 'ner

Limousine vom *Stützpunkt* abholen?« Aber es war ihm klar, daß ihnen jetzt keine andere Wahl mehr blieb.

Laut CIA war ihre Zielperson, ein in einer Forschungseinrichtung in der litauischen Hauptstadt Wilna stationierter Leutnant, auf Urlaub nach Schaulen heimgefahren, das auf halber Strecke zwischen Wilna und der Küste lag. Der junge litauische Heeresoffizier mit dem Decknamen RAGANU (»Hexe« auf litauisch) lieferte der CIA schon lange Informationen, aber er war kein Berufsspion. Zum Glück hatte RAGANU Heimaturlaub, als die Amerikaner zufällig entdeckten, daß er enttarnt worden war. Sein Führungsoffizier wies ihn an, nicht zu seiner Einheit zurückzukehren, sondern einen der für ihn ausgearbeiteten Fluchtpläne in die Tat umzusetzen. RAGANU sollte sich in Küstennähe aufhalten, um dort abgeholt zu werden.

RAGANU war offenbar clever genug, um sich ein bis zwei Tage versteckt zu halten, aber sobald sein Verschwinden bemerkt wurde, würde die Jagd auf ihn beginnen. Von seiner Heimatstadt Schaulen ausgehend war er bestimmt leicht aufzuspüren. Nach viertägiger unerlaubter Abwesenheit von der Truppe würde das Netz sich schon sehr eng zusammengezogen haben. Praktisch ist er schon ein toter Mann, dachte White – zumindest bei Tagesanbruch. Der Fluchtplan sah vor, daß RAGANU einen im voraus festgelegten Ort überwachen sollte. Irgendwann würde jemand aufkreuzen, um ihn rauszuholen.

Dieser »Jemand« war MADCAP MAGICIAN.

White sah auf seine Armbanduhr und fluchte nochmals – die Zeit lief ihnen davon. Die Marines würden fast zwei Stunden brauchen, um die Küste zu erreichen und an Land ins Zielgebiet vorzustoßen; dann mußten sie RAGANU aufspüren, ihn zum Abholpunkt mitnehmen und die CV-22 finden... und das alles vor Tagesanbruch. Noch dazu würde die Tarnung der *Valley Mistress* nicht mehr lange vorhalten: Da sie im südschwedischen Hafen Kalmar avisiert war, würde es *sehr* auffallen, wenn sich ihre Ankunft verzögerte. In zwölf Stunden würde der italienische Frachter *Bernardo LoPresti* mit ihr zusammentreffen, um die sechs Container an Bord zu nehmen, bevor die *Mistress* in den schwedischen Hafen einlief. Bis dahin mußte das Unternehmen auf jeden Fall abgeschlossen sein. Also mußte eine Entscheidung her!

Oberst White verließ die Kommandozentrale und betrat die DSRV-Kammer, in der das Kipprotorflugzeug CV-22 verstaut war.

In der schwachen roten Nachtbeleuchtung wirkte die Maschine schwer beschädigt. Ihre Flügel waren in Längsrichtung angeklappt, anstatt quer zum Rumpf zu stehen, und die Rotoren mit 11,6 Metern Durchmesser waren flach an die Triebwerksgondeln geklappt. Man hätte glauben können, daraus könne nie wieder ein Flugzeug werden. Aber White wußte, daß der Pilot nur auf drei Knöpfe zu drücken brauchte, damit die komplett verstaute CV-22 binnen fünf Minuten klar zum Anlassen der Triebwerke war.

Als White die DSRV-Kammer betrat, sprangen die acht Marines der Maritime Special Purpose Force (MSPF), einer Spezialeinheit des U.S. Marine Corps, erwartungsvoll auf. Obwohl der Oberst nun schon viele Monate mit diesen Männern zusammenarbeitete, imponierten sie ihm noch immer ungeheuer. Die MSPF, deren Angehörige die Elite der Elite darstellten, bestand aus nur vier Dutzend Marines in den Vereinigten Staaten, die speziell für Aufklärungs- und Kampfeinsätze hinter feindlichen Linien ausgebildet waren. Die MSPF-Männer konnten auf Drahtseilen zwischen Hochhäusern balancieren, ohne Sicherungsseil zehnstöckige Gebäude erklettern, in eiskaltem Wasser zehn Kilometer weit schwimmen ... und natürlich absolut lautlos, präzise und blitzschnell töten.

Diese acht Männer hatten eine Zusatzausbildung erhalten – nicht beim Marine Corps, sondern bei den Special Operations Forces der Luftwaffe, die sie für eine ziemlich schlappe Bande gehalten hatten. MADCAP MAGICIAN erschien ihnen andererseits verrückt und gefährlich genug, daß sie gut mit ihm auskamen.

Keiner von ihnen sagte ein Wort, als der Oberst ins Cockpit der CCV-22 kletterte, in dem zwei Luftwaffenpiloten saßen: Major Hank Fell und Major Martin J. Watanabe. Die schwarzgekleideten Soldaten drängten sich hinter White zuammen, als er zwischen den Pilotensitzen in die Hocke ging. Master Sergeant Mike Brown, der Bordingenieur/Lademeister der CV-22, verließ seinen Platz an der Kabinentür und schloß sich ihnen an. Auch Gunnery Sergeant José Lobato, der Stoßtruppführer, kauerte hinter dem linken Copilotensitz, um aufmerksam zuzuhören.

»Ein Besuch vom Boß so kurz vor dem Einsatz«, meinte Fell grinsend, bevor White etwas sagen konnte. »Sieht ernst aus. Wird Zeit für 'ne Entscheidung, was?«

»Genau. Okay, hört mal zu. Dieses gottverdammte Spionageschiff ist noch immer hinter uns her, aber ich denke, daß unser Radarschatten groß genug ist, daß ihr unbemerkt abhauen könnt – wir haben den Abstand auf zehn Seemeilen vergrößert und sind wahrscheinlich genau am Rand seines Radarhorizonts, wenn ihr startet. Das wirkliche Problem liegt im Zielgebiet. Dort kreist wieder der Hubschrauber, den wir schon seit zwei Tagen beobachtet haben.«

»Immer noch nur ein Hubschrauber?« fragte Major Fell, der Pilot. White nickte wortlos. »Sonst keine weiteren Aktivitäten in und um Libau?«

»Reichlich Aktivitäten, aber nichts, was mit diesem einzelnen Hubschrauber oder uns zu tun hat – zumindest meiner Einschätzung nach nicht«, antwortete White unbehaglich. »Radarbilder aus über dreihundert Kilometern Entfernung sind nicht präzise genug, um gegnerische Truppenbewegungen zu zeigen, aber ich glaube, daß sie noch immer auf der Suche nach RAGANU sind. Vermutlich sind sie ihm dicht auf den Fersen, aber ich glaube nicht, daß sie ihn schon geschnappt haben. Jedenfalls wird das Zielgebiet überwacht – und die *Mistress* möglicherweise auch. Das Ganze sieht ziemlich riskant aus. Bevor wir morgen früh in schwedische Gewässer einlaufen, müssen die MISCOs von Bord, sonst sitzen wir echt in der Scheiße, wenn uns jemand mit ihnen erwischt.

Darum meine Frage: Riskieren wir's – oder blasen wir die Sache ab? Laut Vorschrift müßten wir sie abblasen.« Er machte eine Pause, setzte ein verschlagenes Grinsen auf, das von keinem der in schwarzen Anzügen steckenden Soldaten erwidert wurde, und fügte hinzu: »Mein Gefühl sagt mir, wir sollten's riskieren. Aber da schließlich ihr den Kopf hinhalten müßt, wollte ich eure Meinung dazu hören.«

»Erst mal muß ich die Radarbilder sehen«, sagte Fell. Im nächsten Augenblick erschien ein Techniker, der ihm mehrere große Blätter mit farbigen Ausdrucken von digitalisierten Radarbildern der AWACS-Maschine ins Cockpit reichte. Fell begutachtete sie kurz und gab sie an Watanabe weiter, der die Radarziele mit seiner Einsatzkarte verglich. »Weiß man, welche Maschinen außer Beobachtungs- und Transporthubschraubern in Libau stationiert sind?« fragte Fell. »Möglicherweise auch Starrflügler? Sind vielleicht Jagdbomber oder Kampfhubschrauber aus Kaliningrad nach Norden nach Lettland verlegt worden?«

»Der Informationsstand ist gleichgeblieben«, erklärte ihm White.

»Leichte Beobachtungshubschrauber, mittlere Rettungs- und Transporthubschrauber und schwere Transporthubschrauber, sonst nichts.« Er deutete auf das Radarbild. »Vielleicht ein zweimotoriges Verbindungsflugzeug im Kurierverkehr zwischen Riga, Libau und Wilna, aber kein bewaffneter Starrflügler von Libau-Ost aus. Keine zusätzlichen Flugbewegungen, die eine Verstärkung der dortigen Garnison bedeuten könnten. Ungewöhnlich ist nur dieser eine kreisende Hubschrauber. Wainoden ist ein großer Jägerstützpunkt dreißig Seemeilen weiter östlich, aber von dort sind bisher fast nur tagsüber Maschinen gestartet.«

Fell schnaubte sarkastisch. »Natürlich. Wieder mal alles wie üblich – zehntausend Soldaten, ein Spionageschiff, mehrere Schnellboote und dreißig Hubschrauber im Umkreis vom fünfzehn Kilometern ums Zielgebiet.« Er sah zu Watanabe hinüber. »Hast du die Ziele geortet, Marty?«

»Geortet und in den Bordcomputer eingegeben«, bestätigte Watanabe und gab die Ausdrucke weiter, damit Gunny Lobato und seine Männer sie ebenfalls begutachten konnten. Der hochmoderne Bordcomputer AN/AMC-641 oder CV-22 würde die Besatzung vor bekannten feindlichen Positionen warnen und diese Informationen während ihres Flugs ständig aktualisieren; auf dem Rückflug würde er die voraussichtlich beste Streckenführung errechnen und für den Fall, daß sie abgeschossen wurden, Vorschläge für eine Fluchtroute zu Fuß machen. Watanabe sah auf seine Uhr. »Wenn wir die Jungs vor Tagesanbruch an Bord nehmen wollen, müssen wir zusehen, daß wir an Deck kommen.«

»Das heißt wohl, daß du für einen Start bist?« fragte Fell trocken. Watanabe nickte und machte sich daran, seine Gurte festzuziehen. Fell wandte sich an Lobato. »Gunny?«

»Ein Spaziergang«, behauptete der dunkelhäutige Sergeant. »Wir sind dabei.«

»Okay, dannn geht's los«, entschied Fell. »Wann können wir, Oberst?«

»Wir lassen das Gebiet noch einmal absuchen, danach kann's losgehen«, antwortete White, als er aus der CV-22 PAVE HAMMER stieg. »Viel Erfolg, Leute! Wir sehen uns frühmorgens.« White blieb stehen und sah zu, wie die acht Marines an Bord gingen. Das Hecktor der Druckkammer wurde geöffnet, und eine Seilwinde zog das Flugzeug auf die Hubschrauberplattform hinaus. Während das Hilfstriebwerk der CV-22 angelassen wurde, ging White auf die Brücke der *Valley Mistress* zurück.

Bis White wieder dort oben war, hatte die CV-22 begonnen, sich aus einem Gewirr aus Baugruppen in eine Flugmaschine zu verwandeln. Die hintere Triebwerksgondel drehte sich in die Horizontale und verließ so ihren Platz zwischen dem doppelten Seitenleitwerk. Als dann die bisher angelegten Flügel quergestellt wurden, kippten die Triebwerksgondeln in senkrechte Stellung; gleichzeitig öffneten sich die Rotoren wie Blätter einer exotischen Blüte, bis sie ihre vollen 11,6 Meter Durchmesser erreicht hatten. Anschließend wurden sofort die Triebwerke angelassen.

»Letzter Rundblick vor dem Start!« rief White seinem Operationsoffizier Knowlton zu.

»Schon dabei, Paul«, antwortete der Major. »Radarmeldung ist negativ. Das *Gagarin*-Schiff steht bei fünfzehn Seemeilen hinter dem Horizont – LADYBUG muß unter hundert Fuß bleiben und mindestens fünfzehn Meilen Abstand halten, um unter seinem normalen Radarhorizont zu bleiben.« Knowlton sagte »normal«, weil die *Gagarin*-Klasse mit Radar ausgerüstet war, das über den Horizont blicken konnte – und das möglicherweise von diesem Schiff eingesetzt wurde. »Datenübertragung an LADYBUG läuft. Der Bordcomputer errechnet daraus einen Kurs, der außer Radarreichweite liegt. Abflugkurs sollte eins-sechs-null, aber nicht östlicher sein. PATRIOT übermittelt gerade einen letzten Überblick vor dem Start.«

Das letzte Radarbild war noch schlimmer: Der Hubschrauber kreiste weiter im Zielgebiet, und vor der Küste standen jetzt mehr Boote als zuvor. »Ich tippe auf Fischerboote«, sagte White zu Knowlton.

Sein Operationsoffizier warf ihm einen fragenden Blick zu – wie konnte der Boß wissen, daß das nur Fischerboote waren?

»Um diese Zeit laufen sie meistens aus«, fügte White hinzu, als habe er Knowltons unausgesprochene Frage verstanden. Andererseits mußten es keine Fischerboote zu sein – es konnten genausogut russische Vorpostenboote sein. Aber bisher war noch nie eine vergleichbar große Zahl russischer Vorpostenboote eingesetzt worden, was darauf schließen ließ, daß dies tatsächlich Fischerboote waren – oder daß die Russen irgendwie von ihrem Unternehmen Wind bekommen hatten.

»Letzte Meldung von PATRIOT ohne wesentliche Änderungen«, berichtete Knowlton, während der Fernschreiber auf der Brücke ratterte. Er trat an den Bildschirm, der eine verkleinerte Wiedergabe des digitalisierten Lagebildschirms in der Kommandozentrale zeigte. »Die Sache mit den Booten ist schwierig zu beurteilen, aber jedenfalls laufen sie nicht in Kiellinie, als hätten sie ein gemeinsames Ziel. Außerdem kommen die meisten anscheinend nicht von den Marinekais, sondern aus dem Handelshafen. Der einsame Hubschrauber ist unser Mann – und der scheint sich auf dem Rückflug zu seinem Stützpunkt zu befinden.«

»Wahrscheinlich muß er tanken«, meinte White. »Wie lange dauert das Betanken eines Hubschraubers?«

»Nicht lange«, antwortete Knowlton. »Er ist bestimmt wieder in der Luft, bevor LADYBUG die Küste überflogen hat.« Er machte eine Pause und starrte White mit zunehmender Sorge im Blick an. »Aber wir dürfen den Start nicht länger verschieben, sonst wird die Nacht zu kurz.«

»Ich weiß, ich weiß«, wehrte sein Boß ab. »Wir müssen weitermachen. Sollte Fell oder PATRIOT ein Problem entstehen sehen, holen wir LADYBUG zurück, und RAGANU muß versuchen, ganz unterzutauchen – oder sich nach Polen durchzuschlagen. Gott, was wir jetzt brauchten, wäre ein kräftiges Gewitter, in dem wir uns verstecken könnten.«

Aber sie hatten nicht mal das Glück, von schlechtem Wetter begünstigt zu werden.

White hatte angeordnet, daß sie, um hinter dem Horizont des Radarschiffs der *Gagarin*-Klasse zu bleiben, nicht höher als 100 Fuß – etwa 30 Meter – fliegen durften. Diese Höhe wäre Fell und Watanabe im Augenblick wie ein Kilometer vorgekommen, denn sie jagten die CV-22 jetzt in nur 30 Fuß Höhe über die Ostsee. Die Triebwerksgondeln der Maschine waren waagrecht nach vorn gekippt, so daß die Hubschrauberrotoren als Flugzeugpropeller arbeiteten.

Mit Hilfe der in die Nachtsichtgeräte der Pilotenhelme projizierten Infrarotbilder, die das IR-Navigationsgerät AAR-50 mit hoher Auflösung lieferte, und mit Unterstützung des Terrainfolgeradars AN/APQ-174 raste das kleine Flugzeug Richtung Küste und wechselte alle zwanzig Sekunden seinen Kurs, um die immer häufiger vor ihnen liegenden Boote, die das Radar ihnen zeigte, möglichst weiträumig zu umfliegen. Im OVERWATER-Modus maß ein winziger Radarstrahl den Abstand zwischen Flugzeugunterseite und Meeresoberfläche, und sobald dieser Abstand 20 Fuß unterschritt, würde eine Warnleuchte zu blinken beginnen.

Der Pilot war dafür verantwortlich, daß die CV-22 in sicherem Abstand über dem Wasser blieb, weil es keinen Autopiloten gab, der so präzise arbeitete, daß er diese geringe Höhe zuverlässig hätte halten können. Alle benötigten Informationen wurden elektronisch auf Fells Helmvisier projiziert, damit er nicht nach unten auf seine Instrumente sehen mußte, um sie abzulesen – schon die geringste Ablenkung konnte ihnen allen den Tod bringen. Solange keine Hindernisse wie Schiffe oder Türme vor ihnen auftauchten – der Radarhöhenmesser blickte nicht nach *vorn*, nur nach *unten* –, waren sie in Sicherheit.

Natürlich nur, wenn man einen Flug, bei dem die Flughöhe über Wasser geringer war als die Spannweite der CV-22, und bei dem knapp sechseinhalb Kilometer in der Minute zurückgelegt wurden, überhaupt als sicher bezeichnete.

Das Flugzeug sollte das MSPF-Team 15 bis 20 Kilometer vor der Küste absetzen, aber je näher es dem Strand kam, ohne von feindlichen Überwachungsanlagen entdeckt zu werden, desto besser. In diesem Fall waren nicht die russischen Radaranlagen das Problem, sondern die vielen Boote, die auf ihrem Radar auftauchten – und ein »Hindernis«, mit dem niemand gerechnet hatte: die nicht einmal 25 Kilometer entfernte Hafenstadt Libau. Die Kais und Lagerhäuser entlang der Küste waren so hell beleuchtet, daß der Blick durch die Nachtsichtgeräte die beiden Piloten zu blenden drohte. Trotzdem gelang es ihnen, bis auf knapp 15 Kilometer an den Strand heranzukommen, bevor sie auf Boote stießen, die sie nicht mehr sicher umfliegen konnten.

»Okay, wir sind so dicht wie möglich dran, glaub' ich«, erklärte Fell dem Copiloten. »Die Hundesöhne dort vorn kann ich nicht mehr umfliegen. Sichten sie uns, ist das ganze Unternehmen im Eimer. Das Team soll sich bereit halten, und du machst die Frachtluke auf.«

Watanabe alarmierte die Marines. Der Lichtschein von Libau war jetzt so grell, daß er sich auf der Windschutzscheibe der CV-22 PAVE HAMMER widerspiegelte.

»Gott, mir kommt's vor, als müßte uns jeder hier sehen«, murmelte Fell. »Noch mal die Schalter kontrollieren, Martin. Ein Piepser über Funk oder aus dem vorderen Radar, und wir haben sämtliche Stationen bis ins gottverdammte St. Petersburg alarmiert.«

Watanabe überzeugte sich davon, daß alle Funkgeräte auf STANDBY oder EMPFANG standen, daß der APQ-174 nicht im TFR-Modus arbeitete und daß das ILS sowie alle äußeren Lichter ausgeschaltet waren.

Der IR-Scanner AAR-50 zeigte an, daß die Ostsee in mindestens acht Seemeilen Umkreis – weiter reichte das FLIR nicht – frei von Booten war. »Heckluke auf!« Während sein Copilot den Schalter für die Heckrampe betätigte, legte Fell einen Kippschalter am Steuerknüppel um. Nun drehten sich die Triebwerksgondeln an den Flügelspitzen nach oben und verwandelten die CV-22 dabei von einer 400 Stundenkilometer schnellen Turbopropmaschine in einen nur mehr 50 Stundenkilometer langsamen Hubschrauber.

Hinten im Laderaum wurde die Heckrampe gesenkt, so daß ein Schwall eisiger Meeresluft über das wartende MSPF-Team hereinbrach. An der sich öffnenden Luke stand das Team mit seinem Schlauchboot bereit: einem gut sechs Meter langen Combat Rubber Raiding Craft (CRRC) – auch »Rubber Raider« genannt – mit 75-PS-Außenbordmotor und Zusatztanks. Die Marines trugen »Mustang-Anzüge«, schwarze Nylonanzüge, die vor Kälte schützten, Auftrieb lieferten, Wasser abhielten und weit mehr Bewegungsfreiheit gewährten als Naßtaucheranzüge. Waffen, Funkgeräte und weitere Ausrüstungsgegenstände hatten sie in wasserdichten schwarzen Rucksäcken bei sich.

Auf ein Zeichen hin packten die Männer des MSPF-Teams das Schlauchboot an der umlaufenden Halteleine, liefen damit von der Heckrampe ins Leere und klatschten in die eiskalte Ostsee. Das Gewicht der acht Marines an der Leine verhinderte, daß ihr CRRC kenterte, während sie an Bord kletterten und es im immensen Rotorenstrahl der CV-22 stabilisierten. Sekunden später sprang der Außenborder an, die Männer luden ihre Pistolen Kaliber .45 und die Maschinenpistolen MP5 durch, und Lobato gab ihrem Rudergänger mit Hilfe seines Kompasses den Steuerkurs an. Das CRRC röhrte in Richtung Küste davon.

An Bord der CV-22 meldete Sergeant Brown, die Marines seien

wohlbehalten abgesetzt. Fell ging auf Gegenkurs, flog von der Küste weg, blieb stetig unter 50 Fuß und wich allen Booten aus, die sein FLIR-Sensor ihm anzeigte. Gleichzeitig sendete Watanabe auf der taktischen Frequenz ein einziges Wort: »*Teviske*« – auf litauisch »Vaterland« –, um Oberst White zu melden, daß die Marines zur Küste unterwegs waren.

Marines, vor allem Aufklärungs- oder Special-Operations-Teams, kämpfen niemals allein. Unabhängig von der Größe des jeweiligen Teams wurden Infanterieeinheiten des Marine Corps stets aus der Luft unterstützt. Die aus einem einzigen Wort bestehende Startmeldung bewirkte, daß die übrigen Beteiligten aktiv wurden.

Während die CV-22 zur *Valley Mistress* zurückflog, um dort zu tanken und ein zweiköpfiges Unterstützungsteam an Bord zu nehmen, startete südlich von Oslo auf dem NATO-Flugplatz Sandefjord, den die Marines zu ihrer Einsatzzentrale für Nordeuropa erklärt hatten, ein Tankflugzeug KC-130 des U.S. Marine Corps. Begleitet wurde die KC-130 von einem riesigen Transporthubschrauber CH-53E Super Stallion mit dem verstärkten Schützenzug SPARROW-HAWK an Bord, der »Gunny« Lobatos Team notfalls unterstützen sollte. Zugleich informierte Watanabes Kurzmeldung Angehörige der 26. Marine Expeditionary Force in Deutschland und Dänemark darüber, daß das Unternehmen angelaufen war und jetzt von Aufklärungs- und Planungsteams verfolgt werden mußte, die für alle möglichen Notfälle Alternativpläne ausarbeiteten.

Auch die U.S. Air Force hielt Unterstützungskräfte in Bereitschaft – allerdings mit noch mehr Feuerkraft als die Marines. Das Special Operations Command ließ auf der Frankfurter Rhein-Main Air Base eine von zwei F-16 Fighting-Falcon-Jägern begleitete MC-130P starten, die andere Flugzeuge in niedrigen Höhen und über feindlichem Gebiet betanken konnte. Die schwer mit Minenkanistern, Raketenbehältern, Lenkwaffen zur Radaransteuerung und Jagdraketen bewaffneten F-16 konnten den Marines helfen, sich von feindlichen Einheiten zu lösen, oder den Himmel freihalten, falls die Russen versuchten, Jäger gegen das Kipprotorflugzeug einzusetzen. Außerdem würden der Tanker MC-130H COMBAT TALON aus England – Deckname WILEY COYOTE – und seine aus Norwegen zu ihm stoßenden Begleitjäger vor der Südspitze der schwedischen Insel Gotland kreisen, um die CV-22 mit RAGANU an Bord betanken zu können. Für den Fall, daß die CV-22 bei diesem Unternehmen beschädigt wurde, hatte die *Valley Mistress* mehrere kleine, harmlos wirkende, aber mit Marines bemannte Rennboote ausgesetzt, die sich als Bergungsteam bereit hielten.

Lobato und seine Männer wurden keine 15 Kilometer von der Küste entfernt abgesetzt, aber sie brauchten fast eine Stunde, um den Sandstrand nördlich von Libau zu erreichen. Unterwegs stellten sie alle paar Minuten den schallgedämpften Außenborder ab und suchten mit ihren Nachtsichtbrillen PVS-5 die See nach etwaigen Verfolgern ab.

Die Männer des Stoßtrupps vertrauten auf ihre Ausbildung und Erfahrung, wenn es darum ging, Windgeräusche und Wellenschlag zu verdrängen, und ebenso ihre eigene Angst, ihr körperliches Unbehagen. Sie waren bereit, sich gegen jede mögliche Gefahr zu verteidigen. Obwohl sie die isolierten »Mustang-Anzüge« sorgfältig angelegt hatten, gab es etliche undichte Stellen, und das Nomex-Gewebe ihrer feuerfesten Fliegerkombis wurde dort vom Salzwasser kalt und kratzig. Obwohl sie sich tief unter die Gummiwülste ihres Schlauchboots duckten, konnten auch dicke Gesichtsmasken aus Wolle und die gestrickten Wollmützen sie nur unvollständig vor der hereinspritzenden Gischt schützen. Ihr Funker, der ein kleines, nur zweieinhalb Kilo schweres Motorola MX-300 benutzte, hatte alle Mühe, den ihm zugeteilten Sektor zu überwachen und zugleich auf Funkverkehr zu achten. Jeder Umlauf des weißen Hochleistungsfeuers eines nahegelegenen Leuchtturms ließ die Marines unwillkürlich die Köpfe einziehen, und Lobato hielt möglichst viel Abstand von diesem Leuchtturm.

Schließlich hörten sie das Rauschen der Brandung am Strand und bereiteten sich auf ihre Landung vor. Alle Augen suchten die Küste nach etwas ab, das ihnen gefährlich werden konnte – Militärpatrouillen waren häufig, aber Zivilisten, die nachts einen Spaziergang machten, waren noch häufiger anzutreffen – und ebenso gefährlich. Wegen eines Objekts, das ein neben der Küstenstraße geparkter Lastwagen oder ein anderes großes Fahrzeug sein konnte, verlegte Lobato ihren Landeort eineinhalb Kilometer weit nach Süden. Der Strand war menschenleer.

Mit leichtem Zischen glitt das CRRC auf den Ostseestrand. Die

Marines sprangen sofort aus dem Schlauchboot, schleppten es aus dem flachen Wasser und trugen es über den etwa 50 Meter breiten Strand bis an den Fuß der niedrigen Dünenkette, hinter der die Küstenstraße lag. Das CRRC wurde rasch im Sand vergraben. Sobald alle Spuren verwischt waren, machte der Stoßtrupp sich weit auseinandergezogen auf den Weg, der zunächst der Küstenstraße folgte.

Ihr Einsatz begann eigentlich erst jetzt: Sie hatten sieben bis acht Kilometer weit zu marschieren, um den Treffpunkt zu erreichen.

USS Valley Mistress
29. November, 01.00 Uhr

»Alle Flugzeuge sind gestartet«, meldete Knowlton im zweiten MISCO – dem als Nachrichtenzentrale eingerichteten Container, der mit neuester Fernmeldetechnik die Verfolgung des Einsatzes ermöglichte – an Paul White. »Alle Meldungen okay.«

White nickte zufrieden. Zehn moderne Flugzeuge, ungefähr 30 Männer mit Spezialausbildung und ein 300 Millionen Dollar teures High-tech-Spionageschiff waren unmittelbar an einem Unternehmen beteiligt, bei dem ein Nichtamerikaner aus einer Republik der Gemeinschaft Unabhängiger Staaten (GUS) herausgeholt werden sollte. In zwei Stunden würden sie alle in der östlichen Ostsee zusammentreffen, und das Spiel würde zu Ende gespielt werden. Zählte man die Männer und Frauen, die beim 26. Marine Expeditionary Unit in Norwegen und im Mittelmeerraum bereitstanden, hinzu, und die der 93. Special Operations Wing der U.S. Air Force in England, waren fast 6000 Amerikaner an dem Versuch beteiligt, *einen* Mann aus Litauen rauszuholen.

Ihnen gegenüber stand eine gewaltige Übermacht weißrussischer GUS-Truppen von Heer, Luftwaffe und Marine in den besetzten baltischen Staaten. Auch nach Abzug größerer Truppenkontingente in den letzten Jahren waren in den baltischen Republiken noch über 50 000 russische Soldaten stationiert – und über eine halbe Million Mann standen nur wenige Flugstunden entfernt in Weißrußland.

Die Zahlenverhältnisse sprachen eindeutig gegen die Marines.

Nur drei Dinge konnten den Amerikanern vielleicht zum Erfolg verhelfen: die Geschwindigkeit, die Lautlosigkeit und die Tapferkeit der acht Männer, die in diesem Augenblick in Litauen an Land gingen, um einen jungen litauischen Offizier aufzuspüren und rauszuholen.

»Eilmeldung von PATRIOT«, sagte Knowlton laut, um Whites Aufmerksamkeit zu erregen. »Dieser Hubschrauber befindet sich auf dem Rückflug ins Zielgebiet. In zehn Minuten – vielleicht schon früher – ist er über dem Stoßtrupp.«

»Scheiße!« fluchte Paul White. Daß der Hubschrauber eine wichtige Rolle spielen konnte, wußten sie alle. »PATRIOT soll die Meldung an den Stoßtrupp weitergeben. Ich rede sofort mit Oberst Kline.«

White trat rasch an die Telefonkonsole, griff nach dem Hörer des Telefons, das eine Direktverbindung zu Oberst Albert Kline, MC, hergestellt hätte, dem Kommandeur der Amphibienkampfgruppe des 26. MEUs an Bord des speziell für Landungsunternehmen ausgerüsteten Flugzeugträgers *Wasp* – und ließ die Hand wieder sinken. Was hätte er empfehlen sollen? Er hatte dieses Team losgeschickt, obwohl er wußte, daß sich der Hubschrauber dort herumtrieb und zu einer Gefahr werden konnte. Sollte er jetzt Luftunterstützung anfordern? Eine der F-15, die COMBAT TALON begleiteten, hätte den Hubschrauber schnell abschießen können – aber zugleich das ganze Unternehmen verraten, wenn das *Gagarin*-Radarschiff sie auf die litauische Küste zurasen sah.

Nein, dafür mußten sie die CV-22 einsetzen. »Ich brauche eine Statusmeldung von LADYBUG«, knurrte White. »Und die Position von WILEY COYOTE.«

Die Standorte beider Flugzeuge und der geschätzte Treibstoffvorrat der CV-22 wurden in die digitalisierte Lagekarte eingeblendet. Der für Spezialeinsätze umgerüstete Tanker MC-130 COMBAT TALON kreiste 120 Kilometer weiter nördlich vor der Südspitze der schwedischen Insel Gotland – zwar in Reichweite des *Gagarin*-Radarschiffs, aber vorerst unbelästigt. Die CV-22 befand sich auf dem Rückflug zur *Valley Mistress* und holte weit nach Süden und Westen aus, um das GUS-Radarschiff zu umfliegen.

White traf die einzig mögliche Entscheidung. »Weisen Sie die MC-130 an, unsere CV-22 zu betanken. Ich brauche LADYBUG sofort wieder im Zielgebiet.« Der Oberst tippte mit dem Zeigefinger auf ein Gebiet etwa 50 Seemeilen westlich von Libau. »Geben Sie COMBAT

TALON eine Freigabe für ›Musik‹ und lassen Sie die Begleitjäger hier kreisen. Ausführung!«

»*Pojorna, nas razjidinili, butti lubezni, paftariti*«, hörte der Funker des Stoßtrupps plötzlich auf russisch aus seinem Gerät. Dieser Funkspruch – »Gruppe, keine Antwort erhalten, Meldung wiederholen« – kam auf der nur für Empfang bestimmten taktischen Frequenz: eine Nachricht von PATRIOT, der AWACS-Maschine E-3B. Sie war für Lobato und sein Team bestimmt; eine Warnung, daß der Hubschrauber sich wieder auf dem Rückflug ins Zielgebiet befand. Um Mißverständnisse zuverlässig auszuschalten, wurden solche Warnungen im Klartext gesendet, was bedeutete, daß der Gegner sie mühelos aufnehmen konnte – daher ein paar russische Worte.

Der Funker schloß lautlos zu Lobato auf, um ihn zu informieren. Lobato nickte wortlos. Sie alle wußten von dem Hubschrauber, und der Sergeant hatte längst mit ihm gerechnet – sicherheitshalber mußte man davon ausgehen, daß er das Zielgebiet gleichzeitig mit den Marines erreichen würde. Lobatos Reaktion bestand daraus, das Marschtempo des Stoßtrupps etwas zu erhöhen, ohne dabei die bisher geübte Vorsicht außer acht zu lassen.

Aber er sah nicht voraus, was als nächstes passierte. Das Team war bis auf eineinhalb Kilometer an das Zielgebiet herangekommen, als die Marines aus der Ferne Hubschrauberrotoren heranknattern hörten.

Der GUS-Hubschrauber, der die Umgebung seit Tagen nach RAGANU absuchte, näherte sich dem Standort der Marines.

»Nachricht von PATRIOT«, meldete der Funker. »Hubschrauber im Anflug, geht auf Suchgeschwindigkeit runter.«

»Scheiße!« fluchte Lobato. »Und unsere Zeit wird langsam knapp.« Er gab seinem Team ein Zeichen. Die Männer teilten sich in zwei Vierergruppen, die sich auf beiden Seiten der unbefestigten Straße unter den Bäumen eines lichten Waldes duckten und mit schußbereiten MP5 darauf achteten, sich nicht aus den Augen zu verlieren.

Die Marines bewegten sich wie miteinander gekoppelt: Nach jedem kurzen Beobachtungshalt, bei dem sie ihre Umgebung absuchten und auf Geräusche von Männern, Fahrzeugen oder Hubschraubern horchten, arbeiteten sie sich mit einigen Sprüngen zwanzig bis dreißig Meter weiter vor. Dann benutzten sie wieder ihre Nachtsichtbrillen, um die nähere Umgebung sorgfältig abzusuchen.

Nach etwa zehn Minuten begann Lobato nervös zu werden, denn die Zielperson war nirgends zu sehen. Er winkte den Funker zu sich heran, während die Gruppe sichernd weiter vorging. Lobato suchte ihre Umgebung erneut ab – wieder erfolglos. Die Zielperson *mußte* sich noch weiter südlich befinden.

Sie mußte ganz in der...

Dann sah Lobato keine 20 Meter vor sich eine Gestalt, einen Mann, am Fuß eines Baums knien. Er schien aus dem Nichts aufgetaucht zu sein. Auch als er sich jetzt langsam aufrichtete, war er für Korporal John Butler, der rechts von Lobato auf ihn zuging, noch nicht zu sehen. Butler war gerade in Deckung gegangen, als er Laub rascheln hörte – er wußte, daß dort vorn etwas war, ohne es schon sehen oder identifizieren zu können.

Lobato hatte seine MP5 gehoben und ihr kleines IR-Visier eingeschaltet, das die Szene für jeden Träger einer Nachtsichtbrille PV-5 taghell beleuchtete, als der Unbekannte plötzlich laut flüsterte: »Hey, Marine, hier bin ich. Hier!«

Butler zuckte herum, sah den Unbekannten und riß seine MP5 hoch, als der Mann rasch mit kehligem Akzent sagte: »*Top of the morning*, Marine, *top of the morning.*«

»Hände hoch!« fauchte Lobato, der nur hoffen konnte, daß Butler nicht abdrücken würde. Aber der Korporal behielt die Nerven. Der Unbekannte riß die Hände hoch. Seine rechte Hand war leer; in der linken hielt er eine dünne Aktentasche. »Weg mit der Tasche!« befahl Lobato ihm.

»Nein!« widersprach der Mann laut.

Butler war mit einem Sprung bei ihm, rammte ihm den Kolben seiner Maschinenpistole in die Magengrube und warf sich auf ihn, als er atemlos zu Boden ging.

Die beiden anderen Männer aus Lobatos Vierergruppe stürzten sich ebenfalls auf den Unbekannten. Sie entrissen ihm die Aktentasche, deren Griff er fest umklammerte, und ein Marine trug sie etwas beiseite, um sie für den Fall, daß sie mit einer Sprengladung präpariert war, allein zu öffnen. Lobato kniete neben dem Mann nieder, durchsuchte ihn und tastete seinen ganzen Körper mit einer behandschuhten Hand nach Drähten oder Waffen ab. Inzwischen war der Unbekannte wieder zu Atem gekommen und wiederholte heiser flüsternd: »*Top of the morning, top of the morning.*«

Das Knattern des Hubschraubers kam näher. Trotzdem mußte die Identität des Unbekannten erst zweifelsfrei feststehen, bevor sie ihn mitnehmen konnten. »Jaybird«, zischte Lobato. Das war eines der Codewörter, die für den Fall, daß der Betreffende nicht sprechen konnte oder zum Beispiel eine Gasmaske trug, mit Gesten geantwortet werden sollte. Als die Marines seine Arme losließen, faltete der Mann prompt die Hände, wobei er seine aneinandergelegten Daumen hochreckte. Das war die richtige Antwort. Lobato wies die Marines mit einer Handbewegung an, RAGANU freizulassen, griff in sein Gurtzeug und aktivierte einen Minisender.

Im nächsten Augenblick flammte ein gleißend heller Suchscheinwerfer auf. Sein grellweißer Lichtstrahl glitt über die fünf Männer am Waldrand hinweg, kam wieder zurück und erfaßte sie. Der GUS-Kampfhubschrauber war plötzlich aufgetaucht und stand beinahe über ihnen.

»Pilot, Lademeister, Übergabesignal.« Master Sergeant Brown, der Lademeister der CV-22 PAVE HAMMER, beschränkte sich bei seiner Meldung über die Bordsprechanlage auf das Wichtigste, weil er wußte, daß sie nur Hundertstelsekunden davon entfernt waren, in die Schlacht zurückzukehren – oder eines feurigen Todes zu sterben. Sie mußten erst *sich* retten, bevor sie zurückfliegen und den Stoßtrupp retten konnten.

Die CV-22 flog in weniger als 600 Fuß Höhe über den dunklen Wellen der Ostsee – viel tiefer war nicht möglich, denn der Nordwind hatte stark aufgefrischt, und Turbulenzen drohten, sie jeden Augenblick ins Meer zu schleudern. Zwölf Meter von ihnen befand sich in gleicher Höhe der Spezialtanker MC-130H COMBAT TALON. Aus einem Behälter in der rechten Flügelspitze hatte der riesige dunkelgestrichene Transporter eines seiner drei Luftbetankungssysteme – ein Schlauch mit einem beleuchteten Einmetertrichter am Ende – ausgefahren, und Fell hatte seine Tanksonde in diesen Trichter gesteckt. Jetzt übernahmen sie 750 Liter Treibstoff in der Minute. Der beleuchtete Trichterrand war das einzige Licht, das die beiden Flugzeuge zeigten – in pechschwarzer Nacht, weniger als drei Spannweiten über dem Meer, mit über 5 Kilometern in der Minute dahinrasend...

Hank Fells Hände hielten das Steuerhorn eisern umklammert, während er sich bemühte, das Flugzeug unter Kontrolle zu halten.

Obwohl er wußte, daß die MC-130H vor ihm herflog, konnte er sie erst aus sechs, sieben Metern Entfernung erkennen – unmittelbar vor einem Zusammenstoß –, so daß die Sonde immer wieder aus dem Trichter glitt und und dann wieder mühsam eingeführt werden mußte. Fell hatte die Triebwerksgondeln seiner CV-22 in 30-Grad-Stellung gebracht, um auch bei höchster Vorwärtsgeschwindigkeit jederzeit wegsteigen zu können. Die COMBAT TALON war für die Luftbetankung von Hubschraubern bei niedrigen Geschwindigkeiten ausgelegt, aber in dieser geringen Höhe und bei solchen Turbulenzen konnte eine plötzliche Windscherung den über 65 000 Kilogramm schweren Tanker ohne Vorwarnung ins Meer stürzen lassen.

Wie um seine Befürchtungen zu unterstreichen, sackte das Heck der MC-130H plötzlich weg, als rolle der Tanker bei schwerem Seegang. Fell spürte, wie der Schraubenstahl der vier riesigen Propellerturbinen seine CV-22 erzittern ließ, und hörte, wie der andere Pilot die Leistung erhöhte. Der Tankschlauch hing zunächst durch, schoß dann mit der COMBAT TALON hoch und wurde von der Sonde abgerissen. Der gepolsterte und mit Segeltuch überzogene Schlauchtrichter knallte heftig an die Windschutzscheibe des Kipprotorflugzeugs. Aber der Pilot der MC-130H nahm sofort Leistung weg und versuchte, wieder in Position zu gelangen.

Fell erhöhte den Anstellwinkel der Rotoren, um die CV-22 im Hubschraubermodus sinken lassen zu können. »Scheiße! Kein Übergabesignal mehr!« meldete Brown. Watanabe schaltete ihre Positionslichter rasch viermal nacheinander ein und aus, und der Trichter vor ihnen verschwand, als der Pilot der MC-130H wieder die Leistung erhöhte und sicherheitshalber 100 Fuß höher ging. »Wieviel haben wir, Marty?« fragte Fell.

»Wir haben gut zweieinhalbtausend Liter übernommen«, antwortete Watanabe. »Das macht insgesamt fünftausend.«

»Reicht das?«

»Knapp«, sagte sein Copilot, »aber zu schaffen. Hin, zurück und mit fünfhundert Litern auf der *Mistress* landen. Oslo kommt nur in Frage, wenn wir auf dem Rückflug bei der MC-130 tanken könnten – und das ist unwahrscheinlich, weil *ihr* bis dahin der Treibstoff knapp wird.«

»Okay, dann gib das Zeichen ›Betankung einstellen‹«, wies Fell ihn an. »Wir müssen mit dem auskommen, was wir haben.« Watanabe signalisierte der Besatzung der MC-130H ihre Absicht mit sechsmaligem Blinken ihrer Lichter – Blitz-Blitz, Pause, Blitz-Blitz, Pause, Blitz-Blitz –, und die schemenhaften Umrisse von COMBAT TALON verschwanden.

Sie flogen wieder nach Osten – zurück ins Zielgebiet östlich von Libau. Die Lage hatte sich sehr schnell verändert. PATRIOT gebrauchte keine russischen Codewörter mehr, um die CV-22 vor feindlichen Flugzeugen zu warnen, sondern benutzte die abhörsichere *Have-Quick*-Frequenz mit Scrambler, um LADYBUG solche Informationen direkt zu übermitteln. Brown hatte ihr INEWS (Integrated Electronic Warfare System) auf Automatik umgeschaltet, so daß es jetzt alle Funk-, Radar- und Lasersignale störte, die es mitbekam. Darüber hinaus modulierte das INEWS die Wärmeabstrahlung der CV-22, »störte« somit ihre eigene Infrarotsignatur und bot dadurch einen gewissen Schutz gegen Jagdraketen mit IR-Zielsuchkopf.

Als sie wenig später die litauische Küste überflogen, sprach ihr Radarwarner erstmals an. Das Überwachungsradar in Libau-Ost erfaßte die CV-22 voll, als sie ihre Höchsthöhe – 300 Fuß – erreichte, weil Fell sie hochriß, als das Terrainfolgeradar AN/APQ-174 ihm plötzlich genau voraus einen Sendemast zeigte. Wenig später registrierte das INEWS starken Sprechfunkverkehr und zahlreiche Schwenks von Radargeräten, die ihren Sektor absuchten.

Der Gegner hatte sie entdeckt.

Als der GUS-Hubschrauber auftauchte, verschwanden die Marines sofort unter den Bäumen. Lobato schleppte RAGANU hinter sich her, als sei der junge Offizier ein Sack voll Schmutzwäsche. Damit hatte sich das Blatt gewendet: Acht Maschinenpistolen MP5 zielten auf Cockpit und Triebwerke des Hubschraubers und konnten ihn im nächsten Augenblick brennend abstürzen lassen. Die Maschine, ein Amphibienhubschrauber Kamow Ka-27, war mit einem Raketenbehälter auf der einen Rumpfseite und einem 12,7-mm-MG auf der anderen bewaffnet. Sekunden nachdem sein Scheinwerfer die Marines erfaßt hatte, schaltete der Pilot sämtliche Lichter aus und verschwand im Dunkel der Nacht.

»Ausschwärmen!« befahl Lobato laut. »Verteilt euch!« Ihm war eingefallen, daß dieser Hubschrauber mit der NATO-Codebezeichnung HELIX-B auch einen Bombenschacht hatte. Seine linke Hand hielt RAGANU am Oberarm gepackt, mit der rechten umklammerte Lobato seine MP5, während er tiefer in den Wald hineinlief.

Dann war zu hören, daß der Hubschrauber zurückkam. Lobato lief schneller und spürte den Puls in seinen Ohren hämmern. Als er die Ka-27 fast genau über sich hörte, schlug er einen Haken nach links, rannte weiter, bis das Knattern der Rotorblätter seinen Puls zu übertönen schien, und warf sich in Gegenrichtung hinter einen Baum. Er riß RAGANU mit sich zu Boden, kniff die Augen fest zusammen und brüllte: »Deckung!« Im nächsten Augenblick ließ eine Serie lauter Detonationen den Boden unter ihnen erzittern. Die HELIX hatte zwei Schüttbomben abgeworfen, und ihre 400 kleinen Bombenkörper verwüsteten jetzt den Wald über den in Deckung liegenden Marines.

RAGANU blökte wie ein verletztes Lamm, bis Lobato ihm den Mund zuhielt. Als er dabei »Schnauze« brüllte, schien RAGANU die unausgesprochene Botschaft zu begreifen: Lobato wollte ihn lebend mitnehmen, aber er war nicht bereit, sich oder seine Männer wegen des litauischen Offiziers zusätzlichen Gefahren auszusetzen – schließlich hatten die Marines schon seine Aktentasche, deren Inhalt vermutlich so wertvoll wie der Mann selbst war. Während Lobato horchte, ob der Hubschrauber zurückkam, tastete er den Arm des neben ihm Liegenden ab und spürte Blut. Der Sergeant zog ein Verbandpäckchen aus einer Tasche seines Gurtzeugs, riß es auf und bedeckte damit die stark blutende Wunde. Dann griff er nach der freien Hand des Mannes, legte sie darauf und schloß seine Finger um den Arm. »Zudrücken!« wies er ihn an. »Fest zudrücken!«

Sobald Lobato der Überzeugung war, RAGANU sei endlich dabei sich selbst zu helfen, richtete er sich kniend auf, um seine Umgebung mit der Nachtsichtbrille abzusuchen. Aber das Gerät war defekt – offenbar zersplittert, als er sich in Deckung geworfen hatte. Ohne Nachtsichtgerät fühlte sich Lobato praktisch blind. Dabei hatten amerikanische Marines jahrzehntelang ohne solche Geräte gekämpft...

Da unterhalb der Flugroute des Hubschraubers jetzt wahrscheinlich zahlreiche Schützenminen mit Verzögerungszünder lagen, nahm Lobato sich vor, diesen Geländestreifen zu meiden. »Bei Foxtrott zwo sammeln!« rief er laut. »Sammeln!« Danach ging er wieder in Deckung und horchte. Wenig später hörte er hinter sich Schritte und wußte, daß seine Männer zum Sammelpunkt unterwegs waren.

Es wurde Zeit, verdammt schnell aus Dodge City zu verschwinden.

»LADYBUG, Ziel bei zehn Uhr, drei Seemeilen, Höhe siebenhundert Fuß, steigend, Geschwindigkeit eins-null-fünf Knoten«, meldete der Radarlotse an Bord von PATRIOT. »Ziel dreht nach links ein... Ziel dreht zum Abfangen nach links...«

Der Hubschrauber tauchte wie aus dem Nichts auf, aber zum Glück verriet sich seine Annäherung durch eine Reihe kleiner Lichtblitze auf dem Erdboden vor ihnen. Fell überlegte sekundenlang, ob die Marines unter diesen Blitzen in Deckung liegen mochten. Aber für solche Überlegungen blieb ihm nicht mehr viel Zeit.

Major Fell sah den Hubschrauber nicht nur eindrehen, sondern beobachtete Sekunden später auch Mündungsfeuer und hellgelbe Leuchtspuren, die sich in einem Bogen durch den Nachthimmel zogen. »Ziel schießt!« rief er laut und riß den Steuerknüppel zurück, um die Leuchtspurgeschosse zu übersteigen. Der Hubschrauber versuchte, ebenfalls zu steigen und LADYBUG im MG-Visier zu behalten, aber ihm fehlte die Geschwindigkeit der CV-22. Nachdem er weniger als 200 Fuß gestiegen war, ging er plötzlich wieder in den Sinkflug über und kurvte eng nach rechts ein.

Mit dieser Rechtskurve hatte Fell gerechnet: Da der Pilot in den meisten Hubschraubern rechts sitzt, fliegen die meisten Hubschrauberpiloten am liebsten Rechtskurven. Sobald er sah, daß der Hubschrauber die Verfolgung aufgab, kurvte Fell daher steil nach links ein und ließ die CV-22 ebenfalls sinken.

»Stinger feuerbereit!« rief Fell, während er den Waffenschalter am Steuerknüppel betätigte. Nach einer leichten Korrektur nach rechts hörte er in seinem Kopfhörer ein Brummen, das anzeigte, daß der IR-Zielsuchkopf einer Stinger den heißen Abgasstrahl des Hubschraubers erfaßt hatte.

»Nummer eins weg!« warnte Fell seinen Copiloten, bevor er auf den Feuerknopf drückte. Der GUS-Hubschrauber kurvte erneut ein – wieder nach rechts –, aber die kleine Jagdrakete Stinger ließ sich jetzt nicht mehr abschütteln. Fell beobachtete einen kleinen weißen Lichtblitz, ein kurzes Aufflackern rötlicher Flammen, dann wieder Dunkelheit.

»LADYBUG, ein Abschuß«, meldete PATRIOT. »Keine weiteren Luftziele mehr. Kurs zum Abholpunkt eins-fünf-vier Grad, Entfernung sechs Seemeilen.« Fell bestätigte diese Anweisung nicht. Das Halten des angegebenen Kurses war Bestätigung genug, und sie hatten jede Menge Zeit, sich bei der Besatzung der E-3B zu bedanken, sobald die Marines und RAGANU an Bord der *Valley Mistress* in Sicherheit waren. Er schaltete das TFR-System wieder ein und steuerte im Tiefstflug zum Abholpunkt.

Die unbefestigte Nebenstraße, auf der sie schon so lange unterwegs waren, wies eine merkwürdige Haarnadelkurve auf, die auf den Satellitenfotos, die sie vor ihrem Einsatz studiert hatten, sehr gut zu sehen gewesen war. Nun kannte Lobato den Grund dafür: an dieser Kurve stand eine *Janseta*, eine kleine Mariensäule. Das war der Sammelpunkt »Foxtrott zwo« in unmittelbarer Nähe des Gebiets, das seit dem Hubschrauberangriff als minengefährdet gelten mußte. Nachdem Lobato einige Minuten lang südlich der *Janseta* gewartet hatte, machte er RAGANU ein Zeichen, auf ihn zu warten, und bewegte sich lautlos auf die Mariensäule zu.

Geduld und Lautlosigkeit waren jetzt wichtiger als zu jedem anderen Zeitpunkt ihres Unternehmens, aber nach dem Hubschrauberangriff hatte Lobatos Team es sehr eilig, aus diesem Land rauszukommen. Er hatte die Säule kaum erreicht, als seine Männer sich bereits um ihn sammelten – wobei Korporal Butler, der als letzter kam, praktisch einen Spurt hinlegte. Lobato führte sie in den Wald zurück und stellte Wachposten auf. Bis auf einige Prellungen, Schürfwunden und ein möglicherweise gebrochenes Handgelenk schien es bei den Marines keine Verwundungen gegeben zu haben.

Die Landung der CV-22, die wenige Minuten später erfolgte, erschien den Männern, als komme ihr Schutzengel vom Himmel herabgeschwebt. Vier Marines sicherten die Landungszone, während zwei ihrer Kameraden RAGANU die Laderampe hinaufhalfen. Das Flugzeug hatte noch keine halbe Minute auf festem Boden gestanden, als es wieder abhob und in Baumhöhe zur Ostseeküste zurückflog. RAGANU bekam Wasser zu trinken, erhielt eine Schwimmweste und wurde vom Sanitäter des Teams versorgt. In der langen Schnittwunde in seinem rechten Bizeps steckte noch ein fast fingerlanger Bombensplitter – ein grausiges Andenken an seine voraussichtlich letzten Minuten in der GUS.

Diesmal flog die CV-22 einen weiten Umweg, um zur *Valley Mistress* zu gelangen. Da sie die Radarstationen an Land, alle größeren Boote und das *Gagarin*-Radarschiff weiträumig umflog, dauerte ihr Rückflug fast doppelt so lange wie der Hinflug. Sobald LADYBUG auf der Hubschrauberplattform stand, erschien das Bodenpersonal, um sie bei noch laufenden Triebwerken zu betanken, das Flugzeug auf etwaige Schäden zu überprüfen und seine Waffenbehälter abzubauen. Nichts durfte auf eine Beteiligung an dem Vorfall in Litauen hinweisen.

Paul White stieg als erster über die Heckrampe an Bord. Er sah vier Marines, die einen lächelnden jungen Mann umringten. White trat mit ausgestreckter rechter Hand auf ihn zu. »Leutnant Fryderyk Litwy?«

Der andere nickte nachdrücklich und ergriff Whites Rechte mit beiden Händen. Dabei wurde Lobato erstmals klar, daß dieser Kerl auch einen *richtigen* Namen hatte.

Für diesen Augenblick hatte White einen litauischen Willkommensgruß einstudiert. »*Labas vakaras*. Ich freue mich, Sie zu sehen. Willkommen in Amerika!« Zu den Marines, die RAGANU umringten, sagte der Oberst: »Gut gemacht. Jungs! Bringt ihn rein, damit er was zu essen kriegt.«

Während die Marines Leutnant Litwy aus der CV-22 begleiteten, sprach White mit Lobato, der ihm die Aktentasche des jungen Offiziers übergab. »Auftrag ausgeführt, Sir. Wir haben die Tasche gründlich untersucht. Clean. Sie enthält eine Serie ziemlich guter Fotos. Schon deretwegen hat sich der Ausflug gelohnt, glaube ich.«

»Phantastisch!« sagte White zufrieden. »Ich lasse sie sofort kopieren und ans Hauptquartier übermitteln. Dann nehmen Sie die Originale in einer Kassette mit Selbstzerstörungsmechanismus nach Norwegen mit. Gut gemacht, Lobato. Sprechen Sie Ihren Leuten meine Anerkennung aus.«

Die Treibstoffschläuche wurden eingerollt, und der Stoßtrupp ging wieder an Bord des Flugzeugs, während White den zweiten MISCO betrat und den dort wartenden Technikern die Aktentasche übergab. Die CV-22 durfte nicht an Bord der *Valley Mistress* bleiben, die sich schnellstens in ein Bergungsschiff zurückverwandeln mußte. Das Flugzeug würde die Marines, die Fotos und Leutnant Litwy so schnell wie möglich zur amerikanischen Botschaft in Oslo bringen, damit der Litauer politisches Asyl beantragen konnte. So würde der Fall Litwy eine weitere Erfolgsstory der US-Geheimdienste werden.

Bevor die CV-22 jedoch starten konnte, mußten die Fotos, die unter solchen Risiken aus dem besetzten Litauen herausgebracht worden waren, kopiert und in die Vereinigten Staaten übermittelt werden. Dafür war mehr erforderlich als ein simples »Bild-vom-Bild«-Verfahren, denn zu viele Unternehmen waren schon durch nachlässigen Umgang mit sichergestellten Fotos ruiniert worden. White, der entschlossen war, diesen häufigen Fehler zu vermeiden, hatte den zweiten MISCO so ausgelegt, daß Fotos dort rasch und sicher kopiert werden konnten, ohne daß dabei Schäden auftraten oder irgendein unbekannter Zerstörungsprozeß ausgelöst wurde.

Litwys Aufnahmen wurden einzeln mit verschiedenen Methoden untersucht, von denen die Sicht- und Tastprüfung die wichtigste war. Viele Fotos waren mit Chemikalien beschichtet, die hochgiftig waren oder das Bild zerstörten, wenn es zu häufig angefaßt oder mit Blitzlicht aufgenommen wurde. Hier handelte es sich jedoch offenbar um gewöhnliche Schwarzweißfotos mit matter Oberfläche in den Formaten 13×18 und 18×24 Zentimeter, die ein Amateur aufgenommen, entwickelt und vergrößert zu haben schien.

Whites Techniker nahmen die Bilder einzeln mit hochauflösenden Kameras und Videokameras auf, ohne dabei Scheinwerfer oder gar Blitzleuchten zu verwenden; dann wurden die Aufnahmen fotokopiert und zuletzt mit einem Computerscanner abgetastet. Die digitalisierten Bilder wurden über Satellit ans U.S. Special Operations Command in Florida und das Auswertungszentrum der National Security Agency in Virginia übermittelt. White wartete ungeduldig, während die Daten an einen Fernmeldesatelliten gingen, von dort an einen weiteren Satelliten übermittelt wurden und zuletzt in der NASA-Bodenstation in Fort Belvoir, Virginia, empfangen wurden.

Wenige Augenblicke später, als eben das letzte Foto übertragen wurde, betrat Major Carl Knowlton den Container. »PATRIOT meldet mehrere Hubschrauber vor Libau, vierzig Seemeilen vor der Küste, im Anflug auf uns«, berichtete Knowlton. »Geschätzte Ankunftszeit in zwanzig Minuten. Sie fliegen sehr tief – und bisher ohne Radar.«

»Wir sind hier fertig«, sagte White, steckte die Originalfotos in wasserdichte Hüllen und übergab sie dem Techniker, der sie in einem Spezialbehälter verpacken würde. »In zwanzig Minuten ist LADYBUG schon halb in Oslo. Was tut das *Gagarin*-Radarschiff?«

»Es ist auch hierher unterwegs«, meldete Knowlton. »In spätestens fünfundvierzig Minuten hat es uns im Radar.«

»Falls die Rußkis in Wainoden, Riga oder Kaliningrad Jäger starten lassen, sitzen Fell und die anderen schön in der Scheiße«, stellte White nüchtern fest. Er inspizierte den mit einem Selbstzerstörungsmechanismus ausgestatteten Behälter, aktivierte das Zahlenschloß und stellte den Zündmechanismus scharf. Versuchte jetzt ein Unbefugter, das Schloß zu öffnen oder den Behälter aufzuschneiden, zerstörte ein für alle Umstehenden lebensgefährlicher Brandsatz die Fotos. »Am besten beantragen wir gleich eine Überfluggenehmigung für Schweden. Sind die Waffenbehälter abgebaut?«

»Klar. Ich hab' mich selbst davon überzeugt. Auch die Waffenschalter sind außer Betrieb.«

»Gut.« Die US-Regierung würde den Schweden bestätigen müssen, daß die Maschine, für die eine Überfluggenehmigung beantragt wurde, unbewaffnet war. Wäre die CV-22 dann mit Waffen – und seien es bloß ein paar 20-mm-Granaten – an Bord in Schweden notgelandet oder abgestürzt, wäre das ein peinlicher internationaler Zwischenfall ähnlich dem Aufgrundlaufen sowjetischer U-Boote in den schwedischen Schären gewesen. Für amerikanische Schiffe und Flugzeuge wäre Schweden danach jahrelang tabu gewesen. White begann, sich die Kopien der Aufnahmen anzusehen, während er hinzufügte: »Sobald jemand an Bord zu kommen versucht, versenken wir die Waffenbehälter und die sechs MISCOs.«

»Wir haben schon alles vorbereitet«, versicherte ihm Knowlton. »Die Waffenbehälter liegen in der Druckkammer. Falls die Hubschrauber ein Kommando absetzen wollen, verschwinden die Behälter und die meisten Geheimsachen durch die Bodenluke. Und die Container werden einfach...«

»Scheiße! Sehen Sie sich das an!« rief White aus, während er ein Foto anstarrte. Vor ihm lag die leicht verschwommene, aber trotzdem deutliche Aufnahme des wohl ungewöhnlichsten Flugzeugs, das die beiden je zu Gesicht bekommen hatten. »Was ist das, verdammt noch mal?«

»Hmmm, das... das muß ein Bomber sein, glaub' ich«, sagte Knowlton. »Sieht wie ein Stealth-Jäger aus – aber mit gewölbtem Rumpf und Flügeln. Oder wie das fremde Raumschiff aus *Krieg der Welten*, allerdings mit spitzem Bug. Trauen Sie den Russen zu, einen

Bomber dieser Art zu entwickeln – ausgerechnet in *Wilna*? Wer baut schon einen Bomber mitten in einer Revolution?«

»Das Fisikus-Institut ist ein wichtiges Forschungszentrum für Luft- und Raumfahrt«, erklärte ihm White. »Vermutlich haben sie dort ein Dutzend solcher Modelle...« Er griff nach einem Vergrößerungsglas, um das Foto erneut zu begutachten. »Aber das hier ist kein Modell. Es ist zu groß! Sehen Sie den Wachposten dort drüben? Die Flügelvorderkante ist mindestens sechs, sieben Meter hoch. Dieses Ding muß größer sein als ein B-2-Bomber! Und sehen Sie die Schläuche und Kabel in die Maschine laufen? Vielleicht ist das ein Prototyp. Mann, da wird das Pentagon staunen!«

»Kann das nicht eine Täuschung sein? Ein Köder, ein Lockvogel, eine Falle?«

»Schon möglich«, gab White zu. »Vielleicht sind im Fisikus ein paar Attrappen aufgestellt worden, als Leutnant Litwy dicht davor gestanden hat, enttarnt zu werden.«

»Oder *Litwy* könnte eine Fälschung sein«, stellte Knowlton fest. »Vielleicht haben sie den wahren Litwy geschnappt, ihm in der Folterkammer alle Geheimnisse entrissen und ihn durch einen Maulwurf ersetzt. Die ganze Sache kann ein einziger großer Täuschungsversuch sein.«

White bedachte ihn mit einem schiefen Grinsen und zuckte mit seinen schmalen Schultern. »Dafür sind wir nicht zuständig, Carl«, sagte er und blätterte weiter in den Fotos. »Ob Litwy echt ist, müssen CIA und Defense Intelligence rauskriegen. Wir bejubeln ihn nicht, wir erschießen ihn nicht – wir liefern ihn bloß ab. Die Jungs in den ausgebeulten braunen Anzügen sollen sich selbst...«

Paul White verstummte plötzlich. Er starrte das Foto, das er eben aufgeblättert hatte, so gebannt an, als traue er seinen Augen nicht.

Knowlton fiel auf, daß sein Vorgesetzter große Augen machte. »Paul? Was gibt's? Hat Litwy noch was Interessantes mitgebracht? Lassen Sie mal sehen, was...«

Aus Whites Gesichtsausdruck sprach ungläubige Verwirrung, als er jetzt den Kopf hob. Er ließ das Foto sinken und gab es Knowlton. Die Aufnahme zeigte eine Gruppe von drei Soldaten – Angehörige der Elitetruppe mit schwarzen Baretten, die in den baltischen Staaten viele der wichtigsten ehemals sowjetischen Einrichtungen, und darunter auch das Fisikus-Institut, bewachten. Sie umringten einen jüngeren Mann. Schwer zu beurteilen war dabei, ob sie einen wichtigen Zivilisten schützten oder einen Gefangenen bewachten.

Aber dieser Mann, der schlicht in Hemd, Hose und Pullover gekleidet war, hatte Whites Aufmerksamkeit geweckt.

Knowlton zog fragend die Augenbrauen hoch. »Hey, Paul, wer ist das? Ein lange verschollener Bruder oder was? Kennen Sie diesen Kerl?«

White nickte und ließ sich die Aufnahme zurückgeben. »Ich kenn' ihn von der Ford her...«

»Von der Ford Air Force Base? Das soll ein Witz sein, ja? Bestimmt sieht er ihm bloß ähnlich.«

Aber daran hatte White bereits gedacht – und diese Überlegung sofort verworfen. Er erinnerte sich, vor einigen Jahren gehört zu haben, Oberleutnant Dave Luger sei beim Absturz eines supergeheimen neuen Bombers in Alaska ums Leben gekommen. Aber das hatte er nie so recht geglaubt – die Meldung war zu vage gewesen, um ihn wirklich überzeugen zu können.

White hatte die Gerüchte mitbekommen, die in der U.S. Air Force kursierten – über einen Präventivschlag gegen eine Laserstation in Sibirien und das Flugzeug, mit dem er durchgeführt worden war: eine modifizierte B-52, angeblich vom High Technology Aerospace Weapons Center. Wie und warum eine Forschungseinrichtung über ein einsatzbereites Flugzeug verfügte, war noch immer unklar. Aber es hatte keine amtliche Untersuchung der Hintergründe dieses Einsatzes gegeben, und die Bedrohung durch den sowjetischen Laser – falls es sie je gegeben hatte – war plötzlich verschwunden...

... genau wie Patrick McLanahan und David Luger, die Navigatoren von Paul Whites altem B-52-Geschwader auf der Ford Air Force Base.

Beide hatten einige Wochen vor dem angeblichen Unfall ein Urlaubsgesuch eingereicht. Keiner von ihnen war zur Ford Air Force Base zurückgekehrt. Paul White hatte später von Lugers Tod erfahren – und von einer plötzlichen Versetzung McLanahans. Er wußte nicht, was das zu bedeuten hatte, aber da McLanahan zu den besten Navigatoren der U.S. Air Force gehörte, nahm White keine Sekunde lang an, er sei strafversetzt oder unehrenhaft entlassen worden. White hatte beide gut leiden können – zwei hochintelligente Burschen, obwohl Luger manchmal etwas unbeherrscht war. Trotzdem waren McLanahan und er ein praktisch unschlagbares Team gewesen.

Und jetzt schien Dave Luger lebend in einer geheimen GUS-Forschungseinrichtung in Litauen aufgetaucht zu sein. White rieb sich das Kinn. Was hatte das zu bedeuten? War Luger ein Überläufer? Ein russischer Maulwurf? Der Oberst wandte sich an Knowlton: »Das ist hundertprozentig dieser Kerl, den ich auf der Ford Air Force Base gekannt hab'. Ein amerikanischer Offizier – ausgerechnet im gottverdammten Litauen! Dabei ist er 1989 für *tot* erklärt worden!«

Knowlton machte ein skeptisches Gesicht. »Paul, wie kann ein seit Jahren toter amerikanischer Luftwaffenoffizier plötzlich in der litauischen Hauptstadt Wilna auftauchen?«

»Es hat schon verblüffendere Fälle gegeben. Denken Sie an diese Vietnamveteranen, die angeblich gefallen waren – bis sie irgendwann doch wieder aufgetaucht sind.«

»Aber Vietnam ist ein *Krieg* gewesen, Paul. Da gibt's nun mal Männer, die versehentlich als gefallen gemeldet werden. Aber dieser Kerl...«

»David Luger. So heißt er.«

»Okay, dieser Luger... ist in keinem Krieg gewesen. Oder etwa doch?«

White ignorierte seine Frage. »Das muß ich weitermelden. Sofort! Lugers letzter Einsatz... nun, wenn er noch am Leben ist, wenn er dort in Litauen lebt, müssen die Zuständigen davon erfahren. Das... äh... sein Einsatz ist zu wichtig gewesen.«

Knowlton schüttelte den Kopf. »Dieses Gespräch können Sie nicht von der *Mistress* aus führen, Paul. Das wissen Sie ganz genau. Ein nicht unbedingt erforderliches abhörsicheres Funkgespräch, das von Russen und Weißrussen angepeilt werden kann... Verdammt, das würde uns *und* den Satellitenkanal verraten!«

»Hören Sie, ich *kenne* diesen Mann. Er hat mein Simulatortraining absolviert.«

»Sie wollen das ganze MADCAP-MAGICIAN-Programm aufs Spiel setzen, um ihm zu helfen? Sobald die Russen rauskriegen, daß wir nicht nur ein Rettungs- und Bergungsschiff sind, ist unser Programm erledigt. Dann sind Jahre *Ihrer* Arbeit verloren, Paul.«

Er merkte, daß White nachdenklich geworden war. Knowlton hatte ihn schon eine Ewigkeit nicht mehr so aufgeregt gesehen, was bedeutete, daß er sich seiner Sache und der Identität dieses Mannes verdammt sicher war. White behauptete von sich, er vergesse jeden Namen, aber niemals ein Gesicht. Und in diesem Fall erinnerte er sich an beides.

»Hören Sie, Paul... legen Sie den Fotos doch eine dringende Mitteilung bei, damit die zuständigen Stellen sich schon mal mit dieser Sache befassen können. Aber ansonsten warten Sie am besten, bis wir in Oslo sind – die Botschaft bietet alle technischen Einrichtungen, die Sie brauchen. Die CV-22 kann ein paar Minuten lang warten, bis Sie Ihre Mitteilung geschrieben haben.«

White hätte lieber sofort telefoniert, aber er wußte, daß Knowltons Vorschlag vernünftig war. Alarmierte er die zuständigen Stellen jetzt nur telefonisch, hatte er keine Garantie, daß sie sich tatsächlich damit befaßten. Womöglich kehrte irgendein Arschloch, das ein Problem weniger haben wollte, den Fall einfach unter den Teppich. Und Paul White war entschlossen, genau das *nicht* zuzulassen.

Luftraum über Westlitauen
Später am selben Morgen

»Dort vorn muß es sein«, sagte der Pilot des litauischen Militärhubschraubers über die Bordsprechanlage zu seinem Fluggast. »Verdammt, sehen Sie sich bloß an, wie die Schweinehunde das Land zugerichtet haben!« Er zeigte nach vorn auf die Absturzstelle. Mehrere Hubschrauber, Dutzende von Fahrzeugen – darunter einige Schützenpanzer BTR – und Hunderte von Soldaten umgaben einen kleinen dunklen Fleck auf dem schlammigen Boden. Die Soldaten hatten schweres Pioniergerät eingesetzt, um eine Fahrspur anzulegen, die als breite Schneise von der Asphaltstraße quer über die Felder, durch Weidezäune und eine Fichtenschonung zur Absturzstelle führte. Aus der Luft erinnerte die fast drei Kilometer lange Spur der Verwüstung an den Pfad eines Wirbelsturms.

»Die weißrussische Infanterie versteht ihr Handwerk, das sieht man«, sagte General Dominikas Palcikas, der Oberkommandierende der litauischen Streitkräfte, während er das Gebiet vom Copilotensitz aus begutachtete. »Ihre Fahrzeuge sind gut verteilt«, erklärte er dem Piloten. »Sehen Sie? Alle Straßen und freien Flächen in der näheren

Umgebung sind mit Fahrzeugen blockiert. Niemand soll dort landen können.«

Der Hubschrauberpilot nickte. Obwohl die Republik Litauen 1990 die Sowjetunion verlassen hatte, war nach dem Zerfall der UdSSR und der Gründung der Gemeinschaft Unabhängiger Staaten als friedenserhaltende Maßnahme vertraglich die Stationierung von GUS-Truppen in den baltischen Staaten vereinbart worden. Trotzdem befürchteten viele Litauer, ihre Beschützer – vor allem die Weißrussen – könnten sich eines Tages über ihre Verpflichtungen hinwegsetzen und versuchen, sich Litauen einzuverleiben.

»Was soll ich tun, General?« fragte sein Pilot.

»Versuchen Sie noch mal, die Kerle über Funk zu erreichen. Ein paar Wagen sollen wegfahren, damit wir landen können.«

Der Pilot bemühte sich nochmals, Funkverbindung zu bekommen.

Während Palcikas auf eine Antwort der Weißrussen wartete, verfinsterte sich seine Miene mit jeder Sekunde, die ergebnislos verstrich. General Dominikas Palcikas war ein 53jähriger Veteran – ein geborener Litauer, der seine Ausbildung jedoch in der ehemaligen Sowjetarmee erhalten hatte. Als russischer General war sein Vater Kommandeur einer litauischen Division gewesen, die den Beinamen »Brigade Eiserner Wolf« getragen hatte – eine Erinnerung an das gefürchtete Heer der litauischen Großfürsten im Mittelalter. Im Zweiten Weltkrieg hatte General Palcikas' Brigade heldenhaft gekämpft, was die Offizierskarriere seines Sohnes sehr gefördert hatte.

Dominikas Palcikas stieg rasch bis zum Oberst auf, war im Militärbezirk Fernost stationiert und kommandierte danach in Afghanistan ein Panzerbataillon. Nach dem sowjetischen Rückzug aus Afghanistan wurde er in den Militärbezirk West versetzt. Doch die militärische Niederlage in Afghanistan hatte seiner Karriere geschadet: Palcikas wurde zu den Grenztruppen des Innenministeriums versetzt, kam in die Weißrussische SSR und kommandierte dort ein zur Grenzsicherung eingesetztes Regiment.

Dieser plötzliche Karriereknick beeinflußte sein Bild von der Sowjetunion. Palcikas erkannte, daß Litauen unter sowjetischer Herrschaft ebenso zu verarmen drohte wie Afghanistan. Er begann sich mit litauischer Geschichte zu beschäftigen, und seine Enttäuschung über die UdSSR erreichte ihren Höhepunkt mit den 1989 und 1990 von Sondertruppen des Innenministeriumms – den berüchtigten Schwarzen Baretten – in Riga und Wilna verübten Massakern.

1990 quittierte Palcikas den Dienst in der Sowjetarmee und wanderte nach Litauen aus. Als sich die Republik Mitte 1991 für unabhängig erklärte, übernahm er als General den Oberbefehl über ihre Selbstverteidigungsstreitkräfte. Seinem ersten Offiziers- und Freiwilligenkader gab er den Namen »Brigade Eiserner Wolf«, womit er nicht nur an die litauischen Großfürsten, sondern auch an die Einheit erinnerte, die im Zweiten Weltkrieg unter Führung seines Vaters Litauen gerettet hatte.

»Keine Landeerlaubnis, General«, meldete der Pilot. »Bloß die Aufforderung, wegzubleiben.«

Palcikas explodierte förmlich. »Dies ist *mein* Land, *mein* Luftraum, und ich lasse mir von keinem befehlen, was ich tun soll! Gehen Sie bei den Fahrzeugen dort vorn tiefer – bei dem Stabsfahrzeug mit dem Wimpel. Die anderen Hubschrauber sollen in der Nähe bleiben.«

»Aber das scheint der Befehlswagen des zuständigen Kommandeurs zu sein, General.«

»Gehen Sie dort in Schwebeflug über. Mindestens zwanzig Meter entfernt und weniger als zehn Meter hoch.« Palcikas löste seine Gurte, stand vom Copilotensitz auf und ging nach hinten. Auf dem Weg zum Laderaum des mit zwei Triebwerken ausgerüsteten Kampf- und Transporthubschraubers Mil Mi-8 aus sowjetischer Produktion kam er an seinem Adjutanten vorbei. Major Alexei Kolginow, ein noch junger russischer Infanterieoffizier, war seit vielen Jahren mit Palcikas zusammen. »Los, mitkommen, Alexei!«

»Wollen wir...?« Der Major brachte den Satz nicht zu Ende, sondern starrte Palcikas verblüfft an. Sein Vorgesetzter hatte sich feste Lederhandschuhe übergestreift und ein fünf Zentimeter dickes Kokosseil aus dem Staufach über der Laderaumtür geholt. Jetzt überzeugte er sich davon, daß es sicher an seinem Haken im Kabinendach verankert war. »General, was haben Sie...?«

»Mitkommen!« Palcikas überprüfte seine Pistole, eine sowjetische Makarow TT-33, schob die linke Kabinentür auf und sah hinaus. Kolginow, der jetzt wußte, was Palcikas vorhatte, beeilte sich, ebenfalls Handschuhe anzuziehen und sich seine Maschinenpistole AKSU umzuhängen.

Generalleutnant Anton Ospowitsch Woschtschanka, der weißrussische Dreisternegeneral, der alle Einheiten im Westen seines Landes befehligte, fluchte laut, als der litauische Kampfhubschrauber über ihnen tieferging. Sein Triebwerkslärm machte jede normale Verständigung unmöglich. Er hielt seine Schirmmütze fest, bevor sie davonflog, wandte sich an Oberst Oleg Pawlowitsch Gurlo, der die weißrussischen Einheiten in Litauen und Kaliningrad kommandierte, und brüllte ihm ins Ohr: »Schreiben Sie sich die Nummer auf und stellen Sie fest, wer der Pilot ist! Ich verlange, daß dieses Arschloch binnen einer Stunde zum Rapport bestellt wird!«

Der Oberst befehligte seit einigen Monaten alle in Litauen stationierten weißrussischen Infanterie- und Panzerverbände. Der Abschuß des Kampfhubschraubers in der vergangenen Nacht und das Aufkreuzen seines Kommandierenden Generals an der Absturzstelle wuchsen sich allmählich zu einem wahren Alptraum für Gurlo aus. Dieser neuerliche Zwischenfall würde ihm den Rest geben – wahrscheinlich konnte er von Glück sagen, wenn er seinen Posten noch eine Stunde lang behielt.

Der Oberst hob den Kopf und kniff wegen des aufgewirbelten Staubs die Augen zusammen. »Dieser verdammte Hubschrauber gehört den Litauern«, stellte er fest. »Ich sorge dafür, daß er sofort...«

In diesem Augenblick stürzte sich ein Mann aus der linken Laderaumtür des in knapp zehn Meter Höhe schwebenden Hubschraubers. Da er sich buchstäblich kopfüber aus der Maschine stürzte, sah das zunächst wie ein Selbstmordversuch aus. Aber der Schock klang rasch ab, als der Uniformierte ein von seinem Hubschrauber herabhängendes starkes Klettertau zu fassen bekam und daran zu Boden glitt. Gleich darauf folgte ihm ein zweiter Mann, der sich jedoch langsamer und vorsichtiger an dem starken Tau in die Tiefe gleiten ließ.

Die Soldaten in der Umgebung der beiden weißrussischen Offiziere hielten ihre Waffen schußbereit, aber der erste Uniformierte beachtete sie gar nicht, sondern marschierte geradewegs auf General Woschtschanka zu. »Verdammt noch mal, wie kommen Sie dazu, mir die Landung verbieten zu wollen?« brüllte der litauische Offizier, nachdem er den Hubschrauber, aus dem er mit dem zweiten Mann ausgestiegen war, mit einer Handbewegung weggeschickt hatte. »Ich will wissen, was zum Teufel hier vorgeht!«

Oberst Gurlo erkannte ihn sofort: Vor ihnen stand kein anderer als General Palcikas, der Oberbefehlshaber der kümmerlichen litauischen Streitkräfte.

»Wer sind Sie?« fragte General Woschtschanka ebenso laut. »Was wollen Sie von mir? Oberst Gurlo, lassen Sie diesen Mann festnehmen!«

Der Oberst wußte, daß er Palcikas nicht anrühren durfte – das wäre ein kriegerischer Akt, geradezu eine Kriegserklärung gewesen –, aber er gab zweien seiner Offiziere ein Zeichen. Sie bauten sich sofort neben Palcikas auf, ohne ihn jedoch zu berühren. »General Woschtschanka«, sagte Gurlo auf russisch, »ich möchte Ihnen General Palcikas vorstellen, den Oberbefehlshaber der Selbstverteidigungs-Streitkräfte der Republik Litauen. General Palcikas, ich darf Ihnen Generalleutnant Woschtschanka vorstellen, den Kommandierenden der Westgruppe der Streitkräfte der Republik Weißrußland und Oberbefehlshaber der GUS-Sicherheitskräfte in den baltischen Staaten.«

Keiner der beiden hielt es für nötig, grüßend die Hand an den Mützenschirm zu legen.

Palcikas' Miene blieb finster, als er seine dicken Schutzhandschuhe abstreifte. Woschtschanka sagte: »Palcikas! Endlich lernen wir uns mal kennen! Ich habe natürlich schon viel von Ihnen gehört. Für ein altes Schlachtroß wie Sie ist das eben eine beachtliche Leistung gewesen.«

»Es wäre mir ein Vergnügen, Sie darin zu unterweisen, General«, antwortete Palcikas in akzentfreiem Russisch, »aber das ist nichts für Ängstliche ... oder für Männer mit Schmerbauch und weichen Händen.«

Woschtschanka, ein kleiner, dicklicher Mann, der noch nie in einem Kampfhubschrauber gewesen war und sich erst recht aus keinem abgeseilt hatte, überging diese anzügliche Bemerkung mit einem Lächeln.

Ohne ihn aus den Augen zu lassen, fuhr Palcikas fort: »General, ich verlange eine Erklärung dafür, warum Ihre Truppen dieses Land verwüstet haben – und warum sie meinen Einheiten den Zugang zu diesem Gebiet verwehren.«

»Hier hat es letzte Nacht einen Angriff gegeben, General Palcikas«, erklärte ihm Woschtschanka. »Ein litauischer Deserteur aus einer in Wilna stationierten GUS-Einheit ist von einem Beobachtungshubschrauber verfolgt worden, als der Hubschrauberpilot plötzlich gemeldet hat, er werde von einem unbekannten Flugzeug angegriffen. Sekunden später ist er mit einer wärmesuchenden Jagdrakete westlicher Bauart abgeschossen worden. Der *litauische Verräter* ist entkommen. Wir untersuchen die näheren Umstände.«

Als von einem »litauischen Verräter« die Rede war, funkelten Palcikas' Augen, was Woschtschanka befriedigt registrierte. »Ich bedauere den Tod ihrer Flieger und den Verlust Ihres Hubschraubers, General Woschtschanka«, antwortete Palcikas, »aber sehen Sie sich an, welche Flurschäden Ihre Männer hier angerichtet haben! Allein dieser Wald braucht ein Jahrzehnt, um wieder nachzuwachsen. Und durch den Einsatz Ihrer Truppen verstoßen Sie gegen den Vertrag über Sicherheit und Zusammenarbeit. Deshalb bestehe ich darauf, daß Ihre Männer sofort abziehen.«

»Wir... wir wollten verhindern, daß Beweismaterial zerstört wird, General«, sagte Woschtschanka lahm, ohne auf Palcikas' Befehl einzugehen. »Unausgebildete, undisziplinierte Bauernburschen, die sich herumtreiben, wo sie nichts zu suchen haben, würden unsere Ermittlungen behindern.«

»Meine Männer oder diese Bauern könnten unmöglich mehr Beweismaterial vernichten, als Ihre Leute bereits zerstört haben«, widersprach Palcikas.

Woschtschanka wußte, daß das stimmte. Was er an Beweismaterial brauchte, hatten seine Soldaten binnen weniger Minuten zusammengetragen. »Ich werde meinen Leuten befehlen, vorsichtiger zu sein, und persönlich dafür sorgen, daß die Bauern ihren Schaden ersetzt bekommen.«

»Einverstanden, General«, bestätigte Palcikas. Er trat an einen mit weißem Segeltuch bedeckten Sperrholztisch, auf dem mehrere Teile einer etwa eineinhalb Meter langen Jagdrakete zusammengesetzt wurden. Vor ihm lag das geschwärzte und verformte hintere Ende der Lenkwaffe mit den noch intakten Stabilisierungsflossen. »Wie ich sehe, haben Sie schon ziemlich viel Beweismaterial zusammengetragen«, stellte er fest. »Eine Jagdrakete Stinger?«

»Gut beobachtet, General«, sagte Woschtschanka.

»Die Flossen und das Zerlegungsbild des Gefechtskopfs sind charakteristisch – das habe ich in Afghanistan nach Abschüssen unserer Kampfhubschrauber oft genug gesehen.« Er betrachtete die Überreste nochmals genauer und fügte hinzu: »Diese Flossen sind anscheinend etwas größer, und außer den üblichen einziehbaren Bugflossen scheinen im vorderen Drittel Zusatzflossen angebracht zu sein. Vielleicht eine Luft-Luft-Jagdrakete AIM-92C Stinger?«

»Ausgezeichnet!« lobte Woschtschanka ihn. »Und die Herkunft dieser Lenkwaffe?«

»Schwer zu sagen, General, denn die AIM-92C wird heutzutage von vielen Fliegern eingesetzt«, antwortete Palcikas. »Außer den NATO-Staaten kommen noch sechs oder sieben europäische Länder in Frage. Und die Stinger ist auf dem Schwarzen Markt leicht erhältlich, glaube ich. Sie wird in Belgien in Lizenz gebaut, und die Sicherheitsvorkehrungen im Herstellerwerk sollen ziemlich lasch sein.«

»Wie ich sehe, können wir auf unsere eigenen Ermittlungen verzichten, General Palcikas«, sagte Woschtschanka ironisch. »Sie haben uns alle Detektivarbeit abgenommen.«

»Gut«, meinte Palcikas ruhig, »dann können Sie ja jetzt das Land unseres Bauern räumen und alle Ihre Fahrzeuge nach Weißrußland abziehen.«

»Unser Land heißt richtig *Belarus*«, wandte Woschtschanka ein. »Für uns ist dieser Unterschied wichtig.«

»Wie Sie wünschen«, antwortete Palcikas gleichmütig. Diese Republik im Westen der Sowjetunion war seit vielen Jahrzehnten als »Bielorußland« oder »Weißrußland« bekannt – ein Name, der nach Ansicht der meisten Wissenschaftler den niemals von dunkelhäutigen Mongolen besetzten Teil des slawischen Territoriums bezeichnete. Einige behaupteten jedoch, er setze die Bewohner dieses Gebiets im Gegenteil als schwaches oder versklavtes Volk herab. Bei ihrer Unabhängigkeitserklärung nahm der junge Staat den Namen »Republik von Belarus« an, was sich eher als »Großrußland« oder »Mutter Rußland« übersetzen ließ. Palcikas bedeutete dieser Unterschied nichts, aber er wußte natürlich, daß die rechtsstehenden »Falken« im weißrussischen Militär scharf auf diese Unterscheidung achteten.

»Die Anwesenheit Ihrer Fahrzeuge und Soldaten verstößt gegen den Vertrag über Sicherheit und Zusammenarbeit zwischen Litauen und der Gemeinschaft Unabhängiger Staaten«, fuhr Palcikas fort und zitierte die entsprechenden Vertragsbestimmungen.

Woschtschanka ließ sich nicht aus der Ruhe bringen, sondern trug weiter sein ironisches Lächeln zur Schau, doch sein Oberst fauchte:

»Was bilden Sie sich eigentlich ein, Palcikas? General Woschtschanka ist weder Ihnen noch sonst einem Litauer Rechenschaft schuldig!«

Woschtschanka hob eine Hand. »Was der Oberst ziemlich unelegant ausdrückt, General Palcikas, ist eine Tatsache: Ich unterstehe nur dem Oberbefehlshaber der Streitkräfte der Gemeinschaft Unabhängiger Staaten. Wegen der Wichtigkeit dieses Auftrags – immerhin ist ein GUS-Hubschrauber von einem Flugzeug unbekannter Herkunft abgeschossen worden – habe ich ihn auf Befehl aus Minsk persönlich übernommen, ohne im Vertrag nachzulesen oder mich erst mit den juristischen Folgen dieses Befehls zu beschäftigen. Ich werde...«

»General Woschtschanka, ich habe keine Entschuldigung verlangt«, unterbrach ihn Palcikas. »Ihre schriftlichen Erklärungen können Sie der litauischen Regierung direkt, über mich oder über das GUS-Oberkommando zukommen lassen. Mich interessieren nur diese weißrussischen Truppen, die gegen den Vertrag verstoßen. Ich befehle Ihnen nochmals, sich an den Vertrag zu halten und Ihre Truppen nach Weißrußland zurückzuziehen. Befolgen Sie meinen Befehl – oder wollen Sie ihn weiter verweigern?«

Woschtschanka deutete auf das rauchschwarze Wrack des ausgebrannten Hubschraubers. »In diesen Trümmern haben drei Männer den Tod gefunden, General Palcikas. Drei erstklassig ausgebildete Berufssoldaten. Machen Sie sich keine Gedanken um die Männer, die hier gefallen sind?«

»Nicht mehr, als Sie sich um die Einhaltung von mit Litauen geschlossenen Verträgen zu machen scheinen«, hielt Palcikas dagegen.

»Schluß mit den Unverschämtheiten!« verlangte Oberst Gurlo scharf. »Der General hat Ihnen mitgeteilt, daß er den Befehl hat, diesen Vorfall aufzuklären, und wird diesen Auftrag mit und ohne Ihre Mitwirkung ausführen. Machen Sie jetzt Platz, damit wir weiter unsere Pflicht tun können!«

Jetzt lächelte Palcikas boshaft. »Ist diese Karikatur eines Obersten etwa Ihr Sprachrohr, General Woschtschanka?«

Der weißrussische Oberst murmelte einen unverständlichen russischen Fluch und zog seine Dienstwaffe. »Jetzt reicht's, du litauischer Schweinehund! Dafür kriegst du 'ne Kugel in den Kopf!«

In diesem Augenblick tauchten drei Hubschrauber über einer

Baumreihe auf, beschrieben einen Bogen um die weißrussischen Fahrzeuge und gingen ungefähr 200 Meter von der Gruppe entfernt in den Schwebeflug über. General Woschtschanka und sein Oberst konnten sehen, daß der erste Hubschrauber Palcikas' Mi-8 war. An den Seitentüren und über der herabgelassenen Heckrampe waren riesige 12,7-mm-MGs von Degtjarow zu erkennen, die auf die Soldaten und Fahrzeuge unter ihnen zielten.

Die beiden anderen Maschinen waren kleine, fast spielzeughafte Hubschrauber des amerikanischen Typs McDonnell-Douglas Model 500 Defender, die beide seitlich am Rumpf je einen Waffen- und Raketenbehälter trugen. Aber auch wenn sie wie Spielzeuge aussahen, war die von ihnen ausgehende Gefahr durchaus real. Gleichzeitig hatte Palcikas' Adjutant seine Maschinenpistole gehoben und war feuerbereit.

»Befehlen Sie dem Major, die Waffe zu senken, sonst gibt es ein Blutbad«, sagte der weißrussische Oberst. Seine Pistole war auf Palcikas' Adjutanten gerichtet, nachdem dieser seine Maschinenpistole gehoben hatte. Die beiden Männer starrten einander an; keiner wollte nachgeben – bis Kolginow schließlich den Lauf seiner Waffe senkte. Der Oberst lächelte zufrieden, als habe er eben einen großen Sieg errungen, und steckte seine Pistole in ihre Tasche zurück.

»Wollen Sie so mit der Gemeinschaft umgehen, General Palcikas?« fragte Woschtschanka, nachdem er die Hubschrauber eines flüchtigen Blicks gewürdigt hatte. »Sie drohen Offizierskameraden mit Waffengewalt – mitten im Frieden? Ohne das Ergebnis unserer Verhandlungen abzuwarten? Das sollten Sie sich gut überlegen, meine ich.«

»Ich bedrohe weder Sie noch Ihre weißrussischen Soldaten, General Woschtschanka«, stellte Palcikas fest. »Ich kann mir denken, daß auf jeden meiner Hubschrauber ein halbes Dutzend Fla-Waffen gerichtet ist. Ein Feuergefecht könnten weder sie noch ich überleben – aber auch *Sie* nicht, und ich versichere Ihnen, daß ich mit diesem Ergebnis zufrieden wäre.«

»Sie litauisches *Schwein*!« knurrte Woschtschankas Oberst.

»Ich habe Sie zweimal aufgefordert, dieses Gebiet zu verlassen. Jetzt tue ich es zum dritten Mal. Danach betrachte ich Ihren Verband als Invasionsstreitmacht, die ich sofort und an dieser Stelle mit allen mir zur Verfügung stehenden Kräften bekämpfen werde. Ich fordere

Sie auf, mit Ihren Soldaten und Fahrzeugen abzuziehen und zu den GUS-Stützpunkten Siauliai oder Kaliningrad zurückzukehren. Sind Sie bereit, meine Forderung zu erfüllen?«

Woschtschankas zuversichtliches Lächeln war beim Auftauchen der litauischen Kampfhubschrauber verschwunden. Selbstverständlich verfügte er über mehr als genug Feuerkraft, um diese lächerliche kleine Streitmacht zu vernichten, zumal sie deutlich sichtbar ganz in der Nähe schwebte. Aber eine einzige Hubschrauberrakete konnte sie alle augenblicklich töten. Nein, dies war weder der rechte Ort noch der richtige Zeitpunkt, es darauf ankommen zu lassen.

»Oberst Gurlo, lassen Sie unsere Einheiten sofort sammeln und in ihre Standorte abrücken«, befahl Woschtschanka und fixierte dabei weiter Palcikas. »Die Geschützbedienungen sollen die Rohre ihrer Fla-Waffen sofort senken.«

Der Oberst war vor Zorn fast sprachlos, aber er gab diese Befehle weiter.

Palcikas blieb stehen und starrte weiter Woschtschanka an, während die auf den Feldern verteilten großen MTWs der Baumuster BMP-1 und BMV-3 mit aufheulenden Motoren in Richtung Straße davonrasselten. Die Rohre ihrer 30-mm-Maschinenkanonen waren gesenkt und zeigten von den schwebenden Hubschraubern weg. Als sich die gepanzerten Fahrzeuge in Bewegung setzten, wurden sie von den beiden kleinen Hubschraubern Defender begleitet, während Palcikas' Mi-8 in der Nähe blieb, um den litauischen General aufzunehmen.

»Das ist ein sehr riskantes Unterfangen gewesen, General Palcikas«, sagte Woschtschanka. »Außer sich selbst und Ihrem Adjutanten hätten Sie zehn Mann und drei Hubschrauber geopfert – das wäre mehr gewesen, als Ihr armes Labnd sich hätte leisten können, glaube ich. Vielleicht wär es besser für Sie, solche Streitfragen in Zukunft den Politikern zu überlassen und Ihre Streitkräfte vom Schreibtisch aus zu führen, anstatt aus Hubschraubern zu springen und Vorgesetzte zu bedrohen.« Er trat einen halben Schritt näher an Palcikas heran. »Hier draußen könnte es sehr gefährlich werden, wo Sie doch von weit überlegenen Kräften umgeben sind...«

»Auf litauischem Boden sind Sie ein unbefugter Eindringling, General«, antwortete Palcikas. »Ich achte Sie und Ihre Soldaten, aber das ändert nichts an meiner Verantwortung für die Verteidigung

meiner Heimat.« Er machte eine Pause und betrachtete die abrückenden gepanzerten Fahrzeuge der Weißrussen. »Für einen Luftzwischenfall sind das sehr viele Fahrzeuge, General.«
»Vielleicht habe ich geahnt, daß ihr Litauer euch einmischen würdet.«
»Oder vielleicht haben Sie gleich an ein größeres Unternehmen gedacht, General«, sagte Palcikas. »Was haben Sie mit Litauen vorgehabt, General? Oder soll ich raten?«
»Ihr eigenes Geschwätz scheint Ihnen gut zu gefallen, General – also fahren Sie ruhig fort«, antwortete Woschtschanka großmütig.
»Ich habe in den letzten Monaten aufmerksam verfolgt, wie im Westen Weißrußlands der größte Teil der Fünften GUS-Armee durch weißrussische Verbände abgelöst worden ist«, sagte Palcikas. »In Wilna, Kaunas und Kaliningrad wird die Hundertdritte GUS-Gardedivision jetzt offenbar durch die weißrussischen Zehnten Ulanen ersetzt ...«
»Ihre nachrichtendienstlichen Erkenntnisse sind durchaus beachtlich, wenn auch unvollständig«, warf Woschtschanka zufrieden grinsend ein.
Palcikas ignorierte seine Bemerkung. »Ihre Einheiten sind weiträumig disloziiert, aber weißrussische Verbände bilden eine Front von der Ostsee bis nach Minsk. Westlich des dreißigsten Längengrades stehen fast keine GUS-Truppen mehr.«
»*Wir* sind GUS-Truppen, Palcikas«, warf der weißrussische Oberst gereizt ein. »Was zum Teufel täten wir sonst in Ihrem erbärmlichen Land?«
Aber Palcikas wußte, daß der Oberst lediglich abzulenken versuchte. Woschtschanka war Oberbefehlshaber der im Rahmen eines Verteidigungsabkommens im Baltikum stationierten GUS-Truppen, aber er war zugleich auch Oberkommandierender *aller* weißrussischen Truppen. Als Weißrußland unabhängig geworden war, hatte Woschtschanka einfach den Befehl über die Verbände übernommen, die ihm zuvor als sowjetische Truppen unterstanden hatten. So hatte er nicht nur seinen Dienstgrad und alle früheren Privilegien behalten, sondern sich auch die Möglichkeit gesichert, seine Macht auszubauen – und Palcikas hätte seinen nächsten Monatssold darauf verwettet, daß Woschtschanka das mit *weißrussischen* Truppen tun würde.
»Diese Diskussion können Sie sich sparen, Oberst«, stellte

Woschtschanka fest. »Er will uns mit Angaben über Stärke und Stationierung von GUS-Verbänden beeindrucken, obgleich er in Wirklichkeit meilenweit danebenliegt. Er hat uns zum Abzug aufgefordert, also ziehen wir ab.« Er wandte sich wieder an Palcikas und sprach lauter, um den Hubschrauberlärm zu übertönen. »Der Einsatz Ihrer Kampfhubschrauber ist nichts anderes gewesen, als hätten Sie mich persönlich mit einer Waffe bedroht, General. Beim nächsten Mal sind Sie hoffentlich bereit, sie zu gebrauchen. Aber warnen werde ich Sie nicht wieder.« Er machte auf dem Absatz kehrt, marschierte von Oberst Gurlo begleitet zu seinem Wagen und ließ Palcikas und Kolginow auf der zertrampelten, von Fahrspuren durchzogenen Viehweide stehen.

»Sie haben verdammt viel riskiert, General«, sagte Kolginow auf litauisch. Er hängte sich die Maschinenpistole wieder auf den Rücken, hielt ihren Riemen umklammert und hoffte, daß Palcikas nicht merken würde, daß seine Hände zitterten. »Nicht nur unsere Hubschrauber wären todsicher abgeschossen worden, sondern auch auf uns sind mehrere schwere MGs gerichtet gewesen. Ich habe schon geglaubt, wir seien tot.«

»Wir *waren* praktisch tot«, stellte Palcikas fest. »Das habe ich Woschtschanka angesehen. Wäre er nicht selbst gefährdet gewesen, hätte er seinen Männern befohlen, das Feuer zu eröffnen. Auch Oberst Gurlo hätte uns am liebsten niedermähen lassen.«

Palcikas wies den Piloten der Mi-8 über Funk an, auf einer einige hundert Meter von ihnen entfernten freien Fläche zu landen. »Leider haben wir ihn heute nicht zum letzten Mal gesehen. Der kommt zurück – mit mehr Truppen und früher, als wir denken. Er ist ein gieriges Schwein.«

Kolginow beobachtete, wie sein General den Himmel und die Felder um sie herum absuchte, als befände er sich bereits in der Schlacht, von der er wußte, daß sie ihnen bevorstand.

»Kommen Sie, wir wollen nach dem Bauern und seiner Familie sehen«, sagte Palcikas schließlich. »Wahrscheinlich müssen wir sie beruhigen.«

Wenig später sprachen sie auf dem Hof mit dem Bauern, der verständlicherweise fuchsteufelswild war. Palcikas und Kolginow blieb nichts anderes übrig, als sich die lauten Tiraden des Alten gegen das Militär im allgemeinen und weißrussische Soldaten im besonderen anzuhören. »Die Kerle können nicht mal 'nen Panzer fahren!« beschwerte sich der alte Mann lautstark. »Im Großen Vaterländischen Krieg hab' ich vom Motorrad mit Beiwagen bis zum Panzer alle möglichen Fahrzeuge gehabt. Ich war damals viel jünger als diese Dummköpfe, aber ich hab' meinen Panzer millimetergenau gefahren! Außerdem...«

»Der General wüßte gern Ihren Namen«, unterbrach ihn Kolginow, aber der Alte polterte noch einige Minuten lang weiter, bis eine jüngere Frau die Stube betrat.

»Er heißt Michaus Egoro Kulikauskas«, sagte sie, als Kolginow die Frage nach seinem Namen wiederholte. Sie berührte seine Schulter, um ihn zum Schweigen zu bringen. »Er ist mein Vater. Er hört nicht sehr gut und hat heute morgen mehr Fremde gesehen als sonst im ganzen Monat.«

»Und Sie sind Anna Kulikauskas, unsere berühmte Revolutionärin«, sagte General Palcikas. »Ich kenne Sie von Sajudis-Plakaten und Zeitungsfotos. Jetzt weiß ich auch, von wem Sie Ihr Temperament geerbt haben.«

Die Frau, die Kolginow auf Ende Dreißig schätzte, nickte lächelnd, während sie gelassen Palcikas' Blick erwiderte. Anna Kulikauskas, die zur jungen Politikergarde des »neuen« Litauens gehörte, war eine linksstehende – viele, darunter auch Palcikas, hätten sie als »radikal« bezeichnet – Verfechterin einer Politik, durch die Litauen Bestandteil einer »Neuen europäischen Ordnung« werden sollte. Soviel Palcikas sich erinnerte, sollte ihre neue europäische Ordnung ohne Streitkräfte, Atomkraftwerke, Steuern, umweltbelastende Schwerindustrie und ausländische Investoren auskommen.

Anna Kulikauskas hatte die unabhängige Partei Sajudis mitgegründet und war international als Sprecherin der Protestbewegung berühmt geworden, die letztlich die Schließung des Atomkraftwerks Ignalina im Nordwesten Litauens erzwungen hatte. Pressefotos von ihr, wie sie Hunderten von Rotarmisten und Schwarzen Baretten gegenüberstand, waren weltweit veröffentlicht worden. Sie war willensstark, intelligent, temperamentvoll, mutig und aggressiv.

Sie trug einen handgewebten »bäuerlichen« Rock, wie er gerade in ganz Europa – vor allem jedoch im Baltikum – große Mode war und von berühmten Modeschöpfern und Konfektionären in aller Welt kopiert wurde. Wie viele Slawinnen hatte sie hellbraune Locken, die sie schulterlang trug, große blaue Augen, volle Lippen und eine Nase, die nicht ganz zu ihrem sonstigen Gesichtsschnitt paßte. Aber zu ihren Vorfahren mußte auch ein Wikinger gehört haben, denn Anna war kurvenreich und füllig – mit üppigen Hüften, schmaler Taille und vollem Busen, den Palcikas bewundernd anstarrte.

Kolginow räusperte sich höflich und hatte Mühe, ein belustigtes Lächeln zu unterdrücken.

»Hat's hier Verletzte gegeben?« fragte Palcikas rasch.

»Nicht unter den Menschen«, sagte Anna, »aber bei den Tieren. Zwei unserer Kühe sollen von der Weide weggelaufen sein, aber ich vermute, daß die Soldaten sie geschlachtet und mitgenommen haben. Auch ein paar Gänse und Hühner sind überfahren oder von Soldaten gestohlen worden. Aber das ist alles weniger schlimm als der hohe Sachschaden...«

»Schicken Sie mir eine unterschriebene Aufstellung aller Schäden nach Trakai ins Oberkommando«, forderte Palcikas ihren Vater auf. »Der Staat ersetzt Ihnen sofort alle Schäden. Und meine Soldaten helfen Ihnen, Gebäude instand zu setzen und Zäune zu reparieren.«

»Ich brauche keine Hilfe beim Wiederaufbau meines Hofs!« wehrte der Alte ab. »Ich will nur meine Ruhe haben! Ich hab' jeden Rubel meiner Ersparnisse für diesen Hof hingelegt und lasse nicht zu, daß ihr Soldaten ihn verwüstet!«

»Das sind GUS-Soldaten gewesen, Kulikauskas«, erklärte Major Kolginow ihm, »keine Litauer.«

»Und was sind Sie?« fragte der Alte, dem Kolginows leichter russischer Akzent nicht entgangen war. »Ein Russe? Zuerst GUS-Soldaten, dann Weißrussen und jetzt Russen...?«

Der Offizier lächelte verlegen, aber Palcikas intervenierte zu seinen Gunsten. »Major Kolginow ist eingebürgerter Litauer und Angehöriger der Brigade Eiserner Wolf, Kulikauskas«, sagte er rasch.

»Brigade Eiserner Wolf!« rief der Alte aus. »Eine Frechheit! Wie können Sie's wagen, den Namen der Armee des Großfürsten zu entweihen?« Er betrachtete Palcikas' Uniform genauer und deutete empört auf einen roten Aufnäher mit einem weißen Ritter auf einem sich aufbäumenden Rappen. »Sie tragen das Bild des Großfürsten wie einen aufgesetzten Flicken, der einen Riß im Stoff verdecken soll? Pfui, das... das ist eine Schande, das ist *empörend*!«

»Kulikauskas, ich entweihe den Namen des Großfürsten keineswegs«, widersprach Palcikas. »Alle meine Männer, die dieses Abzeichen tragen, haben mit einer Hand auf der Bibel und der anderen am Staatsschwert geschworen, dieses Land zu verteidigen.«

»Was wissen Sie von Ehre, von Treue, von . . .«

»In der Ausbildung und im Dienst befolgen wir das von König Gediminas vor Jahrhunderten eingeführte Ritual – und wir leisten denselben Eid wie damals«, unterbrach ihn Palcikas. »Die Ausbildung dauert zwei Jahre – genau wie damals. Major Kolginow hat sie nach seiner Einbürgerung erfolgreich abgeschlossen und sich das Recht verdient, das Schwert zu berühren und den Eid zu leisten. Sie sind ein Veteran, Kulikauskas, deshalb lade ich Sie ein, dieses Ritual in Trakai als mein Gast mitzuerleben. Seien Sie beim nächsten Vollmond um dreiundzwanzig Uhr in Trakai. Das Ritual beginnt pünktlich um Mitternacht.«

Aus der Innentasche seiner Uniformjacke zog Kolginow einen Passierschein mit Anweisungen für die Schloßwache. Palcikas unterzeichnete ihn, gab ihn dem Alten und wandte sich ab, um zu gehen.

Anna Kulikauskas erwartete die Offiziere im Freien. »Damit haben Sie meinem Vater eine große Freude gemacht«, sagte sie. »Er interessiert sich sehr für litauische Geschichte.«

»Genau wie ich«, stellte Palcikas fest. »Bitte sorgen Sie dafür, daß er bald eine vollständige Schadensaufstellung einreicht, und teilen Sie mir mit, wann meine Soldaten mit der Behebung der Schäden beginnen können.«

»Vielen Dank«, sagte sie. »Obwohl ich zugeben muß, daß ich das Militär noch nie von dieser Seite erlebt habe. Wissen Sie bestimmt, daß Sie das alles nicht nur meinetwegen tun?«

»Ich habe nicht gewußt, wem dieser Hof gehört, bevor ich an Ihre Tür geklopft habe«, erklärte ihr Palcikas. »Ich bin, wie ich bin, behandle jedermann gleich und bin nicht wendig genug, um mich Prominenten gegenüber zu verstellen. Aber ich hoffe, daß es mir gelungen ist, Ihre Einstellung dem Militär – und auch mir – gegenüber etwas zu verändern.«

Er wußte, daß Anna Kulikauskas eine kontrovers beurteilte Persönlichkeit, ein Hitzkopf und vielleicht sogar eine Gefahr für die weitere Existenz der Brigade Eiserner Wolf war. Sie trat nicht nur energisch für ein gänzlich entmilitarisiertes Litauen und völlige Neutralität ein, deren Schutz lediglich eine Regionalpolizei garantieren sollte, sondern war auch gegen jegliche militärische Zusammenarbeit mit anderen Staaten oder Organisationen. Aber irgendwie schien das im Augenblick alles keine Rolle zu spielen.

»Ich kann einfach nicht glauben, daß alle hohen Offiziere so anständig und fürsorglich sind, wie Sie es zu sein scheinen«, gab sie zu. »Aber ich bin bereit, etwas mehr aufs Gute in jedem Menschen zu achten – auch wenn er Uniform trägt und bewaffnet ist.« Sie machte eine Pause, nickte ihrem Vater zu, der ebenfalls aus dem Haus getreten war, und sah dann wieder zur Straße hinüber, auf der die weißrussischen Truppen abgezogen waren. »Kommen die GUS-Truppen zurück?«

»Wahrscheinlich nicht«, antwortete Palcikas. »Sollten sie zurückkommen, benachrichtigen Sie bitte sofort meine Dienststelle. Wir müssen anfangen, Beweismaterial zu sammeln, damit sich die Regierung bei den Vereinten Nationen über sie beschweren kann. Hier sind eindeutig zahlreiche Bestimmungen des Übergangsvertrags verletzt worden. Was diesen Hubschrauberabsturz betrifft, entsende ich eine eigene Untersuchungskommission, die Ihre Aussage, die Ihres Vaters und aller sonstigen Zeugen zu Protokoll nimmt.«

»Wir haben nichts gesehen«, behauptete Anna. Sie sah rasch zu ihrem Vater hinüber, der seine Tochter fragend anstarrte, bevor er den Blick des Generals trotzig erwiderte. Für Palcikas war das Ergebnis dieses wortlosen Dialogs zwischen Vater und Tochter – wie schon sooft in seiner Offizierslaufbahn – klar: »Halt dich da raus! Misch dich nicht ein!« Falls die beiden letzte Nacht etwas gesehen hatten, was ziemlich wahrscheinlich war, würden sie es nicht freiwillig erzählen.

»Ich wäre Ihnen für Ihre Unterstützung dankbar. Bitte benachrichten Sie mich sofort, wenn Ihnen etwas einfällt, das mir weiterhelfen könnte.« Palcikas grüßte knapp und beeilte sich, Kolginow einzuholen, der vorausgegangen war, um die Mi-8 anzufordern.

Der Major zog die Augenbrauen hoch. »Na?« fragte er. »Haben die beiden sich über den Absturz geäußert?«

»Nein, aber sie wissen etwas darüber – wahrscheinlich haben sie die ganze Sache beobachtet«, antwortete Palcikas gereizt. »Ein Hubschrauberabschuß, nicht identifizierte Flugzeuge im Tiefflug, angeblich Bombendetonationen – sie *müssen* irgendwas gesehen haben. Hoffentlich sind sie auskunftsfreudiger, wenn sie ihren Schaden ersetzt bekommen haben.«

»Wenigstens werden die noch folgenden Gespräche ein Vergnügen sein«, behauptete Kolginow lächelnd. Er stellte fest, daß Palcikas ebenfalls schwach lächelte. »Wie ich sehe, sind Sie derselben Meinung. Eigentlich merkwürdig – auf dem Podium oder in den Fernsehnachrichten wirkt sie wie eine Fanatikerin. Aber im persönlichen Umgang ist sie sehr attraktiv und...«

»Ich glaube, Sie brauchen ein kaltes Bad im Salantai«, unterbrach ihn Palcikas. »Sie sind heißgelaufen, mein Lieber.«

»Sie nicht, General?« fragte Kolginow lachend.

»Alexei, Sie sind übergeschnappt!«

»Sie haben natürlich recht, General. Was könnte eine Frau wie die an einem alten Schlachtroß wie Ihnen finden?«

»Ein Glück, daß Sie sich bald dem Aufnahmeritual unterziehen müssen«, sagte Palcikas. »Dabei lernen Sie wieder Disziplin, das garantiere ich Ihnen!«

Inzwischen war die Mi-8 herangekommen und setzte zur Landung an, Palcikas erteilte dem Piloten mit seinem Handfunkgerät einen kurzen Befehl. Die Maschine ging in etwa zehn Meter Höhe in den Schwebeflug über, und der Lademeister warf das dicke Kokosseil aus der linken Frachtraumtür. »Los, rauf mit Ihnen, Major!« verlangte Palcikas.

»Was? Ich soll am Seil zu einem schwebenden Hubschrauber raufklettern?«

»Sie sind der Experte für Liebe, ich bin der Fachmann für Soldatentum«, sagte Palcikas lachend. Er mußte schreien, um den Triebwerkslärm zu übertönen. »Wir werden sehen, wer besser zurechtkommt. Mir nach!« Er stürzte sich mit einem lauten Schrei auf das dicke Tau und begann zu klettern. Keine dreißig Sekunden später war er an Bord der Mi-8 und machte Kolginow ein Zeichen, ihm zu folgen.

Als er sich aus der Laderaumtür beugte, um zu beobachten, wie sein junger Adjutant das Seil heraufkletterte, sah er Anna Kulikauskas an einem Fenster des Bauernhauses stehen. Sie hob eine Hand, und Palcikas glaubte, sie winke ihm zu. Ob sie das wirklich tat, war schwer zu beurteilen, aber allein die Vorstellung ließ sein Herz schneller klopfen.

Fisikus-Institut für Technologie,
Wilna, Litauen
6. Dezember, 08.39 Uhr

Das zehn Meter lange und fast ebenso breite maßstabsgetreue Flugzeugmodell beherrschte den Konferenzsaal im ersten Stock des Hauptgebäudes des weitläufigen Fisikus-Instituts. Dieses riesige Modell, das an Hydraulikarmen einige Meter über dem Konferenztisch hing, hatte nur wenig Ähnlichkeit mit einem konventionellen Flugzeug. Die stark gewölbten Flügel liefen spitz aus, und sein Rumpf war so weitgehend in die Flügel integriert, daß die Maschine an einen riesigen Stachelrochen erinnerte. Die Cockpitfenster waren nur noch schmale Sehschlitze auf der Rumpfoberseite dicht hinter dem spitzen Bug. Am Heck ragten über auffällig kleinen Triebwerksauslässen zwei schräggestellte Seitenleitwerke auf.

In der ehemaligen Sowjetunion hatte das Fisikus-Institut für Technologie zu etwa einem Dutzend staatlicher Konstruktionsbüros für Flugzeugbau gehört. Wie das amerikanische High Technology Aerospace Weapons Center (HAWC) in Nevada war das Fisikus ein streng geheimes Entwicklungszentrum, dessen Existenz von amtlicher sowjetischer Seite niemals offiziell zugegeben wurde. Normalerweise gingen Entwicklungen aus dem Gebäudekomplex, in dem die litauischen Fisikus-Labors untergebracht waren, an andere Konstruktionsbüros wie Suchoi, Mikojan-Gurewitsch oder Tupolew, die sie in ihre Entwürfe einarbeiteten. Dieses absolut neuartige Flugzeug, das komplett aus der litauischen Forschungsstätte kam, gehörte zu den wichtigsten sowjetischen Neukonstruktionen – es war der erste russische Stealth-Bomber, der auch mit modernen Radarsystemen nicht zu orten sein sollte.

Einer der Wissenschaftler am Konferenztisch betätigte einen Schalter der Konsole neben seinem Platz, damit das Flugzeugmodell sich um seine Längsachse drehte, so daß alle Anwesenden die nach innen geneigten Seitenleitwerke deutlich sehen konnten.

»Das Steuerwerk des Tarnkappenbombers Fi-170 besteht aus im ganzen beweglichen, elektronisch gesteuerten, hydraulisch betätigten Steuerflächen aus Faserverbundwerkstoffen«, sagte Dr. Pjotr Fursenko, der als Projektleiter über neue Konstruktionsänderungen referierte. »Es sorgt für gute Steuerbarkeit um alle drei Flugzeugachsen und dämpft zugleich Gier-, Roll- und Nickbewegungen. Außerdem lassen sich die Seitenleitwerke – wie hier vorgeführt – einfahren und an den Rumpf anlegen.«

Als Fursenko auf einen weiteren Knopf drückte, wurden die Seitenleitwerke ganz heruntergeklappt, bis sie fast im Heck der seltsamen Maschine verschwanden.

»Das ist in verschiedenen Flugphasen möglich. Der Hauptanwendungsbereich dürfte jedoch im Hochgeschwindigkeitsflug in großen oder geringen Höhen liegen, bei dem die veränderliche Flügelgeometrie den Großteil der normalen Nick- und Rolldämpfung übernehmen kann. Auch die ausgefahrenen Stabilisatoren sind hoch belastbar, und ihre Konstruktion aus Faserverbundwerkstoffen erhöht den Radarquerschnitt der Fi-170 lediglich um ein Tausendstel Prozent – weit weniger als das Radarecho des Pilotenhelms hinter der Windschutzscheibe.«

Die anwesenden Wissenschaftler murmelten ihre Zustimmung, aber das allgemeine Murmeln wurde von einer Stimme übertönt, nach der sich die meisten Konferenzteilnehmer überrascht umdrehten. »Entschuldigung«, fragte Fursenko irritiert nach, »würden Sie bitte wiederholen, was Sie eben gesagt haben?«

»Ich habe ›Bockmist‹ gesagt, *Towarischtsch*«, antwortete David Luger in ziemlich holperigem Russisch. Die anderen wichen vor dem großen, hageren Mann zurück, als leuchte er vor Radioaktivität. »Selbst wenn die senkrechten Flächen angeklappt sind«, fuhr Luger fort, »erhöhen sie den Radarquerschnitt der Maschine um mindestens das Vierhundertfache.«

»Wir haben diese Auslegung dutzendfach getestet, Dr. Oserow«, antwortete Fursenko. »Die Versuchsergebnisse zeigen, daß der Radarquerschnitt ganz bedeutend verringert wird, sobald die senkrechten Steuerflächen eingeklappt werden.«

»Sie reden von einem Computermodell, bei dem bloß ein RQS-Faktor in Abhängigkeit von der Oberfläche dieser Steuerorgane errechnet wird«, wandte Luger ein. Er sprach ein mit englischen Fachausdrücken gespicktes Russisch, und seine Aussprache der meisten russischen Wörter war so schaurig, daß die anderen Wissenschaftler aufgebracht den Kopf schüttelten und Mühe hatten, seiner Kritik zu folgen. »Ihr Computermodell berücksichtigt weder die keulenförmige Abstrahlung der Radarenergie, die von Rumpf und Flügeln zurückgeworfen wird, noch die durch Reflexe von den Steuerflächen ausgelöste Wellenbildung – vor allem bei größeren Verwindungen der Flügelhinterkanten im Kurvenflug bei hohen Geschwindigkeiten.«

Fursenko verdrehte theatralisch die Augen. »Das habe ich leider nicht verstanden, Dr. Oserow. Würden Sie uns freundlicherweise...«

Luger grinste verächtlich. »Wissen Sie denn gar nichts von Stealth-Eigenschaften?«

Fursenko seufzte resigniert. Sein suchender Blick wanderte den Konferenztisch entlang, bis er zuletzt auf einem Mann ruhte, der möglichst unauffällig im Hintergrund saß. Als der Mann merkte, daß Fursenko Blickverbindung mit ihm suchte, lächelte er dem Wissenschaftler amüsiert zu. Gleichzeitig machte er eine Handbewegung, als wollte er sagen: »Na los, beantworten Sie seine Frage, Doktor!«

Aber während Fursenko sich noch räusperte, sprach der Amerikaner schon weiter: »Stealth-Eigenschaften entstehen nicht nur durch Struktur und Material einer Flugzeugkonstruktion. Man kann nicht einfach irgendwas aus Verbundwerkstoffen bauen und als Stealth-Flugzeug bezeichnen. Radarreflexionen gibt es wegen der tragenden Konstruktion unter der Beplankung immer. Aber selbst wenn das ganze Ding aus Plastikmaterial bestünde, besäße es noch nicht automatisch Stealth-Eigenschaften. Was Sie da gebastelt haben, kommt dem nicht einmal *nahe*. Ich habe noch keine Computersimulation mit diesen Seitenleitwerken durchgeführt, aber wenn ich sehe, wie sie Licht reflektieren, weiß ich bereits, daß das kein Stealth-Bomber ist.

Entscheidend ist dabei, daß die reflektierte Radarenergie in Form von Keulen mit bestimmter Richtung und Wellenlänge abgestrahlt wird – und daß man darauf achtet, daß die Keulen einander nicht überlagern. Wenn man es schafft, daß diese Keulen nicht zur Radarantenne zurückstrahlen, hat man ein richtiges Stealth-Flugzeug. Die Keulen sind eindeutig vorhanden, und wer sie vermengt oder überlagert, zerstört damit so gut wie alle zuvor erreichten Stealth-Eigenschaften. Ist das jetzt klar?«

»Danke für Ihren Beitrag, Dr. Oserow«, sagte Fursenko hastig. »Sie haben Ihre Argumente... äh... unmißverständlich deutlich vorgebracht...«

»Machen Sie also mit Ihren Computersimulationen weiter«, verlangte Luger, »indem Sie die Radarkeulen der Seitenleitwerke in allen nur denkbaren Stellungen mit den Radarkeulen der Tragflächen in sämtlichen Stellungen kombinieren, um so festzustellen, ob sie sich irgendwann verstärken oder überschneiden.«

»Danke, Dr. Oserow.«

»Das dauert seine Zeit, ist's aber bestimmt wert«, sagte Luger, der jetzt lebhafter und knapper sprach. »Die Keulenverteilung läßt sich auch ohne Hilfsmittel berechnen – aber das würde Wochen dauern. Mit Zugang zu einem leistungsfähigeren Computer könnte ich ein Modell durchrechnen und die Antwort in ein paar Tagen haben. Wenn Sie mich fragen, sollten Sie auf diese verdammten senkrechten Flächen ganz verzichten. Vergrößern Sie statt dessen den Schwenkbereich der Klappenruder, dann haben Sie die Nick- und Rollbewegungen bei allen Geschwindigkeiten unter Kontrolle...«

»Ich habe *danke* gesagt, Doktor.«

Luger, der aufgestanden war, kratzte sich am Kopf, während die andere Hand nervös seinen rechten Oberschenkel berührte. Er musterte die Kollegen am Konferenztisch, aber sein Blick wirkte plötzlich unstet. Er fühlte sich verwirrt, desorientiert. »Wichtig sind auch die...« Als er sich wieder umsah, verwandelten sich seine Frustration und Sorge in Zorn. »Verdammt, ich wollte noch was sagen, aber ich hab'... ich hab' den Faden verloren. Ich...« Er kratzte sich erneut hinter dem Ohr und ging dabei auf und ab. »Ich... ich weiß nicht, woher das kommt... was mir fehlt.«

Fursenko sah hilfesuchend zu dem Mann im Hintergrund hinüber, aber der andere, der Luger aufmerksam beobachtet hatte, näherte sich dem Amerikaner bereits von hinten.

Luger spürte eine Hand auf seiner Schulter. »Hey, Doc...« Seine Miene, die sich zunächst verfinstert hatte, hellte sich wieder auf. »Hey, Doc, wo haben *Sie* gesteckt?«

»Ich glaube, wir müssen gehen, Iwan«, sagte Wiktor Gabowitsch, den David Luger als Dr. Jerzy Kaminski kannte, mit freundlichem Lächeln. »Sie haben Ihre Argumente sehr flüssig vorgetragen.«

»Warum starren diese Kerle mich dann so an?« wollte Luger wissen. »Warum glotzen die alle so?« Er fixierte einen der Konferenzteilnehmer und brüllte ihn auf englisch an: »Sie haben wohl Probleme? Aber ich hab' recht, was die senkrechten Flächen angeht! Diese Scheißdinger müssen weg, sonst...«

»Sie müssen Russisch sprechen, Iwan«, drängte Gabowitsch ihn halblaut. »Einige dieser Männer verstehen nicht viel Englisch.«
»Aha, und das ist wohl *auch* meine Schuld, was?« erkundigte sich Luger aufgebracht. In seinem rechten Mundwinkel hing ein winziger Speichelfaden. »Genau wie es meine eigene Schuld ist, daß ich nachts nicht schlafen kann, nicht wahr? Und genauso wie der erste Prototyp *meinetwegen* abgestürzt ist... und jetzt sagen Sie, daß ich schuld daran bin, daß diese Dummköpfe mich nicht verstehen? Zum *Teufel* mit Ihnen, Kaminski!«
Unterdessen hatte Gabowitsch den Amerikaner aus dem Konferenzsaal in einen Vorraum geführt. »Hey, ich bin noch nicht fertig mit meiner Argumentation, Freund. Ich muß wieder zurück und...«
Ein Fausthieb traf Lugers Magengrube, so daß er sich nach Luft schnappend zusammenkrümmte. Luger rang nach Atem, sank erbärmlich ächzend auf die Knie und holte keuchend Luft. Wadim Teresow, Gabowitschs Gehilfe, rieb sich einen Augenblick die Fingerknöchel, bevor er Lugers Kopf an den Haaren packte und hochriß. »Schluß mit der Jammerei, Luger!«
»*Njet!*« knurrte Gabowitsch. »Er heißt *Oserow*, Dummkopf!« Die beiden Russen zogen Dave Luger hoch. Sein Gesicht war vor Schmerz und Anstrengung knallrot, aber Gabowitsch sah, daß er wieder tiefer atmete. »Sie müssen lernen, sich nicht so aufzuregen, Iwan Sergejewitsch«, erklärte Gabowitsch ihm. »Damit bringen Sie nur sich selbst und alle in Ihrer Umgebung durcheinander.«
»Scheiße, warum haben Sie das getan?« fragte Luger krächzend. »Warum haben Sie das getan...?«
»Oberst Teresow hat nur versucht, Ihre Aufmerksamkeit zu wecken«, behauptete Gabowitsch. »Viele Ihrer hiesigen Kollegen sind wegen Ihrer Erregungszustände sehr besorgt.«
»Keiner hört auf mich«, murmelte Luger. »Ich kenne keinen dieser Leute... Ich weiß nicht... Ich weiß manchmal nicht, wer ich bin...«
Es fängt wieder an! dachte Gabowitsch.
Dave Luger büßte seine sorgfältig durchgeführte Konditionierung ein. Nach Jahren harter Arbeit wurden die Wirkungen, die sie auf so wundervolle Weise erzielt hatten, allmählich hinfällig. Dies war schon der dritte Vorfall in nur zwei Wochen. Gabowitsch fragte sich unwillkürlich, ob Luger nach den ihm zugefügten Schmerzen süchtig

war, denn er brauchte ständig größeren Ansporn, um ein vernünftiges Tagespensum erledigen zu können.

»Sie dürfen sich nicht so aufregen«, sagte Gabowitsch geduldig. Er winkte zwei Wachen heran, die er persönlich ausgesucht hatte – Luger war viel zu kostbar, als daß er ihn irgendwelchen nicht überprüften Leuten hätte anvertrauen können. »Kommen Sie, Iwan. Diese beiden Männer begleiten Sie in Ihre Unterkunft zurück. Sie haben einen langen, anstrengenden Tag hinter sich.« Den Wachen befahl er halblaut: »Bringt ihn sofort in den Zulu-Bereich. Niemand darf ein Wort mit ihm reden – *kein Mensch*, verstanden?«

Da Luger sich wieder selbst auf den Beinen halten zu können schien, begleiteten ihn die beiden Wachen zum Hinterausgang, an dem ein Wagen bereitstand, der ihn zum Sicherheitsgebäude auf dem Institutsgelände bringen würde. Der Amerikaner wirkte deprimiert, als seien seine Magenschmerzen nichts im Vergleich zu der Hoffnungslosigkeit, die er empfand, wenn er an die noch vor ihm liegende monatelange Plackerei dachte.

Als sie den Korridor entlangmarschierten, fiel Gabowitsch ein litauischer Offizier auf, der mit einem Sergeanten in der Nähe des Ausgangs stand und sie beobachtete. »Kommen Sie mal her!« befahl er. Die beiden kamen auf ihn zu. »Wer sind Sie?«

»Major Kolginow, stellvertretender Kommandeur, Brigade Eiserner Wolf«, antwortete der Offizier. »Das hier ist Stabssergeant Surkow, Brigade Eiserner Wolf. Ich bin...«

»Kolginow? Surkow? Sie sind Russen?« erkundigte sich Gabowitsch überrascht und belustigt zugleich.

Kolginow nickte wortlos.

»Sie dienen in der litauischen Pfadfinderarmee?«

»Wir gehören den litauischen Selbstverteidigungs-Streitkräften an«, bestätigte Kolginow.

»Ah, richtig, die Brigade Eiserner Wolf«, sagte Gabowitsch verächtlich. »Ein recht großspuriger Name für eine Kindergartenarmee!«

Kolginow ließ diese Beleidigung von sich abgleiten. »Wir haben den Auftrag, diese Einrichtung zu inspizieren und uns davon zu überzeugen, daß sie vertragsgemäß deaktiviert wird«, stellte er fest. »Dabei ist mir aufgefallen, daß Sie diesen Mann aus dem Konferenzsaal abgeführt haben. Er scheint krank oder desorientiert zu sein. Gibt es Probleme mit ihm? Wird er ärztlich betreut?«

Gabowitsch winkte angewidert ab. Die Sicherheitsprobleme hier im Fisikus wurden langsam unerträglich.

Als das Fisikus-Forschungsinstitut wie ganz Litauen noch zur alten UdSSR gehört hatte, war es von MWD-Truppen des Innenministeriums bewacht worden. Zum Schutz des Instituts und anderer wichtiger sowjetischer Einrichtungen in Wilna war aus den in Litauen stationierten MWD-Truppen eine Spezialeinheit besonders gut ausgebildeten Soldaten aufgestellt worden. Diese Einheit hieß OMON – *Otriad Militisiia Osobennoga Naznachenaia*, also: »Militäreinheit für Sonderzwecke« – und trug schwarze Barette, um sich von gewöhnlichen MWD-Truppen zu unterscheiden. Diese »Schwarzen Barette«, wie sie in Litauen und im Westen inzwischen genannt wurden, standen bald in einem schlimmen Ruf als brutale Drangsalierer, die viele Litauer und Bürger anderer baltischer Republiken auf dem Gewissen hatten, bevor diese Staaten aus der Sowjetunion austraten.

Als Litauen sich dann 1991 für unabhängig erklärte, wurde die OMON angeblich aufgelöst. In den wichtigsten ehemals sowjetischen Einrichtungen der baltischen Staaten existierten die Schwarzen Barette jedoch in verminderter Zahl weiter. Im Fisikus-Institut in Wilna waren sie als »privates Sicherheitspersonal« angestellt und unterstanden Wiktor Gabowitsch, der nicht mehr beim KGB war (das 1992 theoretisch zu bestehen aufgehört hatte), sondern als Offizier des GUS-Sicherheitsrats MSB auftrat, der in der Übergangsperiode für die Sicherheit von GUS-Einrichtungen in Litauen verantwortlich war.

Wegen des Vertrags zwischen Litauen und der GUS, der die Übergabe ehemals sowjetischer Einrichtungen regelte, hatten GUS-Truppen und litauische Beauftragte gleichermaßen Zugang zum Institut, um die Einhaltung der Vertragsbestimmungen zu kontrollieren. Ständig streiften Militärs in allen möglichen Uniformen durchs Fisikus, so daß die Wissenschaftler gar nicht mehr ruhig arbeiten konnten. Das paßte Gabowitsch überhaupt nicht. Das Institut war sein persönliches Reich, und obwohl er selbst kein Wissenschaftler war, bestimmte *er*, was sie zu tun hatten. Gabowitsch strebte nicht bloß danach, das Fisikus zur wichtigsten Entwicklungsstätte für Waffen und Flugzeuge in der GUS zu machen – sondern war von diesem Gedanken geradezu besessen.

Deshalb hatte er den Amerikaner aus diesem Kaff in Sibirien hierher gebracht; deshalb hatte er soviel Mühe darauf verwandt, ihn aus einem Gefangenen in einen Kollaborateur umzumodeln.

Und deshalb nahm er auch die lächerlichen Störmanöver der Litauer hin, auf deren Boden das Institut bedauerlicherweise stand. Wiktor Gabowitsch geriet jeden Tag in Versuchung, die Türen und Tore zusperren zu lassen, diese Pfadfinder zum Teufel zu schicken und keine Fremden mehr einzulassen. Er wußte jedoch recht gut, daß seine Schwarzen Barette sich nicht lange gegen die Litauer würden halten können – und schon gar nicht gegen eine Übermacht weißrussischer GUS-Truppen.

Aber daß Gabowitsch diese Witzfiguren einlassen mußte, bedeutete noch längst nicht, daß er sich von ihnen ausquetschen lassen mußte. »Was ist mit seinem Gesundheitszustand? Der geht Sie nichts an!«

Kolginow kniff die Augen zusammen, und Surkow wich unwillkürlich einen Schritt zurück und zog sein Sprechfunkgerät aus der Koppeltasche, als wolle er Unterstützung anfordern. »Bitte Ihre Dienstausweise«, verlangte der Major.

Gabowitsch zeigte widerstrebend seinen Ausweis vor. »Das eigentliche Problem liegt darin, Major«, behauptete er aufgebracht, »daß Sie hier rumschnüffeln und private Forschungsvorhaben überwachen, die Sie nichts angehen!«

Ein Blick auf den hingehaltenen Dienstausweis genügte, um Kolginow zu zeigen, mit wem er es zu tun hatte. Obwohl er Gabowitsch bisher nie begegnet war, kannte er ihn als Chef des Sicherheitsdiensts am Fisikus-Institut und als von den Wissenschaftlern selbst angestellten Sicherheitsfachmann für jene Teile der Forschungseinrichtung, die von litauischen Inspektoren noch nicht kontrolliert werden durften. Kolginow wußte auch, daß Gabowitsch und seine rechte Hand, ein Major Teresow, ehemalige KGB-Offiziere waren, deren gesamter KGB-Apparat vermutlich weiterhin funktionierte. Aber den dritten Mann hatte Kolginow noch nie gesehen, deshalb zeigte er auf Luger und fragte: »Und dieser Mann . . .?«

»Dr. Iwan Sergejewitsch Oserow. Er untersteht meiner Aufsicht. Ihnen gegenüber braucht er sich nicht auszuweisen«, sagte Gabowitsch gereizt. »Was haben Sie übrigens in diesem Gebäudeflügel zu suchen, Major Eiserner Wolf?«

»Ich inspiziere die...«

»Auf diesem Flur gibt's keine Wachposten, Major«, stellte Gabowitsch fest. »Ich möchte Ihnen raten, Ihre Nase nicht in Dinge zu stecken, die Sie nichts angehen.«

»Sollten Sie sich über mich beschweren wollen, Genosse Gabowitsch«, sagte Kolginow laut, »können Sie...«

Aber er brachte den Satz nicht zu Ende. Gabowitsch, dessen Geduldsfaden gerissen war, zerrte zornrot eine großkalibrige Pistole aus seinem Schulterhalfter und bedrohte damit Kolginow, der sofort verstummte. Auch Teresow hielt jetzt eine Pistole in der Hand, mit der er auf Sukow zielte, bevor der Sergeant seine Dienstwaffe ziehen konnte.

»Ich befehle Ihnen, den Mund zu halten, diesen Korridor sofort zu verlassen und niemandem von diesem Vorfall zu erzählen, sonst bringe ich Sie *für immer* zum Schweigen«, sagte Gabowitsch drohend. »Dies hier ist ein Privatunternehmen, das mit Genehmigung der Gemeinschaft Unabhängiger Staaten arbeitet. Oserow ist ein GUS-Wissenschaftler, den ich zu betreuen habe, und Sie verstoßen gegen interne Sicherheitsbestimmungen. Sollten Sie diesem Unternehmen durch Ihr Verhalten geschadet haben, veranlasse ich, daß General Woschtschanka bei Ihrer Regierung vorstellig wird, um Ihre Degradierung durchzusetzen. Wenn Sie mir das nicht zutrauen, können Sie's ja drauf ankommen lassen. Und jetzt *verschwinden* Sie!«

Kolginow sah zu Surkow hinüber und schüttelte kaum merklich den Kopf. Er wußte, daß der Sergeant in der Lage gewesen wäre, Teresow blitzschnell kampfunfähig zu machen, und traute sich selbst zu, Gabowitsch zu erreichen, aber dann wären sie spätestens von einem der beiden MSB-Agenten niedergeschossen worden. Es hatte keinen Zweck, die Sache hier und jetzt austragen zu wollen – das hatte Zeit, Kolginow und Surkow machten kehrt und ließen die anderen stehen. Major Teresow überzeugte sich davon, daß sie den ersten Stock des Gebäudes verließen, bevor er zu Gabowitsch zurückkehrte.

»Zum Teufel mit diesen litauischen Schnüfflern!« sagte er aufgebracht. »Glauben Sie, daß sie mitgekriegt haben, was wir besprochen haben?«

»Keine Ahnung«, knurrte Gabowitsch. »Aber sorgen Sie dafür,

daß der Zugang für litauische Inspektoren ab sofort beschränkt oder ganz gesperrt wird.«

»Wie soll das klappen?« fragte Teresow. »Die Gemeinschaft garantiert den Litauern ebenso freien Zugang wie uns. Überhaupt darf hier inzwischen jeder rein – litauische Offiziere, weißrussische Soldaten, polnische Investoren, alle. Wir haben nicht mehr genug Einfluß, um durchsetzen zu können, daß die GUS uns die Litauer vom Hals hält.«

Gabowitsch wollte den Major schon wegen dieser Frage zurechtweisen – schließlich war es seine *Pflicht*, erteilte Aufträge auszuführen –, aber dann schwieg er doch. Dieses Problem würde sich weiter verschärfen, je näher der Termin rückte, an dem das Fisikus-Institut tatsächlich an die Litauer übergeben werden mußte. Der Vertrag zwischen Litauen und der Gemeinschaft Unabhängiger Staaten bestimmte, daß die GUS alle ehemals sowjetischen Einrichtungen bis 1995 an Litauen übergeben mußte. Die GUS durfte alle vor dem 1. Juni 1991 in Litauen hergestellten oder nach Litauen eingeführten Erzeugnisse oder Ausrüstungsgegenstände aus diesen Einrichtungen abtransportieren, wobei die Transporte von beiden Seiten ständig überwacht und verifiziert wurden.

Laut Vertrag gehörten alle Forschungsergebnisse des Fisikus-Instituts und seine Erzeugnisse – auch der Stealth-Bomber – der Gemeinschaft Unabhängiger Staaten. Das Problem war nur, daß die GUS nichts von diesem Flugzeug wußte. Der Bomber Fi-170 war unter strenger Geheimhaltung von einem Team sowjetischer Wissenschaftler entwickelt worden, und KGB und Luftwaffenführung hatten es verstanden, seine Existenz über Jahre hinweg geheimzuhalten. Als ranghöchster KGB-Offizier in Litauen war Wiktor Gabowitsch zur treibenden Kraft dieses Projekts geworden: Er hatte die Sicherheitsvorkehrungen dramatisch verschärft, das Institut von einer Wachmannschaft in Regimentsstärke schützen lassen und ihm die besten Wissenschaftler und Ingenieure gesichert – darunter auch seinen Gefangenen David Luger.

Als die sowjetische Regierung das Fi-170-Programm unmittelbar nach dem Putschversuch im August 1991 einstellen ließ, wurde die Weiterentwicklung auf Teilzeitbasis aus Gabowitschs Fonds für »Sonderprojekte« finanziert. Als »schwarzes« Projekt wurde die Fi-170 mit fast unbegrenzten Geldmitteln gefördert, bis die neue Gemeinschaft Unabhängiger Staaten 1992 den KGB auflöste und mit

Litauen einen Übergangsvertrag abschloß. Vor allem wegen der Stärke seiner »Privatarmee« und des weiter intakten Netzes aus KGB-Agenten war Gabowitsch in Litauen und seinen Nachbarstaaten noch immer sehr mächtig – aber die schwindende Kraft der Gemeinschaft und der rasch wachsende Einfluß Litauens in dieser Region ließen seine Macht unaufhaltsam dahinschmelzen.

Mit der Kontrolle über das Fisikus-Institut hätte er alles verloren, wofür er lebte: Macht, Geld und Einfluß. Wie die meisten sowjetischen Wissenschaftler des Instituts hatte er keinen Grund, sich auf eine Heimkehr nach Rußland zu freuen. Sobald diese Einrichtung ihre Pforten schloß, verloren sie alles und standen praktisch auf der Straße.

Kurz nachdem die Litauer abgezogen waren, kam Dr. Fursenko aus dem Konferenzsaal und steuerte sofort auf Gabowitsch zu. »Dr. Oserow erholt sich doch wieder?« fragte er besorgt.

»Das nehme ich an, Doktor.« Er machte eine Pause, bevor er hinzufügte: »Eigentlich müßte ich mich für das Verhalten meines Kollegen entschuldigen...«

»Unsinn, General!« unterbrach ihn Fursenko energisch. »Dr. Oserow ist vielleicht ein bißchen... exzentrisch, aber er stellt eine willkommene Bereicherung unseres Technikerkollektivs dar. Übrigens hat er natürlich recht: Unsere Computermodelle berechnen Radarquerschnitte nur als Funktion von Gesamtfläche und Bauweise, ohne die wichtigeren Haupt- und Nebenkeulen zu berücksichtigen. Aber glauben Sie, General, daß Iwan... äh, Dr. Oserow imstande sein wird, unser Rechenprogramm wie angekündigt zu modifizieren? Er hat heute vormittag einen sehr verwirrten Eindruck gemacht.«

»Dr. Oserow steht im Augenblick unter großem Streß, Doktor«, erklärte ihm Gabowitsch, »aber er kommt morgen ins Labor zurück, um das neue Programm zu schreiben.«

Fursenko wirkte so erleichtert, daß Gabowitsch sich nicht gewundert hätte, wenn er ihm die Hand geküßt hätte, und tänzelte beinahe, als er sich abwandte, um in den Konferenzsaal zurückzugehen.

»Noch etwas, Doktor...«, sagte Gabowitsch.

Der Wissenschaftler grinste noch immer erleichtert, als er sich umdrehte. »Bitte denken Sie daran, Doktor, daß Dr. Oserows Anwesenheit hier im Fisikus weiterhin streng geheim ist. Außerhalb dieser Mauern darf sein Name nirgends erwähnt oder gar veröffentlicht werden. Und verlassen Sie sich darauf: Sollte es irgendwo eine undichte Stelle geben, erfahre ich davon!«

Dr. Fursenko, dessen Grinsen schlagartig verschwunden war, nickte hastig und verschwand.

Gabowitsch seufzte erleichtert auf. Dank Lugers Mitarbeit kam das Entwicklungsprogramm gut voran. Nicht einmal in seinen kühnsten Träumen hätte Gabowitsch erwartet, daß der Amerikaner einen so großen Beitrag würde leisten können. Lugers Kenntnisse aus dem High Technology Aerospace Weapons Center in Nevada erwiesen sich als unbezahlbar. Und er, Wiktor Gabowitsch, war für diesen Erfolg verantwortlich: Er hatte aus einem Mann, den andere als Gefangenen vor ein Erschießungskommando gestellt hätten, einen *Kollaborateur* gemacht. Dr. Iwan Sergejewitsch Oserow, ehemals David Luger, war der geborene Arbeiter, mindestens so intelligent wie die Wissenschaftler im Fisikus, aber so leicht beherrschbar wie ein Hund, der angeleint, mit Fußtritten eingeschüchtert und abgerichtet werden konnte.

Der einzige Wermutstropfen war seine Konditionierung. Gabowitsch bemühte sich, nicht an dieses Thema zu denken, aber er mußte sich eingestehen, daß Luger... Probleme hatte. Die mit der Annahme von Dr. Oserows Identität verbundene Umorientierung hielt nicht so gut und so lange vor, wie Gabowitsch gehofft hatte.

Aber das würde sich hoffentlich kurieren lassen.

Sonst müßte er wieder selbst eingreifen.

Der hochtrabende Name »Zulu-Bereich« bezeichnete einen dunklen, moderigen, feuchten Teil des zweiten Untergeschosses des Sicherheitstrakts im Fisikus-Institut. Dieser Sicherheitstrakt – dessen Personal ehemalige KGB-Offiziere waren, die nichts mit den GUS-Wachmannschaften des Instituts zu tun hatten – war ein dreistöckiger Bau mit zwei Kellergeschossen. Lugers Apartment mit den dazugehörigen Überwachungs- und Versorgungsräumen lag im dritten Stock und durfte außer von ihm nur von Gabowitsch und einigen Vertrauten betreten werden. Im zweiten Stock befand sich die Registratur für Geheimunterlagen; der erste Stock diente als Waffenkammer für die 400 Mann starke OMON-Wachmannschaft; im Erdgeschoß lagen Dienstzimmer und Lehrsäle für Gabowitsch, seinen Stab und die Sicherheitsteams. Das erste Kellergeschoß enthielt Lagerräume; der Zulu-Bereich im zweiten Untergeschoß wurde von einem halben Dutzend Zellen aus Hohlblocksteinen gebildet, die zwischen Heizkesseln und einem Gewirr aus Versorgungsleitungen hochgezogen worden waren.

Als Luger gleich nach seiner Ankunft im Fisikus zur Vernehmung und Gehirnwäsche in den Zulu-Bereich verlegt worden war, hatte es sich nur um eine Variante der beim KGB als *Schtrafnoi Isoljator* bezeichneten Isolierzelle gehandelt, die im allgemeinen dafür sorgte, daß der Häftling nach zehn bis vierzehn Tagen aussagebereit war. Das übliche Verfahren basierte auf Einzelhaft, Schlafentzug und Verhören durch »gute« und »böse« Vernehmer. Der Häftling bekam weniger als 1500 Kilokalorien pro Tag und nur einen halben Liter Wasser, das meistens mit Beruhigungsmitteln wie Haloperidol oder Triftazin oder mit Aufputschmitteln wie Methyphenidat versetzt war. Körperliche Mißhandlungen waren selten – vor allem bei Soldaten und Geheimagenten –, weil Gefangene mit entsprechender Ausbildung den Schmerz unterdrücken oder sogar gegen ihre Folterer einsetzen konnten.

Aber bei David Luger war es um mehr gegangen.

In seinem Fall hätte es nicht genügt, ihm alles Wissen zu entlocken, denn Gabowitsch wollte, daß Luger seine Ausbildung und Erfahrung zur Förderung des entstehenden Stealth-Bombers Fi-170 einsetzte. Ein geschlagener, mißhandelter, psychisch vernichteter Luger hätte keinen brauchbaren Mitarbeiter abgegeben. Da am Fisikus einige der besten Elektroingenieure der Welt arbeiteten, hatte Gabowitsch sie nach seinen Angaben eine Maschine bauen lassen, die David Luger »umdrehen« sollte, ohne ihn psychisch zu zerbrechen. Sein geschulter Verstand mußte intakt bleiben, während Bewußtsein und Kurzzeitgedächtnis ausgeblendet und durch die neue Identität des Dr. Iwan Sergejewitsch Oserows ersetzt wurden.

In einer Zelle wurde David Luger auf einem Wasserbett festgeschnallt, welches genau seine Körpertemperatur aufwies, um von dort kommende Sinnesreize möglichst auszuschalten. Er war nackt, aber mit einem dünnen Laken zugedeckt, damit kein Kondenswasser von der feuchten Decke auf seine Haut tropfen und ihn wecken konnte. In seiner linken Armvene steckte eine Kanüle, durch die er von einem EEG-gesteuerten elektronischen Dosiergerät abwechselnd den Tranquilizer Haloperidol und das starke Halluzinogen PCP –

Phencyclidinhydrochlorid, auch »Angel Dust« genannt – als Tropfinfusion erhielt. Seine Augen waren mit einer dichtanliegenden weichen Binde bedeckt, und die Ohren verschwanden unter Kopfhörern, aus denen Anweisungen, Mitteilungen, Propaganda, Lärm, Nachrichten, Informationen und weitere akustische Signale drangen – oder die für absolute Stille sorgten.

Im dritten Jahr seiner Gefangenschaft im Fisikus-Institut war Oberleutnant David Luger das Objekt eines der größten Gehirnwäscheversuche der KGB-Geschichte.

Indem Gabowitsch und seine KGB-Mitarbeiter Lugers Sinnesreize kontrollierten und seine Gehirnfunktionen beeinflußten, konnten sie Lugers Bewußtsein nach Gutdünken verändern. Sie versuchten, sein Kurzzeitgedächtnis ganz zu löschen und ihm statt dessen eine ganz neue Persönlichkeit – Dr. Iwan Sergejewitsch Oserow – einzupflanzen.

Als Wiktor Gabowitsch nun den Zulu-Bereich betrat, war er wegen des Vorfalls im Konferenzsaal noch immer aufgebracht. »Was zum Teufel ist da eben passiert?« fragte er den Chefarzt scharf. »Er ist völlig ausgerastet!«

Der Arzt legte den Zeigefinger auf seine Lippen und deutete nach draußen. Erst als Lugers Zellentür abgesperrt war, sagte der Chefarzt: »Das Tonbandprogramm und die Tropfinfusion laufen erst an, Genosse General. Absolute Ruhe ist wichtig, damit...«

»Sein Ausrasten vor diesen Eierköpfen hätte das ganze Projekt gefährden können! Er hält *nicht* wie versprochen durch!«

»Genosse General, der Einsatz des Entzugs von Sinnesreizen ist *keine* exakte Wissenschaft«, stellte der Arzt fest. »Die Persönlichkeit der Versuchsperson ist stark und widerstandsfähig. Mit Drogen und Hypnotherapie über das Audiosystem lassen sich nur bestimmte Ebenen des menschlichen Unterbewußtseins erschließen, während andere, die noch tiefer sitzen, früher oder später an die Oberfläche gelangen. Ihr Auftauchen kann Wochen, sogar Monate erfolgreicher Arbeit zunichte machen.«

»Oserow hat über ein Jahr lang unermüdlich am Projekt Fi-170 mitgearbeitet, ohne auch nur ein englisches Wort hören zu lassen, und jetzt ist er in vierzehn Tagen dreimal durchgedreht!« sagte Gabowitsch wütend. »Die Entwicklung befindet sich in einer *kritischen* Phase. Er muß durchhalten, bis dieses Flugzeug fertig ist!«

»Ich kann für den Erfolg nicht garantieren, Genosse General«, entgegnete der Chefarzt. »Wir können nicht mehr tun, als die Behandlung fortzuführen.«

»*Beschleunigen* Sie die Behandlung«, verlangte Gabowitsch. »Verdoppeln Sie die Dosen.«

»Lieber nicht, wenn Sie auf einen brauchbaren, vernünftigen Ingenieur Wert legen. Überlassen Sie das getrost mir, Genosse General. Oserow tritt morgen früh wieder an – frisch, ausgeruht und arbeitswillig.«

Wiktor Gabowitsch kniff die Augen zusammen. »Das will ich hoffen!« knurrte er und ließ den Arzt stehen.

Flughafen Wilna, Litauen
6. Dezember, 14.37 Uhr

In den Monaten seit dem Zusammenbruch der Sowjetunion, ihrer Ablösung durch die Gemeinschaft Unabhängiger Staaten und dem Vertrag über den Abzug aller ausländischen Truppen aus Litauen waren KGB-General Wiktor Gabowitsch und der weißrussische Generalleutnant Anton Woschtschanka sich nie begegnet, obwohl sich ihre Wege im Südosten Litauens oft gekreuzt hatten. Auch wenn Gabowitsch als Mitglied des GUS-Rates für innere Sicherheit und Woschtschanka als Offizier des GUS-Oberkommandos auf dem Papier derselben Organisation angehörten, hatte sich an ihren grundsätzlichen Einstellungen nichts geändert: Gabowitsch war wie zuvor ein KGB-General, Woschtschanka blieb weiterhin ein weißrussischer General.

Aus diesem Grund begann ihr erstes Treffen, das Major Teresow, Gabowitschs rechte Hand, vorgeschlagen und arrangiert hatte, in angespannter und reservierter Atmosphäre. Teresow hatte einen neutralen Treffpunkt gewählt: die VIP Lounge auf dem Flughafen Wilna. Wie sich zeigte, war dieser Treffpunkt ideal. Da der Flughafen ans Fisikus-Institut angrenzte, wurde seine Osthälfte von KGB-Offizieren und Schwarzen Baretten bewacht; und da er vertragsgemäß von abziehenden GUS-Truppen benutzt werden durfte, wurde er auch von weißrussischen Soldaten mit Panzern, Fla-Waffen und Flugzeugen geschützt.

Also konnten sich beide Männer dort sicher fühlen.

Als ihr Gespräch nach einer knappen Begrüßung ins Stocken geriet, stellte Teresow sich dem Besucher erneut vor und sagte: »General Woschtschanka, wir haben Sie heute hergebeten, um mit Ihnen den Stand der Sicherheitsmaßnahmen hier in Litauen zu besprechen. Bekanntlich sieht der Vertrag zwischen der Gemeinschaft Unabhängiger Staaten und der Republik Litauen den vollständigen Abzug aller ausländischen Truppen sowie ihrer gesamten Ausrüstung vor. Die meisten dieser Vertragsbestimmungen sollen am ersten Januar kommenden Jahres in Kraft treten. Als Mitglied des GUS-Rates für innere Sicherheit und in seiner Eigenschaft als Chef des Sicherheitsdienstes am Fisikus-Forschungsinstitut hat General Gabowitsch seiner Sorge Ausdruck gegeben, durch diese Vereinbarungen würden... wichtige Interessen nur unzulänglich berücksichtigt.«

»Was verstehen Sie unter ›wichtigen Interessen‹, Major?« fragte Woschtschanka. »Sind *Ihre* Interessen denn nicht mit denen der Gemeinschaft identisch?«

Das alte Schlachtroß kommt sofort zur Sache, dachte Gabowitsch. Das ist gut – vielleicht braucht dieses Gespräch nicht lange zu dauern. »Ich will uns beiden Zeit sparen, General«, antwortete Gabowitsch. »Wir wissen beide, daß dieser Vertrag Weißrußland und meinen Auftraggebern schaden wird.«

»Ihren Auftraggebern? Wer sind Ihre Auftraggeber, General Gabowitsch?« fragte Woschtschanka. »Stehen Sie denn nicht im Dienst der Gemeinschaft?«

»Der GUS bin ich keine Loyalität schuldig, General«, antwortete Gabowitsch gereizt. Warum stellte Woschtschanka sich so stur? Gabowitschs Informanten in Minsk hatten übereinstimmend gemeldet, er sei mit der GUS-Politik und seinen eigenen Zukunftsaussichten ebenso unzufrieden wie Gabowitsch selbst. Sagte Woschtschanka das alles nur, um ihn auf die Probe zu stellen, oder stand er wirklich so felsenfest hinter dieser verdammten Gemeinschaft? Was war, wenn er Woschtschanka völlig falsch eingeschätzt hatte? Na, zurück konnte er jedenfalls nicht mehr...

»Macht das Institut dicht, bin ich arbeitslos«, fuhr Gabowitsch fort. »Ich bekomme eine kleine Pension – in wertlosen Rubeln. Nicht anders ergeht es den Wissenschaftlern, Ingenieuren und Verwaltungskräften im Fisikus. Sie stehen dann alle auf der Straße. Schließt das Institut, wird ihr Lebenswerk zweifellos verkauft oder vernichtet oder... an den *Westen* ausgeliefert.«

Woschtschanka nickte zustimmend. Selbst wenn die Vorteile einer Öffnung nach Westen in noch so leuchtenden Farben ausgemalt wurden, standen Männer wie Gabowitsch und er den vom Westen geförderten – und geforderten – Reformen zutiefst mißtrauisch gegenüber. Hatte er sein ganzes Soldatenleben lang der UdSSR gedient, nur um miterleben zu müssen, wie die Sowjetunion mitsamt der Weißrussischen SSR zerfiel und von der GUS abgelöst wurde? In der Staaten wie Rußland und die Ukraine, manchmal sogar Litauen und Lettland den Ton angaben!?

»Vieles hat sich verändert«, sagte Woschtschanka. »In mancher Beziehung ist diese Gemeinschaft schlimmer als die alte Sowjetunion. Die Regierung scheint nicht mehr Herr der Lage zu sein. Wozu braucht man eine Regierung, die ihr Volk nicht im Griff hat?« Er musterte Gabowitsch forschend. Dieser Mann war ein KGB-General, das durfte er nicht vergessen. Auch wenn er nicht mehr für die sowjetische Regierung tätig war, arbeitete er bestimmt noch mit alten KGB-Methoden. »Ihre Auftraggeber sind also die Wissenschaftler des Fisikus-Instituts?«

»Sie offerieren eine Lösung der Probleme, vor denen wir stehen«, bestätigte Gabowitsch. »Eine Chance, dem Morast der Stagnation zu entkommen, in den wir immer mehr hineingezogen werden.«

»Tatsächlich? Und woran arbeiten Ihre... ›Auftraggeber‹ im Fisikus?« fragte Woschtschanka.

»An der Zukunft!« erklärte ihm Gabowitsch. »An der Weiterentwicklung sowjetischer Luft- und Raumfahrttechnik. Fla-Raketen, auch zur ICBM-Abwehr, die alles im jetzigen GUS-Arsenal bei weitem übertreffen. Marschflugkörper, die denen des Westens gleichwertig sind – von denen der Gemeinschaft ganz zu schweigen.« Er machte eine Pause, um sicherzugehen, daß der alte Sack Woschtschanka ihm auch folgen konnte.

»Aber das Beste ist«, fuhr Gabowitsch fort, »daß wir einen funktionierenden schnellen Brüter haben – einen Nachbau einer hochmodernen deutschen Konstruktion –, der waffenfähiges Plutonium in kleinen Mengen liefern kann. Bei Vollastbetrieb können wir dreihundert Gefechtsköpfe pro Jahr erzeugen – mit jeweils über hundert Kilotonnen Sprengkraft.«

Der alte General machte große Augen und brachte den Mund kaum mehr zu. »*Dreihundert* Gefechtsköpfe?«

Gabowitsch hatte gewußt, daß das den weißrussischen General beeindrucken würde. »Diese Gefechtsköpfe sind sehr klein und wiegen ungefähr sechzehn oder siebzehn Kilogramm.« Das entsprach etwa dem Gewicht einer 10-cm-Granate – klein, handlich, leicht transportierbar und mit praktisch jedem Geschütz einsetzbar –, und er konnte sich ausrechnen, daß Woschtschanka jetzt der Speichel im Mund zusammenlief. »Elektronische Zündung, einstellbare Sprengkraft, narrensichere Konstruktion – alles neuester Stand der Technik. Wird das Fisikus jedoch geschlossen, werden *alle* diese Waffen, *alle* diese Neuentwicklungen, verkauft oder zerstört – durch die Gemeinschaft. Sie behält das Geld oder die Waffen. Ich bezweifle, daß Weißrußland auch nur *eine* Kopeke davon zu sehen bekommen wird.«

Woschtschanka starrte General Gabowitsch an und nahm dabei kaum wahr, daß sich sein Gesicht langsam zu einem verschlagenen Lächeln verzog. Unausgesprochene Andeutungen hingen wie dichter Nebel in der Luft. Woschtschankas Augen glitzerten, während er über die sich bietenden Möglichkeiten nachdachte: alle aufregend, alle gefährlich... »Was haben Sie vor, Genosse General? Mein Land kann es sich nicht leisten, das Fisikus-Institut zu kaufen, und ich bezweifle, daß wir die Erlaubnis bekämen, Teile Ihres Arsenals zu erwerben. Vermutlich könnten wir uns ohnehin nicht einmal einen Ihrer Wissenschaftler leisten.«

Gabowitsch, der zunächst mitfühlend genickt hatte, zuckte mit den Schultern. Er würde noch etwas Leine nachlassen, bevor er diesen Fisch aus dem Wasser holte. »Geld ist überall knapp, General Woschtschanka. Das ist der Preis der Reformen, nicht wahr? Weißrußland gibt Milliarden Rubel für den Aufbau eigener Streitkräfte aus. Bestimmt waten Sie knietief in Vordrucken, mit denen Stiefel und Socken angefordert werden... da bleibt natürlich nichts für moderne Waffen übrig.«

Woschtschanka, der rot angelaufen war, funkelte ihn aufgebracht an. »Wie kommen Sie dazu, unsere...«

Gabowitsch hob eine Hand. »Ich wollte Sie keineswegs beleidigen, General. Schließlich weiß *ich* auch nicht alle Antworten, sondern habe nur... weitere Fragen. Beispielsweise habe ich mich oft gefragt, wie die Beziehungen zwischen Weißrußland, der Gemeinschaft und Litauen sich entwickeln werden, sobald alle weißrussischen Truppen Litauen verlassen haben. Der Vertrag sieht einen vollständigen Truppenabzug vor – aber was wird dann aus dem Gebiet um Kaliningrad? Bleibt es auf Dauer von Weißrußland getrennt? Haben Ihre Truppen Zugang zu seinen Häfen und Industriezentren? Oder müssen Sie Zölle und Gebühren an Litauen zahlen, bloß um Hafenanlagen benutzen zu dürfen, die *Sie* erbaut und beschützt haben? Werden Fernseher oder Traktoren wegen der von Wilna festgesetzten Zoll- und Transitgebühren bald das Doppelte kosten?«

Gabowitsch hatte einen weiteren wunden Punkt berührt.

Kaliningrad.

Das zwischen Polen, Litauen und Weißrußland eingeklemmte Teilstück des ehemals deutschen Ostpreußens mit dem eisfreien Ostseehafen Kaliningrad, dem gutausgebauten Verkehrsnetz und dem hohen Lebensstandard hatte zu den bestgehüteten Geheimtips der alten Sowjetunion gehört. Mit gemäßigtem Klima, grünen Wäldern, fruchtbaren Feldern und schönen Landschaften war das Gebiet trotz hoher Umweltverschmutzung und des hektischen Lebensstils seiner reichen Bewohner bei Soldaten und Übersiedlern gleichermaßen beliebt. Obwohl es jetzt offiziell zur russischen Föderation gehörte, waren Autobahn und Bahnstrecke von Kaliningrad über Wilna nach Minsk die Hauptschlagader Weißrußlands. Blieb sie offen, war das Land auf keinem Sektor von Moskau abhängig – aber ohne Kaliningrad sank Weißrußland, das selbst keinen Hafen besaß, zu einem Binnenstaat herab...

... und Litauen konnte diese Verkehrswege jederzeit sperren. Sein Vertrag mit der Gemeinschaft Unabhängiger Staaten bestimmte, das unabhängige Litauen habe sein Bahn- und Straßennetz selbst zu unterhalten. In einem Beschluß, den viele Weißrussen als wirtschaftliche Vergeltungsmaßnahme gegen die GUS bezeichneten (General Woschtschanka hatte gar von »Krieg« gegen Weißrußland gesprochen), hatte Litauen augenblicklich Transitgebühren für Bahn- und Straßentransporte festgesetzt. Da für Massengüter wie Lebensmittel praktisch nur der Landweg in Frage kam, hatten sich die Transportkosten dadurch nahezu verdoppelt.

Das ohnehin arme Weißrußland begann unter dieser Last zu stöhnen.

»Wir verhandeln mit Litauen wegen der Transitgebühren und Verkehrsbeschränkungen«, wehrte Woschtschanka gereizt ab. »Die Verhandlungen dürften... äh... bald abgeschlossen werden...«

»Natürlich!« bestätigte Gabowitsch ironisch lachend. »Aber zugunsten Weißrußlands? Das bezweifle ich – es sei denn, Sie wollten Litauen neue Autobahnen und Bahnstrecken finanzieren. Nein, *Belarus* wird darunter leiden.«

»Niemals!« knurrte Woschtschanka. »Meine Truppen sind weiter entlang der Verkehrswege und in Kaliningrad stationiert. Wir haben weiterhin unbeschränkt freien Zugang.«

Gabowitsch fiel sofort auf, daß Woschtschanka den besitzergreifenden Ausdruck »meine Truppen« gebrauchte. Damit hatte der General verraten, was er dachte: Er verabscheute die GUS und traute ihr genausowenig, wie Gabowitsch ihr traute. »Was passiert, wenn Rußland Ihren Truppen die Kontrolle über die Kaliningrader Hafenanlagen entwindet?« fragte Gabowitsch. »Dann ist Weißrußland anderen Staaten auf Gedeih und Verderb ausgeliefert. Es muß mit der Ukraine, mit Rußland, mit Polen, mit Litauen verhandeln... Belarus wird die Hure Europas werden.«

»*Niemals!*« brüllte Woschtschanka und sprang mit zornrotem Gesicht auf. »Wir lassen uns von *keinem* anderen Land rumkommandieren, verstanden? Wir bestimmen unser Schicksal immer noch selbst!«

»Und was ist mit der Gemeinschaft Unabhängiger Staaten? Sind Sie denn kein GUS-Offizier, General? Glauben Sie nicht auch, daß die Gemeinschaft Weißrußland beschützen wird, wie es die Sowjetunion getan hat? Wem gilt *Ihre* Loyalität? Wer ist *Ihr* Dienstherr, General – Belarus oder die Gemeinschaft Unabhängiger Staaten?«

»Belarus!« geiferte Woschtschanka fast mit Schaum vor dem Mund. »Diese beschissene Gemeinschaft ist ein *Schwindel*! Damit versucht Rußland bloß wieder, Europa und Transkaukasien seinen Willen aufzuzwingen!«

»Ich bin völlig Ihrer Meinung, General«, sagte Gabowitsch und nickte mitfühlend. »Aber was glauben Sie, warum die GUS-Zentrale in Minsk liegt? Warum nicht in Moskau? Kiew? Tiflis? Riga? Weil Belarus den Schlüssel zur Solidarität darstellt. Neben Moskau ist Minsk die mächtigste und reichste Industriestadt der Gemeinschaft. Wird Minsk unterworfen, ist Weißrußland verloren. Wird Belarus unterworfen, sinken alle übrigen Staaten zu Satelliten von Moskaus Gnaden herab. Und da es in Minsk von GUS-Truppen wimmelt, sind Sie ganz leicht in Handschellen zu legen, nicht wahr?«

»Minsk wird nicht von der Gemeinschaft kontrolliert. Minsk wird von *mir* kontrolliert!«

»Das steht außer Zweifel«, sagte Gabowitsch beschwichtigend, »obwohl in der Nähe Ihrer Hauptstadt natürlich GUS-Truppen stationiert sind. Aber das spielt keine Rolle, denn Sie wären ihnen notfalls weit überlegen. In den baltischen Staaten sieht's leider anders aus. Sie haben beträchtliche Kräfte in Litauen, aber Lettland wird von *Rußland* kontrolliert, nicht von *Belarus*. Müßten Sie gegen Rußland kämpfen, würden Sie aus einer Position der Schwäche, nicht der Stärke heraus antreten. Ein von GUS-Armeen eingekesselter Binnenstaat...«

»Wir werden niemals von irgend jemandem unterjocht«, behauptete Woschtschanka zuversichtlich. »Das sind nur Phantastereien! Es gibt keinen Konflikt...«

»Zerfällt die Gemeinschaft, oder gerät sie unter russische Vorherrschaft, welkt Belarus dahin und stirbt eines Tages ab«, sagte Gabowitsch. »Aber *Sie* haben Gelegenheit, die Oberhand zu gewinnen, *bevor* sie zerfällt. Sie sind in der entsprechender Position – und meine Auftraggeber und ich könnten Sie unterstützen.«

»Bei was unterstützen, General Gabowitsch?« fragte Woschtschanka mißtrauisch.

Gabowitsch beugte sich zu dem weißrussischen General hinüber und riet ihm mit Verschwörermiene: »Besetzen Sie Litauen und das Gebiet Kaliningrad. *Sofort!*«

»Was?« fragte Woschtschanka verdattert. Das alte Schlachtroß schien ehrlich verwirrt zu sein. »In Litauen einmarschieren...? Kaliningrad besetzen...?«

Wiktor Gabowitsch nickte. »Kommen Sie, spielen Sie nicht den Erstaunten! Sie wissen genau, daß das die einzige Lösung ist. Weißrußland braucht einen Zugang zur Ostsee – und dazu die Bahn- und Straßenverbindungen. Ganz abgesehen von einer Pufferzone zwischen Ihnen und den Russen. Es gibt nur eine Lösung: die Besetzung Litauens.«

Woschtschanka äußerte sich nicht dazu, aber er dachte offensichtlich angestrengt nach.

Gabowitsch fuhr fort. »Was ist Ihre größte Sorge? Wie Sie gegen die GUS-Armee bestehen können? Sie besitzen Hunderte von Trägersystemen für nukleare Gefechtsköpfe – von Flugzeugen über Geschütze bis zu Raketen. Außerdem haben Sie mehrere Dutzend Sprengköpfe, die Sie den Russen nicht zurückgegeben haben.«

Der Weißrusse kniff die Augen zusammen und schien widersprechen zu wollen, aber Gabowitsch winkte ab.

»Ich *weiß*, daß Sie die haben, Genosse. Ihren Protest können Sie sich also sparen. Aber was Sie *nicht* haben, sind die Kenntnisse, die man braucht, um diese Sprengköpfe programmieren und scharfstellen zu können. Nun, meine Auftraggeber im Fisikus *haben* diese Kenntnisse – sie dürften viele Ihrer taktischen Gefechtsköpfe konstruiert und gebaut haben. Und sie wären in der Lage, aus Ihrer Armee eine der stärksten und modernsten der Welt zu machen.«

Woschtschanka starrte Gabowitsch an, als frage er sich, ob er einen Erlöser oder den Teufel selbst vor sich habe. Während er das alles zu enträtseln versuchte, ließ er sich langsam in seinen Sessel zurücksinken. »Ihr Vorschlag ist absurd, General Gabowitsch«, sagte er schließlich. »Wie kommen Sie darauf, daß ich Sie nicht dem GUS-Oberkommando melden werde?«

»Weil ich Ihre letzte Hoffnung auf ein Selbstbestimmungsrecht für Belarus verkörpere«, antwortete Gabowitsch. »Melden Sie mich, behaupte ich einfach, dieses Gespräch habe nie stattgefunden – ich traue mir genug politische Macht zu, um Ihre Vorwürfe zu entkräften. Sie hätten sich dann nur einen mächtigen Feind geschaffen.«

Der General musterte den ehemaligen KGB-Offizier, als begutachte er diesen Mann, der so mit Drohungen um sich warf. Vermutlich fragte er sich, ob Gabowitsch tatsächlich imstande sei, gegen einen GUS-General zu siegen. »Was ist, wenn Ihre Beziehungen Sie nicht retten?« fragte Woschtschanka. »Die Gemeinschaft könnte mich anweisen, Sie festzunehmen und das Fisikus-Institut zu besetzen. Dann hätte ich seine Technologie ohnehin.«

»Meine Auftraggeber würden es vorziehen, mit Ihnen zusammenzuarbeiten, General«, antwortete Gabowitsch, »aber sie kämen natürlich auch ohne Sie zurecht. Wollten Sie versuchen, das Fisikus zu besetzen, würden meine Sicherheitskräfte sie lange genug aufhalten, bis alle Einrichtungen vernichtet wären. Glauben Sie mir, wir können eine ganze Armee abwehren – auch ohne Kernwaffen.«

»Ein paar Wissenschaftler in einem kleinen Forschungszentrum ohne militärische Unterstützung? Wie lange würden Sie Ihrer Meinung nach durchhalten?«

»Meine OMON-Truppe besteht aus handverlesenen Männern mit Sonderausbildung, General«, antwortete Gabowitsch. »Wir sind dafür ausgebildet, dieses ganze *Land* gegen gutorganisierte Freischärler zu halten.«

»Wobei Sie offenbar versagt haben«, stellte Woschtschanka ironisch fest.

»Schon möglich. Aber jetzt kontrollieren wir das Fisikus. Jetzt kontrollieren wir die im Fisikus entwickelten Waffen- und Verteidigungssysteme. Wir können uns mit Leichtigkeit lange genug halten, um alle Einrichtungen zu zerstören und selbst zu entkommen. Nachdem Ihre Truppen bei dem Versuch, das Fisikus zu nehmen, Tausende von Mann verloren hätten, würden sie lediglich ausgebrannte und verminte Ruinen vorfinden. Sollten wir in Gefahr geraten, durch ein Kommandounternehmen oder einen Luftangriff überwältigt zu werden, würde ein auf Ihr Hauptquartier in Minsk abgeschossener Marschflugkörper mit Atomgefechtskopf unser aller Tod rächen. Wo werden *Sie* sich aufhalten, wenn der Kampf beginnt, General?«

Woschtschanka ballte die Fäuste und hatte sichtlich Mühe, seinen Zorn zu beherrschen. »Wie können Sie es wagen, meinem Land zu drohen? Wie soll ich Ihnen noch trauen, nachdem Sie mir *damit* gedroht haben?«

»General Woschtschanka, ich will mit Ihnen zusammenarbeiten – zum Vorteil meiner Auftraggeber und Ihres Landes«, erwiderte Gabowitsch ruhig. »Denken Sie über meinen Vorschlag nach. Wir könnten einen neuen sowjetischen Staat mit kommunistischen Idealen gründen, dessen Zentralregierung unter weißrussischer Führung fest im Sattel sitzt. Und sollte Belarus in der Gemeinschaft bleiben wollen, könnte es *gleichberechtigt* mit Moskau verhandeln. Ich biete Ihnen eine Gelegenheit, die Schwäche Litauens und die Schwächen der GUS auszunutzen. Lehnen Sie ab, sind wir beide im Nachteil. Sagen Sie zu, haben wir beide eine Siegeschance.«

Gabowitsch zuckte mit den Schultern. Er wußte recht gut, daß eine desorganisierte, turbulente GUS ohne echten Zusammenhalt das Fisikus-Institut in Ruhe lassen würde. Im nächsten Augenblick bedachte er Woschtschanka mit einem herausfordernden Lächeln.

»Sollten wir damit keinen Erfolg haben, *Towarischtsch*, hätten wir's wenigstens versucht. Dann würden Sie als Patriot gepriesen, der für die Größe seines Landes gekämpft hat. Die GUS würde Sie vielleicht in einem anonymen Grab verscharren, aber das Volk würde Sie für immer in seinem Herzen tragen.«

Woschtschanka fand Gabowitschs Kühnheit erstaunlich – insbesondere diese letzte Bemerkung! Die Anspielung bezog sich auf eine berühmte Legende über einen General aus Minsk, der im Großen Vaterländischen Krieg eine der im Kampf gegen die Nazis siegreichen Armeen kommandiert hatte. Doch als der weißrussische General bei Stalin die Befreiung Leningrads gemeldet hatte, war er angeblich erschossen und irgendwo verscharrt worden, weil sein Feldherrenruhm ihn zu einem politisch gefährlichen Gegner hätte machen können.

»Wie ich sehe, kennen Sie unsere weißrussische Geschichte, *Towarischtsch*«, sagte Woschtschanka schließlich. Er stand auf, nickte seinem Adjutanten zu und setzte sich in Richtung Tür in Bewegung. »Sie hören von mir, General Gabowitsch. *Doh svedanya.*

Leningradski Woksal
(Leningrader Bahnhof), Moskau
23. Dezember, 10.35 Uhr

Normalerweise hätte der Leningrader Bahnhof im Zentrum Moskaus selbst im Winter zu den schönsten öffentlichen Gebäuden Europas gehört. Mit seinen weiten Hallen, riesigen Portalen, wandhohen Reliefs und reich verzierten Bahnhofsuhren war er eine der größten Touristenattraktionen der Hauptstadt. Obwohl die Stadt Leningrad 1991 wieder ihren historischen Namen St. Petersburg angenommen hatte, behielt der Leningrader Bahnhof seinen Namen – darüber gab es gar keine Debatte.

An diesem Tag erinnerte er jedoch an ein improvisiertes Auffanglager für die Opfer einer Naturkatastrophe, die weite Landstriche erfaßt hatte. Hunderte von Männern, Frauen und Kindern drängten sich in der vergeblichen Hoffnung auf etwas Wärme um die Heizkörper. Bauern aus dem Umland verkauften die letzten verfaulenden Lebensmittel aus ihren Scheunen und Kellern zu Wucherpreisen in der Hoffnung, einen guten Mantel oder Stiefel kaufen zu können – die es aber in der ganzen Stadt nicht mehr gab. Diebesbanden machten den Bahnhof unsicher, deshalb waren dort Streifen der Stadtpolizei, Soldaten der russischen Föderation und GUS-Soldaten unterwegs. Aber die Soldaten, die jeden Rubel brauchten, um ihre Familien durchzubringen, stahlen den hilflosen, eingeschüchterten Händlern und ihren eigenen Kameraden kaum weniger als die Diebesbanden.

Moskau war selbst in besten Zeiten und bei schönem Wetter nie sonderlich anregend gewesen. Jetzt im Winter bei starkem Schneefall und tiefen Minustemperaturen – und nach jahrelanger Lebensmittelknappheit, die sich mittlerweile zu einer Hungersnot ausgewachsen hatte – war die russische Hauptstadt auch für Ausländer ein wahrhaft elender Dienstort.

Sharon Greenfield, die Leiterin der politischen Abteilung der US-Botschaft, war seit über drei Jahren in Moskau – länger als jedes andere Mitglied der amerikanischen Delegation. Greenfield war Ende Dreißig: eine große, schlanke Erscheinung mit dunklem Haar, in dem sich erste Silberfäden zeigten, und mit klaren blauen Augen, die jeden Mann, der es wagte, Sharon nicht für voll zu nehmen, durchbohren konnten.

Greenfield hatte hier schon alles gesehen. Bei der Eröffnung des ersten McDonald's war auf den Straßen getanzt worden. Die Eröffnung der ersten ausländischen Geschäfte, die den neuen konvertierbaren Rubel annahmen, war ebenfalls gefeiert worden. Als die Reformen nicht griffen und die ausländischen Geschäfte zumachten, waren die Menschen deprimiert gewesen. Als Lebensmittel knapp wurden, kam es zu Unruhen. Als die neue Republik Litauen ihren ehemaligen russischen Herren die ersten tausend Tonnen Weizen verkaufte, löste das allgemeine Ressentiments und Verärgerung aus.

Jetzt sah sie schlicht und ergreifend tiefste Armut: Menschen, die auf der Straße starben, Plünderungen und Verbrechen trotz verschärften Kriegsrechts. Auch von der neuen Gemeinschaft Unabhängiger Staaten war keine Hilfe zu erwarten. Die wahren Machthaber in Moskau waren die Armee und die »russische Mafia«, die sich den Schutz der bewaffneten Macht erkauften.

Die meisten Fahrkartenschalter des großen Bahnhofs waren mit Brettern vernagelt, die dazugehörigen Türen verschlossen. Aber Greenfield marschierte geradewegs auf eine zu und öffnete sie. Sofort baute sich ein Beamter der Moskauer Stadtpolizei vor ihr auf, breitete abwehrend die Arme aus und griff ihr dabei wie unabsichtlich an die Brust. Sharon schlug seine Hand weg. Der Uniformierte wurde zornrot und trat drohend einen Schritt auf sie zu, bis eine energische Stimme hinter ihm sagte: »Weggetreten, Korporal!« Der Polizeibeamte trat beiseite, nicht ohne Greenfield nochmals zufrieden grinsend zu mustern.

Heute vormittag begrapscht er mich, dachte Sharon. *Heute abend fliegt er wegen Ungehorsams aus dem Polizeidienst. Morgen gehört er zu einer der Banden; er ist tot, weil er sich bis zur Bewußtlosigkeit betrunken hat und nachts auf offener Straße erfroren ist; oder steht am Gittertor der amerikanischen Botschaft an und will Asyl beantragen; er sucht Arbeit oder versucht, wertlose Informationen zu verkaufen.* Das alles hatte sie schon hundertmal erlebt.

Ihr Verteidiger – falls er diese Bezeichnung verdiente – war Boris Grigorjewitsch Dwornikow, der ehemalige Moskauer KGB-Chef, jetzt ein hoher Beamter der Stadtpolizei. Dwornikow war groß und hatte lockiges graues Haar, ein ansteckendes Lächeln und bärenstarke Pranken. Er war manchmal ein Mitglied der kommunistischen Partei, meistens jedoch nicht; meistens heterosexuell, manchmal jedoch nicht; manchmal zuverlässig, meistens jedoch nicht. Greenfield und er trafen sich in unregelmäßigen Abständen, immer wenn einer etwas vom anderen brauchte. Diesmal hatte er sie angerufen.

»Sharon Greenfield, ich entschuldige mich für die grobe, unelegante Art des Korporals. Gute Leute sind schwer zu bekommen, aber diese Frechheit wird er mir noch büßen.«

Das bezweifelte Greenfield keine Sekunde lang. Dwornikow war als brutal und sogar sadistisch bekannt – Eigenschaften, die beim KGB von Vorteil gewesen waren und ihm bestimmt auch in der neuen Gemeinschaft nutzen würden. »Danke, Boris Grigorjewitsch«, antwortete Greenfield und gebrauchte dabei als vertrauliche russische Anrede ebenfalls seinen Vatersnamen.

»Nichts zu danken«, wehrte Dwornikow ab. Dann zeigte er auf die Tür hinter ihr. »Schreckliche Bilder, nicht wahr, Miss Greenfield? Allein heute abend sind dreihundertsiebenundachtzig neue Seelen dazugekommen. Insgesamt bevölkern damit über dreitausend Obdachlose den Leningrader Bahnhof.«

»Und wie viele werden jede Nacht abtransportiert?« fragte Greenfield. Sie wußte, daß die russische Regierung, der die Zustände auf dem Leningrader Bahnhof wegen der Berichterstattung in der jetzt freien Presse ein Dorn im Auge waren, die Polizei beauftragt hatte, bei seiner »Säuberung« mitzuhelfen. Praktisch bedeutete das, daß Dwornikow Hunderte von verlorenen Seelen abtransportieren ließ, die vermutlich eine lange Zugfahrt in den abgelegensten Winkel der russischen Föderation und der sichere Tod erwartete.

»Wir müssen mit dieser Situation fertig werden, so gut es eben geht.«

»Das Schlimme ist nur, daß sich das Leid größtenteils vermeiden ließe.«

»Ah, das edle Angebot der Vereinigten Staaten und der sogenannten Industrieländer!« höhnte Dwornikow. »Und wir Russen brauchen dafür lediglich auf unser Selbstbestimmungsrecht zu verzichten, unsere nationale Identität aufzugeben, unser bisheriges Wirtschaftssystem zu verdammen und uns freiwillig wehrlos zu machen.«

»Freie Wahlen, freie Auswanderung, Einführung der Marktwirtschaft und Verzicht auf nukleare Angriffswaffen – darum geht's«, stellte Greenfield richtig. »Rußland gibt jedes Jahr viele Milliarden Dollar – *Dollar*, Boris Grigorjewitsch, nicht Rubel – für seine drei Millionen Soldaten, einen Lagerbestand von zehntausend Atomsprengköpfen und eine Flotte strategischer Bomber aus.«

»›Ein leerer Sack steht nicht leicht aufrecht‹«, zitierte Dwornikow mit der ihm eigenen Lässigkeit. »Benjamin Franklin. Manchmal braucht eine Nation etwas so Schreckliches wie das Militär, um aufrecht dastehen zu können. Auch in Ihrem Land gibt es Obdachlose, Miss Greenfield – und trotzdem haben auch Sie Bomber und Atomsprengköpfe.«

Er machte eine Pause und lächelte wissend. »Sie haben sogar ein neues Flugzeug entwickelt, das wie ein Hubschrauber starten und landen kann, aber wie ein gewöhnliches Flugzeug fliegt. Ihr Kongreß und Ihr Verteidigungsminister behaupten, die Erprobung würde eingestellt, aber Sie haben Dutzende von Maschinen für die Luftwaffe, für die Küstenwache, und für das Marine Corps gebaut. Da fragt man sich: Für wen denn noch?«

Greenfield war sichtlich überrascht, was ihm sehr gefiel.

»Wie ich erfahren habe, wird diese Maschine von Ihrer neuen

Border Security Force eingesetzt«, fuhr er fort, »aber es gibt weitere Verwendungsmöglichkeiten für das Wunderflugzeug. Zubringerdienste, Verkehrsüberwachung, Versorgung von Bohrinseln – die Möglichkeiten sind *endlos*.« Er machte eine Pause, um sicherzugehen, daß sie aufmerksam zuhörte, bevor er mit einem Lächeln fortfuhr: »Ich möchte wetten, daß man eine oder zwei dieser Maschinen an Bord eines alten Frachters irgendwo auf der Ostsee stationieren könnte. Man könnte damit dann sogar nach Libau fliegen und dort landen, um einen Spion und eine Gruppe Marines abzuholen...«

Sharon Greenfield hoffte, daß sie nicht allzu blaß geworden war. Die Sowjetunion war längst Geschichte, und in Moskau herrschten schlimme Zustände, aber das alte KGB-Spitzelnetz war weiter intakt. Und Dwornikow machte es sich meisterhaft zunutze.

»Ich weiß leider nicht, wovon Sie reden, Boris Grigorjewitsch«, behauptete Greenfield. »Aber das wäre sicher Stoff für ein gutes Buch. Vielleicht bietet ein amerikanischer Verleger Ihnen einen Vertrag an, und Sie können Romanautor werden. Sie wissen schon – wie John Le Carré.«

»Eine glänzende Idee, Sharon Greenfield.« Dann verschwand sein Lächeln, und er schickte den Korporal mit einem knappen Befehl hinaus. Greenfield nutzte diese Gelegenheit, um sich davon zu überzeugen, daß die beiden anschließenden Räume leer waren. Dwornikow hinderte sie nicht daran, weil er im umgekehrten Fall ebenso gehandelt hätte.

»Lassen Sie mich Ihnen helfen, Kapitel zwei Ihres Buchs zu schreiben«, sagte Greenfield schließlich. »Sie haben diesen Russen erfunden, der von amerikanischen Marines entführt worden ist...«

»Einen GUS-Offizier litauischer Abstammung – einen Leutnant«, stellte Dwornikow richtig. »Und er ist auch nicht entführt worden, sondern freiwillig mitgekommen. Offenbar hat er monatelang für die Amerikaner spioniert und war dicht davor, geschnappt zu werden.«

»Solche Einzelheiten können Sie später in Ihr Buch einarbeiten, Boris Grigorjewitsch«, wehrte Greenfield ab, der seine Detailkenntnisse über das Unternehmen RAGANU Sorgen machten. »Schreiben wir lieber Kapitel zwei weiter. Stellen wir uns mal vor, dieser GUS-Offizier hätte seinen Auftraggebern verschiedene interessante Geschichten erzählt – zum Beispiel von einem US-Offizier, der seit Jahren in einer ganz bestimmten GUS-Forschungseinrichtung gefangengehalten wird. Die Amerikaner könnten diesen Offizier zurückhaben wollen.«

Der Russe bekam vor Staunen große Augen.

Nach langjährigem Umgang mit Sowjet- und GUS-Agenten, Bürokraten und Funktionären konnte Sharon Greenfield beurteilen, ob jemand tatsächlich erstaunt war oder nur Überraschung heuchelte – die CIA-Ausbildung umfaßt auch Kurse in Körpersprache –, und Dwornikow war *wirklich* sprachlos. »Was halten Sie davon, Boris Grigorjewitsch?«

»Ich glaube«, antwortete er langsam, »Sie sind eine bessere Schriftstellerin als ich.«

Greenfield konnte nur vermuten, was Dwornikow jetzt dachte. Sie besaß Informationen, die er nicht hatte. Das bedeutete, daß die Gemeinschaft Unabhängiger Staaten und die russische Regierung – Dwornikow hatte dorthin und zu allen Ministerien glänzende Verbindungen – sehr wahrscheinlich auch nichts davon wußten.

Das bedeutete aber auch, daß keine dieser Stellen für REDTAIL HAWK, wie der Codename für den US-Offizier im Fisikus-Institut jetzt lautete, zuständig war. Wer auch immer REDTAIL HAWK in seiner Gewalt hatte, hielt ihn heimlich gefangen: Er konnte den Mann ausquetschen und anschließend beseitigen, ohne daß jemand davon erfuhr. Greenfield war sich darüber im klaren, daß sie mit dem Leben ihres Landsmanns spielte. Boris Dwornikow wußte jetzt genug, um den US-Offizier im Fisikus-Institut selbst aufspüren zu können – und brauchte sich danach nicht mehr um ihn zu kümmern. Aber die Idee zu diesem Treff stammte von ihm, nicht von ihr. Dwornikow wollte irgend etwas.

Vielleicht war er zu einem Tauschhandel bereit. Seine Klienten in Regierungskreisen würden solche Informationen gut honorieren, wenn sie halfen, einen politischen Gegner zu vernichten oder einen politischen Bundesgenossen zu gewinnen. Die durch den Zerfall der Sowjetunion ausgelösten Machtkämpfe hielten schließlich unvermindert an.

»Was könnten Sie noch in meinen Roman packen?« erkundigte er sich schließlich.

»Das ist der Punkt, an dem unsere Story interessant wird«, antwortete Sharon Greenfield. »Dies könnte der erste Roman sein, in dem die Guten und die Bösen einander tatsächlich helfen.«

»Das halte ich *wirklich* für eine Fiktion.«

»Gut, dann müssen Sie Ihre Geschichte eben selbst erfinden, Boris Grigorjewitsch«, sagte sie. »Hören Sie, ich hab's ziemlich eilig. Können wir...?«

»Schön, kommen wir also zur Sache. Ich habe Sie nicht hergebeten, um mit Ihnen über Romane, sondern über die Lage im Baltikum zu sprechen.« Er schraubte eine Thermoskanne auf und goß zwei Tassen Mokka ein, von denen er eine Greenfield hinstellte. »Wie Sie wissen, Sharon, importiert mein Land große Mengen Nahrungsmittel – Milchprodukte, Eier und dergleichen – aus unseren früheren baltischen Republiken. Das möchten wir weiterhin tun, auch wenn es vielen unserer Bürokraten widerstrebt, Lieferungen aus einer früheren Republik mit horrenden Summen in harter Währung bezahlen zu müssen. Aber es scheint eine Bewegung zu geben, die darauf abzielt, eine oder mehrere der baltischen Republiken mit ihrem Stammland wiederzuvereinigen.«

»Wiedervereinigen? Soll das heißen, daß ein Staat der Gemeinschaft ins Baltikum einmarschieren will?«

»Offenbar sprechen gewichtige historische Gründe für eine... Wiedervereinigung der baltischen Republiken mit bestimmten Gemeinschaftsstaaten«, stellte Dwornikow fest. »Schließlich haben die baltischen Staaten schon vor der Gründung der Sowjetunion zu Rußland gehört und sind später eng mit anderen Staaten wie Weißrußland und der Ukraine verbunden gewesen. Aber lassen wir diese Lektion in Geschichte mal beiseite und wenden uns der eigentlichen Frage zu: Wie könnte die amerikanische Reaktion aussehen?«

»Das wissen Sie genau, Dwornikow!« antwortete Greenfield nachdrücklich. »Die Vereinigten Staaten haben schon immer jedes Land verteidigt, dessen Regierung durch freie Wahlen zustande gekommen ist und das sich an bestimmte demokratische Regeln hält.«

»Aber die Amerikaner haben auch Diktatoren und Gewaltherrscher gestützt, meine Liebe: Marcos, Noriega, Pinochet, den Schah von Persien... Muß ich noch weitermachen?«

»Bleiben wir beim Baltikum, Dwornikow«, verlangte Greenfield gereizt. »Diese drei Republiken sind so unabhängig wie die Vereinigten Staaten, Frankreich oder Großbritannien. Käme von dort eine Bitte um Unterstützung, würde unser Präsident vermutlich dazu neigen, sie zu gewähren.«

»Militärische Unterstützung? Ihr Präsident würde Krieg gegen die Gemeinschaft Unabhängiger Staaten führen, um die baltischen Republiken zu schützen?«

»Ja«, bestätigte Greenfield nachdrücklich. »Der Präsident hat zwar den US-Verteidigungsetat um ein Drittel gekürzt und in nur drei Monaten hundert Auslandsstützpunkte geschlossen, aber er kennt seine Rolle als Führer der freien Welt. *Ja*, er würde Truppen nach Europa entsenden, um den baltischen Staaten zu helfen.«

»Selbst auf die Gefahr eines Atomkriegs hin?«

»Atomkrieg?« wiederholte Greenfield überrascht. »Rußland würde einen Atomkrieg riskieren, um das Baltikum besetzen zu können?«

»Diesen Köder haben Sie sehr ungeschickt ausgeworfen, Sharon«, sagte Dwornikow lächelnd. Er liebte solches Wortgeplänkel ebenso, wie Greenfield sie haßte. »Ich habe nie behauptet, Rußland wolle ins Baltikum einmarschieren.«

Jetzt hatte Greenfield genug. »Hören Sie, ich will ganz offen sein. Schluß mit diesem Scheiß, ja? Ich habe keine Lust, mich hier mit Ihnen auf politische Spekulationen einzulassen. Ein Angriff aufs Baltikum könnte den kalten Krieg wiederaufleben lassen und würde alle in den letzten Jahren erzielten Fortschritte zunichte machen.«

»Sharon...«, seufzte Dwornikow gedankenverloren. »Was der Westen als Fortschritt sieht, betrachten viele in der ehemaligen Sowjetunion als Rückschritt. Manche behaupten, die Perestroika habe uns nichts als Unsicherheit und Verwirrung gebracht.«

»Ihre gegenwärtige politische und wirtschaftliche Misere ist eine Folge der jahrzehntelangen Mißwirtschaft des kommunistischen Regimes, *nicht* von Demokratie und Frieden«, sagte die Amerikanerin nachdrücklich. »Ein Einmarsch in die baltischen Staaten – die jetzt trotz Ihrer historischen Reminiszenzen so frei und unabhängig wie jedes andere Land der Welt sind – wäre ein schlimmer Akt der Aggression. Und die Vereinigten Staaten würden entsprechend darauf reagieren.«

»Sharon, die Gemeinschaft und vor allem die russische Regierung stehen unter gewaltigem Druck, etwas gegen die jetzigen Zustände zu unternehmen. Überall herrschen Hunger und Unruhe. In der Regierung bilden sich miteinander verfeindete Fraktionen. Der Weltfrieden wäre in Gefahr, wenn in Rußland eine Militärjunta an die Macht käme oder auch nur einen Putsch versuchte. Zerbräche die Gemeinschaft an einer Militärdiktatur in Rußland, wäre die ganze Welt davon betroffen.«

»Und was sollen die Vereinigten Staaten dagegen unternehmen?« fragte Greenfield. »Ihre Landsleute haben doch alle Versuche blockiert, Regierung und Gesellschaft zu reformieren! Russische Spitzenpolitiker können den Gedanken nicht ertragen, irgendein erfolgreicher Wurstfabrikant könnte reicher werden als sie.«

»Ich sage Ihnen, Sharon Greenfield, verschiedene Spitzenpolitiker werden handeln müssen, nur am Leben zu bleiben – nicht nur politisch, sondern auch *richtig* am Leben«, sagte Dwornikow ernsthaft.

»Was wird die Gemeinschaft tun, wenn eines ihrer Mitglieder ins Baltikum einmarschiert?« fragte Greenfield weiter.

»Was könnte sie schon tun? Welche Mittel stünden ihr zur Verfügung?«

»Welche Mittel? Die Gemeinschaft hat drei Millionen Mann unter Waffen – zwei Drittel davon in der Westhälfte ihres Gebiets.«

»Und viele der Mitgliedsstaaten besitzen *Atom*waffen«, sagte Dwornikow. »Sie sollten abgerüstet oder nach Rußland zurückgebracht werden, und die meisten interkontinentalen Waffen sind auch wenigstens deaktiviert worden – aber die meisten taktischen und Gefechtsfeldwaffen nicht. Sollte ein Mitgliedsstaat auf eigene Faust handeln, droht schlimmstenfalls ein Atomkrieg zwischen den GUS-Mitgliedern. Aber vermutlich würde die Gemeinschaft die Besetzung des Baltikums billigen, um ihren Zusammenhalt zu fördern.

Aber wenn sich der Westen einmischt, wäre ein Atomkrieg wahrscheinlich – *sehr* wahrscheinlich. Mit dem Irak und seiner Rolle im Golfkrieg ist das nicht zu vergleichen, Sharon, denn Atomwaffen – und die Entschlossenheit, sie einzusetzen –, gibt es bei uns wirklich.« Dwornikow beugte sich zu ihr hinüber und sagte nachdrücklich: »Die Vereinigten Staaten dürfen *auf keinen Fall* eingreifen, falls das Baltikum annektiert wird.«

Da haben wir's! dachte Greenfield. *Jetzt ist die Katze aus dem Sack.* »Klingt das nicht wie ein Gespräch zwischen Hitler und Stalin am Vorabend des Zweiten Weltkriegs? ›Für wohlwollendes Stillhalten können Sie Estland, Lettland und Litauen haben; wir nehmen dann die Tschechei und Ungarn...‹«

»Ah, Sharon, es ist dieser köstliche Sinn für Humor, den ich so an Ihnen schätze! Er hat all die Jahre unserer Bekanntschaft überdauert.«

»Reden Sie keinen Unsinn, Boris Grigorjewitsch«, fauchte Greenfield. »Ich bin ohnehin schon zu lange hier. Ihre Informationen sind sehr interessant, aber natürlich beobachten auch wir die Entwicklung im Baltikum aufmerksam. Was ich wirklich will, ist dieser Amerikaner im Fisikus. Informationen über ihn wären äußerst wertvoll, und direkte Hilfe könnte Ihnen ein Einreisevisum und eine Green Card einbringen – mit schönem Gruß von der CIA. Dann können Sie herumreisen und mit irgendwelchen Vorträgen mehr verdienen als der Präsident der Vereinigten Staaten. Sorgen Sie dafür, daß ich jemanden reinschmuggeln kann, der diesen Amerikaner überprüft, und helfen Sie mir, ihn dort rauszuholen, dann können Sie Ihren Preis selbst festlegen.«

»Sehr reizvoll«, meinte Dwornikow, »aber das mit den Vortragsreisen klingt langweilig. Warum sollte ich außerdem mein schönes Rußland verlassen? Daß hier alles zerfällt, ist doch zugleich meine Chance, mir ein paar gute Stücke zu sichern.«

Die Amerikanerin stand auf und ging zur Tür. »Auch gut. Beschaffen Sie mir die Informationen, die ich brauche, Boris Grigorjewitsch, dann kriegen Sie von mir, was immer Sie wollen. Sie wissen, wie Sie mich erreichen können. Aber beeilen Sie sich!«

Nachdem Sharon Greenfield gegangen war, dachte Dwornikow über ihren selbstbewußten Auftritt nach. Natürlich würde er ihr helfen, was diesen Amerikaner im Fisikus-Institut betraf. Die Frage war nur, welchen Lohn er dafür von den Amerikanern einfordern sollte – und von ihr. Dieser Gedanke löste eine gewisse Erregung in ihm aus. Ja, welchen Preis hast du, Sharon Greenfield? Dwornikow war schon lange scharf auf sie. Er hatte sich um sie bemüht, aber sie hatte ihn jedesmal abgewiesen. Nicht nur abgewiesen, sondern ihm das Gefühl vermittelt, unerwünscht und wertlos zu sein.

Aber das schadete nichts. Seine Zeit würde noch kommen. Er griff sich zwischen die Beine und malte sich aus, was er mit ihr anstellen würde. Die Schmerzen, die sie erleiden würde. Ja, das würde wunderbar sein ... sie leiden zu sehen ... und in der Ekstase.

Daß er allein beim Gedanken an sie steif geworden war, wunderte ihn nicht.

2

*High Technology Aerospace Weapons
Center (HAWC), Nevada
17. März, 09.30 Uhr*

Generalleutnant Bradley Elliott, Kommandant des HAC genannten streng geheimen Erprobungszentrums der U.S. Air Force in Nevada (das wegen der dort erträumten, entwickelten und erprobten High-Tech-Geräte den Spitznamen »Dreamland« erhalten hatte), betrachtete den vor ihm stehenden Oberst und versuchte, ihn einzuschätzen. Während Elliott zwei Becher Kaffee eingoß, arbeitete sein Gedächtnis auf Hochtouren.

Paul White, der Oberst in seinem Dienstzimmer, gehörte zu den Leuten, die Elliott nur dem Namen nach gut kannte. White galt als einer der intelligentesten und kreativsten Ingenieure der Luftwaffe. Elliott hatte ihn früher einmal als Berater ins HAWC geholt, und soweit er sich erinnerte, war White auch an der Ausbildung Patrick McLanahans und Dave Lugers auf der Ford Air Force Base gewesen. Aber das war einige Zeit her, und White war danach zu einer anderen Organisation gegangen – zu welcher, wußte Elliott nicht. Sein Stab hatte versucht, das herauszubekommen, aber Whites Laufbahn wies Lücken auf, die auf Geheimprojekte hindeuteten, und Hauptmann Hal Briggs, der Chef von Elliotts Sicherheitsdienst, war im Weißen Haus auf eine Mauer des Schweigens gestoßen.

Die Lücken in Whites Biographie bereitete Elliott Unbehagen, zumal das Weiße Haus dabei eine Rolle spielte, aber jetzt stand White ihm in seinem eigenen Revier gegenüber – zu einer Unterredung, um die der Oberst gebeten hatte.

»Sir«, fragte White, während sein Blick die Wände absuchte, »können wir irgendwo ungestört miteinander reden?«

»Wir *sind* hier ungestört, Oberst. Also los, raus mit der Sprache!«

White betrachtete die mit einer persönlichen Widmung des Künstlers Dru Blair versehene Lithographie eines Stealth-Jägers F-117A über Elliotts Schreibtisch – zufällig das einzige der acht gerahmten Poster an den Wänden, hinter dem ein Mikrofon und eine Sicherheitskamera versteckt waren. Elliott folgte seinem Blick, verstand, was damit gemeint war, und bemühte sich, ihn zu ignorieren.

Viele Leute fanden die strengen HAWC-Sicherheitsvorkehrungen einschüchternd. Das Erprobungszentrum im Süden Mittelnevadas, rund 150 Kilometer nördlich von Las Vegas, gehörte zu den am strengsten überwachten Sperrgebieten der Welt. Überflüge waren für *alle* Flugzeuge in *allen* Höhen verboten. Auf dem Gelände warnten überall Schilder: »Vorsicht! Schußwaffengebrauch!« – was bedeutete, daß die Posten erst schießen und danach Fragen stellen konnten. Bewaffnete Streifen patrouillierten draußen und drinnen. Für jedes Gebäude galten seinem Verwendungszweck gemäß zusätzliche Sicherheitsbestimmungen. Der Wunsch, HAWC zu besuchen, löste automatisch eine komplette Sicherheitsüberprüfung aus – die bei Oberst Paul White seltsam unergiebig geblieben war.

Hätte er diesen Test jedoch nicht bestanden, befände er sich jetzt nicht in Elliotts Dienstzimmer, was den General um so mehr irritierte.

»Können Sie diese ... Aufzeichnungsgeräte nicht wenigstens abschalten?« fragte White.

»Das kann und *werde* ich nicht tun«, knurrte Elliott. »Also, was gibt's, Oberst? Ich bin sehr beschäftigt.«

»Sir, was ich Ihnen mitzuteilen habe, ist nicht nur völlig inoffiziell, sondern betrifft nur Sie und mich. Was Sie damit anfangen, bleibt Ihnen überlassen, aber ich setze mit diesem Besuch meine Laufbahn aufs Spiel und riskiere außerdem, verhaftet zu werden.«

Elliott musterte ihn eisig. »Ihnen mag Ihr Auftritt gefallen, Oberst, aber ich bin kurz davor, ihn zu beenden.«

»Daran können ich Sie nicht hindern. Ich bin bloß um die halbe Welt gereist, um zu versuchen, Sie zu sprechen. Ich habe schon versucht, das Problem auf andere Weise zu lösen – leider vergeblich.«

In Whites Blick sah Elliott eine Mischung aus Entschlossenheit und Verzweiflung. Was ihn hergeführt hatte, beschäftigte ihn offenbar schon längere Zeit. Er wollte dieses Problem lösen und schien sich keine großen Sorgen wegen etwaiger Konsequenzen zu machen. »Es gibt immer eine Möglichkeit, etwas zu erreichen, ohne dabei das eigene Leben zu ruinieren«, sagte Elliott. »Ich glaube, Sie zu kennen, Oberst. Wir haben vieles gemeinsam. Sie sind ein Erfinder, ein Träumer. Was nicht funktioniert, setzen Sie instand. Also müssen Sie auch in der Lage sein, diese Sache...«

»Nein, General, das kann ich nicht. Aber Sie könnten es. Ich hab' es auf dem Dienstweg versucht. Streng nach Vorschrift. Trotzdem ist nichts passiert. Ich hätte davon erfahren, das können Sie mir glauben.«

Elliott war lange genug Offizier – in Vietnam als jüngster Staffelchef der U.S. Air Force, auf mehreren Kommandeursposten beim Strategic Air Command, Kommandierender General der Eighth Air Force und gegenwärtig als HAWC-Direktor –, um einen echten Soldaten zu erkennen. Einen ehrenhaften Soldaten. White hatte ihn von seiner Aufrichtigkeit überzeugt. »*Was* erfahren?« wollte er wissen.

»Daß etwas unternommen worden ist wegen... David Luger.«

Der General erstarrte und versuchte, sich von seiner Überraschung zu erholen, die er sich eben sicherlich hatte anmerken lassen. Er fixierte seine Schreibtischplatte, bevor er wieder zu White aufblickte. »Luger, sagen Sie? David Luger? Tut mir leid, mit diesem Namen kann ich nichts anfangen.«

»Ihr Gesicht sagt etwas anderes, General.«

»Sie haben noch eine Chance, dieses Gleis zu räumen, bevor die Lokomotive Sie zermalmt – und das wird sie tun, das *verspreche* ich Ihnen. Alles was mit Oberleutnant Luger zusammenhängt, ist streng geheim.«

»Ich bin für sämtliche Geheimhaltungsstufen überprüft und darf...«

»Oberst, um im Fall David Luger Nachforschungen anstellen zu dürfen, müßte selbst *ich* eine Sondergenehmigung beantragen, die mir wahrscheinlich verweigert würde«, sagte Elliott. »Sie ahnen gar nicht, *wo* Sie da reinstochern, Oberst. Auch wenn Sie noch so gründlich überprüft wären, könnten Sie kein berechtigtes Interesse an diesem Fall nachweisen.«

»Vielleicht doch«, sagte White. Er zog den Reißverschluß seiner blauen Nylonfliegerjacke auf, griff ins Innenfutter und holte einen festen braunen Umschlag heraus.

»Den haben Sie im Innenfutter Ihrer Jacke reingeschmuggelt?« fragte Elliott ungläubig.

»Sie werden gleich sehen, warum ich das getan habe«, antwortete White. Er zog ein Foto aus dem Umschlag und legte es Elliott hin. »Er lebt, General. Diese Aufnahme haben wir vor einigen Monaten von einem litauischen Informanten bekommen. Das ist er. Ich bin sicher, daß er es ist!«

Tatsächlich war der Mann auf dem Foto unverkennbar Luger. Elliott hatte eine typische mit dem Teleobjektiv gemachte und völlig verschwommene Aufnahme erwartet – aber das war nicht der Fall. Dieser Mann wir wirklich Dave Luger. Er trat gerade aus dem Metalldetektor einer Sicherheitsschleuse. Der Fotograf hatte leicht erhöht gestanden – vielleicht auf einer Treppe vor der Sicherheitsschleuse –, aber das Bild war klar und scharf, möglicherweise sogar mit Computerunterstützung optimiert.

Luger wirkte blaß und dünn, aber seine ganze Erscheinung war unverkennbar: die Augen, die Kopfform, die langen Beine, die etwas nachlässige Haltung, die kräftigen Hände mit den langen Fingern. In der linken Hand hielt er eine Aktentasche. Er trug einen schlichten braunen Mantel, aber weder Mütze noch Handschuhe, obwohl die ihn begleitenden Männer dicke Pelzmützen und Lederhandschuhe trugen, um sich vor der offensichtlich herrschenden Kälte zu schützen.

»Wollen Sie mich noch immer rausschmeißen, General?« erkundigte White sich mit der Andeutung eines Lächelns.

»Klappe halten, White!« knurrte Elliott. »Kein Wort mehr, sonst stopfe ich Ihnen persönlich den Mund!« Er sank in seinen Schreibtischsessel, fuhr sich mit einer Hand durchs Haar, studierte die Aufnahme gründlich und versuchte, etwas zu entdecken ... irgend etwas zu entdecken, das auf eine Fälschung hinwies. Schließlich waren in den letzten Jahren immer wieder gefälschte Fotos veröffentlicht worden – vor allem Aufnahmen, die angeblich amerikanische Kriegsgefangene in Vietnam zeigten.

Elliott seufzte. Das Foto schien echt zu sein, was alles schwieriger machte: Es bedeutete, daß Luger nicht tot war – und das warf viele Fragen auf. Wo war er? Was war passiert? War er von den Sowjets gefangengenommen und umgedreht worden? Oder hatte er etwa ... Elliott verwarf diesen Gedanken sofort wieder. Gewiß, irgend jemand würde sich fragen, ob Luger etwa schon immer... für die andere Seite gearbeitet hatte..., aber Elliott wußte, daß das absurd war. Dafür kannte er Luger zu gut. Er kannte Luger ebensogut wie McLanahan und die übrige Besatzung.

Nein, David Luger war kein Verräter. Oder zumindest war er keiner *gewesen*. Aber er war ein Gefangener. Oder ein Kollaborateur, den man einer Gehirnwäsche unterzogen hatte. Dagegen waren selbst die besten Männer hilflos. Elliott hatte solche Fälle in Vietnam bei seinen eigenen Leuten erlebt. Aber wenn sie ihn dort rausholen konnten...

White hielt das Schweigen nicht länger aus. »Darüber müssen wir reden, General.«

»Augenblick! Halten Sie doch mal eine Sekunde lang den Mund!« Elliott drückte auf eine Taste seiner Gegensprechanlage. »Sergeant Taylor, ich bin jetzt mit den Vorarbeiten fertig. Sorgen Sie dafür, daß ich nicht gestört werde – außer wegen eines wichtigen Anrufs.«

»Ja, Sir«, antwortete der Sergeant.

»Wir nennen unsere Aufzeichnungsgeräte ›Sandwiches‹ statt ›Vorarbeiten‹«, sagte White lächelnd. »Das Wort läßt sich leichter in Gespräche einbauen.«

»Das ist nicht lustig, White«, stellte Elliott fest. »In den sechs Jahren hinter diesem Schreibtisch habe ich dieses Tonbandgerät noch nie abgestellt – ich wüßte nicht mal, auf welchen Knopf ich drücken müßte. Sparen Sie sich also Ihre witzigen Kommentare. Wo arbeiten Sie, White?«

»Bei der Intelligence Support Agency«, entgegnete White sofort.

Elliott wußte, daß die ISA dem Director of Central Intelligence unterstand: ein Spezialteam zur Unterstützung seiner im Ausland eingesetzten Leute. Angehörige dieses Teams wurden gerufen, wenn die eigenen Leute in der Klemme saßen – oder wenn etwas außerhalb des normalen Dienstwegs zu erledigen war. »In welchem Programm?«

White zögerte. Wegen seiner streng geheimen Tätigkeit war das eine ganz normale Reaktion. Aber für Elliott, der sie als Unaufrichtigkeit deutete, bewies sie, daß dies wirklich eine Falle war. »Los, raus mit der Sprache, White!«

»MADCAP MAGICIAN«, antwortete der Oberst.

»Nie davon gehört.«

»Und ich möchte wetten, daß Sie in ihren Hangars einiges stehen haben, von dem *ich* nichts weiß, General«, sagte White. »Wir sind eine bunt zusammengewürfelte Truppe aus Luftwaffen- und Marineangehörigen, die auf dem Bergungsschiff USS *Valley Mistress* stationiert ist. Wir setzen mehrere der hier entwickelten CV-22 PAVE HAMMER ein. Unsere Spezialität sind Aufklärungseinsätze.«

»Haben Sie diesen Informanten in Litauen geführt?«

»Die CIA hat ihn geführt, aber die Verbindung zu ihm ist abgerissen, als er geflüchtet ist. Der KGB war ihm auf den Fersen.«

»Den KGB gibt's nicht mehr.«

»Falsch, Sir. Der KGB ist weiter aktiv – vor allem in den baltischen Staaten. Er heißt jetzt MSB – Rat der Republiken für Sicherheit –, aber dahinter stecken der alte KGB und die Truppen des Innenministeriums. Die Namen haben sich geändert, aber die Gesichter sind die gleichen geblieben. Die Mächtigen von einst sind Söldner geworden, und sie arbeiten nicht mehr für Moskau, sondern für den Meistbietenden. Eine KGB-Zelle, die wir schon länger beobachten, existiert in Wilna, vor allem im Umkreis des Fisikus-Instituts. Dort übernimmt der KGB ›spezielle‹ Sicherheitsdienste – Bestechung, Erpressung, sogar Hinrichtungen –, um die zuständigen litauischen Behörden davon abzuhalten, das Fisikus zu schließen. Wir begegnen dem KGB bei unserer Arbeit auf Schritt und Tritt.«

»Sie sind losgeschickt worden, um den Informanten rauszuholen?«

»Es war ein litauischer Offizier in einer in Wilna stationierten weißrussischen GUS-Einheit«, erläuterte White. »Unser Mann war Nachrichtenoffizier in dieser Einheit. Außer Litauer zu schikanieren und den Weißrussen zu helfen, sich zu bereichern, während sie das Land ›beschützten‹, hatte die Einheit den Auftrag, das Fisikus-Institut für Technologie zu bewachen.«

»Das Institut *selbst*? Er ist dort *drinnen* gewesen? Luger ist im Fisikus?«

»Anscheinend«, sagte White. »Er arbeitet dort beim Flugzeugbau – vielleicht schon seit Jahren – unter dem Namen Dr. Oserow. Iwan Sergejewitsch Oserow.«

»Ich kenne die Namen sämtlicher Wissenschaftler und Ingenieure aus allen Konstruktionsbüros der GUS-Luftfahrtindustrie«, stellte Elliott fest, »aber von einem Oserow habe ich noch nie gehört.«

»Nach Aussage unseres Informanten gehört er nicht zum eigentlichen Mitarbeiterstab«, erklärte ihm White, »aber er arbeitet wirklich dort und wird von den KGB-Leuten im Fisikus ständig bewacht. Er genießt großen Respekt, gilt allerdings auch als Sonderling – reichlich exzentrisch. Trotzdem wird er im ganzen Institut geachtet und bewundert.«

»Vielleicht ist es bloß jemand, der wie Luger aussieht.«

»Vielleicht.« White machte eine kurze Pause. »Aber Sie haben auf das Foto genau wie ich reagiert. Dieser Mann ist David Luger. Er sieht aus, als sei er mißhandelt, unter Drogen gesetzt oder einer Gehirnwäsche unterzogen worden – aber er ist der Mann, den wir kennen. Sein Hauptprojekt ist ein großes, unheimlich wirkendes Flugzeug, das aus *Krieg der Welten* stammen könnte.«

»*Tuman?*« ächzte Elliott. »Großer Gott... Luger arbeitet am *Tuman* mit?«

»Was ist das? Ein neuer Bomber?«

»Eine verbesserte Kombination unserer Bomber B-1 und B-2, die der modernste Bomber der Welt werden könnte«, erläuterte Elliott. »Stealth-Technologie, gesteigerte Reichweite bei erhöhter Nutzlast – das ergibt einen knapp zweihundert Tonnen schweren Tarnkappenbomber, der schon ohne Nachbrenner überschallschnell ist. Seit unser Stealth-Bomber B-2 nicht mehr gebaut wird, ist das weltweit der einzige moderne Bomber, der sich noch in der Entwicklung befindet. Haben Sie ihn etwa gesehen?«

»Der Informant hat Fotos von ihm mitgebracht.«

»Jesus, dann existiert der *Tuman* also wirklich!« rief Elliott aus. »Gerüchten nach soll er sich seit fünf Jahren im Reißbrettstadium befinden.« Der General schüttelte den Kopf. »Wer hätte gedacht, daß er am Fisikus entwickelt werden würde? Seitdem Litauen unabhängig ist, hätte kein Mensch vermutet, daß eine Gruppe ehemaliger Kommunisten sich am Fisikus zusammenfinden würde, um dort ein Projekt weiterzuverfolgen, das Milliarden...«

»Bitte lassen Sie uns beim Thema bleiben, Sir«, verlangte White. »Im Augenblick interessiert mich, was wir über Dave Luger wissen.«

Elliott griff nach dem Foto und steckte es in den braunen Umschlag zurück. »Hoffentlich stimmt das alles, Oberst, sonst kommen Sie nicht vors Kriegsgericht oder vor ein Erschießungskommando, sondern ich *erwürge* Sie mit bloßen Händen! Dave Luger hat mir verdammt viel bedeutet. Ich würde alles, wirklich *alles*, tun, um ihm zu helfen. Aber sein damaliger Auftrag ist streng geheim gewesen. Wollte man ihn nochmals aufrollen, würden zu viele Karrieren bis hinauf ins Weiße Haus darunter leiden. Ich hoffe, daß Sie sich darüber im klaren sind, in welches Wespennest Sie damit gestochen haben, Oberst.«

»Das bedaure ich genau wie Sie, General. Ich brauche keine Vorwürfe, sondern Ihre Hilfe. David Luger lebt. Begnügen wir uns damit, den ›Dienstweg‹ zu gehen, bleibt er ewig dort. Wir müssen ihn rausholen. Sie müssen...«

Plötzlich flog die Tür hinter White auf. Drei Männer, die zu dunkelblauen Overalls Schutzhelme mit klaren Visieren und kugelsichere Westen trugen, hereinstürmten und zielten mit ihren Maschinenpistolen auf den Oberst. »Hände hoch! Sofort!« rief Hauptmann Briggs, der Chef des Sicherheitsdienstes im High Technology Aerospace Weapons Center.

White hob die Hände. Als er wieder zu Elliott hinübersah, hielt der Dreisternegeneral eine große Pistole Kaliber .45 in der Hand und zielte damit ebenfalls auf ihn. »Hey, General«, sagte White amüsiert grinsend, »diese Jungs sind *gut*.«

»Sie sind festgenommen, Oberst – wegen unbefugter Weitergabe von Geheiminformationen«, erklärte ihm Elliott. Der General nickte Briggs' Leuten zu. »Sobald er über seine Rechte belehrt und durchsucht ist, bleibt er in Einzelhaft, bis alle seine Angaben zur Person überprüft sind. Keine Telefongespräche, keine Kontakte mit irgend jemand, bevor *ich* die Erlaubnis dazu gebe. Los, schafft ihn raus!«

Oberst Paul White, der kein Wort mehr gesagt hatte, wurde von zwei Männern abgeführt.

»Gut gemacht, Hal«, sagte Elliott, als er wieder Platz nahm.

»Dafür können Sie sich bei Taylor bedanken. Der Sergeant hat den Notfallcode ›Vorarbeiten‹ erkannt und mich sofort angerufen. Was hat White Ihnen aufzuschwatzen versucht?«

»Eine unglaubliche Story, Hal«, antwortete Elliott. »Einfach unglaublich! Einerseits hoffe ich, daß sie nicht stimmt, andererseits hoffe ich, daß sie wahr ist. Wir müssen ein paar Leute anrufen.«

»Kann ich den Kerl fertigmachen, Sir?« erkundigte sich Briggs begeistert. »Diese Woche ist nicht viel los, und ich könnte...«

»Sollte sich seine Geschichte als Märchen erweisen, ordne ich eine komplette Sicherheitsüberprüfung an, und Sie können den Mann

Stück für Stück auseinandernehmen – in Gegenwart seines Anwalts, versteht sich. Aber zuerst muß ich feststellen, ob an dieser Sache vielleicht doch etwas dran ist. Am besten konsultiere ich General Curtis. Der muß ebenfalls darüber informiert werden.«

»Curtis? Sie meinen *den* General Curtis? Den Vorsitzenden der Vereinten Stabschefs?«

»Falls White die Wahrheit gesagt hat – und vieles scheint unwiderlegbar zu sein –, muß Curtis sofort davon hören. Sollte das Ganze sich als großer Schwindel erweisen, kann er die Sache rasch und sicher unterdrücken.«

*An Bord der Air Force One,
irgendwo über Kansas
17. März, 01.30 Uhr*

Der Präsident der Vereinigten Staaten, der sich nach einer Reise an die Westküste auf dem nächtlichen Rückflug nach Washington, D. C., befand, hatte sich eben in den vorderen Teil der Air Force One zurückgezogen, der als Luxussuite für ihn und die First Lady eingerichtet war. Wie üblich müßte sein Stab zwei bis drei Stunden arbeiten, bevor die Maschine landete. Zum Glück verfügte die Air Force One über alle notwendigen Voraussetzungen: aufmerksamer Service, 85 Telefone, nicht weniger als drei Telefonistinnen, dazu zahlreiche Faxgeräte und leistungsfähige Computer.

In dieser Nacht saßen Robert »Case« Timmons, der Stabschef des Weißen Hauses, Wilbur Curtis, der Vorsitzende der Vereinten Stabschefs, und George Russell, der Sicherheitsberater des Präsidenten, in der Staff Lounge zusammen – dem luxuriösen »Wohnzimmer« im für den Stab des Präsidenten reservierten Mittelteil der umgebauten Boeing 747. Mehrere Ledersessel standen um einen niedrigen Couchtisch herum, auf dem englischsprachige Zeitungen und Zeitschriften aus aller Welt lagen. Mitarbeiter aller drei Männer saßen in der Nähe, machten ausführliche Notizen und schrieben die Anweisungen nieder, die ihre Vorgesetzten erteilten.

Im angrenzenden Stabs-/Sekretariatsbereich tippten Sekretärinnen eifrig auf Compaq-Laptops, während mehrere Mitarbeiter zwischen dem Stabsbereich und anderen Abteilungen unterwegs waren, um Aktennotizen oder Mitteilungen zu überbringen. Ein Steward hatte gerade Kaffee und Gebäck aus einer der beiden Küchen der Air Force One gebracht. Obwohl die Staff Lounge Platz für zwölf Personen bot, hatten die drei Kabinettsmitglieder sie für den ganzen Flug mit Beschlag belegt.

»In seiner heutigen Rede hat der Präsident die Entsendung eines Inspektorenteams erwähnt, das auf GUS-Militärstützpunkten die Vernichtung von Atomwaffen überprüfen soll«, sagte Russell zu Curtis. »Wie schnell können wir ein solches Team aufstellen?«

»Es kann morgen nachmittag reisefertig sein«, antwortete Curtis. Nach einem Blick auf seine Armbanduhr grinste er verlegen. »Ich meine natürlich *heute* nachmittag. Unser Außenministerium muß den Inspektoren Diplomatenpässe ausstellen, die Republiken müssen ihnen freien Zugang garantieren...«

»Die Gemeinschaft hat bestätigt, daß sie mit uns zusammenarbeiten will«, sagte Russell. »Okay, Sie berichten mir also bis... fünfzehn Uhr?«

Curtis nickte wortlos.

»Den Boß informiere ich dann um fünfzehn Uhr dreißig. Was halten Sie davon, Case?« fragte Russell.

»Halb vier ist keine gute Zeit«, antwortete der Stabschef mit einem Blick in den elektronischen Terminkalender des Präsidenten. »Ich kann Sie um Viertel nach drei reinquetschen – oder Sie müssen bis fünf warten. Aber da der Präsident um vier mit führenden Kongreßabgeordneten über diese Inspektionen sprechen will, muß es Viertel nach drei sein.«

»Okay, quetschen Sie mich rein«, entschied Russell. »Ich brauche Ihre Informationen also so früh wie möglich, Wilbur.«

General Curtis nickte erneut. »Zur Besprechung mit dem Inspektorenteam sollte auch der Direktor of Central Intelligence einen Vertreter schicken«, schlug er vor. »Wer käme dafür in Frage?«

Russell nannte die Namen einiger DCI-Mitarbeiter, die als Experten für die Stationierung von Atomwaffen in der früheren Sowjetunion galten. Curtis ließ seinen Adjutanten die nötigen Telefongespräche aus dem Nachrichtenraum der Air Force One führen.

»Wo wir gerade vom DCI reden«, sagte Curtis, »da wollte ich ich Sie noch was anderes fragen, George.«

»Schießen Sie los.«

»Vor nicht allzu langer Zeit ist ein Unternehmen durchgeführt worden, von dem ich gehört habe, und für dessen neuesten Stand ich mich interessiere.«

Der Sicherheitsberater trank einen Schluck Kaffee, breitete eine Serviette über seine Knie und griff nach einem Keks. »Könnten Sie das etwas präzisieren?«

»Klar.« Curtis betrachtete Russell mit kaltem Blick. »REDTAIL HAWK.«

Russells Hand, die nach dem Keks ausgestreckt gewesen war, sank herab. Er erwiderte Curtis' Blick ebenso kalt und sah dann zu Timmons hinüber, der sofort begriff, daß er hier überflüssig war. Der Stabschef murmelte eine Entschuldigung und verließ mit seinen Mitarbeitern den Raum.

Als sie im Wohnzimmer der Air Force One allein waren, erkundigte Russell sich: »Okay, Wilbur, von *wem* haben Sie das, verdammt noch mal?«

»Das tut nichts zur Sache. Ich hab's gehört. Wir erfahren *immer* alles. Was steckt also dahinter, George?«

»Ich kriege raus, von wem Sie das haben, Wilbur. Und der wird dann langsam geröstet!«

Curtis schüttelte den Kopf. Diese Kerle waren alle gleich. Jeder im Weißen Haus befand sich auf einem Egotrip, wollte der große Macher sein und ließ das Pentagon und vor allem die Vereinten Stabschefs im ungewissen. Typisch. Viersternegeneral Wilbur Curtis, wie schon sein Urgroßvater ein Absolvent der »Citadel« in Charleston, hatte sich längst vorgenommen, seine sieben Kinder mit allen Mitteln davon abzuhalten, in die Politik zu gehen.

»Rösten Sie meinetwegen, wen Sie wollen«, sagte der General abwehrend, »aber beantworten Sie mir eine Frage: Trifft es zu, daß Sie Informationen darüber besitzen, daß einer meiner Offiziere im litauischen Wilna vom KGB gefangengehalten wird?«

Russell ignorierte die Frage. Statt dessen blickte er aus einem der ovalen Fenster der Boeing 747 in die Nacht hinaus, in der tief unter ihnen die Lichter einer amerikanischen Großstadt flimmerten. Als er sich schließlich an General Curtis wandte, war er noch immer entsetzt darüber, daß wieder einmal jemand im Weißen Haus nicht dichtgehalten hatte.

»Das ist eine Sache, die nur den DCI angeht, Wilbur.«

Curtis biß das Ende einer Zigarre ab und suchte in seinen Taschen nach Streichhölzern. »Unsinn! Wissen Sie, wer dieser Gefangene ist? Er hat an einem streng geheimen Sonderunternehmen teilgenommen; er ist ein Mann, der sein Leben riskiert hat, um den Dritten Weltkrieg zu verhindern!«

»Ich *weiß*, wer REDTAIL HAWK ist, Wilbur, aber wie zum Teufel wollen *Sie* wissen, was er ist? Was hat er mit den Vereinten Stabschefs zu tun?«

»Haben Sie denn nie die Akte *Old Dog* gelesen?« fragte Curtis und hüllte sich in eine bläuliche Rauchwolke. »Hat Ihnen niemand von diesem Unternehmen erzählt?«

George Russell verdrehte die Augen und trank seinen inzwischen kalten Kaffee. »Von dieser *Old Dog*-Sache weiß ich nichts, Wilbur. Aber ich weiß, daß wir's hier mit einem ehemaligen Luftwaffenoffizier zu tun haben – noch dazu mit einem B-52-Navigator –, der den Single Integrated Operations Plan und unsere Atomkriegstrategie vermutlich besser kennt als ich. Jetzt ist er dort drüben, gibt sich in einem vom KGB geleiteten Institut als sowjetischer Wissenschaftler aus und hilft einer Gruppe von Hardlinern, einen Stealth-Bomber zu bauen. *Ich* habe ihn nicht rübergeschickt, *Sie* haben ihn nicht rübergeschickt, folglich arbeitet er nicht für *uns*. Und das bedeutet, daß er für *sie* arbeitet und ihnen alles verrät, was er weiß.«

Curtis drückte seine eben erst angezündete Zigarre wieder aus, so sehr frustrierte ihn die oberflächliche Einstellung von Politikern wie Russell. Die Leute, die in Washington in ständigem Wechsel an die Macht kamen, hatten nie genug Zeit – oder Interesse –, um sich mit den Details früherer Projekte zu befassen. Obwohl das Unternehmen *Old Dog* erst wenige Jahre zurücklag, war es gerade bei den Leuten, die sich daran hätten erinnern müssen, längst in Vergessenheit geraten. Dabei hatte der Flug der *Old Dog* alle Beteiligten dazu gezwungen, mehr oder weniger freiwillig ins Exil im HAWC zu gehen. Ganz zu schweigen von allem, was Luger hinter den Mauern des Fisikus erlitten haben mußte, weil er bestimmt nicht freiwillig mitgemacht hatte.

»Okay«, sagte Curtis, »ich lasse die Akte *Old Dog* raussuchen und Ihnen in Washington zustellen. Ausschließlich zu Ihrer Information.« Er machte sich eine Notiz für seinen Adjutanten. »Erfahre ich jetzt endlich den gegenwärtigen Status von REDTAIL HAWK?«

In Curtis wurden schlimmste Befürchtungen wach, als er den Sicherheitsberater leicht zögern und den Blick abwenden sah.

»Von seinem jetzigen Status... weiß ich nichts«, behauptete Russell.

Curtis funkelte ihn an. »Sie haben doch nicht etwa seine *Liquidierung* befohlen?« fragte er.

Russell gab keine Antwort.

»Verdammt noch mal, Sie wollen ihn *beseitigen* lassen? Was ist aus dem Plan geworden, ihn dort *rauszuholen?* Schließlich ist er einer *unserer* Leute!«

Russell lockerte seine Krawatte und wünschte sich, einfach den Raum verlassen zu können. Aber Curtis wäre ihm durch das ganze verdammte Flugzeug nachgelaufen. »Wilbur, nach letzten Erkenntnissen ist dieser Kerl ein Luftwaffenoffizier gewesen, der bei einem Übungsflug in Alaska tödlich verunglückt sein sollte. Als wir Nachforschungen angestellt haben, hat die DIA festgestellt, daß es weder Übungseinsatz noch Flugzeugabsturz gegeben hat. Jetzt taucht der Kerl ohne äußerliche Anzeichen von Mißhandlungen in einem russischen Konstruktionsbüro auf. Was sollten wir davon halten? Woher hätte ich von diesem Geheimunternehmen wissen können? Wie hätte ich...«

»Ich kann mir denken, was Sie vorhaben«, unterbrach Curtis ihn. »Sie haben zufällig einen Mann ganz in seiner Nähe, der REDTAIL HAWK beispielsweise vergiften könnte.«

Russell räusperte sich. »Einer unserer Leute in Moskau hat Verbindung zu einem ehemaligen KGB-Offizier, der noch immer viel Einfluß hat«, gab er zu. »Dieser Mann hat uns geholfen, einen Agenten ins Fisikus-Institut einzuschleusen. Unsere Befürchtungen haben sich bewahrheitet, Wilbur – Ihr Freund ist ein wichtiger Mitarbeiter des dortigen Konstruktionsbüros. Er hat die sowjetische Luftfahrttechnik um mindestens fünf Jahre vorangebracht.«

»Das glaube ich nicht!«

»Es stimmt aber.«

»Seine Identität steht außer Zweifel?«

»Unser Agent hat Fingerabdrücke, Fotos, Schuhgröße, Augenfarbe und weitere Kennzeichen beschafft. Er ist einwandfrei identifiziert.«

»Spielt alles keine Rolle!« wehrte Curtis ab. Er schüttelte angewidert den Kopf. »Sobald Sie die *Old-Dog*-Akte lesen, werden Sie merken, daß David Luger ein Held ist, ein echter Held. Die Russen haben ihn offenbar einer Gehirnwäsche unterzogen und zur Arbeit für sie gezwungen. Wir müssen ihn dort rausholen!«

Russell starrte ihn an. »Rausholen? Wie zum Teufel sollen wir den Kerl aus einer der geheimsten und bestbewachten Einrichtungen in der Sowjet ... in Europa rausholen?« fragte er. »Okay, vielleicht aus einem Gefängnis oder Straflager – aber er ist in der europäischen Version von Dreamland oder China Lake. Um ihn dort rauszuholen, bräuchte man ein ganzes Bataillon!«

»Überlassen Sie das mir, George«, sagte Curtis zuversichtlich. »Sie verschaffen mir die Informationen, die wir brauchen, und ich zeige Ihnen, wie wir ihn rausholen können. Aber weisen Sie Ihren Maulwurf an, Luger im Auge zu behalten und uns laufend seinen Aufenthaltsort zu melden. Und lassen Sie ihn um Himmels willen nicht *liquidieren!*«

»Okay«, stimmte Russell zu. Er griff nach einem Keks, betrachtete ihn angewidert und legte ihn auf den Teller zurück. »So was liegt mir ohnehin nicht.«

»Was ist mit dem Bomber, der im Fisikus gebaut wird?« erkundigte der General sich. »Ist *Tuman* dieser Stealth-Bomber, mit dessen Entwicklung die Sowjets vor dem Zusammenbruch ihres Imperiums begonnen haben?«

»Vermutlich«, antwortete Russell geistesabwesend. »Obwohl meine Leute finden, wir sollten ihn im Auge behalten, glaube ich, daß wir uns deswegen keine großen Sorgen zu machen brauchen. Die im Fisikus verbliebenen Wissenschaftler haben nicht mal genug Geld, um Karotten zu produzieren – von einem strategischen Bomber ganz zu schweigen. Das neue System hat sie alle ihre Privilegien gekostet. Sobald die Litauer dieses Institut übernehmen, sind sie alle arbeitslos.«

»Was ist, wenn sie sich das Geld anderswo beschaffen?«

»Wo denn? Vielleicht in Rußland? Dort ist nichts zu holen. In anderen Staaten des früheren Ostblocks? Bei der IRA ...?«

»Wie wär's mit dem Iran? Oder dem Irak? Syrien? Libyen?«

»Nein, nein, da passiert nichts. Das Werk wird geschlossen, die Produktion wird eingestellt, und die Litauer versuchen, uns den Bomber zu verkaufen. Mehr wird daraus nicht«, bekräftige Russell nochmals. »Wir behalten das Fisikus und alle übrigen Konstruktionsbüros im Auge – lauter Geisterstädte. Entstünde der geringste Verdacht, die Technologie sollte exportiert werden, könnten wir das Institut sofort von der GUS schließen lassen.«

»Dann würde Luger beseitigt«, gab Curtis zu bedenken. »Die Verantwortlichen würden verschleiern wollen, daß dort jahrelang ein amerikanischer Offizier in Haft gewesen ist.«

»Oder Luger geht ›freiwillig‹ mit den Wissenschaftlern an ein anderes Institut.«

»Also müssen wir ihn sofort rausholen«, entschied Curtis. »Das dürfen wir nicht riskieren.«

Russell fand zwar, es sei einfacher, den Kerl zu liquidieren, als bei einem Rettungsversuch Menschenleben aufs Spiel zu setzen, aber er behielt seine Meinung für sich. In seiner gegenwärtigen Stimmung wäre Curtis bloß ausgerastet. »Wie Sie meinen, Wilbur. Arbeiten Sie einen Plan für seine Befreiung aus. Aber dieser Kerl muß dann verdammt *viel* erklären!«

»Vorhin hat seine Geschichte Sie nicht gerade interessiert, George«, meinte Curtis.

»Ich kann Verräter nicht ausstehen«, antwortete Russell. »Ein Berufsoffizier, der für die andere Seite arbeitet – unerträglich! Aber wenn Sie ihn dort rausholen wollen, weil er Ihnen was bedeutet, lassen wir ihn unbehelligt, bis Sie einen Plan ausgearbeitet haben. Okay?«

»Glauben Sie mir, er bedeutet vielen sehr wichtigen Leuten in sehr hohen Positionen etwas«, sagte Curtis. »Einige dieser Leute verdanken ihm das Leben. Wenn Sie die *Old-Dog*-Akte lesen, werden Sie feststellen, daß ganz Amerika Grund hat, ihm dafür dankbar zu sein, daß er mitgeholfen hat, den Zusammenbruch der Sowjetunion zu beschleunigen.«

Über der Mitte Weißrußlands
17. März, 03.30 Uhr

Die Mitte Weißrußlands ist sehr flach.

Mit dichten Wäldern, weiten Ebenen und riesigen Sümpfen, die sich über viele Quadratkilometer erstrecken, stellt dieses Gebiet 100 Kilometer südlich von Minsk und 400 Kilometer östlich von Warschau keine großen Anforderungen an Tiefflieger. Aber nach einstündigem Flug befanden sie sich noch immer fast 1000 Meter über Grund, und Dave Luger hätte sich am liebsten die Haare gerauft. Ihm war so langweilig, daß er sogar merkte, wie unbequem und verkrampft man als Ausbilder neben dem Flugingenieur hinter der Mittelkonsole zwischen den Piloten saß. Er sehnte sich nach etwas Action.

»Pilot, hier Ausbilder«, sagte Luger über die Bordsprechanlage, »wie wär's, wenn wir endlich tiefergehen würden?«

Da keine Antwort kam, wollte er seine Frage eben wiederholen, aber dann sagte der Waffensystemoffizier auf dem Copilotensitz: »Pilot, zwanzig Kilometer vor uns steigt das Gelände an. Empfehle acht-null-null Meter Höhe.«

Wie im amerikanischen Bomber B-2 Black Knight saß in dieser Maschine ein als Pilot ausgebildeter Navigator auf dem rechten Sitz, um die Navigations-, Waffen- und Abwehrsysteme zu bedienen; hinter ihm und dem Piloten hatte eigentlich der für die Überwachung der Flug- und Triebwerkssysteme zuständige Flugingenieur seinen Platz.

»Verstanden. Sinke auf acht-null-null.« Das Flugzeug sank kümmerliche 200 Meter tiefer, und der Autopilot wurde wieder eingeschaltet. Luger, der lieber keinen Kommentar abgab, biß sich auf die Unterlippe, um nicht in seine Sauerstoffmaske zu gähnen.

Normalerweise hätte sich Luger nachts bei einem simulierten Einsatz im Tiefflug – vor allem auf dem Platz des Flugingenieurs an Bord des phantastischen Stealth-Bombers Fi-170 *Tuman* – nicht langweilen dürfen. Trotzdem langweilte er sich, weil die beiden sowjetisch ausgebildeten Piloten die Maschine wie alte Waschweiber flogen. In den Tiefen seines Unterbewußtseins meldete sich irgend etwas, das ihm sagte, ein Flug dieser Art könne weit aufregender sein...

Aber sogar streng nach Vorschrift fliegende Piloten und Ingenieure konnten Lugers wachsende Begeisterung für die Fi-170 nicht dämpfen. An Bord der 208 Tonnen schweren Maschine, die etwa 100 Tonnen Treibstoff mit sich führte, kam er sich jedesmal vor wie der König des Himmels. Nichts kam diesem vierstrahligen Stealth-Bomber gleich, der äußerlich an einen riesigen Stachelrochen erinnerte. Seine Triebwerke waren tief im Rumpf verborgen, um ihre Wärmeabstrahlung zu verringern, und damit die Verdichterschaufeln keine Radarenergie reflektierten. Außerdem wies *Tuman* keine senkrechten Steuerflächen auf, die als Radarreflektoren hätten wirken können. Der Bomber stand auf drei hohen Fahrwerksbeinen (er war nicht für Graspisten ausgelegt) und wurde bei jeder Landung von zwei Bremsfallschirmen mit je 25 Meter Durchmesser abgebremst.

Obwohl die Entwicklung des *Tuman* schon Anfang der achtziger Jahre begonnen hatte, war seine Waffenausstattung erst in den letzten Jahren endgültig festgelegt worden – als nämlich Dr. Iwan Sergejewitsch Oserow zum Entwicklungsteam gestoßen war. David Luger hatte das Waffensystem der Fi-170 praktisch im Alleingang entworfen, eingebaut und erprobt. Als Langstreckenbomber war der *Tuman* für Einsätze gegen die Vereinigten Staaten und China ausgelegt, bei denen sie möglichst ohne Unterstützung durch andere Flugzeuge auskommen sollte. Da die Hauptgefahr beim Einsatz von Jägern und Boden-Luft-Raketen ausging, hatte Luger das Waffensystem der Fi-170 so ausgelegt, daß sie sich gut verteidigen konnte und trotzdem noch reichlich Offensivkraft besaß.

Allerdings wußte niemand, nicht einmal Luger selbst, daß »Dr. Oserow« damit die Auslegung des amerikanischen Bombers EB-52 Megafortress kopiert hatte. Wie von KGB-General Wiktor Gabowitsch erhofft, hatte Luger auf technische Ideen aus seiner langen Dienstzeit in der U.S. Air Force zurückgegriffen, um sie auf eine sowjetische Konstruktion anzuwenden – und das Flugzeug, an das er sich am besten erinnerte, war nun einmal die *Old Dog*. Unter Einwirkung einer systematisch betriebenen Persönlichkeitsveränderung hatte er das Waffensystem der *Old Dog* unbewußt auf die Fi-170 *Tuman* übertragen und ihren Kampfwert dadurch erheblich gesteigert.

Obwohl der *Tuman* ein Stealth-Bomber war, hatte er unter beiden Flügeln je drei Aufhängepunkte für Zusatzbehälter, die weit außerhalb der Reichweite feindlicher Radargeräte abgeworfen werden mußten, um die Stealth-Eigenschaften nicht zu beeinträchtigen. An den äußeren Aufhängepunkten trug die Maschine zwei Zusatzbehälter mit je 1500 Liter Treibstoff, die bereits abgeworfen worden waren – bei diesem Übungseinsatz an Fallschirmen, damit sie wiederverwendet werden konnten. Die mittleren Aufhängepunkte nahmen vier am Fisikus-Institut entwickelte Marschflugkörper AS-17 zur

Radaransteuerung auf, die Frühwarn- und Jägerleitstellungen vernichten sollten, bevor der Bomber in ihre Reichweite kam. Die AS-17 mit 200 Kilometer Reichweite flog das Ziel aus etwa 200 Kilometern Entfernung mit ihrem Trägheitsnavigationssystem an und aktivierte dann einen Sensor, um das feindliche Radar anzusteuern und zu zerstören. An den inneren Aufhängepunkten trug der Stealth-Bomber je vier radargesteuerte Jagdraketen AA-9 zur Verteidigung gegen feindliche Jäger.

Der *Tuman* wies zwei hintereinanderliegende Bombenschächte auf, die bei sieben Meter Länge und vier Meter Breite je neun Tonnen Waffen aufnehmen konnten. Unterzubringen waren darin sämtliche Bomben und Lenkwaffen des sowjetischen Arsenals – oder desjenigen Staates, zu dessen Arsenal der Bomber in Zukunft gehören würde, was die Wissenschaftler jedoch nicht zu kümmern brauchte. Bei diesem Übungseinsatz trug er vier gewaltige 500-Kilo-Bomben in der hinteren Bombenkammer und zwei lasergesteuerte Lenkwaffen AS-11 in der vorderen.

Innerlich konnte die Fi-170 nicht halten, was ihr Äußeres versprach: Ihre Elektronik bewies den sowjetischen Rückstand auf diesem äußerst wichtigsten Gebiet. Obwohl der *Tuman* mit einem elektronischen Flugregler und elektronischer Steuerung ausgerüstet war, handelte es sich dabei um verhältnismäßig primitive Low-Tech-Analogsysteme, nicht um High-Tech-Digitalsysteme. Das Navigationssystem bestand aus einem einfachen Doppel-Flugcomputer, der vom Navigator auf dem Copilotensitz bedient wurde und die Angaben zu Standort und Geschwindigkeit von Satelliten des GUS-Navigationssystems GLONAS oder dem eigenen Terrainfolgeradar erhielt. Das Tiefflug-Navigationssystem mit zusätzlichem Hinderniswarner stellte wie bei der alten amerikanischen B-52G nur das vor dem Bomber liegende Gelände dar. Es lieferte keinerlei Input für den Flugregler und hätte den Piloten nicht daran gehindert, gegen einen Hügel zu rasen.

Obwohl Stealth-Flugzeuge normalerweise kein Terrainfolgesystem brauchten, ging Luger davon aus, für diesen Bomber sei keines entwickelt worden, weil die Piloten ihm ohnehin nicht getraut hätten – was ja jetzt auch der Fall zu sein schien. »Hört mal, Genossen«, sagte Luger in Pidginrussisch über die Bordsprechanlage, »diese Rumkrebserei in achthundert Meter Höhe und mit eingeschaltetem

Autopiloten hat nichts mit einem Tiefangriff zu tun. Was haltet ihr davon, runterzugehen und richtig loszulegen?«

»Wir haben den Auftrag, unsere Waffen zu erproben«, antwortete der Pilot irritiert, »und nicht, Ausweichmanöver zu fliegen. Was hätten wir außerdem von der feindlichen Flugabwehr zu befürchten? Kein Radar kann uns sehen, und die Amerikaner haben ohnehin kaum Fla-Waffen.«

»Man übt nicht für den besten, sondern für den schlimmsten Fall.«

»Soll das heißen, daß wir die Parameter für den Waffeneinsatz ändern sollen, Dr. Oserow?«

»Diese Parameter lassen sich unmittelbar vor dem Waffeneinsatz wiederherstellen«, erklärte ihm Luger. »In der restlichen Zeit sollten Sie dem Gegner ausweichen. Geben Sie ihm keine Gelegenheit, Sie zu orten!«

»Aber der Feind kann uns nicht sehen«, wandte der Flugingenieur ein. »Obwohl der Militärflugplatz Matschulischtsche südlich von Minsk nur neunzig Kilometer entfernt ist, liegt unsere abgestrahlte Radarenergie fast unterhalb der Meßgrenze. Dabei steht dort das leistungsfähigste Radargerät im Westen der GUS. Also brauchen wir nicht tieferzugehen und uns den Gefahren in Bodennähe auszusetzen.«

Zwecklos, mit denen diskutieren zu wollen, dachte Luger. Nach einem Blick auf seine Karte und die Anzeigen vor dem Navigator wußte er, daß sie bis zum Abschuß der ersten Lenkwaffen noch fast 100 Kilometer zu fliegen hatten. Bei 600 Stundenkilometern würden sie diesen Abschußpunkt erst in zehn Minuten erreichen. Der ihnen zugewiesene Flugkorridor, der um größere Städte und Industriegebiete herumführte, war 20 Kilometer breit, so daß sie reichlich Manövrierraum hatten. »Ich schlage vor, auf siebenhundert zu gehen«, sagte Luger, »und ein paar Steilkurven zu fliegen.«

»Die stehen nicht in unserem Flugplan.«

»Nein, aber dies ist der zwanzigste Testflug, der zehnte Tiefflug und der vierte mit Waffen an Bord«, knurrte Luger, ohne zu erwähnen, daß dies zugleich *sein* sechster und bisher langweiligster Flug war, »und wir haben nichts anderes getan, als in ziemlicher Höhe geradeaus zu fliegen. Dieses Baby soll mal zeigen, was es kann!«

Die Russen fanden es irritierend, daß Oserow die merkwürdige Angewohnheit besaß, englische Wörter einzustreuen, wenn er aufgeregt war. Obwohl sie sich oft fragten, woher das kam, waren sie vorsichtig genug, sich nicht danach zu erkundigen – Oserow war der Schützling von General Gabowitsch, dem Chef des Sicherheitsdiensts. Und sie waren auch klug genug, nicht vom festgelegten Erprobungsprogramm abzuweichen. Trotzdem...

Vielleicht flog Oserow aus der Versuchsabteilung, wenn er die Vorschriften bewußt übertrat. Das wäre für sie alle eine große Erleichterung gewesen.

»Sie sind für den rechten Sitz qualifiziert, Doktor«, erklärte ihm der Pilot unter seiner Sauerstoffmaske lächelnd. »Ich bin gern bereit, Ihnen die Kontrolle über das Flugzeug zu überlassen.« Das sagte er, damit der ständig mitlaufende Recorder, dessen Band nach jedem Flug sorgfältig ausgewertet wurde, die Übergabe auch registrieren konnte. Sonst bestand die Gefahr, daß die Verantwortung nicht eindeutig feststand, falls etwas schiefging. Aber vermutlich würde nicht einmal der unorthodoxe Wissenschaftler diesen Flug, der vor seiner entscheidenden Phase stand, unterbrechen wollen.

»Steigen Sie auf tausend Meter und tauschen Sie den Platz mit mir«, wies Luger den Copiloten an. Als der Navigator zögerte, befahl der Pilot ihm, Platz für Dr. Oserow zu machen. Keine Minute später war Oserow auf dem rechten Sitz festgeschnallt.

»Wir warten nicht bis kurz vor dem Bombenwurf, um die Waffen zu kontrollieren«, schlug er vor. Ohne daß der Pilot ihm ein einziges Stichwort liefern mußte, hakte Oserow die Punkte der Checkliste »Vor dem Waffeneinsatz« aus dem Gedächtnis ab – und das in einem Tempo, mit dem der Pilot kaum Schritt halten konnte. Oserow sorgte dafür, daß er seine Knöpfe und Schalter aktivierte, sobald sie aufgerufen wurden. Nach wenigen Minuten war die Liste abgehakt.

»Okay, jetzt sind wir fertig. Um loslegen zu können, brauche ich bloß auf den BOMBEN-Knopf zu drücken und die Schalter nochmals zu kontrollieren. Ab jetzt fliegen wir Ausweichmanöver, bis der Abwurfpunkt erreicht ist.«

Sie passierten den Wendepunkt, an dem sie auf Kurs zum Abwurfpunkt hätten gehen müssen, aber Oserow drehte nicht ein. »Wendepunkt vor fünf Kilometern«, meldete der Pilot.

»Zu früh«, sagte Oserow. »Der Autopilot fliegt nur Kurven mit fünfzehn Grad Schräglage. Aber der Kurvenradius ist dann viel zu groß – damit machen wir bloß unnötig viele Gegner auf uns aufmerksam. Im Zielanflug gibt's nur *enge* Kurven.« Er griff nach den Leistungshebeln auf der Mittelkonsole und schob sie bis zum Anschlag nach vorn. »Und wir fliegen mit Höchstleistung... Schluß mit diesen beschissenen zehn Kilometern pro Minute!« Oserow wartete, bis der Wendepunkt fast zehn Kilometer hinter ihnen lag, und legte den riesigen Bomber dann in eine 40 Grad steile Rechtskurve. Durch ihre Flügel mit überkritischem Profil verlor die Maschine Auftrieb und dadurch Höhe – aber genau das hatte Oserow gewollt. Als er auf ihrem neuen Kurs in die Normalfluglage zurückkehrte, fing er die Fi-170 nur 100 Meter über Grund ab.

»Höheres Gelände, ein Uhr, zwölf Kilometer«, meldete Oserow. »Jetzt *bedeuten* Geländewarnungen wenigstens etwas!« Die beiden russischen Piloten starrten angestrengt nach vorn und versuchten, Hügel, Gebäude, Sendetürme und sonstige Hindernisse zu erkennen. Warum sie das taten, blieb Oserow verborgen, denn draußen war es stockfinster...

Nein, nicht *ganz* finster. Im nächsten Augenblick erkannten sie die Scheinwerfer einer Lastwagenkolonne auf der M7, der in Ost-West-Richtung verlaufenden Fernstraße zwischen Baranowitschi, der Kleinstadt Slutsk und der Großstadt Bobruysk. Bei gleichbleibendem Kurs hätten sie die M7 in spitzem Winkel überquert, aber Oserow änderte ihn unbewußt ab, bis sie parallel zur Fernstraße flogen, und ließ den Bomber auf nur 80 Meter über Grund sinken. Die Scheinwerfer der nach Osten fahrenden Lastwagen wurden heller und heller; die LKWs waren schon so nahe, daß man sich einbilden konnte, die Fahrer und Beifahrer zu erkennen...

»Sie sind in nur achtzig Meter Höhe, Oserow«, warnte der Pilot ihn nervös – und sorgte zugleich dafür, daß der Recorder seinen Einspruch aufzeichnete. »Und Sie halten genau auf diese Lastwagen zu.«

»Nein, ich bin mindestens hundert Meter nördlich der Straße«, behauptete Oserow. *Vielleicht nicht ganz, aber was sind ein paar Meter unter Freunden?* »Vielleicht können wir die verschlafenen LKW-Kutscher ein bißchen aufschrecken.« Der Pilot starrte wieder ängstlich nach vorn, aber der Copilot nickte Oserow grinsend zu. *Er genoß diesen aufregenden Tiefstflug sichtlich!*

Genau wie IR-300...

Die Erinnerung daran war plötzlich da.

Ja, das hier hätte die IR-300 sein können – eine Tiefflugstrecke, die sich durch Oregon und Nordkalifornien schlängelte, um bei Wilder, Idaho, zu enden. Eines der letzten Teilstücke war nur fünf Meilen von der Autobahn nach Boise entfernt, und obwohl sie außerhalb des vier Meilen breiten Korridors für IR-Flüge lag, hatten manche Besatzungen ihren Spaß daran, heimlich hinüberzufliegen, sehr tief hinunterzugehen und ein paar Fernfahrer zu erschrecken. Häufig benutzt wurde die IR-300 als Übungsstrecke von Bomberbesatzungen, die auf der Ford Air Force ...

»Oserow? Sie sind schon fast am Rand des Korridors!«

Oserow ging etwas höher und kurvte steil in Richtung Ziel ein. »Entschuldigung. Ich hab' nur... ans nächste Ziel gedacht.«

»Habt ihr gesehen, wie der eine Lastwagen beinahe von der Straße abgekommen ist?« fragte der Copilot aufgekratzt, ohne an den Recorder zu denken. »Bestimmt muß jetzt der Beifahrer ans Steuer, damit der Fahrer die Hose wechseln kann!«

»Suchradar bei zwei Uhr«, meldete der Flugingenieur. »Radarstellung Neswisch. In dieser Höhe kann sie uns nicht erfassen. Soll sie uns auf den Schirm bekommen, müssen wir unseren Transponder einschalten.«

»Fünf Sekunden lang einschalten«, wies Oserow ihn an. »Das genügt für eine Ortung. Mich interessiert, ob das Radar uns danach wiederfindet.«

»Sender aktiviert, elf Uhr!« rief der Flugingenieur. Techniker des Fisikus-Instituts hatten an verschiedenen Punkten ihrer Anflugroute Sender aufgebaut, die Radarstellungen imitierten, um die Fähigkeit der Besatzung zu testen, solche Gefahren zu erkennen und zu bekämpfen, bevor der *Tuman* geortet oder angegriffen wurde.

Der Pilot griff mit beiden Händen nach seinem Steuerhorn. »Ich hab' die...«

»Nein, ich fliege weiter«, wehrte Oserow energisch ab. Er schaltete sein Waffensystem von Bomben auf die AS-17-Aufhängepunkte um. »Antiradar-Lenkwaffen sind aktiviert. Bei Neswisch melden und den Transponder kurz einschalten.« Das ECM-System programmierte ihre Lenkwaffen AS-17 automatisch mit der Frequenz und den Zieldaten der angeblichen Radarstellung bei elf Uhr. Oserow ging noch etwas tiefer – jetzt auf nur 50 Meter.

»Wir sind auf *fünfzig* Meter, Oserow!« protestierte der Pilot. Oserows Geistesabwesenheit von vorhin machte ihm Sorgen, obwohl der Mann völlig normal wirkte. »Das ist verrückt! Wir sind weniger als eine Spannweite über Grund!«

Die kurze räumliche und zeitliche Desorientierung, unter der Oserow vorhin gelitten hatte, war jetzt verschwunden. Er befand sich im Anflug, um seine Bomben zu werfen, und er wurde dabei selbst angegriffen. Alles andere war unwichtig. »Schalterstellungen überprüfen, Daten speichern, klar zum Lenkwaffenstart!« Oserow drückte den BOMBEN-Knopf, der die Startsequenz der Lenkwaffen aktivierte, wählte eine AS-117 aus, ließ ihre Kurskreisel anlaufen, löste die Verriegelung am Aufhängepunkt, kontrollierte die Zieldaten und überprüfte das Raketentriebwerk. Gleichzeitig stieg er auf die Mindeststarthöhe von 200 Metern, die er erreichte, als der Countdown ablief. »Lenkwaffenstart, fertig, fertig . . . jetzt!«

Mit lautem Knall und weißem Feuerschweif löste sich eine Lenkwaffe AS-17 von ihrem Aufhängepunkt unter dem rechten Flügel und raste in die Nacht davon. Oserow legte den *Tuman* sofort in eine Rechtskurve – die AS-17 würde nach links in Richtung Ziel eindrehen – und ging wieder tiefer. Gleichzeitig schaltete er das Waffensystem von LENKWAFFE auf BOMBE um. »Ich habe auf Bomben umgeschaltet, das Ziel ist aufgerufen. Überprüfen Sie meine Schalterstellungen. Übernehmen Sie die Maschine – ich hab' mit dem Radar zu tun.«

Der Zielanflug war eine Kleinigkeit. Das Ziel selbst war mit einem Radarreflektor bezeichnet, und die Kontrollpunkte waren freistehende Gebäude, die jeder Idiot mit einem halbwegs funktionierenden Radar finden konnte. Oserow überprüfte jeden dieser Punkte – Abweichungen des Fadenkreuzes deuteten auf Kurs- oder Geschwindigkeitsfehler hin –, aber das System arbeitete ausgezeichnet. »Ziel erfaßt. Bombenwurf mit Radar, Besatzung. Alle Geräte synchron, alle Computer störungsfrei, Abdrift weniger als fünf Metersekunden.«

»Der *Tuman* fliegt so knackig«, befand der Copilot lachend, »wie die neue Freundin des Kapitäns aussieht.«

Oserow hob so ruckartig seinen Kopf vom Radarschirm, daß er mit dem Hinterkopf gegen die Kopfstütze seines Schleudersitzes knallte. Niemand sah seine Augen – aber sie waren aufgerissen, geweitet vor

Entsetzen und Verwirrung. »Verdammter Mist... Scheiße... wo zum Teufel *bin* ich?« fragte er auf englisch. »Wo *bin* ich?«

»Oserow! Was ist los mit Ihnen?«

»Schächte öffnen sich«, meldete der Flugingenieur. »Achtung, Bomben...«

Was *soll* das alles? fragte sich Luger. Er befand sich in einem Cockpit und war von Männern in ungewohnten Helmen und Fliegerkombinationen umgeben. *Wo bin ich? Was tue ich hier?*

Luger machte sich daran, seine Gurte zu lösen, und versuchte verzweifelt, sich aus dem Copilotensitz hochzustemmen. »Ich muß hier raus«, murmelte er auf englisch, während er sich fragte, ob dies alles ein Alptraum sei. »Wer *seid* ihr überhaupt?«

»*Oserow!* Hinsetzen!« brüllte der Pilot auf russisch. Luger hörte die Worte, aber sie klangen für ihn bloß laut, so daß er zusammenzuckte. Er riß den Helm mit der Sauerstoffmaske vom Kopf. Als er sich erneut hochstemmte, drückte er das Steuerhorn nach vorn, so daß die Fi-170 steil zu sinken begann: 150 Meter, 100, 50...

»Ziehen!« kreischte der Flugingenieur. »*Ziehen*, verdammt noch mal!«

»Weg vom Steuer!« brüllte der Pilot. »Wir stürzen ab!«

Der Copilot zerrte Luger auf die Mittelkonsole, beugte sich über ihn und bekam das Steuerhorn zu fassen. Gemeinsam mit dem Piloten gelang es ihm, die Maschine zu fangen und wieder hochzuziehen, als sie nur noch zehn Meter über Grund waren. In diesem Augenblick hörten sie eine laute Detonation, die das ganze Flugzeug erzittern ließ. Der Pilot mußte nachdrücken, um ein Überziehen zu vermeiden, während der Bomber mit minimaler Fahrt auf über 2000 Meter stieg.

»Hydraulikleck am linken Klappenruder!« meldete der Flugingenieur aufgeregt. »Schalte auf System zwei um. Wahrscheinlich haben wir was von den eigenen Bomben mitgekriegt.«

David Luger hatte sich halb kriechend, halb fallend über die Mittelkonsole hinweggearbeitet und lag nun in dem schmalen Durchgang hinter den Pilotensitzen neben dem Arbeitsplatz des Flugingenieurs auf dem Boden.

Der Lärm war ohrenbetäubend.

Luger hielt sich mit beiden Händen die Ohren zu und versuchte, nicht nur den von außen hereinbrechenden Lärm, sondern auch die

Schmerzen und die Verwirrung in seinem *Inneren* zu unterdrücken. Was zum Teufel ging hier vor?

Am liebsten hätte er laut geschrien.

Kommandozentrale der GUS-Streitkräfte,
Kaliningrad
17. März, 08.45 Uhr

Generalleutnant Anton Ospowitsch Woschtschanka ließ langsam den Telefonhörer auf die Gabel sinken und starrte ungläubig die Wand seines Dienstzimmers an. Wenige Sekunden später klopfte Oberst Oleg Pawlowitsch Gurlo, der Kommandeur seiner Bodentruppen, an die Tür und kam herein. »Entschuldigung, General, aber ich brauche... Ist etwas passiert, General?«

»Ein... ein Anruf aus Minsk«, sagte Woschtschanka. »Ich bin meines Postens enthoben worden.«

»*Was?*«

»Doch, es stimmt leider«, bestätigte Woschtschanka trübselig. »Dieser litauische Idiot Palcikas hat sich bei seinem Präsidenten beschwert, und der hat unsere... äh... Ermittlungen wegen des Hubschrauberabsturzes prompt vor den GUS-Ministerrat gebracht. Und der Ministerrat wiederum hat beschlossen, mich meines Postens als Oberbefehlshaber der GUS-Truppen in den baltischen Staaten zu entheben.«

»Aber das darf er nicht!« protestierte Oberst Gurlo.

»Das ist leider noch nicht alles«, erklärte Woschtschanka. »Unser eigenes Verteidigungsministerium überprüft inzwischen, ob wir überhaupt berechtigt waren, bei der Verfolgung des Verräters in den litauischen Luftraum einzudringen und Waffen einzusetzen. Im Ministerium hat der Verlust des Hubschraubers mitsamt seiner Besatzung für beträchtliche Aufregung gesorgt.«

»Bei uns auch!« stellte Gurlo fest. »Anstatt Sie für den Abschuß verantwortlich zu machen, sollten die lieber mal untersuchen, woher das verdammte Flugzeug gekommen ist, das ihn abgeschossen hat.«

»Darum geht's jetzt nicht«, wehrte Woschtschanka müde ab. »Ich bin nach Minsk zurückbeordert worden, um vor einem Untersuchungsausschuß auszusagen.« Er starrte Gurlo sorgenvoll, fast verzweifelt an. »Oleg, ich könnte degradiert werden! Ich könnte sogar entlassen werden! Der Bericht dieses Ausschusses könnte mein Ruin sein! Ein Untersuchungsausschuß schadet jedem Offizier!«

Oberst Gurlo stand wie vor den Kopf geschlagen da und beobachtete, wie sein Vorgesetzter und Mentor dicht davor war, wegen dieser Litauer in Tränen auszubrechen. »Was können wir dagegen unternehmen, General? Wer außer Ihnen könnte unsere weit dislozierten Einheiten befehligen? Unter anderer Führung würde doch alles zerfallen.«

»Das ist der dritte Teil der Mitteilung gewesen«, sagte Woschtschanka. »Eine zwischen Litauen und der GUS getroffene Vereinbarung bestimmt, daß der GUS-Ministerrat alle seine Truppen aus Litauen nach Weißrußland abzieht. Zur Überwachung des Truppenabzugs und der Übergabeverfahren nimmt in Litauen eine zivile Verbindungsgruppe die Arbeit auf. Unsere Truppen im Gebiet Kaliningrad sollen ebenfalls abgezogen werden – bis sie durch ›andere‹ GUS-Truppen ersetzt werden können. Ist Ihnen klar, was das bedeutet?«

»Diese ›anderen‹ GUS-Truppen sind ... *Russen*?«

»Genau«, bestätigte Woschtschanka. »In zwei bis drei Wochen sollen russische Truppen aus Lettland und Sankt Petersburg eintreffen, um den Hafen und die wichtigsten Verkehrswege zu kontrollieren. Unsere Truppen nehmen in Zukunft nur noch an den jährlich stattfindenden Übungen teil.«

»So hat's kommen müssen«, meinte Gurlo seufzend. »General Gabowitsch hat recht gehabt – alles zerfällt, alles löst sich auf. Wir werden alles verlieren, was wir ...«

»Schnauze!« knurrte Woschtschanka. Er stand auf und marschierte zwischen Schreibtisch und Fenster auf und ab. »Halten Sie einen Augenblick den Mund, ja? Ich muß *nachdenken*.« Es war einige Sekunden lang still, bis das Telefon klingelte. »Ich will mit niemandem reden«, sagte Woschtschanka, als Gurlo nach dem Hörer griff.

Nachdem Oberst Gurlo kurz zugehört hatte, forderte er den Anrufer auf: »Bleiben Sie bitte am Apparat.« Woschtschanka drehte sich um und wollte Gurlo anfahren, weil er seinen Befehl mißachtet hatte, aber der sagte rasch: »Das ist General Gabowitsch, der auf der abhörsicheren Leitung aus Wilna anruft. Er hat von dem Befehl gehört, den Sie erhalten haben, und erneuert sein Hilfsangebot.«

»Gabowitsch? Wie zum Teufel...?« Aber Woschtschanka verstummte. Ja, Gabowitsch verfügte nach wie vor über ein funktionierendes Spitzelnetz und hatte diesen Befehl gleichzeitig mit Woschtschanka erfahren – vielleicht sogar früher. Er griff nach dem Telefonhörer und meldete sich: »General Woschtschanka.«

»*Dobraye Ont rah*, General Woschtschanka. Die neuesten Beschlüsse des GUS-Ministerrats bedaure ich aufrichtig. Für Sie muß das ein ziemlicher Schock gewesen sein.«

»Verdammt, wie haben Sie davon erfahren?« Eine unsinnige Frage, überlegte Woschtschanka und wartete deshalb gar nicht erst auf eine Antwort. »Was wollen Sie?«

»Der entscheidende Augenblick ist da, General«, behauptete Gabowitsch. »Die Geschichte wartet auf niemanden.«

»Wovon reden Sie überhaupt?« knurrte Woschtschanka.

»Von der Zukunft, mein lieber General. Von *Ihrer* Zukunft. Ich frage mich, ob Sie sich von Minsk und Moskau demütigen und verurteilen lassen – oder ob Sie Widerstand leisten und sich an die Spitze einer neuen Union stellen, um die bewährte Regierungsform beizubehalten. Ihre Entscheidung muß *jetzt* fallen!«

»Ich weiß gar nicht, wovon Sie reden!«

»In zehn Tagen findet in Denerokin eine Großkundgebung militanter Atomkraftgegner statt, General«, teilte Gabowitsch ihm mit. »Diese Demonstrationen sind von Mal zu Mal zügelloser und gewalttätiger geworden. Die Sicherheit des gesamten Fisikus-Forschungszentrums steht auf dem Spiel – und für den Schutz des Instituts sowie der GUS-Bürger und des Staatseigentumes sind *Sie* zuständig.«

»Jetzt nicht mehr.«

»Sie müssen den GUS-Ministerrat von dieser Gefahr überzeugen«, fuhr Gabowitsch fort. »Ihrer Ansicht nach werden Luftunterstützung und weitere Truppen gebraucht, um Ausschreitungen zu verhindern. Sie befürchten, Einrichtungen in ganz Litauen könnten von Unruhestiftern angegriffen werden. Die Gewalttäter unter Führung von Anna Kulikauskas, die vom litauischen General Palcikas und ausländischen Terroristen im Sold imperialistischer Verschwörer unterstützt werden, sind besser denn je bewaffnet.«

»Das nimmt mir keiner ab«, sagte Woschtschanka. »Die Demonstranten gehören zur Friedensbewegung. Das sind unsere Blumenkinder.«

»Aber Sie befürchten, diese Leute könnten das Fisikus mit Giftgas und Handgranaten stürmen. Im Zusammenhang mit dem Abschuß Ihres Hubschraubers haben Sie mehrere Verdächtige festgenommen. Bei ihrer Vernehmung haben die ausgesagt, daß die Terroristen moderne Waffen wie Fla-Raketen und Gashandgranaten besitzen.«

Ein Angriff aufs Fisikus im Rahmen einer Demonstration von Atomkraftgegnern? Das wäre eine perfekte Gelegenheit! überlegte Woschtschanka. »Sind auch andere Einrichtungen bedroht? Könnte das eine landesweite terroristische Vereinigung sein?«

»Unser Einfluß außerhalb des Instituts ist minimal«, antwortete Gabowitsch, »aber ich glaube, daß auch andere Militär- und GUS-Einrichtungen betroffen sein könnten.«

»Die Gemeinschaft wird schnell reagieren«, stellte Woschtschanka fest. »Was ist mit den . . . speziellen Waffen, über die wir gesprochen haben? Sind die sofort verfügbar?«

»Die sind einsatzbereit«, versicherte ihm der KGB-General. »Meine Auftraggeber wollen erst sehen, wie stark Sie sich für diese Sache engagieren, aber sie sind bereit, Ihnen genügend Feuerkraft zur Abwehr der Gemeinschaft und der Imperialisten zur Verfügung zu stellen.«

Woschtschanka war wie vor den Kopf geschlagen. Konnte dies der große Augenblick sein? Konnte er Gabowitsch trauen? Er beschloß, ihn ein letztes Mal auf die Probe zu stellen. »Da ist noch etwas«, behauptete Woschtschanka. »Die Kommandeure der russischen Regimenter im Gebiet Kaliningrad unterstehen nicht mir – sie sind mit der neuen Gemeinschaft unzufrieden, aber sie schulden mir keinen Gehorsam. Es wäre leichter, sie mit Geld zu ködern, als mit Gewalt zu unterjochen. Ich brauche Geld, um diese Kommandeure dazu zu bewegen, ihre Waffen niederzulegen.«

»Davon ist nie die Rede gewesen!«

»Die Geschichte wartet, mein lieber General«, sagte Woschtschanka, »auf niemanden. Ich brauche mindestens eine Million Dollar, um . . .«

»Lächerlich!« unterbrach ihn Gabowitsch. »Damit wollen Sie sich bloß absetzen, um von Brasilien aus mit Waffen zu handeln!«

»Eine Million Dollar«, sagte Woschtschanka, »sonst platzt die Sache, und Sie können allein versuchen, sich mit der Gemeinschaft zu einigen.«

Am anderen Ende entstand eine längere Pause, bevor Gabowitsch frustriert entgegnete: »Nach der Demonstration in Denerokin lasse ich Ihnen eine Million schwedische Kronen überbringen. Eine weitere Million erhalten Sie, sobald das Land sicher unter Ihrer Kontrolle ist. Danach gewähren meine Auftraggeber Ihnen über zwei Jahre hinweg einen zinslosen Kredit über zwei Millionen Schwedenkronen für Waffenkäufe. Das ist mein letztes Angebot!«

»Einverstanden!« sagte Woschtschanka. »In zehn Tagen sehen wir uns im Fisikus wieder – oder in der Hölle.« Er legte auf.

Gabowitsch war clever – Woschtschanka hatte tatsächlich mit dem Gedanken gespielt, möglichst viel Geld zusammenzuraffen und damit auf eine Hacienda in Brasilien zu flüchten. Aber er war auch zuverlässig. Vier Millionen Kronen in zwei Jahren waren ein ausgezeichnetes Salär, selbst wenn Woschtschanka die Hälfte des Geldes dafür benutzen mußte, die russischen Kriegsherren im Kaliningrader Gebiet und die GUS-Militärbürokraten in Weißrußland zu bestechen. Er brauchte nur seine Kräfte zu bündeln und die Regierung dazu zu bringen – notfalls mit Gewaltanwendung, aber das würde bestimmt nicht nötig sein –, ihn bis zu den Demonstrationen vor dem Atomkraftwerk des Fisikus-Instituts auf seinem Posten zu lassen.

Falls der GUS-Ministerrat ihn dabei auf die Probe stellen wollte, spielte das keine Rolle mehr – Woschtschankas Offizierslaufbahn war so oder so beendet. Er wandte sich an Gurlo und fragte: »Wie lange würde es dauern, die Regimentskommandeure hier zusammenzuholen oder über eine Konferenzschaltung an der Besprechung teilnehmen zu lassen?«

»Ungefähr eine Stunde, glaube ich«, antwortete der Oberst sichtlich verwirrt.

»Gut, dann rufen Sie sie zusammen. Ich will, daß alle Regimentskommandeure und Stabsoffiziere persönlich erscheinen oder über eine Konferenzschaltung teilnehmen. Die Frage, wie wir uns Litauen und der Gemeinschaft Unabhängiger Staaten gegenüber verhalten sollen, muß entschieden werden – und zwar *sofort*!«

Büro des nationalen Sicherheitsberaters
des Präsidenten
Westflügel des Weißen Hauses, Washington, D. C.
26. März, 07.30 Uhr

George Russell, der Sicherheitsberater des Präsidenten, blätterte in dem kleinen Stapel brauner Hängeordner mit dem Aufdruck USAF UNIT PERSONNEL RECORD, INDIV. – Personalakten von Soldaten der Luftwaffe. Diese Akten stammten aus den Beständen des Luftwaffenministeriums, das auf der Randolph Air Force Base in scheinbar endlosen Reihen Kopien aller Personalakten der Luftwaffe aufbewahrte. Obwohl Computer schon so gut wie alle Lebensbereiche erobert hatten – vor allem beim hochtechnisierten, ferngesteuerten, aus der Ferne kämpfenden Militär –, verließ die U.S. Air Force sich noch immer auf solche alten Papporder mit primitiven Hängeschienen. Warum sie nicht schon längst auf Computer umgestellt hatte, gehörte zu den Rätseln, mit denen er sich im Umgang mit Militärs abfinden mußte.

Als erstes hatte Russell das Ausleihverzeichnis geprüft, dem er entnehmen konnte, wer diese Ordner in letzter Zeit angefordert hatte. Die Listen waren eindrucksvoll: Das halbe Pentagon kannte die Personalakten, aber auch einige Russell unterstellte Behörden wie die Central Intelligence Agency, die Defense Intelligence Agency und ähnliche Stellen. Jeder dieser Ordner war mehrfach genauestens unter die Lupe genommen worden. Gut, die Militärs hatten diese Soldaten also gründlich überprüft – jetzt wurde es Zeit, daß Politiker sich mit ihnen befaßten.

Russell blätterte in den Ordnern und betrachtete kurz die jeweils 18×24 cm großen Schwarzweißfotos. Die vier Männer waren Offiziere der U.S. Air Force. Den höchsten Dienstgrad hatte Generalleutnant Brad Elliott, den die ganze National Command Authority als brillanten, aber gelegentlich aufmüpfigen und vor allem unorthodoxen Helfer in der Not kannte.

Elliotts Werdegang war eindrucksvoll. Nach seiner Ausbildung zum Flugzeugmechaniker hatte er rasch Karriere gemacht und war 1960 im Rahmen des Unternehmens BOOTSTRAP zum Offizier befördert worden. An die Pilotenausbildung auf der Williams Air Force Base, Arizona, hatte sich eine B-52-Ausbildung angeschlossen.

In Vietnam hatte Elliott seine Dienstzeit freiwillig verlängert und war mit zwei Distinguished Flying Crosses, drei Air Medals und zwei Purple Hearts ausgezeichnet worden. Danach war er in die Staaten zurückgekehrt, um das National War College zu absolvieren, hatte anschließend beim Strategic Air Command mehrere Kommandeursposten bekleidet und leitete nun das streng geheime High Technology Aerospace Weapons Center.

»Was treibt Elliott heutzutage?« fragte Russell den General, der bei ihm im Büro saß. »Übt noch immer für den großen Einsatz, was?«

»Er befehligt weiter das HAWC«, antwortete Wilbur Curtis, der Vorsitzende der Vereinten Stabchefs. »Dem Weißen Haus scheint's nur recht zu sein, wenn Brad Elliott...«

»... sich nicht blicken und nichts von sich hören läßt«, ergänzte Russell. »Kein Wunder! Elliott ist mir zu schießwütig. Wir haben nicht vor, den Dritten Weltkrieg anzuzetteln, bloß um irgend jemanden irgendwo rauszuholen. Das muß doch auch unauffälliger gehen. Auf den können wir gut verzichten, Wilbur.«

»Das möchten Sie wohl«, wandte Curtis ein, »aber Elliotts Einrichtung in Nevada ist dem Fisikus-Institut in Litauen sehr ähnlich. Wer dort eindringen will, bringt am besten jemanden mit, der selbst eine ähnliche Einrichtung gebaut hat. Außerdem verfügt Elliott über alle möglichen Flugzeuge und Waffen, die wir gut gebrauchen können. Elliott hat schließlich sogar die Waffensysteme unseres Programms MADCAP MAGICIAN bis zur Einsatzreife entwickelt, um nur einen Punkt zu nennen.«

Russell schüttelte den Kopf. »Wenn der Präsident den Namen Elliott im Einsatzbefehl sieht, kriegt er 'nen Herzinfarkt!«

»Nein, ich weiß nie, wie wir ihm Elliott und seine Leute verkaufen können«, widersprach Curtis. »Wenn man jemand braucht, der solche Ziele kennt, über die nötigen Waffen verfügt, unter hundertprozentiger Geheimhaltung arbeitet und notfalls verleugnet werden kann, dann sind Brad Elliott und seine Leute ideal. Sehen Sie sich nur mal an, was die damals mit der *Old Dog* geschafft haben!«

George Russell war nicht sonderlich beeindruckt, aber er beschloß, sein endgültiges Urteil erst später zu fällen.

Die übrigen drei Gesichter in den Personalakten kannte er nicht. Die Fotos zeigten Brigadegeneral Ormack, der ein Pilotenabzeichen trug, Oberstleutnant McLanahan mit den Schwingen eines Navigators und Hauptmann Hal Briggs, der das Springerabzeichen der U.S. Army, das Abzeichen der Air Force Security Police mit dem Kommandeursstern, und am Ärmel das Rangerabzeichen der U.S. Army trug. Russell wußte, daß nur jeder hundertste US-Soldat für die Ranger School ausgewählt wurde, und daß wiederum nur sechzig Prozent *dieser* Männer bestanden und das begehrte Rangerabzeichen tragen durften. Deshalb war er doppelt überrascht, diese Auszeichnung ausgerechnet bei einem Luftwaffenoffizier zu sehen. »Was ist mit diesem Briggs?« fragte Russell. »Ein Luftwaffenoffizier mit Abzeichen der U.S. Army?«

»Nach der Ausbildung zum vorgeschobenen Controller hat er sich freiwillig zur Ranger School gemeldet«, berichtete Curtis. »Briggs hätte in jedem Footballteam der Profiliga Tight End spielen können, aber er ist jetzt Chef des Sicherheitsdiensts im HAWC und Brad Elliotts rechte Hand. Es gibt keine Vorschrift, die ihm das Tragen von Abzeichen der U.S. Army verbietet. Er ist nicht nur ausgewählt worden, weil er das Ziel kennt, sondern weil er eine Spezialausbildung als Einzelkämpfer hat.«

»Solange er was taugt«, sagte Russell irritiert, »kann er meinetwegen Micky-Maus-Ohren tragen.« Für ihn glich das Militär einer fremdartigen Welt, die er wohl nie ganz begreifen würde: eine riesige, bedrohliche Maschine ohne Betriebsanleitung. Russells Funktion als Mittler zwischen der zivilen und der militärischen Welt entwickelte sich allmählich zu einer seiner unangenehmsten Dienstpflichten. Aber eines hatte er über den in den letzten fünfzehn Jahren aufgebauten amerikanischen Militärapparat bereits gelernt: Wenn die Politik beschloß, irgend etwas müsse getan werden, fand das Militär eine Möglichkeit, es zu tun.

»Erzählen Sie mir von diesen anderen Männern«, verlangte Russell, indem er geistesabwesend in den restlichen Akten blätterte. »Was ist mit McLanahan?«

»Bei diesem Unternehmen wird er voraussichtlich der entscheidende Mann sein«, sagte Curtis und zündete sich eine Zigarre an. »Hochintelligent, pflichtbewußt und noch immer der beste Navigator der Luftwaffe. Damals beim Einsatz der *Old Dog* ist er Lugers Partner gewesen: Er hat die Maschine zurückgebracht, obwohl beide Piloten verwundet waren. Anfang Vierzig, aber ziemlich gut in Form – ein bißchen Training in Camp Lejeune oder in Quantico, und er kann mit Briggs und den Jungs von Special Operations Schritt halten.«

»Hat er eine Ausbildung als Techniker oder Ingenieur?«

»Keine richtige Ausbildung«, antwortete Curtis, »aber er gehört zu den besten Systemoperatoren der Luftwaffe und ist Spezialist für Waffensysteme.« Er deutete auf die letzte vor Russell liegende Akte. »General John Ormack ist der Mann, der uns alle wichtigen Informationen über den Stealth-Bomber Fi-170 beschaffen kann. Er ist Copilot der *Old Dog*, aber als promovierter Flugzeugbauer auch Chefkonstrukteur der Megafortress gewesen. Ist schon Ende Vierzig, aber begeisterter Squasher und in den beiden letzten Jahren Gewinner des Luftwaffenturniers. Mit etwas Unterstützung müßte auch Ormack imstande sein, das Einsatzteam zu begleiten, ohne es wesentlich zu behindern. Von allen ehemaligen Besatzungsmitgliedern der *Old Dog* sind diese beiden Männer am besten für das geplante Unternehmen geeignet.«

Die Besatzung der *Old Dog* ... Russell erinnerte sich daran, wie er die dazugehörige Geheimakte aufgeschlagen und die Einzelheiten des B-52-Einsatzes gelesen hatte, der zweifellos den Anfang vom Ende des kalten Kriegs bezeichnet hatte. Eine einzelne B-52 Megafortress mit dem Spitznamen *Old Dog* war trotz starker sowjetischer Luftabwehr tief in die Sowjetunion hinein vorgestoßen und hatte in Sibirien eine Laserstation zerstört, die bereits mehrere amerikanische Flugzeuge und Satelliten abgeschossen hatte.

Das Unternehmen war erfolgreich gewesen, und die zwischen Washington und Moskau hin und her wogenden Wellen aus Angst, Überraschung und Verwirrung machten sich weltweit bemerkbar, obwohl der Einsatz der *Old Dog* unter strengster Geheimhaltung stattgefunden hatte. Und obwohl diese Episode oft als Versagen der Diplomatie, Machtmißbrauch des Präsidenten der Vereinigten Staaten und Umgehung des normalen militärischen Befehlswegs dargestellt wurde, begann mit dem Flug der *Old Dog* eine über Jahre hinweg erfolgreiche US-Militärdoktrin: hart zuschlagen, schnell zuschlagen, ohne Ankündigung zuschlagen, mit vollem Einsatz und aller Macht zuschlagen.

Und jetzt wollte Curtis Angehörige dieses Erfolgsteams einsetzen, um Luger zu befreien.

»General, alle vier Männer, die Sie für dieses Unternehmen vorschlagen, sind schon damals dabeigewesen«, stellte Russell aufgebracht seufzend fest. »Dies ist wirklich nicht der richtige Zeitpunkt für ein Klassentreffen.«

»Und auch nicht für Witze, George.«

»Ich mache nie Witze«, sagte Russell nüchtern. »Aber ich glaube, daß Sie sich hier von gewissen persönlichen Vorlieben leiten lassen. Schließlich sind Sie an dem Unternehmen, das zu Lugers Gefangennahme geführt hat, entscheidend beteiligt gewesen. Können Sie garantieren, daß Ihre Planung nicht durch Gewissensbisse beeinträchtigt ist?«

»Sie haben Empfehlungen in bezug auf bestimmte Ziele und Probleme verlangt«, antwortete Curtis. »Sie wollten Ingenieure, die den Stealth-Bomber begutachten und die richtigen Unterlagen mitnehmen können, Sie haben Leute verlangt, die Luger nahegestanden haben – und das alles schnellstens! Ich habe Ihnen daraufhin diese vier Männer genannt. Sie erfüllen eindeutig Ihre Kriterien, wenn Sie diese Leute ablehnen, lasse ich meinen Stab eine neue Liste erstellen oder weise das Special Operations Command an, eigene Leute zu benennen. Aber ich muß wissen, was Sie wollen, George.«

Russell überlegte kurz, bevor er resigniert nickend sagte: »Na schön, dann wollen wir mal mit ihnen reden.«

Russell, Curtis und ihre Assistenten verließen das Büro, gingen am Arbeitszimmer des Präsidenten im ersten Stock vorbei und fuhren mit dem Lift ins zweite Kellergeschoß hinunter. Nachdem der Secret-Service-Agent vom Dienst ihre Namen in seine Kladde eingetragen hatte, gingen sie durch einen langen Korridor zum »Lageraum« des Weißen Hauses: einem großen Konferenzraum mit eigener hochmoderner Nachrichtenzentrale.

Die bereits dort versammelten übrigen Teilnehmer dieser Besprechung erhoben sich, als Russell und Curtis den Raum betraten und ihre Plätze einnahmen.

Zu den Anwesenden, die Russell persönlich kannte, gehörten General Vance K. Kundert, der Marine-Corps-Kommandant, ein stämmiger, athletisch wirkender Mittfünfziger mit militärisch kurzem Haar; der großgewachsene, silberhaarige Heeresgeneral Mark V. Teller, der das U.S. Special Operations Command befehligte; und Kenneth Mitchell, Director of Central Intelligence, der einen Abteilungsleiter der Defense Intelligence Agency mitgebracht hatte.

Russell erkannte natürlich Elliott, McLanahan, Ormack und Briggs, deren Personalakten er soeben durchgeblättert hatte. Die übrigen Teilnehmer waren Offiziere und Assistenten, die später alle näheren Einzelheiten besprechen würden. Russell kannte sie nicht und würde sie vermutlich nie kennenlernen – aber er wußte, daß sie den weitaus größten Teil der anfallenden Arbeit leisten würden.

»Also dann los«, sagte Russell, als er Platz nahm. »General Curtis, fangen Sie bitte an.«

»Die folgenden Informationen sind als streng geheim eingestuft, dürfen nicht an Ausländer weitergegeben werden und stammen aus geheimhaltungsbedürftigen Quellen«, begann Curtis sofort. »Vor kurzem hat eine Spezialeinheit aus Soldaten von Air Force und Marine Corps durch ein Geheimunternehmen einen Mann aus der Republik Litauen rausgeholt. Diese Einheit hat aus dem Fisikus-Institut für Technologie in Wilna Informationen über ein sowjetisches Flugzeug mitgebracht, das wir nach eingehender Analyse für den neuesten strategischen Bomber halten, einen interkontinentalen Stealth-Bomber. Das Pentagon schlägt nun vor, eine Spezialeinheit heimlich ins Fisikus-Institut eindringen und weitere Informationen über diesen Bomber beschaffen zu lassen.«

Russell beobachtete die Reaktionen.

Kundert ließ sich nichts anmerken – seine Marines hatten schon bei der Beschaffung der ersten Informationen die Hauptrolle gespielt; sie würden bestimmt auch im nächsten Stadium unentbehrlich sein. McLanahan und Briggs, die erst vor kurzem aus Elliotts High Technology Aerospace Weapons Center in Nevada gekommen waren, beugten sich mit wachsamem Blick etwas nach vorn, grinsten erwartungsvoll und hofften natürlich, an einem möglicherweise bevorstehenden Unternehmen beteiligt zu werden. Auch Ormack, dem stellvertretenden HAWC-Kommandeur, war gespannte Erwartung anzusehen. Russell erinnerte sich an Ormacks Personalakte. Ein Joker, genau wie Elliott.

Als der Sicherheitsberater des Präsidenten zu Generalleutnant Bradley Elliott hinübersah,, mußte er feststellen, daß Elliott ihn aufgebracht anstarrte. Mit einem anklagenden, vorwurfsvollen Blick, als hätte er Russell am liebsten umgebracht.

Russell schluckte unwillkürlich und seufzte dann, als ihm klar wurde, daß Elliott von Lugers Aufenthalt im Fisikus-Institut wußte.

Scheiße! Von allen Leuten, die er *nicht* am Hals haben wollte... Konnte Elliott das von Curtis erfahren haben? Nein, das war unmöglich. Hätte Curtis das ausgeplaudert, wäre er keinen Tag länger Vorsitzender der Vereinten Stabschefs gewesen. Nein, Elliott mußte es anderswo erfahren haben – aber von wem?

»Entschuldigung, Sir«, sagte Hauptmann Hal Briggs und hob eine Hand. »Warum sollen wir eingesetzt werden? Warum schicken wir nicht einfach die CIA hin oder werben Spitzel an, um Informationen zu bekommen?«

Wilbur Curtis sah zu Russell hinüber, der ihm kaum merklich zunickte, er solle fortfahren. Der General nahm seine Zigarre aus dem Mund und antwortete: »Wir haben noch mehrere Eisen im Feuer, von denen Sie nichts zu wissen brauchen. Und es gibt noch einen weiteren Grund dafür, daß wir gerade dieses Team entsenden.« Curtis zog an seiner Zigarre und legte sie dann in den Aschenbecher. »Seit einiger Zeit gibt es im Fisikus-Institut einen westlichen Ingenieur, der vermutlich mit den dortigen Konstrukteuren zusammenarbeitet. Dieser... äh.:. Ingenieur ist ein ehemaliger US-Offizier. Ein ehemaliger Offizier der Air Force, der...«

Elliott hielt es nicht länger aus.

Er sprang auf und starrte Russell an, der Mühe hatte, seinem Blick standzuhalten. »Verdammte Schweinerei! Sie wissen seit vier Monaten, daß er dort ist, und Sie haben bisher nichts zu seiner Befreiung unternommen. Jetzt wollen Sie ihn endlich rausholen lassen. Das ist *kriminell*!«

Das löste allgemeine Verwirrung aus. Alle redeten gleichzeitig und durcheinander; ihre Stimmen hallten aufgeregt von den Wänden des Lageraums wider. Ormack war aufgestanden und versuchte, Elliott zu beruhigen. »Immer mit der Ruhe, Brad. Was hat das alles zu bedeuten...?«

Curtis klopfte mit dem Aschenbecher auf die Tischplatte, um sich Gehör zu verschaffen.

»Sagen Sie's ihnen, Mr. National Security Advisor«, knurrte Elliott. »Sagen Sie ihnen, wer dort drüben ist.«

»Setzen Sie sich, General, sonst sorge ich dafür, daß Sie *rausfliegen*!« entgegnete Russell. »Ich weiß nicht, woher Sie das haben, aber jedes Gerede darüber könnte den Tod Ihres Kameraden bedeuten und das ganze Unternehmen gefährden. *Setzen* Sie sich endlich!«

Elliott sank langsam auf seinen Stuhl zurück.

Jetzt waren alle Blicke auf Russell gerichtet, der vor Wut über Elliotts öffentlich geäußerte Vorwürfe kochte.

»Wen hat General Elliott gemeint?« fragte Oberstleutnant McLanahan besorgt. »Wer ist seit über vier Monaten am Fisikus-Institut?«

Russell fiel auf, daß dieser blonde, blauäugige Bomberjockey gleich zur Sache kam – und nicht einmal »Sir« sagte, wenn er mit einem Kabinettsmitglied sprach. Im allgemeinen machten selbst hohe Offiziere bei solchen Besprechungen kaum den Mund auf, aber das schien nicht das Problem *dieses* Stabsoffiziers zu sein. Mußte an Elliotts Einfluß liegen.

Curtis, der beschlossen hatte, dem bedrängten Russell zur Hilfe zu kommen, räusperte sich. Er sah McLanahan an, aber was er sagte, war für alle Anwesenden bestimmt: »Nun, er ist schon länger als vier Monate dort, und es ist... David Luger.«

»Wie bitte?« fragte McLanahan ungläubig. »*Luger?*«

Alle beugten sich auf ihren Plätzen nach vorn. Fragen und Satzfetzen brachen über Curtis und Russell herein.

»Wissen Sie das bestimmt?«

»Ich dachte, er sei tot...«

»Das muß ein Irrtum sein...«

»Ein schlechter Witz...«

»Bestimmt ein Täuschungsmanöver...«

Russell hatte nun endgültig genug. »Ruhe, Gentlemen, sonst lasse ich den Saal räumen!«

Curtis zog nochmals an seiner Zigarre. »Wir vermuten, daß Luger vom KGB oder ehemaligen KGB-Leuten einer Persönlichkeitsveränderung unterzogen worden ist. Im Fisikus-Institut tritt er als ein russischer Wissenschaftler namens Dr. Iwan Sergejewitsch Oserow auf. Unser dortiger Kontaktmann meldet, daß der KGB Lugers Indoktrinierung schon seit längerer Zeit betreibt.«

»Welche Indoktrinierung?« fragte McLanahan. »Der KGB ist längst aufgelöst...«

Curtis' Blick zeigte deutlich, für wie naiv er diesen Einwand hielt. »Ja, ja. Jedenfalls befindet sich Luger in schlechter körperlicher Verfassung, was auf den Einsatz von Depressiva und körperliche Mißhandlungen schließen läßt. Verschlimmert wird das alles durch Stimmungsschwankungen und Orientierungsverluste, die beweisen, daß mit Hochdruck an seiner... äh... Umgestaltung gearbeitet wird.«

»Worum geht es also?« drängte McLanahan. »Um einen Gefangenenaustausch? Wie holen wir ihn dort raus?«

»Das ist noch nicht entschieden«, antwortete Curtis unbehaglich. »Geben wir den Russen gegenüber zu erkennen, daß wir von Luger wissen, müssen wir damit rechnen, daß Luger und der Stealth-Bomber verschwinden.«

»Sie können ihn nicht einfach dort lassen«, stellte McLanahan nachdrücklich fest. »Er hat uns allen das Leben gerettet! Amerika tauscht dauernd Leute aus – manchmal sogar echte Ganoven –, also muß es sich auch um einen amerikanischen Flieger bemühen, noch dazu um einen Helden!«

»Gut, daß Sie das erwähnen, Oberstleutnant«, warf CIA-Direktor Mitchell ein. Er deutete auf den neben ihm Sitzenden. »Abteilungsleiter Markwright hat gründliche Ermittlungen wegen des *Old-Dog*-Einsatzes angestellt.«

»Was für Ermittlungen?« fragte General Ormack scharf.

Markwright wandte sich an ihn. »Die DIA hatte die Ermittlungen den Einsatz der *Old Dog* betreffend eingestellt und Luger für tot erklärt – aufgrund Ihrer Zeugenaussage als Kommandant des Flugzeugs und weil Sie der letzte gewesen sind, der Luger lebend gesehen hat. Sein Wiederauftauchen hat verschiedene Fragen aufgeworfen und bewirkt, daß die Ermittlungen wiederaufgenommen wurden.«

»Ach ja?«

»Beispielsweise stellt sich die Frage: Warum ist das High Technology Aerospace Weapons Center in Nevada nach monatelangem Geheimbetrieb plötzlich angegriffen worden, kaum daß Oberleutnant Luger einige Tage dorthin abkommandiert war?«

»So ein Quatsch.« Ormack schüttelte den Kopf. »Wir hatten tagelang mit einem Angriff gedroht, und nachdem die Sowjets einen unserer Satelliten außer Gefecht gesetzt hatten, sind die Aktivitäten in Dreamland um vierhundert Prozent gesteigert worden. Alle übrigen Stützpunkte hatten den Flugbetrieb eingestellt und ihre Maschinen in Alarmbereitschaft versetzt, um im Ernstfall losschlagen zu können – nur das HAWC nicht. Also ist Dreamland einfach das logischste Ziel für einen sowjetischen Anschlag gewesen.«

»Nein, das logischste Ziel wäre Ellsworth als Heimatflugplatz der

Bomber B-1 gewesen, die den Großlaser Kawasnija zerstören sollten«, behauptete Markwright. »Das Versuchsmuster B-52 Megafortress ist nie für diesen Einsatz vorgesehen gewesen – und trotzdem von sowjetisch ausgebildeten Terroristen angegriffen worden.«

»Okay, warum hat der Spion die Sowjets dann nicht aufgefordert, Ellsworth anzugreifen?«

»Weil Luger... weil der Spion nicht gewußt hat, daß die B-1 von Ellsworth aus starten würden«, konterte Markwright. »Aber er *hat* gewußt, daß Ihr Team Waffen, Hardware und Einsatztaktiken für die B-1 und andere Bomber entwickelt hat – und er hat gewußt, daß in Dreamland einsatzfähige B-1 stationiert waren. Diese B-1 sind dort gestartet, haben in Ellsworth ihre richtigen Besatzungen an Bord genommen und sind erneut zu ihren Warteräumen gestartet. Aber falls Luger vermutet hat, sie würden von Dreamland aus zum Einsatz starten, hätte er den Überfall aufs HAWC vorschlagen können.«

»Unsinn!« protestierte Ormack aufgebracht. »Sie haben zu viele Tom-Clancy-Krimis gelesen!«

McLanahan, der sichtlich Mühe hatte, sich zu beherrschen, nickte zustimmend. »Von dem geplanten Angriff haben wir nie etwas gewußt. Wir haben immer nur Übungseinsätze geflogen.«

»Das können Sie mir nicht erzählen, Oberstleutnant«, wehrte Markwright ab. »Der Zusammenhang zwischen Ihrer Tätigkeit, der Entwicklung in Kawasnija und dem Weltgeschehen muß unübersehbar gewesen sein – schließlich ist alles monatelang in den Medien breitgetreten worden. Das HAWC hatte schon immer den Auftrag, einsatzfähige Maschinen zu entwickeln.«

»Aber das haben *wir* nicht gewußt!«

»Das hat man Ihnen vielleicht nicht *gesagt*, aber beim Militär wissen viele, was in Dreamland vorgeht. Seien Sie nicht so naiv!«

»Und erzählen Sie mir nicht, was ich denken soll oder zu wissen habe«, erwiderte McLanahan aufgebracht. »Wir haben den Auftrag gehabt, die modifizierte B-52 zu fliegen, unsere Arbeit zu tun und den Mund zu halten. Genau das haben wir getan.«

»Meine Hypothesen beruhen auf Ihrer eigenen Zeugenaussage, Oberstleutnant«, stellte Markwright fest, »nicht etwa auf Äußerungen, die ich Ihnen in den Mund gelegt habe.« Er wandte sich an Ormack. »General, denken Sie an Ihre Aussage über Lugers Verhalten während des Einsatzes: seine übermäßig pessimistischen Berechnungen des Treibstoffverbrauchs, die unterbliebenen Warnungen vor im Radar erkennbaren Geländehindernissen und seine ständigen Versuche, Sie zum Höhergehen zu veranlassen, damit Sie entdeckt werden.«

»Unsinn!« wiederholte Ormack. »Davon ist kein Wort wahr.«

»Er hat seine Arbeit getan«, warf McLanahan ein und fuhr sich aufgebracht mit einer Hand durch das blonde Haar. »Navigatoren sind dazu ausgebildet, vorsichtig und auf Sicherheit bedacht zu urteilen. Außerdem hat Luger selbst keine Entscheidungen getroffen, sondern nur Informationen weitergegeben.«

»Informationen, die permanent falsch gewesen sind oder Gefahren überbetont haben, um so den Abbruch des Unternehmens zu erzwingen«, behauptete Markwright. »Oberstleutnant McLanahan, Sie haben sogar selbst ausgesagt, Luger habe mit dem Abschuß der Waffe auf Kawasnija gezögert und dann vorgeschlagen, die *Old Dog* auf die Anlage stürzen zu lassen.«

»Wir sind mit einem gottverdammten *Laser* angegriffen worden«, stellte McLanahan fest. »Unsere gesamte ECM-Ausrüstung war ausgefallen. Wir haben einfach nicht gewußt, ob unsere Waffe funktionieren würde.«

»Ist ein Sturz ins Ziel ein empfohlenes Angriffsverfahren, Oberstleutnant?« fragte Markwright skeptisch.

»Nein, aber...«

»Warum hat Luger dann diesen Vorschlag gemacht? Wozu hat er das Leben aller Besatzungsmitglieder bei einem sinnlosen Angriff opfern wollen?«

»Wir hatten den Auftrag, diese Laserstellung zu zerstören. Beim Absturz unseres Bombers wäre sie zerstört worden.«

»Und nachdem Sie diesen Angriff überstanden hatten«, fuhr Markwright fort, ohne McLanahans Argumente zu beachten, »hat Luger vorgeschlagen, die *Old Dog* solle auf einem *sowjetischen* Flugplatz landen.«

»Das hat die Besatzung *gemeinsam* beschlossen«, widersprach Elliott. »Luger hat uns mit Radar hingeführt und Landeinformationen geliefert.«

»Und nach Ihrer Landung in Anadyr hat Luger die Maschine verlassen, um zu den Sowjets zu flüchten.«

McLanahan merkte, wie er rot anlief. Er wurde langsam wütend.

Wirklich wütend. Normalerweise fiel es ihm nicht schwer, auch in kritischen Lagen Ruhe zu bewahren. Im allgemeinen zählte die Fähigkeit alles unter Kontrolle zu halten zu McLanahans starken Seiten. Aber dieser Schwachkopf gehörte nicht zur *Old-Dog*-Besatzung und hatte keine Ahnung, was für einen Scheiß er da redete.

»Er hat die sowjetische Miliz lange genug aufgehalten, um uns die Flucht zu ermöglichen«, sagte McLanahan aufgebracht. »Er hat sich geopfert, um uns zu retten.«

»Er hat sich nicht geopfert«, stellte Markwright mit einer wegwerfenden Handbewegung fest. »Er lebt, hat einen falschen Namen angenommen und arbeitet an der Entwicklung eines russischen Stealth-Bombers mit.«

»Bockmist!« knurrte McLanahan. »Sie wissen nicht, was geschehen ist – Sie waren nicht *dabei*! Das seid ihr Geheimdienstleute doch nie! Ihr wühlt in Akten, haltet euch aus der Schußlinie und schreibt hinterher Berichte, in denen die Tatsachen verdreht werden, bis sie zu den Umständen passen. Dabei haben Sie selbst gesagt, Luger sei durch Drogen oder Gehirnwäsche zum Mitmachen gezwungen worden.«

»Unser Informant hat keinen Beweis dafür gesehen, daß Luger gefoltert, mit Drogen behandelt oder einer Gehirnwäsche unterzogen worden ist«, sagte Markwright gelassen. »General Curtis' *unabhängige* Analyse suggeriert den Einsatz von Drogen, aber die geschilderten Symptome können auch auf Überanstrengung zurückzuführen sein. Nach Aussage des Informanten ist Oserow als Wissenschaftler anerkannt, hat unter seinen Kollegen viele Freunde und genießt alle Privilegien wichtiger Funktionäre.«

»Wem wollen Sie glauben?« fragte McLanahan. »Uns oder Ihrem Informanten?«

Ormacks Zeigefinger deutete anklagend auf Markwright. »Wir sagen Ihnen, daß sich David Luger für unsere Rettung geopfert hat. Sollte er wirklich überlebt haben, müssen wir ihn jetzt rausholen.«

Als Markwright merkte, daß er sich gegen diese geschlossene Abwehrfront nicht durchsetzen konnte, sah er hilfesuchend zu CIA-Direktor Mitchell hinüber, der rasch einwarf: »Ich habe Mr. Russell und den Vereinten Stabschefs ein Geheimunternehmen empfohlen, um an Luger ranzukommen und möglichst viele Unterlagen über diesen Bomber zu beschaffen.«

»Was verstehen Sie unter ›rankommen‹?« erkundigte McLanahan sich. »Soll er etwa nicht befreit werden?«

Mitchell zögerte.

»Was haben Sie vor, verdammt noch mal?« fragte McLanahan scharf. »Sie müssen ihn rausholen. Nur so lassen sich die Fragen nach seiner Loyalität beantworten.«

»Darüber sind wir uns im klaren, Oberstleutnant«, antwortete Russell. »Ja, wir holen Luger dort raus. Direktor Mitchell entsendet Agenten, die seinen Aufenthaltsort überwachen und Verbindung mit ihm aufnehmen sollen. Wir versuchen, bei der russischen Regierung anzufragen, ob ein Gefangenenaustausch möglich ist, aber das könnte zu riskant sein. Sobald der richtige Zeitpunkt gekommen ist, stößt ein Team vor, um Luger dort rauszuholen. Gelingt es jedoch nicht, ihn mitzunehmen . . .«

»Wir planen das Unternehmen so, daß wir die Dokumente *und* Luger zurückbringen«, stellte Elliott nachdrücklich fest.

»Sie sind hier nicht der Oberbefehlshaber, General«, erinnerte ihn Russell. Er kannte Geschichten, in denen Elliott sein High-Tech-Spielzeug aus dem Dreamland in aller Welt eingesetzt hatte. Männer wie Elliott durften keinesfalls außerhalb strikter ziviler Kontrolle operieren. »General Lockhart vom European Command übernimmt den Oberbefehl, General Teller ist für den Luftwaffeneinsatz zuständig, und General Kundert befehligt den See- und Landeinsatz. Ich will keine Eigenmächtigkeiten und keine unüberlegten Rettungsaktionen, General. Wir halten uns an unsere Vorschriften, holen unsere Leute wieder raus und verlassen Litauen so schnell wie möglich. Basta!«

Brad Elliott nickte zustimmend. General Lockhart, ein Heeresgeneral alter Schule und guter Kamerad Elliotts, war der richtige Mann an der Spitze dieses Unternehmens. Er war eine nüchtern denkende, starke Führungspersönlichkeit, ein klassischer, dreidimensional denkender Stratege. Wie die Zusammenarbeit zwischen Teller und Kundert klappen würde, blieb abzuwarten. Aus unerfindlichen Gründen waren die für Sondereinsätze geeigneten Einheiten des Marine Corps nie dem U.S. Special Operations Command unterstellt worden. Obwohl General Teller alle Spezialtruppen von Heer, Marine und Luftwaffe unterstanden, reagierten Kunderts Marines im allgemeinen am schnellsten und wirkungsvollsten. Die Wahl zwischen diesen beiden

Verbänden war nicht nur eine operative, sondern auch eine politische Entscheidung, die das Weiße Haus hätte treffen müssen.

Bedauerlicherweise waren die Vereinten Stabschefs heutzutage ein politischer Organismus und keine Versammlung hoher militärischer Führer mehr. Selbst Curtis war inzwischen ein Sprachrohr des Weißen Hauses geworden, anstatt die Strategien und Interessen der Streitkräfte zu vertreten. Die Vereinten Stabschefs besaßen noch immer großen Einfluß und beträchtliche Macht, aber sie sollten eigentlich nur dem Präsidenten applaudieren. Der Versuch, die Marines bei diesem Unternehmen mit dem Special Operations Command zusammenzuspannen, war allzu durchsichtig: Der Präsident schreckte vor einer klaren Entscheidung zurück, weil er glaubte, so alle Teilstreitkräfte zufriedenstellen zu können.

Mit dem Ende des kalten Kriegs hatten sich die Vereinten Stabschefs in uniformierte Politiker verwandelt – und auf diese Leute würde Luger hoffen müssen, wenn er überleben wollte. Mal sehen, ob sich dagegen nicht etwas tun läßt! dachte Elliott.

»Ich weiß, daß ich nicht der Oberbefehlshaber bin«, sagte Elliott schließlich zu Russell. »Aber ich habe Flugzeuge und Waffen, die bei diesem Unternehmen eingesetzt werden könnten. Vor allem die Flugzeuge sind für Kommandounternehmen geeignet; sie können von...«

»Danke, General Elliott«, unterbrach ihn General Teller, »aber wir kommen allein zurecht. Von Ihnen brauchen wir lediglich Ihre drei Stabsoffiziere, die mit dem Marine Expeditionary Unit und der Delta Force trainieren sollen, damit sie den Stoßtrupp begleiten können. Oberstleutnant McLanahan und Hauptmann Briggs bringen Luger in Sicherheit und unterstützen General Ormack; General Ormack, Sie inspizieren das Labor, in dem Luger arbeitet und stellen möglichst aussagekräftige Unterlagen über das Projekt F-170 sicher. Das Ganze soll ein lautloses, schnelles und kompromißloses Unternehmen werden.«

Brad Elliott äußerte sich nicht dazu. Auf den ersten Blick schien dieser Plan in Ordnung zu sein: ins Fisikus vorstoßen, Luger finden, ein paar Safes und Schreibtische ausräumen und wieder verschwinden. Spezialeinheiten fast aller Teilstreitkräfte übten solche Unternehmen täglich. Trotzdem fand Elliott, das klinge viel zu einfach...

»Sie fliegen nach Camp Lejeune«, erklärte Kundert den drei Offizieren, »und melden sich beim Kommandierenden General der Special Operations Training Group. Wir untersuchen Sie, verpassen Ihnen einen Eignungstest und schicken Sie zum 26. MEU in Norwegen weiter, sobald Sie bewiesen haben, daß Sie mit meinen Marines Schritt halten können. Das MEU beurteilt Sie seinerseits und meldet mir, ob Sie dieses Unternehmen mitmachen können.«

Kundert betrachtete die drei Männer. Briggs schien ihm zu gefallen, aber Ormack und McLanahan musterte er leicht amüsiert. »Hoffentlich haben Sie sich in Form gehalten, Gentlemen«, sagte er, »denn morgen um diese Zeit nehmen Sie an einem Eignungstest fürs Marine Corps teil, der Hackfleisch aus Ihnen machen kann. Schaffen Sie die Hindernisbahn nicht bis zum Wochenende, oder können nicht mit einem Sturmgewehr umgehen, fliegen Sie raus. Oberst Kline denkt nicht daran, die Sicherheit seiner Männer wegen ein paar untrainierter Luftwaffenoffiziere aufs Spiel zu setzen. Ihren Marschbefehl bekommen Sie von meinem Adjutanten.«

Kundert wandte sich wieder an George Russell und General Teller, er schien sich mit Außenstehenden nicht länger als nötig abgeben zu wollen.

»Sie können gehen, Gentlemen«, entschied Russell. »General Elliott, freut mich, Sie endlich einmal kennengelernt zu haben. Wir halten Sie über den Fortschritt des Unternehmens auf dem laufenden.« Elliott schüttelte allen die Hand und verließ den Lagerraum mit seinen Offizieren.

Draußen gingen die vier HAWC-Offiziere zu dem Aufzug, der sie in den Westflügel des Weißen Hauses hinaufbringen würde. Zwei Secret-Service-Agenten schlossen sich ihnen an.

McLanahan staunte noch immer über das zuvor Gehörte. »Nach so langer Zeit ... lebt Dave Luger noch. Und wir haben ihn alle für tot gehalten. Und jetzt ... ich bin praktisch sprachlos!«

Elliott schüttelte den Kopf, während sie gemeinsam hinauffuhren. obwohl die Secret-Service-Agenten natürlich zur Geheimhaltung verpflichtet waren, war dieses Thema selbst für sie noch zu geheim. Außerdem waren im Westflügel viele Journalisten und Mitarbeiter des Weißen Hauses unterwegs, die davon ebenfalls nichts hören durften.

Die Diskussion begann erst, als der Dienstwagen, den das Pentagon ihnen geschickt hatte, aus der Einfahrt des Weißen Hauses rollte.

General Ormack wandte sich an Elliott. »Wer hätte das gedacht – Luger in Litauen? Unglaublich! Aber jetzt wüßte ich gern mehr über diese kleine Meinungsverschiedenheit mit dem Sicherheitsberater. Haben Sie wirklich schon vorher gewußt, daß Luger sich dort aufhält?«

»Ja, aber ich darf nicht sagen, wie ich's erfahren habe«, sagte Elliott. »Jemand, der wußte, daß Luger dort ist, hat sich aufgeregt, als monatelang nichts passiert ist, um ihn rauszuholen – obwohl er sich auf dem Dienstweg darum bemüht hatte. Dieser Mann hat mich informiert, und ich bin damit zu General Curtis gegangen. Alles Weitere hat der General veranlaßt.«

»Was für ein Glück!« rief Briggs grinsend aus. »Mann, ich kann's kaum noch erwarten, Luger wiederzusehen! Stellt euch bloß vor, was für 'ne Riesenparty dieser Hundesohn kriegt!«

Das brachte ihm einen strengen Blick Elliotts ein.

»Entschuldigung, Sir... natürlich muß er erst eingehend vernommen werden. Dann kommt er wahrscheinlich ins Lazarett, bis er wieder fit und entgiftet ist. Aber dann...«

»Es ist wirklich kaum zu fassen!« meinte McLanahan aufgeregt. »Wir kriegen Luger zurück *und* bekommen Informationen über den neuesten russischen Stealth-Bomber. Bei einem einzigen Unternehmen. Das ist wie Weihnachten!«

Alle anderen murmelten etwas Zustimmendes – nur Brad Elliott schwieg hartnäckig.

»Probleme, Sir?« fragte Ormack ihn.

Elliott winkte ab und starrte aus dem Fenster. Im Frühling zeigte sich die amerikanische Hauptstadt meist von ihrer besten Seite, aber an diesem Tag war der Himmel grau und wolkenverhangen, und leichter Nieselregen ließ den Asphalt naß glänzen. Ein Tag, der spektakulär hätte sein sollen, war deprimierend grau. Brad Elliott fragte sich, ob das nicht ein schlimmes Omen war.

»Mir gefällt's einfach nicht, Leute abstellen zu müssen, ohne selbst an dem Unternehmen beteiligt zu sein«, erklärte er Ormack. »Vor allem nicht, wenn's um Dave geht. Ich finde, *wir* sollten ihn dort rausholen. Wir haben die Hardware, die Fähigkeiten...«

»Aber nicht für eine gewaltsame Gefangenenbefreiung«, warf Briggs ein. »Wir könnten dafür üben, aber das würde verdammt lange dauern. Die Marines und die Delta Force üben so was ständig.«

»Und wir haben bereits die CV-22 für sie entwickelt«, fügte Ormack hinzu. »Das ist ein erheblicher Beitrag.«

»Geben Sie sich keine Mühe, mich aufzuheitern, John«, sagte Elliott ungeduldig. »Das HAWC ist nun mal kein Kampfverband, sondern hat Unterstützungsfunktion. Ich sollte es gewöhnt sein, bei wichtigen Unternehmen im Hintergrund zu bleiben.«

»Warum dann so schweigsam?«

»Aus keinem besonderen Grund«, sagte Elliott. »Ich weiß, daß ihr die Marines in den Hintern treten werdet, Jungs.«

»Eher nicht«, meinte McLanahan. »Zwanzig Kilometer Laufschritt mit Gepäck? Ich jogge in der ganzen Woche höchstens zwanzig Kilometer – und mein Gepäck besteht aus einem Walkman.«

»Ich hab' dir schon vor Monaten gesagt«, neckte Briggs ihn, »daß du aufhören sollst, Coke mit Schuß zu trinken und mit deiner Freundin im O-Club zu essen, anstatt mittags mit mir zu laufen. Jetzt werd' ich dich vermutlich tragen müssen.«

»*Mich* tragen? Im Leben nicht!«

Elliott hörte nur mit halbem Ohr zu, während er über das bevorstehende Unternehmen nachdachte. Obgleich er wußte, daß Marines und Special Forces ihren Plan zur Rettung Lugers gut koordinieren und ebenso schnell wie präzise durchführen würden – die kritischsten Entscheidungen jedes Sondereinsatzes wurden ohnehin in der Planungsphase getroffen –, hatte er ein ungutes Gefühl. Warum? Er wußte es nicht. Jedenfalls würde er den Versuch, David Luger zu retten, nicht allein den Special Forces überlassen. Nein, er würde selbst ein Unternehmen planen und dafür sämtliche Mittel einsetzen, die ihm zur Verfügung standen.

Falls dieses andere Rettungsunternehmen aus irgendwelchen Gründen fehlschlug, würde er mit einem eigenen bereitstehen.

Burg Trakai bei Wilna, Republik Litauen
27. März, 19.30 Uhr

Seit der Reaktivierung der litauischen Selbstverteidigungs-Streitkräfte befand sich ihr Oberkommando in der Burg Trakai, rund 30 Kilometer außerhalb von Wilna. Anfang des 13. Jahrhunderts war die auf einer Insel im glitzernden Galvesee erbaute alte Stadt Trakai die erste litauische Hauptstadt gewesen. Die dortige Burg war vom Ende des 14. Jahrhunderts bis zur Aufhebung der Monarchie durch die Bolschewisten im Jahre 1918 die Residenz der großfürstlichen Familie gewesen. Burg Trakai, ein mittelalterliches Denkmal und Museum, diente dem Oberkommando der Streitkräfte als Weihestätte und Konferenzzentrum.

Anna Kulikauskas, die in Begleitung ihres Vaters gekommen war, stellte ihren Volvo-Kombi auf dem Parkplatz ab und ging auf der hellbeleuchteten Holzbrücke über den Galvesee zur Burg hinüber. Zwei Wachposten – nicht mit mittelalterlichen Schwertern, sondern mit Sturmgewehren AK-47 samt Bajonett ausgerüstet – prüften ihre Ausweise und Einladungen, und ein weiterer Uniformierter führte sie über die Zugbrücke in die alte Burg.

Die vorbildlich restaurierte Burg war nicht nur Sitz des Oberkommandos der Streitkräfte, sondern als Geschichtsdenkmal auch eine Touristenattraktion. Der große äußere Burghof war von Werkstätten umgeben, in denen Silberschmiede, Holzschnitzer, Kunstschmiede und andere Handwerker auf mittelalterliche Weise arbeiteten; außerdem befanden sich dort kleine Läden und Burgschenken für die Touristen. An diesem Abend waren jedoch alle Läden und Werkstätten geschlosen. Der Uniformierte führte die beiden Besucher auf einem breiten Holzsteg zu einer weiteren Zugbrücke über den Burggraben und durch eine zwei Meter dicke Außenmauer in den eigentlichen Burghof hinein.

Dieser innere Hof zwischen den fünf Stockwerke hoch aufragenden Wohngebäuden der Burg war wesentlich kleiner als der äußere. Öllaternen beleuchteten ihn, und Posten in mittelalterlichen Kostümen bewachten alle Eingänge. Holztreppen führten zu den Wohngeschossen hinauf, und über eine Steintreppe links im Hintergrund waren Rüstkammer, Verliese und Vorratskammern zu erreichen.

»Ob diese Burg wohl heutigen Angreifern standhalten würde?« fragte Anna.

»Sie hat sich schon seinerzeit nicht sonderlich bewährt«, antwortete ihr Vater flüsternd, als sei es ein Sakrileg, in dieser an eine Kathedrale erinnernden Umgebung die Stimme zu erheben. »Trakai hat nur in Friedenszeiten als Residenz gedient. König Gediminas hat die Stadtfeste in Wilna als Hauptwohnsitz erbauen lassen, weil Trakai in Kriegszeiten schwer zu verteidigen war.«

»Ich möchte wetten, daß er so was nicht gehabt hat«, meinte Anna und deutete nach oben. Vom prachtvollen Sternenhimmel der klaren, kühlen Nacht hob sich eine kreisende Radarantenne ab. »Hier ist offensichtlich einiges umgebaut worden.«

»Moderne Probleme erfordern moderne Lösungen«, sagte eine Stimme hinter ihnen. General Dominikas Palcikas begrüßte seine Gäste. Er trug eine Strumpfhose und einen schlichten roten Überwurf, der von einem schwarzen Gürtel zusammengehalten wurde. Im Kampfanzug war nicht zu sehen gewesen, wie stark dieser Mann mit seinem mächtigen Brustkasten, dem kräftigen Hals und den muskelbepackten Armen wirklich war. »Bei Tagesanbruch bauen wir das Radar ab – es verschandelt die Burgsilhouette für die Touristen. Wir benutzen es nur nachts zur Ausbildung – oder in Krisenzeiten.«

»Rechnen Sie etwa mit einem nächtlichen Angriff, General?« fragte Anna.

»Seit der Sache mit dem weißrussischen Hubschrauber sind wir Tag und Nacht alarmbereit«, antwortete Palcikas. »Ich bin immer auf das Schlimmste gefaßt. Aber heute wollen wir von etwas anderem reden. In dieser Nacht wird gefeiert. Kommen Sie, wir sehen uns die Kandidaten an.«

Palcikas führte sie über eine massive Holztreppe ins zweite Obergeschoß hinauf. Unterwegs stellte Anna fest: »Sie sehen heute abend wie ein Priester aus, General.«

»Ich bin ein geweihter Diakon der katholischen Kirche«, gestand ihr Palcikas. »Schon seit zehn Jahren – seit meiner Rückkehr aus Afghanistan. Ich darf alle gottesdienstlichen Handlungen vornehmen und alle Sakramente spenden.«

»Und haben Sie auch ein Keuschheitsgelübde abgelegt?«

Dominikas Palcikas lachte. »O nein, ich bin kein Geistlicher. Meine kirchlichen Pflichten beschränken sich auf das, was Sie heute abend sehen werden.« Als sie den zweiten Stock erreichten, wandte er sich an Anna und flüsterte verschmitzt grinsend: »Trotzdem schönen Dank, daß Sie gefragt haben, Miss Kulikauskas.«

Als sie auf die Empore der Burgkapelle hinaustraten, bot sich Anna und ihrem Vater ein erstaunlicher Anblick. Im Lichtschein von Fackeln und Wandlampen sahen sie zwölf Männer in groben schwarzen Kutten, die in Kreuzform – mit ausgestreckten Armen und geschlossenen Beinen – auf dem Steinboden vor dem Altar lagen. Umgeben waren sie von vier Wachposten in blanken Ritterrüstungen, die sich auf langstielige Streitäxte stützten.

»Um Himmels willen, was hat das zu bedeuten?« fragte Anna flüsternd.

Palcikas wandte sich lächelnd an ihren Vater. »Vielleicht wollen Sie's Ihrer Tochter erklären, Kulikauskas?«

Der Alte lächelte stolz, während er Anna erklärte: »Was du hier siehst, mein Kind, ist die Aufnahme dieser zwölf Männer in die Ritterschaft.«

»Ritterschaft? Wie im Mittelalter?«

»Nicht nur im Mittelalter, Anna«, warf Palcikas ein. »Ich habe die Tradition der Ausbildung und das Aufnahmeritual in die Gegenwart übernommen. jeder Mann und jede Frau kann in meine Verbände eintreten und dort Offizier werden – aber nur wenige besonders qualifizierte Kandidaten dürfen das Wytis, die Kriegsflagge des Großfürsten, als Abzeichen tragen. Die Männer dort unten haben eine zweijährige Ausbildung absolviert, um dieses Recht zu erwerben.«

»So müssen sie bis morgen früh ausharren«, fügte der Alte hinzu. Palcikas nickte zustimmend. »Sie beten im Chor, sagen die Regeln der Ritterschaft auf, erhalten pro Stunde nur einen Becher Wasser und bitten um die Kraft, die Obliegenheiten eines Ritters erfüllen zu können.« Er deutete auf einen Offizier, der soeben die Kapelle betrat. »Paß gut auf, Anna, aber erschrick nicht!«

Der Neuankömmling, einer von Palcikas' Offizieren in Paradeuniform, beugte das Knie vor dem Altar, bekreuzigte sich und blieb dann vor einem der vier Wachposten stehen. Der Geharnischte erwiderte seinen Gruß und ließ ihn passieren. Der Offizier kniete nieder, betete kurz, stand wieder auf und griff nach einer bereitliegenden langen schwarzen Lederpeitsche.

Anna holte erschrocken tief Luft. »Was . . .«

Der Offizier trat vor den Altar, beugte nochmals das Knie und drehte sich zu den zwölf Kandidaten um. »Möge der Segen Gottes und Jesu Christi auf euch ruhen!« sagte er mit lauter Stimme. »Ehre sei Gott und Frieden unserem Land.«

»Ehre sei Gott und Frieden unserem Land!« wiederholten die zwölf Kandidaten im Chor.

»Wer behauptet, würdig zu sein, Kreuz und Schwert zu empfangen?« fragte der Offizier laut.

»Wir, Herr, die demütigen Knechte vor euch!« lautete ihre Antwort. Gleichzeitig zogen alle zwölf Kandidaten ihr Gewand herunter und legten ihren nackten Rücken frei, bevor sie wieder die ursprüngliche Haltung einnahmen. Anna starrte sie erschrocken an; die Augen ihres Vaters glänzten erwartungsvoll.

Der Offizier trat neben den ersten Kandidaten und fragte ihn: »Knecht, was begehrst du?«

»Herr«, antwortete der Liegende laut, »ich begehre die Disziplin, um mich der Macht als würdig erweisen zu können.«

Daraufhin hob der Offizier die Peitsche und versetzte dem Kandidaten einen kräftigen Hieb. Das Klatschen auf der nackten Haut hallte durch die Kapelle. Der Offizier ging weiter, wiederholte seine Frage beim nächsten Mann und schlug wieder zu. Nach jedem Peitschenschlag riefen die Kandidaten im Chor: »Herr, gib mir die Kraft!«

»Wie kann er nur!« fragte Anna erschrocken. »Das ist eine richtige Peitsche! Er hat den Mann *geschlagen*!«

»Das ist die Tortur, Anna«, sagte ihr Vater und lächelte dabei überrascht und zufrieden. »In den vierundzwanzig Stunden vor dem Altar erhält jeder Kandidat von den anderen Rittern hundert Peitschenhiebe.«

»Wie barbarisch! Wie erniedrigend... und... entwürdigend...«

»So will es die Tradition, Anna«, sagte Michaus Kulikauskas stolz. »Ein Kandidat, der sich nicht wirklich aufopfern will, hält nicht durch. So wird seine Loyalität auf die Probe gestellt. Schon vor siebenhundert Jahren hat König Gediminas dieses Ritual – vermutlich in dieser Kapelle – vollziehen lassen.«

»Aber warum? Wozu Menschen wie Tiere schlagen?«

»Weil Soldaten damals harte Burschen gewesen sind – viel härter als heutzutage«, antwortete der Alte. »Im vierzehnten Jahrhundert hat ein junger Kriegsknecht mit schwerer Bewaffnung viele Kilometer weit laufen können. Und er hat den ganzen Tag lang ein acht Kilo schweres Schwert geschwungen, ohne zu ermüden. Kälte, Hitze, nicht einmal Schmerzen haben diesen Männern etwas ausgemacht. Solche Kerle sind durch nichts zu erschüttern gewesen. Körperliche Folter ist wirkungslos gewesen – ihr vollständiger, blinder, hündischer Gehorsam hat sich als sehr wirkungsvoll erwiesen.«

Als Dominikas Palcikas sah, daß Anna mit vor Entsetzen geweiteten Augen bei jedem Peitschenhieb zusammenzuckte, nahm er ihren Arm und zog sie mit sich von der Empore. Sie ließ sich durch einen modern eingerichteten Konferenzraum in sein Dienstzimmer führen. Nachdem er sie in den schwarzen Ledersessel vor seinen Schreibtisch bugsiert hatte, trat er an den Barschrank und kam mit zwei kleinen Cognacschwenkern zurück. Sie nahm ihren, ohne jedoch daraus zu trinken.

»Das ... das ist eine der dümmsten, primitivsten und grausamsten Szenen gewesen, die ich je gesehen habe!« warf sie ihm vor. »Menschen, die wie Tiere geprügelt werden!«

»Wir machen später alles wieder gut«, sagte Palcikas gelassen. »Während der Messe baden andere Ritter die Kandidaten und hüllen sie in weiße Gewänder. Bevor sie den Eid leisten, legen sie Ritterrüstungen an.«

»Schlagen Sie ihnen tatsächlich mit einem Schwert auf die Schulter und so weiter?« fragte Anna herablassend.

»Das hat der Großfürst nie getan – das ist eine englische Sitte, glaube ich«, antwortete Palcikas ernsthaft. »Ich salbe ihre Stirn mit Öl. Dann legen sie eine Hand auf die Bibel und die andere auf das litauische Staatsschwert, das hier in Trakai aufbewahrt wird, und sprechen die Eidesformel. Nach der Messe geben die übrigen Ritter ihnen in der großen Halle ein rauschendes Fest. Als Zeremonienmeister kredenze ich ihnen beim Essen den ersten Pokal mit Wein.«

»Ich finde das pervers – oder zumindest lächerlich«, sagte Anna. »Ich meine, wir leben doch im *zwanzigsten* Jahrhundert.«

»In dieser Ausbildung befinden sich gegenwärtig über hundert Männer – und achtzehn Frauen –, und weitere *fünfhundert* stehen auf der Warteliste«, erklärte ihr Palcikas. »Sie bekommen keinen Titel, keine Gehaltszulage, keine Privilegien. Sie tragen ein rotweißes Abzeichen auf der Uniform, und ihr Sarg wird mit dem roten Wytis bedeckt, wenn sie sterben. Sie nehmen das auf sich, um ihre Treue und Liebe zur Heimat und der gemeinsamen Sache zu beweisen.«

»Wem beweisen? Ihnen? Oder dem Staat?«

»Sich selbst, nur sich selbst«, antwortete Palcikas. »Ich brauche diesen Beweis nicht und lasse mich auch durch seine Existenz oder sein Fehlen nicht für oder gegen einen Menschen einnehmen. Aber in unserem Land scheint es nur wenige Dinge zu geben, an die man glauben kann – und diese Sache gibt unseren Mitbürgern eine Gelegenheit, ihre Überzeugungen auszudrücken. Manche haben Vorfahren, die sich schon diesem Ritual unterzogen haben; andere wollen die Ersten ihres Geschlechts sein oder eine unterbrochene Tradition fortsetzen, nachdem im Großen Vaterländischen Krieg so viele Familien von den Nazis und den Sowjets ausgerottet worden sind. In jedem Fall hilft es ihnen, ihre Pflicht zu tun – ihre Heimat zu verteidigen.«

»Das könnte man als heidnisches Ritual bezeichnen«, wandte Anna ein. »Nicht viel anders als die Aufnahme in die Hitlerjugend, Himmlers SS oder den Ku-Klux-Klan.«

»Oder eine Trauungszeremonie? Oder den Eid eines neuen Abgeordneten?« Palcikas machte eine Pause, ließ den Cognac in seinem Glas kreisen und fügte dann hinzu: »Oder Demonstranten, die bei Protestmärschen schwarze Pappsärge mitführen und orangerote Bettlaken tragen, um Verstrahlte darzustellen.«

»Sie haben also von unserem für nächste Woche geplanten Marsch zum Fisikus-Institut gehört?«

»Ganz recht, von der Demonstration vor dem Atomkraftwerk Denerokin. Sie hätten mich etwas früher informieren sollen, Miss Kulikauskas«, sagte Palcikas. »Es dauert seine Zeit, die erforderlichen Sicherheitsmaßnahmen zu treffen und alle zuständigen Stellen zu benachrichtigen.«

»Wir brauchen weder Erlaubnisse noch Sicherheitsmaßnahmen, um in unserem eigenen Land zu demonstrieren«, widersprach Anna trotzig. »Wir marschieren, wann und wohin wir wollen.«

»Aber nicht auf dem Gelände des Atomkraftwerks«, stellte Palcikas fest. »Denerokin wird noch immer von GUS-Truppen bewacht. Juristisch gehört das Institut mitsamt dem Atomkraftwerk bis 1995 der GUS. Die Truppen sind nicht verpflichtet, jemanden einzulassen.«

»Dann bleiben wir vor dem Tor«, entschied Anna, »aber unsere Kundgebung findet trotzdem statt. Warum ist dieser Reaktor weiter in Betrieb? Er erzeugt keinen Strom für Litauen. Wird dort drinnen weiter experimentiert?«

»Was im Fisikus-Institut passiert, geht bis 1995 nur die Gemeinschaft Unabhängiger Staaten etwas an«, sagte Palcikas. »Und der Reaktor Denerokin soll bis Ende dieses Jahres stillgelegt werden. Das steht im Vertrag.«

»In dem Schandvertrag, den die Vereinten Nationen unserer Regierung aufgezwungen haben, ohne auch nur einen UNO-Beauftragten nach Litauen entsandt zu haben!« sagte Anna Kulikauskas hitzig. »Dadurch hat die GUS die Erlaubnis erhalten, Litauen zu vergiften und noch ein paar tausend unserer Mitbürger umzubringen.«

»Ich bin ganz Ihrer Meinung, Anna«, stimmte Palcikas zu. »Mir wäre es am liebsten gewesen, wenn Denerokin gleichzeitig mit dem Atomkraftwerk Ignalina bei Siauliai, dessen Stillegung Sie erzwungen haben, abgeschaltet worden wäre. Aber dazu ist es nun einmal nicht gekommen. Jetzt muß ich mich an die gesetzlichen Bestimmungen halten und meine Befehle ausführen.«

»Der tapfere kleine Soldat!« warf Anna ihm spöttisch vor. »Hält den Mund und tut, was ihm befohlen wird – während Tausende von Litauern an vergiftetem Wasser, vergifteter Luft und vergifteten Lebensmitteln sterben.«

»Als litauischer Soldat kann ich nicht mehr tun, als das Gesetz mir erlaubt«, erklärte Palcikas. »Das müßten Sie als Abgeordnete am besten wissen.« Anna, die dem aus hundert Abgeordneten bestehenden litauischen Parlament angehörte, funkelte ihn irritiert an. Sie wußte, daß er recht hatte.

»Aber als Soldat kann ich Ihnen eines sagen, Anna: Unsere gegenwärtige Situation ist äußerst gefährlich. Im ganzen Land stehen weißrussische und GUS-Truppen, die ich nicht alle kontrollieren kann. Sie belästigen unsere Bürger täglich, es kommt jeden Tag zu Vertragsverletzungen, und ihre Zahl nimmt zu, nicht etwa ab. Im Fisikus-Institut scheinen mehr weißrussische Truppen stationiert zu sein als je zuvor – und dazu kommen die ehemaligen OMON-Truppen.

Anna, ich bin dabei, alle Vertragsverstöße zu sammeln, damit unsere Regierung sie den Vereinten Nationen vorlegen und auf striktere Einhaltung des Vertrags pochen oder sogar seine Überwachung durch UNO-Beobachter verlangen kann. Aber meine Argumente sind noch nicht überzeugend genug. Bis dahin wäre es besser, nicht zum Fisikus zu marschieren. Das ist die letzte große GUS-Einrichtung in Litauen, die noch aktiv ist. Sollte man dort den Eindruck haben, das Fisikus sei bedroht, könnte eine gewalttätige Reaktion erfolgen.«

»Wir haben das Recht, überall in diesem Land friedlich zu demonstrieren«, wandte Kulikauskas ein.

»Ja, natürlich, aber ich sehe andererseits keinen Grund, den Tiger am Schwanz zu ziehen. Ich möchte Sie bitten, mit den Demonstranten im Nordosten der Einrichtung zu bleiben – an der Zufahrt zum Atomkraftwerk. Versuchen Sie bitte nicht, am Südtor zu demonstrieren, denn dort sind die Sicherheitsvorkehrungen weniger umfangreich, so daß die GUS-Truppen nervös werden und irgendwas Dummes tun könnten.«

»Das sollten sie lieber *nicht* wagen!«

»Dumme – und tödliche – Dinge passieren immer wieder, Anna. Ich versuche nur, einige davon zu vermeiden. Sorgen Sie dafür, daß die Masse Ihrer Demonstranten jenseits der Straße auf dem Parkplatz des Güterbahnhofs bleibt – dort läßt sich das Podium mit den Lautsprechern aufbauen –, und lassen Sie nie mehr als hundert Menschen in die Nähe des Kraftwerkstors gelangen. Ich stationiere meine Soldaten zwischen Tor und Demonstranten, damit sie die letzten fünfzig Meter absperren.

Ihre Leute können meinetwegen die Straße zum Kernkraftwerk blockieren, mit Spruchbändern protestieren, Strohpuppen mit Namensschildern aufhängen – solange Sie nicht in die Nähe des Tors oder des Zauns kommen. Können wir uns auf diese Schutzzone einigen, gehe ich zum Leiter des Sicherheitsdiensts im Fisikus und erkläre ihm, was voraussichtlich passieren wird. Solange alle Beteiligten informiert sind, dürfte eigentlich nichts schiefgehen. Einverstanden?«

Anna überlegte lange. Der Gedanke, eine friedliche Demonstration irgendwelchen Einschränkungen zu unterwerfen, war ihr zuwider, aber Sicherheitserwägungen gingen vor, und Palcikas' Vorschlag klang vernünftig.

»Einverstanden, General«, sagte sie und streckte ihm die Rechte hin. »Ich muß die Sache erst noch dem Organisationsausschuß vortragen, aber ich denke, daß wir uns darauf einigen werden.«

Palcikas stand auf und ergriff ihre Hand. »Es macht Spaß, mit Ihnen zusammenzuarbeiten«, versicherte er ihr.

»Danke, gleichfalls«, erwiderte Anna lächelnd.

Er sah auf seine Uhr. »Die Messe beginnt in zwanzig Minuten. Ich bringe Ihren Vater und Sie zu Ihrem Platz – und danach muß ich die anziehen.« Er deutete auf die in einer Ecke seines Dienstzimmers stehende Ritterrüstung – die größte Rüstung, die Anna je gesehen hatte, offenbar eine Maßanfertigung für Dominikas Palcikas. »Es dauert seine Zeit, bis man das verdammte Ding angelegt hat, wissen Sie.«

High Technology Aerospace Weapons Center, Nevada
27. März, 21.45 Uhr

»Kommen Sie bitte mit, Oberst.«

Oberst Paul White stand von seinem Bett auf. An der Zimmertür standen ein bewaffneter Sergeant der Air Force Security Police, ein AFSP-Offizier und Generalleutnant Brad Elliott. Seit seiner Verhaftung vor einigen Tagen war White in Dreamland im Offiziersheim untergebracht – nicht wirklich unter Hausarrest, aber trotzdem ständig kontrolliert und beobachtet. Diese Einschränkungs einer Bewegungsfreiheit spielte allerdings keine große Rolle, denn in 150 Kilometer Umkreis gab es ohnehin nichts als Wüste.

»Erstaunlich, daß Sie erst jetzt vorbeikommen, um mich abzuholen«, sagte White. »Ich habe mich seit Tagen sehr früh angezogen und bin spät ins Bett gegangen – nur damit Sie nicht warten müssen, wenn Sie vorbeikommen, um mich zu einer Rundfahrt durch Dreamland abzuholen.«

»Rundfahrt ... durch ... Dreamland?« wiederholte der General ungläubig. Er gab seinen Begleitern ein Zeichen, draußen zu warten, und schloß die Tür hinter sich. White blieb auf der Bettkante sitzen. Elliott trat auf ihn zu. »Finden Sie das etwa witzig, Oberst?« fragte er halblaut. »Sehen Sie jemanden lachen? Ich versichere Ihnen, daß dies kein Witz ist: Sie sind nur hier, weil Justizministerium und Pentagon mich angewiesen haben, auf Sie aufzupassen, bis Sie wegen Landes- und Geheimnisverrats angeklagt werden können.«

»Dann bin ich also frei?«

»Ihre Entlassungspapiere liegen um sieben Uhr beim Director of Intelligence und werden anschließend vom Luftwaffenminister unterzeichnet. Um Viertel nach sieben sind Sie bereits Zivilist. Und um acht Uhr stehen Sie vor einem Richter, der Ihre Haftentlassung gegen Kaution ablehnt, weil die Anklage sich wie die gegen einen ganzen

Spionagering liest. Das Verfahren gegen Sie findet was-weiß-ich-wann statt. Ich bin gekommen, um Sie zu verhaften, über Ihre Rechte nach dem Militärstrafgesetzbuch zu belehren und dann im Arrest zu behalten, bis Sie dem Justizministeriums übergeben werden können.«

»Das alles habe ich befürchtet«, sagte White einfach. Er faltete die Hände auf den Knien, holte tief Luft, sah zu Elliott auf und fragte ruhig: »General, wie haben Sie eigentlich Ihr Bein verloren?«

Elliott verdrehte die Augen. »Oberst, daß Ihnen lebenslange Haft droht, scheint Sie nicht sonderlich zu beeindrucken.«

»Wann holen Sie Luger raus?«

»Das geht Sie nichts an!«

»Also steigt das Unternehmen!« sagte White zufrieden grinsend, als er sah, wie irritiert der General war. »Wunderbar! Ich hatte schon Angst, die CIA würde versuchen, David stillschweigend zu liquidieren.« Er machte eine Pause und bemühte sich, Elliotts Gesichtsausdruck zu deuten. »Gott – sie *hat's* versucht! Aber wir sind ihr zuvorgekommen. Gott sei Dank...«

»So, das reicht! Halten Sie die Klappe, White!« verlangte Elliott aufgebracht. Er las ihm seine Rechte von einer Plastikkarte vor; danach trat er dichter an White heran, beugte sich zu ihm hinunter und verlangte leise: »Erzählen Sie mir von MADCAP MAGICIAN.«

»Ich hab's *gewußt*!« rief Paul White aufgeregt. »Wir holen Luger raus!«

»Was...«

»Lassen Sie mich raten«, unterbrach ihn White energisch. »Sie haben mit dem Direktor of Intelligence, wahrscheinlich auch mit dem Nationalen Sicherheitsberater oder sogar dem Präsidenten selbst gesprochen. David Luger sollte liquidiert werden, aber das haben Sie ihnen ausgeredet. Die anderen wollen ihn angeblich befreien und gleichzeitig versuchen, Unterlagen über den sowjetischen Stealth-Bomber *Tuman* zu erbeuten. Aber das glauben Sie ihnen nicht. Sie fürchten vielmehr, die anderen könnten Luger seinem Schicksal überlassen, sobald bei dieser Befreiungsaktion Komplikationen auftreten. Um sich selbst zu schützen, werden die anderen auf jeden Fall bei ihrer Story bleiben. Da stimme ich völlig mit Ihnen überein...«

Obwohl der General irritiert war, gefiel ihm Whites leicht bizarre Denkweise immer besser. »White, haben Sie vergessen, wovon Sie mir erzählen sollen?«

»MADCAP MAGICIAN, General, ist genau, was Sie brauchen«, verkündete White aufgeregt. »Ich habe ein Schiff, das wie ein Frachter aussieht, aber zwei für Tiefangriffs- und Rettungsflüge ausgerüstete Kipprotorflugzeuge CV-22 an Bord hat, und kann dazu einen großen Hubschrauber wie eine CH-53 oder eine H-60 Blackhawk an Deck transportieren. Mit diesem Schiff, der *Valley Mistress*, kann ich mich auf allen Meeren frei bewegen – ich besitze alle nötigen Papiere und werde nur selten kontrolliert, weil mein Schiff zur Reserveflotte der U.S. Navy gehört.

Ich habe Marines und ISA-Agenten an Bord, die mindestens so gut sind wie alles, was die CIA oder die Russen aufbieten können. Was ich nicht habe, ist Luftunterstützung. Ich kann meine Maschinen nach Litauen entsenden, aber ich brauche Tanker und Begleitjäger für den Fall, daß sie angegriffen werden. General, Sie müssen...«

»Danke, das genügt. Halten Sie den Mund, bis wir uns wiedersehen, sonst werden Sie's bereuen.« White zweifelte keinen Augenblick daran, daß Elliotts Warnung ernst gemeint war. Sein Grinsen verschwand schlagartig. Der General öffnete die Tür und winkte den AFSP-Offizier mit seinem Sergeanten herein. »Leutnant, Oberst White ist verhaftet. Bringen Sie ihn zum Wagen«, wies er ihn an.

Der Leutnant zog White mit grimmiger Miene hoch und drehte ihn um. White legte automatisch die Hände auf den Rücken, wo der Sergeant sie mit Plastikhandschellen fesselte. Danach führten die beiden ihn aus dem Gebäude und zu einem Kleinbus mit getönten Scheiben.

Ihre Fahrt durchs abendliche Dunkel schien stundenlang zu dauern, obwohl der Kleinbus kaum eine Viertelstunde unterwegs war. Das Gelände außerhalb der getönten Scheiben war gleichförmig desolat; die einzigen Merkmale bildeten Verkehrsschilder und mehrere hohe Maschendrahtzäune mit Stacheldrahtrollen. Ansonsten erinnerte es White stark an seine zweistündige Fahrt von der Nellis Air Force Base bei Las Vegas nach Dreamland.

Sie hielten an einem Kontrollpunkt, wo der AFSP-Leutnant ausstieg, um seinen Dienstausweis kontrollieren zu lassen – eine strenge Kontrolle für einen hier stationierten Offizier, fand White. Ein Posten öffnete die Schiebetür, leuchtete White mit seiner Taschenlampe ins Gesicht, verglich es mit einem Foto auf seinem Schreibbrett und knallte die Bustür wieder zu. Nach dieser Ausweiskontrolle und der

Inspektion des Wagens mit Spiegeln und Spürhunden ging ihre Fahrt durch die Nacht unbestimmbar lange weiter. Da der Himmel wolkenverhangen war, konnte White nicht einmal feststellen, in welche Richtung sie fuhren.

Nach scheinbar endloser Fahrt über asphaltierte und unbefestigte Straßen hielt der Kleinbus vor einem großen, fensterlosen Gebäude. Der Sergeant ließ White aussteigen und führte ihn zu einer massiven Stahltür. Der AFSP-Leutnant tippte auf dem Tastenfeld neben der Tür einen Zahlencode ein, und sein Sergeant zog die schwere Stahltür auf, sobald ein Summer ertönte.

»Wir gehen einzeln hinein«, erklärte der Leutnant White. »Geradeaus zur nächsten Tür weiter, ohne unterwegs stehenzubleiben. Ich beobachte Sie von drinnen«. Er ging hinein. Wenige Minuten später ertönte der Summer wieder, und der Sergeant ließ White eintreten.

Hinter der Tür befand sich eine dunkelgrüne Kammer, deren weicher Fußboden dick mit Gummi beschichtet zu sein schien. Ein Leuchtschild und ein in den Boden eingelassenes Lichtband zeigten White, wohin er zu gehen hatte. Unterwegs schien die Temperatur plötzlich anzusteigen, und er fühlte sich sekundenlang erhitzt und unbehaglich. Übertriebene Nervosität? Was ging hier vor? Natürlich waren die Kontrollen im HAWC scharf – aber konnte es hier eine Sicherheitsschleuse mit eingebauter Gummizelle geben?

Die Tür am anderen Ende öffnete sich unmittelbar vor ihm. Der Leutnant erwartete White und führte ihn in ein Dienstzimmer, in dem seine Identität erneut überprüft wurde.

»Erzählen Sie mir von den Nägeln in Ihrem Fuß, Sir«, verlangte ein weiterer AFSP-Offizier.

»Die Nägel in meinem linken Fuß...?« Der Oberst zögerte, sah die beiden Offiziere ungeduldig werden und sagte rasch: »Ich bin auf eine Schützenmine getreten. Im vietnamesischen Dorf Bun Loc – während der Tet-Offensive im Juli neunzehnhundertachtundsechzig. Die Fußknochen sind in Saigon genagelt worden.«

Die Offiziere kontrollierten seine Angaben auf einem Bildschirm, auf dem sie offenbar Whites Personalakte aus dem Verteidigungsministerium hatten. »Wie viele Nägel?« lautete die nächste Frage.

»Vier.«

»Der Mädchenname Ihrer Mutter?«

Der Themenwechsel kam überraschend, aber White kannte den Grund dafür: Ein Agent, der alle diese Informationen nur auswendiggelernt hatte, hätte sie nicht rasch genug abrufen können, um glaubhaft zu wirken. »Den Mädchennamen meiner wirklichen Mutter kenne ich nicht; ich bin adoptiert worden. Der Mädchenname meiner Adoptivmutter ist Lewis gewesen.« Im nächsten Augenblick begann White zu grinsen. »Hey ... ist das eine Röntgenkammer gewesen? Natürlich! Zur Kontrolle auf Implantate, Minisender und dergleichen, stimmt's?«

»Sehr gut, Oberst«, sagte Generalleutnant Elliott, der vom Gang hereingekommen war. »Sie haben den Test bestanden. Die Intelligence Support Agency bestätigt, daß Sie wirklich der sind, für den Sie sich ausgeben. Also weg mit den Handschellen!« Der AFSP-Leutnant schnitt die Handschellen auf, und Elliott führte White einen halbdunklen Korridor entlang, in dem in beleuchteten Vitrinen angestrahlte Erinnerungsstücke ausgestellt waren.

»Strenge Kontrollen haben Sie hier, General«, sagte White. »Noch schärfer als bei der ISA. Wir haben nur ...« Er kam an etwas vorbei, das wie das große Steuerrad einer B-52 aussah, und wollte stehenbleiben, um die darunter angebrachte Plakette zu lesen. Aber Brad Elliott ging weiter, so daß White hinter ihm herhasten mußte. »Wir haben wie gesagt nur ...«

Vor der nächsten Vitrine blieb White dann wirklich stehen. In ihr war eine Nomex-Fliegerjacke der U.S. Air Force ausgestellt. Die olivgrüne Jacke war mit dunklen Flecken übersät, und das normalerweise hellgrüne Steppfutter war beinahe schwarz verfärbt. »Äh, General, was ...« Dann fiel Whites Blick auf das schwarze Namensschild auf der linken Brustseite ...

Auf dem Namensschild mit den zwei silbernen Schwingen – Navigator mit Springerausbildung – stand einfach nur LUGER.

»Das ist seine gewesen«, bestätigte Elliott, der zurückgekommen war und jetzt neben White stand. »Und das Blut stammt von mir. Kurz bevor er aus der Maschine gestiegen ist, hat er sie der Offizierin hinaufgereicht, die mich versorgt hat. David hat gewußt, daß er sie nicht mehr braucht.« Der General deutete den Flur entlang. »Ich habe diesen Korridor als eine Art Museum zur Erinnerung an die Besatzung und unseren Auftrag eingerichtet.« Er zeigte auf das Steuerrad. »Das ist das Steuer der *Old Dog*, der B-52, mit der wir den

Einsatz gegen Kawasnija geflogen haben. Wir haben es Patrick geschenkt, aber er hat es natürlich nicht behalten oder bei sich aufstellen können.«

»Patrick? *McLanahan*? Ist er hier? Geht es ihm gut?«

»Ihm geht's gut, aber er ist nicht hier«, antwortete Elliott. »Er ist bei den Marines, die den Auftrag haben, David aus Litauen rauszuholen. Die Gelegenheit dazu verdanken wir Ihnen.«

Paul White lächelte. Er erinnerte sich daran, wie er Luger und McLanahan auf der Ford Air Force Base in seinem Schleudersitz- und Ausstiegssimulator für die B-52 ausgebildet hatte. Eine anstrengende Zeit für die beiden! Als sie zuletzt *manuell* hatten aussteigen müssen, hatten sie ihm fast leid getan. Aber sie hatten den Lehrgang trotz aller Tricks, mit denen White gearbeitet hatte, mit Bravour gemeistert und waren ein großartiges Team geworden.

»Wissen Sie, ich habe immer den Verdacht gehabt, Luger und McLanahan seien gemeinsam an dieser Sache beteiligt gewesen«, sagte White. »Ich habe die Gerüchte über den sibirischen Großlaser gehört – daß dort kein Atomunfall passiert sei; daß er in Wirklichkeit von uns bombardiert worden sei. Aber da nirgends weitere Informationen erhältlich waren, ist die Sache ziemlich in Vergessenheit geraten.«

»Sogar der Sicherheitsberater des Präsidenten hat erst vor ein paar Tagen davon erfahren.«

»Unglaublich! Das stärkt mein Vertrauen zu unserer politischen Führung wieder ganz erheblich!« White starrte Elliott an. »Können Sie mir vom Flug der *Old Dog* erzählen? Können Sie mir den Einsatz schildern...?«

»Ist Ihr Hilfsangebot ernst gemeint?« lautete Elliotts Gegenfrage. »Das muß ich sofort wissen – ohne Ausweichen, ohne irgendwelche faulen Ausreden.«

»Erst muß ich erfahren, ob ich recht habe«, sagte White. »Kann der Mann auf dem Foto wirklich Luger sein? Und wie könnte David nach Litauen gekommen sein, wenn der Einsatz Kawasnija gegolten hat?«

»Das weiß ich nicht«, gab Elliott zu, »aber wir haben den Angriff auf Kawasnija geflogen – Patrick, David, mein Stellvertreter John Ormack und zwei zivile Ingenieurinnen, die im HAWC gearbeitet haben: Angelina Pereira und Wendy Tork.«

»Pereira? Tork? Mann, das sind die größten Namen der amerikanischen Elektrotechnik!« sagte White. »Campos hat ebenfalls dazugehört. Pereiras Partner, soviel ich weiß. Er ist damals verschwunden.«

»Campos hat zu uns gehört. Er ist schon vor dem Start umgekommen.«

»Großer Gott...«, seufzte White. »Viele von uns haben geglaubt, unsere besten Wissenschaftler seien eines Nachts von einem schwarzen Loch verschlungen worden. Wer hätte gedacht, daß sie alle an diesem ›Unfall‹ in Kawasnija beteiligt waren?«

»Das Unternehmen ist ein Erfolg gewesen«, berichtete Elliott, während er sich umsah und ein Ausstellungsstück nach dem anderen begutachtete. »Wir... wir haben's irgendwie geschafft, dort lebend rauszukommen. Schon beim Start sind die Flügel unseres Bombers beschädigt gewesen. Wir haben einen Absturz im Pazifik vor Seattle vorgetäuscht, um verschwinden zu können. Eine Luftbetankung haben wir uns mit Androhung von Gewalt erzwingen müssen. Die sowjetische Luftabwehr ist ein Alptraum gewesen – lauter Jäger, überall Fla-Raketen vor uns, zuletzt noch ein Angriff mit dem Laser selbst. Manchmal wache ich nachts in Schweiß gebadet auf, wenn ich von den gegen uns eingesetzten Energiemengen geträumt habe.«

»Was ist David Luger zugestoßen?«

»Wir haben keine andere Wahl gehabt«, berichtete der General. »Wir sind auf einem sowjetischen Jägerflugplatz gelandet.«

»*Was* sind Sie?«

Elliott zeigte auf eine weitere Vitrine mit Ausstellungsstücken. »Hier sehen Sie Davids improvisierten Flugplan und seine Verbrauchsberechnungen – wir sind ohne Flugplan, ohne richtige Karten, sogar ohne Helme und Sauerstoffmasken gestartet. Auch die Bordcomputer waren ausgefallen. Aber David war... ist... eben ein klasse Navigator. Trotz seiner schweren Verwundung hat er uns nur mit Koppelnavigation bis zu einem kleinen sowjetischen Jägerflugplatz gebracht. Dort haben wir genügend Treibstoff für den Heimflug aufgetrieben. Aber wir wären beinahe geschnappt worden.«

Brad Elliott erzählte weiter – von dem Tankwagen, der Abwehr des Angriffs der Miliz und ihrem Start ohne Luger. Als er geendet hatte, schwieg er nachdenklich.

White wußte nicht, was er dazu sagen sollte. Dies war die unglaublichste Geschichte, die er je gehört hatte.

»Irgendwie hat er überlebt«, stellte Elliott schließlich fest. »Er ist einer Gehirnwäsche unterzogen und nach Litauen gebracht worden, um an dem sowjetischen Stealth-Bomber mitzuarbeiten. Aber jetzt holen wir ihn dort raus!«

»Sie haben gesagt, daß Patrick und die Marines ihn rausholen sollen...«

»Die Marines wollen einen Stoßtrupp einsetzen«, sagte Elliott. »Aber das wären bloß zweiunddreißig Mann.«

»Die Standardgröße für ein Special Operations Team der Marines«, bestätigte White. »Diese Leute sind gut, General, sehr gut. Sie brauchen keine zehn Minuten, um ein dreistöckiges Gebäude zu besetzen, zu durchsuchen und wieder zu räumen. Wenn irgend jemand imstande ist, dort einen einzelnen Mann aufzuspüren und rauszuholen, dann dieses Team. Das garantiere ich Ihnen!«

»Aber kann es sich gegen GUS-Infanterie halten? Gegen die weißrussische Armee? Gegen den KGB? Und auch die politische Seite des Unternehmens macht mir Sorgen. Eine gewaltsame Erkundung des Instituts dürfte politisch unpopulär sein, und ich glaube nicht, daß der Präsident bereit ist, das Leben von Marines aufs Spiel zu setzen, um Luger zu befreien. Washington hält ihn für einen Überläufer. Washington war sogar bereit, ihn zu liquidieren, verdammt noch mal! Jedenfalls zieht das Weiße Haus die Marines ab, sobald Gefahr besteht, darauf können Sie wetten. In diesem Fall muß unser eigenes Kommandounternehmen anlaufen können.«

»Nun, zu MADCAP MAGICIAN sind sechzig der besten Marines abkommandiert«, stellte White fest. »Dazu kommen zwanzig ehemalige Marines in einem ISA-Team, das ich für diesen Einsatz zusammenstellen würde. Aber ich kann meine Jungs nicht ohne Luftbetankung bis nach Wilna schicken, und sie brauchen dort dringend Luftunterstützung. Auch deshalb habe ich mich an Sie gewandt, General.«

»Kommen Sie mit, White«, forderte Elliott ihn auf. Er ging den Flur entlang weiter, tippte einen weiteren Zahlencode in ein elektronisches Schloß und stieß die Tür auf. White betrat einen mustergültig aufgeräumten riesigen Hangar, der von Bogenlampen in der Deckenkonstruktion in gleißend helles Licht getaucht wurde...

... und in diesem Hangar stand das ungewöhnlichste Flugzeug, das White jemals zu Gesicht bekommen hatte. »Um Himmels willen, was ist das?« fragte er verblüfft.

»Ich möchte Ihnen die *Old Dog* vorstellen«, sagte Elliott. »Mit ihr hat der ganze verdammte Scheiß angefangen – und sie soll ihm jetzt ein Ende machen.«

Die gigantische Maschine glich keiner B-52, die White je gesehen hatte. Sie war völlig schwarz und wirkte wie sprungbereit geduckt. White, der sie von hinten sah, fiel als erstes auf, daß ihr konventionelles Leitwerk durch ein riesiges V-Leitwerk ersetzt worden war. Aus dem Heckstand ragte ein großkalibriges Kanonenrohr – keine Gatling-Maschinenkanone, sondern eine richtige schwenkbare Kanone. Obwohl die Flügel wie normale B-52-Tragflächen aussahen, war irgend etwas an ihnen ungewöhnlich.

»Die Flügel... sie hängen nicht herunter«, sagte White, als ihm klar wurde, worin der Unterschied lag. »Sie sind so groß wie bei anderen BUFFs, aber sie sind völlig gerade.«

»Die *Old Dog* hat Flügel aus Verbundwerkstoffen, deren Beplankung aus Glasfaserstahl Radarenergie absorbiert«, erklärte Elliott ihm. »Diese Flügel sind weit belastbarer als die Originalausführung und dabei zwanzig Prozent leichter. Das steigert die Leistung der *Old Dog* gewaltig.«

White fiel auf, was unter den Flügeln hing, und er setzte sich in Bewegung, um genauer hinzuschauen. »Lenkwaffen? Sie haben eine B-52 mit Jagdraketen ausgerüstet...?«

»Das hier ist eigentlich keine B-52 mehr«, antwortete der General. »Wir bezeichnen es als fliegendes Schlachtschiff. Es kann andere Flugzeuge wie ein Jäger begleiten, Erdziele wie ein Bomber angreifen, die feindliche Luftabwehr wie ein Jagdbomber ausschalten, Marschflugkörper starten, Aufklärung fliegen und sogar Satelliten in die Erdumlaufbahn schießen. Wir bauen pro Jahr vier B-52 in Schlachtschiffe um. Hier im HAWC habe ich sechs davon stehen.«

»*Sechs* davon? Unglaublich!«

»Das Beste kommt noch«, sagte Elliott stolz. Er führte White zu dem geöffneten Bombenschacht, wo sie nochmals von einem Posten kontrolliert wurden. Sie bückten sich, um unter den Bombenklappen hindurchzukommen, und sahen nach oben. Im hinteren Teil des Bombenschachts hing eine Abschußvorrichtung mit einem trommelförmigen Magazin, das mehrere längliche Gegenstände enthielt, die an Surfbretter mit Geschoßspitzen und kleinen Steuerflächen am Heck erinnerten.

»Das ist die neueste Generation ›intelligenter‹ konventioneller Marschflugkörper«, sagte der General. »Diese Lenkwaffe heißt MARS – Multi-target Anti-Armor Reattack System. Die MARS ist nach dem Golfkrieg als Spezialwaffe gegen große Panzerverbände entwickelt worden. Ihre Kombination aus Hochleistungscomputern, einem Stealth-Marschflugkörper und sensorgezündeten Gefechtsköpfen ortet, identifiziert und zestört selbständig Panzer und andere Großfahrzeuge. Alternativ kann der Navigator die Lenkwaffe für Angriffe in mehreren Zielgebieten umprogrammieren.

Dieser Marschflugkörper enthält vierundzwanzig Waffenzylinder, die nach unten ausgestoßen werden, und er kann bis zu zwanzig Minuten über einem etwa tausend Quadratkilometer großen Gebiet kreuzen. Sein Radar und seine Infrarotsensoren helfen ihm, Panzer- und LKW-Kolonnen anzusteuern. Beim Überflug stößt er mehrere Waffenzylinder aus, die an Fallschirmen zu Boden schweben und durch IR-Sensoren gesteuert automatisch etwa fünfzehn Meter über den angegriffenen Fahrzeugen detonieren. Jeder Gefechtskopf enthält sechs Kupferscheiben, die von der Sprengladung in eine weißglühende Metallkugel verwandelt werden, welche fünfzehn Zentimeter dicken Panzerstahl durchschlagen kann.

MARS ist dafür konstruiert, über ihrem Zielgebiet zu bleiben, bis sämtliche Waffenzylinder ausgestoßen sind – sie greift Fahrzeuge, die zwar getroffen, aber nur wenig beschädigt sind, automatisch noch einmal an, ist zugleich aber ›intelligent‹ genug, um zu erkennen, ob die georteten Fahrzeuge überhaupt noch gefährlich oder schon brennend außer Gefecht gesetzt sind. Die Bewaffnung der *Old Dog* besteht aus bis zu zwölf Lenkwaffen MARS im Bombenschacht und weiteren zwölf an externen Aufhängepunkten unter den Flügeln. Mit nur sechs Marschflugkörpern kann sie Panzer auf einer Fläche von viertausend Quadratkilometern bekämpfen – während sie selbst weit entfernt andere Ziele angreift.«

»Nicht zu glauben!« murmelte White. »Ich hab' schon gewußt, daß hier im HAWC unglaubliche Waffen entwickelt werden, aber das übertrifft alle Erwartungen!«

»Ich bin dabei, Besatzungen zusammenzustellen und den Einsatz zu planen – natürlich unter strengster Geheimhaltung«, erklärte der General ihm halblaut. »Allmählich wird es Zeit, daß sich HAWC und MADCAP MAGICIAN zusammentun, finden Sie nicht auch?

Obwohl ich natürlich hoffe, daß wir nicht ranmüssen, denke ich nicht daran, untätig zuzusehen, wie David Luger auf dem Altar politischer Zweckmäßigkeit geopfert wird.«

»Auf mich können Sie zählen, General«, versicherte White ihm. »Wenn ich ganz ehrlich sein soll, ist meine Angst, Sie würden mir nicht glauben, schon so groß gewesen, daß ich nicht mehr zu hoffen gewagt habe.« Er machte eine Pause, in der sein Lächeln schwand, bevor er sich erkundigte: »Aber wie sollen wir zuammenarbeiten, wenn ich dem Justizministerium überstellt werde?«

»Wie Sie selbst bemerkt haben, Oberst«, sagte Elliott mit amüsiertem Lächeln, »sind wir hier im HAWC. Halte ich Ermittlungen wegen eines möglichen Geheimnisverrats für notwendig, lasse ich Sie anstellen – und alle anderen, auch das Justizministerium, halten sich raus. Ich habe bereits veranlaßt, daß Ihr jetzt in Norwegen liegendes Schiff beschlagnahmt und unter strenge Bewachung gestellt wird. Außerdem sind die Flugzeuge und alle MISCOs wieder an Bord, während Ihre gesamte Besatzung sich auf dem Flug hierher befindet. Wir beide planen das Unternehmen gemeinsam – und führen es durch, falls die Marines aufgeben müssen.«

Fisikus-Institut für Technologie, Wilna
28. März, 08.20 Uhr

Seit David Luger sich durch eine Gehirnwäsche aus dem Gefangenen mit der Codebezeichnung 41/Zulu in den Wissenschaftler Dr. Iwan Sergejewitsch Oserow verwandelt hatte, verlief sein Leben als »im Haus wohnender ständiger Mitarbeiter« – ein Versuchstier wie die Ratten, Hunde und Affen im Fisikus – Tag für Tag recht gleichförmig. Nach dem Wecken um 5.30 Uhr fand er sich im Gymnastikraum ein, um eine Viertelstunde lang unter einer UV-Lampe auf einem Heimtrainer zu strampeln – außer durchs Fenster seines Zimmers bekam er die Sonne kaum jemals zu sehen –, dann wurde er von einer Krankenschwester oder einem Sanitäter flüchtig untersucht, duschte, rasierte sich unter Aufsicht mit einem Elektrorasierer und frühstückte anschließend. Seine Leistungen auf dem Heimtrainer, seine Kalorienaufnahme und sogar seine Ausscheidungen wurden sorgfältig kontrolliert und aufgezeichnet. Selbst wenn er allein war, wurden sämtliche Bewegungen durch Videokameras oder Wachpersonal beobachtet.

Es gab nur einen Ort, an dem Luger weder direkt noch durch Videokameras überwacht wurde: den großen Speisesaal des Fisikus-Instituts. Da der Speisesaal tagsüber ständig benutzt wurde – hauptsächlich von Sicherheitspersonal –, und da Luger gewöhnlich allein oder mit seinen Führungsoffizieren vom ehemaligen KGB aß, schien keine spezielle Überwachung erforderlich zu sein.

Deshalb beschloß Mizschasis »Mike« Jonzcich, ihn dort anzusprechen.

Als CIA-Offizier war Jonzcich schon seit langem zur Intelligence Support Agency abkommandiert und gehörte dort einem ungewöhnlichen, aber sehr erfolgreichen Team an: MADCAP MAGICIAN unter Befehl von Luftwaffenoberst Paul White. Der 28jährige Jonzcich, ein Sohn litauischer Einwanderer, war schon am Boston College von der CIA angeworben worden. Weil er fließend Litauisch sprach – in seiner Familie wurde die »alte Sprache« noch gepflegt –, kam er sofort zur Abteilung UdSSR und sammelte Informationen aus verdeckten und öffentlichen Quellen über praktisch alle Aspekte des litauischen Alltags unter sowjetischer Besatzung.

Schon nach kurzer Einarbeitungszeit schlug der stellvertretende CIA-Direktor (Beschaffung) ihm vor, zur ISA überzuwechseln und als Geheimagent in die Heimat seiner Eltern zurückzukehren, um die sowjetische Besatzungsmacht auszuspionieren. Jonzcich war sofort einverstanden. Er wurde nach Litauen geschickt, blieb dort zunächst inaktiv, arbeitete bei verschiedenen Firmen und kümmerte sich darum, daß seine »Legende« glaubhaft wurde. Vor vier Monaten war er dann aufgefordert worden, sich im Fisikus-Institut zu bewerben, um seinen ersten Auftrag zu übernehmen.

Dieser Auftrag betraf REDTAIL HAWK.

Dr. Iwan Sergejewitsch Oserow, der mit diesem Codenamen bezeichnet wurde, war im Institut kein Unbekannter. Obwohl sein Gesichtsausdruck oft gedankenverloren grimmig erschien, war er doch stets höflich. Im Gegensatz zu den meisten russischen Wissenschaftlern behandelte er die litauischen Arbeiter nie hochmütig, als seien sie Menschen zweiter Klasse. Oserow wurde nur sehr selten angesprochen, weil er meistens von General Wiktor Gabowitsch, dem für den Sicherheitsdienst am Fisikus zuständigen ehemaligen KGB-

Offizier begleitet wurde. Um Gabowitsch machten alle Institutsangehörigen einen möglichst weiten Bogen.

Jonzcich und Luger hatten noch nie miteinander gesprochen – bis Luger heute mit seinem Tablett zu einem der Tische unterwegs war und dabei vom Arbeiter Jonzcich, der aus einer Tür rechts von ihm trat, »versehentlich« angerempelt wurde. Luger stolperte, stieß gegen einen Stuhl und ging zu Boden. Was auf seinem Tablett gestanden hatte, verteilte sich in weitem Umkreis.

Jonzcich beugte sich sofort über ihn, um ihm aufzuhelfen. Von den in der Nähe sitzenden Soldaten wollten einige aufstehen, um Oserow zu helfen, aber als sie sahen, daß er unverletzt war und jemand mit Mop und Putzkübel neben ihm stand, frühstückten sie weiter.

»Alles in Ordnung, Doktor?« fragte Jonzcich auf russisch.

»*Damned!*« sagte Oserow auf englisch – zum Glück nicht allzu laut, sonst hätte der Vorfall Aufsehen erregt. Danach wechselte er mühelos ins Russische. »Ich muß wirklich besser aufpassen, glaub' ich.«

»Es ist meine Schuld gewesen. Ich hab' vorhin den Boden gewischt. Sicher ist er noch rutschig gewesen.« Jonzcich beschloß, ihn auf die Probe zu stellen. »Sind Sie verletzt?« fragte er – auf englisch.

»Nein«, antwortete Oserow auf englisch. Sein Gesichtsausdruck änderte sich dabei nicht im geringsten – als denke er in dieser Sprache ebenso leicht wie auf russisch und sei gleichzeitig außerstande, sich über die Tatsache zu wundern, daß er beide Sprachen gleich gut beherrsche. »Schade um den Kaffee«, fügte er auf englisch hinzu, »aber ich hole mir gleich noch einen.«

Jonzcich machte sich daran, die Scherben einzusammeln und den verschütteten Kaffee aufzuwischen. Niemand schien sich um sie zu kümmern, aber er wußte, daß Oserow aufmerksam bewacht wurde. Ihnen blieb nicht mehr viel Zeit. Dies war seine große Chance.

»Passen Sie gut auf!« verlangte Jonzcich leise auf englisch. »Sie sind Oberleutnant David Luger, United States Air Force. Haben Sie mich verstanden? *David Luger, United States Air Force.*«

Oserow wäre sein Frühstückstablett beinahe noch einmal aus der Hand gefallen. Jonzcich, der ihn aufmerksam beobachtete, sah den Schock, die Überraschung, die Erinnerung. Der andere war sekundenschnell wie verwandelt.

»Was haben Sie gesagt? Wer *sind* Sie überhaupt?« fragte Luger auf englisch.

»Keine Zeit für Fragen«, wehrte Jonzcich ab. »Ihr Führungsoffizier kann jederzeit auftauchen. Hören Sie mir gut zu! Ihr Leben hängt davon ab, ob Sie sich merken, was ich sage. Meine Worte können Ihnen das Leben retten.

Sie werden ständig mit Drogen behandelt. Der Mann, den Sie als Kaminski kennen, vergiftet Sie allmählich. Das hier wird Ihnen helfen. Aber keinen Laut, sonst sind wir beide tot!«

Mit diesen Worten griff Jonzcich in seinen Hosenbund und zog aus einer Geheimtasche ein Plastikröhrchen von der Größe einer Kleinkaliberpatrone. Als er die runde Schutzkappe abknickte, kam eine etwa einen Zentimeter lange Injektionsnadel zum Vorschein.

Luger riß die Augen auf, als er die Nadel sah, aber bevor er sich wehren konnte, stieß Jonzcich sie ihm in den linken Unterarm und drückte den Kolben nach unten.

Im nächsten Augenblick ließ er die kleine Spritze wieder in der Geheimtasche verschwinden, genau wie er es seit Tagen geübt hatte. Ein dem Gegengift beigemischtes Blutgerinnungsmittel verhinderte, daß mehr als ein winziger Tropfen Blut austrat – und der blieb unter Lugers Hemdsärmel unsichtbar.

»Das ist ein Gegengift gewesen. Es wirkt allerdings erst nach einiger Zeit. Merken Sie sich, was ich Ihnen jetzt sage, denn es wird Ihnen das Leben retten.

Sie sind Oberleutnant David Luger, *nicht* Dr. Iwan Sergejewitsch Oserow. Oberleutnant David Luger. Sie sind ein amerikanischer Offizier aus Amarillo, Texas, *kein* russischer Wissenschaftler. Die amerikanische Regierung weiß, daß Sie hier sind, und will Sie rausholen. Hören Sie den Namen Iwan Sergejewitsch Oserow, denken Sie in Zukunft: ›God bless America.‹ *Merken Sie sich das!* Bei Ihrem falschen Namen Iwan Sergejewitsch Oserow denken Sie immer: ›*God bless America.*‹«

Luger berührte mit einer Hand seine linke Schläfe, als habe er starke Schmerzen – oder sei völlig verwirrt. Er starrte Jonzcich verständnislos an. »Aber wie können Sie...?«

»Kein Wort mehr!« flüsterte der ISA-Agent. »Fordern Sie mich auf, hier aufzuwischen, während Sie sich ein neues Frühstück holen. Und seien Sie bereit! ›God bless America.‹«

Würde Luger das tun? Jonzcich war sich darüber im klaren, daß dies der kritischste Punkt, der entscheidende Augenblick seines Einsatzes war. Luger war hier seit Jahren gefangen und unter Umständen bereits so umerzogen und gefügig, daß er seinem Führungsoffizier Gabowitsch alles erzählen würde. Falls Luger es mit der Angst zu tun bekam und dem KGB von Jonzcich erzählte, hatte der ISA-Agent womöglich keine Stunde mehr zu leben.

Aber Jonzcich hatte das wache Aufblitzen in Lugers Blick gesehen ... Er hatte jedenfalls getan, was ihm aufgetragen worden war. Jonzcichs Auftrag im Fisikus-Institut war erledigt.

Luger richtete sich auf und sagte laut und deutlich auf russisch: »Wischen Sie das bitte für mich auf.« Er wandte sich ab und ging in Richtung Frühstückstheke davon.

Auftrag ausgeführt.

Konstruktionsbüro Fisikus, Sicherheitstrakt
28. März, 09.35 Uhr

General Wiktor Gabowitsch betrat David Lugers Zimmer im Sicherheitstrakt des Instituts. Das ganze Obergeschoß war umgebaut worden und glich jetzt einem Stockwerk in einem typisch russischen Wohnblock – mit billigen Wandverkleidungen, einer »Etagenmutter«, die als Hausmeisterin für alle Mieter ihres Stockwerks fungierte, und einem Gemeinschaftsraum. Luger mußte glauben, er lebe wie seine Nachbarn – ebenfalls Wissenschaftler – in normalen russischen Wohnungen. Tatsächlich gab es hier oben jedoch keine weiteren Mieter. Die anderen Wohnungen enthielten Horchposten, das Kontrollzentrum zur Überwachung Lugers und zur Steuerung seiner Aktivitäten sowie medizinische Einrichtungen, in denen seine Gehirnwäsche fortgesetzt wurde.

Als Gabowitsch kam, saß Luger in einem Sessel am Fenster. Der schwere Eisenrolladen war geschlossen, so daß nur schmale Lichtstreifen ins Zimmer fielen. »Guten Morgen, Iwan Sergejewitsch«, sagte der General freundlich. »wie geht es Ihnen heute, mein Freund?«

»Der Rolladen klemmt«, beschwerte Oserow sich. »Er läßt sich nicht öffnen.«

Obwohl Luger einen Rolladengurt im Zimmer hatte, wurde der Rolladen in Wirklichkeit von einem Offizier im Kontrollzentrum hochgezogen oder herabgelassen. Heute würde er geschlossen bleiben, bis die Demonstration in Denerokin vorbei war. Luger würde auch feststellen, daß sein Fernsehempfang gestört war, so daß er keine Berichte über die Demonstration sehen konnte, und sein Radio war vorgestern »zur Reparatur« abgeholt worden. »Soviel ich weiß, werden die Fenster geputzt, Genosse«, antwortete Gabowitsch. »Bis alle fertig sind, müssen die Rolläden geschlossen bleiben.«

»Ich wollte die Demonstration beobachten.«

Gabowitsch hatte Mühe, sich seine Überraschung nicht anmerken zu lassen. »Welche Demonstration meinen Sie, Iwan Sergejewitsch?«

»Ich habe gehört, daß heute mehrere hundert Demonstranten erwartet werden.«

»Davon weiß ich nichts, Genosse«, erklärte Gabowitsch ihm scheinbar aufrichtig, während er seinen Ärger über die Notwendigkeit *neuer* Ermittlungen undichter Stellen in Lugers Umgebung sorgfältig verbarg. Seine Mitarbeiter führten in Abständen von wenigen Wochen unangemeldete Inspektionen durch, aber trotz dieser Vorsichtsmaßnahmen neigte das Wachpersonal zu Nachlässigkeit. »Für eine Gruppe neuer Mitarbeiter findet heute die erste Führung durchs Institut statt – vielleicht meinen Sie die«, vermutete der General.

Luger schwieg leicht verwirrt. Er wollte Gabowitsch glauben, weil er ihn mochte und ihm vertraute, aber . . . Irgendwie war er im Kopf nicht ganz klar.

Gabowitsch nutzte Lugers Zögern. »Ich habe Ihnen die ersten Ausdrucke der neuen computerberechneten Radarquerschnitte mitgebracht. Erstklassige Arbeit, Iwan Sergejewitsch. Wir haben ein paar Programmierfehler ausgebügelt, aber im großen und . . .«

»Ich *heiße* nicht Iwan Sergejewitsch«, unterbrach Luger ihn murmelnd. »Warum . . . warum nennen Sie mich ständig Iwan Sergejewitsch?« Er rieb sich die Stirn, als habe er starke Kopfschmerzen. »Ich bin nicht . . . Iwan Sergejewitsch Oserow.«

»Ist Ihnen nicht gut, Iwan Sergejewitsch? Wovon reden Sie überhaupt? Natürlich ist das Ihr richtiger Name! Iwan Sergejewitsch Oserow. Geboren in Leningrad, aufgewachsen in Moskau . . .«

Luger schüttelte den Kopf. »Das stimmt nicht, das wissen Sie genau!« Die Kopfschmerzen wurden schlimmer. Er kniff die Augen zusammen, aber das half nur wenige Sekunden lang. »Ich bin nicht David... nein, Iwan. Ich bin nicht...«

»Sie sind durcheinander, Iwan Sergejewitsch«, stellte Gabowitsch fest. »Sie arbeiten zuviel, glaube ich. In diesem Zustand sind Sie ja kaum wiederzuerkennen.«

»Ich fühle mich nicht wie ich selbst«, murmelte Luger, dem seine Schmerzen und seine Verwirrung immer mehr zusetzten. »Warum bilde ich mir immer wieder ein, dieser David zu sein?«

Der General überlegte rasch. »Nun, äh... Sie sind natürlich Iwan Sergejewitsch Oserow, aber vor vielen Jahren haben Sie in einem anderen Land für uns als Geheimagent gearbeitet. Das ist ein gräßlicher Auftrag gewesen. Vielleicht erinnern Sie sich an diese Schreckenszeit.«

Jetzt war Luger erst recht verwirrt.

Aber irgendwo in seinem Hinterkopf schien eine Stimme zu flüstern: *Lügen, nichts als Lügen! Laß dich nicht verarschen, Dave, alter Junge.*

Als Luger jetzt wieder die Augen öffnete, sah der General, daß die Schmerzen nachgelassen hatten. Gut. Die jahrelange Hypnotherapie, die vielen langen Nächte, in denen Luger mit Schlafenzug, mit Drogen und Schlägen umgemodelt worden war, machten sich endlich bezahlt. Bei Lugers Umformung hatten Gabowitsch und seine Männer einsehen müssen, daß sie sein Unterbewußtsein nicht daran hindern konnten, sich bruchstückhaft an die Vergangenheit zu erinnern. Die Ärzte konnten das Unterbewußtsein noch nicht löschen – aber sie konnten unerwünschte Gedanken mit physiologischen Assoziationen koppeln, durch die sie äußerst schmerzhaft wurden.

»Richtige« Gedanken konnten diese Schmerzen beenden, und deshalb blieb sein manipuliertes Bewußtsein im allgemeinen Sieger über das Unterbewußtsein mit seinen unerwünschten Erinnerungen – und genau das schien im Augenblick zu geschehen.

Wie Gabowitsch in den letzten Wochen mehrfach hatte feststellen müssen, war das noch kein fundiertes wissenschaftliches Verfahren. Der General erinnerte sich an einige Vorfälle im Konstruktionsbüro, und vor allem an die Berichte über den Testflug über Weißrußland. Je mehr Luger sich körperlich und geistig erholte, desto schwächer mußte die Wirkung der Hyponotherapie werden. Als die unerwünschten Gedanken zurückkehrten, waren seine Augen vor Schmerzen zusammengekniffen, aber er kämpfte dagegen an – und blieb Sieger. »Oserow... Oserow ist ein russischer Name«, stellte er fest. »Ich bin kein Russe.« Und plötzlich fügte er auf englisch hinzu: *»Ich bin kein Russe...«*

»Sie sind ein russischer Flieger und Ingenieur für Flugzeugbau, der die Chance bekommen hat, hier am Fisikus-Institut zu arbeiten«, behauptete Gabowitsch. »Bei der Flugerprobung eines neuen Bombers haben Sie einen schrecklichen Unfall gehabt, von dem Sie sich jedoch wieder völlig erholt haben. Wissen Sie das nicht mehr, Iwan Sergejewitsch? Ich bin Jerzy Kaminski, Ihr Arzt und Freund.«

»Sie sind ein Russe...«

»Ich bin ein gebürtiger Pole, der aus dem gleichen Grund wie Sie ans Fisikus-Institut gekommen ist«, sagte Gabowitsch. »Wir sind hier, um dazu beizutragen, daß die Sowjetunion ein besserer, sicherer Staat wird.« Im Umgang mit dem Patienten durfte er auf keinen Fall die Geduld verlieren, weil erkennbare Aggressionen einen Abwehrmechanismus auslösen konnten, der eine erneute Konditionierung erfordern würde. Geduld war wichtig, aber Gabowitsch verlor seine allmählich. »Bitte, Iwan Sergejewitsch, nehmen Sie wieder Vernunft an!«

God bless America!

»Mein... Name... ist...« Für Luger wurde der Streß fast unerträglich. Gabowitsch beobachtete ihn sorgenvoll, denn der Amerikaner widerstand den Schmerzen immer erfolgreicher. Aber dann ging der Kampf überraschend schnell zu Ende.

Schon nach wenigen Sekunden sah Luger wieder vertrauensvoll zu Gabowitsch auf. »Na, fühlen Sie sich besser?« fragte der General lächelnd. »Das freut mich. Möchten Sie sich die Ausdrucke ansehen – vielleicht bei einem Kaffee oder Kakao?«

»Nein.«

»Wie ich höre, haben Sie heute morgen im Speisesaal einen kleinen Unfall gehabt.«

Oserow blickte kurz zu ihm auf und sah rasch wieder weg – für Gabowitsch ein untrügliches Zeichen, daß tatsächlich etwas passiert war. Es *hatte* also einen Verstoß gegen die Geheimhaltungsvorschriften gegeben.

»Ach, nichts Besonderes. Ich bin über einen Stuhl gestolpert.«

»Haben Sie sich weh getan?«
»Nein.«
»Hat dieser Biletris Sie belästigt?«
Luger sah zu Gabowitsch auf. »Wer?«
»Biletris. Der Mann vom Reinigungspersonal, der dann aufgewischt hat.«

Der Amerikaner wirkte leicht verwirrt. *Aha, der ist das also gewesen!* sagte Gabowitsch sich. *Den jungen Litauer müssen wir uns schnappen, bevor er untertauchen kann.*

»Nein, nein«, behauptete Luger. »Er war sehr hilfsbereit.«

Natürlich! Gabowitsch fluchte still, war aber trotzdem bemüht, sich seinen Ärger nicht anmerken zu lassen. Außerdem würde Luger womöglich verbissen schweigen, um seinen Kontaktmann nicht weiter zu belasten, und das wäre schädlich gewesen, weil noch viel Arbeit auf ihn wartete. »Wie Sie meinen.« Gabowitsch stellte die Obstschale, die er in einem Korb mitgebracht hatte, auf den Tisch neben Luger. »Essen Sie wenigstens einen Apfel oder eine Birne, während ich Ihnen Ihre neue Aufgabe schildere.«

Luger kam seiner Aufforderung nach, aber er warf dem KGB-General dabei mehrmals forschende Blicke zu, die Gabowitsch mit beruhigendem Lächeln quittierte. Schon nach wenigen Minuten war Luger wieder ganz der effiziente, intelligente Fachmann, den seine Kollegen schätzten. Auch Gabowitsch bediente sich aus der Obstschale, wobei er darauf achtete, einen Apfel ohne Stiel zu nehmen, der nicht wie die anderen mit einem Beruhigungsmittel geimpft war.

Damit war auch diese kleine Episode hoffentlich ein für allemal vorbei. Trotzdem machte sich Gabowitsch Sorgen. Der Amerikaner schien sich dem Ende seiner Brauchbarkeit als Konstrukteur und Ingenieur zu nähern. Seine lichten Momente wurden immer häufiger, was zugleich bedeutete, daß er schwieriger in seine Rolle als russischer Wissenschaftler zurückzuführen war. Und jetzt hatte ein Außenstehender versucht, mit ihm Verbindung aufzunehmen – ein Mann, den sie sich dringend schnappen mußten.

»Entschuldigung, Iwan Sergejewitsch. Darf ich mal von Ihrem Schlafzimmer aus telefonieren? Hoffentlich funktioniert der verdammte Apparat diesmal. Aber irgendwann wird er wohl endlich repariert werden, was?«

God bless America ...

Lugers Telefon funktionierte nie – das Sicherheitspersonal, das den Amerikaner heimlich überwachte, ließ es einfach ausgeschaltet –, aber Gabowitsch erwartete, daß es funktionieren würde, wenn er den Hörer abnahm. Tatsächlich bekam er sofort ein Freizeichen. Er wies Teresow an, eine Großfahndung nach Biletris einzuleiten, die in Wilna beginnen und sich auf alle Verkehrsmittel erstrecken sollte.

Im Wohnzimmer wollte Luger nochmals in seinen Apfel beißen, als ihm sein eigenartiger Geruch auffiel. Auch sein Geschmack war irgendwie merkwürdig. Da ihm der Geruch unangenehm war, ging Luger mit dem Apfel in die Küche, um ihn in den Mülleimer zu werfen. Als er die Schranktür unter dem Ausguß öffnete, rebellierte sein Magen. Bevor Luger wußte, wie ihm geschah, übergab er sich bereits in den Mülleimer. Sein Magen verkrampfte sich und gab seinen gesamten Inhalt von sich, bis Luger nur noch trocken würgen konnte.

Da er unter dem Ausguß hockte, bekamen die Überwachungskameras nicht mit, daß er sich übergab.

Luger begriff nicht, was passiert war: Er hatte kein Fieber, er fühlte sich gesund, und der Apfel hatte anfangs gut geschmeckt.

»Alles in Ordnung, Iwan Sergejewitsch?« fragte Gabowitsch hinter ihm im Wohnzimmer.

God bless America... David Luger...

Im nächsten Augenblick brachen weitere Erinnerungen über ihn herein.

»*Wenn wir hier eine Schießerei anfangen...*«, sagte Ormack.

»*Sie werden uns kaum die Wahl lassen*«, antwortete McLanahan.

Anscheinend versuchen wir, uns hier rauszukämpfen, dachte Luger.

Aber er wollte sich nicht erinnern. Er schloß seine Augen und versuchte, die Erinnerungen abzublocken. *Was ist mit mir los?* fragte er sich, während er wieder stechende Kopfschmerzen bekam. *Verliere ich den Verstand? Werde ich verrückt?*

Rauskämpfen? Womit denn? Die halbe Besatzung ist verwundet, die Maschine ist durchlöchert und von sowjetischer Miliz umstellt...

»*Er will, daß wir die Triebwerke abstellen*«, hörte Luger über die Bordsprechanlage. »*Patrick, wir haben keine Zeit mehr...*«

»Iwan Sergejewitsch...?«

Sie sind Oberleutnant David Luger, United States Air Force... nicht Oserow.

Wie hatte Dr. Kaminski den Mann vom Reinigungspersonal genannt? Biletris? Luger kämpfte gegen seine Kopfschmerzen an und versuchte, sich daran zu erinnern, was der Mann genau gesagt hatte. *Sie sind nicht Oserow.* Und irgend etwas von Drogen, mit denen er vergiftet werde...

Luger betrachtete den im Mülleimer liegenden Apfel. Allmählich paßte alles zusammen. Der Nadelstich. Das Gegengift. Alles wegen des *Apfels*, den Kaminski vergiftet haben mußte. Den *irgend jemand* vergiftet haben mußte. Sobald das Gift in seinem Körper mit dem Gegengift zusammengekommen war, hatte er sich übergeben müssen.

Der Amerikaner richtete sich auf und drehte sich nach Gabowitsch um. »Ich hab' nur den Apfel weggeworfen, Dr. Kaminski«, behauptete er. »Ich mochte ihn nicht mehr. Wollen wir weiterarbeiten?«

Gabowitsch musterte Luger prüfend. Er wirkte etwas mitgenommen, aber ansonsten ganz wach und normal. Trotzdem... Gabowitsch hatte die unbestimmte Ahnung, Luger müsse in Zukunft noch intensiver überwacht werden.

Wäre Gabowitsch noch genug Zeit geblieben, hätte er vielleicht versucht, Luger völlig neu zu programmieren. Aber dafür reichte die Zeit nicht mehr. Der Amerikaner mußte vor dem in einigen Wochen stattfindenden Roll-out des Bombers Fi-170 sterben, weil niemand wissen durfte, daß er hier war. Niemand in der GUS hätte Verständnis dafür gehabt, daß das Fisikus-Institut ein Militärflugzeug von einem westlichen Ingenieur konstruieren ließ, der einer Gehirnwäsche unterzogen worden war. Also würde der große Dr. Iwan Sergejewitsch Oserow demnächst ebenso geheimnisvoll verschwinden, wie er aufgetaucht war.

*Ausbildungslager des Marine Corps
für Sondereinsätze*
Camp Lejeune, North Carolina
28. März, 08.35 Uhr

»Sie beeindrucken mich nicht gerade, Sir!« rief Gunnery Sergeant Chris Wohl durch ein Megaphon. »Ihretwegen ist meine Achtung vor der amerikanischen Luftwaffe erheblich gesunken, Sir! Wenn *Sie* zu den Besten der Besten gehören, Sir, ist unser Land in ernster Gefahr, Sir!«

»Gunny« Wohl stand auf einer hohen Palisadenwand und beobachtete, wie die drei Offiziere die leichteste Hindernisbahn der Special Operations Training Group (SOTG) im Camp Lejeune absolvierten. Die Hindernisse dieser Bahn waren dafür ausgelegt, Marines durch Bewegungen in ungewöhnlichen Höhen physisch *und* psychisch auf die Probe zu stellen. Oft hatte man in sieben Meter Höhe nur ein kaum eineinhalb Meter tiefes Wasserbecken unter sich, das nicht gerade wie ein brauchbares Sicherheitsnetz wirkte.

Mit einer »Amphibienlandung« wie im Zweiten Weltkrieg hatten Briggs, McLanahan und Ormack soeben den ersten Abschnitt der Hindernisbahn absolviert. Die drei Luftwaffenoffiziere trugen Sturmgewehre M-16A2 mit je 16 Platzpatronen. Sie waren bereits ein Frachtnetz hinuntergeklettert, durch ein 50 Meter breites schlammiges Wasserbecken gewatet, über einen 50 Meter breiten Sandstreifen mit Hindernissen gerannt und eine Düne hinaufgestürmt – mit stets saubergehaltenem Gewehr. Und das alles nur, um den als »Kletterdschungel« bekannten Hauptabschnitt der Hindernisbahn zu erreichen.

Wohl war keineswegs beeindruckt. Tradition und Disziplin verpflichteten ihn dazu, die drei Offiziere mit »Sir« anzusprechen, aber er würde keinen Zweifel daran lassen, daß ihre Fähigkeiten weit unter dem im Marine Corps geforderten Standard lagen. Aus seiner Sicht provozierte ihn ihre Weichheit und das gesamte Marine Corps geradezu – und das würde er sich nicht bieten lassen.

Briggs, McLanahan und Ormack waren heute zum vierten Mal in einer Woche auf der Hindernisbahn, aber sie bewältigten sie nicht besser als beim ersten Mal. Eher im Gegenteil – die Taue schienen ihnen etwas rutschiger, Sand und Schlamm etwas tiefer und die

Hindernisse etwas höher zu sein. Das fünfte Mal würde der Prüfungsdurchgang sein, bei dem sich die erst zum zweiten Mal bewaffneten Prüflinge auf der Bahn gegen Ausbilder verteidigen mußten, die auf sie schossen.

Der Kletterdschungel bestand aus sieben Hindernissen, die kräftige Arme und Schwindelfreiheit erforderten. Die beiden Flieger kannten keine Höhenangst, aber ihre Armmuskulatur war zu schwach. Briggs bewältigte alle Hindernisse mühelos, aber selbst McLanahan, der oft mit Hanteln trainierte, mußte sich mehr und mehr auf seine Hilfe verlassen.

Der Parcours begann mit »Dirty Name«, einem fünf Meter hohen Hindernis aus drei in unterschiedlich großen Abständen angeordneten Baumstämmen. Danach folgte »Run, Jump, and Swing«, bei dem man eine Rampe hinauflief, mit einem Sprung ein Kletterseil erreichte und sich daran über einen schlammigen Graben schwang. Das dritte Hindernis hieß »Inclining Wall« und bestand aus einer überhängenden Fünfmetermauer, die an einem Kletterseil überwunden werden mußte, was mehr Arm- als Beinkraft erforderte.

John Ormack hatte die größten Schwierigkeiten. Dabei hielt er sich für durchaus fit, weil er jeden der monatlichen Fitneßtests der U.S. Air Force absolvierte: Dreitausendmeterlauf, zehn Klimmzüge, dreißig Kniebeugen und dreißig Liegestütze. Ormack war rank und schlank und sah in Uniform verdammt gut aus. Aber er hatte zu schwache Arme, wenig Ausdauer und praktisch keine Energiereserven. Nach der Schrägwand beobachtete Wohl, daß Ormack das Seil kaum noch festhalten konnte und aus zweieinhalb Metern Höhe absprang. Er tat sich nichts, aber Wohl hatte das Gefühl, General John Ormack werde nicht mehr lange an dieser Schule sein.

McLanahan hatte viel kräftigere Arme, aber er hatte keine aerobische Ausdauer und war ständig außer Atem.

Briggs hätte die Bahn zweimal absolvieren können, bis die beiden anderen das als »Confidence Climb« bezeichnete vierte Hindernis erreichten: eine zehn Meter hohe Leiter aus Eisenbahnschwellen. McLanahan hatte immer geglaubt, Briggs' hagerer Körper habe wenig Kraft, aber der Mann glich einem auf Höchstleistung getunten italienischen Rennwagen – schmal und rassig, aber mit reichlich Leistung. »Los, Männer!« drängte Briggs. »Die Ziellinie ist schon in Sicht. Wir haben's fast geschafft.«

»Red keinen Scheiß!« keuchte McLanahan. »Wir kommen...«

»Nicht soviel reden«, verlangte Briggs. Ihm fiel auf, daß McLanahan nicht nur außer Form war, sondern sich auch nichts mehr sagen lassen wollte, seit er am Schreibtisch arbeitete. Selbst der spöttische Tonfall des Sergeanten, den Briggs nur komisch fand, machte McLanahan wütend und lenkte ihn von seiner Aufgabe ab.

»Tief durchatmen! Konzentrieren Sie sich aufs nächste Hindernis, Patrick. Sie auch, John. Tief durchatmen, das gibt wieder Kraft.«

»Mir... nicht«, keuchte Ormack.

»Ihr seid gut in Form, Männer«, log Briggs. »Die Bahn ist leicht. Ihr laßt euch bloß von diesem Wohl einschüchtern.«

»Dieser Scheißkerl...«

»Nicht reden, hab' ich gesagt!« knurrte Briggs. »Denkt lieber an Dave. *Denkt* an ihn. Wenn ihr ihm nicht helft, kommt er dort nicht lebend raus.«

McLanahan und Ormack strengten sich noch mehr an...

Nachdem sie ganze Schweißbäche vergossen hatten, erreichten sie ein besonders schlimmes Hindernis, das passenderweise »The Tough One« hieß. Nachdem die drei Offiziere ein Fünfmeterseil hinaufgeklettert waren, querten sie eine Plattform aus Baumstämmen in jeweils einem Meter Abstand, erkletterten eine Balkenpyramide, die weitere sechs Meter aufragte, und ließen sich dann an einem Kletterseil zum Erdboden hinunter. Ormack schaffte es mit langen Pausen bis zur Spitze der Pyramide, aber den schwierigsten Teil hatte er noch vor sich: den Abstieg am Kletterseil.

»Ich schaff's nicht, Hal«, stöhnte Ormack. »Mann, ich würde nach einer Sekunde loslassen...«

»Unsinn, General, Sie schaffen's auch diesmal! Achten Sie auf guten Kletterschluß mit den Füßen, damit Sie richtig abbremsen können.« Ormack hielt sich daran, aber auch seine Füße waren schon kraftlos. Er rutschte viel zu schnell in die Tiefe und klappte unten erschöpft, aber wenigstens unverletzt, zusammen. Auch McLanahan atmete schwer, als er Sekunden später folgte.

Nach der »Reverse Ladder«, einer dreieinhalb Meter hohen Schrägleiter mit acht Metallsprossen, an deren Unterseite man sich hinaufhangeln mußte, erreichten sie endlich das letzte Hindernis.

Beim »Slide for Life« mußte der Prüfling ein Frachtnetz zu einer sechs Meter hohen Plattform hinaufklettern und an einem Ankertau, das schräg in Richtung Erdboden führte, kopfüber in die Tiefe gleiten. Als eine Art Sicherheitsnetz diente dabei ein nur 1,20 Meter tiefes Wasserbecken. Nach halber Strecke mußte der Prüfling am Seil hängend umkehren und mit dem Kopf voraus wieder zur Plattform hinaufklettern.

Während der Ausbildung hatte John Ormack dieses Hindernis nie geschafft. »Ich klettere voraus«, sagte Briggs. »Sie beobachten, wie ich's mache, John. Dann schaffen Sie's auch.«

»Beeilung, Mädels!« verlangte Wohl. »Ich hab' keine Lust, den ganzen Tag lang zu warten!«

»Patrick, Sie passen hier auf«, wies Briggs ihn an. »Halten Sie sich für den Fall bereit, daß wir Sie brauchen. John, Sie schauen genau zu, wie ich's mache. Ruhen Sie sich aus!« Briggs glitt kopfüber in die Tiefe, ließ sich absichtlich Zeit, bis Wohl zu brüllen begann, kehrte um und kam wieder zurück. McLanahan folgte seinem Beispiel, um Ormack eine möglichst lange Ruhepause zu verschaffen.

»Okay, John«, sagte McLanahan keuchend, als er wieder auf der Plattform stand. »Sie können's schaffen, Mann. Tun Sie's für Luger.«

Ormacks Adrenalinspiegel war hoch, als er mühelos das Ankertau hinunterglitt und den Wendepunkt erreichte. Dort holte er tief Luft, packte fester zu, nahm die Beine vom Klettertau und griff rasch um. Diesmal klatschte er dabei nicht ins Wasserbecken. Er schwang die Beine hoch, hakte sie wieder über das Tau und arbeitete sich langsam in Richtung Plattform zurück.

»Gut gemacht, John!« rief McLanahan. »Sie schaffen's!«

Ormack stieß einen Triumphschrei aus – er hatte sich nie lange genug festhalten können, um die Beine wieder übers Tau zu haken.

Keiner achtete dabei auf Gunnery Sergeant Wohl, der jetzt am Rand des Wasserbeckens stand. Er schrie nicht, er brüllte nicht, er holte stumm ein tennisballgroßes Objekt aus einer Tasche seines Arbeitsanzugs, zog den Sicherungsstift ab und warf den Gegenstand ins Wasser. Sekunden später verwandelte sich das Becken in einen schlammigen Geysir, als die Übungshandgranate detonierte. Ormack stieß einen lauten Schrei aus, ließ los und plumpste ins Schlammwasser – zum Glück nicht mit dem Kopf voraus.

Der Sergeant sprang ins Becken, um Ormack herauszuhelfen, und die beiden waren nicht mehr im Wasser, als Briggs und McLanahan eilig das Frachtnetz heruntergeklettert kamen. Wohl war durchaus auf einen Anpfiff gefaßt und rechnete sogar damit, herumgeschubst zu werden – aber die rechte Gerade des sonst so ruhigen Obersten McLanahan traf ihn völlig überraschend.

Der Boxhieb hätte Wohl beinahe von den Füßen geholt, aber er blieb auf den Beinen, betastete sein Kinn und überzeugte sich davon, daß er noch alle Zähne hatte. »Jetzt reicht's, Wohl!« brüllte McLanahan. »Das war zuviel, Sie gottverdammter Scheißkerl!«

»Ormack ist nicht für die Marines geeignet«, stellte der Sergeant fest. McLanahan griff nicht nochmals an, aber Wohl, der ihm breitbeinig und mit erhobenen Fäusten gegenüberstand, war nun abwehrbereit. »Er hat das letzte Hindernis nicht geschafft. Er ist draußen.«

»Das werden wir ja sehen! Sie...«

»Weitermachen!« rief eine Stimme hinter ihnen.

Die vier Männer drehten sich um und nahmen Haltung an, als Brigadegeneral Jeffrey Lydecker, der Schulkommandeur, und Generalleutnant Bradley Elliott herankamen. Elliott erwiderte ihren Gruß und blieb dann zwei Schritte hinter Lydecker.

»Was geht hier vor?« fragte Lydecker. »Wir haben eine Detonation gehört.«

»Ausbildung, Sir«, antwortete Wohl sofort.

»Haben Sie eine Erlaubnis eingeholt, Sprengkörper auf die Bahn mitbringen zu dürfen, Wohl?«

»Ja, Sir«, bestätigte der Sergeant. Er zog einen Vordruck aus der Brusttasche seines Arbeitsanzugs. Lydecker überflog ihn und reichte ihn an Elliott weiter, der kopfschüttelnd zu McLanahan hinübersah. Damit stand die Sache schlecht, sehr schlecht. McLanahan würde von Glück sagen können, wenn dieser Vorfall nicht zu seiner Entlassung führte. »Danke«, sagte Lydecker. Er machte eine Pause, sah zu McLanahan hinüber und begutachtete danach die linke Seite von Wohls Kinn. »Was ist mit Ihrem Gesicht passiert, Wohl?«

»Bin auf einem Hindernis ausgerutscht, Sir.«

»Unsinn!« warf Elliott ein. »Sagen Sie uns, was...«

»Entschuldigung, Sir, aber das regle ich«, unterbrach Lydecker ihn. »Sagen Sie uns die Wahrheit, Wohl. Was ist mit Ihrem Gesicht passiert?«

»Ich bin auf einem Hindernis ausgerutscht, Sir«, wiederholte der Sergeant. »Es muß ›The Tough One‹ gewesen sein, denke ich.«

»Wir haben alles *gesehen* und...«, begann Elliott.

»Wenn einer meiner Marines sagt, er sei ausgerutscht, Sir, ist er *ausgerutscht*«, stellte Lydecker fest. »Was hat dieser letzte Probelauf ergeben, Wohl?«

»General Ormack ist leider nicht durchgekommen, Sir«, berichtete Wohl. »Er hat losgelassen, als ich unter dem letzten Hindernis eine Übungshandgranate gezündet habe. Oberst McLanahan und Hauptmann Briggs haben die Mindestanforderungen erfüllt. Ich muß leider empfehlen, General Ormack von weiteren Aktivitäten mit Stoßtrupps der Marines auszuschließen.«

Lydecker schwieg einen Augenblick. Dann nahm er die Schultern zurück und sah erst Elliott und dann Wohl an. »Bedauerlicherweise ist der Beginn des Unternehmens vorverlegt worden. Wir haben Befehl, diese drei Offiziere sofort zum 26. MEU in Marsch zu setzen. Ihre Ausbildung ist damit beendet.«

Wohl starrte ihn entgeistert an. »Entschuldigen Sie, Sir, aber Sie können General Ormack nicht... Sie können *keinen* dieser Männer mit einem Stoßtrupp losschicken. Damit würden sie sich selbst und alle anderen gefährden. Das Unternehmen wäre von vornherein zum Scheitern verurteilt.«

»Danke, das war's, Wohl. Melden Sie sich schnellstens in meiner Dienststelle. Lassen Sie jemanden Ihre Sachen packen.«

»Aber wer führt die Ausbildung fort? Der Stoßtrupp kann doch nicht...«, stammelte Wohl.

»*Sie* führen sie fort, Wohl«, antwortete General Lydecker. »Sie werden zum 26. MEU abkommandiert. Unterwegs trichtern Sie Ihren Schützlingen ein, was sie für das Unternehmen wissen müssen. Ihr Marschbefehl liegt auf der Schreibstube. Sie fliegen in vier Stunden. Die Koordinierung zwischen Ihnen und dem MEU-Stab übernimmt Elliott. Alles klar?«

Wohl wirkte wie vor den Kopf geschlagen, aber er erholte sich rasch genug, um laut »Aye, aye, Sir«, zu sagen. Lydecker schüttelte General Elliott die Hand, ging davon und ließ den sprachlosen Sergeanten mit dem Dreisternegeneral der Luftwaffe zurück.

»Okay, dann los, Gunnery Sergeant«, forderte Elliott ihn lächelnd auf.

»Entschuldigung, Sir, aber ich möchte ein letztes Mal an Sie appellieren«, sagte Wohl. »Tatsächlich haben sich Ihre Männer nicht schlecht gehalten. Sie sind unerfahren, haben keine Ausbildung für Stoßtruppunternehmen und sind völlig außer Form. Aber sie haben's geschafft, indem sie sich gegenseitig geholfen haben. Ich weiß nicht, worum es bei dieser Sache geht, aber ich habe in den letzten Tagen mitbekommen, daß ein weiterer Offizier befreit werden soll – und daß diese Männer den Stoßtrupp begleiten sollen.«

»Was Sie wissen müssen, erfahren Sie rechtzeitig, Wohl.«

»Davon gehe ich aus, Sir«, antwortete Wohl, »aber der springende Punkt ist, daß alle Beteiligten – der ganze Stoßtrupp, ich selbst und die Offiziere – tot sein können, wenn Sie befehlen, daß diese Männer das Unternehmen mitmachen. Hauptmann Briggs hätte die größten Überlebenschancen, obwohl er nichts von Stoßtruppaktik versteht. Oberst McLanahan ist stark und hat Ehrgeiz, aber um Erfolg zu haben, braucht man weit mehr. General Ormack hat keine Chance. *Keine.* Und Stoßtrupps sind nur so stark wie ihr schwächster Angehöriger. Ich kann nicht zulassen, daß erstklassig ausgebildeten Marines, die weit in feindliches Gebiet vorstoßen sollen, drei unausgebildete, untrainierte Flieger aufgehalst werden.«

»Das haben nicht Sie zu entscheiden, Gunnery Sergeant.«

»Sir«, fuhr Wohl unbeirrt fort, »wenn das Unternehmen so gefährlich ist, daß Sie einen Stoßtrupp der Marines brauchen, halten Ihre Jungs nicht durch. Sie bleiben irgendwann zurück und haben praktisch keine Überlebenschance.« Als er Elliotts wütenden Blick sah, senkte er rasch die Stimme. »Ich versuche nicht, den Unglücksropheten zu spielen oder damit anzugeben, wie hoch unser Ausbildungsstand ist, Sir; ich gebe lediglich mein Urteil als Fachmann ab. Ihr Unternehmen ist zum Scheitern verurteilt, wenn diese Männer daran teilnehmen.«

Elliott ließ eine Pause entstehen. »Ich habe Sie ausreden lassen, Wohl«, sagte er dann. »Jetzt hören Sie *mir* mal zu. Ich will Ihnen erklären, was wir erreichen wollen. Da Sie als Führer dieses Unternehmens bestimmt worden sind, müssen Sie ohnehin erfahren, um was es geht.«

Elliott erzählte ihm von Luger und dem russischen Stealth-Bomber – den beiden Hauptzielen des geplanten Unternehmens. »Verstünden Sie was von Versuchsflugzeugen, Wohl«, fügte er hinzu, »würde ich mir überlegen, Sie und Ihre Männer allein loszuschicken. Aber das ist nicht der Fall. Soviel ich gehört habe, sind Sie der beste Mann für dieses Rettungsunternehmen. Vielleicht habe ich etwas Falsches gehört. Sie brauchen bloß ein Wort zu sagen, dann sind Sie wieder draußen.«

Wohl trat einen Schritt näher an Elliott heran. »Sie können mich nicht einschüchtern, Sir«, knurrte er. »Sie können's versuchen, aber Sie werden's nicht schaffen. Hier in der SOTG ist mein Wort Gesetz. Wissen Sie, warum General Lydecker so schnell gegangen ist, Sir? Würde der General jetzt hören, wie Sie mit mir reden, wären Sie schneller draußen, als Ihre dünnen Beinchen Sie tragen könnten.«

Wohl fühlte, wie eine überraschend kräftige Hand sein linkes Handgelenk umklammerte. Bevor er reagieren konnte, drückte Elliott die Hand des Sergeanten gegen seinen rechten Oberschenkel. Wohl lief unwillkürlich ein leichter Schauder über den Rücken, als er einen hohlen Ton hörte und Gummi und Metall spürte, wo Elliotts Bein hätte sein sollen. Er befreite seine Hand mühelos aus Elliotts Griff, aber was diese Demonstration ihm mitteilen sollte, war eindeutig: Der Dreisternegeneral trug eine Beinprothese. Das hatte Wohl bisher nicht bemerkt, obgleich er den Mann seit zwei Tagen auf dem Schulgelände beobachtet hatte.

»Dieses künstliche Bein habe ich aus einem Krieg, von dem Sie niemals hören oder lesen werden, Sergeant«, stellte Elliott fest. »Ormack und McLanahan sind damals mit mir zusammengewesen. Die beiden haben *mir* das Leben gerettet – aber Luger hat *uns allen* das Leben gerettet. Ich habe noch Glück gehabt: Ich habe nur ein Bein opfern müssen. Luger hat nicht nur eine Besatzung gerettet, sondern die Welt vor einem Atomkrieg bewahrt. Und ich verspreche Ihnen eines, Wohl: Wir holen Luger dort raus – notfalls auch ohne Ihre Hilfe.

Sie packen jetzt, holen Ihre Männer zusammen und sind in vier Stunden abflugbereit – oder Sie machen Platz, damit ein anderer an Ihrer Stelle mitfliegen kann. Mich interessiert nur noch unser Auftrag.«

»Ja, *Sir*«, antwortete Wohl. »Aber ich möchte Sie an etwas erinnern: Sobald das Unternehmen angelaufen ist, unterstehen Ihre Männer dem Kommandeur der Kampfgruppe und mir. Dann gilt nur noch, was *wir* sagen. Wie ich gesehen habe, sind Sie nicht an diesem Unternehmen beteiligt, Sir – nicht einmal als Beobachter oder technischer Berater. Folglich haben Sie mir nichts zu befehlen, und die

Angehörigen der Kampfgruppe werden die Dienstgrade Ihrer Männer ignorieren. Wollen Sie die drei lebend zurückbekommen, rate ich Ihnen, uns Profis nicht dazwischenzupfuschen, *Sir*.« Wohl grüßte zackig, machte auf dem Absatz kehrt und trabte rasch davon.

Elliott überlegte, ob er ihn zurückrufen und kräftig zusammenstauchen sollte, aber dafür war keine Zeit mehr – und außerdem wußte er, daß Wohl recht hatte. Er war unangemeldet in Camp Lejeune aufgekreuzt, um nach seinen drei Offizieren zu sehen. Lydecker hatte ihn mit größter Geduld sehr aufmerksam und höflich empfangen, wie es einem Besucher mit drei Sternen zustand, aber letzten Endes wirkte Elliotts Anwesenheit doch nur störend. Wie hatte George Russell, der Sicherheitsberater des Präsidenten, es so schön ausgedrückt: »Sie haben hier nichts zu befehlen, und Ihre Dienste werden nicht benötigt.«

Vermutlich störst du hier in Camp Lejeune nur, dachte Elliott, *aber daheim im HAWC bist du der große Boß!* Es wurde Zeit, daß er nach Nevada zurückkehrte und seine eigenen Planungen für die Rettung David Lugers vorantrieb.

Vor dem Fisikus-Institut
5. April, 13.30 Uhr

»Gestern Ignalina...!«
»Heute Denerokin...!«
»Gestern Ignalina...!«
»Heute Denerokin...!«

Die Sprechchöre aus Tausenden von Kehlen hallten über die niedrigen Hügel und üppigen Wälder im Südosten Litauens hinweg. Aus den Rufen – ein Hinweis auf Ignalina, das litauische Kernkraftwerk vom sowjetischen Tschernobyltyp, das letztes Jahr nach einer Volksabstimmung wegen zahlreicher Störfälle stillgelegt worden war – sprachen kein Zorn, keine Rachsucht, sondern aufrichtige, beherrschte Emotionen. Diese Bürger Wilnas hatten nicht die Absicht, den Reaktor Denerokin zu stürmen, aber sie wollten, daß die zuständigen Stellen ihre Bedenken ernst nahmen. Der Unterschied war unüberhörbar.

Nach etwa einstündiger Demonstration war General Palcikas sehr mit dem bisherigen Verlauf zufrieden. Zehn bis zwölf Meter vor den massiven Eisenstäben des Schutzzauns, der den Forschungsreaktor Denerokin umgab, hatte er Soldaten der Brigade Eiserner Wolf zu einem Kordon aufmarschieren lassen. Wie er Anna Kulikauskas versprochen hatte, provozierten sie die Demonstranten nicht durch zur Schau getragene Gewaltbereitschaft. Sie trugen ihre Schlagstöcke unter den Jacken, ihre Hunde blieben in den Fahrzeugen, die außer Sicht geparkt waren, und schlagfeste Baseballmützen mit Ohrenschützern ersetzten die sonst üblichen Helme mit Visier. Schußwaffen oder Tränengasgranaten waren nirgends zu sehen.

Anna, die neben General Palcikas stand, war sichtlich beeindruckt und hatte dies auch schon mehrmals geäußert.

Und Palcikas war immer mehr von Anna beeindruckt. Seit er sie auf dem Hof ihres Vaters kennengelernt hatte, war sie ihm sympathisch. Gewiß, sie waren in vielen Dingen unterschiedlicher Auffassung, aber trotzdem wuchs seine Achtung für sie, und die Bewunderung, die er für sie empfand. Er mußte sich eingestehen, daß er Anna liebgewonnen hatte.

Schätzungsweise 3000 Demonstranten drängten sich wogend auf der Straße gegenüber dem Haupttor zum Gelände des Forschungsreaktors. Weniger als hundert von ihnen standen in der Nähe dieses Tores Palcikas' Soldaten hinter einer kleinen Absperrung aus rotgelben Sägeböcken gegenüber. Diese Demonstranten sangen laut das Lied »Wiedergeburt einer Nation«, das rasch zu einer Art litauischer Version von »We Shall Overcome« geworden war.

Immer wieder traten Frauen oder Kinder vor, um einzelnen Soldaten Blumen zu schenken, die dankend angenommen und vorläufig am Stahlbetonsockel des massiven Schutzzauns niedergelegt wurden. Eben hatte eine Frau einem Soldaten einige Blumen geschenkt... und einen Kuß. »Davon ist nie die Rede gewesen, Miss Kulikauskas«, sagte Palcikas, der Mühe hatte, ein Lächeln zu unterdrücken.

»Rein spontan, das versichere ich Ihnen, General«, antwortete sie. »Das ist nicht geplant gewesen.«

»Heute nachmittag brauchen wir keine Spontaneität«, stellte er fest. »Wir brauchen Kontrolle.«

»Das ist doch harmlos gewesen, General.«

»Erst Blumen, dann ein Kuß; jetzt rufen manche schon, die Frau solle Ihr Plakat am Zaun niederlegen«, antwortete Palcikas. »Was kommt als nächstes? Tomaten? Faule Eier? Molotowcocktails?«

»Sie brauchen nicht gleich zu übertreiben, General«, wehrte Anna ab. Sie hob ihr Handfunkgerät an die Lippen. »Algimantas, hier Anna. Liana soll nichts mehr an den Polizeikordon bringen. Benachrichtige alle Abschnittsführer – niemand soll sich dem Kordon nähern.« Sie machte eine Pause, sah resigniert zu Palcikas hinüber und fügte hinzu: »Die Anweisung kommt von mir, nicht vom General.«

»Danke«, sagte Palcikas. »Je weniger Überraschungen meine Männer erleben, desto besser ist's für alle.«

»Richtig«, bestätigte Anna, »aber jeder braucht ab und zu einen Kuß.«

Palcikas nickte ihr lächelnd zu. Anna erwiderte strahlend sein Lächeln und zwinkerte ihm dabei zu.

Sie standen auf dem Parkplatz eines Bahnhofs gegenüber vom Fisikus-Institut auf einem Podium, ungefähr hundert Meter von dem aufs Reaktorgelände führenden Tor. Ebenfalls anwesend waren rund zwei Dutzend Menschen, darunter Vladas Daumantas, der Vizepräsident der Republik Litauen, die Botschafter Englands und Polens, der Vorsitzende der großen Volkspartei Sajudis und Vertreter mehrerer Behörden. Der Ehrengast war ein amerikanischer Senator: Charles Vertunin aus Illinois, der als Sohn litauischer Einwanderer für eine Vertiefung der Beziehungen Amerikas zu allen baltischen Staaten eintrat. Mehrere tausend Menschen umringten das Podium und warteten auf die Reden der illustren Gäste.

Palcikas wandte sich erneut an Anna Kulikauskas. »Wie ich gehört habe, wollen Sie heute nachmittag Ihre Festnahme provozieren. Halten Sie es für klug, Anna, wenn die Veranstalterin sich abführen läßt? Ist das nicht ein falsches Signal für Ihre Mitstreiter?«

»Es ist eher eine protokollarische Notwendigkeit«, entgegnete Anna, »weil Senator Charles Vertunin aus Amerika sich ebenfalls festnehmen läßt.«

»*Was?*« ächzte Palcikas entgeistert. »Der Amerikaner läßt sich auch verhaften? Das hat mir kein Mensch gesagt!«

»Das ist seine Idee gewesen«, erklärte Anna ihm. »Machen Sie sich keine Sorgen – alles ist mit dem US-Außenministerium und dem Büro des Senators besprochen. Sie brauchen sich nicht eigens um ihn zu bemühen.«

»Miss Kulikauskas, das ist nicht lustig!« Der General zog Anna etwas von den anderen fort. »Wir alle wissen, daß diese Demonstration vor allem fürs Fernsehen stattfindet. *Sie* wollten die Verhaftungen, und ich habe zugestimmt, weil ich vor allem *keine Überraschungen* will. Ich habe diese Sache unter Kontrolle, und Sie bekommen Ihre Publicity. Und jetzt erzählen Sie mir, daß ein amerikanischer Senator verhaftet werden wird? Legen Sie's darauf an, mich in möglichst große Schwierigkeiten zu bringen?«

»General, Sie können ihn behandeln wie uns alle... wie mich«, versicherte sie ihm.

Palcikas hatte das Podium verlassen, um seine Offiziere zu warnen, und war eben hinter den Soldaten zum Haupttor unterwegs, als Major Kolginow im Laufschritt herankam. »Alexei, es gibt eine kleine Programmänderung«, sagte Palcikas.

»Richtig, Dominikas«, bestätigte Kolginow. »Ich habe eben eine Meldung aus Salunianiai erhalten.« Salunianiai war der größte litauische Grenzübergang nach Weißrußland. »Vier Kampfhubschrauber haben die Grenze nach Westen überflogen.«

»*Was?*« fragte Palcikas entgeistert.

»Und nicht nur das«, fuhr der Major fort, »sie stehen auch in Funkverbindung mit den Sicherheitskräften im Fisikus-Institut. Die Kampfhubschrauber sind in Weißrußland auf einem Übungsflug gewesen, als jemand aus dem Institut gemeldet hat, es werde von bewaffneten Eindringlingen gestürmt. Die Maschinen haben den Notruf bestätigt und befinden sich auf dem Flug hierher.«

»Wer hat diesen Notruf aus dem Fisikus abgesetzt?«

»Soviel ich weiß, stammt er von Oberst Kortyschkow«, antwortete Kolginow. »Er hat gemeldet, Gabowitsch sei bei einem Schußwechsel verwundet worden.«

»Kortyschkow muß verrückt geworden sein!« brüllte Palcikas los. »Damit stiftet er erst recht Unruhen an – und zu den Gästen gehört ein amerikanischer Politiker, der sich verhaften lassen will.«

»Soll das ein Witz sein?«

»Nein, leider nicht. Alarmieren Sie die Gruppenführer. Sie sollen die Menge *unauffällig* vom Zaun zurückdrängen. Mindestens über die Straße zurück, am besten auf den Bahnhofsparkplatz. Ich gehe zurück und informiere Anna Kulikauskas. Sie steht in Funkverbindung mit den übrigen Organisatoren.«

Die Menge war größer und unruhiger geworden, als Palcikas sich seinen Weg zurück zum Podium bahnte. Aber die Reden waren vorbei, und die ausländischen Gäste hatten das Podium verlassen und befanden sich auf der zum Haupttor des Reaktorgeländes führenden Straße.

Anna Kulikauskas, die den amerikanischen Senator begleitete, sah Palcikas, der von Vertunins Leibwächtern aufgehalten wurde, und drängte sich zu ihm vor. »Was machen Sie hier, General? Sie sollten doch nicht dabeisein, wenn die Verhaftungen vorgenommen werden.«

»Ich bin gekommen, um Sie zu warnen«, sagte Palcikas.

»Wovor?«

»Im Fisikus hat jemand einen Notruf abgesetzt«, erklärte ihr Palcikas.

Die Botschafter und der amerikanische Senator schüttelten zahlreiche Hände, waren rasch in Richtung Haupttor unterwegs und winkten den OMON-Posten zu. Sie merkten nicht, daß die Wachposten ihre Waffen schußbereit hielten.

»Anna, jemand aus dem Institut hat behauptet, es werde von bewaffneten Eindringlingen gestürmt. Das ist lächerlich, aber trotzdem sind vier Kampfhubschrauber hierher unterwegs.«

»*Kampf*hubschrauber? Aus Litauen?«

»Nein! Ich weiß nicht, woher sie kommen – entweder aus der GUS oder aus Weißrußland. Jedenfalls müssen wir die Menge vom Tor zurückdrängen, bevor . . .«

Aber dafür war es schon zu spät.

Anna drehte sich um und beobachtete die Menge, während das rhythmische Knattern der Rotorblätter schwerer Hubschrauber näher kam.

Palcikas brauchte nur flüchtig hinzusehen, um zu wissen, um welche Maschinen es sich handelte: eine Formation aus vier Kampfhubschraubern Mi-24P, die an gefährliche Raubvögel erinnerten. Jeder Hubschrauber wies unmittelbar hinter den Triebwerken Stummelflügel auf, an denen Raketenbehälter und Zusatztanks befestigt waren. Rechts neben dem Bug waren je zwei 30-mm-Maschinenkanonen eingebaut. Die Mi-24 gehörte zu den gefährlichsten Kampfhubschraubern der Welt – und *diese* Maschinen trugen weißrussische Hoheitsabzeichen.

Anna, deren Entsetzen sich allmählich in Zorn verwandelte, fuhr auf den General los. »Verdammt noch mal, was haben diese Maschinen hier zu suchen, Palcikas?« rief sie laut, um den Lärm der Menge und der Rotoren zu übertönen. »Wir hatten vereinbart, auf Einschüchterung und Gewaltanwendung zu verzichten. Aber diese Dinger... großer Gott, die tragen sogar *Bomben*!«

»Ich habe versucht, Sie zu warnen«, rief der General ebenso laut. »Von den Hubschraubern habe ich nichts gewußt! Ich habe nur gehört, daß sie...«

»Schicken Sie sie weg! Dies ist eine friedliche Demonstration.«

»Ich kann ihnen nichts befehlen!« rief Palcikas verzweifelt. »Diese Hubschrauber unterstehen General Woschtschanka und Oberst Kortyschkow, dem hiesigen OMON-Kommandeur.«

»*Wem* sie unterstehen, ist mir egal! Sie sollen ihnen befehlen, dieses Gebiet zu verlassen!« kreischte Anna Kulikauskas ihn an. »Das ist empörend! Sollte es zu Ausschreitungen kommen, die unsere Gäste gefährden, ist das allein *Ihre* Schuld!« Nachdem sie sich rasch bei Senator Vertunin entschuldigt hatte, schaltete sie ihr Megaphon ein und forderte alle Demonstranten auf, sich vom Zaun zu entfernen und hinzusetzen.

Während der Hubschrauberlärm lauter wurde, hörte Palcikas etwas Unerwartetes – Gesang! Die Demonstranten hatten sich hingesetzt und begannen das Lied »Wiedergeburt einer Nation« zu singen. Einige von ihnen winkten sogar den Uniformierten zu, die hinter den Cockpitscheiben und an den offenen Türen der Kampfhubschrauber zu sehen waren.

»General... sehen Sie nur!« rief Kolginow warnend.

Palcikas drehte sich um und hatte das Gefühl, sein Herz setze einen Schlag aus. Senator Charles Vertunin, seine Leibwächter und etwa fünfzig Demonstranten gingen weiter aufs Haupttor zu.

Gleichzeitig sah Palcikas, wie hinter dem Tor OMON-Soldaten mit schußbereiten Waffen im Laufschritt herankamen.

»Alarm! Alarm!« plärrte der Lautsprecher.

Schwerbewaffnete Soldaten mit schußbereiten Gewehren und Tränengaswerfern stürmten aus dem Stabsgebäude des Sicherheitsdienstes. Sie hatten Stahlruten an den Koppeln, und an ihren kurzen Leinen kläfften scharfe Hunde.

MSB-Oberst Nikita Iwanowitsch Kortyschkow stand mit einem Mikrofon in der Hand auf dem Wachtturm über dem Haupttor, um den Einsatz seiner Soldaten über Lautsprecher zu befehligen. Den unerfahrenen Offizier, der keine Einsatzerfahrung hatte und erst seit wenigen Monaten in Litauen war, hatte der Anblick einiger tausend Menschen vor seinem Tor in Panik versetzt. Für ihn klang der ihm unverständliche Gesang der Litauer wie dumpfe Todesdrohungen. Sobald sich jemand Palcikas' Soldaten näherte, rechnete er damit, daß die Menge folgen und den Zaun stürmen würde. Das konnte eine Katastrophe auslösen. Natürlich war das Fisikus-Institut nicht ernstlich gefährdet, aber wenn Kortyschkow die Kontrolle über die Lage entglitt, drohte ihm ein schmerzlicher Karriereknick.

General Gabowitsch erwartete, daß Kortyschkow entschlossen handelte – und genau das hatte der Oberst vor. Nachdem er die Lage am Zaun nochmals begutachtet hatte, befahl er über Funk: »Die Fläche vor dem Tor wird sofort geräumt. Die Hubschrauber sollen die Leute wegblasen! Ende.«

Nun folgten aufregende Szenen. Die großen Kampfhubschrauber Mi-24 stiegen herab und gingen bis auf weniger als zehn Meter über die Köpfe der vor dem Haupttor Sitzenden hinunter. Zuerst wirbelten ihre Rotoren nur Sand und Kieselsteine auf, mit denen sie die Demonstranten bombardierten. Als nächstes flogen ihre Plakate und Spruchbänder davon. Kortyschkow beobachtete, wie Plakatträger aus Holz und Pappe schreiende Menschen verletzten, bevor sie gegen das Tor geschleudert wurden. Durch den Aufprall begannen die Alarmglocken zu schrillen, bis Kortyschkow sie abstellen ließ.

Dann wurden die Menschen durcheinandergewirbelt. Die Rotorstrahlen ließen sie gegeneinanderprallen; versuchten sie, sich aufzurappeln, wurden sie wie Vogelscheuchen im Wirbelsturm davongeblasen. Einige wenige wollten sich kriechend retten, aber als die Hubschrauber noch tiefer herabgingen, wurden auch sie davongewirbelt. Kortyschkow freute sich darüber, daß es auch Palcikas' Soldaten nicht besser erging – das wird sie lehren, nicht wieder auf ihre Helme zu verzichten, dachte er. Ohne schützende Visiere waren sie ebenso blind und hilflos wie die Demonstranten.

Kortyschkow griff nach dem Handfunkgerät an seinem Koppel, hob es an die Lippen und sagte nur ein Wort: »Angriff!« Dann steckte er das Gerät zurück und verfolgte die weiteren Ereignisse.

Mehrere in der Menge verteilte weißrussische Soldaten, die als litauische Polizisten oder Soldaten getarnt waren, bauten unbemerkt amerikanische Granatwerfer M-79 auf, richteten sie aufs Haupttor und begannen zu schießen. Bei den zehn Granaten, mit denen sie die MSB-Truppen beschossen, handelte es sich um amerikanische Gasgranaten Mk-23, die ein sofortige Atemnot bewirkendes Mittel enthielten. Der Abwind der Hubschrauberrotoren würde die Gasschwaden vom Reaktorgelände weg über die Demonstranten treiben. Sobald das Wachpersonal die weißlichen Schwaden beobachtete; setzte es seine Gasmasken auf, so daß nun alle Schwarzen Barette auf dem Gelände des Forschungsreaktors Denerokin geschützt waren.

»Gas!« rief jemand laut.

Kortyschkow griff wieder nach seinem Mikrofon. »Alle Einheiten – Feuer frei!«

Das laute Krachen der Granatwerfer stürzte die Menge in Angst und Verwirrung. Eine der Gasgranaten zerplatzte im Rotorkreis einer Mi-24, so daß die hilflosen Menschen mit einem Tröpfchenregen überschüttet wurden. Obwohl das Gas nicht tödlich war und seine Wirkung rasch abklang, war es schlimmer als die von Tränengas, weil es augenblicklich beängstigend starke Atemnot hervorrief. Die vier Kampfhubschrauber stiegen weg und bildeten eine Kleeblattformation, um die Menge anzugreifen.

Palcikas befand sich mit Kolginow bei ihrem Funkwagen in der Nähe des Haupttors, als er das schreckliche Hämmern eines auf Dauerfeuer gestellten Sturmgewehrs AK-47 hörte.

Keine fünfzig Meter entfernt spritzten Asphalt und Steinchen in einer langen Spur auf, die schließlich mit der kleinen Gruppe unmittelbar vor dem Tor zusammentraf. Schreiende Menschen brachen blutüberströmt zusammen, als die 7,62-mm-Geschosse ihr Ziel fanden.

»*Feuer einstellen!*« brüllte Palcikas, der hinter dem Fahrzeug in Deckung gegangen war. Dann wurde ihm klar, daß diese Schüsse nicht von seinen Männern kommen konnten. Ein Blick um die Stoßstange herum zeigte zu seinem Entsetzen, daß weitere Soldaten des Wachpersonals das Feuer eröffneten und in die Menge schossen. »Feuer einstellen, *verdammt noch mal!*« schrie der General mit sich überschlagender Stimme. »Das sind unbewaffnete Zivilisten!«

Einige Soldaten hörten zu schießen auf, starrten Palcikas an und schienen zu überlegen, ob sie gehorchen sollten – immerhin war er ein *General* –, aber da er nicht ihr Vorgesetzter war, beschossen sie dann doch weiter die schreiende Menge jenseits des Zauns. Palcikas mußte wieder hinter dem Fahrzeug in Deckung gehen, als ein Querschläger gefährlich nahe an ihm vorbeisurrte.

Dann erkannte Palcikas, daß auch seine eigenen Männer getroffen wurden – von Kortyschkows Leuten auf dem Reaktorgelände! Die OMON-Soldaten, auf die in der allgemeinen Verwirrung niemand achtete, waren zwischen dem Wachpersonal und der Menge in Stellung gegangen und schossen aus den Staubwolken heraus auf litauische Soldaten. Der General sah einen, der mit seinem auf Dauerfeuer gestellten AK-47 auf vier seiner eigenen Männer zielte, die sich flach zu Boden geworfen hatten.

Jetzt mußte Palcikas eingreifen. Er zog seine 9-mm-Makarow, zielte auf eine Stelle dicht über den Kopf des Mannes, um ihn in Deckung zu zwingen, und drückte ab. Der Schweinehund ging zu Boden, versuchte nachzuladen, verlor dabei sein Reservemagazin und zog es dann vor, einfach liegenzubleiben und sich die Ohren zuzuhalten.

Der Lärm um ihn herum ließ allmählich nach, und Palcikas wollte bereits aufatmen – bis ihm klar wurde, daß dieses Abflauen nur darauf zurückzuführen war, daß sich die Mi-24 entfernt hatten. Alle vier waren plötzlich abgedreht und nach Süden davongeflogen. Gegen die helle Aprilsonne war nur schwer zu erkennen, was die vier großen Kampfhubschrauber taten.

Aber das sollte Palcikas bald merken.

Die Mi-24 waren eingekurvt, bildeten eine Kleeblattformation und kehrten schnell zurück. Aus etwa einem halben Kilometer Entfernung begannen sie plötzlich mit ihren 30-mm-Maschinenkanonen auf die Demonstranten zu schießen. Dieser Angriff riß eine hundert Meter breite Schneise aus Tod und Verwüstung in die zusammengedrängte Menge. Mehrere Raketen aus dem Waffenbehälter UV-32-57 des Führungshubschraubers verfehlten das Gästepodium nur sehr knapp, setzten es aber in Brand und wirbelten Menschen wie Stoffpuppen durch die Luft.

Kortyschkow beobachtete fasziniert, wie die Mi-24 nach Süden davonflogen, dann eindrehten und aus der Sonne herabstießen. Die angerichtete Zerstörung war unglaublich: Aus verhältnismäßig großer Entfernung wurden einzelne Menschen mit erstaunlicher Präzision getroffen, von den Beinen gerissen, in die Luft geschleudert und tot zu Boden geschmettert. Das war der aufregendste Anblick seines Lebens!

Aber dann sah Kortyschkow, wie Palcikas, dieser litauische Bauernlümmel, seine Pistole hob und in Richtung Zaun schoß. Unglaublich! Der Oberst lief ans Fenster gegenüber und beobachtete, wie einer seiner Soldaten zu Boden ging. Daß Palcikas auf ihn geschossen hatte, stand für Kortyschkow ganz außer Zweifel. Palcikas schoß auf die OMON-Soldaten!

Der gemeinsame Angriff der Kampfhubschrauber Mi-24 hatte noch keine halbe Minute gedauert, aber Palcikas sah Dutzende von Männern, Frauen und Kindern, die vor dem Zaun tot auf dem Erdboden lagen.

Nicht einfach nur tot – vernichtet, ermordet.

Kolginow und Palcikas waren wie vor den Kopf geschlagen. Beide hatten in Afghanistan gegen die Guerillas gekämpft und mehr als einmal die Folgen eines Mi-24-Angriffs gesehen. Aber diese unbeschreiblichen Schreckensbilder machten sie zunächst sprachlos.

Palcikas riß sein Handfunkgerät hoch, stellte mit zitternden Fingern die GUS-Wachfrequenz ein und brüllte auf russisch: »Hubschrauber im Raum Denerokin, hier General Palcikas! Angriff sofort einstellen! Außerhalb des Geländes sind nur unbewaffnete Zivilisten! *Angriff einstellen!*«

Hinter dem Zaun fielen noch immer vereinzelt Schüsse, und der Rotorlärm der über ihn hinwegfliegenden Hubschrauber war so gewaltig, daß Palcikas nicht wußte, ob die Piloten seinen Befehl gehört hatten. Sekunden später drehten die Hubschrauber jedoch nach Westen ab, bildeten eine Kette und gaben einander Feuerschutz, während sie zur Landung auf dem Reaktorgelände ansetzten.

Kortyschkow wollte seinen Ohren nicht trauen, als er hörte, mit welcher Unverschämtheit dieser Palcikas den Hubschraubern auf der Wachfrequenz befahl, ihren Angriff abzubrechen. Da er sich als

General identifiziert hatte und die Mi-24 von außerhalb des Geländes nicht beschossen wurden, blieb den Piloten nichts anderes übrig, als seinen Befehl auszuführen. »Dieses Schwein!« fluchte der Oberst. »Dieses feige Schwein!« Kortyschkow stieß einen Wachposten beiseite, riß ein AK-47 aus der Haltung neben der Tür und rannte auf den um den Wachtturm führenden Laufgang hinaus.

Palcikas hatte sich inzwischen wieder hinter den Funkwagen zurückgezogen, so daß Kortyschkow kein freies Schußfeld hatte. Er beugte sich übers Geländer und brüllte nach unten: »Sergeant! Nehmen Sie zwei Gruppen mit und verhaften die Anführer und General Palcikas! Los, los, Beeilung!« Dreißig seiner Schwarzen Barette versammelten sich rasch um den Sergeanten, erhielten knappe Befehle und trabten in zwei Reihen Richtung Haupttor davon.

Die Folgen des Hubschrauberangriffs waren so entsetzlich, daß Palcikas und Kolginow zunächst wie gelähmt dastanden und die Leichenberge um sie herum anstarrten: Frauen, Kinder, alte Menschen und ihre eigenen Soldaten, die wie Weizen unter einem Mähdrescher gefallen waren. Jedes Stöhnen, jeder Schmerzensschrei, jedes Zucken der Überlebenden zerriß Palcikas das Herz – und ließ eine Einsicht in ihm reifen.

Hier sind keine Russen gestorben, erkannte Palcikas.

Einzig und allein Litauer.

Wie sooft in der tausendjährigen Geschichte Litauens waren seine Landsleute nichts wert gewesen. Obgleich er Macht und Einfluß besaß, hatte er praktisch nichts tun können, um sie zu retten.

Jetzt zwang er sich dazu, tätig zu werden. »Trakai alarmieren!« wies er Kolginow an. »Wir brauchen sofort Krankenwagen, Busse, Lastwagen – alles, was Verletzte transportieren kann. Benachrichtigen Sie die Krankenhäuser...«

In diesem Augenblick hörte Palcikas eine Frauenstimme, die das Stöhnen und die Schreie der Sterbenden übertönte und seinen Namen rief. Er sah Anna Kulikauskas, deren Kleidung, Gesicht, Haar und Hände blutverschmiert waren, auf sich zuwanken. In den Armen trug sie ein totes Kind – ein Mädchen von fünf bis sechs Jahren –, das Kolginow ihr rasch abnahm. »Palcikas... Palcikas, du Verbrecher!« kreischte sie hysterisch. »Warum hast du das getan? Um Himmels willen, warum nur...?«

»Anna! Sind Sie verletzt?«

»Nein ... mir fehlt nichts, außer ... Großer Gott, Palcikas, sie sind alle tot! Alle tot ...«

Er starrte sie erschrocken an. »Doch nicht etwa ...«

»Doch! Die Botschafter, der amerikanische Senator ... sie wollten zum Tor. Die Schwarzen Barette haben auf sie geschossen. Dann die Hubschrauber ... die haben einen nach dem anderen abgeknallt ...«

»Sie bleiben hier, Anna. Hier sind Sie sicher.«

»Warum haben Sie das getan?« schrie sie wieder. »Warum haben Sie den Soldaten Feuerbefehl gegeben? Warum haben Sie die Hubschrauber angreifen lassen ...?«

»*Ich habe keinen dieser Befehle gegeben!* Geschossen haben russische OMON-Soldaten, keiner meiner Männer!«

»Ich habe selbst gesehen, daß die Granaten von *Ihren* Soldaten verschossen wurden!« Anna taumelte auf ihn zu und griff mit zitternden Fingern nach den Aufschlägen seiner Uniformjacke. »Sie sind ein Mörder, General. Sie haben Dutzende von unschuldigen Menschen umbringen lassen.«

Kolginow, der das kleine Mädchen behutsam neben den Wagen gelegt hatte, sah sich hilfesuchend nach einem Sanitäter um, als sein Blick zufällig auf den Wachtturm über dem Reaktorgelände fiel. Zu seinem Entsetzen sah er dort Oberst Kortyschkow stehen, der mit seinem AK-47 auf Palcikas zielte. »General! *Deckung!*«

Palcikas sah zu Kolginow hinüber, folgte seinem Blick zum Wachtturm hinauf und erkannte den Schützen, der auf ihn zielte. Er riß Anna im Sprung mit sich hinter den Funkwagen. Dann hörte er das Sturmgewehr loshämmern, warf sich herum und mußte zusehen, wie ein langer Feuerstoß Alexei Kolginow förmlich durchlöcherte.

»Kortyschkow, *du Schwein!*« brüllte Palcikas. Er stemmte sich auf die Knie und wollte seine Pistole ziehen, aber im nächsten Augenblick war er von einem halben Dutzend Soldaten umstellt und wurde nach hinten umgerissen.

»Keine Bewegung, General«, forderte ein Sergeant ihn auf. »Sie sind festgenommen. Wehren Sie sich, haben meine Männer Schießbefehl.«

»Sie können mich gar nicht festnehmen, Sie Dummkopf! Ich bin ein litauischer Offizier! Dies ist *mein* Land!«

»Ergeben Sie sich, General?«

»Nein!«

Fünf der Schwarzen Barette hatten Mühe, den großen Litauer zu bändigen, aber zuletzt wurde ihm seine Makarow doch noch entwunden. Einer der Männer kniete auf seinem Hals und drückte seinen Kopf auf den Asphalt, so daß Palcikas nur Kolginows blutigen Leichnam sehen konnte, während seine Hände auf den Rücken gefesselt wurden. Er stieß einen lauten Schrei aus und bäumte sich erneut auf. Im nächsten Augenblick traf ein Gewehrkolben seinen Hinterkopf und ließ Palcikas in qualvolles Dunkel stürzen.

Heeresflieger-Stützpunkt Smorgon
im Norden der Republik Weißrußland
7. April, 18.40 Uhr

Besonders eindrucksvoll sehen die Dinger nicht gerade aus, dachte Generalleutnant Woschtschanka. Irgendwie hatte er erwartet, daß sie wie in einem Science-fiction-Film bläulich leuchten oder wenigstens wie Granaten oder ICBM-Gefechtsköpfe aussehen würden – mit spitzem Bug, Zündmechanismus, Steuerdüsen, Stabilisierungsflossen und dergleichen. Statt dessen erinnerten die drei vor ihm liegenden Objekte eher an Autogetriebe mit trichterförmigen Ansätzen, an denen wiederum kurze Zylinder mit mehreren Knöpfen und Röhren saßen. »Das sind die eigenartigsten Gefechtsköpfe, die ich je gesehen habe«, erklärte er General Wiktor Gabowitsch skeptisch. »Sie sehen nicht sehr gefährlich aus.«

»Gefährlich?« Gabowitsch starrte den alten weißrussischen General verblüfft an. Konnte der wirklich so naiv sein? »General, die sind nicht bloß gefährlich – sondern vernichtend. Der Gefechtskopf Fisikus KR-11 verkörpert den neuesten Stand thermonuklearer Gefechtsfeldwaffen. Er vereinigt Sprengkopf, Führungssystem und Zündmechanismus in einem völlig unabhängigen und ultrakompakten Gehäuse. Ihre Trägerraketen brauchen kein eigenes Führungs- und Zündsystem mehr, sondern lediglich eine Schnittstelle zwischen Gefechtskopf und Flugregler.«

Wie ein Gebrauchtwagenhändler, der einen rumänischen Wagen anpreist, trat Gabowitsch an einen der Gefechtsköpfe und tätschelte ihn fast liebevoll.

»Das Führungssystem befindet sich hier hinten – annähernd im Schwerpunkt der Trägerrakete. Sein Kernstück ist ein Ringlaser-Kreisel, der immer und überall augenblicklich einsatzbereit ist. Selbst wenn der Raketentransporter nach stundenlanger Fahrt über schlechte Straßen schräg und mit laufendem Motor abgestellt wird, stellt sich der Kreisel binnen sechzig Sekunden auf rechtweisend Nord ein. Er hält viel aus und wird mit völlig wartungsfreien und extrem langlebigen Batterien betrieben. Das Trägheitsnavigationssystem benötigt vor dem Start nur zwei Minuten Stillstand, um voll betriebsbereit zu sein.«

Woschtschanka war noch immer nicht überzeugt, das merkte man ihm an. *Der alte Trottel!* Deshalb erklärte Gabowitsch weiter: »Der eigentliche Gefechtskopf befindet sich hier im Mittelteil. Er funktioniert nach dem FFF-Prinzip – Fission, Fusion, Fission –, hat eine Sprengkraft von zehn Kilotonnen und gehört zu den kleinsten und wirkungsvollsten Geräten dieser Bauart, bei der ein Deuteriumkern von einer Implosionskapsel aus Uran 239 umgeben ist, die ihrerseits in einem Mantel aus Uran 235 steckt. Mit der Implosion der Plutoniumkapsel beginnt eine Kernverschmelzung, die ihrerseits . . .«

Aber Woschtschanka winkte ab. »Von dem, was Sie da erzählen, verstehe ich kaum die Hälfte, Gabowitsch«, stellte er gereizt fest. »Können Sie das alles nicht so ausdrücken, daß ein altes Schlachtroß wie ich noch mitkommt?«

»Selbstverständlich, General«, antwortete Gabowitsch etwas gönnerhaft. Woschtschanka war so dumm wie manche dieser idiotischen Litauer, die seine Soldaten vorgestern niedergeschossen hatten. »Das Ergebnis ist eine Detonation, die fast an die Hiroshimabombe herankommt – verursacht von einem Gerät, das Sie praktisch unter den Arm nehmen und wegtragen könnten. Liegt der Sprengpunkt in Bodennähe, werden in zwei Kilometer Umkreis alle nicht atombombensicher verbunkerten Ziele vernichtet. Bei einer Luftdetonation in fünftausend Meter Höhe steht in fünf Kilometer Umkreis kein einziges oberirdisches Ziel mehr.«

»Und was ist mit dem Fallout?« knurrte Woschtschanka.

»Der stellt ein geringeres Problem dar, als man erwarten könnte«, antwortete Gabowitsch nüchtern. »Die Sprengwirkung dieser Waffen ist verhältnismäßig gering – sie sollen das Zielgebiet ja nicht umpflügen –, deshalb entsteht bei hohen Luftdetonationen nur minimaler Fallout. Liegt der Sprengpunkt dagegen in Höhe null, breitet der Fallout sich je nach Wind und Wetter zwanzig bis dreißig Kilometer weit aus.«

»Dreißig Kilometer! Litauen ist nur dreihundert Kilometer breit!«

»Nun, Atomwaffen dürfen natürlich nur wohlüberlegt eingesetzt werden«, antwortete Gabowitsch leichthin. »Jedenfalls klingt die Radioaktivität schon nach zwei Tagen um neunundneunzig Prozent ab, so daß keine ABC-Schutzkleidung mehr getragen werden muß.« Er deutete auf einen in der Nähe stehenden Lastwagen und fügte hinzu: »Auf diesem Fahrzeug habe ich Ihnen fünfhundert komplette ABC-Schutzanzüge mitgebracht, die wir im Fisikus-Institut aus litauischem Material hergestellt haben. Weitere Lieferungen folgen, und Sie haben sicher auch noch alte sowjetische Lagerbestände. Nach zwei Wochen kann das Zielgebiet schon für begrenzte Zeit auch ohne Schutzkleidung betreten werden.«

Aber Woschtschanka wirkte noch immer skeptisch. »General«, fuhr Gabowitsch mit schwachem Lächeln fort, »aus praktischen und politischen Gründen gehören alle mit der Führung von Atomkriegen zusammenhängenden Fakten zu den bestgehüteten Geheimnissen unserer Zeit, denn je mehr Generale eingeweiht wären, desto mehr könnten und würden sie Atomwaffen einsetzen. Tatsächlich kann der geschickte Einsatz nuklearer Gefechtsfeldwaffen sogar eine *Minimierung* von Verlusten bewirken. Voraussetzung dafür sind allerdings diese neuen Waffen, die kleiner, sauberer und präziser sind. Wozu ein ganzes Schlachtfeld kaputtbomben, wenn man nur ein paar Panzerkompanien vernichten will?«

Woschtschanka rieb sich nachdenklich das Kinn.

»Sehen Sie, bei entsprechender Planung können moderne Waffen wie dieser Sprengkopf KR-11 einen größeren Konflikt beenden, bevor er richtig begonnen hat. In unserer Welt, die von friedliebenden Liberalen und Umweltschützern regiert wird, ist ein atomarer Gegenschlag als Antwort auf einen begrenzten Nuklearangriff praktisch undenkbar. Deshalb kann man die ganze Welt in Geiselhaft nehmen, indem man sie davon überzeugt, daß man *viele* Atomwaffen hat und nicht zögern wird, sie notfalls einzusetzen. Dann wagt keiner mehr, gegen Sie aufzubegehren.«

»Das klingt alles so einfach«, wandte Woschtschanka ein, »aber es *ist* nicht einfach – sondern eine gewaltige Aufgabe.« Er streckte die

Hand nach einem der Gefechtsköpfe aus, konnte sich aber nicht dazu überwinden, das blanke Metallgehäuse zu berühren, als fürchtete er, dabei doch etwas Strahlung abzubekommen.

Gabowitsch unterdrückte ein amüsiertes Lächeln. Das alte Schlachtroß erinnerte ihn an einen Neandertaler, der zum ersten Mal eine Glühbirne sieht. *Wie zum Teufel befehligt dieser Mann auf einem Gefechtsfeld von heute Soldaten, wenn er Angst hat, einen leblosen Gegenstand zu berühren?* Gabowitsch gab den Technikern ein Zeichen, die Verkleidungen wieder anzubringen und die Trägerraketen SCARAB für den Abtransport vorzubereiten.

»Sie brauchen sie natürlich nicht einzusetzen«, sagte Gabowitsch schließlich. »Schon ihr Besitz macht einen gewaltigen Unterschied – er ist ein wichtiger Faktor in Ihrer Feldzugsplanung.« Er machte eine Pause, lächelte verschmitzt und fügte hinzu: »Und dem Mann, der vorgestern die Demonstranten in Denerokin von Hubschraubern hat beschießen lassen, dürfte der Einsatz nuklearer Gefechtsfeldwaffen keine Gewissensbisse verursachen.« Er übergab Woschtschanka einen Aktenkoffer. »Meine Auftraggeber im Fisikus-Institut sind sehr von Ihnen beeindruckt. Sie sind bereit, Sie voll zu unterstützen. Hier das vereinbarte Honorar: eine Million Schwedenkronen.«

Woschtschanka griff zufrieden lächelnd nach dem Geldkoffer. *Geschafft!* sagte er sich. Er hatte nicht nur die Wissenschaftler dazu gebracht, ihn mit Geld und Atomwaffen zu unterstützen, sondern auch den GUS-Ministerrat überrumpelt, großangelegte »Manöver« in Weißrußland, Litauen und dem Kaliningrader Gebiet begonnen und sich die Unterstützung seiner eigenen Regierung gesichert. Binnen weniger Tage war er von einem in Ungnade gefallenen General zum militärischen Führer eines der größten Staatsstreiche der Neuzeit aufgestiegen.

Jetzt besaß er die Macht, alle Gegenangriffe abzuwehren, bis er seine Gewinne konsolidiert und seine strategische Position verbessert hatte. »Ja«, bestätigte Woschtschanka nickend, offenbar mit sich selbst zufrieden, »um den Eindruck zu erwecken, in Litauen seien in- und ausländische Terroristen aktiv, habe ich schnell und nachdrücklich reagieren müssen. Ich hätte die ganze Staffel entsandt, wenn sie einsatzbereit gewesen wäre.«

»Ihre Reaktion ist genau richtig gewesen, General«, lobte Gabowitsch ihn. »Zuwenig Gewalt hätte den Vorfall nicht in die Medien gebracht; zuviel Gewalt hätte Ihre wahren Motive verraten. Meinen Glückwunsch! Nun sind Sie eindeutig auf der Siegesstraße. Aber zunächst wollen wir zu diesen kleinen Wundern der Technik zurückkehren, ja?

In Zukunft müssen diese Trägerraketen Tag und Nacht streng bewacht werden – und Ihr Führungs- und Kontrollzentrum sogar noch strenger. Sie werden sie vermutlich von Ihrer Kommandozentrale Minsk aus kontrollieren?«

»Ich habe hier in Smorgon einen zweiten Befehlsstand, den ich in diesem Feldzug benutzen werde«, sagte Woschtschanka. »Smorgon läßt sich viel besser verteidigen als die Kommandozentrale Minsk. Wir werden das Führungs- und Kontrollzentrum hier einrichten.«

»Es sollte ein zweites Kontrollzentrum geben«, schlug Gabowitsch vor, »damit Sie die Waffen auch nach einem etwaigen Angriff auf Ihr Hauptquartier noch einsetzen können.«

»Für die Einrichtung eines Ausweichzentrums bleibt keine Zeit mehr«, wehrte Woschtschanka ab. »Das Unternehmen zur Besetzung Litauens und des Kaliningrader Gebiets läuft sofort an. Sobald Minsk gesichert und von allen GUS-Truppen geräumt ist, lasse ich ein zweites Kontrollzentrum einrichten.«

»Gut, aber Sicherheit geht über alles«, sagte Gabowitsch. »Es gibt viele Trägerraketen, viele Gefechtsköpfe, aber nur einen Kommandeur. Und der sind jetzt Sie.« Er zog eine massive Metallkette mit zwei Sicherheitsschlüsseln aus der Tasche. »Üblicherweise muß der Einsatzbefehl von zwei Verantwortlichen kommen, und ich schlage vor, dieses System auch für Ihr Hauptquartier zu übernehmen. Ihr Präsident hat einen Schlüssel, Sie haben den anderen, und beide gemeinsam...«

»*Niemand* bekommt den zweiten Schlüssel«, unterbrach Woschtschanka ihn energisch. »Ob diese Waffen eingesetzt werden, entscheide allein ich.«

Gabowitsch starrte ihn an. »Aber... falls Sie gefangengenommen oder verraten werden, General, haben Sie keinerlei Kontrolle über diese Waffen mehr.«

»Ich werde nicht verraten«, behauptete Woschtschanka zuversichtlich, »und falls ich gefangen oder tot bin, interessieren die Waffen mich nicht mehr, stimmt's?« Er wollte nach den Schlüsseln greifen, aber Gabowitsch zog rasch seine Hand zurück.

»Noch eine Klarstellung, bevor ich Ihnen diese Schlüssel zum Höllentor überlasse, General«, sagte Gabowitsch amüsiert lächelnd. »Wir haben folgende Abmachung getroffen: Sie zerschlagen die litauische und weißrussische Opposition und vertreiben die GUS-Truppen aus Litauen und dem Kaliningrader Gebiet, aber Sie sorgen dafür, daß das Fisikus-Institut, ich selbst und die von mir bezeichneten Personen frei und ungehindert weiterarbeiten können. Sie verpflichten sich weiterhin, das Institut und seine Mitarbeiter wirksam schützen zu lassen, und sie garantieren uns freien Zugang zu allen benötigten Materialien und Dienstleistungen, solange Litauen von Ihren Truppen besetzt bleibt.

Diese drei Atomsprengköpfe – und neun weitere, die innerhalb von dreißig Tagen geliefert werden – sowie die technische Unterstützung beim Einsatz der fünfzig sowjetischen Trägerraketen, die Sie heimlich beiseite geschafft haben, sind unsere Bezahlung für diesen Schutz. Alle weiteren von uns zu liefernden Waffen werden nur gegen Barzahlung verkauft. Einverstanden?«

»Ich habe schon gesagt, daß ich damit einverstanden bin.«

»Dann schwören Sie!« verlangte Gabowitsch. »Ich weiß, daß Sie ein gläubiger Christ sind – schwören Sie bei Gott und allen Heiligen, sich an unsere Vereinbarung zu halten.«

Diesmal lächelte Woschtschanka. »Sie trauen mir nicht, General Gabowitsch?«

»Allerdings nicht.«

»Das ist klug«, sagte Woschtschanka zufrieden. »Ich traue Ihnen nämlich auch nicht. Wir werden die in meinem Hauptquartier installierten Systeme ausgiebig testen, und sobald wir wissen, wie alles funktioniert, werden sie verlegt und umprogrammiert, damit Sie sie nicht mehr beeinflussen können.«

»Und wir werden Sicherheitsvorkehrungen treffen, um genau das unmöglich zu machen«, antwortete Gabowitsch. »Sie können diese Waffen gegen Ihre Feinde einsetzen, aber wir sorgen dafür, daß kein Einsatz gegen uns möglich ist. Und mit dem ersten weißrussischen Soldaten, der das Fisikus ohne Erlaubnis betritt, ist unsere Vereinbarung aufgekündigt, woraufhin meine Auftraggeber und ich unser gesamtes Arsenal gegen *Sie* einsetzen werden.«

»Andere Männer schwören vielleicht bei Gott und allen Heiligen, General, aber ich schwöre bei etwas, an das ich *wirklich* glaube...

hier!« sagte Woschtschanka lachend und legte dabei seine rechte Hand zwischen die Beine. Das war eine uralte Geste, mit der ein Mann sein Versprechen mit nichts weniger als seiner Männlichkeit besiegelt. Als er merkte, daß Gabowitsch peinlich berührt war, schlug er ihm lachend auf den Rücken. »Ich schwöre Ihnen, unsere Vereinbarung einzuhalten, General Gabowitsch. Wahrscheinlich ist Ihnen nicht zu trauen – aber solange ich das weiß, kann ich mit Ihnen umgehen. Unsere glorreiche Offensive zur Wiedererrichtung des alten weißrussischen Reiches beginnt in diesem Augenblick.«

3

*Weißes Haus, Washington, D. C.
11. April, 21.01 Uhr*

Der Präsident der Vereinigten Staaten kniff die Augen zusammen.

Das gleißend helle Licht der Fernsehscheinwerfer blendete ihn, so daß seine Stichwortkarten auf dem Rednerpult vor ihm trotz Großdruck nur schwer zu lesen waren. Hier gab es keinen Teleprompter, denn dies war eine »informelle« Pressekonferenz im East Room des Weißen Hauses. An sich gab es dafür den Presseraum, aber der Präsident hatte schon bald nach seinem Amtsantritt darüber geklagt, der Raum sei zu heiß und zu beengt. Deshalb waren die Pressekonferenzen in den viel größeren East Room verlegt worden, und dieser schön eingerichtete, elegante Raum verlieh dem neuen Präsidenten auch mehr Statur, fanden seine Mitarbeiter.

Und die brauchte er heute wirklich dringend, weil er die erste internationale Krise seit seiner Amtsübernahme im Januar zu bewältigen hatte.

»Was sich letzte Woche in der litauischen Hauptstadt Wilna ereignet hat, unterstreicht die große Besorgnis unserer Regierung um die Zukunft der Republik Litauen und aller übrigen baltischen Staaten.« Im Gegensatz zu seinem Vorgänger, der außenpolitisch brilliert hatte, war dieser Präsident ein Gelehrtentyp, dessen Stärken in der Innen- und Wirtschaftspolitik lagen. Obwohl die vorige Regierung sich den Zusammenbruch des Weltkommunismus an ihre Fahne hatte heften können, hatten schwerwiegende amerikanische Wirtschaftsprobleme dem Herausforderer zum Sieg verholfen.

Aber heute würde er sich auch als Außenpolitiker bewähren müssen. Er trug sogar ein schwarzes Trauerband am linken Revers seiner Jacke – zum Gedenken an Senator Charles Vertunin.

»Der Verlust, den wir alle durch den Tod von Senator Vertunin erlitten haben, beweist wieder einmal, daß wir selbst in dieser Zeit des Friedens und der sich ausbreitender Demokratie auf der Hut vor Verrat und Unterdrückung sein müssen.

Gegenwärtig hat das Oberkommando der GUS-Streitkräfte über die baltischen Staaten – Lettland, Litauen und Estland – ein vorläufiges Flugverbot für Militär- und Zivilflüge verhängt. GUS-Truppen scheinen vor allem in Litauen aktiv zu sein, wo landesweit Tausende von Soldaten in Marsch gesetzt worden sind.

Bisher sehen wir keinen Grund für diese eindeutige Aggression in einer unabhängigen Republik, die klar gegen den Vertrag zwischen Litauen und der GUS verstößt. Über die Gründe für die Truppenbewegungen können wir nur spekulieren, aber sie erinnern stark an das Verhalten Saddam Husseins und der irakischen Armee in den Wochen vor ihrem Einmarsch in Kuwait. Dabei sind die Litauer freie, friedliebende gesetzestreue Bürger, die mit uns Amerikanern viele Ideale gemeinsam haben.

Ich möchte allen unmißverständlich klarmachen, daß die Vereinigten Staaten zu handeln bereit sind – erst mit diplomatischen Mitteln, dann mit Wirtschaftssanktionen und nötigenfalls zuletzt auch mit militärischer Gewalt.

In Übereinstimmung mit unserer bisherigen Politik in dieser Angelegenheit habe ich Außenminister Danahall heute angewiesen, im Sicherheitsrat der Vereinten Nationen eine dringende Resolution einzubringen, die unter UNO-Aufsicht den sofortigen, bedingungslosen und vollständigen Abzug aller ausländischen Truppen aus dem Baltikum fordert. Die Vereinigten Staaten sind bereit, dabei sofort Hilfestellung zu leisten. Unserer Überzeugung nach können alle damit zusammenhängenden Fragen friedlich geregelt werden.«

Nun wurde der Präsident mit Fragen bestürmt. Da seine Berater und er noch keinen brauchbaren Aktionsplan ausgearbeitet hatten, wollte er an sich keine Fragen beantworten. Aber er wußte, daß er den Journalisten nicht so leicht entkommen würde. Manchmal wünschte er sich, das Rednerpult wäre mit einem Airbag ausgestattet – gegen Frontalzusammenstöße mit der Presse. Meistens kamen ihm die Reporter wie Gestalten aus einem Clint-Eastwood-Film vor: manche gut, manche böse, die meisten bloß häßlich. Er blinzelte seinem Pressesprecher zu, der die Befragung nach fünf Minuten unterbrechen würde.

»Mr. President«, begann der CNN-Reporter, »Ihrer Ansicht nach läßt diese Krise sich friedlich beilegen, aber Weißrußland behauptet, die Vereinigten Staaten planten als Vergeltung für den Überfall in Wilna ein Militärunternehmen in Litauen. Trifft das zu?«

»Äh... ich fordere die weißrussische Regierung auf, die Hintergründe des Überfalls vor dem Atomreaktor Denerokin genau untersuchen zu lassen«, sagte der Präsident. »Und natürlich die Hintergründe des Todes von Senator Vertunin. Bisher sind aus Weißrußland nur sehr unbefriedigende Äußerungen und unbestimmte Drohungen zu hören gewesen. Wir haben nicht die Absicht, dort militärisch einzugreifen. Aber wir müssen möglicherweise handeln, wenn die Gemeinschaft Unabhängiger Staaten sich nicht an den Ermittlungen beteiligt und weiter darauf besteht, den litauischen Luftraum für Verkehrsflugzeuge zu sperren.«

»Mr. President«, fragte der NBC-Reporter, »Sie vergleichen den weißrussischen Präsidenten Swetlow anscheinend mit Saddam Hussein. Betrachten Sie Swetlow und Weißrußland als Gefahr für den Frieden in Europa? Was erwarten Sie unter diesen Umständen von Swetlow – und sind Sie bereit, Krieg zu führen, um ihn daran zu hindern, seine Pläne zu verwirklichen?«

»Tut mir leid, aber Ihre Fragen sind zu spekulativ«, wehrte der Präsident ab. »Ich wiederhole: Die amerikanische Regierung und das amerikanische Volk weisen jeden Versuch einer ausländischen Macht zurück, ein friedliebendes, demokratisch regiertes Volk zu unterdrücken. Niemand *will* intervenieren, aber der gegenwärtige Stand der Dinge läßt kaum eine andere Möglichkeit offen.«

»Sie wären also bereit, Krieg gegen Weißrußland oder die Gemeinschaft Unabhängiger Staaten zu führen?« fragte der ABC-Reporter.

Der Präsident spürte Schweißperlen auf Stirn und Oberlippe und tupfte sie rasch mit seinem Taschentuch ab. Er nahm sich vor, seinen Pressesprecher anzuweisen, die verdammte Klimaanlage bei solchen Ereignissen bis zum Anschlag aufzudrehen.

»Ich will keinen Krieg. Den will keiner«, sagte der Präsident schließlich. »Aber, äh, wir überdenken natürlich alle sich bietenden Optionen. Und Krieg steht auf dieser Liste weit – *ganz* weit – unten.«

Die Medienleute bestürmten ihn weiter mit Fragen. Der Präsident suchte die Gesichter unter den erhobenen Händen ab und deutete dann auf den Reporter der *Washington Post*.

»Mr. President«, fragte der Journalist, »was ist von der Meldung zu halten, Präsident Swetlow habe angedroht, Weißrußland mit Atomwaffen zu verteidigen? Besitzt Weißrußland Atomwaffen – und glauben Sie, daß er damit amerikanische Truppen oder Litauen angreifen würde?«

Der Präsident räusperte sich. »Uns ist Anfang 1992 versichert worden, alle dort stationierten sowjetischen Atomwaffen würden zerstört oder nach Rußland überführt. Sollte Weißrußland heute Atomwaffen besitzen, sind sie von Rußland geliefert oder nicht zurückgegeben worden. Beides wäre ein klarer Verstoß gegen internationale Verträge. Ich kann nur hoffen, daß diese Drohung Atomwaffen einzusetzen, sich als rein rhetorisch erweisen wird.«

Der Pressesprecher trat vor und beendete die Pressekonferenz, indem er behauptete, der Präsident habe einen weiteren dringenden Termin. Der Präsident beantwortete im Hinausgehen noch einige Fragen, legte sich dabei jedoch auf nichts fest und verließ aufatmend den East Room.

Von dort aus begab er sich direkt in den Cabinet Room neben dem Oval Office, in dem sein Sicherheitsberater, der Außenminister, der Verteidigungsminister, der Vorsitzende der Vereinten Stabschefs, der Director of Central Intelligence, der Vizepräsident, der Stabschef des Weißen Hauses und ihre engsten Mitarbeiter versammelt waren. Sobald er Platz genommen hatte, forderte er die Anwesenden mit einer Handbewegung auf, sich ebenfalls zu setzen.

»Eine ausgezeichnete Pressekonferenz, Mr. President«, behauptete Außenminister Dennis Danahall. »Knapp, aufs Wesentliche konzentriert, klar und deutlich.«

»Danke«, antwortete der Präsident, ohne ein Wort zu glauben. Danahall, der als Außenminister ins Kreuzfeuer der öffentlicher Kritik geraten war, wollte sich bloß einschmeicheln. Zu seinem Stabschef sagte der Präsident: »Ich möchte die Planung für Vertunins Bestattung sehen – in Arlington, wenn ich mich recht erinnere. Er wird natürlich unter der Rotunde aufgebahrt.«

»Ja, Mr. President.«

»Gut.« Dann herrschte Schweigen, während der Kaffee serviert wurde. Nachdem das Personal den Raum verlassen und der Secret Service von außen die Bewachung der Türen übernommen hatte, begann der Präsident: »Schön, reden wir also über die militärische

Option. Ich will Ihnen allerdings gleich sagen, daß ich gegen einen Militäreinsatz bin. Meiner Ansicht nach ist Gewalt in diesem Fall wirkungslos – zumindest unter den gegenwärtigen Umständen. Aber ich brauche Informationen über die Amerikaner in Litauen, die Kampfkraft der weißrussischen Verbände und die Zusammensetzung der eigenen Truppen in diesem Gebiet. Ken, Sie fangen bitte an. Wen oder was haben wir dort?«

Kenneth Mitchell, der Director of Central Intelligence, warf einen Blick auf seine Notizen. »Mr. President, unseres Wissens halten sich in Litauen dreihundertzwölf Amerikaner auf, zu denen weitere einundfünfzig vom Botschaftspersonal kommen. Das diplomatische Corps ist in der Botschaft in Wilna konzentriert; alle Beamten und Angestellten sind vollzählig anwesend.«

»Eigentlich wollten wir versuchen, die Zivilisten ebenfalls auf dem Botschaftsgelände zu konzentrieren«, fügte Außenminister Danahall hinzu, »damit sie gut erreichbar und notfalls leicht zu evakuieren sind. Aber der Oberkommandierende der GUS-Truppen, der weißrussische General Woschtschanka, hat alle Ausländer aufgefordert, an ihrem amtlichen Wohnsitz zu bleiben – ›zu ihrer eigenen Sicherheit‹, behauptet er –, und genau das empfehlen wir jetzt natürlich auch. Das ist frustrierend, aber wenigstens sind sie dort vorläufig in Sicherheit.«

»Zu den in Wilna festsitzenden Amerikanern gehören einige prominente Geschäftsleute«, flüsterte Vizepräsident Martindale dem Präsidenten zu. »Reiche Männer, großzügige Spender, Präsidenten von Firmen mit vielen Arbeitnehmern.«

Der Präsident nickte, um zu zeigen, daß er verstanden hatte. Kevin Martindale war ein junger Mann Anfang Vierzig und politisch sehr ehrgeizig, aber vorerst damit zufrieden, den Mächtigen zuzuarbeiten, bis er selbst an politischem Gewicht gewonnen hatte. So war Martindale im Weißen Haus und im Kapitol in den Ruf einer Bulldogge gekommen, die in Grabenkämpfen dafür sorgte, daß die Vorschläge des Präsidenten im Kongreß gehört und gebilligt wurden.

Als wolle er die Anmerkung des Vizepräsidenten unterstreichen, fuhr Mitchell fort: »Übers ganze Land verteilt halten sich nur relativ wenige Amerikaner auf, die dafür aber um so einflußreicher sind. Der Präsident von Navistar International ist in Kaunas, um den Neubau einer mit litauischer Beteiligung errichteten Landmaschinenfabrik einzuweihen; die halbe Rechtsabteilung der Pepsi verhandelt wegen eines Abfüllbetriebs in Wilna; Kellog's errichtet nördlich von Wilna eine Fabrik für Frühstücksflocken... Eine vollständige Liste enthält der vor Ihnen liegende Ordner.«

Der Präsident blätterte in dem blauen Ordner mit dem blauen CIA-Emblem und erkundigte sich dann: »Was halten Sie von der Ankündigung der GUS, daß diese Leute nicht in Gefahr sind, solange sie nicht reisen? Ist das auch Ihre Einschätzung? Sind unsere Leute in Gefahr?«

»Im Augenblick nicht«, antwortete Mitchell. »Sie sind alle in Hotels oder Privathäusern untergebracht und haben vorläufig noch Verbindung zu unserer Botschaft. Bisher sind sie weder kontrolliert noch anderweitig belästigt worden. Satellitenbilder zeigen, daß in Litauen kleinere Bewegungen von GUS-Truppen stattgefunden haben – aber bislang weist nichts auf eine bevorstehende Besetzung der Hauptstadt hin.«

»Also droht ihnen von keiner Seite Gefahr?«

Mitchell zuckte mit den Schultern. »Schwer zu beurteilen, Mr. President. Aber ich glaube, daß nach einiger Zeit eine gewisse Entspannung eintreten wird.«

»Das Pentagon ist anderer Meinung«, warf Wilbur Curtis als Vorsitzender der Vereinten Stabschefs ein. »Die Flüge weißrussischer Kampfhubschrauber im litauischen Luftraum und die weißrussischen Truppenbewegungen – auch wenn sie unter GUS-Flagge stattfinden – sind sehr beunruhigend. Diese Truppenbewegungen sind nicht umfangreich, zumindest vorläufig nicht, aber...«

Außenminister Danahall schüttelte den Kopf. »General, der Stationierungsvertrag zwischen Litauen und der GUS gestattet die Anwesenheit von GUS-Truppen auf litauischem Boden.«

»Das *weiß* ich, Dennis«, wehrte Curtis ab. »Aber nach Meldungen der litauischen Streitkräfte an die Vereinten Nationen ist mehrmals gegen diesen Vertrag verstoßen worden – und das Gesamtbild, das sich daraus zusammensetzen läßt, ist beunruhigend.«

»Worauf wollen Sie hinaus, Wilbur?« fragte der Präsident.

General Curtis breitete die Hände aus. »Ich halte es für durchaus vorstellbar, daß Weißrußland – vielleicht sogar im Dienste der GUS – versuchen könnte, Litauen zu annektieren.«

»Scheiße«, murmelte der Präsident. »Sind Sie ganz sicher?«

»Nein, das bin ich nicht, Sir«, gestand Curtis. »Aber verschiedene Beobachtungen, über die Ken Mitchell uns informiert hat, machen mir wirklich Sorgen.«

Der Präsident wandte sich an DCI Mitchell, der zustimmend nickte. »General Curtis' Theorie ist durch einen Kontaktmann bestätigt worden, den wir in Moskau haben – außerhalb der GUS-Führung, aber mit ausgezeichneten Verbindungen. Boris Dwornikow, ein ehemaliger KGB-Abteilungsleiter, ist weiterhin eine sehr gute Quelle. Die Möglichkeit einer Annexion ist angesprochen worden...«

»Aber warum Weißrußland?« fragte der Präsident. »Das verstehe ich nicht!«

»Es muß nicht unbedingt ein Zusammenhang bestehen, Sir«, behauptete Curtis.

»Aber es gibt einen sehr starken historischen Zusammenhang«, wandte Mitchell ein. »Weißrußland – oder historisch richtiger: Belarus – und Litauen haben früher zusammengehört. Belarussisch ist sogar jahrhundertelang Amtssprache am litauischen Hof gewesen. Damals haben Litauen und Belarus gemeinsam zu den mächtigsten Staaten Europas gehört.

Als Binnenstadt ist Weißrußland in bezug auf Ein- und Ausfuhren von anderen Ländern abhängig: Rußland, Litauen, Lettland und Polen. Weißrußland ist immer von Rußland beherrscht worden, wie jetzt von der GUS, die jedoch mehr auf die Bedürfnisse Rußlands und der Ukraine zugeschnitten ist, obwohl Minsk die neue GUS-Hauptstadt ist. Außerdem hat Weißrußland *gewaltige* Streitkräfte, die untätig herumsitzen, bis irgendein Einsatzbefehl von der GUS kommt.«

Der Präsident trommelte besorgt mit den Fingern auf dem Tisch. »Dann ist der Angriff weißrussischer Kampfhubschrauber also der Vorbote einer richtigen Invasion?«

»Das weiß ich nicht, Sir«, antwortete Mitchell. »Die Untersuchungen der GUS wegen dieses Vorfalls sind bisher nicht abgeschlossen. Also weiß niemand, ob die Hubschrauberpiloten ihre Befehle von Weißrußland oder der GUS bekommen haben. Das Problem liegt darin, daß ohnehin in beiden Fällen General Woschtschanka zuständig ist. Er ist nicht nur Kommandeur der dort stationierten GUS-Truppen, sondern befehligt vom Heeesflieger-Flugplatz Smorgon nordwestlich von Minsk aus auch das weißrussische Heer. Erste Informationen aus Minsk besagen, Woschtschanka solle abgelöst werden, aber die weitere Entwicklung bleibt abzuwarten.«

»Was hat es mit diesem Woschtschanka auf sich?« fragte der Präsident gereizt. »Wenn's dort irgendwelche Probleme gibt, ist er immer mittendrin. Ist er etwa der nächste Saddam Hussein?«

»Ein guter Vergleich, Mr. President«, meinte Curtis. »Neben Präsident Swetlow dürfte er der mächtigste Mann des Landes sein. Seit der Unabhängigkeit ist er für den raschen Ausbau der weißrussischen Streitkräfte zuständig gewesen – und das macht ihn in seiner Heimat sehr populär. Er befehligt etwa hundertfünfzigtausend Mann und besitzt vermutlich auch den Schlüssel zum Atomwaffenarsenal Weißrußlands.«

»*Atomwaffenarsenal?*« Der Präsident seufzte. »Und ich habe gedacht, der Reporter wollte mich nur ködern. Hat er wirklich Atomwaffen? Dann stimmen die Berichte also? Rußland hat *nicht* alle abgezogen?«

»Wahrscheinlich nicht, Sir«, bestätigte CIA-Direktor Mitchell. »Die Interkontinentalraketen, die mobilen SS-25 und die in Brest-Litowsk stationierten mobilen SS-24 sind abgezogen worden – das haben unsere Inspektoren bestätigt. Aber bisher gibt es keine befriedigende Auskunft über den Verbleib von nahezu dreihundert Lenkwaffen SS-21 SCARAB, die bei Einheiten der Roten Armee in Weißrußland stationiert waren. Sie sollten ebenfalls abgezogen werden, aber wir vermuten, daß einige nach wie vor in Position sind.«

»Woher wissen Sie das? Sehen unsere Satelliten sie denn?« fragte der Präsident mit einer Handbewegung, als seien die Satelliten im Raum anwesend.

»Manchmal... vor allem dann, wenn die Weißrussen vergessen, sie vor unseren Überflügen zu tarnen. Meistens verstecken sie ihre Lenkwaffen, wenn die Satelliten am Horizont auftauchen«, antwortete Mitchell. »Die SS-21 ist etwas kleiner als die Lenkwaffe SS-1 SCUD, die sie in der Sowjetunion abgelöst hat. Sehr leicht zu verstecken. Aber zu Ausbildungszwecken müssen die SS-21 oft transportiert und schußbereit aufgebaut werden – und dann können wir sie sehen. In Smorgon dürfte Woschtschanka ungefähr fünfzig haben, von denen etwa die Hälfte einsatzbereit ist.«

Der Präsident war entgeistert. »Unglaublich!« murmelte er. »Wir *wissen* von diesen Waffen und haben *nichts* unternommen, um sie ihm wegzunehmen? Weshalb diese Untätigkeit, verflucht noch mal?«

»Die SS-21 bedroht nur GUS-Mitglieder und die Weißrussen selbst«, erklärte Mitchell ihm geduldig. »Außerdem bin ich davon überzeugt, daß die GUS weiß, daß diese Lenkwaffen in Weißrußland stehen. Sie zieht es nur vor, diese Tatsache nicht öffentlich zu bestätigen.«

»Aber jetzt bedrohen sie *uns*, oder nicht?« knurrte der Präsident. »Sollten die Weißrussen unsere in Litauen stationierten Truppen bedrohlich finden, könnten sie Wilna mit Raketen beschießen, nicht wahr?«

Mitchell reagierte überrascht auf diese Frage. »Das halte ich für ziemlich unwahrscheinlich, Sir«, sagte er. »In einem großen Krieg wäre das kein Faktor.«

»Aber in einem beschränkten Konflikt, wie er hier zu entstehen scheint«, stellte der Präsident fest, »wäre dieser Raketenschlag vernichtend. Ich brauche einen Aktionsplan, wie wir gegen die Lenkwaffen vorgehen können. Sobald Weißrußland den Eindruck macht, gegen Litauen losschlagen zu wollen, müssen wir diese Dinger neutralisieren können. *Ist das klar?*«

»Ich lasse Ihnen morgen einen entsprechenden Plan vorlegen, Sir«, sagte Curtis, der froh war, daß dieser Präsident entscheidungsfreudiger als sein zögerlicher Vorgänger war.

»Gut. Befassen wir uns wieder mit dem dringendsten Problem – den Amerikanern in Litauen«, verlangte der Präsident. »Wir gehen davon aus, daß sie nicht unmittelbar gefährdet sind und nicht gegen ihren Willen festgehalten werden, zumindest im Augenblick nicht. Stimmt das?« Mitchell, Curtis und Russell nickten. »Okay, was tun wir also, wenn ihnen weiterhin die Ausreise verweigert wird?«

»Eine Luftbrücke ließe sich am schnellsten organisieren«, antwortete General Curtis. »Erhalten wir eine Landeerlaubnis für den Flughafen Wilna, die uns garantiert, daß Verkehrsmaschinen sicher landen können, transportieren wir alle Amerikaner binnen eines Tages ab. Sollte aus Haftungsgründen keine Fluggesellschaft Wilna anfliegen wollen, können wir eine von ihnen als Element der Civil Reserve Air Fleet dienstverpflichten. In diesem Fall würde der Staat für etwaige Schäden haften. Alternativ käme eine militärische Luftbrücke in Frage«, fuhr Curtis fort. »General Lockhart von European Command hat mir bereits einen Vorschlag unterbreitet. Mit drei Transportern C-17 Jupiter und zwei Besatzungen pro Maschine kann er unsere Landsleute an einem Tag aus Litauen rausholen. Mir wären Verkehrsflugzeuge allerdings lieber, weil sie die GUS-Soldaten weniger provozieren würden. Aber wir können Lockhart die C-17 von der McGuire Air Force Base in New Jersey binnen vierundzwanzig Stunden zur Verfügung stellen.«

»Können Sie dafür sorgen, daß alle übrigen C-17-Einsätze gestrichen werden, damit die Maschinen jederzeit für eine mögliche Evakuierung zur Verfügung stehen?« fragte der Präsident.

»Ja, Sir.«

»Gut, dann tun Sie das. Lassen Sie sich sechs Maschinen zur Verfügung stellen, damit Ersatz vorhanden ist, und sorgen Sie für Doppelbesatzungen. Wenn es losgeht, müssen die Amerikaner in *weniger* als einem Tag rausgeholt werden.«

»Verstanden, Sir«, bestätigte Curtis. Er hätte sich am liebsten eine Zigarre angezündet, aber er wußte, daß der Präsident überzeugter Nichtraucher war.

»Was ist, wenn sie den Flughafen sperren?« erkundigte der Präsident sich.

»Im Prinzip ist er längst geschlossen – auf Befehl von General Woschtschanka«, antwortete Curtis. »Sollten Verhandlungen mit dem Ziel einer Öffnung zur Evakuierung unserer Landsleute fehlschlagen, planen wir einen Vorstoß nach Litauen, um sie dort herauszuholen.«

Der Präsident schüttelte den Kopf. »Bitte weiter«, sagte er dann trotzdem.

»Wir müssen vier Möglichkeiten gegeneinander abwägen, Sir: ein Unternehmen zur Verstärkung unserer Botschaftswache, eine Evakuierung ohne Gewaltanwendung, ein Unternehmen zur Besetzung und Öffnung des Flughafens für unsere Maschinen und als letztes Mittel eine gewaltsame Befreiungsaktion. Aber das alles wird von dem anderen Unternehmen beeinflußt, bei dem REDTAIL HAWK dort rausgeholt werden soll.«

»Gott, das hatte ich ganz vergessen«, murmelte der Präsident. »Wann steigt die Sache?« Er sah auf seine Uhr, rechnete kurz und fragte: »*Morgen* nacht, stimmt's?«

»Ja, Sir«, antwortete Curtis. »Trotz erhöhter Alarmbereitschaft der GUS-Truppen scheinen die Voraussetzungen ziemlich gut zu sein. Wir rechnen mit einem starken Frühjahrssturm, in dem kein russisches Flugzeug fliegen kann und die Reichweite der Radargeräte auf ein Minimum reduziert ist. Teams der Special Forces sabotieren die Stromversorgung russischer Militärflugplätze – nicht vollständig, aber ausreichend, daß unsere Truppen ins Land schlüpfen können. Und unsere Froschmänner legen zwei, drei Radarstationen an der Küste still.«

Der Präsident wirkte eher noch skeptischer. »Wir sollten dieses Unternehmen verschieben, finde ich. Wilbur, angesichts der...«

»Im Gegenteil, Sir. REDTAIL HAWK sollte weiterlaufen und mit dem Unternehmen zur Verstärkung der Botschaftswache kombiniert werden«, verkündete Curtis.

»Was haben Sie vor?« fragte der Präsident. »Sie wollen das Gemetzel in Denerokin ausnutzen, um Spione einzuschleusen? Damit wir *zwei* Unternehmen *auf einmal* laufen haben? Großer Gott, als ob da drüben noch nicht genug los wäre! Überlegen Sie sich das lieber noch einmal, Wilbur.«

»Unser Hauptziel ist die schnelle und wirkungsvolle Verstärkung der Botschaftswache«, stellte Curtis fest. »Im Augenblick befinden wir uns im Vorteil, weil wir Verbindung zu unserer Botschaft haben, die die Aufenthaltsorte von neunzig Prozent aller Amerikaner in Litauen kennt. Jetzt gilt es, diesen Vorteil zu halten.«

»Und gleichzeitig läuft der Plan zur Rettung von Oberleutnant Luger aus dem Fisikus-Institut weiter«, warf Sicherheitsberater Russell ein. »Sir, unser Hauptproblem bei REDTAIL HAWK ist der Einsatz amerikanischer Truppen in einem befreundeten Land gewesen. Das hat sich jedoch geändert. Jetzt können wir den Einsatz der Special Operations Teams mit der notwendigen Verstärkung der Botschaftswache begründen.«

Der Präsident hatte immer mehr das Gefühl, die Dinge entglitten seiner Kontrolle. »Beschränken wir uns bitte auf unser eigentliches Problem, Gentlemen – die Amerikaner in Litauen. Wilbur, fahren Sie bitte fort. Welche Truppen stehen bereit...« Der Präsident machte eine Pause, sah zu seinem Außenminister hinüber und fuhr diplomatisch fort: »... *falls* wir uns zum Eingreifen entschließen?«

»Die wichtigste Einheit ist das 26. MEU – Marine Expeditionary

Unit –, das bereits in Alarmbereitschaft versetzt worden ist«, antwortete Curtis. »Das sind rund sechzehnhundert Marines, vierhundert Seeleute und sechs Schiffe, darunter mit der *Wasp* der neueste Flugzeugträger für Amphibienlandungen. Das 16. und das 20. MEU könnten von der amerikanischen Ostküste aus in Marsch gesetzt werden. General Kundert vom Marine Corps bleibt bei seiner Empfehlung, die gesamte Second Marine Expeditionary Brigade auf ihren Stützpunkten in Deutschland und Norwegen zu alarmieren. Er begründet sie mit der Warnung des weißrussischen Generals Woschtschanka vor einem Einsatz amerikanischer Truppen im Baltikum.«

»Wir sollten uns von niemandem Vorschriften machen lassen, was die Sicherheit unserer Bürger im Ausland betrifft«, sagte Verteidigungsminister Preston. »Dies ist keine interne litauische Angelegenheit, kein Bürgerkrieg, Mr. President. Hier liegt eine Aggression gegen einen Nachbarstaat vor – wie in Afghanistan oder Kuwait.«

Danahall sah zu Sicherheitsberater Russell hinüber. »Die Lage ist dabei, sich wieder zu beruhigen, George, das wissen Sie so gut wie ich«, wandte der Außenminister ein. »Wenn wir jetzt Truppen schikken, destabilisieren wir das gesamte Baltikum. Deshalb hatten wir uns darauf geeinigt, zunächst nur unseren Entwurf für eine UNO-Resolution zu veröffentlichen.«

»Und ich bin damit einverstanden gewesen«, sagte Russell. »Und Sie haben zugestimmt, daß das 26. MEU alarmiert werden soll. Aber wir können doch nicht rund zweitausend Mann und sechs Kriegsschiffe verlegen, ohne daß die Öffentlichkeit etwas davon erfährt. Wir müssen anfangen, das amerikanische Volk hinter uns zu sammeln.«

»Der Präsident hat noch keine Entscheidung für Kriegshandlungen in Litauen getroffen«, stellte Danahall fest. »Daher sollten wir . . .«

»Und vergessen Sie REDTAIL HAWK nicht!« unterbrach ihn Curtis.

Der Präsident wandte sich an Curtis und Russell. »Tut mir leid, aber diese Sache kann den Status von REDTAIL HAWK beeinflussen, Gentlemen. Unter Umständen bleibt mir nichts anderes übrig, als das Unternehmen vorerst zu streichen.«

»Oberleutnant Luger befindet sich in größter Gefahr, Mr. President«, sagte Curtis nachdenklich. »Das wissen wir aus den Meldungen von CIA- und ISA-Kontaktleuten. Wir haben ein Team zusammengestellt, das ihn dort rausholen soll. Das Unternehmen ist bereits angelaufen und...«

»Sie können es jederzeit wieder abblasen, General«, warf Danahall ein. »Versuchen Sie bitte nicht, den Eindruck zu erwecken, als sei der Ausführungsbefehl in diesem Stadium irreversibel.«

»Das wollte ich nicht, Dennis«, antwortete Curtis. »Aber der richtige Zeitpunkt ist entscheidend, und Oberleutnant Luger bleibt bestimmt nicht mehr viel Zeit. Wir *müssen* schnell handeln!«

»Offenbar befinden GUS-Einheiten, weißrussische Verbände und die Schwarzen Barette sich in Alarmbereitschaft«, sagte Danahall. »Unter diesen Umständen wird das Team, das ihn rausholen soll, sich nicht nach Litauen wagen.«

»Ganz im Gegenteil, Dennis, es besitzt sämtliche Informationen über die Bewegungen weißrussischer Truppen in Litauen und ist nach wie vor bereit, das Unternehmen durchzuführen«, erklärte Curtis ihm. »Es verfügt über die neuesten Informationen und sieht keinen Grund, die Sache abzublasen.«

»Aber das ist ein Himmelfahrtskommando!«

»General Kundert und ich sind anderer Meinung«, sagte Curtis zuversichtlich. »Das Marine Corps stuft dieses Unternehmen als höchst riskant, aber auch sehr chancenreich ein. Bei dieser Einstufung bleibt's, solange die weißrussischen Truppen in Litauen nicht erheblich verstärkt werden.« Er wandte sich nochmals an den Präsidenten. »Mr. President, Sie haben doch nicht etwa vor, in der Hoffnung, daß durch Nichtstun alles wieder gut wird, einen tapferen amerikanischen Flieger im Stich zu lassen?«

»Ich plädiere dafür, es mit dem Unternehmen REDTAIL HAWK zu versuchen, Mr. President«, warf Russell ein. »Eine bessere Gelegenheit bekommen unsere Jungs wahrscheinlich nie. Sie können Luger rausholen und dann zu unserer Botschaft in Wilna vorstoßen, als wollten sie die dortigen Marines verstärken – was sie auch tun werden.«

»Damit kommen wir nicht durch«, widersprach Danahall. »Es dauert seine Zeit, ein Special Operations Team der Marines für ein Unternehmen dieser Art in Stellung zu bringen. Und die Russen können den Ablauf rekonstruieren. Dann wissen sie, daß wir die Marines nicht nur zur Verstärkung der Botschaftswache entsandt haben.«

»Das spielt keine Rolle«, behauptete Russell. »Litauen ist ein souveräner Staat, zu dem wir gute Beziehungen haben. Wir können unsere Marines jederzeit einsetzen.«

»Hier liegt eine besondere Situation vor«, sagte Danahall. »Litauen ist zwar souverän, aber es steht noch unter starkem GUS-Einfluß. Und die GUS könnte die Entsendung amerikanischer Truppen als Aggression auffassen.«

»Genug, genug!« wehrte der Präsident ab. Er schwieg einen Augenblick, bevor er fortfuhr: »Hören Sie, mir liegt vor allem der Schutz der Botschaft am Herzen – das ist der wichtigste Job. Von mir aus benützen Sie die Botschaft als Ausgangspunkt für die Fortführung von REDTAIL HAWK. Holen Sie Luger raus, wenn Sie können, aber der Schutz der Botschaft hat Vorrang. Sollten Ihre Männer im Fisikus-Institut geschnappt werden, stelle ich diese Sache als bedauerlichen Irrtum hin – sie haben sich verlaufen, einen kapitalen Fehler gemacht und dabei den Tod gefunden. Ich nehme die Vorwürfe auf mich, aber ich gebe sie sofort an die Marines und das Special Operations Team weiter, verstanden?«

»Ja, Sir«, bestätigte Curtis und seufzte innerlich erleichtert.

Der Präsident sprach weiter. »Außer über unsere unmittelbare militärische Reaktion sollten wir jetzt auch noch über die längerfristige Entwicklung sprechen – vor allem in Hinblick auf den Aufmarsch weißrussischer Truppen und ihre Atomwaffen. General Curtis hat von einer möglichen Annexion Litauens gesprochen, und die CIA ist seiner Meinung. Was tun wir, falls es wirklich dazu kommt? In welcher Beziehung betrifft uns das überhaupt? Dennis, wie denken Sie darüber?«

»Litauen gehört zu den Kleinstaaten, die wegen ihrer strategischen Lage, ihres Klimas, ihrer fruchtbaren Böden und ihrer ethnisch gemischten Bevölkerung stets unter dem Einfluß des jeweils stärksten Nachbarn standen«, antwortete Danahall. »Es hat eisfreie Häfen, viel gutes Ackerland, wenig Industrie und eine recht junge, gebildete Bevölkerung. Die Litauer besitzen ein starkes Gefühl für nationale Identität und streben aufrichtig danach, in einem freien, unabhängigen, demokratischen Staat zu leben.

Kurz gesagt: Uns bietet sich die Möglichkeit, die weitere Entwicklung Litauens zu fördern. Ich bin nicht dafür, dieses Land zu besetzen, aber ich glaube, daß es in unserem besten Interesse läge, Litauen zu helfen, sich gegen eine Okkupation durch fremde Truppen zur Wehr zu setzen. Litauen ist eine Demokratie, die Europa und uns viel zu bieten hat – und wir können ihr helfen, das zu tun.

Außerdem gibt es noch einen weiteren wichtigen Grund. Während durch die Einigung Europas amerikanische Märkte verlorengehen, könnte Litauen sich zum ersten Handelsbrückenkopf entwickeln, den wir uns in Europa sichern können – das trifft allerdings auch auf andere ehemalige Sowjetrepubliken zu.«

»Über diese Punkte müssen wir später diskutieren«, sagte der Präsident. »Aber ich vermute, daß Sie einen Zusammenhang mit der jetzigen Situation herstellen wollen. Welchen?«

»Richtig, Sir, den gibt es«, bestätigte Curtis. »Der litauische Präsident Kapocius hat uns weitgehende Überflugrechte eingeräumt, und seine Regierung scheint amerikanischen Militärunternehmen dort drüben recht aufgeschlossen gegenüberzustehen. Litauen wird von Weißrußland bedroht, und die GUS scheint es mit dem Abzug ihrer Truppen nicht gerade eilig zu haben. Vielleicht sollten wir Litauen jetzt vollen militärischen Beistand anbieten. Wir sollten Kapocius um Erlaubnis bitten, in Wilna, Kaunas und Memel, den drei größten Städten Litauens, amerikanische Jäger, Transportflugzeuge, Kampfhubschrauber und Fla-Lenkwaffen stationieren zu dürfen.«

»Kapocius hat bereits gesagt, daß er – außer in Notfällen – keine ausländischen Militärmaschinen auf seinen Zivilflugplätzen sehen will«, wandte Außenminister Danahall ein. »Das müssen wir respektieren, sonst stellt er die Zusammenarbeit mit uns ein.«

Doch der Präsident war sichtlich interessiert. »Worauf wollen Sie hinaus, Wilbur?« erkundigte er sich.

»Ich will Stolperdrähte ziehen, Mr. President«, antwortete Curtis. »Die Vereinigten Staaten sollen in der Lage sein, Litauen und die anderen baltischen Staaten sofort zu schützen – und unsere eigenen Interessen im Baltikum zu wahren –, wenn die GUS oder Weißrußland einen raschen Vorstoß nach Litauen hinein versuchen.

Wir würden unsere Militärpräsenz etappenweise erhöhen und die bittere Pille mit Wirtschaftshilfe versüßen«, fuhr Curtis fort. »Mein Stab hat einen Plan ausgearbeitet, nach dem auf dem Flughafen Wilna nacheinander ein Evakuierungszentrum für Amerikaner, ein

Unterstützungszentrum für Litauer, ein Förderzentrum für Industrie und Handel und ein Ausbildungs- und Verteidigungsstützpunkt errichtet werden sollen. Eingesetzt würden die Dritte Brigade der U.S. Army aus Deutschland – mit Panzern, Flugzeugen und Luftabwehrsystemen – und Transportmaschinen der 21. Air Force. Die Anwesenheit mehrerer tausend amerikanischer Soldaten dürfte weitere Aggressionen gegen Litauen verhindern, und die damit verbundenen Deviseneinnahmen würden weder Kapocius noch seiner Regierung schaden.«

»Das klingt nicht gut, General«, wandte Sicherheitsberater Russell ein. »Das klingt nach einem weiteren ›friedensbewahrenden‹ Unternehmen wie in Beirut. Diese Stolperdraht-Taktik hat noch nie funktioniert; bricht ein Konflikt aus oder greift eine Seite zu terroristischen Mitteln, haben unsere Leute Verluste, und die öffentliche Meinung zwingt die Regierung, Truppen *abzuziehen*, statt Verstärkung *hinzuschicken*. Das ist ein völlig sinnloses Risiko. Von diesem Plan rate ich entschieden ab.«

Der Präsident dachte kurz darüber nach; als weitere Kommentare ausblieben, entschied er: »Diese Sache lassen wir zunächst auf kleiner Flamme weiterkochen, Wilbur. Ihr Plan ist gut, aber Kapocius hat im Augenblick andere Sorgen. Der Mann steht unter Druck: Er hat seinen Vizepräsidenten verloren, in seiner Hauptstadt sind mehrere ausländische Diplomaten umgekommen, überall in seinem Land stehen fremde Truppen, er muß gegen Inflation und Versorgungsengpässe ankämpfen – da wird er keine Lust haben, sich unseren Besatzungsplan anzuhören. Aber was wird in nächster Zukunft alles benötigt?«

»In erster Linie müssen wir verstärkt sondieren«, antwortete Verteidigungsminister Preston. »General Curtis und ich haben darüber gesprochen, Special Forces Teams einzusetzen, um sie die verdammten Lenkwaffen SCARAB aufspüren und notfalls vernichten zu lassen. Außerdem haben wir zusätzliche Aufklärungsflüge über Litauen vereinbart, um die Russen und die Weißrussen genau im Auge zu behalten.«

»Was für Aufklärer wollen Sie einsetzen?«

»Sir, wir haben ziemlich gute Satellitenaufnahmen von Litauen«, sagte Curtis, »aber bei weitem nicht genügend Bildmaterial zur Zielfestlegung für den Fall, daß fliegende Besatzungen und Feuerleitrechner genaue Angaben brauchen. Einsetzen wollen wir Foto- und Elektronikaufklärer wie RC-135, TR-1 oder den Stealth-Aufklärer TR-2. Ich kann Ihnen jederzeit mehr darüber vortragen lassen.«

Der Präsident erhob fast nie Einwände gegen Aufklärungsflüge irgendwo auf der Welt. Er kannte den Wert in Echtzeit übermittelter Informationen aus dem Golfkrieg und gehörte zu den überzeugten Anhängern der neuesten Technologien auf dem Gebiet der Nachrichtenbeschaffung. Auch diesmal reagierte er wie erwartet: »Lassen Sie sich von Case einen Termin geben, aber betrachten Sie das Vorhaben als genehmigt. Sonst noch irgendwelche Schwierigkeiten?«

»Bei einer Einheit der Intelligence Support Agency gibt's ein gewisses Problem, Sir«, warf Russell ein. »Das sind die Leute, auf die wir zurückgreifen, wenn Militär oder CIA wegen scharfer Überwachung nicht in Frage kommen. Ein Angehöriger der Einheit MADCAP MAGICIAN scheint seine Identität preisgegeben zu haben. Das Verteidigungsministerium ermittelt gegen ihn.«

»Da muß durchgegriffen werden!« verlangte der Vizepräsident nachdrücklich. »Ich bin dafür, daß der Kerl ohne Verbindung zur Außenwelt eingesperrt wird, bis diese Sache vorbei ist. Wir können keinen brauchen, der unsere Unternehmen torpediert, bevor sie richtig angefangen haben. Hier stehen Menschenleben auf dem Spiel!«

»Da der Verstoß sich in General Elliotts Einheit in Dreamland ereignet hat«, warf Curtis ein, »führt General Elliott die Untersuchungen. Und greift gerne hart durch.«

Der Vizepräsident nickte zustimmend. Wie die meisten Anwesenden kannte er Elliott als unerbittlichen Verfolger von Verstößen gegen die Geheimhaltungsvorschriften.

»Wo wir gerade von Elliott reden...«, sagte der Präsident. »Er verhält sich in letzter Zeit auffällig still. Wird er über die Fortschritte seiner Leute und den Status von REDTAIL HAWK auf dem laufenden gehalten?«

»Er steht nicht auf der Liste der Empfänger regelmäßiger Zwischenberichte, Sir«, antwortete Curtis. Dabei sah er kurz zu Russell hinüber, denn der Sicherheitsberater hatte angeordnet, Elliott nicht auf diese Liste zu setzen. »Soll diese Weisung geändert werden?«

»Elliott kann sich alle Informationen selbst beschaffen«, sagte Russell gereizt. »Ich gehe jede Wette ein, daß er mindestens so gut informiert ist wie Sie – oder, General Curtis?«

Der Viersternegeneral funkelte ihn an. »Seine Einheit hat die Flugzeuge gebaut, mit der die Special Forces nach Litauen gebracht werden. Außerdem stammt das Satellitenaufklärungssystem unten im Lagerraum von ihm. Vier seiner höchsten Offiziere, darunter zwei, die ihm einmal das Leben gerettet haben, sind an einem Unternehmen in dreizehntausend Kilometern Entfernung beteiligt. Ganz abgesehen davon, daß er und seine Einheit uns wertvollste Dienste leisten können, falls es bei diesem Unternehmen Schwierigkeiten geben sollte, Mr. Russell, halte ich es für ein Gebot des Anstands, ihn über den Stand des Unternehmens zu informieren.«

»Okay, okay«, stimmte George Russell resigniert zu. »Ich hab' nicht gewußt, daß ihr beide mal siamesische Zwillinge gewesen seid. Setzen Sie ihn meinetwegen auf die verdammte Prioritätsliste zwei.«

»Gut, das wär's dann vorläufig«, sagte der Präsident, dankbar, daß diese Besprechung vorüber war. »Ich merke schon, es wird eine verdammt lange Nacht werden.«

Kapelle der Burg Trakai bei Wilna, Litauen
12. April, 23.13 Uhr

Dies war die erste Bestattung litauischer Ritter seit über 200 Jahren – und heute wurden gleich 23 Ritter beigesetzt. Die Särge in der Kapelle im Haupttrakt der Burg Trakai waren mit dem Wytis, der Kriegsflagge des Großfürsten, bedeckt und von hohen Kerzen in goldglänzenden Kerzenhaltern umgeben. Major Kolginow war der ranghöchste Offizier gewesen – deshalb führte sein Sarg die Doppelreihe an. Die vier Ritter, die mit langen Streitäxten in den Händen an seinem Sarg Wache hielten, trugen zugleich Sturmgewehre AK-47 über den Schultern, denn die litauische Armee war kriegsbereit – sogar während der Ehrenwache.

Der Trauergottesdienst für die beim Denerokin-Massaker gefallenen Soldaten fand tagsüber statt, aber die Seelenmesse für die Ritter sollte wie alle Zeremonien des Ordens um Mitternacht abgehalten werden. Nach dem Gottesdienst traf Anna Kulikauskas in der Kapelle General Dominikas Palcikas. Er kniete in der ersten Reihe. Sie ging nach vorn, beugte neben dieser Reihe das Knie und blieb dann schweigend stehen, bis der General aufblickte. Er sah aus, als wollte er in der nächsten Minute in die Schlacht ziehen. Heute trug er einen Tarnanzug mit seiner Makarow am Webkoppel. Neben ihm auf der Bank lagen Stahlhelm, Handfunkgerät und Sturmgewehr.

»Die Wachen haben mich eingelassen«, berichtete Anna. »Sie haben mich wiedererkannt.« Keine Reaktion. »Mein Beileid zu Ihrem Verlust, General.«

»Was wollen Sie hier? Unsere ›perversen‹ Rituale mißfallen Ihnen doch so sehr – und dies ist bloß noch eines. Oder sind Sie gekommen, um mich wegen des Todes dieser Männer anzuklagen?«

»Bitte entschuldigen Sie, Dominikas«, sagte Anna einfach. »Ich habe dort draußen unter Schock gestanden. Und Sie haben alles verkörpert, was an Litauen schlecht und bedrohlich gewesen ist. Mein Gott, als dieses tote Mädchen vor mir lag... Bitte, verzeihen Sie mir, Dominikas. Ich hatte vergessen, daß ich gelernt hatte, Soldaten zu vertrauen – *Ihnen* zu vertrauen.«

Er nickte langsam. »Vermutlich haben *Sie* die Zeugenaussagen über diesen Vorfall vor dem GUS-Ministerrat organisiert. Ich möchte Ihnen dafür danken, daß Sie die Zeugen zusammengeholt und auch persönlich zu meinen Gunsten ausgesagt haben.«

»Ich habe versucht, die Soldaten mit den Granatwerfern zu identifizieren«, berichtete Anna. »Ich habe sie erst für Litauer gehalten, aber Gespräche mit anderen Zeugen haben mich vom Gegenteil überzeugt. Außerdem hatte ich Angst um Sie. Ich habe entsetzt zusehen müssen, wie man Sie – einen litauischen Bürger und unseren höchsten Offizier – niedergeschlagen und weggeschleppt hat. Ich *mußte* etwas unternehmen. Wir sind mit unseren Informationen zum GUS-Ministerrat gegangen und haben Ihre Freilassung gefordert.«

Ministerrat und Sicherheitsausschuß hatten sofort ihre Beauftragten nach Wilna entsandt, um den Vorfall untersuchen zu lassen. Die litauische Regierung und die Bürgerbewegung unter Führung von Anna Kulikauskas hatten Palcikas' Freilassung gefordert; unterstützt worden waren sie von der Bevölkerung und dem litauischen Militär. Er war am nächsten Tag kurz nach Mitternacht freigelassen worden.

»Sind Sie mißhandelt worden?«

»Hätten Sie noch länger gezögert – oder darauf bestanden, mir die Schuld an dem Überfall zu geben –, wäre ich schon tot«, antwortete der General. Anna verstand, daß die Weißrussen oder die OMON-

Truppen im Fisikus ihn ermordet hätten, um die Litauer zu »besänftigen«, falls sie bei ihrer Behauptung geblieben wäre, Palcikas habe diesen Überfall befohlen. Sie hätte ihn beinahe ermordet, ohne eine Waffe anzufassen.

»Ich bin von Weißrussen und MSB-Soldaten ins Fisikus verschleppt worden. Dort hat es kein Verhör, sondern nur strenge Einzelhaft gegeben. Die Kerle haben auf eine günstige Gelegenheit gewartet, mich zu beseitigen. Hätten Sie nicht die Öffentlichkeit alarmiert, wäre ich wohl nicht lebend rausgekommen.«

»Diese Schweine! Es tut mir leid, was ich gedacht und gesagt habe. Ich habe solche Angst vor dem, was ein starkes Militär einem Land antun kann, daß ich vergesse, daß es auch Gutes bewirken kann. Aber ich kenne Sie jetzt als vertrauenswürdig. Das mit Major Kolginow tut mir sehr leid ... großer Gott, ich werde das nie vergessen!« Sie machte eine Pause, als sähe sie nochmals Kolginows Tod vor ihren Augen.

»Danke«, sagte Palcikas ruhig. »Alexei war ein guter Soldat und ein guter Kamerad – wir werden ihn nicht vergessen.« Er berührte ihre Hand, und die schlichte Geste ließ Anna lächeln. »Wir brauchen Ihr Vertrauen – und das von Regierung und Bevölkerung –, um die kommenden Tage überstehen zu können. Sollten die Weißrussen darauf beharren, die Demonstration als Auftakt zu systematischem Terror gegen GUS-Einrichtungen zu betrachten, müssen wir uns darauf vorbereiten, unser Land zu verteidigen. Was haben Sie in letzter Zeit gehört, Anna?«

»Weißrussische Truppen durchsuchen die Stadt«, berichtete Anna. »Angeblich im Auftrag der GUS.«

»Eine gute Gelegenheit, Waffen aufzuspüren, die wir gegen sie einsetzen könnten«, sagte Palcikas. »Leider können meine Männer die Waffen oder Granaten niemandem nachweisbar zuordnen. Der MSB behauptet, er habe in Wilna in mehreren Wohnungen ganze Lager solcher Granaten entdeckt.«

»Die offensichtlich von den Weißrussen oder dem MSB angelegt worden sind!«

»Es sind zwar nur Indizienbeweise, die jedoch darauf hinzudeuten scheinen, daß Ihre Bewegung an den Unruhen schuld ist«, sagte Palcikas. »Am Ende sind alle verwirrt, die Ermittlungen verlaufen im Sand, und unsere Toten werden nie gerächt. Inzwischen besetzen die

Weißrussen große Teile unseres Landes und bereiten sich auf einen Krieg vor. Jetzt muß gehandelt werden!«

Anna starrte Palcikas überrascht und mit angstvoll geweiteten Augen an. »Wie meinen Sie das?«

Die ersten Angehörigen der Gefallenen kamen bereits in die Kapelle, daher bekreuzigte sich Palcikas, stand auf und griff nach Helm, Gewehr und Funkgerät. »Kommen Sie, Anna«, forderte er sie auf. Nachdem er einigen Trauernden halblaut sein Beileid ausgesprochen hatte, verließen sie die Kapelle und gingen in seine Diensträume.

Seit Annas erstem Besuch hatten sich Palcikas' Diensträume erheblich verändert. Im Vorzimmer waren jetzt mehrere Reihen Telefone, Funkgeräte und Computer aufgebaut. Draußen vor dem Fenster stand ein Notstromaggregat, und überall waren kleine Sprengladungen gestapelt, damit alle Geräte und Geheimunterlagen zerstört werden konnten, falls eine Eroberung der Burg drohte. An den Wänden hingen Generalstabskarten von Litauen, Lettland, Ostpolen, dem Kaliningrader Gebiet, der Ostseeküste und dem Norden Weißrußlands.

Auch Palcikas' Dienstzimmer war mit Karten tapeziert. An einigen neu aufgestellten Schreibtischen saßen Soldaten im Kampfanzug und mit Hör-Sprech-Garnituren, die Meldungen entgegennahmen und in Computer eingaben. Ein Offizier nahm rasch eine Wandkarte ab, als sie hereinkamen. »Anna Kulikauskas, Oberst Vitalis Zukauskas, mein neuer Stellvertreter. Oberst, Miss Kulikauskas.« Zukauskas begrüßte Anna mit einem wortlosen Nicken. Sie erwiderte seine Geste. »Was gibt's Neues, Vitalis?« fragte Palcikas.

»Verschiedene Dinge, General«, antwortete Zukauskas, indem er Palcikas mehrere Notizzettel in die Hand drückte. »Ich glaube, wir sollten Miss Kulikauskas lieber bitten, draußen zu warten.«

»Nein. Ich habe sie mitgebracht, um sie in unsere Planung einzuweihen.«

»Halten Sie das für klug, General?« fragte Zukauskas verblüfft. »Ich darf feststellen, daß Miss Kulikauskas als entschiedene Militärgegnerin bekannt ist.«

»Um so dringender muß sie unsere Pläne erfahren«, behauptete Palcikas. »Wir brauchen ihre Unterstützung. Bleibt sie uns versagt, müssen wir unsere Planung vielleicht ändern. Anna, nehmen Sie bitte Platz. Oberst, bringen Sie uns auf den neuesten Stand des ›Unternehmens Festung‹.«

Zukauskas wirkte noch immer skeptisch, aber dann hängte er die Wandkarte von ganz Litauen wieder auf und begann langsam zu erklären, um was es bei dem »Unternehmen Festung« ging...

Als sein Vortrag fünf Minuten später zu Ende ging, saß Anna schockiert da. »Sind Sie zu einem Unternehmen dieser Art überhaupt berechtigt?« fragte sie Palcikas.

»Ich denke schon«, antwortete der General. »Ich habe den Auftrag, dieses Land zu schützen – und genau das versuche ich zu tun.«

»Was passiert, wenn das Parlament beschließt, Ihr Unternehmen oder die ausländische Hilfe, die Sie nach Aussage des Obersten brauchen, nicht zu genehmigen?«

»Bekommen wir keine ausländische Hilfe, machen wir allein weiter«, sagte Palcikas. »Unterstützt uns das Parlament dagegen nicht einstimmig, ziehen wir uns zurück. Ich will keinen militärischen Staatsstreich und habe nicht vor, ohne ausdrückliche Zustimmung von Volk und Regierung zu handeln. Fordern sie mich zum Aufhören auf, höre ich auf.«

»Wer garantiert uns, daß Sie *tatsächlich* aufhören?« fragte Anna.

Palcikas zog die Augenbrauen hoch. »Fällt es Ihnen wirklich so schwer, mir zu vertrauen, Anna?« erkundigte er sich. »Was hat das Militär Ihnen angetan, daß Sie uns so hassen?«

»Ich habe eine legitime Frage gestellt, General«, entgegnete Anna, »und wenn Sie sie auf sich beziehen, ist das Ihr Problem. Aber ich bin sicher, daß Präsident und Ministerpräsident eine Antwort verlangen werden. Also – wie lautet sie?«

Palcikas machte eine nachdenkliche Pause. Natürlich war ihre Frage legitim. Das Militär war nicht immer vertrauenswürdig. Korrupte Generale hatten schon ganze Staaten ruiniert – und die Republik Litauen war nie verwundbarer gewesen als gerade jetzt. »Warten Sie hier auf mich«, forderte er Anna auf und verließ rasch sein Dienstzimmer.

Wenige Minuten später kam Palcikas in Begleitung eines bewaffneten jungen Soldaten zurück. »Korporal Manatis«, befahl er ihm, ohne Anna aus den Augen zu lassen, »übergeben Sie es Miss Kulikauskas.«

Der junge Soldat trat vor. In den Händen hielt er das zum Teil in die rote Kriegsfahne des Großfürsten gehüllte litauische Staatsschwert.

Oberst Zukauskas starrte ihn verständnislos an. »General, was zum Teufel soll das?«

»Dies ist mein Versprechen als litauischer Ritter und Bewahrer der Insignien«, sagte Palcikas. »Anna, ich übergebe Ihnen das litauische Staatsschwert und den Wytis von Major Alexei Kolginows Sarg.« Aus der rechten Brusttasche seiner Uniformjacke zog er ein mattglänzendes Armband. »Das ist Alexeis Namensarmband. Ich habe es ihm eben abgenommen.« Das blasse Gesicht des jungen Korporals bewies Anna, daß er die Wahrheit sagte. Palcikas legte das Armband so um die Parierstange des Staatsschwerts, daß es nicht abrutschen konnte.

»Nun, besitzen Sie alles, was mir auf dieser Welt etwas bedeutet, Anna: das Symbol unseres Staats, ein Symbol unserer Tradition und etwas aus dem Besitz meines gefallenen besten Kameraden. Korporal Manatis hat Befehl, Sie auf Schritt und Tritt zu begleiten und diese Gegenstände mit seinem Leib zu schützen, solange sie sich in Ihrem Besitz befinden. Ich kenne Georgi und seine Familie seit seiner Kindheit und würde ihm mein Leben anvertrauen – genau wie ich Ihnen jetzt diese Gegenstände anvertraue, Anna.

Sie überbringen sie bitte dem Präsidenten zum Beweis meiner Überzeugung, daß das ›Unternehmen Festung‹ den besten Interessen Litauens dient. Sollte das Parlament in Wilna sich nicht mit großer Mehrheit dafür aussprechen, beende ich das Unternehmen, ziehe meine Truppen ab und lege auf Wunsch den Oberbefehl nieder. Sollte die Zeit dafür reichen, wiederhole ich diese Verpflichtungserklärung vor dem Parlament, aber sobald das ›Unternehmen Festung‹ angelaufen ist, bin ich wahrscheinlich unabkömmlich.«

Palcikas wickelte das Schwert ganz in die Fahne, und Manatis legte es in eine wasserdichte Segeltuchtasche. Der General trat etwas näher an Anna heran und sagte so leise, daß nur sie es hören konnte: »Ich würde alles geben, um Ihr Vertrauen zu erringen – aber ich besitze nichts Wertvolles mehr. Sagen Sie mir, was ich tun soll.«

Anna Kulikauskas war den Tränen nahe. Sie hatte erstmals das Gefühl, ihn zu verstehen. Er war ein rauher Soldat, der nicht recht in die Gegenwart zu passen schien, aber zugleich auch ein Mann, der seine Heimat aufrichtig liebte und bereit war, seine Karriere, sein Leben und seine Seele zu opfern.

»General... Dominikas, meine ich... mir ist noch nie so viel anvertraut worden.« Sie betrachtete die Segeltuchtasche mit dem Schwert, die Korporal Georgi Manatis sich umgehängt hatte, sah in Palcikas' stahlblaue Augen auf und sagte: »Ich vertraue Ihnen, Dominikas.«

»Dann habe ich alle Waffen, die ich in diesem Kampf benötige, Anna«, versicherte er, und ein Lächeln überdeckte seine strengen Züge.

High Technology Aerospace Weapons Center, Nevada
12. April, 08.00 Uhr

»Ich kann's noch immer nicht glauben, General«, sagte Oberst Paul White, als General Brad Elliott den mit Satellitenaufnahmen tapezierten Raum betrat, in dem er seit einigen Tagen arbeitete. »Sie haben Satelliten, die Sie innerhalb weniger Stunden hochschießen können – und diese Satelliten sind imstande, aus sechshundertfünfzig Kilometer Höhe einen Gegenstand von der Größe eines Lastwagens zu orten und die Zieldaten an eine B-52 weiterzugeben, die ihn Minuten später bombardieren kann?«

»Genau«, bestätigte Elliott. »Wir haben das System unter strenger Geheimhaltung erprobt, und es funktioniert einwandfrei. Die Trägerrakete wird von einer umgebauten DC-10 transportiert, abgeworfen und dann zum Start in die Umlaufbahn gezündet. Diese NIRT-Sats – ›Need It Right This Second Satellites‹ – werden von der Firma Sky Masters gebaut.«

»Okay, wozu brauchen Sie dann noch MADCAP MAGICIAN?«

»Weil das System nur über Gebieten funktioniert, in denen ausschließlich feindliche Fahrzeuge unterwegs sind«, erklärte Elliott ihm. »Es fällt ihm schwer, zwischen amerikanischen und russischen Lastwagen zu unterscheiden. Wir brauchen jemanden, der vom Boden aus sagt: ›Dort drüben stehen die Bösen – aber die Guten hier dürfen nicht angegriffen werden.‹ Erhalten wir den Befehl ›Feuer frei!‹ können wir problemlos alle Ziele in einem bestimmten Gebiet angreifen, aber nur wenige Schlachtfelder sind so klar aufgeteilt, daß man einfach ein Zielgebiet auswählen und sagen kann: ›Dort stehen nur feindliche Fahrzeuge.‹«

»Verstanden«, bestätigte White. »Diese Satelliten liefern also die Zieldaten, aus denen die Besatzungen errechnen, wann ihre Lenkwaffen abgeschossen werden müssen?«

»Der Abschußpunkt wird automatisch errechnet«, antwortete Elliott. »Die NIRTSats versorgen die Lenkwaffen MARS bis unmittelbar vor dem Abschuß mit neuen Zieldaten. Daraus berechnen die Lenkwaffen ihre Flugzeit und ändern selbständig die Zielkoordinaten.«

»Aber was passiert, wenn diese geänderten Koordinaten genau mit dem Standort einer eigenen Fahrzeugkolonne zusammenfallen?«

»Wir müssen die Angriffe so planen, daß solche Konflikte ausgeschlossen sind«, gab Elliott zu. »Keine eigenen Fahrzeuge im Umkreis von fünfzehn Kilometern ums Zielgebiet – sonst greift die MARS tatsächlich uns an.«

»Da bleibt nicht viel Platz«, warf White ein. »Litauen ist nur dreihundert Kilometer breit. Mit ein paar Dutzend Lenkwaffen in der Luft sind selbst bei größter Vorsicht immer ein paar eigene Leute gefährdet.«

»Dann setzen wir eben weniger Lenkwaffen ein«, sagte Elliott. »Ich glaube, daß schon wenige MARS genügen, um großen Schaden anzurichten, selbst wenn wir nicht alle feindlichen Ziele zerstören. Übrigens müssen wir auch unsere eigenen Flugzeuge fernhalten, weil die Lenkwaffen in wechselnden Höhen und mit wechselndem Kurs fliegen. Solange MARS unterwegs sind, haben eigene Flugzeuge und Hubschrauber nichts über dem Zielgebiet verloren.«

»Also müssen wir den gesamten litauischen Luftraum sperren«, stellte White fest.

»Ich sehe darin keine allzu große Schwierigkeit«, antwortete Elliott. »Denn da MARS schneller fliegen als Kipprotor-Flugzeuge, können sie gleichzeitig die Zielgebiete ansteuern. Nach Angriff und Wiederangriff sind die Lenkwaffen am Boden, und die CV-22 können unsere Leute rausholen. Bei sorgfältiger Planung lassen sich zudem Anflugrouten festlegen, die sämtliche Zielgebiete vorerst meiden. Sobald dann eine Lenkwaffe niedergeht, fliegt die CV-22 in diesen Sektor ein. Bis das Flugzeug nach Landung und Wiederstart den Nachbarsektor erreicht, müßte die dortige MARS zu Boden gegangen sein.«

»Ich bin wirklich froh, daß Sie leistungsfähige Computer haben, die uns diese Arbeit abnehmen«, sagte White. »Über die Vermeidung von Zusammenstößen hab' ich nie nachgedacht – ich hab' immer geglaubt, am Himmel sei reichlich Platz für alle.«

»Aber nicht, wenn alle den gleichen Luftraum für sich haben wollen«, stellte Elliott fest. Er legte White den Nachrichtenvordruck hin, den er in der Hand gehalten hatte. »Und jetzt scheint's am Himmel noch etwas enger zu werden. Diese MILSTAR-Meldung haben wir vorhin abgefangen. Offenbar ist das 26. MEU aktiviert worden.«

White überflog den Text. »Wahrscheinlich haben Sie recht. Hundertprozentig sicher ist das nicht, General – die Codewörter werden dauernd geändert –, aber es scheint tatsächlich aktiviert worden zu sein.«

»Aber das Team, das Dave rausholen soll, ist doch schon aktiviert worden, als ich in Camp Lejeune gewesen bin«, sagte Elliott. »Das hier sieht für mich wie ein neuer Einsatzbefehl aus. Anscheinend für den Rest der Einheit, nicht nur für die Kampfgruppe, die Dave retten soll.«

»Vielleicht besteht ein Zusammenhang mit dem Zwischenfall in Denerokin«, meinte der Oberst. »Vermutlich hat das Weiße Haus einen weiteren Einsatz genehmigt, um Stärke zu zeigen oder die Marines in der Botschaft zu verstärken. Mit der Schließung aller Flughäfen haben GUS und Weißrussen den Ausländern in Litauen echt Schwierigkeiten gemacht – vielleicht will der Präsident sein Mißfallen demonstrieren. Für solche Zwecke ist ein MEU am besten geeignet.«

»Die wollen ein ganzes MEU einsetzen, während Dave im Fisikus gefangengehalten wird?« fragte Elliott ungläubig. »Das dürfen sie nicht! Damit ist Dave erledigt. Wenn die Russen im Fisikus tausend Marines in Litauen an Land stürmen sehen, liquidieren sie Luger sofort!« Er tippte auf den Nachrichtenvordruck. »Steht da irgendwo, wann das Unternehmen steigen soll?«

»Unmöglich zu beurteilen, General. Das hängt vom Einsatzbefehl ab. Vermutlich irgendwann nachts – aber in welcher Nacht läßt sich nicht mal erraten. Vielleicht findet das Landungsunternehmen sogar erst in ein paar Wochen statt.«

Elliott wirkte deprimiert. »Verdammt, so hilflos bin ich mir noch nie vorgekommen! Drei meiner Männer sind unterwegs, um einen

Kameraden zu retten – und ich bin Tausende von Kilometern entfernt, ohne etwas tun zu können.«

»Ich glaube, daß unsere Arbeit hier auch unter den Begriff Hilfeleistung fällt, General«, sagte White. »In den letzten Jahren habe ich viel mit Marines zusammengearbeitet. Das sind keine Blödmänner, sondern clevere und verdammt zähe Burschen. Seien Sie unbesorgt, die passen auf Ihre Offiziere auf *und* holen Dave raus!«

»Ich weiß, daß sie gut sind«, bestätigte Elliott und dachte dabei an Wohl, »aber solche Unternehmen leite ich nun mal lieber selbst. Diese Herumhockerei an der Seitenlinie macht wirklich keinen Spaß.« Er überlegte kurz. »Zum Teufel, ich hab' keine Lust, mir den Kopf darüber zu zerbrechen, wann das Rettungsunternehmen steigt! Wir haben inzwischen genügend Informationen, die Besatzungen stehen bereit, und wir haben Landerechte und Hangars für unsere Flugzeuge.«

»Yeah. Und es freuen sich bestimmt alle auf die Thule Air Base in Grönland. Haben Sie nicht erzählt, die sei nur tausend Meilen vom Nordpol entfernt?«

»Neunhundert, genau gesagt«, antwortete Elliott grinsend. »Und obwohl dort seit zwanzig Jahren keine B-52 mehr stationiert sind, verfügt der Platz noch über alle nötigen Einrichtungen. Meine Einheit ist berechtigt, die Thule Air Base anzufliegen, folglich wird sie unser vorgeschobener Stützpunkt. Die NIRTSats können mit nur sechs Stunden Vorwarnzeit gestartet werden – und sind zwölf Stunden später Tag und Nacht einsatzbereit. Ich bin dafür, jetzt *unser* Projekt anzugehen.«

»Jederzeit, General!« stimmte White zu. »Meine Jungs warten nur auf ihren Einsatzbefehl. Bis ich an Bord bin, ist die *Valley Mistress* klar zum Auslaufen. Sobald die Genehmigung aus Washington vorliegt...« Paul White machte eine Pause, starrte Elliott prüfend an und erkundigte sich dann grinsend: »Brad, Sie *wollen* sich dieses Unternehmen doch von Washington genehmigen lassen, oder?«

»Paul, Sie haben hundert bestens ausgebildete Marines an Bord Ihres Schiffs«, sagte Elliott. »Sie kennen den Sicherheitstrakt als Bestandteil des Fisikus-Instituts genausogut wie das 26. MEU. Wir wissen aus sicherer Quelle, daß GUS-Truppen in Marsch gesetzt worden sind – vielleicht werden sie für eine Besetzung Litauens zusammengezogen.«

»*Mich* brauchen Sie nicht zu überzeugen, Brad«, versicherte White ihm. »Schließlich bin ich mit dieser verrückten Idee bei *Ihnen* aufgekreuzt. Meine Männer und ich wären schon letzte Woche einsatzbereit gewesen. Aber ich habe nicht daran gedacht, B-52 und Dutzende von intelligenten Marschflugkörpern einzusetzen. Wir hätten eine gute Chance gehabt, das Fisikus unbemerkt zu erreichen und danach ebenso heimlich zu verschwinden. Aber dieses Unternehmen... Brad, Sie sind ein Dreisternegeneral, und ich will Ihnen bestimmt keine Vorschriften machen – aber ich glaube, daß wir eine Genehmigung brauchen, um es steigen zu lassen.«

»Betrachten wir den Fall mal ganz nüchtern, Paul«, schlug Elliott vor. »Das MEU greift nachts an – immer nur bei Nacht, stimmt's?«

»Natürlich. Kommandounternehmen finden nachts statt.«

»Das Unternehmen steigt also heute oder morgen nacht.«

»Vielleicht auch erst nächste *Woche*, Brad.«

»Und deshalb müssen wir so früh wie möglich losschlagen«, stellte der General fest. »Denn so lange hat Dave vermutlich nicht mehr zu leben. Unsere Informanten im Fisikus melden, daß Oserow unter Hausarrest steht – er lebt, aber sein Aufenthaltsort ist unbekannt. Ich befürchte, daß unser dortiger Kontaktmann enttarnt worden ist.«

»Wahrscheinlich.«

»Okay, dann sind wir uns also einig, daß wir *handeln* müssen, wenn wir Dave retten wollen«, sagte Elliott. Der Oberst nickte zustimmend. »Also starten wir und führen unser Unternehmen morgen nacht durch. Greift das MEU heute nacht an, erfahren wir rechtzeitig davon und kehren um. Schlägt das MEU morgen nacht los, können wir es unterstützen – oder unser eigenes Unternehmen abblasen.«

»Wir greifen gleichzeitig mit unseren eigenen Leuten an?« fragte White ungläubig. »Das gefällt mir nicht. Sobald der Träger *Wasp* uns kommen sieht, läßt er eine Harrier starten, die uns abschießt. Verdammt, am Ende schießen wir noch aufeinander, wenn MADCAP MAGICIAN und das 26. MEU das Fisikus-Institut zur selben Zeit erreichen!«

»Wir melden dem MEU oder dem Stab der Kampfgruppe unsere Ankunft«, schlug der General vor. »Dann werden wir aufgefordert, uns zum Teufel zu scheren, oder wir bekommen einen Einsatzbefehl. Aber in beiden Fällen...«

Das gelbe Licht des Telefons vor Elliott begann zu blinken. Da er Anweisung gegeben hatte, während der Besprechung nur wichtige Gespräche durchzustellen, griff er sofort nach dem Hörer. »Elliott«, meldete er sich.

»Brad, wie zum Teufel geht's Ihnen?« dröhnte Wilbur Curtis' Baß. White sah Elliott überrascht lächeln. »Ah, General Curtis, wir haben eben von Ihnen gesprochen.« Jetzt war White überrascht – gerade als sie verbotenerweise daran dachten, eine Kampfgruppe im Ausland einzusetzen, ohne die Genehmigung des Weißen Hauses einzuholen, war der Vorsitzende der Vereinten Stabschefs persönlich am Apparat.

»Das glaube ich gern – mir haben die Ohren gesummt«, sagte Curtis lachend. »Wie geht's Ihnen?«

»Danke, ausgezeichnet, Sir.«

»Lassen Sie den ›Sir‹ weg, Brad. Ich bin's – Wilbur. Oder nennen Sie mich ›Sir‹, um sich bei mir einzuschmeicheln?«

»Sie sind aber mißtrauisch, Wilbur!«

»Das kommt vom jahrelangen Umgang mit Ihnen.«

»Gibt's was Neues über das MEU-Unternehmen?«

»Die erste Einsatzbesprechung ist für H minus zwölf Stunden angesetzt – das ist in ungefähr einer Stunde«, antwortete Curtis. »Sie stehen übrigens wieder auf der Liste. Priorität zwei.«

Elliott grinste, als er erfuhr, daß er wieder auf der Liste stand, aber die Ernüchterung setzte rasch ein, als Curtis von Priorität zwei sprach. Damit war er den Vorsitzenden wichtiger Kongreßausschüsse gleichgestellt – hoch angesiedelt, aber weit unterhalb der Entscheidungsgremien. »Was hört man von den Marines?«

»Die Vorbereitungen laufen, jeder ist einsatzbereit, jeder ist an seinem Platz«, sagte Curtis. »Bisher scheint alles zu klappen. Und was treiben Sie dort draußen, Brad? Sie verhalten sich in letzter Zeit auffällig still. Das macht die Leute im ... äh ... in der Pennsylvania Avenue ein bißchen nervös.«

Elliott sah grinsend zu White hinüber. »Ach, tatsächlich? Nun, ich tue nichts Besonderes, Wilbur. Immer der gleiche alte Kram.«

»Der gleiche alte Kram, was? Wie kommen Ihre Ermittlungen gegen Oberst White voran?«

»Ich habe mit White gesprochen, als Sie angerufen haben. Er sitzt mir gegenüber.«

»Er ist noch immer in Nevada? Das ist interessant.«

»Warum?«

»Weil ich erfahren habe, daß sein Schiff ausgelaufen ist und auf Ostkurs durch die Ostsee pflügt«, antwortete Curtis.

»Das gehört zu den Ermittlungen, Sir.«

»Aha, plötzlich heißt's wieder ›Sir‹. Aber das ist wahrscheinlich auch besser so«, meinte Curtis. »Die *Valley Mistress* ist nämlich nicht nur ausgelaufen, sondern hat hundert Marines und *zwei* Kipprotor-Flugzeuge CV-22 PAVE HAMMER an Bord. Welche Erklärung haben Sie dafür?«

Elliott merkte, daß er nicht gut länger den Ahnungslosen spielen konnte. »Den Grund dafür kennen Sie so gut wie ich, Sir«, antwortete er. »Ich habe gewisse Zweifel daran gehabt, daß das Weiße Haus mit der Rettungsaktion Ernst machen würde. Meiner Ansicht nach war zu befürchten, daß das Unternehmen abgeblasen würde, sobald Schwierigkeiten auftreten – was jetzt der Fall zu sein scheint. Ich konnte nicht beurteilen, welche Kräfte eingeplant waren, und wollte nicht warten, bis es vielleicht zu spät ist... Sir.«

»Und deshalb haben Sie ein eigenes Rettungsunternehmen geplant und wollten MADCAP MAGICIAN als Stoßtrupp einsetzen«, konstatierte Curtis verblüfft. »Wenn das Weiße Haus davon erfährt, ziehen die Ihnen die Haut ab und stellt Sie *hinterher* vors Kriegsgericht.« Aus dem abhörsicheren Telefon drang ein irritierter Seufzer. »Sie haben White also freigelassen?«

»Gegen White ist nie ernstlich ermittelt worden«, berichtete Elliott. »Er ist mit den Informationen über Dave Luger zu mir gekommen, weil monatelang nichts zu Daves Rettung unternommen worden war. Whites Kontakte zu unserer Botschaft in Moskau haben diesen Fall ins Rollen gebracht – nicht Russell. Nicht das Verteidigungsministerium. Hätte er nichts unternommen, wäre Luger möglicherweise schon tot.«

»Anstatt wegen Geheimnisverrats gegen White zu ermitteln, haben Sie also mit ihm zusammengearbeitet, um Luger zu retten? Verdammt, das hätte ich mir denken können!« Curtis machte eine Pause. »Sie haben doch nicht etwa Megafortress- oder Black-Knight-Bomber nach drüben in Marsch gesetzt?«

»Wir wollten eben die Triebwerke anlassen.«

»General, ich hoffe, das soll ein Scherz sein«, sagte Curtis streng,

»aber ... ich weiß, daß es keiner ist. Was haben Sie also? Wie sieht Ihr Plan aus?«

»Sechs EB-52 Megafortress – vier für den Einsatz, zwei als Reserve«, antwortete Elliott. »Luftunterstützung gegen Radarstationen, Fla-Stellungen und das Sicherheitspersonal im Fisikus. Zwei Kipprotor-Flugzeuge CV-22 PAVE HAMMER mit insgesamt fünfzig Marines.«

»Erstaunlich! Ich hätte *wissen* müssen, daß Sie nicht tatenlos zusehen würden. Und wann wollten Sie mir das alles melden?«

»Überhaupt nicht«, gab Elliott zu. »Ich wollte losschlagen, sobald mein Team einsatzbereit ist. Wäre das MEU schon unterwegs gewesen, wäre ich umgekehrt oder hätte meine Unterstützung angeboten. Wäre es dagegen nicht eingesetzt worden, hätte ich mein Unternehmen weitergeführt.«

»Mit Bombern B-52 über Litauen? Wie haben Sie sich vorgestellt, *damit* durchzukommen...?«

»Meine Bomber wären nie entdeckt worden«, behauptete Elliott. »Wir hätten genügend Abstandswaffen gehabt, um jedes Überwachungs- und Jägerleitradar im Baltikum auszuschalten – und den Rest hätten die Störsender der EB-52 erledigt. Wegen der Jäger haben wir uns keine großen Sorgen gemacht: nachts, ohne Jägerleitstellen und solange weder Minsk noch Kaliningrad bedroht sind, hätte es kein Jagdflieger im Tiefflug mit uns aufgenommen. SAM-Stellungen, optisch gerichtete Flak und einzelne Kampfhubschrauber mit Lenkwaffen wären vielleicht gefährlich gewesen, aber wir haben uns zugetraut, die meisten auszuschalten und den übrigen auszuweichen. Unter dem Schutz der schweren Waffen unserer EB-52 und der Lenkwaffen und Maschinenkanonen der CV-22 hätten wir Whites SPARROWHAWK-Team im Fisikus abgesetzt und den Sicherheitstrakt erobert.«

»So einfach wäre die Sache bestimmt nicht gewesen, Brad«, widersprach Curtis, »aber Sie hätten's vermutlich trotzdem geschafft. Und als nächstes hätte MADCAP MAGICIAN Luger retten sollen?«

»Genau. Notfalls hätten wir ihn in die Botschaft gebracht, aber unsere eigentlichen Ziele waren Norwegen, Deutschland oder England – der nächste Flugplatz in einem verbündeten Land. Wären die CV-22 und EB-52 heil rausgekommen, hätte das Weiße Haus die ganze Sache abstreiten können.«

»Und falls eine oder mehrere Maschinen abgeschossen worden wären, hätten Sie und White die Verantwortung übernommen«, warf Curtis ein. »Aber damit hätten Sie die Regierung in eine verdammt peinliche Lage gebracht und die Glaubwürdigkeit der Vereinigten Staaten bis weit ins nächste Jahrhundert hinein zerstört!«

»Meiner Überzeugung nach würde das Weiße Haus Dave Luger eher im Stich lassen, als einen Konflikt zu riskieren«, sagte Elliott nachdrücklich.

Curtis mußte zugeben, daß Elliott mit dieser Einschätzung recht hatte – tatsächlich suchte das Weiße Haus ja bereits nach einem Grund, um die Rettungsaktion für REDTAIL HAWK abblasen zu können.

»Ich bin entbehrlich – das bin ich als Offizier schon immer gewesen«, behauptete Elliott.

»Diesen Märtyrerscheiß können Sie sich sparen, Brad. Das Weiße Haus traut Ihnen nicht, gerade *weil* Sie solche Dinger drehen. Halten Sie jetzt die Klappe und lassen Sie sich von mir sagen, was Sie tun werden: Ich befehle Ihnen, Verbindung mit der *Valley Mistress* aufzunehmen und sie sofort in den Hafen zurückzubeordern«, sagte Curtis. »Ich teile General Kundert mit, daß zwei Flugzeuge CV-22 PAVE HAMMER und die Marines an Bord dieses Schiffs dem 26. MEU als Eingreifreserve zur Verfügung stehen. Alle Ihre Bomber erhalten hiermit Startverbot. Bis auf weiteres finden auch keine Übungsflüge mehr statt – wenn ich Wind davon bekomme, daß in Dreamland auch nur *eine* EB-52 gestartet ist, stelle ich Sie unter Arrest. Ist das alles klar, Brad?«

»Ja, Sir.«

»Na, hoffentlich! Sie und Oberst White bleiben in Dreamland und tun erst mal gar nichts. Ich melde mich, sobald die Einsatzbesprechung beginnt. Sie hören zu, ohne etwas zu sagen, sonst muß ich dem Weißen Haus von Ihrem verrückten Plan berichten. Auch klar?«

»Ja, Sir.«

Elliotts prompte Antworten bewiesen Curtis, daß er nur mit halbem Ohr zugehört hatte. »Das ist mein Ernst, Brad! Sorgen Sie dafür, daß Ihre Bomber am Boden bleiben, sonst sind Sie am Wochenende damit beschäftigt, in Fort Leavenworth Kies zu schippen. Ich habe Ihnen noch nie gedroht, aber *diese* Drohung ist mein voller Ernst! Bleiben Sie in Dreamland und benehmen Sie sich anständig.«

»Ja, Sir.«

Mit Befehlen und Drohungen ist Brad Elliott nicht beizukommen, überlegte Curtis sich – der tut doch sowieso nur, was ihm paßt. Scheiße. Na gut, wenn Brad unbedingt seinen Hals riskieren will... Curtis beendete das Gespräch.

»Warum grinsen Sie so, Brad?« fragte Paul White, als Elliott den Hörer auflegte. »Was hat General Curtis gesagt?«

»Er hat uns befohlen, das Unternehmen abzublasen. Wir sollen die *Valley Mistress* in den Hafen zurückbeordern.«

»Verdammt! Damit geht unsere letzte Chance flöten.« White nahm den Telefonhörer ab. »Geben Sie mir eine Satellitenverbindung zu MADCAP MAGICIAN«, wies er die Vermittlung an. Danach fragte er den General: »Wie hat Curtis das rausgekriegt? Hat er die *Mistress* in der Ostsee entdeckt?«

»Das hat er nicht gesagt.« Elliott saß mit aufgestützten Ellbogen da und rieb sich das Kinn.

White starrte ihn prüfend an. »Äh... was haben Sie vor?«

»Lassen Sie die *Mistress* umkehren«, sagte Elliott, »aber sie soll zur Reparatur oder Brennstoffaufnahme den nächsten Hafen anlaufen. Irgendeinen Hafen ganz in der Nähe – am besten Stockholm oder Visby.«

»Beide sind auffällig *und* zu weit entfernt«, antwortete White. »mein Vorschlag wäre Rönne auf der Insel Bornholm. Das ist kein schwedischer, sondern ein dänischer Hafen, den wir mit Waffen an Bord anlaufen dürfen. Und er liegt vor allem nur gut sechzig Seemeilen vom ursprünglichen Ablaufpunkt entfernt.«

»Schicken Sie sie hin«, sagte Elliott sofort. »Uns bleibt nichts anderes übrig, als die Bereitschaft für die EB-52 aufzuheben, aber die *Valley Mistress* lassen wir so lange wie irgend möglich in Position. Dave Luger ist noch in Litauen, und ich halte unsere Kampfgruppe einsatzbereit, bis er draußen ist. Zum Teufel mit Curtis und den anderen!«

Marinefliegerstützpunkt Lista, Vestbygda, Norwegen
13. April, 23.00 Uhr

»Ladehemmung! Los!«

Patrick McLanahan setzte sein Gewehr M-16 ab. Er stützte es gegen seinen rechten Oberschenkel, schlug das Magazin mit der rechten Hand hoch, riß den Ladehebel zurück und kontrollierte die Kammer. Als er sah, daß sie frei war, ließ er den Ladehebel mit hörbarem Knall nach vorn schnellen, verriegelte ihn und hob sein Gewehr wieder an die Schulter.

»Nein, Sir, das ist falsch«, warf Gunnery Sergeant Chris Wohl ein – aber damit meinte er nicht McLanahan. Wohl saß neben John Ormack und beobachtete ihn aufmerksam. Aus dem Augenwinkel heraus sah er Hal Briggs diese Übung wie alle Marines in zwei Sekunden absolvieren. McLanahan war etwas langsamer, aber seine Handgriffe stimmten. Nur Ormack hatte es noch immer nicht begriffen. »Den Ladehebel nicht *zurück*gleiten lassen, Sir. Er muß nach *vorn* schnellen«, erklärte Wohl, »sonst kann die nächste Patrone wieder klemmen.«

Ormack nickte, aber er war unübersehbar frustriert.

»Und noch mal, General. Fertig? Ladehemmung... los!«

Ormack setzte das M-16 ab, riß den Ladehebel zurück, kontrollierte die Kammer, ließ den Ladehebel nach vorn schnellen und hob sein Gewehr.

»Wieder falsch, Sir«, sagte Wohl. »Erst gegen den Magazinboden schlagen, bevor Sie den Ladehebel ziehen. So rastet das Magazin richtig ein – der Ladehebel nutzt Ihnen nichts, wenn eine Patrone im Magazin klemmt. Okay, versuchen wir's gleich noch mal...«

»Ich bin erledigt, Wohl. Können wir für heute Schluß machen?«

Ormack ist wirklich übermüdet, dachte McLanahan: der lange Flug von North Carolina zu diesem einsamen Marinefliegerstützpunkt an der äußersten Südspitze Norwegens, die Zeitverschiebung durch den Flug und Wohls unerbittlich harte Ausbildung forderten ihren Tribut. Ormack gab sich wirklich Mühe, aber er hatte einfach kein Verständnis für solche Routinesachen. »Mit Flugzeugen kenn' ich mich aus. Aber mit einem verdammten Gewehr in der Hand bin ich der reinste Idiot!«

»Noch ein paar Minuten, Sir«, verlangte Wohl. »Diese Übung ist wichtig. Etwa alle fünfzig Schuß tritt eine Ladehemmung auf – also bei fast jedem Magazin. Wenn Sie oft genug üben, geraten Sie nicht in Panik, wenn beim Abdrücken nichts passiert. Ich habe mal gehört, daß man einem Affen das Fliegen beibringen kann, Sir – aber ich kenne keinen Affen, der mit dem M-16 schießen kann. Also weiterüben!«

Dem Luftwaffengeneral war deutlich anzumerken, was er von dieser Art Humor hielt.

»Weiterüben, Sir«, forderte der Sergeant ihn auf. »Hauptmann Briggs, Sie zeigen ihm, wie's gemacht wird. Und während er übt, hört ihr beide zu. Oberst, ziehen Sie Ihr Messer!«

Über dicken schwarzen Overalls aus Nylonmischgewebe trugen die vier Männer das Gurtzeug LC-2, das alle möglichen Gegenstände aufnahm: Patronentaschen, Erste-Hilfe-Ausrüstung, Feldflasche, Taschenlampe, Kompaß, Reepschnur, Handfunkgerät, Pistolenhalfter. Rechts am Webkoppel hing das bei den Marines eingeführte Kampfmesser. Als McLanahan die Velcro-Verschlüsse aufriß, glitt das Messer wie von selbst in seine rechte Hand. Gleichzeitig duckte er sich und nahm den linken Fuß in Abwehrhaltung zurück.

»Gut. Die linke Hand weiter zurück, damit Ihr Gegner sie nicht verwunden kann«, sagte Wohl. »Den Kampf mit dem Messer üben wir nicht besonders. Sie haben eine Pistole und ein Gewehr, die Sie gebrauchen sollten. Werfen Sie nie Ihre Waffen weg! Und füllen Sie die Patronentaschen bei *jeder* Gelegenheit auf.« *Notfalls mit der Munition Ihres toten Kameraden*, hätte er hinzufügen können. »Aber schleppen Sie auch nicht mehr als normal mit sich herum.

Sollten Sie sich jedoch verschossen oder Ihre Waffen eingebüßt haben und vor einem Gegner stehen, der Sie noch nicht totgeschossen hat, ziehen Sie Ihr Messer, greifen energisch an und hauen dann schnellstens ab.« Auch Wohl hielt plötzlich sein Kampfmesser in der Hand und täuschte einen Angriff vor. »Konzentrieren Sie sich aufs Gesicht, die Augen, die Hände, den Hals. Jede Schnittwunde schwächt Ihren Gegner. Versuchen Sie nicht, ihm das Messer ins Herz oder den Unterleib zu stoßen. Er trägt wahrscheinlich eine Flakweste oder mehrere Lagen Kleidung als wirksamen Schutz. Sie sind nicht Rambo – Sie können mit Ihrem Messer keine ganze Armee aufhalten. Benutzen Sie es nur, um sich den Weg freizukämpfen.

Hat der Gegner selbst ein Messer, sollten Sie so schnell wie möglich abhauen. Dafür gibt's mehrere Gründe. Erstens: Wenn der Kerl gar nicht erst auf Armeslänge an Sie rankommt, kann er Ihnen auch nichts tun. Zweitens: Er hat keine Schußwaffe, ist also in ebenso mißlicher Lage wie Sie. Drittens: *Wenn* er bleibt, ist er wahrscheinlich ein erfahrener Messerkämpfer, der Sie abschlachtet, wenn *Sie* bleiben. Das sind drei ganz ausgezeichnete Gründe, sich auf keine Messerstecherei einzulassen.

Ist ein Kampf jedoch unvermeidlich, sind drei Dinge wichtig. Erstens: Kämpfen Sie niemals mit gleichen Waffen. Benutzen Sie Steine, Erde, Sand, Wasser, Reepschnur oder Lärm, um ihn abzulenken und in der Konzentration zu stören. Zweitens: Greifen Sie mit dem festen Vorsatz an, ihn zu töten. Drittens: Versuchen Sie, nach dem Angriff zu flüchten. Verfolgt er Sie, fangen Sie von vorn an. Tut er's nicht, haben Sie gewonnen. Beim Kampf mit dem Messer geht's ausschließlich ums Überleben, nicht um Taktik, Strategie oder Positionen.«

Wohl machte eine Pause und musterte seine drei Schutzbefohlenen. McLanahan hörte aufmerksam zu, aber Wohl merkte ihm an, daß er nicht bei der Sache war, sondern daran dachte, wie sie ihren Kameraden retten würden. Briggs, das wußte er, verstand ihn genau weil er die richtige Ausbildung hatte. Und Ormack war hochintelligent und motiviert, aber einfach nicht für den Nahkampf geeignet. Ormack würde beschützt und geleitet werden müssen – eine Tätigkeit, die einem Stoßtrupp der Marines völlig fremd war. Trotzdem würde ihnen nichts anderes übrigbleiben.

Im nächsten Augenblick betrat einer von Wohls Unteroffizieren den Raum und übergab ihm einen Nachrichtenvordruck. Der Sergeant las den Text, holte tief Luft und gab die Nachricht an Ormack weiter.

»Das ist unser Einsatzbefehl«, sagte Ormack. Seine Stimme klang leicht heiser. »Morgen abend geht's los!«

»Nein, dieser Befehl besagt nur, daß die National Command Authority uns die Erlaubnis zum Weitermachen erteilt, Gentlemen«, stellte Wohl sofort richtig. »Er gibt uns nicht das Recht, etwas zu riskieren, für das wir nicht bereit sind. Und um alle Unklarheiten zu beseitigen, erzähle ich Ihnen jetzt, wie in Zukunft alles funktioniert.

Dieses Unternehmen befehle *ich*. Ab sofort gibt's keine Dienstgrade mehr. Mein Wort ist Gesetz; auf Ungehorsam steht der Tod.«

Die Offiziere verzogen keine Miene, denn sie wußten, daß er die Wahrheit sagte. »Sie führen alle meine Befehle widerspruchslos aus. Sage ich ›Deckung!‹, bleiben Sie liegen und spielen tot. Sage ich ›Marsch, marsch!‹, rennen Sie, bis Sie nicht mehr können. Sage ich ›Nein!‹, will ich keinen Widerspruch hören. Verstanden?«

Die drei Offiziere nickten.

»Gut. Da Sie bisher durchgekommen sind – und weil der Boß sagt, daß Sie mitdürfen –, kommen Sie mit. Sehen Sie jetzt zu, daß Sie etwas Schlaf kriegen.«

Ormack übergab McLanahan den Nachrichtenvordruck und hielt sein Gewehr hoch. »Ich übe noch ein bißchen mit meinem M-16, Sergeant.«

»Ich habe Ihnen eben gesagt, was Sie tun sollen, Ormack«, knurrte Wohl. »Ab in die Falle und Licht aus! Und jetzt paßt alle drei noch mal gut auf! In der kurzen Zeit bei mir habt ihr hoffentlich gelernt, zuzuhören und Befehle auszuführen. Eines kann ich euch garantieren: Auch wenn ihr als hohe Offiziere viel Einfluß habt, ist dieses Unternehmen zu Ende, sobald ich meinem Boß melde, daß ihr euch nichts von mir befehlen lassen wollt.

Das war der letzte Befehl, den ich wiederholt habe – beim nächsten Mal fliegt ihr! Ormack, wenn Sie diesen Scheiß jetzt noch nicht beherrschen, lernen Sie's nie. Ich setze darauf, daß Sie im entscheidenden Augenblick instinktiv richtig handeln, und wenn Sie's nicht tun, sind Sie – und wahrscheinlich auch ein paar von uns – tot. Hoffentlich erinnert irgendein Verantwortlicher sich dann an meine Warnung... Aber das braucht Sie nicht zu kümmern. Und mich an sich auch nicht.

Ihr reinigt die Gewehre, stellt sie weg und legt euch aufs Ohr. Ich wecke euch morgen früh, damit wir vor der allgemeinen Einsatzbesprechung Zeit für eine Abschlußinspektion und einen Probelauf haben. Ich weiß, daß es schwierig sein wird, Schlaf zu finden, aber ihr müßt's trotzdem versuchen. Das ist ein *Befehl*!«

Sicherheitstrakt des Fisikus-Instituts, Wilna
12. April, 14.00 Uhr

Nach der Begegnung mit dem Mann vom Reinigungspersonal im Speisesaal hatte Dave Luger sein tägliches Laufpensum kontinuierlich gesteigert: Heute war er einen ganzen Kilometer weiter gelaufen als noch vor vier Wochen. Er hatte an Gewicht verloren, aber sein Körper wirkte drahtig und fit wie der eines Marathonläufers. Gleichzeitig hatte sich sein Verhältnis zu den Kollegen verschlechtert, denn er war schweigsam und reizbar geworden.

Als Luger eines Tages wieder auf dem Laufband trainierte, wurde Wiktor Gabowitsch auf ihn aufmerksam und beschloß, ihn sich vorzuknöpfen.

Der Grund für die bei Luger beobachtete Veränderung war bei der routinemäßigen Untersuchung einer Urinprobe entdeckt worden – Luger hatte ein Mittel erhalten, das auf ein breitgefächertes Spektrum von Psychopharmaka reagierte und Brechreiz hervorrief. Gabowitsch vermutete, der litauische Agent müsse es ihm beigebracht haben. Die Wirkung war binnen einer Woche abgeklungen, aber danach hatte Luger unter einer schweren Bulimie gelitten, bei der sich Freß- mit Brechanfällen abwechselten, und aß jetzt überhaupt nichts mehr. Durch sein Fasten hatte er so viel Gewicht verloren, daß abzusehen war, wann er zusammenklappen und stationäre Behandlung brauchen würde.

Gabowitsch betrat den kleinen Fitneßraum, als Luger eben vom Laufband stieg. Teresow, der ihn begleitete, blieb an der Tür stehen und ließ den Amerikaner nicht aus den Augen. »Wie ich sehe, geht's Ihnen besser, Dr. Oserow«, sagte Gabowitsch. Keine Antwort. »Stimmt irgend etwas nicht?« hakte er nach.

»Doch«, antwortete Luger auf russisch. »Alles in Ordnung.«

»Sie müssen mir gegenüber aufrichtig sein, Doktor«, verlangte Gabowitsch etwas nachdrücklicher. »Sie haben dem Sicherheitspersonal so gut wie keine Hinweise auf diesen Mann vom Reinigungsdienst gegeben, der offenbar ein Eindringling gewesen ist. Ihre persönliche Sicherheit und der Erfolg Ihrer Projekte beruhen auf genauer und rechtzeitiger...«

»Ich hab' Ihnen gesagt, daß ich nichts weiß!« stieß Luger auf Englisch hervor. Er starrte Gabowitsch an, als überlege er, ob er weitersprechen solle, wandte sich dann ab und griff nach einem Handtuch. »Ich gehe jetzt duschen.«

»Was hat dieser Mann zu Ihnen gesagt, Doktor?«

»Nichts.«

»Das ist gelogen.«

Luger drehte sich plötzlich um und warf das Handtuch nach Gabowitsch, traf ihn jedoch nicht. Teresow zog die Pistole aus seinem Schulterhalfter. Das würde die Wachen alarmieren, die diese Szene auf ihren Monitoren sahen. Aber darauf kam es nicht mehr an. Das Spiel war endgültig aus.

»Sie haben mich die ganze Zeit angelogen!« brüllte Luger. »Sie behaupten, ich sei ein in Rußland geborener russischer Staatsbürger, aber ich bin hier gefangen! Ich hab' die verdammte Sonne schon wochenlang nicht mehr zu Gesicht bekommen! Ich will...«

Drei Mann des Sicherheitspersonals kamen hereingestürmt – ohne Schußwaffen, aber mit Schlagstöcken in den Händen. Einer stürzte sich auf Luger, während die beiden anderen sich schützend vor Gabowitsch aufbauten. Gabowitsch schob sie etwas beiseite, um Luger im Auge behalten zu können.

»Ich hab' gewußt, daß ich ständig überwacht werde«, sagte Luger mit hämischem Grinsen, das jedoch verschwand, als der Wachmann ihm die Arme auf den Rücken drehte. »Ich hab's bloß mal testen wollen.«

»Ein origineller Verdacht«, meinte Gabowitsch. »Zum Glück brauchen Sie sich darüber nicht länger den Kopf zu zerbrechen. Diesen Raum haben Sie heute zum letzten Mal gesehen.«

»Das ist mir scheißegal!« behauptete Luger heiser. »Meinetwegen machen Sie mit mir, was Sie wollen! Ich bin ein Erzverräter. Ich hab' den Tod verdient.«

»Sie sollen Ihren Willen haben«, versprach Gabowitsch ihm lächelnd, »aber zuvor interessiert uns, wieviel den Vereinigten Staaten Ihr Leben wert ist. Da sie weder Aufwand noch Risiko gescheut haben, um einen Agenten in unser Institut einzuschleusen, scheinen Sie wertvoll zu sein. Unter Umständen sind sie bereit, ein hohes Lösegeld für Sie zu zahlen. Sollte das nicht der Fall sein, erzählen Sie uns einfach alles, was Sie übers High Technology Aerospace Weapons Center und den Single Integrated Operations Plan wissen.«

»Ich erzähle Ihnen gar nichts!« widersprach Luger hitzig. »Sie haben mich lange genug ausgehorcht. Es gibt nichts, was mich dazu bringen könnte, mit Ihnen zu reden. Das ist mein letztes Wort!«

Gabowitsch lächelte schwach. »Ach, wirklich? Richtig, das hätte ich beinahe vergessen, Oberleutnant. Sie haben natürlich keine Erinnerung an unseren speziellen kleinen Apparat, der Sie zum Reden bringt, nicht wahr? Sie haben im Koma gelegen, als wir Sie schwer verletzt aus Sibirien abgeholt haben, und sind jedesmal sediert worden, bevor wir Sie in die Isolierzelle gesteckt haben.

Nun, dann erwartet Sie heute eine echte Überraschung. Sie werden den Apparat sehen, bevor wir Sie anschließen – und da wir den geschätzten Dr. Oserow nicht mehr benötigen, können wir Sie länger als sonst angeschlossen lassen. So haben wir Gelegenheit, Ihnen Ihr gesamtes Wissen zu entreißen und können zugleich beobachten, wie lange ein Mensch diese vollständige körperliche und geistige Isolierung ertragen kann, bevor er den Verstand verliert. Das wird sicher sehr interessant.

Abführen!«

Weißes Haus, Washington, D. C.
12. April, 13.13 Uhr

General Wilbur Curtis und mehrere Stabsoffiziere aus dem Pentagon informierten den Präsidenten und sein Kabinett über die geplante Verstärkung der Botschaftswache in Wilna und das Unternehmen REDTAIL HAWK.

Bevor ein US-Soldat, aus welchem Grund auch immer, die Grenze eines anderen Landes überschreitet, muß er die Genehmigung der National Command Authority einholen – des Präsidenten und seines Verteidigungsministers, die als Zivilisten den amerikanischen Militärapparat beaufsichtigen. In diesem Fall war der Befehl, US-Kräfte nach Litauen zu entsenden, bereits vor Monaten in Form einer Executive Order erteilt worden, die in der Übergangsperiode während des Abzugs fremder Truppen eine verstärkte Überwachung des Baltikums anordnete. Ursprünglich waren diese Kräfte CIA-Agenten und ihre Informanten gewesen, die in seit Urzeiten bewährter Manier nachrichtendienstliche Erkenntnisse sammelten.

Schon einige Wochen vor dem Zwischenfall vor dem Reaktor

Denerokin, als in ganz Litauen die Aktivitäten von GUS-Truppen und weißrussischen Einheiten zunahmen, hatte der Präsident die direkte militärische Überwachung des Baltikums genehmigt. Durchgeführt wurde die verstärkte Überwachung, die nun auch die Nachbarstaaten erfaßte, mit Satelliten und Aufklärungsflugzeugen, die besonders auf Truppenbewegungen und ganz besonders auf Standorte und Verteilung der mit Atomwaffen ausgerüsteten Einheiten achteten.

Für das Unternehmen REDTAIL HAWK unterzeichnete der Präsident eine weitere Executive Order, die Militäreinsätze in Litauen, Rußland und Weißrußland gestattete – aber zugleich auf geheime Aufklärungsunternehmen beschränkte. Durchgeführt wurden sie in Litauen von Teams der Special Forces der U.S. Army in Zusammenarbeit mit dem U.S. European Command, dem Marine Corps und dem U.S. Special Operations Command, aber auch von Kampfschwimmern der U.S. Navy, die von ihren Schiffen in der Ostsee aus Ziele in Küstennähe aufklärten.

Diese Teams mit der Codebezeichnung AMOS waren seit einigen Tagen im Einsatz, um das Unternehmen zur Verstärkung der Botschaftswache und die Rettungsaktion für Luger zu beobachten und nach Möglichkeit zu unterstützen.

Über den Status der AMOS-Teams berichtete Curtis an diesem Nachmittag: »Wir haben insgesamt vierundzwanzig Teams in Position, und alle sind einsatzbereit. Die meisten beginnen ihren Kampfeinsatz etwa sechs Stunden vor dem Unternehmen zur Verstärkung der Botschaftswache.

Sechs Kampfschwimmerteams beschädigen russische Radar- und Fla-Raketenstellungen in Lettland, Litauen und Kaliningrad. Gleichzeitig schalten zehn Teams der Special Forces wichtige GUS-Stützpunkte in Litauen aus – in erster Linie Flugplätze. Am Stadtrand von Wilna stehen zwei AMOS-Teams, um ein Tanklager für aus der Botschaft kommende Hubschrauber des Marine Corps einzurichten. In Wilna selbst sind sechs Teams der Special Forces stationiert: zwei für den Fall, daß unsere Marines Unterstützung brauchen, zwei zum Schutz der US-Botschaft, zwei zur Überwachung des Fisikus-Instituts.

Alle Teams stehen in Funkverbindung mit der Botschaft und befinden sich gut getarnt in Sicherheit«, schloß Curtis. »Sie warten jetzt auf ihren Einsatzbefehl. Sobald sie ihn erhalten, beginnt die Annäherung an ihre Ziele. Die Kampfschwimmerteams brauchen ihren Einsatzbefehl als erste. Sie fliegen von der *Wasp* aus mit Hubschraubern bis fast in Reichweite der Radarstationen an der Küste und kommen mit Schlauchbooten an Land. Obwohl sie weniger als fünfzig Kilometer zurückzulegen haben, brauchen sie knapp vier Stunden, um ihre Ziele zu erreichen.«

»Aber das sind mit die wichtigsten Ziele«, warf Vizepräsident Kevin Martindale ein. »Diese Radarstationen können anfliegende Maschinen aus hundertfünfzig Kilometern Entfernung orten.«

»Trotzdem gefällt mir die Idee nicht, Radarstationen und Fla-Stellungen in die Luft zu sprengen«, sagte der Präsident unbehaglich. »Soviel ich weiß, dienen die Radarstationen zur Kontrolle des Luftverkehrs, und die dortigen Fla-Lenkwaffen sollen schnelle Flugzeuge aus großen Entfernungen abwehren. Das sind rein defensive Waffen. Warum kümmern wir uns überhaupt um sie?«

»Weil sie das ganze Unternehmen gefährden, Mr. President«, erklärte ihm Martindale. »Die Radargeräte könnten unsere Hubschrauber praktisch schon orten, wenn sie von der *Wasp* abheben, und bis nach Wilna hinein verfolgen. Und die Fla-Lenkwaffen sind noch gefährlicher: Sie gehören nicht den Litauern und sind auch nicht mit Litauern bemannt. Das ist nicht anders, als hätten die Russen eine Raketenstellung in Norfolk, Virginia. Sie hätten längst verschrottet werden müssen – wir helfen nur ein bißchen nach.«

Der Präsident lächelte nervös und nickte dann. Martindale hat ihn überzeugt, sagte sich Curtis. Ausgezeichnet.

Der Präsident schlug den vor ihm liegenden roten Heftordner mit der schon ausgefertigten Executive Order auf. Er unterzeichnete das Schriftstück, ließ seine Unterschrift vom Rechtsberater des Weißen Hauses beglaubigen und gab den Ordner an Verteidigungsminister Thomas Preston weiter. »Lassen Sie die Sache anlaufen – und hoffen wir, sie entschärfen zu können, bevor die Beteiligten zu aufgeregt oder nervös werden. Sonst noch was?«

»Etwas anderes macht mir Sorgen, General Curtis«, stellte der Vizepräsident fest. »Was passiert, wenn GUS-Truppen oder weißrussische Einheiten ernsthaft Widerstand leisten? Welche weiteren Kräfte haben wir im dortigen Raum? Wir brauchen Reserven, um diesen Kriegsherrn zu beweisen, daß mit uns nicht zu spaßen ist, finde ich.«

Curtis wirkte überrascht und spielte leicht verlegen mit seiner Zigarre, was dem Präsidenten sofort auffiel. Er kniff besorgt die Augen zusammen. »Wilbur? Wie steht's damit?«

»Nun, Sir, im Augenblick sind wir dort nicht sehr stark«, gestand Curtis ein. »Der geographisch nächste Kampfverband ist das 26. MEU in der Ostsee...«

»Das ist alles?« fragte der Präsident beunruhigt. »Tausend Marines und ein paar Kurzstartflugzeuge Harrier?«

»Natürlich können Flugzeuge und Bodentruppen aus Deutschland eingreifen... aber nicht unmittelbar«, murmelte der General.

»Wie schnell?« drängte Vizepräsident Martindale, der sich damit an seine Absprache mit Curtis hielt.

Curtis zuckte mit den Schultern, was den Präsidenten noch mehr beunruhigte. »Wahrscheinlich achtundvierzig Stunden bis zum ersten Gegenangriff«, sagte er.

»Achtundvierzig Stunden! *Zwei Tage?* Völlig inakzeptabel!« protestierte der Vizepräsident. »Binnen sechs Stunden könnten die Russen ganz Wilna besetzen – auch unsere Botschaft! Dann stünden wir vor einer weiteren Geiselkrise wie damals in Teheran!«

»Wir versuchen, diese Sache auf möglichst kleiner Flamme zu kochen«, stellte Curtis fest.

»Und dabei riskieren wir, daß schon wieder eine unserer Botschaften besetzt wird«, sagte Martindale. »Das ist absolut inakzeptabel!« Er wandte sich an den Präsidenten. »Mr. President, wir brauchen dort mehr Feuerkraft, finde ich – klein, unauffällig, leicht rückrufbar, nichts Extravagantes –, aber wir brauchen sie *sofort*. Wir setzen verdammt viel auf den Erfolg einer Handvoll Marines gegen die gewaltige Übermacht der Roten Armee. Wir müssen unseren Jungs einen sicheren Rückhalt geben.«

»Aber dafür reicht die *Zeit* nicht«, stellte der Präsident irritiert fest. »Sie haben gehört, was der General gesagt hat – zwei Tage. Wir sind eben nicht in Position.«

Jetzt das entscheidende Argument...

Während der Vizepräsident frustriert und verärgert und der Präsident sorgenvoll dreinblickte, räusperte sich General Curtis.

»Nun... es gäbe eine Möglichkeit, Mr. President«, sagte er. »Im Rahmen einer Übung der schnellen Eingreiftruppe sollen Maschinen der Air Battle Force aus Nevada und South Dakota nach Thule in

Grönland verlegt werden. Diese Übung ist seit Monaten angekündigt und betrifft nur sechs Maschinen mit ihren Versorgungsflugzeugen: Tanker, Radarflugzeuge, einen Transporter und so weiter. Wir könnten die Gruppe statt dessen in den internationalen Luftraum über der Ostsee entsenden – nahe genug, um notfalls eingreifen zu können, und weit genug entfernt, um den Russen nicht gleich bedrohlich zu erscheinen.«

»Was sind das für Maschinen, Wilbur?« fragte der Präsident und wünschte sich, er wäre auf dem Tennisplatz statt bei dieser verdammten Besprechung.

»Bomber B-52, Sir«, antwortete Curtis. »Modifizierte B-52 mit Abwehrbewaffnung und Marschflugkörpern zur Panzerbekämpfung.«

Modifiziert?

In diesem Augenblick begriff der Präsident, daß er reingelegt worden war – das mußte General Brad Elliotts Verband sein. Vielleicht waren seine B-52 tatsächlich für eine Übung der auf der Ellsworth Air Force Base in Rapid City, South Dakota, stationierten Air Battle Force eingeplant gewesen – aber das Ganze roch zu sehr nach Brad Elliott. Der Präsident ließ sich nichts anmerken, nickte bedächtig und sagte: »Okay, ich will's mir durch den Kopf gehen lassen.«

Damit war die Kabinettssitzung beendet, aber der Präsident bat Curtis, Preston, Sicherheitsberater Russell und den Vizepräsidenten, noch einen Augenblick zu bleiben.

»Also, was wird hier gespielt, Gentlemen – wollen Sie einen alten Mann reinlegen? Alles sehr überzeugend, Kevin, bis Wilbur die modifizierten B-52 erwähnt hat. Das sind Brad Elliotts Wundermaschinen, stimmt's?« Er wandte sich an Verteidigungsminister Preston. »Tom, haben Sie dieses Vorhaben genehmigt?«

»Nein«, antwortete Preston. »Der General hat mit mir darüber gesprochen. Ich habe es abgelehnt, mich darauf einzulassen, denn ich glaube nicht, daß wir die Air Battle Force oder Elliotts Verband brauchen. Elliotts Flugzeuge müßten weiterhin in Nevada stehen.«

»Dort stehen sie auch«, warf Curtis ein. »Aber sie können jederzeit starten.«

»Um *was* zu tun? Und *wohin* zu fliegen?« blaffte der Präsident.

»Sir, ich habe es für wichtig gehalten, einen Krisenplan für den Fall zu formulieren, daß die Lage außer Kontrolle zu geraten droht«, antwortete Curtis gelassen. »Ein wirkungsvolles Eingreifen in Litauen wäre erst nach zwei Tagen möglich. Sollten die Russen oder Weißrussen auf die Verstärkung unserer Botschaftswache und das Unternehmen REDTAIL HAWK mit einer Offensive reagieren, könnten sie in ganz Europa uneingeschränkt operieren. Wir haben unsere Kräfte so stark ausgedünnt, daß die Reaktionszeiten sehr, sehr lang sind. Ich sehe eine echte Gefahr, daß demokratisch regierte Staaten von revisionistischen Mächten überrannt werden. Brad Elliotts Verband könnte sie wahrscheinlich daran hindern.«

Der Präsident warf Curtis und seinem ehrgeizigen Vizepräsidenten einen warnenden Blick zu. »Mir gefällt es gar nicht, wenn meine eigenen Berater mich zu manipulieren versuchen«, sagte er nachdrücklich. »Wer etwas zu sagen hat, soll offen damit rausrücken. Aber ich dulde keine Tricks, und erst recht keine heimlichen Absprachen! Hier entscheide *ich*. Wem das nicht gefällt, kann als Präsident kandidieren und versuchen, fünfzig Prozent der Wählerstimmen auf sich zu vereinigen. Das ist gar nicht so einfach.«

Der Präsident machte eine Pause, um seine Worte wirken zu lassen, bevor er hinzufügte: »Zufällig bin ich genau Wilburs Meinung. Ich glaube, daß die Weißrussen etwas im Schilde führen; ich glaube, daß die GUS sie unterstützt oder zumindest nicht behindert; ich glaube weiterhin, daß wir den baltischen Staaten – schon zur Wahrung unserer eigenen Interessen – beistehen müssen. Und obwohl ich Brad Elliott nicht besonders leiden kann, scheint er dafür garantieren zu können, mit seinen Flugzeugen zur rechten Zeit am rechten Ort zu sein.

Nehmen Sie also wieder Platz, Gentlemen, damit wir dieses von Brad Elliott ausgearbeitete kleine Unternehmen durchsprechen können. Und wir wollen hoffen, daß wir seine verrückten Flugzeuge nicht wirklich brauchen, wenn diese Rettungsaktion angelaufen ist.«

Ostseeküste bei Polangen, Republik Litauen
13. April, 03.09 Uhr

Einige der schönsten Strände Nordeuropas liegen in der Nähe des litauischen Badeorts Polangen, etwa 15 Kilometer südlich der Grenze nach Lettland. Im Sommer bevölkern Touristen aus dem Baltikum, den Nachfolgestaaten der Sowjetunion und Südskandinaviens die zehn Kilometer langen Badestrände nördlich der Stadt. Ein Sommerzirkus, ein Vergnügungspark, Läden für Volkskunst und Kunstgewerbe sowie eine Glasmanufaktur, die Kristallglas und farbige Glasfenster herstellt, tragen dazu bei, Polangen noch attraktiver zu machen. Seine Strände wurden oft als Riviera des Baltikums bezeichnet, obwohl sie diesen Namen unter sowjetischer Herrschaft kaum verdient hatten.

In unmittelbarer Nachbarschaft hatten sich ungebetene Gäste eingenistet – das sowjetische Militär. Direkt nördlich der Badestrände, wo die Küste kaum weniger schön war, hatte die sowjetische Luftverteidigung einen Flugplatz angelegt, zu dem auch eine Radarstation und eine Fla-Raketenstellung mit SAM-10 gehörten. Gleichzeitig war dort ein luxuriöser Badeort für hohe sowjetische Offiziere entstanden. Während die Besatzung des Stützpunkts im Winter nur wenige Dutzend Mann zählte, schwoll sie im Sommer auf mehrere hundert Personen an, da viele Generäle ihre Familien mitbrachten, um die dortigen Einrichtungen zu »inspizieren«. Daran hatte sich auch unter GUS-Kontrolle selbstverständlich nichts geändert.

Bis zum Frühsommer sind die Strände um Polangen menschenleer – und das gilt an sich auch für die Luftverteidigungsstellung. Die sauberen weißen Sandstrände, auf denen sich im Sommer die Touristen drängen, liegen kalt und verlassen da, oft mit Schnee bedeckt. Heult dann nachts der eisige sibirische Ostwind über sie hinweg, kann man sich nur schwer einen einsameren, verlasseneren Küstenstrich vorstellen.

Genau richtig für Bootsmann Brian Delbert und sein Kampfschwimmerteam.

Der heulende Wind, der die feuchte Kälte noch unangenehmer machte, übertönte bei ihrer Annäherung an die Küste das Geräusch des Außenbordmotors. Ihr mit einem Maschinengewehr M-60 bewaffnetes großes Schlauchboot trug zwölf Kampfschwimmer und fast eine halbe Tonne Ausrüstung. Das Team war von einem Hubschrauber CH-46 Sea Knight des Marine Corps 30 Kilometer vor der Küste abgesetzt worden – knapp außer Reichweite der Radargeräte in Polangen. Obwohl das Boot mit seinem 40-PS-Motor 20 Knoten lief, hatte ihre Fahrt knapp zwei Stunden gedauert, weil sie in Sichtweite von Fischer- oder Patrouillenbooten jeweils den Motor abgestellt hatten. Da die Ausgucke anscheinend keine Nachtsichtgeräte benutzten, waren sie bisher unentdeckt geblieben.

Delbert, dessen Codename »Command« lautete, befehligte die Gruppe, die an Land gehen und den Auftrag ausführen würde. Das gesamte Team stand unter dem Befehl eines Leutnants vom Marine Corps, Codename »Wheel«. Dieser Offizier würde im Schlauchboot auf die Rückkehr der an Land gesetzten Gruppe warten.

Bis auf zwei Schwimmspäher in Naßtaucheranzügen und Flossen steckten sie alle in schwarzen Mustang-Overalls und trugen dazu wasserdichte Stiefel, Wollhandschuhe mit Lederbesatz und Sturmhauben, deren Augenschlitze gerade groß genug für ihre Nachtsichtgeräte PVN-5 waren. Bewaffnet waren die Kampfschwimmer mit 9-mm-Maschinenpistolen Heckler & Koch MP5KA4 mit 32-Schuß-Magazin und Schalldämpfer, 9-mm-Pistolen Heckler & Koch P9S und einem ganzen Sortiment von Blend-, Nebel-, Gas- und Brandgranaten. Die Schwimmspäher, die den Strand erkunden würden, hatten großkalibrige Schrotflinten M-37 Ithaca in wasserdichten Hüllen bei sich. Ebenfalls an Bord waren sechs Tornister mit Sprengladungen Mk-133 aus je acht Blöcken des Sprengstoffs C-4.

Brian Delbert war das älteste und kleinste Mitglied des gesamten Teams. Damit unterschied er sich auffällig von den Männern, die heutzutage in die Kampfschwimmerausbildung der U.S. Navy kamen: Er sah weder wie ein Triathlet noch wie ein Footballspieler aus. Zum Gruppenführer hatte er es nicht durch Kraft – obwohl er stärker als viele schwere Männer war –, sondern mit Köpfchen und Findigkeit gebracht. Seine Kameraden nannten ihn »Wiesel«, und dieser Spitzname war ihm lieber als jeder andere.

»Angriff in genau zwei Stunden«, sagte der Leutnant. Delbert, der das Schlauchboot steuerte, nickte wortlos. Das war knapp, aber sie würden's schaffen, wenn die Aufklärungsergebnisse halbwegs zutrafen: keine Strandpatrouillen, keine Fuß- oder Fahrzeugstreifen, nur wenig Wachpersonal für die Radarstation und die SAM-10-Stellungen. Allerdings mußten sie mit Wachhunden rechnen – auf Satellitenaufnahmen waren Hundezwinger und ein innerer Zaun zu erkennen, der die Hunde vom äußeren Zaun mit seinen Bewegungsmeldern abhielt – aber auch Hunde mochten kein naßkaltes Wetter. Nur Kampfschwimmern der U.S. Navy konnte das Wetter gar nicht schlecht genug sein.

Zweihundert Meter vom Strand entfernt, dicht an der Brandungslinie, stellte Delbert den Motor ab und schickte die Schwimmspäher los. Von diesen beiden Männern konnte der Erfolg ihres Unternehmens abhängen. Während die Zurückbleibenden das Boot mit ihren Paddeln in Position hielten, erkundeten die Schwimmer den Strand vor ihnen.

Das gesamte Team verständigte sich untereinander über federleichte Hör-Sprech-Garnituren. Nach wenigen Minuten traf die erste Meldung ein: »Command, Späher, alles klar.« Mit ihren Taschenlampen, deren Filter nur Licht durchließen, das mit Nachtsichtgeräten zu erkennen war, dirigierten die Späher das Schlauchboot in Richtung Strand, wo sie eine gute Landestelle zwischen zwei Felsen gefunden hatten, die nach allen Seiten Deckung boten. Delbert schlug vor, dort zu bleiben, »Wheel« war einverstanden. Die Männer wurden angewiesen, sich die Stelle zu merken.

Sobald das Wasser nur noch knietief war, sprangen Delbert und fünf seiner Männer über Bord und rannten den Strand hinauf. Dies war der kritischste Augenblick ihres Unternehmens, das sekundenschnell auffliegen konnte, falls die Gruppe entdeckt wurde – vor allem in unmittelbarer Nähe einer militärischen Einrichtung. Drei weitere Kampfschwimmer brachten die Sprengsätze Mk133 an Land und gingen hinter dem Bootsmann in Deckung. Sie trugen die Maschinenpistolen umgehängt – sie sollten nicht schießen, sondern bloß die Sprengladungen ins Zielgebiet transportieren.

Delbert sprach in sein Lippenmikrofon. »Strandgruppe, Meldung.«

»Rechte Flanke gesichert.«

»Linke Flanke gesichert.«

Die Doppelposten zur Flankensicherung – rechts und links je ein Kampfschwimmer und ein Schwimmspäher – waren etwa 75 Meter entfernt, so daß Delbert Mühe hatte, seine gutgetarnten Männer zu entdecken.

»Flanken, verstanden. Mitte gesichert.« Er drehte sich um und registrierte die Handzeichen der Männer mit den Sprengsätzen. »Träger marschbereit. Späher, marsch! Flanken weiter sichern.«

Während drei Mann zurückblieben, um den Landekopf zu sichern, marschierte Delberts achtköpfige Gruppe unter Führung der beiden Späher, die mit Karte und Kompaß arbeiteten, landeinwärts in Richtung Flugplatz. Inzwischen hielt der Leutnant das Schlauchboot am Platz, und der zwölfte Kampfschwimmer machte sich mit Rechen und Segeltuchpütz daran, die Fußabdrücke im Sand zu beseitigen. Danach schoben sie das Boot in tieferes Wasser, fuhren zweihundert Meter weit aufs Meer hinaus, verfolgten den Vormarsch der Gruppe und achteten auf alles Verdächtige an Land.

Wenige hundert Meter außerhalb des Flugplatzes rief Delbert seine Gruppe in guter Deckung zu einer letzten Besprechung zusammen. Danach bildeten ein Späher, ein Träger und ein MP-Schütze eine Untergruppe als Reserve, die Ablenkungsmanöver durchführen, flankierende Angriffe starten oder das Unternehmen fortführen sollte, falls die Hauptgruppe angegriffen oder gefangengenommen wurde. Während Delbert und sein Viererteam planmäßig zum östlichsten Punkt des Geländes weitermarschierten, bog das zweite Team nach Norden ab, wo das kombinierte Stabs- und Wachgebäude des Stützpunkts lag.

Die Sicherheitsanlagen, die an sich nur verhindern sollten, daß Badegäste das Militärgelände betraten, stellten die Kampfschwimmer vor keine großen Aufgaben. Auf den Stützpunkt zu gelangen, war geradezu lächerlich einfach: Sie brauchten nur zwischen Föhren und Krüppeleichen getarnt einen zwei Meter hohen Maschendrahtzaun zu überwinden. Nach einem flotten Vierhundertmetertrab zwischen dunklen, verlassenen Gebäuden teilte sich die Hauptgruppe nochmals. Ein Zweierteam würde die Landebahn umrunden und die Radarstation sprengen, während das verbleibende Dreierteam unter Delberts Führung sich den nahe gelegenen SAM-10-Komplex vornehmen sollte.

Die Fla-Lenkwaffe SAM-10 zur Bekämpfung tief und hoch anfliegender Ziele war die modernste gegenwärtig außerhalb der GUS stationierte Boden-Luft-Rakete. Die große Lenkwaffe, die an eine vergrößerte Version der amerikanischen Patriot erinnerte, wurde aus einem für Straßentransporte geeigneten Behälter verschossen, der vier Raketen nebeneinander aufnahm. Hier standen zwei dieser Behälter von Natriumdampflampen beleuchtet hinter einem separaten Zaun. Aber das Ziel von Delberts Team waren nicht die Lenkwaffen, sondern der graue Betonklotz unmittelbar am Zaun. Setzte man ihr Kontrollzentrum außer Betrieb, waren die acht SAM-10 »blind«.

Wiesel und seine Männer rasteten im Schatten des kleinen Gebäudes mit dem Landekurssender und warteten auf die Meldungen der beiden anderen Teams. Das Rauschen der Ostseebrandung und die frische Meeresbrise ließen eine fast entspannte Stimmung aufkommen... Aber eben nur fast. Als Delberts Funkgerät zweimal insektenartig zirpte, war diese Stimmung sofort wieder verflogen.

»Team zwo in Position«, meldete er »Wheel« über Funk. Das zweite Team war um den ganzen Stützpunkt herumgetrabt, hatte den Zaun im Norden überklettert und befand sich jetzt in unmittelbarer Nähe des Stabs- und Wachgebäudes. Falls die Zeit reichte und sich Gelegenheit dazu bot, würde es Sprengladungen an Fahrzeugen, Gebäudeeingängen oder Funkantennen anbringen, um etwaige Abwehrmaßnahmen zu behindern. Damit sollten nicht möglichst viele Soldaten außer Gefecht gesetzt, sondern ihre Verteidigungsfähigkeit für den Fall geschwächt werden, daß die Sprengteams entdeckt wurden, bevor sie ihre Zeitzünderladungen anbringen konnten.

Kurze Zeit später hörte Delbert ein dreimaliges Zirpen und konnte melden, Team drei habe die Radarstation erreicht. Sie bestand aus drei großen weißen Radarkuppeln für ein Überwachungsradar mit großer Reichweite, einem Feuerleitradar für die SAM-10 und einem Reservegerät, das den Luftraum überwachen und das Feuerleitradar ersetzen konnte. Diese automatisch arbeitende Radarstation wurde kaum bewacht und war so spärlich bemannt, daß es leicht sein würde, sie durch Sprengladungen außer Betrieb zu setzen.

Delbert wartete noch einige Minuten, damit die Teams ihre Waffen überprüfen und sich in Ruhe vorbereiten konnten, bevor er sein Mikrofon zurechtrückte, um den Angriffsbefehl zu geben...

Aber bevor er sprechen konnte, zirpte das Funkgerät plötzlich zweimal, dann noch zweimal, und schließlich viermal.

Delberts Team erstarrte.

Team zwo hatte eine Warnung gesendet und wollte jetzt mit ihm reden. Nur eine wirklich gefährliche Situation konnte ein Team dazu bringen, die befohlene Funkstille zu brechen.

»Kommen«, sagte Delbert heiser.

»Fünf Lastwagen, dreißig Mann, schwere Waffen, Stabsgebäude. Mikey ist auf dem Dach.«

Delbert spürte, wie sein Nacken unter dem Kragen schweißnaß prickelte.

Mike Fontaine, einer der vier Kampfschwimmer der zweiten

Gruppe, war aufs Dach des Stabsgebäudes geklettert – vermutlich um Sprengladungen an Funkantennen anzubringen –, als unerwartet Lastwagen mit Soldaten vorgefahren waren. Jetzt war er umzingelt. Wie aus Satellitenaufnahmen und Agentenmeldungen hervorging, waren im Umfeld des Stabsgebäudes nachts nur minimale Aktivitäten zu erwarten – schlimmstenfalls ein paar Offiziere, die Nachtdienst hatten.

Wer zum Teufel waren diese Kerle?

»Hinweise, daß wir entdeckt sind?«

»Negativ.« Nach kurzer Pause berichtete die Lautsprecherstimme: »Sechs, acht Mann stehen draußen, scheinen Wache zu halten. Die anderen verschwinden im Gebäude.«

Zwanzig Soldaten, die das Stabsgebäude betraten? Falls sie die Kampfschwimmer abwehren sollten, waren sie nicht gerade eifrig bei der Sache. Vielleicht wollten sie erst mal Kaffee trinken, bevor sie...

»Schüsse – im Stabsgebäude!« meldete der Führer von Team zwo plötzlich. »Jetzt auch Handgranaten. Scheiße, eine... zwei Handgranaten sind *drinnen* hochgegangen!«

»Mikey okay?«

»Angriff gilt nicht Mikey... fürs Dach interessiert sich keiner... Augenblick! Wiesel, wir müssen Mikey dort runterholen. Hier wird's allmählich ernst.«

»Zeit?«

»Eine Minute. Nicht mehr.«

»Bleibt, wo ihr seid«, befahl Delbert. »In sechzig Sekunden kurzer Feuerüberfall, dann zerstreut ihr euch. Verstanden?«

»Verstanden.«

Delbert wandte sich an seine Männer. »Uns bleiben dreißig Sekunden Zeit, um das Kontrollzentrum zu knacken.« Er sagte ihnen, wie er sich den Angriff dachte – mit einigen Änderungen gegenüber dem schon vor einer Woche ausgearbeiteten Plan. Zwanzig Sekunden später zog er seine Heckler & Koch P9S, setzte den Schalldämpfer auf und knurrte: »Also los!«

Das Dreierteam teilte sich auf. Ein Mann lief außerhalb des Lichtkreises auf das Kontrollgebäude zu, während Delbert und sein Partner zum Zaun spurteten.

Der Betonklotz des Kontrollzentrums stand innerhalb eines hell beleuchteten drei Meter hohen Maschendrahtzauns, dessen Krone zusätzlich mit Bandstacheldraht gesichert war. Delbert brauchte fünf Schüsse, um die drei nächsten Natriumdampflampen zum Erlöschen zu bringen; im nächsten Augenblick erloschen lautlos vier weitere Lampen auf der anderen Seite des Gebäudes. Aus dem Kontrollzentrum kam keine Reaktion, als sie auf den Zaun zustürmten. Fünf Sekunden waren vergangen.

Delbert erreichte den Zaun und zog einen Akku-Trennschleifer aus seinem Rucksack. Das Gerät von der Größe einer Thermosflasche war mit einer hochfesten Dreizollscheibe bestückt. Während sein Partner ihm Feuerschutz gab, schnitt Delbert mit einem einzigen kurzen Schwung ein Loch in den Zaun, durch das sie kriechen konnten. Zehn Sekunden waren vergangen – und immer noch keine Reaktion.

Weiter!

Das Gebäude hatte mehrere schmale Schießscharten, die jedoch alle mit Stahlläden geschlossen waren – merkwürdig. Keine Streifen, kein Wachposten, keine Hunde. Delbert bog vorsichtig um die Ecke zur Vorderfront des Gebäudes. Neben der massiven Eingangstür, die aus Stahl zu sein schien, war hinter der Panzerglasscheibe eine Art Pförtnerloge eingelassen. Delbert landete mit einem Hechtsprung unter dem Fenster und sah sich dann um, ob der dritte Mann zu ihnen aufgeschlossen hatte. Er kauerte unter einer der Schießscharten in der Nähe des Nebeneingangs.

Als Delbert ihnen ein Zeichen gab, rissen die beiden ihre Tornister Mk133 auf und zogen L-förmige Stücke Plastiksprengstoff heraus. Die jeweils gut ein Kilogramm schweren Stangen bestanden aus einer gut formbaren kittartigen Masse, die sich leicht um die Eingangstür und den Nebeneingang herum anbringen ließ. Von den eingesetzten Zündkapseln aus führten 20 Meter lange Litzen zu einer Zündmaschine, die auch die vom Nebeneingang herüberführenden Drähte aufnahm. Nachdem die Männer ihre Litzen mit winzigen Galvanometern auf Leitfähigkeit geprüft hatten, signalisierten sie Delbert mit hochgereckten Daumen, daß alles in Ordnung war. Zwanzig Sekunden waren vergangen.

Auf Delberts Handzeichen hin entsicherte einer der Männer die Zündmaschine und drückte den Hebel herab. Die Detonationen rissen die massiven Stahltüren aus den Angeln und schleuderten sie ins Gebäude. Obwohl die Männer Ohrenstöpsel trugen, war der Krach ohrenbetäubend – aber nicht so schlimm wie im Inneren des Gebäudes. Delbert warf sich gegen die noch an den Resten einer Angel hängende Stahltür, drückte sie durch sein Gewicht nach vorn und ging mit ihr zu Boden. Da er wußte, was kommen würde, blieb er mit geschlossenen Augen liegen und hielt sich die Ohren zu.

Sein Partner folgte unmtitelbar hinter ihm. Er warf eine Blendgranate in den Vorraum des Gebäudes, wartete den gleißend hellen Lichtblitz und die ohrenbetäubende Detonation ab, sprang dann über Delbert hinweg und suchte mit schußbereiter Maschinenpistole nach Zielen.

Teile des weggesprengten Türrahmens hatten einen Soldaten von hinten getroffen und bewußtlos zu Boden geschleudert. Der Wachposten gleich hinter der Tür war von der Detonation zerfetzt worden. Vom Eingangsbereich aus führte ein enger Korridor mit drei Türen – eine links, zwei rechts – in den eigentlichen Kontrollraum. Ihre beiden Kameraden hatten ihn durch den aufgesprengten Nebeneingang direkt erreicht, daher überprüften Delbert und sein Partner diese drei Räume, bevor sie zu den anderen stießen. Seit Angriffsbeginn waren 40 Sekunden verstrichen; sie hatten zehn Sekunden Verspätung – aber dafür keine Verluste.

In dieser kurzen Zeit hatten ihre Kameraden im Kontrollraum aufgeräumt: zwei Soldaten lagen bewußtlos auf dem Fußboden, ein weiterer lehnte mit einer blutenden Kopfwunde – anscheinend von Metallsplittern der Tür – an einer Konsole, und drei Uniformierte standen in den Rauchschwaden, die durch den Raum waberten, mit erhobenen Händen an der Wand. Ein Mann des anderen Teams tastete sie nach Waffen ab, während der zweite Mann und Delberts Partner sich neugierig im Kontrollraum umzusehen begannen.

»Los, Leute!« drängte der Bootsmann. »Bringt die Sprengladungen an, damit wir abhauen können!«

»Hey, sieh dir das an, Wiesel«, forderte einer der Männer ihn auf. Er deutete auf eine der Konsolen. Ihre Radarschirme und sämtliche Tasten- und Schalterreihen waren zertrümmert. Auf dem Fußboden lag ein Vorschlaghammer, der offenbar erst vor kurzem benutzt worden war. »Anscheinend sind diese Kerle dabei gewesen, den Kontrollraum zu demolieren!«

Das war schwer zu glauben, aber er hatte recht – der Kontrollraum schien wirkungsvoll außer Funktion gesetzt worden zu sein. Hier sah es wie in einem Saloon nach einer wüsten Prügelei aus. »Bring die

Ladungen an, damit wir abhauen können«, wiederholte Delbert. Der Mann machte sich an die Arbeit, die einige Zeit dauern würde, weil aus Sicherheitsgründen immer nur einer die Zündkapseln einschraubte und die Litzen verlegte. »Johnny, du bewachst den Haupteingang. Ich übernehme den Nebeneingang.«

In der Ferne waren laute Detonationen und das Hämmern von Maschinenpistolen zu hören: Team zwei hatte seinen Ausbruchsversuch begonnen.

Einer der Gefangenen drehte den Kopf zur Seite und fragte in gutem Englisch: »Wer sind Sie? Sind Sie Amerikaner?«

»Sorg dafür, daß er die Klappe hält, Doug.«

»Sieh dir das an, Wiesel«, forderte der Kampfschwimmer ihn auf. Delbert ging zu dem Mann hinüber, den Doug gerade nach Waffen durchsuchte. »Das sind bestimmt keine GUS- oder MSB-Uniformen...«

Und dann sah Delbert das Gold-Blau-Rot der Flagge auf dem linken Ärmel des Gefangenen. Alle trugen diese Flagge aufgenäht. »Litauische Flaggen? Die Kerle tragen *litauische* Flaggen?«

»Wir sind *Litauer*«, erklärte ihm der Soldat auf englisch. »Soldaten aus *Litauen*. Sie sind Amerikaner?«

»Von mir aus ist er der König von Schweden!« sagte Delbert aufgebracht. »Team zwo ist dabei, aus dem Gebiet ums Stabsgebäude auszubrechen, und die Flugzeuge der Kampfgruppe sind in weniger als zwanzig Minuten in Radarreichweite. Fesselt diese Kerle, bringt die Ladungen an und schafft die Leute raus! Wir sind ohnehin spät dran. Los, los, Beeilung!«

Ihr anfängliches Staunen über die Anwesenheit *litauischer* Soldaten in einer russischen Kommandozentrale klang rasch ab, und die Kampfschwimmer machten sich an die Arbeit.

Zwei Minuten später waren an allen Konsolen C-4-Ladungen angebracht, die durch einen Zeitschalter gezündet werden würden. Die Gefangenen wurden mit herausgerissenen Telefonkabeln gefesselt und ins Freie gestoßen; sie mußten durch den Zaun kriechen und vor den Amerikanern her ums Ende der Landebahn herum in Richtung Meer laufen.

Nach knapp zehn Minuten hatten sie den kleinen Stützpunkt verlassen und ein Wäldchen ungefähr 500 Meter vom Strand entfernt erreicht. Delbert befahl seinen Leuten, zu rasten und ihre Ausrüstung zu überprüfen, bevor er über Funk sagte: »Team zwo, Meldung!«

»Stützpunkt verlassen«, meldete der Teamführer. »Zur Landestelle unterwegs.«

»Wir haben eure Detonationen gehört«, bestätigte Delbert. »Hat Mike es geschafft?«

»Negativ«, antwortete der andere. Delbert hörte ihn keuchend atmen, während er weiterrannte, um sich in Sicherheit zu bringen – er hörte auch die Nervosität und die Frustration in der Stimme. »Das sind nicht wir gewesen. Die Kerle, die das Gebäude gestürmt haben, haben's in die Luft gejagt. Mike war beim Absprung, als es hochgegangen ist.«

Scheiße! dachte Delbert grimmig. *Bei solchen Unternehmen muß man immer mit Verlusten rechen, aber wenn alles zu klappen scheint, glaubt man allmählich, diesmal könnte nichts passieren. Und wenn man das denkt, kriegt man gleich was auf die Nase.*

»Verstanden«, sagte der Bootsmann. Er machte eine Pause, bevor er hinzufügte: »Wir haben ein paar Gefangene mitgenommen. Scheint ein litauisches Kommandounternehmen gewesen zu sein.«

Diesmal bestand die Antwort lediglich aus einem wortlosen Doppelklick der Sprechtaste.

Nachdem auch Team drei sich zurückgemeldet hatte, vereinbarte Delbert mit »Wheel«, wann das Boot sie vom Strand abholen würde.

»Was machen wir mit diesen Kerlen?« erkundigte sich einer der Kampfschwimmer.

»Die lassen wir hier«, entschied Delbert. »Aber sie bleiben gefesselt, damit sie uns nicht zu schnell verraten können.« Er setzte sich neben den Mann, der vorhin Englisch gesprochen hatte. »Zu welcher Einheit gehören Sie?«

»Wir sind die Ersten Dragoner des Großfürsten«, antwortete der Mann stolz.

Delbert fühlte sich verarscht, beherrschte sich aber. Hier ging irgend etwas vor, und mit Gewalt war aus diesen Männern bestimmt nichts rauszuholen. »Welche Truppengattung ist das? Grenztruppen? Einheiten des Innenministeriums? Sondertruppen?«

»Wir *sind* keine Russen«, beteuerte der Mann. »Wir sind Litauer! Wir sind die Ersten Dragoner der Garde des Großfürsten – die Brigade Eiserner Wolf.«

»Sie sind in der litauischen Armee, meinen Sie?« fragte einer der anderen Kampfschwimmer.

»Litauen hat keine gottverdammte Armee!« knurrte Delbert.

Ihr Gefangener drückte stolz lächelnd seine Brust heraus. »Wir *haben* eine«, stellte er richtig. »Wir gehören zur ersten Armee der Republik Litauen seit den ruhmreichen Tagen der Großfürsten. Die Brigade Eiserner Wolf ist die beste Armee Europas gewesen. Wir werden alle Eindringlinge vertreiben und unsere Republik wieder zu einer stolzen Nation machen.«

Die anderen Kampfschwimmer schüttelten den Kopf – manche staunend, andere eher belustigt. Delbert machte sich Sorgen wegen des unmittelbar bevorstehenden Unternehmens. »Wie stark sind diese Ersten Dragoner?«

Dem Mann widerstrebte es offensichtlich, weitere Informationen über seine Einheit preiszugeben. Statt dessen bemühte er sich um einen jovialen Tonfall und fragte: »Ihr seid Amerikaner? Dann seid ihr uns als Verbündete willkommen. Amerika ist das Land der Freiheit. Ihr könnt uns helfen, die Russen zu vertreiben...«

»Ich will wissen, wie stark die Ersten Dragoner sind!«

Das klang unüberhörbar drohend, und die Litauer, die froh waren, ihren Auftrag erfüllt zu haben, ohne in russische Gefangenschaft geraten oder erschossen worden zu sein, dachten nicht ernstlich an Widerstand. »Achttausend, vielleicht zehntausend Mann«, antwortete der Litauer. »Aus Dörfern und Städten kommen täglich neue Rekruten. Auch viele Landsleute aus anderen GUS-Einheiten. Alle sind stolz darauf, zu uns zu gehören.«

»Wer ist euer Kommandeur?«

Der Mann zögerte erneut – aber sein Stolz auf die Brigade Eiserner Wolf und ihren Kommandeur war stärker als alle Besorgnisse. »Unser Kommandeur ist General Dominikas Palcikas, Gott schütze ihn.«

Der Name sagte Delbert nichts.

»Wir kämpfen für Litauen. Wir folgen General Palcikas. Wir tragen das Banner des Großfürsten und kämpfen für die Freiheit.«

Ja, ja, schon gut, dachte der Bootsmann. Er hatte nur noch Zeit für ein, zwei Fragen. »Seid ihr eine Guerillaarmee?« Als er sah, daß der andere nicht gleich verstand, was er meinte, fragte er weiter: »Kämpft ihr als Partisanen? Oder habt ihr ein richtiges Hauptquartier? Wo ist euer Hauptquartier?«

»Fisikus«, antwortete der Litauer breit grinsend.

Delbert wäre vor Verblüffung beinahe nach hinten gekippt. »Haben Sie *Fisikus* gesagt? Sie meinen das Fisikus-Institut bei Wilna?«

Der Mann nickte begeistert. »Der Ort, an dem die Weißrussen unsere Landsleute massakriert haben, wird das Machtzentrum der rechtmäßigen Republik Litauen und das Hauptquartier der Ersten Dragoner des Großfürsten«, sagte er stolz. »Genau in diesem Augenblick erobern wir das Institut und nehmen es für uns in Besitz. Außerdem zerstören wir weitere Stützpunkte, Fernmelde- und Kommandozentralen, Flugplätze, Nachschublager und Unterkünfte. Mit Gottes Hilfe werden wir unser Land befreien!«

Delbert schüttelte überrascht den Kopf und gab seinen Männern ein Zeichen, zum Strand und ihrem wartenden Schlauchboot zurückzukehren – wenn die Sprengladungen in zehn Minuten detonierten, mußten seine Leute und er sich bereits wieder auf See befinden. »Vielleicht bekommen Sie Ihren Wunsch erfüllt, mein Freund«, sagte er, als er aufstand, um den anderen zu folgen. »Mit etwas Hilfe vom lieben Gott – und viel Hilfe vom United States Marine Corps.«

4

In der Nähe des Fisikus-Instituts, Wilna
13. April, 03.09 Uhr

Wadim Teresow kannte nur ein Lebensziel: Er wollte einen Mann an die Macht bringen. Er war ein Königsmacher. Er selbst hatte keinen Ehrgeiz, König zu werden, aber er wollte sich einem König unentbehrlich machen und dafür sorgen, daß er auf dem Thron blieb. So genoß er die Privilegien eines Mächtigen, ohne selbst Verantwortung tragen zu müssen.

In Litauen – und bald auch in Moskau – war der König des Sicherheitsrats (MSB) der Gemeinschaft Unabhängiger Staaten Wiktor Gabowitsch. Gabowitsch war ein zwanghafter Mikromanager, ein detailbesessener Ordnungsfanatiker. Alles mußte ganz genau klappen. Je weniger Überraschungen Teresow parat hatte, desto zufriedener war Gabowitsch mit ihm.

Gabowitsch würde morgens um sechs Uhr ins Fisikus kommen, um mit den Chefkonstrukteuren des Stealth-Bombers Fi-170 zu sprechen. Der Erstflug der Maschine sollte in wenigen Wochen stattfinden, und Gabowitsch wollte sichergehen, daß alles wie vorgesehen klappte – und die Wissenschaftler über seine Vereinbarung mit dem weißrussischen General Woschtschanka informieren. Als Gegenleistung für Waffenlieferungen konnten die Forscher bei vollem Gehalt und mit allen bisherigen Privilegien am Institut weiterarbeiten, solange sie wollten.

Für fünf Uhr hatte Teresow ein Vorgespräch mit dem gesamten Konstruktionsteam angesetzt. Falls es Probleme gab, konnten sie bei dieser Gelegenheit angesprochen, gelöst oder zurückgestellt werden. Bloß keine Überraschungen! Damit diese Besprechung um fünf Uhr stattfinden konnte, mußte Teresow um vier in seinem Büro und ab halb fünf am Telefon sein, um die vergeßlichen Wissenschaftler daran zu erinnern, pünktlich zu kommen. Als derjenige, der bestimmte, was Gabowitsch zu hören und zu sehen bekam, hatte er großen Einfluß bei ihnen allen. Viele der Wissenschaftler hatten frühzeitig erkannt, daß es in ihrem ureigensten Interesse lag, Teresow bei guter Laune zu halten.

Ungefähr zehn Kilometer vor dem Denerokin-Tor des Instituts stieß Teresow auf eine lange, ziemlich schnell fahrende Kolonne von Militärfahrzeugen mit MSB-Kennzeichen. Die meisten Wagen waren leichte oder mittelschwere LKWs, die vermutlich Material oder Soldaten transportierten, aber den Schluß der Kolonne bildeten Sattelschlepper mit eigentlich veralteten Kampfpanzern T-62, Pionierpanzern und schwerem Räumgerät. Obwohl Teresow der engste Mitarbeiter des Kommandeurs aller MSB-Einheiten in Litauen war, kannte er kein einziges Fahrzeug dieser Kolonne.

Militärpolizisten auf Motorrädern – einige mit Beiwagen, auf denen PKM-Maschinengewehre montiert waren – begleiteten die Kolonne, röhrten voraus und hielten den spärlichen Verkehr an. Mehrmals fuhren Gespanne neben Teresow her, und der Soldat im Beiwagen leuchtete mit einer Taschenlampe ins Wageninnere. Hielt Teresow dann seinen MSB-Dienstausweis hoch, grüßte der Soldat, und sein Fahrer drehte wieder auf, um dem Offizier die Möglichkeit zu geben, weitere Teile des Konvois zu überholen.

Etwa in der Mitte der Kolonne bekam Teresow große Augen, als er erstmals einen Flakpanzer ZSU-23-4 zu Gesicht bekam, der mit seinem Flak-Vierling todbringend gefährlich wirkte, selbst wenn er nur auf der Straße dahinrollte. Dieser Anblick in der Nähe des Instituts machte Teresow nachdenklich, denn er konnte sich beim besten Willen an keine angekündigten Truppenbewegungen erinnern. Waren diese Fahrzeuge etwa alle zum Fisikus unterwegs? Unwahrscheinlich, denn er hatte nichts von einer geplanten Verstärkung der dort stationierten tausend Schwarzen Barette gehört. Aber der GUS-Standort Darguziai südlich von Wilna war auf dieser Straße in ungefähr einer Stunde zu erreichen. War der Konvoi dorthin unterwegs?

Das wollte Teresow lieber erfragen, statt untätig zu bleiben und lediglich Vermutungen anzustellen. Er griff nach dem Mikrofon seines Funkgeräts. »Zentrale, hier Wagen vier-eins-eins, Vorrangstufe drei. Kommen.«

Nach kurzer Pause meldete sich eine Stimme. »Hier Zentrale. Warten Sie, vier-eins-eins.«

Teresow wartete.

Der Konvoi passierte die letzte große Abzweigung in Richtung Fernstraße 11 nach Darguziai. Er war also zum Fisikus-Institut unterwegs, das stand jetzt zweifelsfrei fest. Irgend etwas stimmte hier nicht, und wegen der Größe der Kolonne mußte Teresow dringend feststellen, was da vorging. Gabowitsch würde es bestimmt wissen wollen. »Zentrale, vier-eins-eins, Vorrangstufe zwo.« Diese Dringlichkeitsstufe durfte er benutzen – allerdings nur in wirklich dringenden Fällen. Aber das mußte er jetzt riskieren...

»Vier-eins-eins, Zentrale empfangsbereit für Vorrangstufe zwo.«

»Erbitte Auskunft über Marschbefehl für Infanterieverband in Bataillonsstärke, der von Sziechesi aus in Richtung Fisikus-Institut fährt. Name des Kommandeurs, Datum des Marschbefehls, Name des Antragstellers und Bezeichnung der ausstellenden Kommandobehörde.«

»Vier-eins-eins, Ihre Anfrage kann gegenwärtig nicht bearbeitet werden«, antwortete der Funker in der Zentrale. »Alle Frequenzen sind durch militärischen Funkverkehr blockiert. Rechnen Sie mit zehn bis zwanzig Minuten Verspätung.«

»Welchen Grund hat diese Verzögerung?« fragte Teresow gereizt, ohne sich zu überlegen, welche Reaktion er damit provozierte.

»Diese Information kann nicht über Funk weitergegeben werden, vier-eins-eins«, beschied die Stimme knapp. Teresow ahnte, daß sein möglicherweise vorhanden gewesener Einfluß als Gabowitschs Assistent, der Gabowitschs Rufzeichen benutzen durfte, sich damit verflüchtigt hatte – er konnte von Glück sagen, wenn die Zentrale überhaupt noch mit ihm redete. »Wiederholen Sie Ihre Anfrage über eine abhörsichere Telefonverbindung. Zentrale Ende.«

Verdammt! dachte Teresow. Erst dröhnt ein Riesenkonvoi von MSB-Fahrzeugen in Richtung Institut, dann sind plötzlich alle Funkfrequenzen vom Militär blockiert. *Was zum Teufel geht hier vor? Und warum bin ich darüber nicht informiert worden?*

Bei nächster Gelegenheit überholte er die Spitzenfahrzeuge und setzte sich vor die Kolonne. Angeführt wurde sie von einem Befehlswagen mit Tarnanstrich, in dem mehrere MSB-Offiziere saßen. Teresow überlegte sekundenlang, ob er den Wagen anhalten und den

Kolonnenführer nach seinem Marschbefehl fragen sollte. Dann sah er endlich ein bekanntes Gesicht: Oberst Igor Mursuriew, der in Kaliningrad stationierte MSB-Logistikchef. Was zum Teufel hatte *dieser* Bürohengst hier zu suchen? Mursuriew war dafür bekannt, daß er jegliche Art von Arbeit geflissentlich mied.

Teresow überlegte nochmals, ob er das Spitzenfahrzeug anhalten und Musuriew fragen sollte, was er hier machte. Wenigstens hätte er dann gewußt, wer oder was diesen Lahmarsch dazu gebracht hatte, sich eine Nacht um die Ohren zu schlagen und quer durch ganz Litauen zu fahren, um diese Kolonne anzuführen.

Aber er mußte schnellstens ins Institut, und die Zurechtweisung durch den Funker wegen dieser Sicherheitsbestimmung, die er im Schlaf hätte beherrschen müssen, hatte ihm den letzten Nerv geraubt. Teresow gab Gas und ließ den Konvoi hinter sich zurück.

Die Antworten auf seine Fragen würde er früh genug erhalten.

Über der Ostsee vor der litauischen Küste
13. April, 03.09 Uhr

Das Tankflugzeug KC-10 Extender entließ seine vier Abnehmer 60 Seemeilen vor der litauischen Küste, nachdem es die Flugzeuge – zwei Starrflügler und zwei Kipprotor-Flugzeuge – ein letztes Mal betankt hatte. Diese Treibstoffübergabe fand in Höhen von weniger als 1000 Fuß über dem Meeresspiegel statt, weil sie versuchten, unterhalb des Erfassungsbereichs der zahlreichen Radargeräte an der Küste und auf Patrouillenbooten zu bleiben. Außerdem mußten die fünf Maschinen den möglichen zivilen und militärischen Flugverkehr nach Riga, Memel oder Kaliningrad deutlich unterfliegen.

Die Extender drehte in einer weiten Kurve nach Norden ab, nahm Kurs auf Stockholm und begann steil zu steigen. Während die vier Maschinen die litauische Küste überflogen, überwachte ein AWACS-Flugzeug E-3C der U.S. Air Force, das in 30 000 Fuß über der Ostsee kreiste, den Luftraum in weitem Umkreis, um den Tanker vor Maschinen auf Kollisionskurs und die Flugzeuge des Marine Corps vor etwaigen Angreifern warnen zu können. Das weitreichende Radar APY-2 des AWACS-Flugzeugs würde die einfliegenden Maschinen während ihres gesamten Einsatzes in Litauen überwachen.

Patrick McLanahan, der in einem der beiden Kipprotor-Flugzeuge mitflog, konnte beobachten, wie der Tanker nach rechts abdrehte. Mit diesem Abdrehen, nach dem die Einsatzflugzeuge auf sich allein gestellt waren, schien jedesmal die Trennlinie zwischen Ordnung und Chaos, Frieden und Krieg überschritten zu werden. Drehte das Flugzeug, in dem man saß, nicht wie bei den Übungsflügen mit dem Tanker ab, wußte man, daß man in den Kampf flog...

Natürlich war McLanahan schon im Kampf gewesen. So hatten sie Dave Luger verloren. Aber es war etwas ganz anderes, sein Leben in einem High-Tech-Bomber EB-52 zu riskieren, der mit fast 15 Kilometern in der Minute im Tiefflug dahinraste, als seinem Gegner mit dem Gewehr in der Hand gegenüberzutreten. McLanahan, der sich exponiert und verwundbar vorkam, erkannte schließlich, daß Infanteristen vor allem Mut brauchten, der sie stärkte, schützte und Kraft fürs Vorwärtsgehen verlieh. Sobald man den Erdboden betrat, war man auf sich allein gestellt.

Aber McLanahan würde nicht allein gelassen werden – amerikanische Marines arbeiteten immer im Team. Zu ihrem fliegenden Verband gehörten einige der modernsten Kampfflugzeuge der Welt, die jetzt gemeinsam die litauische Hauptstadt anflogen.

Geführt wurde dieser Verband von einer MC-130H COMBAT TALON II der Air Force – eigentlich ein Transporter, ein typischer »Müllwagen«, der jedoch in diesem Fall alles andere als typisch war. Die MC-130H war mit modernsten Navigations-, Wetterradar- und Geländewarnsystemen ausgerüstet, hatte spezielle Zielsensoren an Bord, konnte weltweit Nachrichten übermitteln und empfangen, verfügte über ein großes ECM-Potential und konnte dank spezieller Abwehrbewaffnung in stark verteidigte Gebiete einfliegen, um Nachschub oder Soldaten abzusetzen (oder aufzunehmen). Diesmal transportierte sie zehn Tonnen Material, das zum größten Teil für die Special Operations Forces, aber auch für die US-Botschaft in Wilna bestimmt war.

Die zweite Maschine dieser Vierergruppe war ein »Gunship« AC-130U Spectre mit drei nach links schießenden großkalibrigen Waffen: eine 20-mm-Maschinenkanone zur Bekämpfung von Infanterie und leichten Fahrzeugen, eine 40-mm-KK gegen leichte Panzerfahrzeuge und eine große 10,5-cm-Haubitze, die Bunker und schwere Panzer knacken sollte. Gerichtet wurden diese fernbedienten Waffen mit Hilfe von IR-Sensoren, Restlichtverstärkern und Radargeräten mit hoher Auflösung. Die über dem Zielgebiet kreisende Spectre konnte bei jedem Wetter und mit größter Treffsicherheit Tod und Verderben auf den Gegner herabregnen lassen. Außerdem trug sie an Aufhängepunkten unter beiden Flügeln je sechs lasergesteuerte Lenkwaffen Hellfire, die Panzer und andere Ziele aus weit größerer Entfernung als die Kanonen vernichten konnten.

Bei den übrigen Maschinen mit den Rufzeichen Hammer Three und Hammer Four handelte es sich um Kiprotor-Flugzeuge MV-22A SEA HAMMER des Marine Corps. Als Marine-Corps-Version der CV-22 PAVE HAMMER der Air Force sollte die MV-22 den langsam veralteten Transporthubschrauber CH-46 Sea Knight ablösen, der ausgemustert werden würde. Diese beiden Maschinen waren speziell für Tiefstflüge, präzises Absetzen von Soldaten und Material an Fallschirmen, elektronische Störmaßnahmen und Unterdrückung feindlichen Feuers modifiziert worden.

Um die an Bord transportierten Marines wirkungsvoll unterstützen zu können, war eine SEA HAMMER viel schwerer bewaffnet als die CV-22 der Air Force. Außer der 20-mm-Revolverkanone Hughes Chain Gun im linken Waffenbehälter und zwölf Jagdraketen Stinger im rechten Behälter, die durchs Helmvisier des Piloten gerichtet wurden, gehörten zur Bewaffnung jeder MV-22 zwei 7,62-mm-Revolver-MGs Minigun an der rechten Seitentür und in der Mitte der Heckrampe – alles nur im Dienste ihrer Marines.

Die erste MV-22 SEA HAMMER transportierte 18 Marines aus dem 26. Marine Expeditionary Unit, darunter auch Hauptmann Brian Snyder, der das Unternehmen befehligte, seinen Funker und seinen Adjutanten. In Camp Lejeune hatten die besonders für die Erstürmung und Durchsuchung von Gebäuden ausgebildeten Marines über eine Woche lang an einem Gebäude geübt, das dem Zielgebäude im Fisikus-Komplex ähnlich war. Statt Kampfanzug und Springerstiefeln trugen sie schwarze Overalls, eine kugelsichere Körperpanzerung aus Kevlar, leichte, stabile Laufschuhe und die glotzäugigen neuen Kevlarhelme mit abnehmbarer Nachtsichtbrille, herausziehbarer Gasmaske und eingebautem Funkgerät.

Zur Standardbewaffnung dieser Marines gehörten Maschinenpistolen MP5SD mit Infrarotscheinwerfern und Schalldämpfern, und die sonst nirgends mehr verwendeten 11,4-mm-Pistolen Colt Government Model 1911A1. Vier Marines trugen automatische Granatwerfer Hydra, deren großes Trommelmagazin 20 Spreng- und Splittergranaten enthielt, die durch einfaches Umlegen eines Schalters ausgewählt und verschossen werden konnten. Außerdem waren alle Marines mit Blend- und Splitterhandgranaten sowie CS-Reizgasbehältern ausgerüstet.

Die zweite MV-22 SEA HAMMER transportierte weitere 18 Marines als Sicherungsteam für die Landezone bei diesem Schlag gegen das Fisikus-Institut. Da sie den Auftrag hatten, die Landezone der beiden MV-22 zu sichern, waren ihre Waffen mehr für Dauerfeuer ausgelegt: Sturmgewehre M-16A2, 9-mm-Pistolen Beretta M9, 5,56-mm-Maschinengewehre FN Minimi, Panzerabwehrraketen LAW, von der Schulter abzufeuernde Fla-Raketen Stinger und 40-mm-Granatwerfer M79 und M203.

Unter direkter Aufsicht von Gunnery Sergeant Wohl gehörten Hal Briggs, Patrick McLanahan und John Ormack diesem Zug an. Sie hatten den Auftrag, Dave Luger zu identifizieren, sobald er ins Freie gebracht wurde, und wenn das Gebäude betreten werden konnte, würden sie darin nach Unterlagen über den sowjetischen Stealth-Bomber Fi-170 fahnden, bis das kleine Team sich nicht länger halten konnte und den Rückzug antreten mußte. Außerdem waren die drei Offiziere dafür eingeteilt, zusätzlich Handgranaten und weitere MG-Patronenkästen zu schleppen.

Als Angehörige des Teams, das die Landezone sichern sollte, waren die drei Luftwaffenoffiziere wie Marines bewaffnet. Sie hatten 9-mm-Pistolen am Koppel, und Briggs und McLanahan trugen Sturmgewehre M-16. Da Ormack noch immer nicht mit dem US-Standardgewehr zurechtkam, hatte man ihm statt dessen eine 9-mm-Maschinenpistole MP5 mit 32schüssigen Magazinen gegeben. Diese deutsche Waffe war buchstäblich narrensicher, hatte fast nie Ladehemmung und war leicht zu bedienen.

Zur Ausrüstung jedes Offiziers gehörte ein schwarzgestrichener Infanteriehelm aus Kevlar, auf dem sich ein herunterklappbares Nachtsichtgerät NVG-9 befand, dessen Batteriekabel über die linke Schulter zu dem Akkupack an ihrem ALICE-Gurtzeug führte. In diesem Gurtzeug steckten Verbandpäckchen, Kampfmesser, Feldflaschen, Stifte und Trassierband mit für Nachtsichtgeräte erkennbaren Markierungen, dazu ein Minimum an Überlebensausrüstung.

Schwarze Kampfanzüge, Stiefel und Handschuhe vervollständigten die Ausrüstung, unter der die Luftwaffenoffiziere eine Ganzkörperpanzerung aus Kevlar angelegt hatten. Nur die MG-Schützen trugen lediglich leichte Flakwesten als Schutz gegen Granatsplitter.

Briggs machte den Eindruck, als könne er's kaum erwarten, ins Gefecht zu kommen – er schien seine Ausrüstung mühelos, fast lässig zu tragen. Aber McLanahan und Ormack fühlten sich sehr behindert und fanden selbst einfache Bewegungen wie das Anbordgehen oder das Anlegen des Sitzgurts ungewohnt mühsam.

Gunnery Sergeant Wohl beobachtete das alles, und je länger er das tat, desto besorgter wurde er.

Der Kompaniechef, der das Sicherungsteam befehligte, ein unwahrscheinlich jung wirkender Oberleutnant, war ebenfalls an Bord. Nachdem Wohl längere Zeit mit ihm gesprochen hatte, zwängte der Gunnery Sergeant sich zwischen den dichtgedrängten Marines durch und setzte sich neben die drei Offiziere.

»Ich hab' mit dem Zugführer und dem Oberleutnant darüber gesprochen.«

McLanahan warf Oberleutnant William Marx, ihrem Kompaniechef, einen prüfenden Blick zu. Der Kerl sah wie ein 16jähriger aus, trug einen viel zu großen Kevlarhelm und hatte an der Hüfte einen Colt baumeln, der viel zu schwer für ihn zu sein schien. Aber er war Chef einer von drei für Sondereinsätze ausgebildeten Kompanien im 26. MEU, und wenn Wohl mit seinen 15 Dienstjahren im Marine Corps offenbar Respekt vor diesem Mann hatte, mußte McLanahan beeindruckt sein. Der Zugführer, ein grimmig dreinblickender schwarzer Gunnery Sergeant namens Trimble, hatte die drei Luftwaffenoffiziere bisher geflissentlich übersehen.

»Der Oberleutnant ist mit meiner Entscheidung einverstanden«, fuhr Wohl fort. »Tut mir leid, aber ihr beiden«, er deutete dabei auf Ormack und McLanahan, »tragt weder Gewehr noch Maschinenpistole.«

McLanahan wollte seinen Ohren nicht trauen. Er hatte das Gefühl, als habe Wohl ihn persönlich beleidigt. Dabei hatte er gerade angefangen, sich an dieses Ding zu gewöhnen, auch wenn er noch längst kein Meisterschütze war. Trotzdem gab es keinen Widerspruch – sie hatten längst gelernt, daß man Wohl nicht widerspricht.

Ormack griff nach seiner MP5, nahm das Magazin ab und öffnete die Kammer, damit Wohl sich überzeugen konnte, daß keine Patrone im Lauf steckte, und übergab ihm die Waffe.

McLanahan lieferte sein entladenes M-16 ab.

Wohl übergab die beiden Waffen dem Lademeister der MV-22, der sie in Reichweite des MG-Schützen an der rechten Tür in Halterungen stellte. »Ihr habt eure Pistolen, mit denen ihr ganz gut geschossen habt. Notfalls kann Hauptmann Briggs bei euch aushelfen.«

McLanahan hatte den Eindruck, als füge Wohl insgeheim hinzu: *Und ich bete zu Gott, daß ihr Verlierer euch nie auf ihn verlassen müßt!*

»Ich konnte das verdammte Ding sowieso nicht leiden«, behauptete Ormack, während er Reservemagazine aus den Taschen seines ALICE-Gurtzeugs zog und Wohl zur Verteilung an die Marines übergab. »Hab' mich nie daran gewöhnen können.« Seine Stimme klang hohl und kraftlos.

Das erschreckte Patrick etwas. Würde seine Stimme auch so klingen, wenn er jetzt sprach? Das wollte er nicht riskieren, aber er *mußte* darüber sprechen. McLanahan nickte zu den Marines in Tarnanzügen hinüber und sagte zu Ormack: »Die Schießerei überlassen wir denen. *Wir* schlängeln uns durch und holen Dave raus.«

Die Logik seines Vorschlags schien Ormack zu gefallen, obwohl sein abgewandter Blick und sein zögerndes Nicken ahnen ließen, wie viele Zweifel er innerlich hegte.

Die MV-22 kurvte steil ein und schien noch tiefer zu fliegen. Patrick, der Tiefstflüge mit sehr großen Maschinen gewöhnt war, hätte nicht geglaubt, daß sie noch tiefer fliegen konnten, aber sie sanken tatsächlich weiter. Bei böigem Wind bockte das Flugzeug so heftig, daß er zum ersten Mal in seinem Leben beinahe luftkrank geworden wäre.

Hal Briggs fiel das selbst im schwachen roten Lichtschein der Kabinenbeleuchtung sofort auf. »Du bist ziemlich blaß um die Kiemen, Mac«, sagte er. »Stell dir vor, du ißt 'ne Zitrone – das hilft *mir* immer.«

»Ich bin Nachttiefflüge bei Scheißwetter gewöhnt«, antwortete McLanahan, »aber dann fliege ich selbst oder kann wenigstens nach draußen sehen. Dieses Herumgekarrtwerden ist nicht lustig. Ich brauche ein Fenster.«

»Denk an Dave«, forderte Briggs ihn lächelnd auf. »Bald sehen wir ihn wieder!«

Das war in den letzten Wochen der Schlachtruf ihrer kleinen Gruppe gewesen. Hatten sie das Gefühl gehabt, den ganzen Krempel hinschmeißen zu müssen, waren aus Mangel an Kenntnissen frustriert gewesen oder hatten irgendeinen Auftrag nicht ausführen können, hatten sie sich selbst oder einander gesagt: *Denk an Dave!*

Im nächsten Augenblick stand Oberleutnant Marx auf, drehte sich nach den Männern im rückwärtigen Teil der Kabine um, hielt sich am Deckenhandlauf fest, um in der ständig bockenden MV-22 nicht das Gleichgewicht zu verlieren, und brüllte: »Dritter Zug!«

Die Marines antworteten mit einem raubtierhaften Knurren, in das selbst die Luftwaffenoffiziere einstimmten. Nach zwei Wochen bei den Marines hatte einiges von dieser Elitetruppe auf sie abgefärbt.

»In ungefähr zehn Minuten sind wir da. ›Gunny‹ Wohl informiert euch über die letzten Einzelheiten. Unser Auftrag ist einfach: Das Gebäude stürmen, den Kerl aufspüren und in Sicherheit bringen – und die Lage kontrollieren, während diese drei Luftwaffenoffiziere ein paar Schreibtische durchwühlen. Fünfzehn Minuten am Boden, dann hauen wir ab.«

McLanahan gefiel es nicht, daß der Kompaniechef von Dave als »Kerl« sprach, obwohl er von anderen Marines längst wußte, daß Luger eine Zielperson wie jede andere war: irgendein *Kerl*, der aufgespürt und in Sicherheit gebracht werden mußte. An erster Stelle stand jedoch die eigene Sicherheit und die der Kameraden. Marines waren bereit, ihr Leben einzusetzen, um einen Auftrag auszuführen – aber sie würden es nicht dafür opfern.

»Die Russen in diesem Forschungsinstitut halten einen amerikanischen Luftwaffenoffizier gefangen, den sie viele Jahre lang eingesperrt und gefoltert haben. Sie leugnen seine Existenz, aber wir wissen, daß er dort ist. Wir haben den Auftrag, ihn aufzuspüren und zu befreien. Wir dringen dort ein, vernichten alle Gegner, nehmen mit, was uns gehört, und verschwinden wieder. Gebraucht vor allem euren Kopf. Denkt mit! Nehmt die Lage um euch herum wahr. Verständigt euch untereinander. Handelt! Ist das *klar*?«

Die Antwort seiner Marines bestand wiederum aus dem raubtierhaften Knurren.

»Noch Fragen?«

Niemand stellte eine.

»Gut, dann hat Gunny Wohl noch ein paar Informationen für euch.«

Der Viererverband war nicht der einzige, der in dieser Nacht nach Litauen einflog; er war nicht einmal der stärkste oder wichtigste Verband. Das Hauptunternehmen zur Versorgung und Verstärkung der US-Botschaft in Wilna war längst angelaufen, als die vier Maschinen von Air Force und Marine Corps in den litauischen Luftraum eindrangen. Tatsächlich lief dieses Unternehmen schon seit einigen Stunden, als die vier Flugzeuge zum letzten Mal betankt wurden.

Von dem in der Ostsee stationierten Flugzeugträger *Wasp*, der von sechs Zerstörern der Navy begleitet wurde, startete der Kern des wichtigsten Verbandes: acht Hubschrauber des Marine Corps. Nur wenige Minuten, bevor diese Hubschrauber ihr Ziel erreichten, würden zwei Flugzeuge des Marine Corps und zwei der Air Force die litauische Hauptstadt überfliegen, über dem Botschaftsgelände wichtigen Nachschub abwerfen und nötigenfalls die gegnerische Luftabwehr ausschalten. Erst wenn die Marines in der US-Botschaft versorgt und abwehrbereit waren, würden die Hubschrauber den Botschaftskomplex ansteuern.

Den Begleitschutz für die Transporthubschrauber des Verbands übernahmen vier Kampfhubschrauber Bell Helicopter-Textron AH-1W Sea Cobra. Bewaffnet war die im Marine Corps als Standardmuster eingeführte Sea Cobra mit einer richtbaren 20-mm-Maschinenkanone in einem Bugturm, vier lasergesteuerten Lenkwaffen Hellfire zur Panzerbekämpfung und zwei Jagdraketen AIM-9L Sidewinder mit Infrarotsuchkopf. Außerdem hatten diese AH-1W mit dem Rufzeichen »Rattler« je zwei Zusatztanks für den langen Flug quer durch Litauen an Bord.

Als Truppentransporter dienten vier Hubschrauber Sikorsky CH-53E Super Stallion mit dem Rufzeichen »Manta«. Zwei »Echos«, wie der Spitzname der riesigen Zwanzigtonner lautete, beförderten je 50 Marines und sechs Mann Besatzung: Pilot, Copilot, Flugingenieur und drei MG-Schützen mit 7,62-mm-Miniguns an den offenen Türen. Die dritte CH-53E hatte statt Soldaten fast 15 Tonnen Nachschub für die Marines zur Verstärkung der Botschaftswache an Bord, und die vierte Super Stallion transportierte drei große Treibstoffblasen mit je 6000 Liter Kerosin. Die vier Hubschrauber CH-53E konnten selbst im Tiefflug oder unter Beschuß mit einem aus Deutschland kommenden Tankflugzeug KC-130 des Marine Corps in der Luft betankt werden.

Major Richard »Boxer« Jurgensen, der Kommandeur des ganzen Unternehmens, und drei Offiziere aus seinem Stab befanden sich an Bord der ersten Super Stallion. Jurgensen, ein großer, schlaksiger Veteran mit über 15 Dienstjahren im Marine Corps, befehligte nach zahlreichen Amphibienlandungen erstmals ein Unternehmen mit Hubschraubern. Er hielt nicht viel von Sondereinsätzen der Marines und befürchtete, das Geheimunternehmen drüben im Fisikus-Institut könnte ihn bei seinem eigentlichen Auftrag – Evakuierung von Amerikanern und Verstärkung der Botschaftswache – behindern.

Die schnelleren Flugzeuge erreichten Wilna etwa zehn Minuten vor den Hubschraubern. Das Gunship AC-130 Spectre begann sofort einen Angriffskreis mit vier Kilometer Radius zu fliegen, in dessen Mittelpunkt die US-Botschaft im Nordwesten der Stadt lag. Der Botschaftskomplex zwischen Vytauto-Avenue, Tarybu-Avenue, Ziugzdos-Avenue und dem Fluß Wilija war mühelos zu orten, weil die Marines auf den Gebäudedächern große Radarreflektoren aufgestellt hatten. Die Sensoroperatoren der AC-130 fingen an, die bekannten Standorte von GUS-Truppen und weißrussischen Einheiten zu überwachen, und speicherten alle neuen Ziele im Feuerleitcomputer. Da der Computer bereits mit den Ergebnissen der Satellitenüberwachung des Stadtgebiets gefüttert worden war, hätte der Waffenoperator seinen Angriff mit einem einzigen Knopfdruck beginnen können.

Der Zeitplan wurde sehr genau eingehalten: Sobald die AC-130 und ihre beiden Begleitjäger über Wilna kreisten, begann die MC-130 COMBAT TALON ihren Überflug. Sie flog von Nordwesten an, kurvte ein und ging über der Paribio-Avenue auf Ostkurs – von der US-Botschaft weg. Danach flog die MC-130 fast zwölf Kilometer weit parallel zur Wilija, die durch den Norden der Stadt fließt, legte sich hinter dem Sportpalast in eine enge Kehrtkurve und steuerte nun den Botschaftskomplex an, Aufnahmen von Aufklärungssatelliten KH-12 hatten gezeigt, daß die GUS-Truppen beiderseits der Dserschinski-Avenue – der großen Nord-Süd-Ausfallstraße am Stadtrand – konzentriert waren, und die Besatzung der MC-130 hoffte, daß zwei Überflüge aus wechselnden Richtungen sie verwirren würden.

Die MC-130 dröhnte aus Nordosten im Tiefflug über die Freihandelszone »Stadt des Fortschritts« hinweg auf den Botschaftskomplex zu, der vor der Südwestecke dieser Zone am Wilija-Ufer lag. Über der Lvovo-Avenue am Nordrand der Freihandelszone öffnete die MC-130 ihre Heckrampe; ab der Ukmerges-Avenue warfen Besatzungsmitglieder große Fallschirmbehälter mit Verpflegung, Wasser, Nachschub und Waffen ab. Einige Behälter landeten in Bäumen oder auf Hausdächern, aber die weitaus meisten trafen das parkartige Gelände um die Villa des Botschafters. Aus der Luft war zu beobachten, wie die Behälter sofort geborgen wurden.

Als nächstes waren die Botschaftswache und Angehörigen des Botschaftspersonals im Einsatz. Während die Marines die Landezone sicherten, kennzeichnete das Botschaftspersonal zwei Landeplätze mit Infrarotmarkierungen, die nur mit Nachtsichtgeräten erkennbar waren. Die übrigen CH-53E kreisten in der Nähe, als die erste Super Stallion mit Major Jurgensen, seinem Stab und 50 Marines dort aufsetzte. Der Major sprang aus seinem Hubschrauber und trabte über den Rasen zur Freitreppe der Botschaftervilla, auf der sich eine kleine Gruppe versammelt hatte. Manta Three landete nur wenig später.

»Wo ist der Botschafter?« schrie Jurgensen laut, um den Hubschrauberlärm zu übertönen.

»Hier!« antwortete eine Stimme. Botschafter Lewis K. Reynolds, ein stämmiger, untersetzter Schwarzer mit Schnauzbart und randloser Brille, trat auf den Offizier zu. »Freut mich, daß Sie pünktlich kommen konnten. Major Jurgensen...?«

»Ja, Sir. Sind hier alle Vorbereitungen getroffen?«

»Wir haben die Nachrichtenzentrale wie von Ihnen gewünscht aufs Dach verlegt«, antwortete Reynolds. »Unsere Marines haben im Erdgeschoß eine Kontrollstelle eingerichtet. Sie werden dafür sorgen, daß die Evakuierung geordnet abläuft.«

In diesem Augenblick überbrachte Jurgensens Adjutant seinem Chef eine Meldung. »Sir, Manta Three hat einen Defekt«, berichtete er. Manta Three war die CH-53E, die den Treibstoff transportierte. »Hydraulikleck.«

Jurgensen fluchte halblaut. Auch wenn bei jedem Unternehmen

Ausfälle einkalkuliert wurden – meistens ein Viertel der eingesetzten Maschinen –, war jeder frustrierend und schien völlig überraschend zu kommen. »Wie lange soll die Reparatur dauern?«

»Mindestens zwei Stunden.«

»Scheiße.« Jurgensen wandte sich wieder an den Botschafter. »Sind alle abflugbereit?«

»Ja, Major. Die Marines haben Listen der Leute, die ausgeflogen werden sollen, und hier ist eine Liste von Leuten, die vorerst bleiben. Sie ist mit dem Außenministerium abgesprochen.«

»Wie viele sollen evakuiert werden?«

»Zweihundertdrei Personen.«

Jurgensen runzelte die Stirn. »Das sind fast sechzig mehr als angekündigt.«

»Es haben sich unerwartet viele Zivilisten gemeldet«, antwortete Reynolds. »Nur Frauen und Kinder. Keine Männer.«

Der Major überlegte kurz. »Wie Sie gehört haben, ist einer unserer vier Hubschrauber defekt«, sagte er dann, »aber wir kommen trotzdem zurecht, wenn alle eng zusammenrücken. Für Gepäck ist allerdings kein Platz. Nicht mal für Rucksäcke. Nur für Menschen.«

»Das habe ich ihnen schon gesagt«, erklärte ihm Reynolds. »Ich war beim Marine Corps in Vietnam. Ich kenne die Nutzlast der Sea Stallion.«

»Gut, jede Echo nimmt achtundsechzig Personen mit. Sobald der Nachschub für Sie ausgeladen ist, fangen wir an, die Maschinen zu beladen.« Jurgensen wandte sich an seinen Adjutanten. »Klappt die Rotoren von Manta Three an und schiebt ihn vom Landeplatz, damit die beiden anderen landen können. Los, Beeilung!«

Nachdem ihre Treibstoffbehälter rasch entladen worden waren, wurde die defekte CH-53E mit Jeeps und einem Lastwagen aus dem Fuhrpark der Botschaft unter einige Bäume geschleppt, um für die anderen Hubschrauber Platz zu machen. Die zweite Super Stallion wurde betankt und hob danach ab, um den Landeplatz zu räumen. Wenig später setzte die dritte CH-53E auf, um ihre Marines auszuladen, während die vierte Maschine, die Nachschub brachte, auf dem zweiten Landeplatz entladen wurde. Die zweite CH-53E patrouillierte inzwischen über dem Botschaftsgelände. Bisher waren keine Anzeichen für einen feindlichen Angriff zu entdecken.

Sobald die Super Stallions betankt waren, wurden sie mit Zivilisten beladen. Erwachsene mußten sich Sitzgurte teilen und ihre Kinder festhalten, und Marines rissen Botschaftsangehörigen, die trotz Reynolds' Verbot mit Gepäck an Bord zu kommen versuchten, große Handtaschen und Aktenkoffer weg und warfen sie achtlos auf den Rasen. Nachdem die beiden ersten CH-53E gestartet waren, setzte die dritte Maschine auf, wurde betankt, nahm die letzten 67 Amerikaner an Bord und startete wieder. Als die drei Super Stallions nach Südwesten abflogen, achteten ihre Piloten darauf, einen weiten Bogen um das Fisikus-Institut und den Verkehrsflughafen im Süden Wilnas zu machen.

»Die Super Stallions sind zwischengelandet«, meldete Jurgensens Adjutant.

»Okay, dann sollen die Sea Cobras kommen«, befahl der Major.

Der Zwischenlandeplatz der drei CH-53E – eine durch Satellitenaufklärung festgelegte große Lichtung weit nordwestlich der Stadt – wurde am Boden von Special Forces der U.S. Army gesichert. Das Gunship AC-130 würde darüber kreisen, um alle Fahrzeuge abzuschießen, die den Hubschraubern gefährlich werden konnten. Sobald die Sea Cobras betankt waren, würden alle Hubschrauber als geschlossener Verband in Richtung polnische Grenze fliegen.

Für die praktisch unbewaffneten Transporthubschrauber lag bereits eine Landeerlaubnis der polnischen Regierung vor. Da Polen jedoch keine Überflüge bewaffneter ausländischer Militärmaschinen gestattete, würden die Sea Cobras von dem Gunship Spectre begleitet auf die Ostsee hinausfliegen, wo sie auf der USS *Wasp* landen würden. Die AC-130 würde nach Wilna zurückfliegen, die Umgebung der US-Botschaft nach etwaigen Angreifern absuchen und danach den Heimflug zur Frankfurter Rhein-Main Air Base antreten.

»Status des HAMMER-Teams?« fragte Jurgensen, während seine durstigen Kampfhubschrauber AT-1W nacheinander landeten.

»Läuft weiter«, antwortete sein Adjutant. »Alle Maschinen im grünen Bereich.«

»Dann müssen Sie genug Treibstoff hierlassen – mindestens viertausend Liter für zwei Maschinen«, sagte Jurgensen. »Notfalls lassen Sie die Stallions von nur zwei Cobras begleiten. Washington will, daß das HAMMER-Team heil aus dem Land rauskommt.«

Mit dem noch verfügbaren Treibstoff konnten nur zwei Sea Cobras vollgetankt werden, während die beiden anderen AT-1W nur eine halbe Tankfüllung bekamen. Die vollgetankten Kampfhubschrauber würden starten und die Super Stallions bis zur polnischen Grenze begleiten. Die beiden anderen Cobras blieben für den Fall, daß neue Einsatzbefehle aus dem Weißen Haus eintrafen, auf dem Botschaftsgelände startbereit.

Die Evakuierung der Zivilamerikaner hatte zahlreiche Litauer angelockt, die vom Botschaftszaun aus fasziniert zusahen, wie die Frauen und Kinder ausgeflogen wurden. Sie winkten den vorbeiflitzenden Sea Cobras fröhlich zu und klatschten Beifall, als die letzte Super Stallion abhob. In der Menge waren auch einzelne litauische Soldaten zu erkennen, die jedoch in den allgemeinen Jubel einstimmten und die disziplinierte Arbeitsweise der Marines zu bewundern schienen.

Ohne daß ein Schuß gefallen wäre, befanden über 200 amerikanische Zivilisten sich keine Dreiviertelstunde nach der Landung des ersten Hubschraubers auf dem Flug in ein sicheres Land. In Begleitung der MC-130 COMBAT TALON und der beiden Kampfhubschrauber AH-1W gingen die drei Super Stallions sofort auf Südwestkurs und steuerten die nur etwas über 150 Kilometer entfernte polnische Stadt Suwalki an.

Während die zur US-Botschaft fliegenden Maschinen nach Norden einkurvten, um das Botschaftsgelände auf Südwestkurs zu erreichen, drehten die beiden Kipprotor-Flugzeuge MV-22 SEA HAMMER nach Süden ab und rasten im Tiefflug übers Stadtzentrum hinweg. Sie überflogen mit zehn Meter Überhöhung Apartmentgebäude, Kirchen und Verwaltungsbauten und röhrten zwischen dem Gediminas-Turm, den filigranen Türmen der Annenkirche und den massiven Doppeltürmen der Peter-und-Paul-Kirche über den Stadtkern von Wilna hinweg. Dann hatten sie noch das litauische Kunstmuseum und das Staatliche Jugendtheater als markante Gebäude vor sich, bevor sie am Südrand der Stadt auf die Bahngleise stießen.

Wenige Minuten später erkannten die Piloten die drei riesigen Gebäude und die sanduhrförmigen Kühltürme des Atomforschungszentrums Denerokin. »Zwei Minuten bis zum Absetzen«, kündigten sie über die Bordlautsprecher an.

Diese Ankündigung verblüffte McLanahan, der im verdunkelten Frachtraum der MV-22 so durchgeschüttelt worden war, daß er jedes

Zeitgefühl verloren hatte. Er überzeugte sich davon, daß seine Schulter- und Beckengurte straff angezogen waren – sein Gewehr brauchte er nicht mehr zu sichern, weil er keines mehr hatte –, und zog auch den Helmriemen noch etwas fester.

Weniger als sechzig Sekunden bis zum Absetzen ...

Er war tatsächlich *dabei*.

Sie würden das Fisikus-Institut stürmen ...

Einige Sekunden später begann die Heckrampe sich zu öffnen, und McLanahan bekam das erste Stück Litauen zu sehen – und erkannte erstmals, wie verdammt *tief* sie waren! Die Geschwindigkeit über Grund hatte etwas abgenommen, aber dafür waren die Steig- und Sinkgeschwindigkeiten höher, mit denen die Piloten Lichtmasten, Hochspannungsleitungen und Gebäuden auswichen. Es war unglaublich laut. McLanahan erinnerte sich an die Niagarafälle, die er als kleiner Junge mit seinen Eltern besucht hatte: Der Triebwerkslärm der beiden Propellerturbinen der SEA HAMMER hatte große Ähnlichkeit mit dem gewaltigen Brausen der Niagarafälle.

Der Lichtmast eines Güterbahnhofs flitzte keine zehn Meter seitlich vorbei, und dieser plötzliche Lichtschein zeigte ihm John Ormack, der mit krampfhaft gefalteten Händen und glasigem Blick vor sich hinstarrte. McLanahan sah zu Briggs hinüber und brauchte diesmal kein Licht, um das breite Grinsen auf seinem Gesicht zu sehen. Hal Briggs genoß ihren Höllenflug geradezu. Briggs war für solche Einsätze *geschaffen* ...

Fisikus-Institut, Wilna
13. April, 03.15 Uhr

Teresow stand vor dem Ungetüm und schüttelte halb benommen, halb ehrfürchtig den Kopf. *Ja*, sagte er sich, *jetzt verstehe ich, warum manche Männer töten würden, um dieses Ungeheuer fliegen zu sehen.*

Er stand vor dem Stealth-Bomber Fi-170 *Tuman*. »Tuman« bedeutet »Nebel«, und dieser Name war zutreffend, denn die Maschine erinnerte an eine riesige graue Nebelbank. Die Rumpfunterseite befand sich in gut fünf Meter Höhe, und das Nurflügelflugzeug stand auf stelzenhaften Fahrwerksbeinen. Mit nahezu 61 Metern Spannweite war die Fi-170 erheblich größer als die amerikanische B-52

Stratofortress oder der Stealth-Bomber B-2, dessen Nutzlastkapazität sie um fast 50 Prozent übertraf. Der an einen Rochen erinnernde Flugzeugrumpf wirkte dick und nicht gerade aerodynamisch, aber wenn man genauer hinsah, zeigte sich, daß er – außer in der Mitte – sogar recht schlank war.

Teresow lächelte, als ihm einfiel, was noch erstaunlicher war als dieses Flugzeug: nämlich die Tatsache, daß es ein Jahrzehnt lang unter völliger Geheimhaltung entwickelt worden war. Die westliche Fachpresse, die stets gut über sowjetische Neukonstruktionen unterrichtet war, hatte kein Wort über die Fi-170 gebracht. Selbst während der politischen Umwälzungen in Litauen war dank der von Wiktor Gabowitsch verfügten rigorosen Geheimhaltung nichts aus dem Fisikus-Institut an die Öffentlichkeit gelangt. Gabowitschs enge Kontakte zu staatlichen Stellen der ehemaligen UdSSR garantierten, daß alles, was das Fisikus-Institut betraf, zur Genehmigung über seinen Schreibtisch lief.

Mit der Geheimhaltung war es natürlich vorbei, wenn dieses Ungetüm erstmals seine Halle verließ. Aber da das amerikanische Stealth-Bomberprojekt mit nur 15 Maschinen vor sich hin dümpelte und etliche weitere Flugzeug- und Waffenprogramme gestrichen worden waren, würde die Fi-170 nicht nur die Fachwelt schockieren. Sobald sich zeigte, daß sie tatsächlich so leistungsfähig war, wie sie aussah, würde die Sowjetunion – oder die Gemeinschaft Unabhängiger Staaten oder die Republik Weißrußland, wen immer Gabowitsch und die Wissenschaftler des Instituts zu unterstützen beschlossen – plötzlich wieder die Spitzenposition im Militärflugzeugbau einnehmen.

Teresow hörte, daß Oberst Nikita Kortyschkow, der Kommandant des Sicherheitsdiensts, herankam. »Was haben Sie festgestellt, Oberst?« fragte Teresow, ohne sich von der imposanten Maschine abzuwenden.

»Im Funk herrscht heilloses Durcheinander«, meldete Kortyschkow. »Die Nachrichtenverbindungen zu mehreren abgelegenen Stützpunkten sind unterbrochen. Das könnte auf Sabotageakte zurückzuführen sein.«

Das war eine bessere Erklärung als viele, die Teresow bisher gehört hatte: Eruptionen auf der Sonne, Manöver der baltischen Flotte und dergleichen mehr. Die Litauer wurden allmählich unruhig. Sie mußten zurechtgestutzt werden – vor allem Dominikas Palcikas, ihr neuer Nationalheld. An ihm würde General Woschtschanka sehr bald ein Exempel statuieren müssen. »Mich interessiert diese Fahrzeugkolonne, Kortyschkow, nicht der Funkverkehr.«

»Nähere Einzelheiten über den von Ihnen beobachteten Konvoi habe ich nicht in Erfahrung bringen können«, sagte Kortyschkow entschuldigend. »Aber da alle GUS-Truppen im Nordwesten des Landes in Alarmbereitschaft versetzt worden sind, ist diese Kolonne unter Umständen noch nicht lange unterwegs.«

»Warum hat die GUS Alarmbereitschaft angeordnet?« fragte Teresow überrascht. Er wußte noch immer nicht, auf wessen Befehl die MSB-Truppen zum Fisikus zogen, aber ihr Einsatz mußte mit dieser Anordnung zusammenhängen. »Davon weiß ich nichts!«

»Wie ich bereits sagte, ist der Funkverkehr gestört. Mehrere Stützpunkte melden sich überhaupt nicht, und das Befehlsnetz weist größere Lücken auf. Die Verwirrung ist groß. Wahrscheinlich ist die Nachrichtenzentrale in Kaunas ausgefallen oder...«

»Vermutungen interessieren mich nicht«, unterbrach ihn Teresow ungeduldig. »Ich verlange konkrete Informationen! Zurück zu den Fahrzeugen: Haben Sie wenigstens rausgekriegt, ob sie zum Fisikus unterwegs sind oder nicht?«

»Jawohl, das sind sie! Sie dürften die Einfahrt Denerokin schon fast erreicht haben.«

Teresow stand unter Zeitdruck. Gabowitsch würde in wenig mehr als einer Stunde eintreffen, und er hatte noch nicht mal mit den Wissenschaftlern gesprochen. Eigentlich brauchte ihn die Entsendung von MSB-Truppen nicht zu kümmern. Ins Fisikus kam ohnehin niemand, der nicht die entsprechende Genehmigung vorweisen konnte. Teresow würde dafür sorgen, daß Gabowitsch bei seiner Ankunft nicht aufgehalten wurde.

»Sie überzeugen sich persönlich davon, daß der Kolonnenführer einen schriftlichen Befehl vorweisen kann, bevor auch nur eines seiner Fahrzeuge aufs Institutsgelände rollt«, wies er Kortyschkow an. »Gültig ist dieser Befehl nur mit General Gabowitschs Unterschrift. Gleichzeitig sorgen Sie dafür, daß eine Durchfahrt für General Gabowitsch freigehalten wird. Und verdoppeln Sie die Wachen um den Bomber herum, bis der Funkverkehr sich wieder normalisiert hat.«

Fisikus-Institut, Einfahrt Denerokin
13. April, 03.20 Uhr

Im Fernmeldenetz der GUS-Truppen summte es von Befehlen, Anfragen und allgemeiner Verwirrung. »Was zum Teufel ist draußen los?« fragte ein MSB-Korporal seinen Vorgesetzten.

»Angeblich sind Hubschrauber über der Stadt, aber niemand weiß, wo genau«, antwortete Sergeant Wladimir Michejew, der Wachhabende. »Erst sollten sie über dem Sportpalast sein, dann über dem Parlamentsgebäude, dann wieder über der Freihandelszone... Augenblick! Jetzt sollen vier Hubschrauber über der Freihandelszone sein, während ein großes Flugzeug über dem Parlamentsgebäude kreist. Wer soll sich da noch auskennen?«

»Müssen wir nicht wenigstens versuchen, eine Bestätigung für diese Meldungen zu bekommen?«

»Das haben wir schon getan. Wir sind aufgefordert worden, die Frequenz freizuhalten«, antwortete der Sergeant. »Nachdem bisher keine Flugzeuge südlich der Traky-Avenue gemeldet worden sind, brauchen wir keinen Alarm auszulösen.«

»Sind das GUS-Hubschrauber? Oder weißrussische? Und was haben sie über der Stadt zu suchen?« fragte der Korporal.

»Von denen erfahren wir nie etwas – warum sollten sie uns ausgerechnet heute informieren?« Michejew griff nach dem Telefonhörer, die Wache vom äußeren Tor meldete sich. »Was gibt's? Verstärkung? Ja, Major Teresow hat von einem Konvoi gesprochen. Wie viele Fahrzeuge? Was soll das heißen, du weißt es nicht? Mindestens dreißig? Mit Flak und einem Panzer? Der Kolonnenführer ist ein Oberst? Oberst Mursuriew? Ja, Teresow hat das genehmigt – wahrscheinlich auf Befehl von Gabowitsch... Laßt sie durch, Simikow... Nein, nein, ich brauche nicht mit ihm zu reden. Seinen Marschbefehl kann ich später hier prüfen. Am besten warnst du ihn gleich, daß wir seine Fahrzeuge einzeln kontrollieren müssen, was einige Zeit dauert... ja, das sollst *du* ihm sagen. Ende.«

Michejew legte auf. »Da scheint einiges im Gange zu sein. Das Hauptquartier schickt uns Verstärkung: einen Oberst Mursuriew mit einem Bataillon, das auf dem Reaktorgelände in Stellung gehen soll... Du kannst mir gleich mal Mursuriews Sicherheitsausweis raussuchen.«

Der Korporal trat an einen Stahlschrank, in dessen Schubfächern lange Reihen Plastikkärtchen mit kleinen Schwarzweißfotos steckten. Wer den Sicherheitsbereich Denerokin betreten wollte, mußte hier seinen Dienstausweis hinterlegen und erhielt statt dessen den für ihn bereitliegenden Sicherheitsausweis. Der Korporal zog die Ausweiskarte des Obersten heraus. »Diesen Mursuriew kenn' ich überhaupt nicht. Was ist das wohl für ein Typ?«

»Ein richter Bürohengst, der wahrscheinlich als einziger nüchtern genug war, diesen Auftrag zu übernehmen, als der Anruf gekommen ist«, sagte Michejew. »Als erstes warnst du alle anderen, daß ein Oberst aus dem Hauptquartier hierher unterwegs ist. Dann rufst du Teresow an und meldest ihm das Eintreffen des Konvois. Ich versuche inzwischen, zusätzliche Leute für Personenkontrollen und die Durchsuchung der Fahrzeuge zu bekommen.«

Obwohl die Einfahrt Denerokin im Nordosten des Institutsgeländes nur von Ingenieuren und Technikern des Forschungsreaktors benutzt wurde, war sie durch wirkungsvolle Sicherheitsvorkehrungen gegen das Eindringen Unbefugter geschützt. Fahrzeuge, die den äußeren Kontrollposten passiert hatten, mußten ein Tor durchfahren und ohne Insassen auf einem großen Parkplatz abgestellt werden, wo sie gründlich durchsucht wurden. Erst danach öffnete sich das massive innere Tor, das die Zufahrt zum Reaktorgelände sicherte.

Kurze Zeit später hielt die Kolonnenspitze vor dem äußeren Tor. Ein Offizier in grünem Kampfanzug und Stahlhelm mit MSB-Abzeichen stieg aus und ging mit vier weiteren Offizieren aufs Fußgängertor zu. Da er die Sterne eines Obersten trug, wurden die fünf Offiziere sofort eingelassen, aber das Haupttor blieb noch geschlossen.

Der Sergeant im Wachbunker stellte fest, daß der Offizier einen dicken grauen Schal trug, der bis übers Kinn reichte, und seinen Helm so tief ins Gesicht gezogen hatte, daß er ihn nicht ohne weiteres erkennen konnte. Obwohl Größe und Körperbau stimmten und der Mann den gleichen Schnurrbart wie Oberst Mursuriew trug, war er sich seiner Sache nicht völlig sicher. Der Oberst baute sich vor der Panzerglasscheibe des Wachbunkers auf und schnarrte forsch: »Sergeant, Oberst Mursuriew mit dem Stabsbataillon als Verstärkung. Machen Sie das Tor auf, damit meine Fahrzeuge einfahren können!«

»Ja, Oberst.« Der Sergeant schob das in die große Scheibe eingelassene kleine Fenster hoch. »Bitte Ihren Dienstausweis.«

»Wir haben's eilig, Sergeant«, sagte Mursuriew. Er hatte seine schwarzen Lederhandschuhe ausgezogen und auf die Ablage vor dem Fenster gelegt, während er in den Taschen seines Kampfanzugs nach dem Dienstausweis angelte. »Sie hätten schon vor zehn Minuten vom Hauptquartier über unsere Ankunft informiert werden sollen.«

»Alle Funkfrequenzen sind völlig überlastet, Oberst«, erklärte Michejew ihm. »Wir sind angewiesen worden, den Mund zu halten. Es wird einige Zeit dauern, bis alle Ihre Fahrzeuge passieren können.« Dem Sergeanten fiel auf, daß Mursuriews vier Offiziere ans Fenster herandrängten. »Oberst, bitte lassen Sie Ihre Offiziere hinter die gelbe Linie zurücktreten. Vorn an der Scheibe darf immer nur einer stehen.«

Mursuriew bedeutete seinen Leuten, hinter die Linie zurückzutreten. Die Mitteilung des Sergeanten schien ihn zu überraschen. »Warum sind alle Frequenzen überlastet? Was geht hier vor?«

»Über der Stadt sind anscheinend Hubschrauber im Einsatz, Oberst«, antwortete Michejew. »Mehr ist vorerst nicht zu erfahren.«

Der Oberst wirkte einen Augenblick lang verblüfft, aber er schüttelte seine Verwirrung rasch ab, als er merkte, daß Michejew ihn beobachtete. Er reichte seinen Dienstausweis durch das kleine Fenster. »Ich weiß nichts davon«, sagte er dabei, »aber wahrscheinlich sind wir deshalb herbeordert worden. Beeilung, Sergeant!«

»Ja, Oberst.« *Großartig!* dachte Michejew dabei. *Nicht mal ein Stabsoffizier weiß, was los ist.* Er verglich den Dienstausweis mit Mursuriew – Gesicht und Foto stimmten überein. Danach legte er Dienstausweis und Sicherheitsausweis nebeneinander, um die Fotos zu vergleichen.

Sie stimmten nicht überein.

Irgend etwas war hier faul. Die Fotos waren nicht einmal entfernt ähnlich. Michejew konnte die angegebene Augenfarbe nicht kontrollieren, aber die Gesichtsform stimmte nicht, und der Oberst Mursuriew auf dem Sicherheitsausweis war dicklich und schwammig. Dieser Mann war grobknochig, muskulös und eisenhart, obwohl er den gleichen Schnurrbart trug.

Keine Panik, Michejew! ermahnte der Sergeant sich. *Da muß eine Verwechslung vorliegen – oder die Sicherheitsvorkehrungen sollen kontrolliert werden. Solche Überprüfungen finden laufend statt.* Dann fiel ihm auf, daß der Mann vor ihm nicht nur eine Makarow am

Koppel trug, sondern auch ein Sturmgewehr AK-47 umhängen hatte – eine für einen Offizier ungewöhnliche Waffe. Aber falls der Unbekannte fürchtete, enttarnt worden zu sein, versuchte er jedenfalls nicht, nach einer der beiden Waffen zu greifen.

Michejew tastete nach dem Alarmknopf unter seinem Schreibtisch und klappte den Schutzdeckel zur Seite, ohne den Knopf zu drücken. Handelte es sich wirklich um eine Verwechslung, konnte die Auslösung eines Generalalarms ihn sämtliche Beförderungschancen kosten. Aber vielleicht ließ das Problem sich lösen, indem er seinen Vorgesetzten hinzuzog. »Oberst, hier scheint etwas nicht in Ordnung zu sein«, sagte Michejew. »Haben Sie in letzter Zeit einen neuen Dienstausweis bekommen?« Der Ausweis sah ziemlich neu aus, und Mursuriew ließ sich kaum jemals im Institut blicken.

»Allerdings, Sergeant.« Falls der Mann hier unbefugt einzudringen versuchte, war er kalt wie ein Eiszapfen. Kein Zucken, kein nervöses Schlucken, kein Griff zur Waffe. »Wir bekommen jedes Jahr neue Ausweise – das wissen Sie doch. Und jetzt beeilen Sie sich gefälligst! In drei Minuten muß ich mich über Funk beim Hauptquartier melden.«

»Ihr Sicherheitsausweis scheint dabei nicht erneuert worden zu sein, Oberst«, sagte Michejew. »Tut mir leid, aber ich muß beim Wachleiter nachfragen. Warten Sie bitte solange.«

»Das ist doch lächerlich, Sergeant!« Mursuriew zeigte auf die Fahrzeugkolonne. »Hier wartet ein ganzes *Bataillon*!«

»Es dauert nur eine Minute, Oberst. Ein kurzer Anruf, der Sie nicht weiter aufhält.« Inzwischen waren die vier Offiziere in Mursuriews Begleitung weit vom Fenster zurückgetreten. Wozu das? fragte der Sergeant sich. Dann sah er nach draußen und beobachtete, wie von vier Lastwagen über hundert Soldaten mit schußbereiten Gewehren sprangen. Sie versuchten, sich außerhalb des Erfassungsbereichs der Überwachungskameras hinter den LKWs zu verstecken, aber das gelang nicht allen.

Michejew fühlte sein Herz jagen. Er dachte im Augenblick nicht an seinen Alarmknopf, sondern starrte Mursuriew fragend an. »Entschuldigung, Oberst, aber was haben Ihre Männer dort zu...?«

»Stimmt irgendwas nicht, Sergeant?« fragte der Oberst.

»Nein, Oberst. Warten Sie bitte einen Augenblick.« Das Telefon stand auf dem anderen Schreibtisch. Alarm auslösen oder den Wachhabenden anrufen? Michejew entschied sich für den Anruf. Aber als er das kleine Fenster zu schließen versuchte, klemmte es, weil Mursuriew die Finger seiner schwarzen Lederhandschuhe hineingeschoben hatte. »Oberst, bitte nehmen Sie Ihre Handschuhe dort...«

Statt dessen zückte Mursuriew ein Kampfmesser, mit dem er das Schiebefenster ganz aufhebelte. Bevor Michejew seine Pistole ziehen oder Alarm auslösen konnte, schob der Oberst eine Tränengaspatrone durch die Öffnung. Beißender gelblicher Nebel erfüllte das Bunkerinnere. Mursuriew zog augenblicklich sein Messer zurück, damit kein Gas austreten konnte. Die beiden OMOM-Posten stürzten binnen 15 Sekunden nach Luft schnappend aus dem Bunker – nachdem sie Alarm gegeben hatten.

Dominikas Palcikas, der Oberst Mursuriew gespielt hatte, drehte sich zu seinen vier Offizieren um. »*Los!*« sagte er.

Fast gleichzeitig zerschossen Scharfschützen vom Zaun aus die Kameras, die den Platz vor dem Tor überwachten. Sekunden später wurden die elektrisch betätigten massiven Tore durch ferngezündete Sprengladungen demoliert. Damit war die Durchfahrt frei. Der Konvoi fuhr sofort wieder an und rollte aufs Institutsgelände weiter.

Während die OMOM-Posten von seinen Soldaten abgeführt wurden, stürmte Palcikas in den Wachbunker. Im nächsten Augenblick begann das Telefon der Direktleitung zur Sicherheitszentrale zu klingeln. Palcikas, der sich mit seinem Schal vor dem Tränengas schützte, nahm den Hörer ab und meldete sich: »Osttor, Sergeant Michejew.«

»Michejew?« Der Mann am anderen Ende schien seine Zweifel wegen der Stimme zu haben, war aber anscheinend zu aufgeregt, um sich weiter darum zu kümmern. »Nach unseren Anzeigen sind vier eurer fünf Überwachungskameras ausgefallen, und die Kontrolleuchten beider Tore blinken rot. Was zum Teufel ist los bei euch?«

»Wir haben hier alles unter Kontrolle. Das muß ein Fehlalarm sein. Sämtliche Kameras arbeiten einwandfrei, die Kontrolleuchten sind grün. Beide Tore sind vor und hinter einem Lastwagen auf dem Abstellplatz geschlossen. Ich tippe auf einen Kurzschluß bei euch. Bleiben Oberst Mursuriews Fahrzeuge ausgesperrt, bis ihr die Sache überprüft habt?«

»Natürlich! Sie wissen doch, daß das Vorschrift ist. Warten Sie auf weitere Anweisungen.«

»Warten auf weitere Anweisungen«, bestätigte Palcikas. Er knallte den Hörer auf die Gabel, stürmte aus dem Bunker und sah gerade noch den letzten Lastwagen durchs Tor rumpeln. Der General zog ein Handfunkgerät aus einer Tasche seines Kampfanzugs. »Bataillon zwo, Meldung!«

»Haupttor besetzt«, lautete die Antwort. »Praktisch ohne Widerstand.«

»Bataillon drei, Meldung.«

»Südwesttor besetzt. Keinerlei Widerstand. Auch Güterbahnhof besetzt.«

»Bataillon vier, Meldung.«

»Westtor besetzt, aber noch nicht vollständig passiert.« Da das Ziel dieses Bataillons – der Flugzeugbau des Fisikus-Instituts – besonders gut bewacht wurde, war es mit 500 Mann verstärkt worden, was seinen Vormarsch erheblich behinderte. Aber dafür war es schwerer bewaffnet als die anderen Bataillone und den dort stationierten Schwarzen Baretten zahlenmäßig um mindestens das Dreifache überlegen.

»Achtung, da kommt ein BTR!« rief jemand warnend. Palcikas warf sich herum. Ihr gewaltsames Eindringen hatte eine sofortige Reaktion ausgelöst: Ein Schützenpanzer BTR-60PB rasselte die Ringstraße entlang und eröffnete sofort das Feuer auf den letzten Lastwagen, der eben das innere Tor passierte.

Der Zehntonner mit 30 litauischen Soldaten auf der Ladefläche wurde von einer Garbe aus dem schweren 12,7-mm-MG des Schützenpanzers durchsiebt.

Palcikas' Männer eröffneten das Feuer mit ihrem wirksamsten Panzerbekämpfungsmittel: Gewehrgranaten, die ihr AK-47 mit einem Spezialaufsatz verschießen konnte. Alle verfehlten jedoch ihr Ziel, oder die Schützen wurden durch MG-Feuer niedergemäht, bevor sie in Position waren.

»Her mit dem T-62!« verlangte Palcikas über Funk. »Gleich durch den Zaun!«

Seine Soldaten waren eben dabei, den veralteten Panzer von seinem Tieflader zu fahren. Der T-62 rasselte die Rampe hinunter, drehte ruckartig nach links, rollte vorwärts und zerriß den dreieinhalb Meter hohen Maschendraht wie ein Spinnennetz. Die Maschinenkanone des BTR-60 wurde geschwenkt und bedachte den Panzer mit einem Geschoßhagel, was den Litauern Gelegenheit gab, besser zu zielen und ihn mit einigen Gewehrgranaten zu treffen. Er spuckte zehn Schwarze Barette aus, kurz bevor der T-62 sein Feuer mit einer einzigen Sprenggranate eröffnete, die den leichten Schützenpanzer mit einem spektakulären Rückwärtsüberschlag von der Straße blies.

Die litauischen Soldaten, die auf Rache aus waren, machten kurzen Prozeß mit den Schwarzen Baretten, die vergeblich Deckung suchten.

Für Palcikas waren die Verluste bei diesem ersten Angriff – mindestens ein Dutzend Soldaten waren gefallen, viele weitere verwundet – ein schwerer Schock. Bisher war ihm ihr Auftrag verhältnismäßig einfach erschienen. Sie hatten in dieser Nacht zahlreiche Nachrichtenzentralen, Munitionslager, Flugplätze, Geräteparks und Kasernen besetzt, ohne größere Verluste hinnehmen zu müssen – aber nun wurde ihm plötzlich klar, daß noch viele seiner Männer fallen würden. Und wofür? Damit er persönliche Rachegelüste befriedigen konnte? Für irgendeinen unerreichbaren Traum? Welches Recht hatte er, Soldaten in den Tod zu schicken?

Aber seine Männer beantworteten diese Fragen. Trotz ihrer schockierenden ersten Verluste begannen sie laut zu jubeln, als über dem Wachbunker der Wytis, das Banner des Großfürsten von Litauen, gehißt wurde. *Dafür kämpfen wir!* sagte sich Palcikas. Litauen würde erst frei sein, wenn das Volk die Tyrannen abschüttelte, die seine Heimat besetzt hielten – wenn es die Kraft fand, seine Feinde abzuwehren. Und dazu wollte er beitragen. Gewiß, er wollte sich auch dafür rächen, daß die Russen sein Volk als Geiseln genommen und unzählige Litauer ermordet hatten. Aber das tat er, um die Zukunft seines Landes zu sichern.

»Alle mal herhören!« rief Palcikas seinen Offizieren zu. »Hier wird demnächst Alarm gegeben. Bataillon vier ist noch nicht in Position, aber wir können nicht länger warten. Laßt eure Leute abwehrbereit in Stellung gehen. Ich werde...«

Im nächsten Augenblick wurde er von seinem Funker unterbrochen. »Hubschrauber im Anflug, General!« meldete der Mann. »Noch nicht identifiziert, aber eindeutig hierher unterwegs. Keine Aufklärer, sondern große Maschinen. Eintreffen in spätestens fünf Minuten.«

»Gut, die erste Kompanie fährt so schnell wie möglich zur Sicherheitszentrale weiter«, befahl Palcikas. »Die Züge der zweiten Kompanie sichern den Reaktor im Osten, Norden und Westen. Die dritte Kompanie richtet sich hier zur Verteidigung ein – erst mit Fla-Waffen, danach zur Panzerabwehr. Los, los, Ausführung!«

In einem niedrigen Kriechgang unter dem Dach eines leerstehenden Güterschuppens in der Darius-Avenue gegenüber dem Nordosttor des Fisikus-Komplexes lagen zwei Männer in gewöhnlichen blauen Arbeitsanzügen.

Aber sie waren keine Arbeiter.

»Scheiße, dort unten benutzt wenigstens ein halbes Bataillon die Einfahrt zum Denerokin«, sagte Sergeant Charles Beaker. Er beobachtete das Tor durch ein StarLight-Nachtsichtgerät und machte sich dabei eifrig Notizen.

»Ich brauche genaue Zahlen und eine Identifizierung, Beak – nicht deinen verdammten Kommentar«, wehrte Master Sergeant Ed Gladden ab. Mit seinem Partner gehörte er zu einem A-Team der U.S. Army Special Forces Group, das in Litauen, Lettland, Rußland und Weißrußland im Einsatz war, um militärisch wichtige Einrichtungen zu beobachten. Wie fast eine Hundertschaft ihrer Kameraden hielten sie es schon lange in diesem Versteck aus und meldeten ihre Beobachtungen über Satellitenfunk dem Special Operations Command in Deutschland.

Zur Vorbereitung des Unternehmens im Fisikus-Institut und der Verstärkung der Botschaftswache waren mehrere A-Teams aus Spezialisten, die selbstverständlich alle fließend Litauisch und Russisch sprachen, nach Wilna entsandt worden, um Informationen über Stärke und Verteilung der dort stationierten russischen Truppen zu sammeln. Gladden war eben dabei, eine weitere Meldung über die Lastwagen mit Soldaten vor der Einfahrt Denerokin abzusetzen. »Was hast du?«

»Vierunddreißig Fahrzeuge, Sarge«, antwortete Beaker. »Ein Befehlswagen mit dem Kolonnenführer, ein Zweitonner, der ein Funkwagen sein könnte, drei Kettenfahrzeuge, die . . . Scheiße, die sehen wie Zeus aus!«

»Red keinen Unsinn, Beak.«

»So sehen sie aber aus, Sarge – wie Fla-Panzer ZSU-23-4. Und hinter ihnen fährt ein Zehntonner, der ihr Munitionswagen sein könnte.«

Gladden wurde allmählich nervös. Beaker war leicht erregbar, aber auf seine Beobachtungen konnte man sich immer verlassen. Der ZSU-23-4, Spitzname Zeus, war ein russischer Fla-Panzer mit einem 23-mm-Vierling im Turm, der mit Radar oder Wärmesensoren gerichtet wurde und in drei Kilometer Umkreis jedes Flugzeug unter 12 000 Fuß Flughöhe abschießen konnte. Der Zeus gehörte zur Standardbewaffnung aller GUS-Infanteriebataillone. Aber wie konnte der MSB – ein hauptsächlich aus ehemaligen KGB-Leuten und Truppen des sowjetischen Innenministeriums bestehender Sicherungsverband – plötzlich über solche Waffen verfügen?

Beaker beschrieb weiter, was er sah: »Vier Zehntonner, anscheinend Munitionsfahrzeuge, neunzehn Fünftonner mit Soldaten, mehrere Tankwagen – teils für Wasser, teils für Sprit –, ein Tieflader mit einer Planierraupe und ein weiterer mit einem Panzer T-62. Alle sind als MSB-Fahrzeuge gekennzeichnet.«

Gladden verschlüsselte seine Angaben so schnell wie möglich. Beaker konnte ihm dabei nicht helfen, da er weiter die Einfahrt beobachten mußte. Als GUS-Organisation hatte der MSB die Nachfolge der Truppen des sowjetischen Innenministeriums, des KGBs und des Militärgeheimdiensts GRU angetreten. Wegen seiner wenig rühmlichen Vergangenheit waren seine Aktivitäten – vor allem in Litauen – stark beschnitten worden. Und jetzt rückte dieser MSB-Verband mit schweren Waffen an?

»Ein Panzer, drei Fla-Panzer und reichlich Truppen? Klingt wie 'ne Invasionsstreitmacht«, knurrte Gladden.

»Nein, die Invasion sind *wir*«, widersprach Beaker. »Anscheinend haben die Russen von unserem Unternehmen erfahren. Das sind genau die Waffen, die ich einsetzen würde, um ein Marine Expeditionary Unit abzuwehren.«

Damit hatte Beaker natürlich recht, aber Gladdens Zweifel waren noch nicht beseitigt. »Die anderen Teams haben gemeldet, daß dieser Konvoi aus Kasernen im Süden und Nordosten, nicht aus der Stadtmitte gekommen ist«, stellte er fest. »Wäre wirklich Alarm ausgelöst worden, hätten wir eine Meldung unseres Teams in der Stadtmitte bekommen müssen, nicht?«

»Kann ich mir auch nicht erklären«, gab Beaker zu. »Vielleicht halten sie das zentrale Korps für einen anderen Einsatz in Reserve.«

»Hier ist nichts wichtiger als das Fisikus!« sagte Gladden nachdrücklich. »Der MSB hätte Befehl, es ohne Rücksicht auf Verluste zu schützen. Was wird hier gespielt?«

»Kleine Organisationsmängel, mehr nicht«, behauptete Beaker. »Trotzdem rücken sie hier mit schweren Waffen an – und das verdammt schnell. Wir... *verdammt noch mal*!«

»Was gibt's?«

»Von den Lastwagen springen Soldaten... schwer zu zählen... zehn Mann, vielleicht ein Dutzend – aber sie zielen *auf das Sperrgelände*!«

Gladden widerstand der Versuchung, Beaker beiseite zu schieben, um selbst einen Blick durchs Nachtsichtgerät zu werfen. Beaker war daran ausgebildet, und ein Wechsel hätte kostbare Zeit vergeudet. »Sind die Marines schon über dem Gelände?«

»Nein, von denen ist noch nichts zu sehen«, sagte Beaker. »Sie... verdammt, jetzt wird geschossen! *Sie zerschießen die Überwachungskameras*!«

Gladden tippte sofort ein Pausezeichen ein, fügte das Codezeichen hinzu, das wichtige weitere Meldungen ankündigte, und sendete den schon verschlüsselten Text. »Wie geht's weiter, Beak?«

»Am Wachbunker passiert irgendwas... Ich kann's kaum erkennen, aber... ich sehe Lichtblitze am Tor. Das könnte ein Feuergefecht sein... vielleicht kleine Sprengladungen... das Tor geht auf! Das äußere Tor ist offen... das innere ebenfalls. Die Lastwagen fahren durch.«

»Das verstößt gegen die Wachvorschrift«, stellte Gladden fest. »Bisher sind noch nie beide Tore gleichzeitig offen gewesen.«

»Soldaten rennen durch das Tor zum Reaktorgelände«, berichtete Beaker. »Die Lastwagen fahren unkontrolliert einfach durch. Sie... Scheiße, die Kolonne wird von einem Schützenpanzer angegriffen. Ein BTR ist auf der Ringstraße herangekommen und hat das Feuer eröffnet. Was hat das zu bedeuten, verdammt noch mal?«

»Weiter!«

»Mann, der T-62 fährt...« Gladden hörte den Abschußknall einer Panzerkanone und eine gewaltige Detonation. »Großer Gott der T-62 hat den Schützenpanzer einfach weggeballert... Die Besatzung ist noch rausgekommen... wird jetzt von den Neuankömmlingen erledigt. Verdammt, wer *sind* diese Kerle?«

Gladden überlegte, ob sie ihr Versteck verlassen und versuchen sollten, näher ans Tor heranzukommen, als ihr Funkgerät PRC-118 zum Leben erwachte. »An alle Teams, hier Gelb«, sagte eine Stimme, »am Westtor in der Nähe der Hangars stößt mindestens ein Bataillon aufs Sperrgelände vor. Zwei T-62, mehrere gepanzerte Zugmaschinen und motorisierte Flak. Feuergefechte auf dem Institutsgelände. Die Neuankömmlinge haben eine Art litauische Flagge gehißt und greifen die Wachposten und MSB-Stellungen an.«

Keiner hatte die befohlene Funkstille als erster brechen wollen – aber sobald sie gebrochen war, setzte man seine Meldung am besten so schnell wie möglich ab und hielt danach wieder den Mund. »An alle Teams, hier Blau«, sagte Gladden rasch. »Bei uns an der Einfahrt Denerokin greift ungefähr ein halbes Bataillon mit vierunddreißig Fahrzeugen an. Schwere Kämpfe zwischen Verteidigungskräften und den noch nicht identifizierten Angreifern. Zu den Fahrzeugen gehören ein T-62 und drei Fla-Panzer ZSU-23-4. Ich wiederholte: Drei Fla-Panzer Zeus fahren aufs Gelände...«

»Hey, er hat recht – sie haben eine Flagge gehißt!« meldete Beaker aufgeregt. »Nicht die litauische, sondern die andere... Wie heißt sie noch? Die rote Flagge mit dem Ritter?«

»Wytis«, antwortete Gladden knapp. »Scheiße, da drüben bricht anscheinend ein Bürgerkrieg aus.« Er drückte wieder auf die Sprechtaste. »Ich stimme mit Gelb überein – die Neuankömmlinge sind offenbar litauische Partisanen im Kampf mit den MSB-Truppen auf dem Gelände.«

Sicherheitszentrale des Fisikus-Instituts
zweites Kellergeschoß, »Zulu«-Bereich
13. April, 03.20 Uhr

Die Lichter flackerten kurz, wurden erst heller, dann dunkler, schließlich erloschen sie. Die batteriegespeiste Notbeleuchtung flammte auf. Aus Deckenlautsprechern dröhnte eine Stimme: »Wachpersonal in den Bereitschaftsraum! Alles Wachpersonal sofort in den Bereitschaftsraum!«

Der Einzelposten vor Lugers Zelle sprang überrascht auf. Was zum Teufel war passiert? Solche Aufforderungen waren hier unten nie zu hören – also mußte ein echter Nofall vorliegen! Er griff nach seinem

Gewehr AK-47, trat an die Zellentür und öffnete den Türspion, um nach dem Häftling zu sehen. Der Anblick, der sich ihm in dieser erbärmlichen kleinen Zelle bot, war selbst für einen abgebrühten KGB-Veteranen fast zuviel.

In der fensterlosen Zelle, die nur vier glatte Wände, eine niedrige Decke und diese nach außen zu öffnende Stahltür aufwies, lag der Häftling von schmalen Klettbändern an Armen und Beinen festgehalten auf einem Wasserbett. Augen und Nase waren zugeklebt, auf seinen Ohren saß unverrückbar fest ein Kopfhörer, und in seinem rechten Arm steckte eine Kanüle, die Amphetamine oder andere Psychopharmaka in seinen Körper pumpte. Der Wachposten ahnte, daß der Häftling nie schlafen durfte – und wegen des Lärms, der manchmal aus seinem Kopfhörer drang, auch nicht schlafen konnte.

Der arme Kerl – der Wachposten wußte nicht, wer der Häftling war, sondern hatte nur gehört, er sei ein Wissenschaftler aus dem Institut – warf sich hin und her, aber sein geschwächter Körper hatte nicht mehr die Kraft, seine Fesseln zu zerreißen. Er war erschreckend mager und zitterte vor Kälte. Da er keine feste Nahrung erhielt, brauchten sich die KGB-Mediziner nur selten um ihn zu kümmern.

»Achtung, alles Wachpersonal sofort in den Bereitschaftsraum im Erdgeschoß!« plärrten die Lautsprecher. »Alles Personal im Sondereinsatz zum Direktor im zweiten Stock!« Jetzt war der Wachposten davon überzeugt, daß irgend etwas passiert war – er sollte sich bei Gabowitsch melden. Er schüttelte den Kopf, schloß den Spion und nahm sich vor, nie etwas so Dummes oder Pflichtvergessenes zu tun, daß General Gabowitsch ihn *so* bestrafen mußte.

Eine Veränderung hatte der Wachposten jedoch nicht wahrgenommen: Nach dem kurzen Stromausfall hatte sich das computerisierte Steuergerät in Lugers Zelle nicht wieder automatisch eingeschaltet.

Zum ersten Mal seit vielen Tagen war der schrille Lärm in David Lugers Kopfhörer verstummt.

Luger war wach: Er hatte seit seiner Einlieferung in diese Schrekkenskammer nicht mehr schlafen dürfen. Gelegentlich war der Lärm verstummt, und wenn er dann beinahe eingeschlafen war, hatten die Stimmen und die Musik wieder begonnen – erst leise und langsam, dann immer lauter und schneller, bis ihn die unerträgliche Kakophonie laut aufschreien ließ. Dieser sich ständig wiederholende Vorgang hatte ihn bis an den Rand des Wahnsinns getrieben.

Aber jetzt herrschte unirdische Stille, und er war wach. Luger zwang sich dazu, regelmäßig zu atmen und sich zu entspannen. Nach unbestimmbar langer Zeit war er imstande, seine Körperfunktionen zu analysieren. Seine Muskeln zitterten wie in schwerem Koffeinrausch, aber seine Finger und Zehen schienen ihm zu gehorchen. Er war nicht blind; seine Augen waren wie die Ohren bedeckt. Ein kräftiger Ruck an der rechten Handfessel genügte, um das schmale Klettband zu lösen. Dieser Triumph verlieh ihm neue Kräfte. Sekunden später hatte Luger sich ganz befreit, riß das Klebeband von Augen und Nase, zerrte die Kopfhörer herunter und zog danach vorsichtig die Kanüle aus seinem Arm. Hier unten in seiner Zelle hatte er bisher noch nie eine Lautsprecherdurchsage gehört. Abgesehen davon, daß die Stimme Russisch sprach – das er nach all den Jahren genauso gut wie Englisch verstand –, klang die Durchsage...

...genau wie die Lautsprecherdurchsagen, die er früher auf der Ford Air Force Base in Sacramento, einem B-52-Stützpunkt, gehört hatte.

Großer Gott, dachte er, das scheint ein ganzes Leben zurückzuliegen. Was hat diese Durchsage zu bedeuten? Auf jeden Fall ist sie wichtig, sonst wäre sie nicht erstmals hier unten zu hören gewesen.

Luger gestattete sich den Luxus einer schwachen Hoffnung. War das eine Rettungsaktion für ihn? Würden sie ihn hier unten finden? Er hatte keine Möglichkeit, sich bemerkbar zu machen; er könnte nur mit bloßen Fäusten an die massiven Zellenwände hämmern. Völlig nutzlos? Dazu kam, daß hier bestimmt Hunderte von Soldaten Dienst taten. Ein Befreiungsunternehmen würde starke Infanteriekräfte erfordern – und die Vereinigten Staaten dachten bestimmt nicht daran, soviel zur Rettung eines jahrelang vermißten Mannes zu riskieren, den sie wahrscheinlich für einen Verräter hielten oder – noch schlimmer – einfach vergessen hatten.

Luger schüttelte den Kopf und bemühte sich, weiterhin positiv zu denken. Nach dem Kontakt mit dem litauischen Agenten – Gott, wie viele Wochen lag *das* schon wieder zurück? – hatte er aufgehört, die von Gabowitsch mit Drogen versetzte Nahrung zu sich zu nehmen, so daß die Wirkung dieser Mittel allmählich abgeklungen war. Obwohl er anscheinend wieder Amphetamine bekommen hatte – seine Finger und Augenlider zuckten immer noch – fühlte er sich körperlich in einigermaßen guter Verfassung.

Wenn das Befreiungsunternehmen begann, was seinem Gefühl nach bald sein würde, mußte er dafür sorgen, daß er den Rettern nicht zur Last fiel. Mußten sie ihn hinaustragen, konnte das für sie alle den Tod bedeuten. Luger setzte sich auf, schob die Füße über den Rand des Wasserbetts und kam schwankend auf die Beine. Obwohl er sich schwach und unsicher fühlte, hielt er sich aufrecht und versuchte sogar ein paar einfache Freiübungen. Aber die wichtigste Übung lief in seinem Kopf ab. Seine innere Stimme wiederholte unaufhörlich: *Nicht aufgeben! Nicht aufgeben! Nicht aufgeben!*

Die erste MV-22 SEA HAMMER mit zwei Gruppen Marines an Bord raste über den Güterbahnhof nordöstlich des Fisikus-Geländes hinweg, flog nördlich am Forschungsreaktor Denerokin vorbei und kurvte nach Süden ein – auf die beiden großen Hangars und das Bürogebäude zu, die gemeinsam das Konstruktionsbüro Fisikus bildeten. Am Nordostrand des eingezäunten Komplexes stand die Sicherheitszentrale mit der Waffenkammer, dem Nachrichtenraum und dem Zellenblock. Sie war das Ziel dieses Einsatzteams.

»Hammer Four, hier Congo Two«, funkte das Gunship AC-130 Spectre die zweite MV-22 an. »Beobachte mehrere Fahrzeugkolonnen in der Umgebung des Zielgebiets. Es könnte heiß sein. Wiederhole: Ihr Zielgebiet könnte heiß sein.«

»Meldung von Congo Two, Sir«, berichtete der Funker Oberleutnant William Marx. »Unverschlüsselter militärischer Funkverkehr. Mehrere Fahrzeugkolonnen in der Umgebung des Zielgebiets. Unser Zielgebiet könnte heiß sein. Zu den gemeldeten Fahrzeugen gehört mindestens ein Fla-Panzer ZSU-23-4.«

Patrick McLanahan merkte auf, als er *das* hörte – jeder Militärflieger der Welt kannte den mörderischen Ruf des Zeus.

Oberleutnant Marx schüttelte ungläubig den Kopf. »Wo zum Teufel kommen diese zusätzlichen Fahrzeuge her?« überlegte er laut. »Auf den Satellitenbildern waren nur die regulären GUS-Truppen in der Stadt zu sehen. Hat Cobra sie schon gezählt?«

»Die Meldung kommt gerade. Mindestens ein Bataillon, vermutlich zwei, Sir. Über hundert Fahrzeuge, von denen einige schon auf dem Gelände sind.«

»*Zwei* Bataillone? Unmöglich! Noch vor zwölf Stunden haben im ganzen *Land* nur zwei Bataillone GUS-Truppen gestanden. Anscheinend ist die weißrussische Armee gegen uns in Marsch gesetzt worden. Das ist die einzige Truppe, die hier so schnell aufmarschiert sein kann.«

»Aber wie?« fragte Gunnery Sergeant Wohl. »Die Verlegung starker Kräfte von der Grenze hierher dauert einige Zeit. Unsere Botschaft hätte uns gewarnt – und die Marschkolonnen wären auf Satellitenbildern zu sehen gewesen.«

»Sind sie aber nicht!« stellte Marx irritiert fest. »Erfahrene Offiziere warnen einen immer wieder davor, sich auf Satellitenaufklärung zu verlassen, und ich glaub' ihnen allmählich.« Er überlegte kurz, bevor er sich an Wohl und Trimble wandte. »Snyder meldet sich bestimmt gleich. Was schlagen wir vor?«

»Uns bleibt keine andere Wahl«, sagte Trimble, dessen Baß den Triebwerkslärm mühelos übertönte. »Unser Plan ist aufgeflogen. Ich schlage vor, auf dem Botschaftsgelände zu landen, Meldungen der Special Forces in der Stadt einzuholen und einen neuen Plan auszuarbeiten.«

»Aber dann wird Luger umgebracht!« wandte McLanahan ein.

Der junge Offizier musterte ihn gereizt. »Unsere Entscheidung geht Sie nichts an, McLanahan.«

»Doch, *Oberleutnant*«, widersprach McLanahan. An sich lag es ihm nicht, seinen Dienstgrad auszunützen, aber hier mußte es einmal sein. »Sie haben den Auftrag, David Luger aus diesem Gefängnis rauszuholen.«

»Der Oberleutnant hat *Maul halten* gesagt«, knurrte Trimble. »Er hat...«

»Ihr Dienstgrad bedeutet hier so wenig wie Ihre Meinung, McLanahan«, unterbrach Marx seinen Sergeanten. »*Wir* entscheiden, was...«

»Ein amerikanischer Offizier, der jahrelang gefoltert worden ist, wird liquidiert, wenn wir ihn nicht befreien, Oberleutnant«, sagte McLanahan laut. »Wir können jetzt unmöglich umkehren und Luger sterben lassen!«

»Der ist längst tot, McLanahan«, behauptete Trimble. »Wenn die weißrussische Armee ins Fisikus eingerückt ist, sind dort als erstes alle ausländischen Gefangenen umgelegt worden.«

»Das ist bloß eine Vermutung«, warf John Ormack ein.

»Quatsch, das machen die immer so«, widersprach der Sergeant.

»Wir müssen es trotzdem versuchen«, stellte McLanahan nachdrücklich fest. »Wir dürfen Luger nicht im Stich lassen.«

»So funktioniert die Sache nicht, McLanahan«, sagte Marx. »Solche Unternehmen klappen nur, wenn sie bis ins letzte Detail geplant sind. Ungenügende Planung führt zu Verlusten.«

»Dieser Mann stirbt, wenn wir *nicht* weitermachen«, protestierte McLanahan. »Lassen Sie das Feindfeuer in der Umgebung der Sicherheitszentrale von der AC-130 unterdrücken. Fordern Sie unseren Jagdschutz an. Die AV-8 können in einer Viertelstunde über der Stadt sein!«

»Die Jagdbomber darf ich nicht anfordern«, erklärte Marx ihm. Die Senkrechtstarter AV-88 Harrier II waren auf der USS *Wasp* in der Ostsee stationiert. »Die Harrier stehen startbereit – aber nur zur Unterstützung des Einsatzes in der Botschaft. Dies ist ein fast inoffizielles Unternehmen, McLanahan, für das wir nicht einfach Jagdbomber anfordern können.«

»Dann verzichten wir eben darauf, Unterlagen über den Bomber Fi-170 zu klauen. Für die Erstürmung des Gebäudes und die Identifizierung Lugers sind sieben Minuten angesetzt. Sieben Minuten, um das Leben eines Amerikaners zu retten. Wir können Luger rausholen und mit ihm verschwinden, bevor die anderen überhaupt wissen, was passiert ist.«

»Schnauze, McLanahan!« befahl Trimble ihm. »Davon verstehen Sie nichts.«

»Lassen Sie Oberst McLanahan ausreden, Trimble«, verlangte Hal Briggs, der aufgestanden war und nun vor dem Sergeanten stand.

Diese stumme Herausforderung war eindeutig. Obwohl Briggs nicht ganz so groß wie Trimble war, schien sein Ruf ihm vorausgeeilt zu sein – oder der Sergeant war verblüfft, weil ein Luftwaffenoffizier ihn herausforderte. Trimble zögerte kurz, bevor er knurrte: »Sie wollen Streit, Briggs? Also los – Sie haben den ersten Schlag!«

»Haltet jetzt beide die Klappe!« fauchte Marx die Kampfhähne an. In diesem Augenblick hielt der Funker ihm sein Gerät hin. Er griff danach und meldete sich: »Hier Hammer Four, kommen.«

»Ich bin dafür, das Unternehmen abzubrechen«, hörte Marx Hauptmann Snyder sagen. Während Marx nachdachte, sah er erst zu McLanahan, dann zu Trimble hinüber. »Hammer Four, sind Sie noch da?«

»Positiv ... Ich schlage vor, daß wir weitermachen. Unsere Passagiere sind auch dafür. Am besten holen wir Congo Two übers Zielgebiet, um Feuerschutz zu haben.«

»Aber dort unten stürmen feindliche Truppen in Bataillonsstärke das Gelände, Hammer Four. Wir haben den Überblick verloren.«

Marx spürte, daß auch Snyder weitermachen wollte. Hätte er das Unternehmen tatsächlich abbrechen wollen, hätte er Hammer Three umkehren lassen. Hammer Four hätte folgen müssen, und damit wäre ihr Einsatz beendet gewesen. »Unser Zeitplan bleibt in Kraft, solange die Neuankömmlinge nicht unser Zielgebäude stürmen. Congo Two kann sie uns vom Leib halten, bis wir die Zielperson rausgeholt haben. Ich bin dafür, daß wir weitermachen.«

Diesmal war die Pause etwas länger – ungefähr eine Viertelminute lang. »Hammer Four«, sagte Snyder dann, »wir drehen noch eine Runde um die Stadt, bis Congo Two in Position ist. Ich telefoniere inzwischen mit dem Oberkommando. Weitere Anweisungen folgen.«

Seit dem Zwischenfall vor dem Reaktor war die über 500 Mann starke Wachmannschaft des Fisikus-Instituts nun wirklich auf alle denkbaren Eventualitäten vorbereitet. Es gab Notfallpläne gegen Sabotage, Terroranschläge, Unfälle, Naturkatastrophen und bürgerkriegsähnliche Unruhen – nur keinen gegen einen militärischen Angriff. Das Institut galt als uneinnehmbar. Wer würde es wagen, das Fisikus anzugreifen? Auch ohne Waffenhilfe der weißrussischen Armee, die Litauen besetzen sollte, waren die General Gabowitsch und Oberst Kortyschkow unterstehenden Sicherheitskräfte auf wirklich alles vorbereitet ...

... außer auf einen Angriff der neuen litauischen Armee unter ihrem charismatischen Führer, dem sowjetisch ausgebildeten General Dominikas Palcikas.

Palcikas wollte kein Blutbad, aber da nicht identifizierte, potentiell feindliche Flugzeuge im Anflug waren, konnte er sich nicht auf lange Übergabeverhandlungen einlassen. Die Bataillone drei und vier hatten sich vereinigt, um die schweren Waffen der Schwarzen Barette zu bekämpfen. Sowie das Bataillon zwei zu Palcikas' Bataillon eins gestoßen war, ließ der General die Sicherheitszentrale einkesseln. Je schneller das Hauptquartier der Schwarzen Barette fiel, desto bereitwilliger würden die restlichen Truppen sich ergeben.

Palcikas ließ einen Panzer T-62 vor dem Gebäude auffahren und mit einer einzigen Sprenggranate das Wachlokal im Erdgeschoß völlig zerstören. Der russische Kommandeur befahl seiner Garnison sofort, sich zu ergeben. Das war nur gut, denn außer ein paar Leuchtspurgranaten hatte der T-62 keine Munition mehr.

Diese Belagerung hatte nur einige Minuten gedauert. Wenig später stand Oberstleutnant Iwan Iwanowitsch Stepanow, der stellvertretende OMOM-Kommandeur, der im Reservefunkraum im Keller aufgestöbert worden war, vor dem General. »Guten Morgen, Oberstleutnant«, begrüßte Palcikas ihn. »Sie müssen den Rest Ihrer Truppe anweisen, sich zu ergeben.«

Stepanow war so schockiert und desorientiert, daß er Palcikas zunächst nur verständnislos angaffen konnte. Schließlich fand er seine Stimme wieder und rief: »Verdammt, was *soll* der Scheiß, Palcikas?«

»Diese Einrichtung untersteht jetzt mir, Oberstleutnant«, antwortete Palcikas. »Ich befehle Ihnen...«

»Sie eingebildeter litauischer Affe!« brüllte der Russe aufgebracht. Zwei Posten hielten ihn fest, aber Stepanow schrie weiter: »Sie lassen mich und meine Männer frei und legen *sofort* die Waffen nieder!«

»Nein, Oberstleutnant. In Litauen wird keine Einrichtung mehr von Schwarzen Baretten kontrolliert. Meine Männer haben überall die Kontrolle übernommen.«

Stepanow machte ein skeptisches Gesicht, aber Zahl und Bewaffnung von Palcikas' Soldaten schienen ihn nachdenklich zu machen.

Der General wandte sich an Oberst Zukauskas, seinen Stellvertreter. »Sie veranlassen, daß alle Gefangenen nach Waffen durchsucht und sicher bewacht werden. Die Offiziere kommen in ein eigenes Zimmer, Oberstleutnant Stepanow wird von ihnen abgesondert.« Er nickte Stepanow zu. »Vorher dürfen Sie noch zu Ihren Männern sprechen, Oberstleutnant. Ich rate Ihnen dringend, sie aufzufordern, keinen Widerstand zu leisten. Offiziere und einfache Soldaten, die unsere Befehle verweigern, werden erschossen. Wer keinen Widerstand leistet, wird gut behandelt, anständig verpflegt und auf Wunsch bei erster Gelegenheit zur litauischen Grenze gebracht.«

»Dafür kommen Sie vors Kriegsgericht, Palcikas!« brüllte Stepanow, als ihm Handschellen angelegt wurden. »Dafür werden Sie an die Wand gestellt!«

»Dies ist kein Verrat, dies ist eine Revolution, Oberstleutnant«, sagte Palcikas einfach. »Wir werden Ihnen den Unterschied demonstrieren. Wo steckt übrigens Oberst Kortyschkow? Ich möchte auch ihn begrüßen.«

»Scheren Sie sich zum Teufel, Palcikas!«

»Bei dem sehen wir uns bestimmt wieder«, meinte Palcikas gelassen. »Wo ist Kortyschkow?«

»Ich denke gar nicht daran, mit Ihnen zusammenzuarbeiten, Palcikas!« fauchte Stepanow.

»Gut, dann eben nicht«, sagte der General schulterzuckend. »Sperrt ihn in eine seiner Zellen. Stellt fest, wer der nächsthöhere Offizier ist, und bringt ihn zu mir.« Stepanow und seine Offiziere wurden abgeführt.

»Die Waffenkammer quillt beinahe über«, meldete einer von Palcikas' Offizieren wenige Minuten später. »Aus ihr können wir unser Bataillon drei Tage lang versorgen. Sogar Panzermunition lagert dort.«

»Gut, aber ich will, daß die Bestände vor der Ausgabe genau überprüft werden«, antwortete der General. »Sie könnten sabotiert worden sein, während wir das Gebäude belagert haben. Sorgen Sie dafür, daß sofort mit der Überprüfung begonnen wird!«

Dann kam Zukauskas mit einer interessanten Meldung. »Fast hundert MSB- und OMOM-Soldaten, darunter auch zwei Offiziere, wollen zu uns überlaufen«, berichtete er. »Wie sollen wir sie behandeln?«

»Wie alle anderen«, entschied Palcikas. »Sie können sich uns anschließen, wenn sie die Voraussetzungen erfüllen: Wir nehmen nur Männer mit litauischen Namen, die ihre litauische Staatsbürgerschaft behalten haben. Leisten sie vor den anderen Gefangenen einen Treueid, werden sie besser untergebracht und bevorzugt behandelt. Aber wir dürfen ihnen nicht sofort ein Gewehr in die Hand drücken – sie könnten kalte Füße bekommen und sich die Sache anders überlegen. Wir transportieren sie möglichst bald zur Überprüfung nach Trakai, aber vorläufig müssen sie hier eingesperrt bleiben.«

»Ja, General«, sagte Zukauskas. Nachdem er diesen Befehl weitergegeben hatte, meinte er zufrieden: »Es läuft noch besser, als ich gehofft hatte. Zwanzig oder dreißig Prozent der Gefangenen wollen sich uns anschließen. Ich hätte nie gedacht, daß wir soviel Unterstützung finden würden!«

»Ich weiß, Vitalis«, antwortete Palcikas, »aber wir können trotzdem nicht vorsichtig genug sein. Später nehmen wir meinetwegen Gefangene in unsere Reihen auf, aber jetzt kommt's darauf an, unsere Ziele zu erreichen und auf einen russischen Gegenangriff vorbereitet zu sein. Die Bataillone drei und vier stehen noch immer im Kampf gegen Schwarze Barette.«

Ein Offizier kam herangehastet und meldete atemlos: »General, die dritte Kompanie hat ein großes Flugzeug und zwei schwere Hubschrauber im Anflug gesichtet. Noch keine Identifizierung möglich. Die erste und zweite Kompanie werden trotz vereinzelter Störangriffe demnächst mit ihrer Flak abwehrbereit sein. Die dritte Kompanie meldet Einsatzbereitschaft gegen Flugzeuge und Panzer. Unsere Truppen in der Nähe des Parlamentsgebäudes sehen mehrere Hubschrauber über der Freihandelszone. Vermutlich Maschinen der weißrussischen Heeresflieger – möglicherweise von der Kampfhubschrauberstaffel aus Smorgon.«

»Sorgen Sie dafür, daß unsere Flak schnellstens einsatzbereit gemacht wird«, befahl Palcikas, der an die Feuerkraft der Kampfhubschrauber dachte, die letzte Woche so viele Opfer gefordert hatten. »Ich brauche schnellstens die Bereitschaftsmeldung der Bataillone drei und vier. Sie ist für den Erfolg unseres Unternehmens entscheidend. Greifen diese Hubschrauber an, bevor sie in Stellung sind, ist unsere rechte Flanke ungeschützt. Dann hindert die GUS-Truppen nichts mehr daran, unsere Stellungen aufzurollen.«

Dominikas Palcikas machte eine Pause und musterte die Gesichter der Umstehenden. Bei den Worten »weißrussische Heeresflieger« und »Kampfhubschrauber« zeigte sich Schock, Besorgnis und Angst auf ihren Gesichtern. Auch seine Offiziere erinnerten sich nur allzugut an die Schrecken des Massakers vor dem Denerokin-Gelände.

»Hört mir zu, Männer, hört mir gut zu«, verlangte der General. »Ihr habt heute nacht das Unmögliche erreicht und die wichtigste GUS-Einrichtung außer dem Oberkommando der baltischen Flotte erobert, aber unsere Arbeit ist noch nicht getan.

Wir sind aufs Eingreifen von GUS-Truppen vorbereitet. Wir haben alle russischen Versorgungseinrichtungen von Heer und Luftwaffe in Litauen besetzt oder zerstört, damit ihr Gegenangriff schwach bleiben muß. Wir haben gewußt, welche fliegenden Verbände mit dem Gegenangriff beginnen würden; wir wissen auch, welche Infanterie- und Panzerverbände dafür eingeplant sind, und wir stellen ihnen das Zweite Regiment entgegen.«

Palcikas machte eine Pause und ließ seinen Blick langsam über die Gesichter der vor ihm Stehenden wandern. »Ihr habt keinen Grund, so deprimiert auszusehen! Schaut euch an, was wir bereits erreicht haben. Unsere für heute nacht gesetzten Ziele wurden nicht nur erreicht, sondern sogar übertroffen. Reißt euch also zusammen, feuert eure Männer an und führt unseren Plan aus. Wir werden siegen, wenn wir aufrichtig daran glauben, das Beste für uns selbst und unser Land zu tun!«

Nationales militärisches Befehlszentrum
Pentagon, Washington, D. C.
12. April, 21.20 Uhr (13. April, 03.20 Uhr MEZ)

Über MILSTAR, das Satellitenfunknetz des amerikanischen Militärs, hörten Wilbur Curtis, der Vorsitzende der Vereinten Stabschefs, Sicherheitsberater George Russell, CIA-Direktor Kenneth Mitchell und Verteidigungsminister Thomas Preston die Meldung von Hammer Three zur selben Zeit wie Oberst Albert Kline, der Kommandeur der Amphibienkampfgruppe aus dem 26. Marine Expeditionary Unit an Bord der USS *Wasp*.

»Verdammte Schweinerei!« schimpfte Russell. Trotz dieses Ausbruchs wußte er nicht recht, wie er reagieren sollte. »Tom, was werden Sie empfehlen?«

Preston, ein altgedienter Kabinettsveteran, zuckte mit den Achseln. »Mein erster Impuls wäre, sie zur Botschaft fliegen zu lassen und abzuwarten, wie diese Sache sich weiterentwickelt. Aber ich find's auch nicht gut, die Jungs so kurz vor dem Ziel zurückzupfeifen. Wilbur?«

»Ich bin ganz Ihrer Meinung, Sir«, antwortete Curtis, der ein Gespräch nach Camp Lejeune angemeldet hatte, um sich mit General Kundert zu beraten. »Ich muß erst Vances Meinung einholen, aber ich tendiere ebenfalls dazu, das Unternehmen weiterlaufen zu lassen.«

»Dafür bin ich auch«, bestätigte Mitchell, »aber bestimmt nicht aus dem gleichen Grund.«

Curtis starrte ihn aufgebracht an. »Ah, ich verstehe! Diesmal wollen Sie sicher sein, daß Luger tot ist, stimmt's? Und das können Ihnen nur die Marines bestätigen. Wahrscheinlich haben die sogar Anweisung, einen Beweis dafür mitzubringen? Was denn – seine Hand, seine Zunge, seinen verdammten *Kopf*?«

»Nicht so melodramatisch, General«, wehrte Mitchell kühl ab. »Geschäft bleibt Geschäft.«

»Wir versuchen, den Mann zu retten, statt seinen Leichnam zu bergen«, sagte Curtis gereizt. Er wußte, daß Mitchell ihr litauisches Unternehmen aus einem völlig anderen Blickwinkel sah: In seinen Augen war Luger eine schwere Belastung und tot mehr wert als lebendig. Er wandte sich an den Verteidigungsminister. »Die Marines sind an Ort und Stelle, Tom«, erklärte er Preston. »Die Flugzeuge sind über dem Zielgebiet. Ich bin dafür, daß wir's wenigstens versuchen. Die dortigen Kommandeure können das Unternehmen abbrechen, wenn es aussichtslos erscheint. Das Gunship AC-130 wird nicht mehr zum Schutz des Landegebiets der Super Stallions gebraucht. Ich schlage vor, es zum Fisikus zu entsenden, damit es die Marines unterstützen kann.«

»Das kann nur der Präsident genehmigen.«

»Den Kipprotor-Flugzeugen geht der Sprit aus, wenn sie in der Luft bleiben müssen, bis der Präsident zugestimmt hat«, sagte Curtis warnend. »Ich schlage vor, sie zum Ziel weiterfliegen zu lassen. Die Kommandeure vor Ort können am besten entscheiden, ob das Unternehmen aussichtsreich ist.«

Tom Preston überlegte kurz, »Okay, sie sollen weiterfliegen«, entschied er dann. Während Curtis die nötigen Befehle erteilte, griff Preston nach dem Hörer des roten Telefons, um direkt mit dem Weißen Haus zu sprechen.

Konstruktionsbüro Fisikus, Sicherheitstrakt
13. April, 03.30 Uhr

»Bewegung! Los, bewegt euch!« brüllte Oberst Nikita Kortyschkow mit sich überschlagender Stimme. Der mit einem AK-47 bewaffnete Kommandeur der OMOM-Wachmannschaft stieß vorbeilaufende Soldaten in den Rücken, um sie zu schnellerer Gangart anzutreiben. Selbst eine fast 500köpfige Wachmannschaft war so gut wie hilflos, bevor sie ihre für den Alarmfall vorgesehenen Posten eingenommen hatte.

Oberst Kortyschkow hatte versagt, aber er redete sich ein, das sei nicht seine Schuld. Er hatte die ersten Funkmeldungen über das Eindringen starker Kräfte aufs Institutsgelände für einen Übungsalarm gehalten. Die Wachmannschaft des Konstruktionsbüros war nie in solche Übungen einbezogen worden, aber auf dem Reaktorgelände und in anderen Teilen des Instituts fanden häufig sehr realistische Sicherheitsüberprüfungen statt. Obwohl dieser Einsatz nicht als Übungsalarm angekündigt worden war, hatte Kortyschkow trotzdem auf einen getippt, weil gemeldet wurde, mindestens drei Bataillone stießen aufs Institutsgelände vor.

Lächerlich! hatte er gedacht.

Nur Minuten später hallte ein Schuß aus einer Panzerkanone wie ein Donnerschlag übers Gelände. Panische Funkmeldungen besagten, starke feindliche Kräfte seien auf den Stützpunkt vorgedrungen, hätten das Stabsgebäude in Trümmer geschossen, wobei die halbe Wachmannschaft gefallen sei, und rückten nun aufs Konstruktionsbüro vor. Wieviel davon zutraf, konnte der Oberst nicht beurteilen. Aber unterdessen war ihm klargeworden, daß es besser war, das Schlimmste anzunehmen.

»Sie besetzen mit Ihren Leuten und vier Maschinengewehren das Dach«, befahl er einem seiner Zugführer. »Lassen Sie für den Fall, daß die Lichter ausgeschossen werden, Nachtsichtgeräte ausgeben. Besteht wieder Funkverbindung mit dem Stabsgebäude und Oberstleutnant Stepanow? Und warum laufen alle diese Männer so ziellos herum?«

Im nächsten Augenblick erkannte Kortyschkow Wadim Teresow, den Adjutanten des ranghöchsten KGB-Offiziers auf dem Stützpunkt. General Gabowitsch und er hatten ihre Diensträume im obersten Stock des Sicherheitsgebäudes, und Teresow war häufig schon einige Stunden vor Gabowitsch da. Kortyschkow versuchte, den Mann zu ignorieren, während er links und rechts Befehle gab, aber wie sich rasch zeigte, hielt Teresow nach ihm Ausschau und war durch nichts aufzuhalten.

Der KGB-Offizier drängte sich zu Kortyschkow vor und sagte halblaut: »Ich muß Sie sofort sprechen, Oberst.«

»Nicht jetzt, Genosse...«

»*Sofort*, Oberst.« Teresow zog den OMOM-Kommandeur beiseite. »Haben Sie den Zulu-Befehl ausgeführt?«

Der Zulu-Befehl legte fest, daß alle Häftlinge im untersten Zellengeschoß, dem sogenannten »Zulu-Bereich«, zu liquidieren waren, wenn das Gebäude angegriffen wurde. Dieser Befehl war nach den Unruhen vor dem Reaktorgelände erlassen worden, als sich gezeigt hatte, daß nur die entschlossene Gegenwehr der Schwarzen Barette die Erstürmung des Stützpunkts und eine politisch brisante Gefangenenbefreiung verhindert hatte. Die Häftlinge sollten aus den Zellen geholt, durch Genickschuß getötet und in den Ofen der Müllverbrennungsanlage im Keller des Gebäudes geworfen werden.

Im Augenblick gab es unten im Zulu-Bereich nur einen Häftling: Dr. Iwan Sergejewitsch Oserow.

Kortyschkow mußte erst überlegen. Dann begriff er, wovon Teresow sprach, und schluckte trocken. »Die Gefangenen!«

»Nicht so laut, Idiot!« fauchte Teresow, weil immer wieder Soldaten in Hörweite vorbeikamen. »Ja, die verdammten Gefangenen. Sorgen Sie gefälligst dafür, daß der Befehl ausgeführt wird.«

»Ich habe keine Zeit, Häftlinge... die Ausführung dieses Befehls zu überwachen«, stammelte der Oberst. Teresow merkte ihm an, daß er vor Angst wie gelähmt und zur Abwehr des gegenwärtigen Angriffs völlig ungeeignet war. »Die Verbindung zu Oberstleutnant Stepanow ist abgerissen«, berichtete Kortyschkow, »aber ich werde meinen Panzerjägerzug westlich der Startbahn zum Gegenangriff antreten lassen.«

»Dummkopf! Sie wissen genau, daß Sie in erster Linie dem KGB und General Gabowitsch verantwortlich sind!«

Kortyschkow riß die Augen auf, als Teresow vom KGB sprach – aber natürlich wußte jeder, daß der »alte« KGB seine Aktivitäten nie eingestellt hatte. Der neue MSB, dem Kortyschkow angehörte, war eigentlich nur eine Tarnorganisation für das alte *Komitet Gosudarstwennoy Besopasnosti*. Und Teresows Auftreten bestätigte diesen Verdacht. »Vor allem bin ich dafür verantwortlich, daß die Eindringlinge zurückschlagen werden«, knurrte der Oberst. »Halten Sie mich gefälligst nicht länger auf!«

»Idiot! Sie kommen wegen Befehlsverweigerung vors Kriegsgericht, wenn Sie nicht sofort...«

Aber Teresow brachte diesen Satz nicht zu Ende. Bei Kortyschkow mußte eine Sicherung durchgebrannt sein: Er richtete sein AK-47 langsam auf sein Gegenüber, und Teresow ahnte instinktiv, daß er bei der geringsten Provokation abdrücken würde. Natürlich würde Kortyschkow für den Mord an einem hohen KGB-Offizier an die Wand gestellt werden – aber auch das konnte Teresow nicht wieder zum Leben erwecken. Deshalb trat er einen Schritt zurück und nahm die Hand von seiner Pistolentasche, als er sah, daß der andere sie anstarrte.

»Lassen Sie mich in Ruhe«, verlangte Kortyschkow mit zitternder Stimme. »Ich *muß* die Verteidigung organisieren. Führen Sie diesen Befehl meinetwegen selbst aus, aber lassen Sie mich in Ruhe!« Kortyschkow wandte sich ab, nahm die Meldung eines Offiziers entgegen und begann wieder, hektisch Befehle zu erteilen.

Teresow blieb allein zurück. *Der Teufel soll den Kerl holen!* dachte er und malte sich schon aus, wie Gabowitsch diese Befehlsverweigerung Kortyschkows bestrafen würde.

Aber Teresow hatte sich als erstes um seinen Vorgesetzten zu kümmern. Gabowitsch mußte aufgespürt und in Sicherheit gebracht werden. Die Gefangennahme eines KGB-Generals wäre ein gewaltiger Sieg für die noch unbekannten Eindringlinge, und Teresows Diensteid verpflichtete ihn dazu, alle Vorgesetzten notfalls unter Einsatz des eigenen Lebens zu schützen.

Zudem war er dafür verantwortlich, daß Gabowitschs Pläne und Programme auch durch diesen Notfall nicht gefährdet wurden, und das wichtigste Geheimunternehmen betraf den im Keller gefangengehaltenen Amerikaner. Zweifellos war es nicht mehr möglich, Luger heimlich aus dem Institut und über die Grenze nach Weißrußland zu schaffen.

Also mußte er liquidiert werden.

Teresow hatte schon festgelegt, wie seine Leiche beseitigt werden sollte: im Müllverbrennungsofen im zweiten Kellergeschoß, in dem auch Lugers Zelle lag. Aber er hatte nie vorgehabt, den Amerikaner selbst zu liquidieren. Die Ermordung eines hilflosen Gefangenen war etwas für hirnlose Schergen, aber nichts für einen Offizier. Außerdem mußte unbedingt vermieden werden, daß sich irgendwelche Spuren von Lugers Aufenthalt und Liquidierung zu Wiktor Gabowitsch zurückverfolgen ließen.

Am besten versuchte er also zunächst, Gabowitsch aufzuspüren – immer in der Hoffnung, daß es diesem Trottel Kortyschkow gelingen würde, die Eindringlinge aufzuhalten, bis alle Spuren von Oberleutnant David Lugers Gefangenschaft hier im Fisikus restlos beseitigt waren.

Congo Zero-Two, Gunship AC-130U Spectre
über Wilna, Litauen
13. April, 03.40 Uhr

»Ich wiederhole: Unser Primärziel hat die Koordinaten Zulu-Victor-fünf-eins-vier-drei, der Zielbereich liegt in hundert Meter Umkreis um das Gebäude«, las der ECM-Offizier des Gunships AC-130U Spectre vor, nachdem er die neuen Zielangaben der Marines entschlüsselt hatte. »Sekundärziel folgt. Freimachen des Geländes in hundert Meter Umkreis um die Koordinaten Bravo-Lima-drei-sieben-sieben-null als Landezone. Anschließend Sicherungskreis mit zwei Kilometer Radius um Primärziel fliegen.«

Auf seinem Arbeitsplatz hinter dem Copiloten trug der Navigator der AC-130 rasch die Koordinaten in seine Karte ein, las ihre vom GPS-Empfänger angezeigte gegenwärtige Position ab, trug sie ebenfalls ein und errechnete ihren Kurs zu den beiden Zielen. »Pilot, unser Kurs eins-neun-fünf, Ziele bei zwölf Uhr, acht Seemeilen.«

Als nächstes übertrug der Navigator diese Zielkoordinaten auf einen Plan des Fisikus-Instituts, der auf Satellitenaufnahmen basierte und den gesamten Komplex in allen Einzelheiten zeigte. Dann gab er den Plan an den neben ihm sitzenden Waffenoffizier weiter, der das Zielgebäude finden und identifizieren mußte. Dazu konnte er das hochauflösende Radar AN/APG-80 der Spectre benutzen und sich das Zielgebiet durch seine Fernsehkamera oder einen nach vorn gerichteten IR-Scanner darstellen lassen. Außerdem kontrollierte er die zwölf lasergesteuerten Lenkwaffen Hellfire und konnte jedes beliebige Ziel auf seinen Bildschirmen mit einem Laserstrahl markieren.

Die Besatzung der AC-130 kannte das Fisikus-Institut als mögliches Ziel: Navigator, Waffenoffizier und die beiden Sensor-Operatoren hatten sich eingehend mit dem Komplex und den einzelnen Objekten befaßt. »Unser Ziel ist der Sicherheitstrakt des Konstruktionsbüros«, gab der Waffenoffizier durch. »Alle Fahrzeuge fernhalten, das Dach des Gebäudes freihalten und eine Landezone für die Marines schaffen.« Mehr brauchte er nicht zu sagen – den Rest würden die Sensor-Operatoren erledigen.

»Sensoren verstanden.« Sobald die Operatoren wußten, welches Gebiet freigehalten werden sollte, machten sie sich daran, Ziele festzulegen. Schon aus sechs Seemeilen Entfernung erfaßte der nach vorn gerichtete IR-Scanner (FLIR) einzelne Wärmequellen, und der Kampf konnte beginnen.

Ziele gab es dort vorn reichlich. Der FLIR-Operator wählte mehrere heiße Ziele aus. »FLIR hat eine Kolonne leichter Panzerfahrzeuge«, meldete er.

»Verstanden«, bestätigte der Waffenoffizier und übernahm das FLIR-Bild auf seinen Monitor. »Das sind Schützenpanzer«, stellte er fest und übernahm die Zieldaten in den Feuerleitcomputer, der nun dem Piloten automatisch Kursinformationen für seinen Linkskreis um das Zielgebiet gab.

»STV hat eine weitere Panzerkolonne«, meldete der zweite Sensor-Operator. »Sieht aus, als ob . . . hey, die Kerle schießen aufeinander! Das ist ein Feuergefecht zwischen Panzern!«

»Was?« rief der Pilot über die Bordsprechanlage. »Soll das heißen, daß dort unten nicht nur Gegner sind?«

»Schwer zu sagen.«

»Das müssen wir rauskriegen«, entschied der Pilot. »ECM, Sie rufen das Hauptquartier und fragen nach.« Der ECM-Offizier schaltete sofort auf sein Funkgerät um und gab die Anfrage weiter. »Waffenoffizier, Sie nehmen sich inzwischen das Primärziel vor, bis wir wissen, wer dort unten wer ist.«

Die Hälfte der tausend Mann starken Wachmannschaft des Fisikus-Instituts war auf dem über hundert Hektar großen Gelände des Konstruktionsbüros im Westen des Gesamtkomplexes stationiert. Eine am Westrand liegende Nord-Süd-Landebahn, die zum Flughafen Wilna gehörte, bot viel freies Schußfeld und macht es Palcikas' Bataillon vier praktisch unmöglich, unbemerkt in den Stützpunkt einzudringen.

Oberstleutnant Antanas Maziulis, der Kommandeur dieses Bataillons der Brigade Eiserner Wolf, suchte das Gelände östlich der Landebahn mit einem Fernglas ab. Mit ihm in seinem klapprigen alten Befehlswagen AFD-23 polnischer Bauart saßen Major Aras Drunga aus seinem Stab, ein Funker, der Fahrer und ein Ersatzfahrer, der jetzt im Drehkranz ihres AKSU-Maschinengewehrs stand. Nach zwanzig Dienstjahren in der Sowjetarmee – und vier Jahren in Afghanistan – war Maziulis als einer der ersten Offiziere zu den litauischen Streitkräften gestoßen. Als Dank dafür befehligte er bei diesem wichtigen Unternehmen die Hauptkampfgruppe: Maziulis führte ein verstärktes Bataillon mit über tausend Mann, zahlreichen Schützenpanzern, einigen T-62 und mehreren Pionierpanzern.

»Sie lassen die Scheinwerfer der Lichtmasten weiterbrennen«, stellte Maziulis fest. »Offenbar haben sie keine Nachtsichtgeräte. Rufen Sie Dapkiene, damit er Scharfschützen oder Granatwerfer gegen die Lichtmasten einsetzt. Wenn die Schwarzen Barette nicht im Dunkeln kämpfen wollen, sind *wir* im Dunkeln am besten aufgehoben.«

»Die fünfte Kompanie meldet, daß ein BTR liegengeblieben ist«, berichtete Major Drunga. »Unsere Leute sind ausgestiegen und marschieren weiter.«

Maziulis richtete das Fernglas nach Norden und suchte den äußersten Rand des beleuchteten Vorfelds ab. Tatsächlich waren die Schwarzen Barette bereits auf das liegengebliebene Fahrzeug aufmerksam geworden und ließen einen ihrer Jagdpanzer BMP-90 gegen die Infanteristen auffahren. »Hauptmann Haviastir soll schnellstens eine Pak nach vorn schaffen lassen. Er bekommt Besuch. Und fragen Sie nach, wo zum Teufel das Bataillon drei bleibt!«

Die Antwort kam sofort: »Bataillon drei geht in Stellung. In fünf Minuten angriffsbereit.«

»Scheiße! Warum brauchen die so lange? Dabei sind sie auf der

Straße gefahren – wir sind quer durchs Gelände marschiert und trotzdem schneller.« Fünf Minuten konnte er nicht mehr warten Die Bataillone eins und zwei standen längst im Kampf. »Bataillon drei soll sich beeilen, verdammt noch mal! Wir greifen an. Funkspruch an alle: Es geht los! Funkspruch an erste und zweite Kompanie: Angriff!«

»*Flugzeug im Anflug!*« meldete der Funker.

»Aras, kümmern Sie sich darum«, verlangte Maziulis, ohne seine Angriffsspitze aus den Augen zu lassen. »Los, Jungs, an die Granatwerfer, sonst geratet ihr unter Beschuß. Funkspruch an die zweite Kompanie: sie soll Granatwerfer einsetzen. Und wo bleiben meine Scharfschützen?«

»Bataillon eins meldet, daß ein großes Flugzeug in dreißig Sekunden über dem Stützpunkt sein wird«, berichtete Drunga. »Typ unbekannt, vermutlich eine Transportmaschine, vielleicht mit Fallschirmjägern.«

»Fallschirmjäger? Nur zu, die putzen wir auch weg! Die erste Kompanie soll auf die BMPs mit ihren 7,3-cm-Kanonen achten. Granatwerfer und Geschwindigkeit – in dieser Reihenfolge. *Das brauche ich!*«

Dann hörte Maziulis plötzlich das Krachen der ersten Granatwerferabschüsse. Gleichzeitig rasselten zwei Reihen eigener Panzerfahrzeuge mit sechs T-62 in der vorderen Linie zur Landebahn, um sie zu überqueren. »Viel zu früh! Die Granatwerfer müssen erst...«

Als die Werfergranaten einschlugen, wäre Maziulis vor Entsetzen beinahe aus dem Wagen gesprungen. Alle lagen viel zu kurz, die meisten um mehr als 20 Meter. Einige Granaten detonierten näher bei den eigenen Panzern als bei den Schwarzen Baretten. Aber damit hätte Maziulis rechnen müssen, denn viele dieser Unterstützungswaffen wurden von jungen Soldaten bedient, die damit nur selten geschossen hatten. Er hätte sie erst Nebelgranaten verschießen lassen sollen, um die Schußweite festzulegen, bevor Sprenggranaten dran kamen. Aber dafür war es jetzt zu spät...

»Die Granatwerfer sollen ihr Feuer vorverlegen!« brüllte Maziulis. »Kompanien drei und vier! *Vorwärts! Vorwärts! Vorwärts!* Die Zwote und Dritte brauchen Feuerschutz! Bataillon drei soll sich beeilen, sonst können wir die Westflanke nicht halten!«

An Bord des Gunships AC-130U Spectre

»Unsere Teams am Boden melden, daß litauische Partisanen die GUS-Truppen angreifen«, berichtete der Waffenoffizier. »Sie haben den Stützpunkt eingeschlossen und scheinen von mehreren Seiten auf den Sicherheitstrakt vorzurücken. Sie sind schwer bewaffnet – auch mit Panzern T-62 und Fla-Panzern ZSU-23-4.«

»Das hilft uns nicht viel weiter«, beschwerte sich der Pilot. »Wen sollen wir nun abschießen? Und...«

»Zielsuchradar, zehn Uhr!« meldete der ECM-Offizier. »Und noch eines... sieht nach einem Zeus aus.« Er markierte die beiden Flak-Symbole auf seinem Radarschirm mit einem kreisförmigen Cursor. Dadurch erhielt der Feuerleitcomputer alle Informationen, die er brauchte, um augenblicklich den Standort des Fla-Panzers ZSU-23-4 errechnen zu können. »Ziel wird erfaßt.«

»Ich hab's«, bestätigte der FLIR-Operator. Ihr Feuerleitcomputer richtete die Fernsehkamera und den IR-Scanner automatisch auf das neue Ziel, und der Operator erkannte die charakteristischen Umrisse des Fla-Panzers. »Waffenoffizier, neues Primärziel.«

»Ich hab's«, bestätigte auch der Waffenoffizier. »Mit Laser markiert. Entfernung fünftausend Meter...«

»Unsere Teams sagen, daß die Zeus den Partisanen gehören«, stellte der ECM-Offizier fest.

»Meinetwegen gehören sie dem gottverdammten Papst«, wehrte der Pilot ab. »Wer mich mit Radar erfaßt, wird abgeschossen. Waffenoffizier, Start frei!«

»Start frei«, wiederholte der Waffenoffizier, klappte einen roten Schutzdeckel hoch und drückte auf den Feuerknopf. Eine Luft-Boden-Rakete Hellfire löste sich von ihrem Träger am Aufhängepunkt unter dem rechten Flügel und raste der Erde entgegen. Die lasergesteuerte Lenkwaffe erzielte einen Volltreffer, und die Cockpitbesatzung konnte auf ihren Bildschirmen beobachten, wie der Fla-Panzer in einem Feuerball verschwand.

»Volltreffer«, bestätigte der Waffenoffizier. Aus dem Laderaum war kurz der Jubel ihrer vier MG-Schützen und des Lademeisters/Luftraumbeobachters zu hören. Auf der Suche nach neuen Zielen erfaßten alle Sensoren wieder die Umgebung des ursprünglichen Primärziels.

»Anscheinend greift eine Kolonne den Sicherheitstrakt aus Osten an, während eine zweite aus Westen durchzubrechen versucht und von starken Kräften östlich der Landebahn aufgehalten wird«, faßte der STV-Operator zusammen. »Aber was bedeutet das für uns?«

»Unser Ziel ist der Sicherheitstrakt«, stellte der Waffenoffizier fest. »Die Verteidiger müssen die Bösen, die Angreifer die Guten sein, aus unserer Sicht jedenfalls. Ich schlage vor, daß wir die Verteidiger angreifen.«

»Einverstanden«, sagte der Navigator.

»Ebenfalls«, stimmte der Pilot zu. »Wichtig ist nur, daß sie alle vom Zielgebäude wegbleiben. Wer außer unseren Marines in seine Nähe kommt, wird beschossen.«

Der Pilot leitete mit 20 Grad Schräglage einen Linkskreis ein, in dessen Mitte der Sicherheitstrakt lag, und hielt genau 8000 Fuß Höhe. Während der ECM-Offizier sich auf gelegentliche Warnungen beschränkte, wählten die Sensor-Operatoren, der Navigator und der Waffenoffizier Ziele aus und bekämpften sie. Ihre 25- und 40-mm-Maschinenkanonen wurden mit kurzen Feuerstößen gegen Soldaten und ungepanzerte Fahrzeuge eingesetzt; die vom Piloten gerichtete und abgefeuerte riesige 10,5-cm-Haubitze vernichtete Panzer und Gebäude, hinter denen Gegner der Marines Deckung hätten finden können.

»Wieder ein Zeus!« rief der ECM-Offizier plötzlich.

Im Cockpit herrschte sofort Alarmstufe eins. Da ein ZSU-23-4 eine Spectre leicht abschießen konnte, mußten sie ihm schnellstens ausweichen – oder ihn vernichten. Der Waffenoffizier kuppelte die Sensoren sofort mit der Gefahrenwarnanzeige, und vier Augenpaare bemühten sich, den winzigen weißen Punkt zu finden, der einen Fla-Panzer bezeichnete. »Ich seh' ihn nicht, verdammt, ich seh' ihn nicht...«

Im nächsten Augenblick kam ein schrilles Trillern aus ihren Kopfhörern, während zugleich auf sämtlichen Bildschirmen an Bord die Warnung FLA-RADAR aufblinkte.

Der ZSU-23-4 stand rechts voraus und war sehr nahe, viel zu nahe.

»Fla-Radar hat uns erfaßt!« rief der ECM-Offizier. »Links wegkurven!«

Der Pilot legte die AC-130 in eine steile Linkskurve.

»Ich seh' ihn! Weiterkurven... jetzt geradeaus!« verlangte der

Copilot aufgeregt, als Hunderte von Leuchtspurgeschossen vom Boden aus nach ihnen griffen. Die Geschoßgarbe traf den rechten Außenflügel und rüttelte die ganze Maschine wie ein Spielzeug durch; als habe eine Riesenfaust sie erfaßt. »Treffer am Hellfire-Träger!« rief der Copilot. Flammen und grelle Lichtblitze hüllten die Flügelspitze ein. »Rechten Waffenträger abwerfen!«

Der Waffenoffizier klappte sofort die durchsichtige Abdeckung über dem Leuchtknopf FEUER WAFFENTRÄGER RECHTS hoch und drückte auf den Knopf. Der rechte Hellfire-Träger fiel vom Aufhängepunkt – nur Sekunden bevor eine der Lenkwaffen explodierte.

»Kann die Maschine nicht im Geradeausflug halten«, sagte der Pilot über die Bordsprechanlage. »Das Querruder ist blockiert... Copilot, eingreifen...«

Sekunden später war eine andere Stimme zu hören: »Rattler Three, frei zum Angriff, mit Linkskurve abdrehen.« Eine der vier in der US-Botschaft zurückgebliebenen AH-1 Sea Cobra der Marines war dort gestartet, hatte zur AC-130 aufgeschlossen und griff jetzt den zweiten Fla-Panzer ZSU-23-4 an. Da dessen Besatzung sich ganz auf das größere Ziel konzentrierte, war es für den Waffenoffizier der Sea Cobra ein Kinderspiel, den Zeus zu finden und mit einer einzelnen Hellfire zu vernichten. »Volltreffer«, meldete der Hubschrauberpilot. »Habe Sie in Sicht, Congo Two. Sie ziehen rechts eine Kerosinfahne hinter sich her.«

Schon ein nur einsekündiger Feuerstoß eines ZSU-23-4 war gefährlich, weil das bekämpfte Flugzeug von 200 radargeführten Geschossen getroffen wurde, jedes einzelne von der Größe eines Hot Dogs. Das mörderische Feuer des zweiten Fla-Panzers hatte die rechten Flügeltanks durchlöchert. »Congo Two ist getroffen«, meldete der Pilot über Funk. »Kein Triebwerksbrand, aber stetiger Treibstoffverlust.«

An Bord der beiden Kipprotor-Flugzeuge MV-22 wußten alle, was das bedeutete: Die Spectre würde den Heimflug antreten. Ein Gunship AC-130 war ein zu teures und wichtiges Flugzeug, um es über Litauen aufs Spiel zu setzen.

Litauisches Bataillon vier
13. April, 03.40 Uhr

»Flugzeug eröffnet Feuer auf Artillerie von Bataillon eins«, meldete Major Drunga. »Ein Fla-Panzer zerstört. Hubschrauber im Anflug.«

Maziulis empfand sekundenlang Angst, die er jedoch rasch verdrängte. Mit Gegenangriffen war zu rechnen gewesen – dieser kam nur früher als erwartet. »Verdammt, wo bleibt Bataillon drei?«

Am Nachthimmel blitzte das Mündungsfeuer mehrerer großkalibriger Waffen auf, die gleichzeitig schossen, und Sekunden später rollten ohrenbetäubende Abschußknalle über die Landebahn hinweg. Ein litauischer T-62 und mehrere Panzerfahrzeuge explodierten. Die Panzerfahrer waren zeitweilig geblendet und verwirrt, als sie durch die Rauchwolken des eigenen Granatwerferfeuers rollten, und der Rauch nahm den Richtschützen die Sicht auf die Panzerfahrzeuge der Schwarzen Barette. Aber als sie selbst aus den Rauchschwaden auftauchten, hatte der Gegner sie im Visier und eröffnete das Feuer.

Viele litauische Panzerfahrzeuge wurden abgeschossen, bevor sie selbst einen einzigen Schuß abgegeben hatten.

Maziulis griff sich das Mikrofon des Funkgeräts und brüllte hinein: »Fünfte und sechste Kompanie! Nach Norden ausholen, nach Osten einschwenken und angreifen! Vierte Kompanie, ebenfalls nach Norden ausholen und die BMPs umgehen!«

Er suchte seine Front mit dem Fernglas ab. Weit im Süden setzten sich die fünfte und sechste Kompanie in Marsch, aber die nur wenige hundert Meter entfernte vierte Kompanie verharrte unbeweglich. Der Bataillonskommandeur wandte sich an Drunga. »Aras, laufen Sie zu dem Rover hinüber! Er soll dem Chef der Vierten melden, daß er nach Norden schwenken soll, um der Ersten und Zweiten Feuerschutz zu geben. Und er soll feststellen, was mit seinem Funkgerät los ist!«

Drunga streifte seinen Kopfhörer ab, griff sich ein AK-47, sprang aus dem Befehlswagen und lief winkend auf den vorbeifahrenden Rover zu.

Er war noch keine zehn Schritte vom Befehlswagen entfernt, als ein Schwall komprimierter Luft und eine ohrenbetäubende Explosion ihn von den Beinen rissen. Er wurde meterweit hochgewirbelt und zwischen rotglühenden Metallsplittern und Wellen überhitzter Luft fortgeschleudert. Als er sich aufgerappelt hatte und nach ihrem Befehlswagen umsah, stand dort nur noch ein rauchgeschwärztes Metallskelett, in dessen Nähe die zerschmetterten Leichen des Kommandeurs und der anderen Insassen wie achtlos hingeworfene Puppen auf der Erde lagen.

»Congo Two, können Sie uns noch etwas Feuerschutz gegen die schweren Waffen im Hammer-Zielgebiet geben, bevor Sie zurückfliegen?« fragte Hauptmann Snyder von Hammer Three aus.

»Das läßt sich machen«, antwortete der Pilot der AC-130. »Unser Tanker kommt zurück, um uns zu begleiten, und wir verlieren im Augenblick kaum Treibstoff. Wir können noch ungefähr fünf Minuten im Einsatz bleiben.«

»Verstanden. Nehmen Sie sich erst die Panzer und dann das Gelände um die beiden Zielgebiete herum vor. Zum Schluß noch ein Knalleffekt, dann können Sie heimfliegen. Also los, Congo Two!«

»Verstanden, Hammer Three. Beobachten Sie den Himmel.«

Zu den schweren Waffen der OMOM-Truppen gehörten sechs schnelle Schützenpanzer BTR-60PB mit je 14 Mann und zwei schweren Maschinengewehren, und drei Jagdpanzer BMP-90 mit 7,3-cm-Kanone und drahtgelenkten Panzerabwehrraketen AT-3. Unterstützt wurden sie von Infanterie mit Granatwerfern und schweren Maschinengewehren RPK und PKM. Diese beachtliche Streitmacht, die sich den Litauern entgegenstellte, bildete leichte Ziele für das Gunship AC-130.

Wie alle Spectre-Besatzungen war auch diese entschlossen, keine Munition zurückzubringen, sondern sie restlos zu verschießen. Aber sie achteten darauf, weder den Sicherheitstrakt, in dem Luger gefangengehalten wurde, noch die Hangars, in denen der sowjetische Stealth-Bomber stehen sollte, zu befeuern. Die Sensor-Operatoren und der Waffenoffizier versuchten auch, die von ihnen als »Partisanen« eingestuften Truppen möglichst zu schonen.

Dort unten gab es reichlich gute Ziele – vor allem schwere Lastwagen und Panzerfahrzeuge. Der Pilot setzte die 10,5-cm-Haubitze ein, um die vorgesehene Landezone mit Granattrichtern zu umgeben, die kaum ein Fahrzeug überwinden konnte. Die Besatzung deckte dieses Gelände mit einem Hagel aus 25- und 40-mm-Geschossen ein, um zu verhindern, daß sich dort feindliche Truppen festsetzten. Danach flog die AC-130 einen weiteren Kreis über der Stadt, suchte Ziele für die ihr verbliebenen zwölf Lenkwaffen Hellfire unter der linken Flügelspitze und vernichtete damit Panzer, die den Marines auf dem Botschaftsgelände hätten gefährlich werden können.

Danach flog sie wieder in Richtung Fisikus-Institut, um sich mit einem Knalleffekt zu verabschieden.

Litauisches Bataillon vier

Die Druckwellen und Detonationen weiterer Granaten, die um den Major herum einschlugen, trafen ihn wie eine stählerne Faust und warfen ihn zu Boden. Aber Drunga rappelte sich wieder auf und kroch zu seinen Kameraden hinüber, obwohl er ahnte, daß von ihnen keiner mehr lebte. Dann sah er die Panzerfahrzeuge der Schwarzen Barette auf sich zurollen. Sie waren nur noch wenige hundert Meter entfernt und deckten die Litauer mit einem Feuerhagel ein. Der Angriff war fehlgeschlagen; General Palcikas' Westflanke würde sich auflösen...

Plötzlich schien einer der Jagdpanzer BMP-90 einen Luftsprung zu machen. Als er wieder zu Boden krachte, schlugen helle Flammen aus dem abgesprengten Turm. Wenige Sekunden später zerplatzte ein Schützenpanzer BTR-60 wie eine überreife Melone. Der junge Offizier Drunga wußte nicht, wie er sich das erklären sollte, aber vor seinen Augen wurden die stärksten Offensivwaffen der Schwarzen Barette vernichtet.

Zur Planung jedes Spectre-Einsatzes gehört ein »Knalleffekt« – ein großes explosives Ziel, dessen Vernichtung Schock und Verwirrung auslöst, damit das Flugzeug ungestört wegfliegen kann, während die eigenen Kräfte den demoralisierten Gegner angreifen. Es muß sich dabei um ein hochwertiges Ziel handeln, ja, er muß nicht einmal etwas mit dem Unternehmen zu tun haben. Das Ziel ist im Feuerleitcomputer gespeichert und kann jederzeit als Trumpf aus dem Ärmel gezogen werden.

Jetzt wurde es Zeit dafür...

Die AC-130 verließ ihren Kreis ums Fisikus-Institut nach Süden und leitete vor ihrem letzten Ziel erneut eine Linkskurve ein. Für den

Knalleffekt bei diesem Einsatz sollte ein großes Tanklager in der Nähe des Güterbahnhofs sorgen.

Die 10,5-cm-Haubitze fand ihr Ziel und rief als krönenden Abschluß einen spektakulären Feuerball und eine gewaltige Explosion hervor, indem sie ein Dutzend Sprenggranaten in diese Tanks jagte.

Die Druckwelle der Explosion warf Kesselwagen und Lokomotiven von den Gleisen und zertrümmerte im Umkreis von einigen Kilometern sämtliche Fensterscheiben. Die riesige AC-130 Spectre stieg von zwei Hubschraubern Sea Cobra begleitet in den Nachthimmel und hatte Wilna einige Minuten später hinter sich gelassen.

Obwohl es nur kurze Zeit über dem Fisikus-Komplex blieb, hatte das von Major Drunga beobachtete Flugzeug die Hälfte der Panzerfahrzeuge der Schwarzen Barette vernichtet. Nachdem das Gunship die Kampfkraft der OMOM-Truppen entscheidend dezimiert hatte, gelang es den Resten des litauischen Bataillons vier, über die Landebahn hinweg vorzustoßen und den Gegner in die Flucht zu schlagen. Kontrollturm, Radarstation, Tanklager und Betankungseinrichtungen wurden unbeschädigt eingenommen.

Dominikas Palcikas war mit je einer Kompanie aus den Bataillonen eins und zwei zu einem Umgehungsmanöver unterwegs, um die östlichen Nachschubwege der Schwarzen Barette zu unterbrechen. Aber seine Truppen hatten das Konstruktionsbüro und den Sicherheitstrakt eingeschlossen, bevor ihm klar wurde, wie schnell und weit er quer über den Stützpunkt hinweg vorgestoßen war. Dann stieß er auf die aus Nordwesten kommenden Reste des Bataillons vier. Bataillon drei war inzwischen dabei, das Gelände jenseits der Landebahn zu säubern. »Drittes Bataillon beobachtet, daß Fahrzeuge durchs Südtor flüchten«, meldete der Funker. »Oberstleutant Manomaitis hat die Verfolgung aufgenommen.«

»Übermitteln Sie ihm, daß er nur Schwerfahrzeuge verfolgen soll«, befahl Palcikas. »Er soll mit seinen Leuten entlang der Südstraße in Stellung gehen, um sie wirksam zu sperren. Bataillon zwei wird schnellstmöglichst als Verstärkung herangeführt, aber zunächst ist allein er dafür verantwortlich, daß wir rechtzeitig vor etwaigen russischen Gegenangriffen aus der Darguziai-Kaserne gewarnt werden.«

Wenig später brachte ein erbeuteter Geländewagen, an dem ein roter Wytis flatterte, Major Drunga, den stellvertretenden Kommandeur des Vierten, zu Palcikas. »Gut gemacht, Major. Wo ist Oberstleutnant Maziulis? Ich brauche eine seiner Kompanien zum Schutz der Landebahn.« Erst dann nahm der General Drungas Zustand richtig wahr. »Um Himmels willen, was ist passiert, Aras!«

Der junge Offizier war schlimm zugerichtet. Sein Kampfanzug war zerfetzt, seine Hände zitterten unkontrolliert, und er blutete aus einer Schnittwunde an der linken Schläfe. »Sanitäter!« rief Palcikas laut. »So reden Sie doch, Aras!« Keine Antwort – nur leeres, verständnisloses Starren. Palcikas holte tief Luft und brüllte: »Major Drunga! *Meldung!*«

Das schreckte den Major auf. Er nahm instinktiv Haltung an und wollte sogar grüßen, aber Palcikas hielt seine Hand fest, während ein Sanitäter sich daran machte, seine Kopfwunde zu versorgen. »Wir haben einen Volltreffer abgekriegt, General«, meldete Drunga heiser. »Die Granate hat unseren Befehlswagen zerstört. Der Oberstleutnant ist ... mein Gott, überall war *Blut!*«

»Wie steht's mit Ihrem Bataillon, Aras? Das muß ich dringend wissen.«

»Das Vierte ... das Bataillon hält trotz schwerster Verluste seine Stellung, General«, sagte Drunga mit zitternder Stimme. »Die erste Kompanie ist beim Angriff fast aufgerieben worden. Dann sollte die zweite Kompanie die Feindpanzer umgehen, aber auch sie hat schwere Verluste gehabt, bis das Flugzeug gekommen ist. Dieses Flugzeug hat uns gerettet, General. Es hat uns gerettet!«

»Ja, das stimmt, Major«, bestätigte Palcikas. »Major Knasaite ...?«

»Gefallen. Die gesamte erste Kompanie ... die meisten ... sind gefallen.«

»Major Balzaraite?«

»Auch gefallen. Die zweite Kompanie wird jetzt von Hauptmann Meilus geführt, der jedoch verwundet ist. Er soll die linke Hand verloren haben ...«

Als der Major begriff, daß Palcikas einen vollständigen Bericht brauchte – und daß *er* jetzt Bataillonskommandeur war –, nahm er die Schultern etwas zurück und meldete: »Die zweite Kompanie hat rund ein Drittel ihrer Leute verloren, General; sie wird umgruppiert und hält danach die befohlene Stellung. Major Astriene führt Teile der dritten Kompanie zum Südtor, um es abzuriegeln. Ich empfehle... Entschuldigung, General, aber ich empfehle, unser Bataillon ihm zu übertragen.«

»Nur bis Sie sich erholt haben, Major Drunga. Nur bis dahin.« Der Sanitäter hüllte den Verwundeten in eine Wolldecke. »Sorgt dafür, daß er bekommt, was er braucht – und Hauptmann Meilus zum Verbandplatz gefahren wird. Leutnant Degutis oder Leutnant Dapkiene soll die Führung der zweiten Kompanie übernehmen.« Palcikas wandte sich an Zukauskas und rieb sich müde die Augen. »Mein Gott, ich muß Leutnants zu Kompaniechefs machen! Noch vor drei Wochen konnten sie keinen brauchbaren Dienstplan aufstellen – und jetzt führen sie ganze Kompanien...«

»General, Bataillon vier wartet auf Befehle. Soll es weiter zum Sicherheitstrakt vorrücken?«

»Die Erstürmung hat Zeit, bis klar ist, wer jetzt die Einheiten führt«, wehrte Palcikas ab. »Das Gebäude ist eingekesselt – da kommt keiner raus.«

»Was für ein Flugzeug ist das gewesen, General? Warum hat es erst uns und dann die Feindpanzer angegriffen?«

»Eine Maschine der GUS-Streitkräfte muß einen schrecklichen Fehler gemacht haben«, vermutet Palcikas, »oder irgendeine andere Macht hat auf unserer Seite in den Kampf eingegriffen. Ich denke, daß das Flugzeug unseren Fla-Panzer zerstört hat, weil es ihn als Gefahr gesehen hat, aber danach hat es auch die Panzer der Schwarzen Barette als gefährlich eingestuft – und unsere Panzer unbehelligt gelassen. Aber das spielt jetzt keine Rolle. Dieses Schlachtflugzeug hat uns heute nacht gerettet, und wir wollen nichts tun, was seine Befehlshaber verärgern könnte. Als erstes«, fuhr Palcikas fort, »brauche ich die Bereitschaftsmeldungen unserer Flak – und ich will verständigt werden, sobald weitere Flugzeuge aufkreuzen. Aber bevor GUS-Truppen ihren Gegenangriff beginnen können, müsen wir unsere Stellungen verstärken. Ich lasse die Bataillonskommandeure zu mir bitten, um...«

»Hubschrauber im Anflug!« rief jemand. »Aus Norden!«

Alle sahen dorthin, aber am Nachthimmel war nichts zu erkennen. Das Knattern schneller Hubschrauber begann die noch vereinzelt hörbarer Schüsse zu übertönen. »Langsam drehende Rotoren... schwere Hubschrauber, Kampf- oder Transporthubschrauber«, sagte

Oberstleutnant Simas Zobarskas, der Kommandeur von Bataillon eins. »Mindestens zwei Maschinen über den Hangars der Entwicklungsabteilung. Aber sie greifen uns nicht an – *noch* nicht.«

»Alle diese Überflüge scheinen sich auf die Entwicklungsabteilung zu konzentrieren«, sagte Palcikas, dessen Neugier geweckt war. Er deutete auf die von der Haubitze der AC-130 hinterlassenen riesigen Granattrichter vor dem vier Meter hohen inneren Sicherheitszaun. »Seht euch diese Krater an – genau parallel zum Zaun, der aber unbeschädigt ist. Sie bilden richtige Panzergräben...«

»Panzergräben?« fragte Zobarskas ungläubig. »Gegen unsere Truppen?«

»Schwer zu sagen«, meinte Palcikas nachdenklich. »Aber wäre es nur darum gegangen, weitere Vorstöße unserer Panzer zu verhindern, hätten sich wirksamere Methoden angeboten...«

»Zum Beispiel hätte das Flugzeug *uns* bombardieren können«, stellte Oberst Zukauskas fest.

»Das sind keine Bomben gewesen, Vitalis«, widersprach Palcikas. »Ich habe während des Luftangriffs deutlich Geschützfeuer gehört. Das Schlachtflugzeug hat nicht nur Maschinenkanonen, sondern auch ein großkalibriges Geschütz an Bord gehabt. Ich kenne weltweit nur ein einziges Flugzeug mit dieser Bewaffnung...«

»General, die erste und dritte Kompanie melden den Anflug schwerer Hubschrauber, die den leichten mit fünfzehn Sekunden Abstand folgen«, berichtete sein Funker. »Sie bitten um Feuererlaubnis.«

»Augenblick«, sagte Palcikas.

Bisher waren die Mittel zur Erreichung ihres Ziels offenkundig gewesen: Alle Einheiten, die nicht zur Brigade Eiserner Wolf gehörten, wurden als feindlich betrachtet. Aber das schien nicht mehr ganz zu stimmen. Das nicht identifizierte Schlachtflugzeug hatte nur Panzer der Schwarzen Barette vernichtet – und die beiden litauischen Fla-Panzer ZSU-23-4, von denen es angegriffen worden war.

Jetzt befanden sich weitere nicht identifizierte Maschinen im Anflug. Konnten die Neuankömmlinge Freunde sein, Verbündete? Handelte es sich um unbekannte Freunde, würde Palcikas seiner eigenen Sache schaden, wenn er sie angriff. Hätte sich ein Schlachtflugzeug der GUS-Luftwaffe wie diese nicht identifizierte Maschine verhalten? Bestimmt nicht, denn Angreifer und Verteidiger dieser russischen Einrichtung mußten leicht zu erkennen gewesen sein. Nein, das Schlachtflugzeug hatte die Verteidiger als Feinde und die Litauer als Freunde betrachtet.

Falls er sich irrte, ließ er zu, daß die Russen oder Weißrussen die Wachmannschaft des Fisikus-Instituts verstärkten. Schon eine oder zwei weitere Kompanien mehr konnten im Kampf gegen seine dezimierte Truppe den Ausschlag geben. Aber Palcikas ahnte, daß hier noch etwas anderes vorging. Der Sicherheitstrakt war anscheinend das Ziel eines weiteren Unternehmens...

»Nein«, entschied Palcikas zuletzt. »Funkspruch an alle: Die Flugzeuge über dem Komplex dürfen nur auf ausdrücklichen Befehl angegriffen werden. Ich verlange die sofortige Identifizierung der anfliegenden Maschinen!«

An Bord von Hammer Four

Ihre einzigen Begleiter ins Zielgebiet, die beiden Kampfhubschrauber AH-1W Sea Cobra, die zuvor das Gunship Spectre begleitet hatten, verschwanden nach lediglich einem Überflug. Sie gehörten nicht zu dem MV-22, deren Unternehmen offiziell gar nicht stattfand.

»Hammer, hier Rattler, ich sehe Infanterie, ungefähr zwei- bis dreihundert Mann, im Südosten Ihrer Landezone«, meldete der Bordschütze eines der Kampfhubschrauber über Funk. »Weitere Kräfte, etwa in Bataillonsstärke, kommen mit Jeeps und Lastwagen aus Süden heran. Das beim ersten Feuergefecht dezimierte Bataillon richtet sich im Westen zur Verteidigung ein. Ich sehe einen Fla-Panzer Zeus, aber seine Rohre stehen in Wartungsposition senkrecht, ich wiederhole, sie stehen in Wartungsposition senkrecht.«

»Verdammt, was soll *das* wieder heißen?« fragte Oberleutnant Marx.

»Das heißt, daß die Rohre gewechselt werden«, sagte Gunnery Sergant Trimble ungeduldig. Er ärgerte sich noch immer darüber, daß ihn sein Vorgesetzter vor Außenstehenden zusammengestaucht hatte. »Die Rohre der 23-mm-Maschinenkanonen des Zeus halten nur etwa dreitausend Schuß aus – das sind nur ein paar Salven. Die Rohre müssen häufig gewechselt werden. Aber das Ding dort unten bleibt gefährlich.«

»Auch ohne Radar?« warf Mc-Lanahan ein. »Sein Radar ist abgeschaltet.«

»Das bedeutet nichts, McLanahan«, wehrte Trimble ab. »Ich würde mein Radar während der Wartungsarbeiten auch abgeschaltet lassen – die Jungs wissen inzwischen, daß wir Lenkwaffen zur Radaransteuerung haben.«

McLanahan ließ schweigend den Kopf hängen, denn er wußte, daß der Sergeant recht hatte. Sein dringender Wunsch, Luger zu befreien, machte ihn den Gefahren gegenüber blind, die ihnen drohten. Aber er mußte sich mit der Realität abfinden: Luger war vermutlich bereits tot.

Trimble wandte sich an Marx. »Sir, die Landezone ist *heiß*. Unser Team besteht nur aus dreiunddreißig Mann – und dort unten steht mindestens ein Bataillon. Uns bleibt nichts anderes übrig, als zu empfehlen, dieses Unternehmen abzubrechen. Sie können kein ganzes Team aufs Spiel setzen, bloß um diesen einen Kerl rauszuholen...«

McLanahan hob ruckartig den Kopf, und Briggs wollte sich wieder vor Trimble aufbauen, aber diesmal hob Marx rasch eine Hand und sagte: »Sie haben recht, Gunny, Sie haben recht.« Er sah zu Ormack und MacLanahan hinüber und sagte entschuldigend: »Hätte das Gunship alle Fla-Panzer abgeschossen, könnten wir's versuchen, aber dort unten steht noch ein unbeschädigter Zeus. Solange der in der Nähe ist, hätte die SEA HAMMER über dem Sicherheitstrakt keine Chance.« Marx griff nach seinem Mikrofon und drückte die Sprechtaste. »Hammer, Three, hier Four, kommen.«

»Hammer, auf Wachfrequenz mithören und zunächst warten«, antwortete Snyder im nächsten Augenblick. Vorn im Cockpit der zweiten MV-22 schaltete der Copilot auf die internationale Wachfrequenz um, damit die Marines im Laderaum mithören konnten.

»Achtung, anfliegende Hubschrauber! Achtung, anfliegende Hubschrauber, hier spricht General Dominikas Palcikas«, sagte eine Stimme, die Englisch mit starkem Akzent sprach. »Ich bin der Kommandeur der Brigade Eiserner Wolf der Republik Litauen. Auf Befehl unserer Staatsführung haben meine Einheiten das Fisikus-Institut und weitere militärische Einrichtungen in ganz Litauen besetzt und die OMOM-Truppen daraus vertrieben.

Ich befehle Ihnen, sich sofort zu erkennen zu geben – sonst lasse ich ohne weitere Warnung das Feuer eröffnen. Kommen Sie nicht in feindlicher Absicht und führen meinen Befehl sofort aus, wird *nicht* auf Sie geschossen. Ich werde diesen Befehl auf russisch wiederholen. Dies ist meine letzte Warnung! Geben Sie sich sofort zu erkennen!« Nach kurzer Pause wurde der Befehl auf russisch wiederholt.

Die Marines im Laderaum der MV-22 schwiegen verblüfft. Trimble schien als erster die Sprache wiedergefunden zu haben. »Was soll der Scheiß?« fragt er laut. »In Litauen gibt's keine Brigade Eiserner Wolf.«

»Palcikas... Palcikas...«, murmelte Marx. Dann erinnerte er sich an die Hintergrundinformation für dieses Unternehmen und rief aus: »Palcikas! Dominikas Palcikas, der Oberbefehlshaber der litauischen Streitkräfte!«

»Er hat die Macht ergriffen«, sagte Wohl bewundernd. »Ein verdammter litauischer General ist durch einen Militärputsch an die Macht gekommen!«

»Nicht unbedingt«, widersprach Marx. »Aber wenn er die Wahrheit sagt, befehligt er die Truppen dort unten.«

»Das bedeutet, daß wir weitermachen können«, stellte McLanahan fest. »Wir sind Amerikaner. Wir versuchen nicht, das Fisikus zu erobern.« Er zögerte, als ihm klar wurde, was das *wirklich* für ihr Unternehmen bedeutete. »Gott... Luger...«

»Sieht fast so aus, als hätte ihm Palcikas den Rest gegeben«, meinte Trimble. »Hat die Wachmannschaft Befehl gehabt, ihre Gefangenen bei einem Befreiungsversuch zu liquidieren, ist er jetzt tot.«

»Schnauze!« brüllte McLanahan, der ihm am liebsten einen Kinnhaken versetzt hätte.

»Da runter können wir jedenfalls nicht mehr«, behauptete Trimble, ohne auf McLanahan zu achten. »Das hier sollte ein Geheimunternehmen sein. Wir können kein gottverdammtes Publikum brauchen, das zusieht, wie wir auf dem Gebäudedach landen.«

»Wir dürfen nicht ohne Luger zurückkommen«, stellte Ormack fest. »Tot oder lebendig – wir müssen ihn dort rausholen!«

»Palcikas gibt uns die Genehmigung, den Komplex zu überfliegen«, warf McLanahan ein. »Zeigen wir, daß wir seine Soldaten nicht angreifen wollen, können wir weiterfliegen.«

»Und was ist, wenn das *nicht* Palcikas ist?« wandte Trimble ein. »Wenn das einer der Schwarzen Barette ist, die uns in eine Falle locken wollen? Ich bin dafür, dieses Unternehmen abzubrechen, Oberleutnant. Wir müssen uns an die Vorschriften halten, Sir, und sofort abhauen!«

Sicherheitstrakt des Fisikus-Instituts

»Genau ... das haben Sie richtig verstanden!« brüllte MSB-Major Teresow in sein Funkgerät. »Das Fisikus wird von litauischen Partisanen angegriffen und ist eben von einem unbekannten Flugzeug bombardiert worden ... Nein, das ist *keine* Übung, Arschloch! Ob diese Verbindung abgehört werden kann, ist mir scheißegal! Ich verlange, daß sofort eine Staffel Kampfhubschrauber mit Begleitjägern zum Fisikus entsandt wird – und mindestens ein Bataillon Infanterie mit Panzern! Alarmieren Sie den GUS-Korpskommandeur in Riga ... Ja, die Korpsführung direkt – auf Befehl von General Gabowitsch.« Er war sich bewußt, daß er damit erneut seine Befugnisse überschritt, aber die Lage wurde allmählich verdammt ernst.

»Halt, was fällt Ihnen ein?« fragte Oberst Kortyschkow in diesem Augenblick scharf. Ein junger Unteroffizier hatte ihn zu Teresow geführt, der an seinem leistungsfähigen Funkgerät saß. »Sie sind nicht berechtigt, Luftunterstützung oder dergleichen anzufordern, und ich habe allen Funkverkehr aus diesem Gebäude ohne meine Genehmigung untersagt.«

»Ihre Genehmigung interessiert mich nicht«, sagte Teresow wegwerfend. »Mich interessieren nur die Verteidigung des Institutus und die Sicherung unserer Projekte.« Nachdem er dem Funker, den er erreicht hatte, abschließende Anweisungen gegeben hatte, fragte er Kortyschkow streng: »Ist General Gabowitsch schon aufgespürt worden?«

»Wir haben noch keine Verbindung zum Südtor, und Oberstleutnant Stepanow scheint ...«

»Sie haben also wieder versagt!« behauptete Teresow. »General Gabowitsch muß unbedingt gefunden und vor dem Betreten des Instituts gewarnt werden.«

»Dann schlage ich vor, daß Sie rauslaufen und ihn selbst suchen, Genosse«, antwortete Kortyschkow. »Oder überlegen Sie noch, wie Sie den Zulu-Befehl ausführen sollen?« Er deutete erst auf den verbarrikadierten Eingang, dann auf die Kellertrepppe. »Ihren General finden Sie dort draußen, Ihren Gefangenen dort unten. Mal sehen, wie gut Sie diese beiden Aufträge miteinander verbinden können.«

»Ich befehle Ihnen, die Zulu-Direktive sofort auszuführen, Oberst.«

»Und ich weigere mich«, sagte Kortyschkow trotzig. »Meine Leute melden mir, daß der Mann dort unten ein amerikanischer Offizier ist. Kein Wissenschaftler, kein russischer Verräter, sondern ein Amerikaner, ein *Offizier*, den Sie...« Er machte eine Pause und riß erschrocken die Augen auf. »Verdammt, das dort draußen sind Amerikaner! Die sind wahrscheinlich gekommen, um ihren Offizier zu befreien!«

»Reden Sie keinen Unsinn!« forderte Teresow ihn auf. »Sind Sie völlig übergeschnappt?« Er konnte es kaum erwarten, bis Gabowitsch dafür sorgte, daß dieser Trottel ins hinterste Sibirien versetzt wurde.

»Sie halten mich für dumm, Major? Denken Sie lieber selbst einmal darüber nach.«

Teresow begriff langsam und mit zunehmendem Entsetzen, daß Kortyschkow recht hatte. Das war die einzig mögliche Erklärung für diese verrückten Ereignisse.

Die gottverdammten Amerikaner griffen das Institut an! Und zugleich waren sie dieser Pfadfinderarmee, der Brigade Eiserner Wolf, bei der Befreiung des Instituts behilflich! Der Major wünschte sich fluchend, dieser Tag wäre nie angebrochen.

»Für einen Mord an einem hilflosen Offizier gebe ich mich nicht her! Ihre Heimtücke ist schuld daran, Teresow, daß ich diese Einrichtung jetzt gegen amerikanische Invasoren verteidigen muß!« Kortyschkow machte kehrt und ließ den Major stehen.

Teresow war so wütend, daß er den aufgeblasenen Feigling am liebsten von hinten erschossen hätte. Aber sein Auftrag war wichtiger.

Inzwischen hatten Kortyschkows Soldaten die Türen und Fenster im Erdgeschoß mit Möbelstücken verbarrikadiert. Teresow erkannte, daß er das Gebäude nicht mehr würde verlassen können. Gabowitsch mußte jetzt selbst zusehen, wie er zurechtkam – Teresow konnte ihm nicht helfen, solange diese litauische Rebellion nicht niedergeschlagen war.

343

Folglich konnte er sich nur noch um Luger kümmern.

Teresow zog mit grimmiger Miene seine Pistole, eine 9-mm-Makarow, und ging zur Kellertreppe. Gabowitsch würde ohnehin als erstes verlangen, daß Luger zum Schweigen gebracht wurde – und genau das hatte Teresow jetzt vor.

5

Oval Office im Weißen Haus, Washington, D. C.
12. April, 21.40 Uhr (13. April, 03.40 Uhr OEZ)

Der Präsident saß mit einer Tasse Kaffee an seinem Schreibtisch. Da er das Jackett ausgezogen hatte, war zu sehen, daß sein hellblaues Seidenhemd ziemlich verknittert war, aber die Krawatte saß tadellos, und er wirkte aufmerksam und hellwach wie immer. Als Wilbur Curtis hereinkam, sah der Präsident auf seine Uhr. Der General hatte sich mit Verteidigungsminister Preston und Sicherheitsberater Russell abgewechselt, um ihn über das Unternehmen der Marines in Litauen auf dem laufenden zu halten. Curtis wäre noch längst nicht wieder fällig gewesen – daß er früher als vorgesehen kam, konnte nur schlechte Nachrichten bedeuten.

»Na, was gibt's, Wilbur?« fragte der Präsident.

»Gute Nachrichten und weniger gute, Sir«, antwortete Curtis. »Unsere aus Wilna evakuierten Landsleute haben den polnischen Luftraum erreicht; ihre Hubschrauber sind von einer KC-10 der Air Force betankt worden. Sie sind offenbar nicht verfolgt worden und haben jetzt eine Landeerlaubnis für Warschau erhalten. Unser dortiges Botschaftspersonal steht zur Betreuung der Evakuierten bereit.«

»Was wird aus unserer Botschaft in Wilna gemeldet?« fragte der Präsident. »Was tun die Russen?«

»Bisher ist keine Aufregung zu erkennen«, berichtete Curtis. »Wahrscheinlich ruft der litauische Präsident Kapocius Sie bald an. Die Nachrichtenagenturen melden, daß er in etwa einer Stunde eine Erklärung zu unserem Einsatz abgeben will. Die GUS hat bisher nicht reagiert. Unsere Marines haben sich in der Botschaft eingerichtet und sind abwehrbereit.«

»Ich rufe Kapocius selbst an«, sagte der Präsident, »damit er auf dem laufenden bleibt. Mit der Überfluggenehmigung für unsere

Maschinen hat er verdammt viel riskiert. Und den polnischen Präsidenten Miriclaw könnte ich für seine grandiose Hilfsbereitschaft umarmen!«

»An Ihrer Stelle würde ich damit abwarten, bis seine Forderungen auf dem Tisch liegen«, meinte Curtis trocken. »Polen erwartet zusätzliche Agrar- und Industriekredite – auch für den Ausbau des Kernkraftwerks Gdingen, den wir ursprünglich nicht unterstützen wollten. Die polnische Hilfe kann uns verdammt teuer zu stehen kommen!«

»Er hat sich die Kredite verdient«, stellte der Präsident fest. »Daß er der GUS auf die Zehen getreten ist, macht ihn weder dort noch bei seiner Regierung beliebter. Dafür müssen wir ihn entschädigen.«. Er machte eine Pause und musterte den Vorsitzenden der Vereinten Stabschefs prüfend. »Okay, was ist die weniger gute Nachricht?« Bevor Curtis antworten konnte, fragte er weiter: »Geht's um das Rettungsunternehmen im Fisikus? Ist dort etwas schiefgegangen?«

»Das muß sich erst herausstellen«, antwortete Curtis unbehaglich. »Ausgerechnet die litauischen Streitkräfte scheinen heute nacht militärische Einrichtungen der Russen und Weißrussen angegriffen zu haben. Ihr Oberbefehlshaber ist General Dominikas Palcikas. Der Schwerpunkt dieser Angriffe hat anscheinend im Fisikus-Institut gelegen...«

»Soll das heißen, das litauische Militär hat das Fisikus gestürmt?« fragte der Präsident besorgt. »Doch nicht etwa *gleichzeitig* mit unseren Marines...?«

»So scheint es gewesen zu sein, Sir.«

»Gottverflucht«, murmelte der Präsident. Er machte eine nachdenkliche Pause. »Wenn die Nachrichtenagenturen das mitbekommen, kann ich nicht länger den Ahnungslosen spielen.« Er drückte auf eine Taste der Gegensprechanlage auf seinem Schreibtisch. »Nancy, sagen Sie bitte für heute abend alle Termine ab.«

Wenige Augenblicke später klopfte Robert »Case« Timmons, der Stabschef des Weißen Hauses, der diese Anweisung mitgehört hatte, an die Tür und kam herein.

»Case, Sie berufen den Nationalen Sicherheitsrat ein und telefonieren mit den wichtigsten Abgeordneten und Senatoren. Sie können ihnen sagen, daß ich ihnen in ein paar Stunden eine wichtige Mitteilung zu machen habe.«

Während Timmons hinauseilte, um zu telefonieren, goß sich der Präsident Kaffee nach und bot Curtis mit einer Handbewegung einen Sessel an. »Machen Sie's sich bequem, Wilbur. Dies scheint eine lange Nacht zu werden. Bitte alle Einzelheiten von Anfang an.«

»Obwohl die Einsätze der Special Forces in Litauen gut geklappt haben, ist dabei ein Kampfschwimmer umgekommen«, berichtete Curtis. »Er wollte Funkantennen auf dem Dach eines Stabsgebäudes zerstören, als das ganze Gebäude mit ihm zusammen in die Luft geflogen ist – von litauischen Soldaten gesprengt. Ein zweites Team, das auf eine Radaranlage angesetzt war, ist dort auf ein litauisches Kommando gestoßen, das die Anlage bereits zerstört hatte. Auch andere Teams sind vermeintlichen GUS-Streifen begegnet – alle unter einem alten litauischen Kriegsbanner, das General Palcikas zu seinem Freiheitsbanner gekürt hat.«

»Was ist mit diesem Palcikas?« fragte der Präsident, während er den Kaffee schlürfte. »Was wissen wir über ihn?«

»Ausführliche Informationen gibt Ihnen Direktor Mitchell, Sir«, antwortete Curtis, »aber meiner Einschätzung nach ist er in Ordnung. Palcikas ist geborener Litauer, aber ehemaliger sowjetischer Offizier und Afghanistankämpfer. Er ist einflußreich, bei seinen Landsleuten beliebt und ein Freund der litauischen Geschichte. Seiner Truppe hat er nach dem Vorbild eines mittelalterlichen Herrschers den Namen Brigade Eiserner Wolf gegeben.«

»Aber er glaubt hoffentlich nicht, *er* sei ein litauischer König?« fragte der Präsident besorgt.

»Das weiß ich nicht, Sir«, gab Curtis zu, »aber ich glaube, daß er mehr auf dem Kasten hat. Wahrscheinlich beruft er sich nur auf den Großfürsten, um die Bevölkerung leichter hinter sich zu bringen.«

»Würde er Weisungen von Präsident Kapocius gehorchen?«

»Schwer zu beurteilen, Sir. Solche Fragen können Mitchell und sein Stab besser beantworten. Wir sollten uns überlegen, was wir in bezug auf Palcikas tun wollen – und wie sich das auf die Verstärkung unserer Botschaftswache und die Rettungsaktion im Fisikus-Institut auswirken wird.«

»In der Botschaft ändert sich nichts«, stellte der Präsident nachdrücklich fest. »Die Marines bleiben dort, bis alle Amerikaner in Sicherheit gebracht sind und sich die Lage in Litauen stabilisiert hat. Wir haben das Recht, unsere Botschaft mit militärischen Mitteln zu schützen, und wir werden davon Gebrauch machen!« Er zögerte einen Augenblick, bevor er weitersprach. »Was Palcikas betrifft, warten wir ab, wie Präsident Kapocius reagiert. Steht er hinter ihm, unterstützen wir die Position des Präsidenten. Tut er's nicht, halten wir uns raus. Und was ist mit dem Unternehmen REDTAIL HAWK? Haben die Marines es abgebrochen?«

»Nein, Sir«, antwortete Curtis. »Sie kreisen noch in der Nähe des Zielgebietes und warten auf weitere Anweisungen.«

»Wissen Sie bestimmt, daß an den Kämpfen ums Fisikus litauische Soldaten beteiligt sind?«

»Ohne direkten Kontakt läßt sich das nicht eindeutig feststellen, Sir. Sie sind besser bewaffnet, als wir es dem litauischen Militär zugetraut hätten, aber sie haben nicht auf unsere Flugzeuge geschossen. Ein Mann, der General Palcikas zu sein behauptet, hat Funkverbindung mit den Marines aufgenommen. Seine Soldaten haben gegen die Schwarzen Baretts im Fisikus gekämpft. Alles weist darauf hin, daß sie Litauer sein müssen.«

»Was ist mit den Schwarzen Baretten? Wie stark sind sie im Fisikus?«

»Ein paar hundert Mann in einer Ecke des Komplexes«, antwortete Curtis. »Das Gunship Spectre hat ziemlich unter ihnen aufgeräumt. Die Überlebenden sind im Bereich des Sicherheitstrakts der Versuchsanstalt konzentriert...«

»Also dort, wo Oberleutnant Luger vermutet wird.« Der Präsident schob die Unterlippe vor. »Wie hoch sind die Chancen, daß er noch lebt?«

Diese Frage war Curtis sichtlich peinlich. »Schwer zu sagen, Sir.«

»Erzählen Sie mir jetzt keinen Scheiß, Wilbur«, verlangte der Präsident. »Ich verlasse mich auf Ihr fachmännisches Urteil. Glauben Sie, daß Luger noch lebt?«

Der General seufzte. »Ich gebe ihm eine sechzigprozentige Überlebenschance, Sir. Unter seinem russischen Namen Oserow ist Luger einer der wichtigsten Ingenieure der Sowjets gewesen. Er hat sie um Jahre vorangebracht. Einen so wertvollen Mann werden sie in Sicherheit bringen wollen, indem sie ihn rausschmuggeln. Oder falls die Russen merken, daß wir's speziell auf Luger abgesehen haben, könnten sie ihn als Tauschobjekt benutzen, um sich freien Abzug zu sichern.«

»Da bin ich anderer Meinung, Wilbur«, widersprach der Präsident. »Ich fürchte, daß sie Luger beseitigen werden, um alle Spuren seiner Anwesenheit zu erwischen. Käme heraus, daß sie dort jahrelang einen amerikanischen Flieger gefangengehalten haben, wäre unsere Invasion augenblicklich gerechtfertigt, und sie müßten dichtmachen. Wird Luger jedoch nicht gefunden, sind wir durch den Überfall auf eine GUS-Einrichtung als Aggressoren enttarnt.«

»Sie haben sicherlich recht, Sir«, sagte Curtis, »aber hier geht es um noch mehr: Wir sind David Luger diesen Rettungsversuch schuldig. Wir *müssen* versuchen, ihn zu retten. Was die Weltöffentlichkeit davon hält, kann uns gleichgültig sein – wir *wissen*, daß wir *richtig* handeln.«

Diesmal zögerte der Präsident merklich länger.

»Was die Sowjets diesem armen Kerl angetan haben, ist ungeheuerlich«, stellte er energisch fest, »aber... ich denke nicht daran, einen Krieg mit der GUS anzufangen, nur um einen einzelnen Mann zu befreien, Wilbur. Den Marines genehmige ich *einen* Rettungsversuch. Wenn sie es nicht schaffen, Luger im ersten Anlauf zu befreien, will ich kein überflüssiges Heldentum, verstanden?«

»Mr. President, Sie wissen, wie ich über David Luger denke«, sagte Curtis seufzend. »Ich halte die vom NSC vertretene Auffassung für geradezu schwachsinnig. Luger ist ein amerikanischer Held! Er...«

»Ich weiß, was Sie meinen«, unterbrach ihn der Präsident, »aber Oberleutnant Luger ist tot – er gilt seit Jahren als tot. Liquidieren die Sowjets ihn jetzt wirklich, ändert sich überhaupt nichts. Unser Problem ist nicht, David Lugers Tod zu verhindern, sondern seine Existenz zu rechtfertigen. Haben Sie sich schon überlegt, was Sie tun wollen, falls Luger gerettet wird?«

»Natürlich, Sir«, behauptete Curtis, aber sein Zögern war vielsagend genug.

Der Präsident nickte wissend. »Sie können ihn schließlich nicht einfach zurückkommen lassen. Luger hat ein Grab, einen Grabstein und so weiter. Alle haben ihn für tot gehalten, deshalb haben Sie ein Flugzeugunglück in Alaska erfunden und Hunderte von Schriftstücken gefälscht, um den Einsatz der *Old Dog* geheimzuhalten. Womit sollen wir seine Rückkehr erklären? Wiederauferstehung? Klonen?«

»Wir stellen ihn unter Hausarrest, bis der Vorfall nicht mehr als geheim eingestuft ist«, schlug Curtis vor. »Die erste automatische Überprüfung aller Unterlagen findet schon in sechs Jahren statt.«

»Ich weiß, daß Sie irgendeinen Weg finden werden, Wilbur«, sagte der Präsident, der ungeduldig zu werden begann. »Okay, die Sache ist einen Versuch wert – *einen*. Die Marines dürfen einmal versuchen, Luger dort rauszuholen. Scheitert der Versuch, ziehen sie sich in unsere Botschaft zurück und bleiben dort. Punktum.«

General Curtis nickte wortlos, um zu zeigen, daß er verstanden hatte.

Außerhalb des Luftfahrtkomplexes des
Fisikus-Instituts Wilna, Litauen
13. April, 03.47 Uhr

»Achtung, sie kommen!« rief General Palcikas' Funker, als er die Warnmeldung der Vorposten der Brigade Eiserner Wolf empfing. »Feindliche Maschinen im Anflug! Alles fertigmachen zur Abwehr feindlicher Flugzeuge!«

Dutzende von Gewehren richteten sich auf den hellen Morgenstern, den nur gelegentlich zwischen rasch ziehenden Wolken aufblitzenden Planeten Venus. Das Dröhnen schwerer Hubschrauber wurde lauter und lauter. Dominikas Palcikas steckte einen Zeigefinger ins linke Ohr und drückte sein Handfunkgerät gegen das rechte. Er merkte, daß er vor Aufregung keuchte.

Als das Dröhnen fast unerträglich geworden war, befahl er über Funk: »Position halten! Neunzig Grad nach links drehen, auf zwanzig Meter heruntergehen, sämtliche Lichter einschalten und nach rechts weiterfliegen, bis ich halt sage!«

Staub wurde aufgewirbelt, und Palcikas spürte die bedrohliche Kraft der anfliegenden Maschinen. Das waren *große* Hubschrauber mit starker Bewaffnung. Sie mußten...

»Da sind sie!« rief jemand. Nun sah auch Palcikas die beiden Hubschrauber, die sich dem Fahrzeug näherten, hinter dem er in Deckung gegangen war. Als erstes fielen ihm die riesigen Rotoren mit mindestens elf, zwölf Meter Durchmesser auf. Obwohl sie sich nur langsam drehten, wirbelten sie wegen ihrer großen Blattiefe einen regelrechten Staubsturm auf.

»Position halten!« befahl Palcikus über Funk. Die Maschinen gingen prompt in den Schwebeflug über und standen – auch ohne Bodeneffekt – verblüffend stabil in der Luft. Sie entsprachen etwa mittleren Transportern Antonow An-12 – aber mit riesigen Luftschrauben an den Flügelspitzen, die als Rotoren nach oben geschwenkt waren. Palcikas sah die Waffenbehälter an beiden Rumpfseiten und erkannte unter dem Bug eine Sensorkuppel, deren Fernsehauge ihn anzustarren schien. »Major Dukitas, was für Maschinen sind das, verdammt noch mal?«

»Kipprotor-Flugzeuge des Musters V-22 Osprey«, antwortete Palcikas' Nachrichtenoffizier sofort. »Werden die Triebwerksgondeln nach vorn geschwenkt, arbeiten die Rotoren als Luftschrauben.«

»Amerikanische Flugzeuge?«

»Ja, General. Eingesetzt werden sie hauptsächlich vom U.S. Marine Corps und der U.S. Air Force für Kommandounternehmen. Der Bemalung nach tippe ich auf amerikanische Marines.«

»Das nenne ich eine freudige Überraschung!« rief Palcikas aus. »Das Fisikus interessiert die Amerikaner anscheinend so sehr wie uns.«

»Was machen wir jetzt, General?« fragte Oberst Zukauskas besorgt. »Haben sie's auf uns oder auf die Russen abgesehen? Greifen sie *uns* an, oder...?«

»Das werden wir gleich feststellen«, sagte Palcikas. »Funkbefehl an alle Einheiten: Die beiden Flugzeuge über dem Sicherheitstrakt bleiben unbehelligt. Befohlene Stellungen einnehmen und weitere Befehle abwarten. Alle sonstigen unbekannten Flugzeuge sind als Feindmaschinen zu betrachten. Sie werden beobachtet, aber nur auf ausdrücklichen Befehl beschossen.« Er hielt das Handfunkgerät an die Lippen und sagte einfach: »Anflug fortsetzen, Gentlemen. Willkommen in Litauen!«

Daraufhin drehten die beiden Kipprotor-Flugzeuge parallel nach rechts ab und stiegen in den Nachthimmel davon. Die erste Maschine verschwand außer Sicht, während die zweite einen engen Kreis um den Sicherheitstrakt beschrieb.

»Sollen wir die Position des ersten Flugzeugs überwachen, General?«

»Ich glaube, daß beide Maschinen ganz in der Nähe bleiben werden«, sagte Palcikas. »Alle Einheiten sollen auf Anzeichen für einen russischen Gegenangriff achten. Weder uns noch den Amerikanern ist damit geholfen, wenn wir uns überraschen lassen. Und die Russen *kommen*. Das spüre ich deutlich.«

An Bord der MV-22 Hammer Four

»Ich kann's nicht glauben, was wir eben gemacht haben!« murmelte Gunny Trimble kopfschüttelnd.

McLanahan hielt vorsichtshalber den Mund, aber innerlich strahlte er. Hauptmann Snyder an Bord von Hammer Three hatte etwas gänzlich Unerwartetes getan: Er hatte die beiden MV-22 aufs Spiel gesetzt. Er hatte zugelassen, daß ein angeblicher litauischer General, der sich über Funk gemeldet hatte, ihre geheimen Flugzeuge nicht nur sah, sondern auch noch in eine ihm genehme Position brachte. Snyder hatte befohlen, die beiden MV-22 SEA HAMMER mit eingeschalteten Lichtern vor Palcikas und seinen Männern schweben zu lassen – in einer Höhe, in der ihnen sogar Gewehrfeuer gefährlich werden konnte.

Und es hatte geklappt. Als die Lautsprecherstimme sagte: »Anflug fortsetzen, Gentlemen. Willkommen in Litauen!« hätte McLanahan am liebsten laut gejubelt.

Nachdem Oberleutnant Marx über Funk mit Snyder gesprochen hatte, stand er im Mittelgang auf. »Alles herhören! Der Plan ist leicht geändert worden. Der Hauptmann will kein Flugzeug am Boden haben – zu gefährlich, solange es dort von Soldaten wimmelt. Außerdem wird der Sicherheitstrakt noch von Schwarzen Baretten gehalten. Statt der Landezone besetzt unser Team deshalb das Flachdach des Gebäudes. Wohl, Sie, und Ihre drei Offiziere seilen sich aufs Dach ab.«

»Hurra!« brüllte Wohl, der schon gefürchtet hatte, im Sicherungsteam die Landezone mit der MV-22 bewachen zu müssen. Er baute sich vor Ormack, McLanahan und Briggs auf und holte eine Segeltuchtasche mit Spezialhandschuhen unter einem Sitz hervor. »Also, Gentlemen, der Oberleutnant sagt, daß wir uns aufs Dach abseilen. Ich hab' Ihnen gezeigt, wie das geht, und Sie haben's alle geübt.

Denken Sie an unsere Informationen über dieses Dach: seine Brüstung ist nur sechzig Zentimeter hoch«, fuhr Wohl fort. »Da kann man leicht drüberfallen. Bleiben Sie einfach hinter mir. Sie tragen Nachtsichtbrillen, und das Dach wird mit Infrarotscheinwerfern beleuchtet. Gehen Sie auf keinen Fall unter den Triebwerksgondeln durch. Sind Sie einen Augenblick lang verwirrt oder desorientiert, gehen Sie auf ein Knie runter und sehen Sie sich nach mir um. Gleichzeitig halte ich nach Ihnen Ausschau.

Sie tun genau, was der Absetzer von Ihnen verlangt – nicht mehr, nicht weniger«, sagte Wohl abschließend. »Ihnen gegenüber am zweiten Seil geht ein Marine runter, dessen Beispiel Sie nur zu folgen brauchen. Wird er langsamer, bremsen Sie ab. Auf keinen Fall dürfen Sie unterwegs in Panik geraten und sich ans Seil klammern, sonst hängen Sie noch dran, wenn die Maschine wieder wegsteigt. Kapiert?«

»Verstanden, Gunny«, bestätigte Briggs eifrig.

»Von mir aus kann's losgehen.« McLanahan erwiderte Wohls forschenden Blick und reckte dabei einen Daumen hoch.

Auch Ormack sah ihrem Ausbilder ins Gesicht, aber er murmelte nur: »Okay.«

»General, fühlen Sie sich dieser Sache gewachsen?«

Wieder eine gemurmelte Antwort und ein leichtes Nicken.

»Etwas lauter, wenn ich bitten darf, General, sonst bleiben Sie hier an Bord!«

Ormack hob den Kopf. Seine Augen waren geweitet, und ihm schien vor Angst beinahe schlecht zu sein. Aber er antwortete laut: »Ja, ich bin bereit.«

Gunny Wohl nickte. Er wußte, daß er Ormack hätte zurücklassen sollen. Er *wußte* es. Aber sie brauchten sich nur einmal abzuseilen – und sie hatten einen zu weiten Weg hinter sich, als daß ein bißchen Angst dieses Unternehmen hätte gefährden dürfen. »Ausgezeichnet, Sir«, sagte Wohl. »Nur nicht vergessen, vorher tief Luft zu holen. Sie kommen schon zurecht.«

Während Hammer Four davonflog, um über dem ländlichen Gebiet südlich von Wilna einen siebenminütigen Überwachungskreis zu beginnen, flog Hammer Three den Sicherheitstrakt aus Osten an, weil die Luftbildauswertung gezeigt hatte, daß dies die Gebäudefront mit den wenigsten Fenstern war.

Die Piloten der SEA HAMMER und die beiden MG-Schützen an

den Türen trugen Nachtsichtbrillen NVS-13 mit erheblich verbesserter räumlicher Darstellung. Der Copilot steuerte das PNVS/NTAS-System, das alle Infrarot- und Radarbilder in sein Nachtsichtgerät projizierte; außerdem folgten der FLIR-Sensor und die beiden Waffenbehälter mit der Revolverkanone und den Lenkwaffen Stinger jeder seiner Kopfbewegungen.

»Ich hab' zwei MG-Nester auf dem Dach!« rief der Copilot. Ein Knopfdruck genügte, um die Hughes Chain Gun M242 mit dem FLIR-Sensor zu koppeln. »Ziel!«

Der Pilot überzeugte sich mit einem raschen Blick davon, daß das umliegende Gelände frei war. Wenn die Chain Gun loshämmerte, durften keine eigenen oder verbündeten Truppen in der Nähe sein. »Marines weg von den Türen. Seiten klar?«

»Links klar«, meldete der linke MG-Schütze.

»Rechts klar.«

»Feuer frei!« sagte der Pilot. Als der Copilot den Feuerknopf drückte, fegte ein Hagel von 25-mm-Geschossen mit unglaublicher Treffsicherheit über das große Flachdach hinweg. Die Schwarzen Barette, die nicht mit diesem Luftangriff gerechnet hatten, hatten keine Zeit mehr, ihre schweren Maschinengewehre gegen das Flugzeug einzusetzen. Der Besatzung des zweiten MG-Nests gelang es noch, ein paar Gewehrschüsse auf die MV-22 abzugeben, aber der Copilot der SEA HAMMER nahm einen raschen Zielwechsel vor und beseitigte auch diese Gefahr sekundenschnell.

»Feindliche Soldaten auf dem Dach!« meldete einer der MG-Schützen an den Türen, als er beobachtete, daß einige OMOM-Soldaten nicht in Deckung rannten, sondern auf die anfliegende MV-22 schossen. »Wir werden beschossen! Ziel!«

»Feuer frei!« wiederholte der Pilot. Die Marines bestrichen das Gebäudedach mit ihren Miniguns M134, die bei einem einzigen Feuerstoß von zwei Sekunden Dauer hundert 7,62-mm-Geschosse hinausjagten.

Vor den Piloten flammte plötzlich die große gelbe Hauptwarnleuchte auf. Während der Pilot sie ausschaltete, suchten die beiden Männer rasch den Defekt, vor dem sie warnte. Auf der Mittelkonsole brannte eine weitere gelbe Warnleuchte mit der Aufschrift ÖLDRUCK RECHTS. Der Copilot rief die Triebwerksdaten auf einem seiner MFDS auf und überflog die graphische Anzeige. »Ich hab's!«

sagte er sofort. »Der Öldruck im rechten Triebwerk... noch im grünen Bereich, aber null-fünf-zehn... jetzt null-vierzig niedriger als im linken.«

Auf einem anderen Bildschirm erschien automatisch die entsprechende Checkliste. Nachdem der Copilot die ersten Punkte abgehakt hatte – Triebwerksanzeigen überprüfen, Hilfspumpen einschalten, Triebwerk optisch auf Brand kontrollieren –, kam er zu Punkt vier: »Beim nächsten Schritt wird das Triebwerk stillgelegt, Ken.«

»Später«, wehrte der Pilot ab. »Bis es steht, bleiben uns noch ein paar Minuten. Wir setzen die Marines ab und fliegen zur Botschaft weiter. Du meldest uns bei Jurgensen an, damit der Landeplatz frei ist.« Über die Bordsprechanlage sagte er: »Absetzer, schickt eure Jungs runter. In spätestens zwei Minuten müssen wir abhauen.«

Sobald die MV-22 in weniger als zehn Meter Höhe über dem Dach schwebte, wurden aus der Laderampe und den Seitentüren vier dicke Taue herabgelassen. Die 18 Marines brauchten keine zehn Sekunden, um das Gebäudedach zu erreichen. Die letzten überlebenden OMOM-Soldaten fielen den Maschinenpistolen MP5 des Einsatzteams zum Opfer, zuvor stürzte noch einer der Marines mit einem Beindurchschuß zu Boden.

Der Pilot wollte eben vom Dach wegsteigen, um zur US-Botschaft zu fliegen, als er auf der Einsatzfrequenz hörte: »Wir haben einen Verwundeten, der ausgeflogen werden muß!«

Aber die Piloten hatten selbst Probleme. Der Öldruck des rechten Triebwerks sank bedrohlich, und jetzt gab es rechts auch Schwierigkeiten mit der Treibstoffzufuhr. »Scheiße, ich hab's gewußt!« fluchte der Pilot. »Womöglich ist er auf dem Dach sicherer als an Bord.« Aber er schaltete die Bordsprechanlage ein und rief: »Lotst mich runter, Jungs, und beeilt euch gefälligst! Ich hab' heute noch 'ne andere Verabredung.«

Während die MG-Schützen an den Türen den Abstand vom Dach meldeten, ging die MV-22 bis auf einen halben Meter herunter, damit der Verwundete über die Heckrampe an Bord gebracht werden konnte. Dreißig Sekunden nach dem Funknotruf wurde er bereits von einem MG-Schützen mit Sanitätsausbildung versorgt. Der Pilot stieg sofort auf 5000 Fuß, um vor feindlichem Feuer möglichst sicher zu sein. Der Öldruck lag inzwischen im roten Bereich. Der Pilot blieb im Hubschraubermodus, koppelte die Rotoren manuell mit dem linken Triebwerk, das jetzt beide antrieb, und konnte das rechte Triebwerk gerade noch stillegen, bevor es wegen Ölmangels fraß.

Auf dem Flachdach bauten vier Marines zwei MGs auf, um Gegenangriffe abwehren zu können, während Hauptmann Snyder und sein Kompanieoffizier Funkverbindung mit der US-Botschaft und der in der Nähe kreisenden zweiten MV-22 aufnahmen. Die übrigen elf Marines legten den Aufzug vom Dach aus still, sprengten die Tür zum Treppenhaus auf und stürmten die Treppe hinunter.

Heimlichkeit und Geschwindigkeit waren entscheidend, deshalb wurden keine großen Sprengladungen verwendet. Auf jedem Treppenabsatz genügte ein Feuerstoß aus einer MP5 mit Schalldämpfer, um die Deckenlampen erlöschen zu lassen. Binnen sechzig Sekunden kontrollierten die Marines das Treppenhaus bis hinunter zum Erdgeschoß. Während drei von ihnen die Treppe bewachten, standen vor den Stahltüren aller vier Geschosse je zwei Mann bereit, um die Etagen auf ein Funksignal hin zu stürmen.

Da diese Brandschutztüren zu den Korridoren abgeschlossen waren, machten die Marines es sich einfach: je zwei Granaten aus der Trommel des Granatwerfers Hydra sprengten mannsgroße Löcher in die Stahltüren und Breschen ins Mauerwerk, ließen die meisten Lichter ausgehen und erzeugten genug Lärm, Rauch und Trümmer, um die wenigen noch verbliebenen OMOM-Soldaten und KGB-Offiziere in die Flucht zu jagen. Sobald die batteriebetriebene Notbeleuchtung zerschossen war, konnten die Marines mit ihren Nachtsichtbrillen bei völliger Dunkelheit operieren.

Ihr wahres Ziel war der dritte Stock, der auf den ersten Blick an eine Etage irgendeines Moskauer Wohnblocks erinnerte. Bei näherer Betrachtung zeigte sich jedoch, daß nur ein Zweizimmerapartment als Wohnung gedient hatte – die übrigen Räume enthielten Abhöranlagen und medizinische Einrichtungen. Das Apartment bestand aus einem kleinen Wohnzimmer mit Kochnische und Eßecke sowie einem noch kleineren Schlafzimmer mit Sanitärzelle. Es entsprach ganz einer Wohnung in einem staatlich geförderten Wohnblock: klein und spärlich möbliert, beengt, aber trotzdem einigermaßen gemütlich.

Die Wohnung war leer. Sie stand offenbar schon seit einiger Zeit leer.

»Hammer Three, hier Suchkommando« meldete der Teamführer

sich über Funk. »Zielgebiet leer. Suchen weiter.« Die Zielperson befand sich nicht dort, wo sie nach Geheimdienstinformationen sein sollte. Obwohl das normal war, weil Fehlinformationen immer wieder vorkamen, bedeutete es zusätzliche Gefahren, weil jetzt das gesamte Gebäude – auch die beiden Kellergeschosse – durchsucht werden mußten.

Auf erbitterten Widerstand stießen die Marines nur im ersten Stock, wo sich die Waffenkammer befand. Im Vorraum hatten sich mehrere Soldaten der OMOM-Wachmannschaft verschanzt, um sie gegen die Eindringlinge zu verteidigen. Sie begannen zu schießen, sobald die Granaten der Marines Löcher in Türen und Mauern sprengten. Ein Amerikaner brach beim Sprung durch eine Bresche zusammen, als eine Garbe eines schweren MGs seine Kevlarweste durchschlug, und wurde von einem Kameraden in Sicherheit gezogen, während die anderen Marines ihnen Feuerschutz gaben.

Die Marines konnten es sich nicht leisten, durch eine lange Schießerei kostbare Zeit zu vergeuden. Tempo und Überraschung waren ihr einzigen Verbündeten; büßten sie diese Vorteile ein, war der Kampf gegen den zahlenmäßig weit überlegenen Gegner so gut wie verloren.

Die Entscheidung, wie in diesem Stockwerk vorgegangen werden sollte, war schon vor mehreren Tagen gefallen. Falls Luger hier gefangengehalten wurde, würde er sterben. Das ließ sich nicht ändern, denn die Waffenkammer mußte ohne Rücksicht auf Verluste augenblicklich besetzt und neutralisiert werden.

Die Marines schossen mehrere Tränengasgranaten in den Raum und ließen eine Salve aus sechs Splittergranaten folgen, bevor zwei Mann in den Vorraum eindrangen. Der feindliche Widerstand schien gebrochen zu sein, aber als sie sich der Tür der Waffenkammer näherten, tauchte plötzlich noch ein OMOM-Soldat hinter der Ausgabetheke auf. Aus dieser Nähe konnte er sie nicht verfehlen: Die beiden Marines gingen verwundet zu Boden, bevor ihre Kameraden auch den letzten Überlebenden erschossen.

Dann standen sie vor der Sicherheitstür der Waffenkammer, die zum Glück unversperrt war – ihr Sprengstoff hätte nicht ausgereicht, um eine massive Stahltür aufzusprengen und das Waffenlager zu zerstören.

»Hammer, Three, Suchkommando. Hier lagern Unmengen von

Waffen, Sir«, meldete einer der Marines über Funk. Gleichzeitig schleppten zwei Mann die Gefallenen und Verwundeten über die Treppe aufs Dach.

»Ihr wißt, was ihr zu tun habt, Murphy«, funkte Hauptmann Snyder zurück. »Bringt die Sprengladungen an, blockiert die Türen, schafft eure Verwundeten nach oben und durchsucht den Rest des Gebäudes. Notfalls sprengen wir die Waffenkammer von hier aus.«

»Verstanden. Drei Schwerverwundete auf dem Weg nach oben. Zielperson noch nicht gefunden. Suchen in Erdgeschoß und Keller weiter. Ende.« Sobald die Sprengladungen angebracht waren, rannten die restlichen sechs Marines weiter die Treppe hinunter, um sich das Erdgeschoß vorzunehmen.

Dort unten war mit stärkstem Widerstand zu rechnen, aber zu diesem Zeitpunkt – keine fünf Minuten nach Angriffsbeginn – war im ganzen Gebäude die Beleuchtung ausgefallen, und die Explosionen in den oberen Stockwerken hatten eine Panik ausgelöst. Während einige wenige OMOM-Soldaten noch versuchten, bei völliger Dunkelheit auf die mit Nachtsichtbrillen ausgerüsteten Marines zu schießen, waren ihre Kameraden längst ins Freie geflüchtet. In weniger als zwei Minuten kontrollierten die sechs Marines das gesamte Erdgeschoß.

Snyder und sein Kompanieoffizier waren damit beschäftigt, einen der Marines zu verbinden – die beiden anderen waren tot heraufgebracht worden –, als der Sergeant, der das Einsatzteam führte, sich über Funk meldete: »Hammer Three, Suchkommando. Obergeschosse gesichert, Sprengladungen angebracht.«

»Verstanden, Suchkommando«, bestätigte Snyder. Er schaltete auf eine andere Frequenz um und drückte erneut die Sprechtaste, um mit der zweiten MV-22 zu sprechen. »Hammer Four, hier Three«, funkte er. »Die Obergeschosse sind sicher. Setzen Sie Ihre Leute ab.«

An Bord der MV-22 Hammer Four

Hal Briggs und Gunnery Sergeant Wohl standen an der Heckrampe der MV-22 SEA HAMMER rechts und links des Lademeisters, der die Minigun bemannte. Jeder von ihnen hielt ein drei Zentimeter dickes olivgrünes Tau in den Händen, um daran aufs Dach des Sicherheitstrakts hinunterzurutschen, sobald die MV-22 in Position war. Zwei weitere Marines standen an den Seitentüren bereit. Dicht hinter Briggs stand McLanahan, während auf Wohl ein Korporal folgen würde, und hinter McLanahan wartete Ormack. Oberleutnant Marx stand neben dem Lademeister, um dann gleichzeitig mit Ormack ans Seil zu gehen.

Die Nachtsichtbrille zeigte McLanahan weitere Marines auf dem Flachdach des Sicherheitstrakts, in dessen Ecken Dreierteams mit Granatwerfern M203 und schweren Maschinengewehren M249 in Stellung gegangen waren. Die meisten Männer des Einsatzteams von Hammer Four hatten sich schon abgeseilt, nachdem das Suchkommando gemeldet hatte, die Obergeschosse seien gesichert.

Als McLanahan die Nachtsichtbrille hochklappte, wurde es um ihn herum stockfinster. Draußen war nichts mehr zu erkennen – kein Gebäudedach, keine Männer, keine MG-Nester mehr. Das war so unheimlich, daß er die Brille rasch wieder herunterklappte. Aus Sicherheitsgründen hatte die MV-22 nach dem Absetzen der ersten zwölf Marines einen Positionswechsel vorgenommen, um kein bequemes stationäres Ziel zu bieten. Jetzt schwebte Hammer Four nochmals an, um die Luftwaffenoffiziere und den Rest des Teams abzusetzen.

Als die MV-22 in Position und im Schwebeflug stabilisiert war, brüllte der Absetzer: »Springer, los!«

Wohl und Briggs nahmen ihre Taue zwischen die Beine. Hal Briggs hielt sich ganz lässig nur mit einer Hand fest, reckte den anderen Daumen hoch und grinste zu McLanahan hinüber, während er über den Rand der Laderampe verschwand.

»Springer, ans Seil!« brüllte der Absetzer.

McLanahan schlurfte auf die Laderampe, streckte seine Hände aus und griff das dicke, weiche Nylontau. Irgend jemand hielt das untere Ende fest, und diese Spannung bewirkte, daß McLanahan das Seil unwillkürlich fester umklammerte. Es war soweit! Der Lärm war unglaublich, so daß McLanahan befürchtete, er könnte die Anweisungen überhören. Aber Sekunden später brüllte der Absetzer: »Springer...«

Das Kipprotor-Flugzeug SEA HAMMER stieg so ruckartig, daß McLanahans Knie einknickten. Dann kurvte die Maschine scharf nach links, stieg nochmals und drehte nach rechts ein, bevor die 25-

mm-Revolverkanone im linken Waffenbehälter loszuhämmern begann. McLanahan verlor den Boden unter den Füßen. Er klammerte sich krampfhaft ans Seil, schwang über die Laderampe hinaus und konnte sie nicht sofort wieder erreichen.

Die MV-2 ließ das Flachdach hinter sich zurück und nahm weitersteigend Fahrt auf, um einen plötzlichen Angriff abzuwehren.

»Patrick!« rief John Ormack. Er war zu Boden gegangen und wurde von einem Marine auf allen vieren zu den Sitzen gezogen. Der Mann am zweiten Seil an der Laderampe war nirgends zu sehen – McLanahan wurde entsetzt klar, daß er bei den jähen Bewegungen der SEA HAMMER aus der Maschine gefallen sein mußte. Das brachte ihn dazu, sein Tau noch fester zu umklammern.

Der an seiner Sicherheitsleine hängende Absetzer trat mit kleinen Schritten an den Rand der Laderampe. Er bückte sich und zeigte mehrmals auf seine Knöchel. McLanahan begriff sofort, klemmte sich das dicke Seil im Kletterschluß zwischen die Füße und konnte so Arme und Hände etwas entlasten...

Aus dem Hangarbereich rechts unter ihnen stieg plötzlich ein gelbe Leuchtspur auf. Die MV-22 kurvte steil nach links weg, aber die Leuchtspur war zu schnell und traf ihre rechte Triebwerksgondel. Das Triebwerk explodierte in einem Feuerball, überschüttete McLanahan mit Metallsplittern und schien mit weißglühenden Flammenzungen nach ihm zu greifen. Eine von der Schulter abgeschossene Fla-Rakete, vermutlich eine sowjetische SA-7 oder SA-11, hatte das rechte Triebwerk getroffen.

Sie mußten notlanden.

Die MV-22 kurvte nach links ein. McLanahan, der sich weiter verzweifelt ans Seil klammerte, wußte kaum mehr, wo oben und unten war. Als die SEA HAMMER den Bug hochnahm, wurde er seitlich gegen die Heckrampe geschleudert. Und als der Flugzeugbug plötzlich wieder nach unten sackte, konnte McLanahan sich nicht länger halten.

McLanahan ließ das Seil los und flog davon wie eine Flocke im Schneesturm.

Im Sicherheitstrakt des Fisikus-Instituts

Die Detonationen der zeitgleichen Vorstöße der Marines aus dem Treppenhaus hätten Wadim Teresow, der ins zweite Kellergeschoß unterwegs war, fast von den Beinen gerissen. *Der Teufel soll sie holen!* fluchte er. Von der Decke fielen Betonbrocken und Isolierplatten auf ihn herab; das Licht flackerte und ging dann ganz aus.

Der Major fand sich auf einem Treppenabsatz wieder, wo er an der Wand lehnte und versuchte, sein Schädelbrummen zu ignorieren. Über der letzten Tür unter ihm flammte eine trübe Notleuchte auf. Teresow blieb noch einen Augenblick stehen, bis er wieder einigermaßen klar denken konnte, umklammerte dann seine Pistole und machte sich auf den Weg zur einzigen beleuchteten Tür des zweiten Kellergeschosses.

Teresow blickte durchs vergitterte Türfenster. Der Platz des Wachpostens war leer, die Brandschutztür abgeschlossen. Er sperrte sie rasch mit seinem Generalschlüssel auf, knallte sie hinter sich zu und sperrte sie erneut ab. Der Keller des Sicherheitstrakts bildete ein Labyrinth aus Heizungsrohren, Kesselanlagen, undichten Leitungen und Geräuschen aller Art. Hier unten gab es nur wenige Notleuchten, deshalb nahm Teresow die eine aus ihrer Halterung über der Tür und benutzte sie als Taschenlampe, um Lugers Zelle zu finden.

Nach dem Raketentreffer im rechten Triebwerk hatte der Pilot der MV-22 SEA HAMMER aus alter Gewohnheit den Bug hochgenommen und zu steigen versucht. Diesen Fehler hätte er beinahe nicht überlebt: Macht die Maschine plötzlich kaum noch Fahrt, zieht man nicht nach oben, was noch mehr Fahrt kostet, sondern *drückt nach unten* um Fahrt aufzuholen. Als er den Fehler erkannte, ging er sofort in den Sinkflug und trat das rechte Ruderpedal, um die Drehung nach links zu kompensieren. Auch wenn er alles richtig machte, entstand bei Geschwindigkeiten unter 60 Knoten keine Autorotation – etwas mehr Fahrt aber würde bedeuten, daß die Notlandung der MV-22 in normaler Fluglage stattfand. Durch die Explosion waren für den Augenblick alle Instrumente ausgefallen. Der Pilot konnte seinen Fahrtmesser nicht ablesen, aber er wußte auch so, daß ihre Fahrt nicht reichte. Also wurde es Zeit für eine Checkliste, die der Copilot und er auswendig kannten: »Feuerlösch-T-Griffe – ziehen!« rief er laut. Zu den restlichen Punkten dieser Liste kamen sie nicht mehr, weil die MV-22 in diesem Augenblick aufschlug.

Aber der Pilot hatte erreicht, was er hatte erreichen wollen. Bei der ersten Bodenberührung machte die Maschine noch so viel Fahrt, daß der Pilot den Bug heben und dadurch verhindern konnte, daß er sich eingrub. Die MV-22 SEA HAMMER setzte leicht angestellt mit gut 60 Stundenkilometern auf, wäre fast über die linke Flügelspitze gekippt und blieb dann doch auf dem Bauch liegen.

Am Ende des Zehnmeterseils wurde Patrick McLanahan endlose Sekunden lang durch den Nachthimmel geschleudert – bis zu dem Augenblick, in dem er loslassen mußte, als das Flugzeug ruckartig Fahrt aufholte. Da die MV-22 jedoch keine zwei Meter mehr über Grund war, beschrieb er nur eine kurze – wenngleich spektakuläre – ballistische Bahn. McLanahan kam zehn bis zwölf Meter neben der Absturzstelle der MV-22 auf, überschlug sich noch mehrmals und blieb dann auf der linken Seite liegen.

Er rappelte sich benommen und verwirrt auf und tastete seinen Körper ab. Seine Nachtsichtbrille hing in Trümmern an seinem Helm, deshalb löste er das Kinnband und warf den Helm weg. Seine linke Schulter, auf der er gelandet war, schien geprellt, aber nicht gebrochen zu sein. Auch Füße und Knöchel waren heil.

Die einzige Lichtquelle in näherer Umgebung war der ruhig vor sich hin brennende rechte Tragflügel der SEA HAMMER. McLanahan rannte zu der Maschine, um nach der Besatzung zu sehen. Er erreichte die Heckrampe der notgelandeten MV-22 und rief in den Laderaum: »Hey! Marines! Ist da jemand?«

»Patrick!« Das war John Ormack. Er beugte sich über einen Verwundeten, den McLanahan als ihren Absetzer erkannte. »Großer Gott, ich kann's nicht glauben! Ich hätte nie geglaubt, dich lebend wiederzusehen! Alles in Ordnung, Patrick? Wo ist dein Helm?«

Komisch, was Aufgeregte manchmal reden, dachte McLanahan. *Ormack hat mich aus der Maschine fliegen sehen – und macht sich jetzt Sorgen, wo mein Helm geblieben ist!* »Weggeworfen. Bei dir alles in Ordnung?«

»Halbwegs«, antwortete Ormack. »Hey, am Seil bist du große Klasse gewesen. Du bist heil runtergekommen.«

»Gunny Wohl ist bestimmt stinksauer, weil ich den einzigen ernsthaften Versuch verpatzt habe.«

Ormack lachte, verzog dann jedoch schmerzhaft das Gesicht. »Scheiße, Patrick, bring mich nicht zum Lachen. Ich hab' mir 'ne Rippe gebrochen, glaub' ich.« Er deutete auf den vor ihm liegenden Absetzer. »Den hier hat's schlimm erwischt. Er hat mich zwischen die Sitze gestoßen, aber er selbst ist an die Wand geknallt. Und dort drüben liegt Oberleutnant Marx ... Er ist nicht ganz da – ich tippe auf schwere Gehirnerschütterung. Du mußt im Cockpit nachsehen!«

Bei der Notlandung war der Bug der MV-22 vorn links ziemlich eingedrückt worden. Im trüben Schein der Notbeleuchtung war zu erkennen, daß der Copilot sein Gurtzeug gelöst haben mußte, vielleicht um besser an einen Schalter heranzukommen. Er war tot – an der linken Windschutzscheibe zerschmettert.

Für den Toten kam jede Hilfe zu spät, also zu den Lebenden! Als erstes mußte McLanahan dafür sorgen, daß ihre notgelandete MV-22 nicht nachträglich explodieren konnte. Zum Glück kannte er dieses Baumuster aus dem High Technology Aerospace Weapons Center, so daß er sich im halbdunklen Cockpit mühelos zurechtfand. Nachdem er kontrolliert hatte, daß die beiden T-förmigen Feuerlöschhebel gezogen waren, unterbrach er die Stromversorgung und legte auch das linke Triebwerk still. Danach war es eine Kleinigkeit, den halb bewußtlosen Piloten aus seinem rechten Sitz zu ziehen und nach hinten in den Laderaum zu schleppen.

»Der Copilot ist tot«, berichtete McLanahan, als er zurückkam.

»Scheiße«, murmelte Ormack. »Komm, wir müssen die anderen rausschaffen!« Er wollte den Absetzer aus dem Laderaum ziehen, aber dabei knackte etwas hörbar, und Ormack griff sich mit schmerzverzerrtem Gesicht an die Rippen.

»Du begleitest Marx zum Sicherheitstrakt«, forderte MacLanahan ihn auf. »Ich komme mit dem Absetzer und dem Piloten nach.«

Während Ormack mit dem benommenen taumelnden Offizier vorausging, packte McLanahan den bewußtlosen Absetzer am Kragen seiner Kampfjacke und schleifte ihn über Asphalt und niedriges, weißbereiftes Gras zur Außenmauer des Sicherheitstrakts. Ormack hatte einen Nebeneinang gefunden und wartete dort mit Marx auf ihn.

»Was ist mit der Tür?« fragte McLanahan.

Ormack rüttelte an der Klinke – abgesperrt.

»Ich hole den Piloten. Notfalls hilft Aufschießen.« McLanahan rannte zur MV-22 zurück, die etwa 50 Meter von ihnen entfernt zwischen Sicherheitstrakt und Hangars niedergegangen war.

McLanahan war schweratmend in langsameren Trab verfallen, als er plötzlich um sich herum Einschläge spürte, obwohl er keine Schüsse gehört hatte. Er wußte nicht, ob das die eigenen Marines, die Litauer oder die Schwarzen Barette waren – aber eines stand fest: die Einschläge kamen näher. Ein Adrenalinstoß verlieh ihm neue Kräfte, und er rannte hakenschlagend zur MV-22 weiter.

Im Laderaum wollte McLanahan den Piloten am Jackenkragen packen und hinter sich herziehen, aber die draußen fallenden Schüsse brachten ihn auf eine andere Idee. Er ging nach vorn und holte sich aus dem Waffenschrank zwei MP5 und zwei Gurtzeuge mit Reservemagazinen. Nachdem er eine Maschinenpistole geladen und überprüft hatte, stellte er sie auf halbautomatisches Feuer, packte den Jackenkragen des Piloten mit der linken Hand und begann seinen gefährlichen Rückweg.

Diesmal stellte er fest, daß die Schüsse aus der Umgebung der Hangars kamen. McLanahan bewegte sich so schnell wie möglich und schoß auf jedes Mündungsfeuer, das er sah. Ungefähr auf halber Strecke mußte er stehenbleiben, um nachzuladen und seinen linken Arm auszuruhen. Das feindliche Feuer schien näher zu kommen, und er glaubte, hinter der brennenden MV-22 Bewegungen zu sehen. Aber da keine klaren Ziele erkennbar waren, packte er den Piloten wieder am Jackenkragen und zerrte ihn weiter...

... als plötzlich zwei Soldaten hinter der Heckrampe der MV-22 auftauchten und mit Sturmgewehren AK-47 auf ihn zielten. Im Feuerschein des brennenden rechten Triebwerks waren ihre Umrisse deutlich zu erkennen, und McLanahan ahnte, daß er ebenso gut zu sehen sein mußte. Als wieder Schüsse fielen, warf er sich instinktiv zu Boden, aber die feindlichen Soldaten waren kaum 25 Meter entfernt – sie konnten ihn nicht verfehlen.

Teresow mußte das halbe Gebäude unterqueren, um zu den drei mal drei Meter großen Isolierzellen zu gelangen, die der KGB vor vielen Jahren gebaut hatte. Auch der eigentlich hier stationierte Wachmann war nicht auf seinem Posten. Luger war also vermutlich hier unten allein, seit Alarm ausgelöst worden war. Aber das spielte keine Rolle. Er würde...

Eine weitere Explosion, viel stärker als die ersten drei zusammengenommen, ließ Teresow so heftig zusammenfahren, daß ihm die Lampe aus der Hand fiel. War das die Waffenkammer gewesen? Damit wären dreihundert Schußwaffen und die dazugehörige Muntion hochgegangen. Das war schon die zweite große Explosion, seit Teresow hier im zweiten Kellergeschoß zu Lugers Zelle unterwegs war. Diese verdammten Marines kamen unheimlich schnell voran.

Zum Glück hatte die Notleuchte, die ihm als Taschenlampe diente, den Fall heil überstanden. Außerdem brannten hier einige weitere Notleuchten, so daß das Kellergeschoß nicht völlig finster war. Teresow blieb vor der richtigen Zelle stehen, entriegelte das kleine Türfenster und hielt seine Lampe hoch, um den Raum auszuleuchten.

Die Zelle war leer. Sie lag zum Teil im Schatten, weil das Licht zu trüb war, um sie ganz zu erhellen, aber Luger war nirgends zu sehen. Sein Wasserbett war leer; das Gerät, das seine Körperfunktionen überwachen und steuern sollte, war abgeschaltet. Luger war frei, aber nirgends zu sehen.

Teresow fühlte Panik in sich aufsteigen. In welcher Verfassung mochte Luger sein – geistig verwirrt oder tot? Teresow brauchte Hilfe. Er nahm die Hörer der drei Telefone auf dem Schreibtisch des Wachpostens vor den Zellen ab – gestört, außer Betrieb. Dummerweise hatte er vergessen, ein Funkgerät mitzunehmen. Er war hier unten allein. Auch die Durchsuchung des Schreibtischs förderte nichts zutage, was ihm hätte helfen können, den Gefangenen allein zu überwältigen. Nun, sagte er sich, vielleicht ist eine List wirkungsvoller als rohe Gewalt.

Der Major ging zur Zellentür zurück, hielt seine großkalibrige Makarow PM schußbereit und sagte auf englisch: »Oberleutnant Luger, hier ist Major Teresow, General Gabowitschs Adjutant. Ich habe Befehl, Sie nach oben zu bringen. Kommen Sie heraus, damit ich Sie sehen kann. Sofort!«

Keine Antwort.

Irgendwo über ihnen ließ eine Serie gräßlich lauter Detonationen das ganze Gebäude erzittern – zwei, vier, insgesamt etwa zehn Explosionen knapp nacheinander. Teresow spürte, daß seine Handflächen feucht waren, und er rieb sie am Hosenboden trocken, bevor er wieder seine Pistole umklammerte.

»Haben Sie das gehört, Oberleutnant? Ein Rettungsteam aus amerikanischen Marines hat uns angewiesen, unsere Waffen zu zerstören und Sie zu einem Gefangenenaustausch ins Erdgeschoß zu bringen. Weigern Sie sich, jetzt mitzukommen, nehmen die Marines an, Sie seien tot, und zerstören dieses ganze Gebäude. Dann sind Sie und alle anderen tot. Wollen Sie so kurz vor Ihrer Befreiung noch den Tod riskieren? Kommen Sie heraus, damit ich Sie sehen und nach oben begleiten kann!«

Noch immer keine Antwort.

Luger blieb an die Zellentür gepreßt in der Hocke, wo der andere ihn nicht sehen konnte. *Ich bin kein passiver, betäubter, verwirrter Gefangener mehr*, sagte Luger sich. *Teresow will dich umlegen. Du mußt dich mit allen Tricks wehren, Dave, denn für dich gibt's keine zweite Chance.*

Luger wußte, daß die Zellentür mit drei Riegeln gesichert war. Waren mindestens zwei davon vorgeschoben, hielt sie bestimmt – aber mit nur einem ließ sie sich vielleicht aufbrechen. Er begann, sich ganz darauf zu konzentrieren, was Teresow dort draußen machte. Er wußte, daß er nur *eine* Chance bekommen würde.

Schüsse fielen; McLanahan zuckte bei jedem Knall zusammen. Aber die Schüsse kamen nicht von vorn, sondern von *hinten*! John Ormack, noch immer mit Helm und Nachtsichtbrille, stand hinter ihm und schoß mit seiner 9-mm-Pistole auf die beiden Soldaten.

»Los, Patrick!« keuchte er, als er nachladen mußte. »Lauf schon!«

Die feindlichen Soldaten waren hinter dem Rumpf der MV-22 verschwunden. McLanahan nutzte die Gelegenheit, rappelte sich auf und schleppte den Piloten am Kragen gepackt weiter. Dabei hörte er, wie Ormack das leergeschossene Magazin auswarf, ein neues einsteckte und im Zurückgehen weiterschoß.

Ormack hatte das Türschloß des Nebeneingangs mit einigen Schüssen seiner Beretta aufgesprengt. Für McLanahan, der keine Nachtsichtbrille mehr hatte, war es im Korridor stockfinster. »Mann, du bist genau rechtzeitig gekommen«, keuchte er. »Dafür bin ich dir was schuldig.«

»Schon gut«, wehrte Ormack ab. Er zog sein Funkgerät aus dem ALICE-Gurtzeug, versuchte mehrmals vergeblich, jemanden zu erreichen, und gab entnervt auf. »Versuch's mal mit deinem, Patrick.«

Aber als McLanahan sein Funkgerät herauszog, zeigte sich, daß es zertrümmert war.

»Was siehst du?« fragte McLanahan. »Wo sind wir hier?«

Ormack holte einen Infrarotleuchtstab aus einer Koppeltasche, verbog ihn, bis ein Glasröhrchen in dem biegsamen Plastikstab zerbrach, und schüttelte ihn. Während McLanahan kaum die Hand vor Augen erkannte, hatte Ormack mit seiner Nachtsichtbrille den Korridor und das Treppenhaus hell beleuchtet vor sich. »Keine weiteren Türen – dieser Nebeneingang führt nur zu den Kellergeschossen«, sagte Ormack, während er sich langsam umsah. »Vor uns liegt eine Kellertreppe.«

»Hier können wir jedenfalls nicht bleiben«, stellte McLanahan fest. »Womöglich fällt's den Kerlen dort draußen ein, die Verfolgung aufzunehmen.«

»Ich schlage vor«, sagte Ormack, »daß wir uns einen Platz suchen, von dem aus wir Treppenhaus und Kellergeschosse überwachen können, bis Hilfe kommt.«

»Gute Idee«, stimmte McLanahan zu. Er legte sich den Verwundeten über die Schulter, schob Oberleutnant Marx vor sich her, und gemeinsam folgten sie Ormack, der sich um den inzwischen wieder halbwegs gehfähigen Piloten kümmerte.

Zum Teufel mit dir, Luger! fluchte Teresow lautlos vor sich hin. In Wirklichkeit war er jedoch über sich selbst wütend. *Warum hast du nicht daran gedacht, ein paar Soldaten in den Keller mitzunehmen?* Teresow zog das Pistolenmagazin heraus und zählte die Patronen – sieben, davon eine im Lauf. *Du hast nicht mal daran gedacht, ein Reservemagazin mitzunehmen.*

Als sein Zorn überkochte, schob Teresow das Magazin wieder hinein, steckte die Pistolenmündung durchs Fenster in der Tür und gab blindling vier Schüsse in die winzige Zelle ab. Nach dem zweiten Schuß hörte er zu seiner größten Genugtuung gellend laute Schmerzensschreie.

Na, also! dachte Teresow befriedigt.

Die Schmerzensschreie gellten weiter. Luger war offenbar ernstlich verletzt. Ein Querschläger mußte ihn schwer, wenn auch nicht tödlich, verletzt haben.

Teresow sperrte die Zellentür auf, zog die Riegel zurück und öffnete die Stahltür langsam einen Spalt weit. Als er in die Zelle leuchtete, sah er unmittelbar vor sich einen Fuß: Luger mußte also an der Tür gelegen haben. Der Fuß zitterte unkontrollierbar – wie im Todeskampf. Ausgezeichnet. Teresow öffnete die Tür vorerst nicht weiter. Er hatte es nicht eilig. Er konnte abwarten, bis Luger durch den Blutverlust geschwächt war.

Öffnete er danach die Zellentür, würde Luger ihm entgegenfallen.

Der Zugang zum ersten Kellergeschoß war abgesperrt. Wie sie bei ihrer Einsatzbesprechung gehört hatten, gab es hier unten außer einigen wenigen Büros fast nur Abstell- und Lagerräume. Um keine feindlichen Soldaten auf sich aufmerksam zu machen, verzichteten sie darauf, das Schloß der Brandschutztür aufzuschließen, sondern bugsierten und schleppten ihre drei Schutzbefohlenen die Treppe hinunter ins zweite Kellergeschoß.

Auch dort war die Stahltür abgesperrt. Einen anderen Ausweg gab es nicht: Sie mußten durch diese Tür oder wieder die Treppe hinauf nach oben. Bei ihrer Einsatzbesprechung hatten sie gehört, daß hier unten der Heizungskeller dieses Gebäudes lag. Folglich hatten sie keinen Grund, dort einzudringen. »Wir bleiben in dieser Ecke, von der aus wir Tür und Treppe überwachen können«, sagte McLanahan und gab Ormack eine der Maschinenpistolen. »Ich gehe nach oben und sehe nach, ob die Marines...«

Plötzlich waren vier Schüsse und ein gräßlicher langgezogener Schmerzensschrei zu hören. Dieser Schrei wiederholte sich, gellender und lauter. Er drang wahrhaftig durch die Stahltür des zweiten Kellergeschosses.

»Um Gottes willen, was war das?« flüsterte Ormack.

»Dave«, sagte McLanahan bestimmt. »Das ist Dave gewesen!« Er hob seine MP5, stellte sie auf Einzelfeuer und zielte auf das Türschloß.

»Augenblick, Patrick! Was hast du vor?«

»Ich will Dave dort rausholen. Weg von der Tür!«

»Aber wer sagt dir, daß...«

»Weg von der Tür, John, verdammt noch mal!«

Ormack konnte den verwundeten Absetzer gerade noch in die Ecke zerren, in der bereits der Pilot und Oberleutnant Marx hockten, bevor McLanahan mehrere Schüsse auf das Schloß abgab. Mit vereinten

Kräften gelang es ihnen, die Brandschutztür aufzureißen. McLanahan ließ ein neues MP-Magazin einrasten und wollte den Korridor hinter der Tür betreten.

»Augenblick, ich komme mit«, sagte Ormack.

McLanahan schien widersprechen zu wollen, aber dann überlegte er sich die Sache doch anders. Er wußte, daß er Unterstützung brauchte.

»Hier.« Ormack nahm seinen Helm mit der Nachtsichtbrille NVG-9 ab und gab ihn MacLanahan, der ihn sofort aufsetzte und das Kinnband festzog. »Von diesem Infanteriescheiß verstehst du mehr als ich.«

»Nein, dort drinnen gibt's genug Licht«, wehrte McLanahan ab, als Ormack ihm auch den Infrarotleuchtstab geben wollte. »Laß ihn hier, aber nimm für alle Fälle ein paar neue mit.«

Ormack griff nach seiner MP5, kontrollierte das Magazin, stellte die Waffe ebenfalls auf Einzelfeuer und nickte McLanahan zu.

Während Ormack ihm Feuerschutz gab, zog McLanahan die Tür langsam ganz auf und hielt sie mit dem Türstopper offen. Dahinter befand sich ein kleiner Treppenabsatz, von dem aus einige Stufen in eine Art Maschinenhalle mit einem Gewirr aus Rohren und Leitungen führten. Die Schreie waren etwas leiser geworden, schienen aber ganz aus der Nähe zu kommen. McLanahan suchte mit seiner Nachtsichtbrille das gesamte Kellergeschoß ab. Ganz im Hintergrund, wo die Schreie herkamen, war ein kleines Licht zu erkennen, das sich manchmal etwas zu bewegen schien.

Da David Lugers Bewacher wissen mußte, daß sie kamen, war kein Überraschungsangriff mehr möglich. Deshalb holte McLanahan tief Luft und brüllte: »Amerikanische Marines! Ihr seid umzingelt! Ergebt euch!« Und er wiederholte auf russisch, was Gunny Wohl und andere Marines ihm in Camp Lejeune im Schnellkurs beigebracht hatten: »*Stoy! United States Marines! Pahsloshightye voy euyah! Bistrah!*«

Die Schreie verstummten abrupt. McLanahan schlug das Herz bis zum Hals – er mußte annehmen, Luger sei umgebracht worden. Er umklammerte seine Maschinenpistole fester und wollte eben auf den Lichtschein zustürmen ...

... als er eine vertraute Stimme hörte: »PATRICK! ICH BIN HIER UNTEN! HILF MIR!«

Verdammt! dachte Teresow.

Amerikanische Marines stürmten das Fisikus – und Luger lebte noch! Er mußte ihn erledigen, bevor die Amerikaner kamen. Er würde Luger erschießen, sich selbst eine Schußverletzung beibringen, die Waffe verstecken und sich als Lugers Mitgefangener ausgeben. Vielleicht ließen die Marines ihn am Leben, wenn sie sahen, daß er verwundet war. Teresow hielt seine Pistole schußbereit und öffnete die Zellentür etwas weiter.

Im nächsten Augenblick wurde die Tür ganz aufgestoßen, und David Luger stürzte sich auf ihn. Luger, der seine Verwundung nur vorgetäuscht hatte, kämpfte jetzt um sein Leben.

Teresow fiel die Notleuchte aus der Hand. Sie schlitterte über den Betonboden davon, als der Amerikaner sich gegen seine Knie warf und ihn zu Fall brachte. Luger kämpfte wie besessen, grub seine knochigen Finger in Teresows Fleisch und schrie dabei gellend laut. Er hielt Teresows rechtes Handgelenk gepackt, umklammerte es mit verzweifelter Kraftanstrengung. Seine Faust, sein Ellbogen und wieder seine Faust trafen das Gesicht des Russen.

Aber keiner dieser Schläge war wirklich schmerzhaft – Luger war viel zu schwach, zu unterernährt, um jemandem weh tun zu können. Teresow befreite seinen rechten Arm fast mühelos aus seinem Klammergriff. Seine Pistole traf Lugers Stirn, und der Amerikaner sackte zusammen. Im nächsten Augenblick traf Teresow ihn mit einer linken Geraden, die den Halbnackten gegen die offene Zellentür warf.

Als Luger benommen den Kopf schüttelte und sich auf die Knie aufrichtete, hob Teresow die Pistole, zielte kurz und ...

»NEIIIIN!« brüllte jemand hinter ihm.

Teresow sah sich rasch um und erkannte die Gestalt, die mit einer Maschinenpistole bewaffnet auf ihn zurannte. Ohne richtig zu zielen – aus dieser Nähe konnte er ihn unmöglich verfehlen –, schoß er rasch zweimal auf Luger, bevor er sich nach dem neuen Angreifer umdrehte.

Der Herankommende gab drei Schüsse aus seiner Maschinenpistole ab. Teresow hörte die Geschosse als Querschläger davonsurren, aber er blieb unverletzt. Aus nächster Nähe danebengeschossen – das paßte nicht zu dem Bild, das sich Teresow von den legendären U.S. Marines machte. Er hatte gerade noch Zeit, den letzten Schuß aus seiner Makarow auf die dunkle Gestalt abzugeben, als sie sich bereits auf ihn stürzte. Teresow konnte nur noch versuchen, seinen Kopf mit den Armen zu schützen, als der Mann ihn mit sich zu Boden riß.

Zu seiner Überraschung ließ die Gestalt jedoch gleich wieder von ihm ab. Teresow sah einen kräftig gebauten Mann, der zu seinem dunkelgrünen Kampfanzug einen Kevlarhelm mit zwei kastenförmigen Aufsätzen – vermutlich ein Nachtsichtgerät – trug und jetzt zu Luger hinüberkroch. Er schien Teresow völlig vergessen zu haben. Der Russe kam wieder auf die Beine, war mit ein paar Schritten neben ihm, holte gewaltig aus und trat ihm mit aller Kraft in den Bauch.

Der Soldat grunzte, als der Fußtritt ihm die Luft aus den Lungen trieb, aber er stemmte sich auf die Knie und wollte gerade aufstehen, als Teresows nächster Tritt seine linke Kopfhälfte traf.

Teresow sah, daß der Soldat mit Waffen und Ausrüstung bepackt war – einer großen Pistole, einer dicken Kevlarweste, einem Kampfmesser im Schulterhalfter, mehreren Behältern und Taschen am Gurtzeug und einer Maschinenpistole, die er achtlos weggeworfen hatte –, aber er schien das alles vergessen zu haben. Wer war dieser Kerl? Hatten die Amerikaner tatsächlich einen miserabel ausgebildeten Trottel geschickt, um Luger befreien zu lassen?

Der kraftvolle Tritt gegen den Kopf ließ den Marineinfanteristen zu Boden gehen. Aber der große Kerl kam sofort wieder hoch und wirkte dabei fast so besessen wie vorhin Luger. Als er sich seinen durch den Fußtritt verschobenen Helm abriß, kamen ein blonder Haarschopf und ein rundliches, fast jungenhaftes Gesicht zum Vorschein. Teresow schätzte ihn auf Anfang Vierzig: groß und breitschultrig, aber völlig untrainiert. Ein ziemlich verweichlichter Marineinfanterist.

Der Russe tänzelte um ihn herum. »Für diesen Auftrag hätten sie einen besser ausgebildeten Mann schicken sollen«, spottete er auf englisch. Diesmal traf sein Stiefel die rechte Kopfseite des Amerikaners, der nach vorn zusammensackte. Das machte richtig Spaß!

Teresow nutzte seine Chance, trat auf ihn zu und zog dem Marineinfanteristen die Pistole aus dem Halfter. Er erkannte sie sofort: eine 9-mm-Beretta, die zu den Standardwaffen des U.S. Marine Corps gehörte. Teresow lud sie durch und zielte damit auf den hilflosen Amerikaner. »*Doh svedanya*, Master Marine.«

In diesem Augenblick fiel ein Schuß – wieder ohrenbetäubend laut, wieder aus nächster Nähe. Teresow fuhr zusammen, ließ sich auf ein Knie sinken, ging hinter dem Soldaten in Deckung und zielte in die Richtung, aus der dieser Schuß gekommen war. Teresow hätte damit rechnen müssen, daß irgendwo dort hinten ein weiterer Soldat stand – aber wenn er ebenso unfähig war wie dieser hier, würde ihn Teresow mühelos erledigen können.

Der erste Schuß und dann ein zweiter gingen weit daneben. Teresow sah, wie der zweite Marineinfanterist, ein kleiner, nicht eben kräftig wirkender Mann, unsicher mit einer Pistole auf ihn zielte. Er trat in ungefähr zehn Meter Entfernung aus dem Schatten, ohne im geringsten auf Deckung zu achten. Der Marineinfanterist drückte wieder ab, aber auch sein dritter Schuß verfehlte Teresow.

Die reinste Lachnummer! Teresow zielte mit der erbeuteten Waffe auf den zweiten Marineinfanteristen, drückte ab, traf ihn in die Brust und sah ihn zu Boden gehen. Zwei erledigt, einer ist noch fällig...

Aber er hatte den anderen Mann zu lange aus den Augen gelassen.

McLanahan umklammerte mit der Linken Teresows rechtes Handgelenk und verdrehte es, bis der Russe das Gleichgewicht verlor und über ihn fiel. Gleichzeitig zog er mit der rechten Hand sein Kampfmesser KaBar aus dem linken Schulterhafter und stieß es mit solcher Wucht in Teresows Bauch, daß die Spitze des großen Messers aus dem Rücken wieder austrat.

Teresows Körper wurde starr. Die Waffe glitt ihm aus der kraftlos gewordenen Hand. McLanahan schleuderte den Sterbenden von sich weg und ließ ihn in einer Lache seines eigenen Blutes liegen.

McLanahan kroch zu der reglosen Gestalt vor der Zellentür. »Dave? Dave?«

Der Mann vor ihm war unverkennbar David Luger.

Er war dünner, als McLanahan sich je hätte vorstellen können, und blutete aus zwei Wunden an Kopf und Brust – aber das Herz schlug deutlich spürbar. McLanahan tastete die linke Brustseite ab, bis er die Schußwunde unter dem Schlüsselbein gefunden hatte. Eine Kugel war danebengegangen; die zweite hatte Lugers Brust oberhalb des Herzens durchschlagen. Während McLanahan seine linke Hand auf die Wunde preßte, holte er mit der rechten das Verbandspäckchen aus seinem ALICE-Gurtzeug und zog eine sterile Wundkompresse heraus. Als er sie auf die Wunde drückte, bewegte Dave Luger seine blutverkrusteten Lippen und stöhnte halblaut.

»Dave? Ich bin's, Mann – Patrick! Wach auf!«

Luger öffnete langsam die Augen. Er blinzelte, während er im schwachen Lichtschein der Notleuchte versuchte, das über ihn gebeugte Gesicht zu erkennen. »*Shto?*« fragte Luger auf russisch. »*Kto tam...?*«

»Dave ich bin's – *Patrick*« sagte McLanahan. »Wir holen dich hier raus. Ich bin's, dein Partner Patrick.«

Luger starrte ihn an. Im nächsten Augenblick spürte McLanahan zu seiner Überraschung, wie eine Hand sein Gesicht betastete. »Pa-Patrick? Bist du's wirklich?«

»Yeah, Dave«, antwortete McLanahan, dessen Herz so übervoll war, daß er fast in Tränen ausgebrochen wäre. »Yeah, ich bin's...«

»Wie rührend!« sagte eine schwache Stimme hinter McLanahan. Wadim Teresow, aus dessen Bauch noch immer das Kampfmesser KaBar ragte, hatte es irgendwie geschafft, mit der Beretta in der Hand wieder auf die Beine zu kommen. »Ihr seid also alte Freunde, was?« keuchte Teresow auf englisch. »Okay, dann können wir ja alle zusammen zur Hölle fahren.« Er umklammerte die Pistole mit beiden Händen und zielt auf McLanahans Hinterkopf. »Jetzt ist Schluß mit euch...«

»Nein, mit *dir*, du Arschloch!« rief General John Ormack. Er riß seine MP5 hoch, hielt den Abzug gedrückt und durchsiebte Teresow mit den 32 Schuß eines vollen Magazins. Das dauerte keine drei Sekunden, und als Teresow diesmal zusammensackte, war er wirklich tot. Er hatte ohne den Luxus einer dicken Kevlarweste auskommen müssen, die Ormack zuvor gerettet hatte, als Teresows Schuß ihn getroffen hatte.

»Der ist erledigt«, stellte Ormack zufrieden fest. Er ließ die leergeschossene Waffe fallen und kniete neben Luger nieder. »Luger, sind Sie's wirklich? Wie geht's Ihnen, Oberleutnant?«

Der sekundenlange Feuerstoß schien den Verwundeten wieder ganz belebt zu haben, denn er riß ungläubig verblüfft die Augen auf, als er sich Ormack zuwandte. »Oberst... Oberst Ormack, sind Sie's wirklich? Sie sind auch hier?«

»Allerdings«, bestätigte Ormack stolz. »Und Sie können General zu mir sagen, Junge.«

»Natürlich«, murmelte Luger mit schwachem Lächeln. »General. Hätte ich mir denken können... Patrick?«

»Ich bin hier, Dave.«

Ormack gab sein Verbandspäckchen McLanahan, der es auf die Ausschußöffnung drückte.

»Bringt ihr mich jetzt heim?«

Aber McLanahan hatte keine Zeit mehr, darauf zu antworten. Irgendwo hinter ihnen waren Schritte zu hören. Er hob die Pistole auf, warf sich herum und zielte in die Schatten.

»Gute Reaktion, Oberst«, sagte Gunnery Sergeant Wohl, als er ins Licht trat. Hinter ihm tauchten drei Marines auf. Der Sergeant schob seine Nachtsichtbrille hoch. »Ich hab' schon geglaubt, die sei defekt«, sagte er mit der Andeutung eines Lächelns, »weil Sie eben wie ein richtiger Marineinfanterist ausgesehen haben.« Er deutete auf Luger. »Wer ist das – REDTAIL HAWK?« Dann sah er die von Schüssen durchsiebte Leiche Teresows an der Zellentür liegen. »Hoffentlich ist *das* nicht unser Mann gewesen...«

»Nein, der liegt hier«, versicherte ihm McLanahan hastig. »Gunnery Sergeant Wohl... Oberleutnant David Luger, U.S. Air Force. Dave... Gunny Wohl. Ich brauche Hilfe beim Verbinden dieser Schußwunde.«

»Rourke!« Der Sergeant winkte einen seiner Männer heran, der einen Sanitätstornister trug. Wohl beugte sich über Luger, legte eine Hand auf seine Schulter und lächelte ihm zu. »Nett, Sie kennenzulernen, Oberleutnant. Freut mich, daß Ormack und McLanahan Sie hier gefunden haben – und daß wir Sie alle lebend aufgespürt haben.«

Im nächsten Augenblick tauchte Hal Briggs aus den Schatten auf, ergriff Lugers Hand und schüttelte sie, bis der Verwundete mit einem Aufschrei die Augen verdrehte.

»Dave Luger! Verdammt, Luger, Sie leben noch... Ich meine, verdammt, Mann – ich freue mich, Sie wiederzusehen!«

»Hal... *Hal Briggs?* Mein Gott, ich kann's kaum glauben, daß Sie auch da sind!« Er blickte zu McLanahan auf. »Sind Wendy und Angelina auch da?«

»Nicht so schnell, Partner«, sagte McLanahan. »Der Heimweg muß sich doch lohnen.«

»Richtig, Oberst«, bestätigte Wohl.

Luger starrte McLanahan an. »Oberst? Du bist *Oberst* geworden?«

»Heben Sie sich Ihre Fragen bis später auf, Oberleutnant«, verlangte Wohl. »Erst müssen wir aus diesem Loch raus.«

Auf Lugers schmales Gesicht trat ein grimmig resignierter Ausdruck, als habe er sich damit abgefunden, doch hier unten sterben zu müssen.

»Lassen Sie sich von ihm nicht unterkriegen, Dave«, forderte Briggs ihn grinsend auf.

»Sie halten gefälligst die Klappe, Briggs.« Wohl wartete, bis Luger verbunden war. »Ist er transportfähig?« fragte er. Als der Sanitäter nickte, sagte Wohl: »Okay, dann nichts wie raus hier, Jungs!«

Ormack und McLanahan führten die Marines zur anderen Treppe, an deren Fuß sie Oberleutnant Marx, den Piloten der MV-22 und den verwundeten Absetzer zurückgelassen hatten. Von dort aus stiegen sie gemeinsam ins Erdgeschoß hinauf.

Gunnery Sergeant Trimble stand neben einem Funker, als die Marines von unten heraufkamen. »Meldung, Wohl«, verlangte er knapp.

»Ich habe mit meiner Gruppe und Hauptmann Briggs den Keller durchsucht«, berichtete Wohl. »Dort sind auf der untersten Ebene Schüsse gefallen. Wir haben nachgesehen und General Ormack und Oberst McLanahan mit diesem Mann angetroffen, den sie als REDTAIL HAWK identifiziert haben.«

»Ohne Scheiß?« Der große Sergeant trat auf Luger zu, der neben dem verwundeten Absetzer lag. »Ihr Name?« fragte er.

»*Myeenya zahvoot* Iwan Sergejewitsch... Ich meine, ich heiße Luger, David Luger«, antwortete Luger. »United States Air Force«, fügte er stolz hinzu.

»Warum spricht dieser Mann Russisch?« Wissen Sie bestimmt, daß das unser Mann ist, McLanahan?« knurrte Trimble.

»Das ist unser Mann«, bestätigte McLanahan. »Aber ihm ist die ganze Zeit eingeredet worden, er sei ein russischer Wissenschaftler.«

Trimble wirkte durchaus nicht überzeugt. »Okay. Vernehmen können wir ihn später. Durchsucht ihn nach Waffen oder Funkgeräten?«

»Durchsuchen?« wiederholte McLanahan verständnislos. »Er hat doch nur eine zerrissene Hose am Leib, Trimble!«

»Von mir aus kann er splitternackt sein. Bis seine Identität geklärt ist, bleibt er für mich ein nicht identifizierter Ausländer. Er wird durchsucht, bekommt Handschellen angelegt und wird bewacht. Und das ist der letzte Widerspruch gewesen, den ich Ihnen durchgehen lasse, McLanahan.« Trimble ließ ihn stehen und wandte sich Marx zu. »Wie geht's dem Oberleutnant?«

»Sieht ganz nach Schädelbruch aus, Gunny«, antwortete der Sanitäter. »Er muß schnellstens ausgeflogen werden. Sergeant McCall hat mehrere Knochenbrüche, aber anscheinend keine inneren Verletzungen. Major Cook hat sich den linken Arm gebrochen.« Er deutete auf den Copiloten der MV-22, der unterdessen aus dem Flugzeug geborgen und ins Erdgeschoß des Sicherheitstrakts gebracht worden war, wo er mit seiner Jacke über dem Gesicht auf dem Boden lag. »Hauptmann Brandt ist im Einsatz gefallen.«

McLanahan blickte den Korridor entlang; er sah vier weitere reglose Gestalten mit zugedeckten Gesichtern und drei Verwundete. Von den für dieses Unternehmen eingesetzten insgesamt 48 Marines – inklusive der fliegenden Besatzungen – waren acht gefallen und weitere acht mit schweren Wunden kampfunfähig. Außerdem sah McLanahan etwa ein Dutzend Marines mit Kopf-, Schulter-, Arm- oder Beinverbänden.

»Für 'nen einzigen russisch sprechenden Flieger haben wir schwer bluten müssen«, sagte Trimble und schüttelte aufgebracht den Kopf. Er nickte Ormack und McLanahan zu. »Wenigstens habt ihr die Verwundeten mitgebracht.« Das war der einzige Dank, den sie zu erwarten hatten. »Okay, Jungs, wir müssen dieses Gebäude mit zweiunddreißig Marines halten, bis wir abgeholt werden. Auf dem Dach sind vier MGs und eine Stinger-Gruppe stationiert. Sobald die Kellertür verbarrikadiert und mit einer Sprengladung gesichert ist, gilt folgende Einteilung: Zwei Mann bewachen das Treppenhaus; weitere vier Mann kontrollieren als Streife systematisch die oberen Stockwerke. Alle anderen halten hier unten die Stellung und bauen unsere MGs an beiden Enden des Querkorridors und gegenüber dem Eingang auf.

Trimble wandte sich an Briggs, Ormack und McLanahan. »Ihr drei durchsucht in den oberen Stockwerken sämtliche Schreibtische und Aktenschränke. Jeder bekommt eine B-4-Tasche mit und meldet sich bei mir, sobald sie voll ist. Für die Tasche seid ihr persönlich verantwortlich. Sie ist wichtiger als ihr selbst – sollte im Flugzeug nicht genug Platz sein, kommt sie mit, während ihr zurückbleibt. Wenn wir schon Marines opfern müssen, um euch hier reinzubringen, soll sich das wenigstens lohnen, verdammt noch mal!«

»Wieviel Zeit haben wir noch, bis die SEA HAMMER zurückkommt?« fragte Ormack, der Mühe hatte, sich zu beherrschen.

»Hammer Three steht auf dem Botschaftsgelände, um betankt und repariert zu werden«, antwortete der Sergeant. »Sie soll in spätestens einer Viertelstunde über dem Dach sein. Da wir eine SEA HAMMER verloren haben, brauchen wir zwei Flüge, um alle abzutransportieren. Also können Sie mit ungefähr einer halben Stunde rechnen.«

»Nur eine halbe Stunde?«

»Wie haben Sie sich das vorgestellt, Sir?« fragte Trimble sarkastisch. »Glauben Sie, daß die MSB-Truppen uns 'ne Woche Zeit lassen, damit wir ihren Kram in aller Ruhe durchsuchen können? Sie haben Gück, daß Sie *zehn Minuten* bekommen. Also Beeilung, Sir! Sie sammeln wichtige Informationen über den sowjetischen Stealth-Bomber, bis ich Ihnen befehle, die Suche einzustellen und zur Evakuierung aufs Dach zu kommen. Ist das klar, Sir?«

»Und wann kommen wir in die Hangars?« warf McLanahan ein. »Der Bomber soll dort...«

»Falls Sie sich dort umsehen wollen, Sir, bitte sehr!« unterbrach ihn Trimble. »Wahrscheinlich kriegen Sie den Arsch weggeschossen, aber Ihr Abenteuer haben Sie dann gehabt. Der restliche Komplex ist nicht gesichert.«

»Aber der Bomber ist unser eigentliches Ziel!« wandte Ormack ein. »Fotos des sowjetischen Stealth-Bombers wären der größte nachrichtendienstliche Coup dieses...«

»Außerdem ist dieses Gebäude bloß der Sicherheitstrakt«, stellte McLanahan fest. »Vielleicht lagern hier Schriftstücke – aber die sind bestimmt veraltet oder für uns wertlos. Wir brauchen Unterlagen aus Hangars, aus Konstruktionsbüros. Wir brauchen...«

»Verdammt noch mal, Sir, was Sie für das eigentliche Ziel halten, ist mir scheißegal!« fuhr Trimble ihn an. »Ich habe den Auftrag, REDTAIL HAWK zu retten und Ihnen Gelegenheit zu verschaffen, nach Unterlagen über dieses Versuchsflugzeug zu suchen. Kein Mensch hat von Fotos oder einer Besichtigung dieses Stealth-Bombers gesprochen oder festgelegt, wie lange wir dableiben müssen, damit Sie in Schreibtischen wühlen können. Das entscheiden Hauptmann Snyder und ich. Also *beeilen* Sie sich gefälligst! Und ich erwarte, daß Sie mit übervollen Taschen zurückkommen!«

Gus-Oberkommando (Westgruppe), Kaliningrad
13. April, 04.50 Uhr

Auf dem Rücksitz seines Dienstwagens, einer schweren SIL-Limousine, klammerte General Anton Osipowitsch Woschtschanka sich an die Halteschlaufe, während sein Fahrer eine enge Kurve nahm. Obwohl es erst halb fünf war, wirkten die Straßen Kaliningrads belebter als sonst. Gelegentlich blieben Passanten stehen und deuteten auf den dunkelblauen SIL, als könnten sie den Mann auf dem Rücksitz sehen. *Wissen die Leute etwa schon Bescheid?* fragte Woschtschanka sich. *Nichts macht schneller die Runde als schlechte Nachrichten.* Er versuchte seufzend, sich auf den Bericht seines neben ihm sitzenden Adjutanten zu konzentrieren.

». . . nur eine Reihe Einzelunternehmen«, sagte der Adjutant gerade, »aber die Litauer haben genau gewußt, wo sie zuschlagen mußten. Sie haben Umspannwerke, Radarstellungen, Fernmeldeeinrichtungen und wichtige Eisenbahn- und Straßenbrücken gesprengt. Unsere Verluste sind sehr gering, aber der Sachschaden läßt sich vorläufig gar nicht abschätzen. Ganze Stützpunkte sind noch immer nicht telefonisch oder über Funk erreichbar, obwohl die ersten Anschläge schon über eine Stunde zurückliegen.«

»Ist Generalalarm gegeben worden?« knurrte Woschtschanka.

»Ja, aber bisher haben sich erst die dreißig größten Einrichtungen und Stützpunkte gemeldet«, antwortete sein Adjutant. »Bei kleinen Einrichtungen und Außenposten scheint er teilweise nicht angekommen zu sein. Von denen haben allerdings über zwei Dutzend gemeldet, sie würden angegriffen oder hätten bereits Schäden erlitten.«

»Das zahle ich Palcikas heim!« sagte Woschtschanka halblaut. »Gott, das wird er mir büßen! Was glaubt der eigentlich, wen er vor sich hat? Ich will wissen, wo er sich aufhält; ich will, daß er sofort verhaftet und . . .«

»General Palcikas dürfte sich im Fisikus-Institut aufhalten.«

Woschtschanka starrte seinen Adjutanten an. »Das *Fisikus* ist angegriffen worden?«

»Nicht nur angegriffen, General, sondern eingenommen«, berichtete der Offizier. »Das Institut ist als einzige Einrichtung von litauischen Truppen besetzt worden. Nach ersten Meldungen halten vier- bis fünftausend Soldaten das Institutsgelände und den Flughafen besetzt, während etwa zweitausend Soldaten durch Wilna patroullieren.«

»Sie haben gemeldet, amerikanische Marines seien über der Stadt und im Fisikus«, sagte Woschtschanka. »Also haben die Amerikaner unsere Einrichtungen und Stützpunkte gemeinsam mit den Litauern angegriffen?«

»Welche Verbindung zwischen Litauern und Amerikanern besteht, ist vorläufig nicht bekannt«, antwortete sein Adjutant. »Aber Zufall ist zu unwahrscheinlich und dürfte ausscheiden. Sie *müssen* zusammenarbeiten.«

»Irgendwas von den Amerikanern? Nichts im Fernsehen oder aus Minsk?«

»Nichts, General.«

»Unglaublich«, murmelte Woschtschanka. »Amerika greift uns ohne Kriegserklärung an – und versteckt sich dabei hinter den Rockschößen des kleinen Litauen!« Trotz seiner demonstrativen Verachtung machte ihm das Sorgen, denn wegen dieser Amerikaner konnte er sein Kommando und vielleicht sogar sein Leben verlieren. Vor allem die Marines waren als zähe Kämpfer bekannt. »Operieren sie weiter von der US-Botschaft aus?«

»Ja, General. Dort stehen zwei Kampfhubschrauber AH-1 Sea Cobra des Marine Corps, beide mit voller Bewaffnung, und ein Transporthubschrauber Super Stallion, der anscheinend defekt ist und möglicherweise repariert wird. Die Botschaftswache ist durch mindestens hundert Marines verstärkt und auf etwa hundertfünfzig Mann gebracht worden. Drei Hubschrauber Super Stallion haben Zivilangestellte der US-Botschaft ausgeflogen... Augenblick, bitte!«

Der Sicherheitsbeamte auf dem Beifahrersitz, der zugleich das Funkgerät bediente, reichte dem Adjutanten eine eben eingegangene Meldung nach hinten.

»Auf dem Botschaftsgelände ist ein weiteres Flugzeug des Marine Corps gesichtet worden, General: ein Kipprotor-Flugzeug MV-22 SEA HAMMER. Es scheint ebenfalls defekt zu sein.«

»Ist die Maschine aus dem Fisikus gekommen?« fragte Woschtschanka.

»Ja, General. Das scheint die Meldung zu bestätigen, daß die im Fisikus-Institut abgeschossene Maschine ein Kipprotor-Flugzeug V-

22 Osprey gewesen ist. Die gemischten Hubschrauberstaffeln des Marine Corps bestehen aus sechs bis acht dieser Maschinen und Hubschraubern der Muster Sea Cobra und Super Stallion.«

»Läßt sich abschätzen, wie viele Marines im Fisikus sind?«

»Nein, General. Aber jede MV-22 kann sechs Besatzungsmitglieder und bis zu zwanzig Mann mit voller Ausrüstung transportieren.«

»Also können wir von etwa vierzig Marines ausgehen«, sagte Woschtschanka. »Eine jämmerliche kleine Streitmacht.«

»Von den MSB-Truppen sind keine Meldungen mehr eingegangen«, stellte der Adjutant fest, »obwohl dort einige hundert Mann stationiert gewesen sind. Das könnte bedeuten, daß diese vierzig Marines gegen eine zehnfache Übermacht siegreich geblieben sind.«

»Ja, mit litauischer Unterstützung«, sagte Woschtschanka. Er schüttelte den Kopf. »Ein Debakel! Solche Verluste haben wir seit Afghanistan nicht mehr erlitten!«

Sein Adjutant beugte sich vor und griff nach dem Telefonhörer, den der Sicherheitsbeamte ihm hinhielt. »General, MSB-General Gabowitsch ist am Telefon.«

»Gabowitsch? Wo hat er diese Nummer her?« Aber diese Frage war sinnlos – schließlich war er beim KGB. Wahrscheinlich hatte er sogar die Privatnummer des amerikanischen Präsidenten in seiner Tasche. Woschtschanka nahm den Hörer entgegen und drückte die Sprechtaste. »General Woschtschanka«, meldete er sich barsch.

»Verdammt noch mal, was tun Sie eigentlich, Woschtschanka?« fragte Gabowitsch erregt. »Was zum Teufel geht hier vor? Sind Sie auf Ihrem Posten oder nicht?«

»Wovon reden Sie überhaupt, Gabowitsch?«

»General Palcikas hat mit seinen Banditen das Fisikus-Institut überfallen!« antwortete Gabowitsch mühsam beherrscht. »Über der ganzen Stadt schwirren Hubschrauber herum. Ich habe keine Verbindung zu Teresow und der militärischen Führung im Fisikus mehr – Palcikas hat sie alle abschlachten lassen, fürchte ich.«

»Sie sind von amerikanischen Marines angegriffen worden«, stellte Woschtschanka fest.

»Was? *Marines*? Hier in Litauen...?« Am anderen Ende fragte Gabowitsch sich, ob der weißrussische General betrunken war.

Ohne sich mit Einzelheiten aufzuhalten, berichtete Woschtschanka von den Überfällen auf Stützpunkte in ganz Litauen, die Verstärkung der US-Botschaft und die Besetzung des Fisikus-Instituts. »Damit«, sagte der General zuletzt, »dürfte Ihr kleiner Plan zur Unterwerfung Litauens erledigt sein, nicht wahr?«

Am anderen Ende herrschte fürs erste Schweigen.

Woschtschanka war kurz davor, einfach aufzulegen, als Gabowitsch endlich sagte: »Nein, General, dies ist die *perfekte* Gelegenheit. Sie müssen sofort angreifen. Setzen Sie Ihre Truppen aus Kaliningrad und Weißrußland in Marsch. Eine bessere Gelegenheit gibt's nicht!«

»Hören Sie, Gabowitsch...« Aber er sprach nicht weiter, weil er einsah, daß Gabowitsch recht hatte. In der allgemeinen Verwirrung nach den Überfällen war er als Oberbefehlshaber der GUS-Truppen in Litauen geradezu *verpflichtet*, etwas zu unternehmen. In Litauen schienen Terroristen zu agieren, deren Anführer Palcikas offenbar versuchte, die Macht zu ergreifen oder die im Fisikus-Institut entwickelten hochmodernen Waffen für seine Zwecke zu erbeuten! Natürlich, so mußte es sein – zumindest würde Woschtschanka das notfalls dem Ministerrat erzählen.

Jedenfalls war dies wahrhaftig der ideale Zeitpunkt. Weil fast alle litauischen Nachrichtenverbindungen unterbrochen waren, würden Truppenbewegungen auch tagsüber erst Stunden später gemeldet werden. Bis dahin konnten seine Einheiten das gesamte Land besetzen. Woschtschanka fühlte sein Herz bei dieser Vorstellung rascher schlagen.

Aber war er wirklich zum Losschlagen bereit? Wo würden Gabowitsch und die MSB-Truppen stehen, wenn die ersten Schüsse fielen? Vielleicht war's besser, noch abzuwarten. »Was ist, wenn die Amerikaner die Litauer unterstützen?« fragte Woschtschanka. »Die Amerikaner könnten mit starken Kräften zurückschlagen. Ich brauche mehr Zeit, um die Truppe zu mobilisieren.«

»Ich wette, daß Ihre Truppe längst einsatzbereit ist, General«, fauchte Gabowitsch, »nur *Sie* zögern noch immer. Dies ist der ideale Zeitpunkt, General. Das wissen Sie so gut wie ich. Entschließen Sie sich! Diese Gelegenheit kommt nie wieder!« Woschtschanka war noch unschlüssig, als Gabowitsch hinzufügte: »Außerdem müssen Sie die amerikanischen Hubschrauber auf dem Gelände der US-Botschaft angreifen.«

»*Die amerikanische Botschaft angreifen?*« fragte der General entgeistert.

»Nun, wie Sie selbst sagen, stehen auf dem Botschaftsgelände mindestens drei, vielleicht sogar mehr Kampfhubschrauber. Die müssen zerstört werden, General, bevor unsere Truppenbewegungen entdeckt werden. Außerdem müssen Sie den Amerikanern zeigen, daß wir *jedem* Versuch, unsere Pläne zu behindern, gewaltsam entgegentreten werden.«

Woschtschanka hätte merken müssen, daß Gabowitsch ihn manipulierte, indem er »wir« und »unsere« sagte, obwohl völlig klar war, daß seine Soldaten ja gar nicht eingesetzt würden – aber in seiner Aufregung ignorierte der General die wahre Bedeutung von Gabowitschs Worten. Dies war seine große Chance, ein neues, mächtigeres Reich zu gründen ... und als Alleinherrscher mit eiserner Faust zu regieren! Er gab wortlos den Hörer zurück und sammelte sich sekundenlang, bevor er seinen Adjutanten anwies:

»Verbinden Sie mich mit Oberst Zwirko von der Einundfünfzigsten Luftflotte. Ich muß ihn sofort sprechen. Sorgen Sie dafür, daß die Mobilmachungsbefehle der Fünften und Siebten Armee auf meinem Schreibtisch liegen, wenn wir ankommen. Und Sie, Fahrer, benützen gefälligst die Sirene, damit wir schneller vorankommen, sonst schnappe ich mir Ihre Maschinenpistole und fange an, uns den Weg freizuschießen!«

Sicherheitstrakt des Fisikus-Instituts
13. April, 04.08 Uhr

»Hier ist was!« rief Ormack. »Ich hab' was!« Er stand vor einem Stahlschrank, den Briggs und einer der Marines mit einem kleinen Brocken des Sprengstoffs C4 aufgesprengt hatten. McLanahan und Briggs kamen herbeigerannt. »Hier, das sieht wie Informationsmaterial für prominente Werksbesucher aus: Farbdias, Videokassetten, Hochglanzprospekte, Kostenberechnungen ... einfach alles!«

»Ich hab' auch was«, sagte Briggs. »Scheint ein Verzeichnis aller Geheimsachen zu sein – mit genauer Angabe der Aufbewahrungsorte. Das muß Sergeant Haskell uns gleich übersetzen.« Zu jedem dieser Spezialteams der Marines gehörte mindestens ein Mann, der die jeweilige Landessprache sehr gut beherrschte. In ihrem Fall war das Andrew Haskell, der draußen im Treppenhaus Wache hielt.

»Unglaublich, was?« fragte McLanahan, als er neben Ormack ihre olivgrünen Segeltuchtaschen mit Schriftstücken und Videokassetten vollstopfte. »Wir sind in einem streng geheimen sowjetischen Konstruktionsbüro und raffen dort alles zusammen, was uns brauchbar erscheint! Und Dave haben wir auch gefunden! Ich kann's wirklich kaum glauben.«

»Ich auch nicht«, bestätigte John Ormack. »Aber ich würde lieber gleich abhauen. Was nutzt uns das ganze Zeug, wenn wir nicht in die Hangars können? Wir haben Dave, und er scheint halbwegs in Ordnung zu ein. Also könnten wir doch abhauen!«

»Yeah, das wär' toll, den Bomber im Original zu besichtigen.«

»Hey, sieh dir das an!« sagte Ormack, ohne auf McLanahans Frage einzugehen. »Ein komplettes Testflugprogramm... Mann, das ist ein Eroberungsprogramm für den Bomber! Es trägt sogar ein Datum... hey, das ist in zehn Tagen! Der Bomber muß kurz vor dem Abnahmeflug stehen!«

»Wir müssen Hauptmann Snyder bitten, uns dort drüben umsehen zu dürfen«, schlug McLanahan vor. »Ich übergehe Trimble nicht gern, John, aber er ist ein verdammt sturer Kerl und genehmigt nichts, was nicht im Einsatzplan steht.«

»Hör zu, ich habe nichts an ihrem Einsatzplan auszusetzen, Patrick. Immerhin hat er uns lebend hergebracht«, sagte Ormack. McLanahan nickte zustimmend. »Andererseits sollten wir vielleicht wirklich Snyder fragen. Wir haben unseren Auftrag, und Snyder ist hier der Boß, nicht dieser Trimble.«

Sobald ihre Taschen B-4 mit Material vollgestopft waren, gingen sie ins Treppenhaus zurück, wo die Wachen für sie die Erlaubnis einholten, zum Dach hinaufzusteigen. Draußen hatte inzwischen ein kalter Nieselregen eingesetzt, der dazu beitrug, das Gefühl nervöser Abgespanntheit zu verstärken.

Ormack stellte die Taschen unter einen Überhang neben dem Fahrstuhlschacht, wo sie einigermaßen vor Nässe geschützt waren.

Hauptmann Edward Snyder hatte das Funkgerät mit unter seinen Poncho genommen und hockte mit aufgesetztem Kopfhörer auf der niedrigen Brüstung des Flachdachs. Sein Kompanieoffizier machte einen Rundgang, um die MG-Nester zu kontrollieren. Snyder beobachtete die umliegenden Hangars und Gebäude durch sein Nachtglas. Als Ormack und McLanahan auf ihn zukam, ließ er das Nachtglas sinken und streifte auch den Kopfhörer ab.

»Schon fertig, Gentlemen?« fragte er. Im ersten Licht des anbrechenden Tages wirkte sein Gesicht erschöpft und sorgenvoll. Ormack wußte nicht, ob dies Snyders erster oder schon sein zehnter richtiger Einsatz war, aber zusammengekniffene Lippen und herabhängende Schultern zeigten, wie stark er unter Druck stand.

»Fündig sind wir nur im zweiten Stock geworden«, antwortete Ormack. »Wir haben dort alles Brauchbare mitgenommen.«

»Dann durchsuchen Sie das Erdgeschoß«, schlug Snyder vor. »Sie haben noch etwas Zeit.«

»Wir möchten zu den Hangars hinüber«, sagte Ormack.

Snyder holte gereizt tief Luft. Bevor er sprechen konnte, warf Ormack rasch ein: »Hauptmann, das Flugzeug steht dort drüben. Die Betriebshandbücher liegen dort drüben. Wir müssen unbedingt...«

»Hauptmann, Fahrzeug aus Süden!« meldete der Kompanieoffizier laut. Snyder sprang auf, packte das Funkgerät, rannte quer übers Dach und ging an seinem Südrand hinter der Brüstung in Deckung. Die beiden Luftwaffenoffiziere folgten seinem Beispiel.

Von den Hangars her kam ein gepanzerter Mannschaftstransportwagen übers Vorfeld auf den Sicherheitstrakt zugerasselt. An seiner Funkantenne flatterte ein rotes Banner: der Wytis der Litauer. Und ein im MTW stehender Soldat hielt ein Sturmgewehr AK-47 hoch, an dessen Lauf eine weiße Parlamentärsflagge wehte.

»Funkspruch von diesem Fahrzeug, Sir«, meldete der Kompanieoffizier. »Auf der Notfrequenz. Unverschlüsselt.« Snyder hielt sich den Kopfhörer ans Ohr.

»Achtung, amerikanische Marines, Achtung!« sagte eine Männerstimme mit starkem Akzent auf englisch. »Ich spreche im Auftrag von General Dominikas Palcikas, dem Oberbefehlshaber der litauischen Streitkräfte. Der General läßt Ihnen mitteilen, daß jetzt das gesamte Fisikus-Gebäude von OMON-Soldaten gesäubert ist. Mein Oberfehlshaber bittet, Ihren Kommandeur sprechen zu dürfen.«

Der MTW rumpelte weiter auf den Sicherheitstrakt zu. Snyder drückte die Sprechtaste seines Mikrofons. »Panzerfahrzeug mit litauischer Flagge – halt!« Er ließ das Mikrofon sinken. »Entfernung vom MTW zum Gebäude?«

»Fünfzig Meter«, meldete einer der MG-Schützen. »Fahrzeug steht jetzt.«

»Sichtbare Bewaffnung?«

»Nur das Sturmgewehr mit einer weißen Flagge«, wurde gemeldet. »MG-Drehkranz ist leer.«

Snyder sprach in sein Handfunkgerät. »Trimble, Sie setzen einen Panzerjägertrupp auf den MTW an. Fährt er näher heran, wird er abgeschossen. Ist das klar?«

»Trimble, verstanden«, kam die Antwort.

Aus der MTW-Hecktür kam ein großer, stämmiger Soldat zum Vorschein, der von einem jüngeren Mann mit umgehängtem Funkgerät begleitet wurde. Sobald sie ausgestiegen waren, stieß der MTW ungefähr zwanzig Meter weit zurück. Die beiden Soldaten waren anscheinend nur mit Pistolen bewaffnet. Der große Mann marschierte selbstbewußt auf den Eingang des Sicherheitstrakts zu; der Funker war etwas weniger mutig, bemühte sich aber trotzdem, mit ihm Schritt zu halten. So erreichten die beiden die zersplitterte Eingangstür, hinter der die Marines sich verschanzt hatten.

»Das ist nahe genug!« rief Trimble ihnen zu. »Tretet zur Seite, damit ich euer Fahrzeug sehen kann.« Der Funker übersetzte die Aufforderung dem Offizier, der amüsiert lächelnd zur Seite trat.

»Ich bin General Dominikas Palcikas, Oberbefehlshaber der litauischen Streitkräfte«, sagte der große Mann in stockendem Englisch. »Ich möchte bitte Ihren Kommandeur sprechen.« Er mußte erkannt haben, daß Trimble nicht der Kommandeur der Marines war.

»Hauptmann, der Kerl gibt vor, General Palcikas zu sein«, funkte Trimble nach oben. »Er will Sie sprechen.«

»Er will mich sprechen?« wiederholte Snyder sichtlich erstaunt. »Setzen Sie die beiden fest, Trimble. Leisten sie Widerstand, werden sie erschossen. Bewegt der MTW sich, wird er abgeschossen. Ich komme sofort runter!«

»Sie wollen den Oberbefehlshaber der litauischen Streitkräfte verhaften lassen?« fragte McLanahan. »Warum?«

»Woher weiß ich, daß er wirklich Palcikas ist? Woher weiß ich, daß er der hiesige Oberbefehlshaber ist? Litauen hat offiziell gar keine Streitkräfte – bloß eine schlechtbewaffnete Miliz. Aber diese Leute sind mit Flak und Panzern angerückt...« Snyder wandte sich an Ormack und fuhr fort: »Ich bin nicht scharf auf seine Verhaftung, aber ich muß mich an die Vorschriften halten. Diese beiden werden festgesetzt und einzeln befragt, genauso wie Luger von Trimble und Haskell vernommen worden ist. Aber was mir mehr Sorgen macht, Sir, ist unser Abtransport von diesem Scheißdach. Die Russen können jeden Augenblick kommen, und wir lassen uns Zeit für ein Schwätzchen mit den Einheimischen.« Er griff nach dem Mikrofon des großen Funkgeräts. »Hafen, hier Hammer. Status unseres Transportgeräts? Kommen.«

»Hammer, hier Hafen. Abholung in frühestens zwanzig Minuten. Kommen.«

»Frühestens zwanzig Minuten, verstanden« bestätigte Snyder und hängte das Mikrofon fluchend ein. »Scheiße, dann wird es schon Tag – die SEA HAMMER kommt erst in frühestens zwanzig Minuten.«

»Ich will nicht drängeln, Hauptmann«, sagte Ormack, »aber das wäre unsere große Chance. Die Litauer dort unten scheinen das gesamte Institut besetzt zu haben, und die MV-22 trifft verspätet ein. Wir brauchen nicht einmal Unterstützung durch Ihre Marines.«

»Ach, wirklich?« knurrte Snyder. »Ihr seid schon Fachleute für Kommandounternehmen, was?«

»Ich versuche nicht, Sie zu belehren, Hauptmann«, antwortete Ormack gelassen. »Ich sage nur, daß wir bereit sind, das Risiko auf uns zu nehmen. Sie haben alles wichtige Material aus diesem Gebäude in den Taschen dort drüben – und REDTAIL HAWK im Erdgeschoß in Gewahrsam.«

»Sie bilden sich also ein, ich lasse Sie auf eigene Faust losziehen, weil ich nicht für Sie verantwortlich bin und mich nicht um Sie zu kümmern brauche, was?« fragte Snyder scharf. »Aber ich *bin* für Sie verantwortlich, verdammt noch mal! Ich bin für jeden meiner Männer verantwortlich. Sollte einer von Ihnen durch meine Schuld umkommen, werde *ich* vors Kriegsgericht gestellt. Und das soll ich wegen eines dämlichen Flugzeugs riskieren?«

Snyder holte tief Luft und starrte die beiden Luftwaffenoffiziere eisig an, bevor er sagte: »Sie setzen die Durchsuchung des Gebäudes fort und nehmen alles brauchbare Material mit. Bis Sie fertig sind, kommt hoffentlich die SEA HAMMER, um uns rauszuholen. Vielleicht laden die Litauer Sie später ein, das Flugzeug zu besichtigen.

Aber mir geht's vor allem um meine Leute. Mit nur zweiunddreißig Mann wären wir beim ersten Gegenangriff erledigt. Eine einzige Bombe würde schon reichen...«

Der Hauptmann wandte sich ab, übergab das große Funkgerät seinem Kompaniechef und hastete die Treppe hinunter. Ormack und McLanahan folgten ihm.

In der Eingangshalle saßen die beiden Litauer mit den Gesichtern zur Wand und gefesselten Händen und Füßen auf Holzstühlen. Ein Marineinfanterist untersuchte ihr Handfunkgerät und notierte sich die gespeicherten Frequenzen. Sergeant Haskell stand als Dolmetscher bereit. Gunnery Sergeant Trimble begutachtete die Dienstausweise der beiden Soldaten; als die drei Offiziere herankamen, übergab er sie Snyder. »Haskell?«

»Wir haben kein Bild von Palcikas, Sir«, meldete Haskell. »Ich schlage vor, daß wir uns von der Botschaft eines faxen lassen.«

Snyder hob sein Handfunkgerät an die Lippen. »Bob, rufen Sie unsere Botschaft, damit sie uns ein Foto des litauischen Generals Dominikas Palcikas zufaxt. Ende.« Mit dem eingebauten Faxmodem konnte das große Funkgerät PRC-118ED Faxe über kleinere Entfernungen direkt und über Satellit weltweit senden und empfangen. »Was wissen wir über Palcikas?« fragte Snyder den Sergeanten.

»Eigentlich nur Name, Alter und Dienstgrad«, meldete Haskell. »Nach unseren Unterlagen hat Litauen gar keine richtige Armee. Höchstens zweitausend Mann, Infanteriebewaffnung, ein paar MTWs. Keine Flugzeuge, Panzer, Geschütze oder Flak. Vor allem Wachdienst, aber auch Grenz- und Personenschutz.«

Snyder nickte Trimble zu, der den Stuhl des Generals herumdrehte, so daß Palcikas nicht mehr die Wand anstarrte. Auf dem müden, schmutzigen Gesicht des Litauers stand ein schwaches Lächeln. »Verstehen Sie Englisch, Sir?«

»Ja. Wenig«, antwortete Palcikas. Er sah die dunkelblauen Hauptmannsspangen an Snyders Kragen, betrachtete ihn prüfend und lächelte etwas breiter. »Sie sind der Kommandant?«

Synder ignorierte seine Frage. »Sir, wie viele Soldaten haben Sie hier im Fisikus-Institut?« wollte er wissen.

»Sie sagen ›Sir‹ mit wenig Respekt in der Stimme, junger Hauptmann« stellte Palcikas fest. »Sie müssen amerikanische Marineinfanteristen sein.« Sein Englisch war nicht besonders gut, aber der Funker, der noch immer mit dem Gesicht zur Wand dasaß, half ihm bei der Übersetzung. »Ich habe vier Bataillone gehabt – ungefähr dreitausendfünfhundert Mann. Zwei Bataillone ausgefallen. Habe jetzt umgruppiert in drei Bataillone zu achthundert Mann.«

»Großer Gott!« sagte Snyder. Auch er hatte etwa ein Drittel seiner Truppe verloren – aber die Verluste dieses Mannes waren hundertmal höher gewesen ... Er gab sich einen Ruck und fragte weiter: »Welches Angriffsziel verfolgen Sie hier?«

»Das Fisikus wird mein Hauptquartier, falls wir angegriffen werden«, erklärte ihm Palcikas mit Hilfe seines Funkers. »Mein Hauptquartier Trakai ist nicht gut gegen Luftangriffe. Fisikus ist sehr gut, sehr stark.«

»Aber welches Ziel haben Sie? Was tun Sie hier? Warum haben Sie das Fisikus-Institut angegriffen?«

»Um ausländische Truppen aus Litauen zu vertreiben«, antwortete der General. »Ich zerstöre Nachrichtenzentralen, Radarstationen, Kraftwerke und Flugplätze – nun halte ich festen Platz und plane die nächste Offensive. Fisikus gehört jetzt Litauen.« Er machte eine Pause, starrte Snyder forschend an und fragte: »Was ist *Ihr* Ziel hier, Hauptmann?«

»Das ist geheim, Sir.« Haskell brachte Snyder einen Ausdruck. Die Botschaft hatte ihnen ein neueres Fotos von General Palcikas gefaxt. Die Ähnlichkeit war unverkennbar. Snyder zeigte es auch Trimble. »Nehmen Sie ihm die Fesseln ab – aber die Pistole bekommt er erst zurück, wenn er geht.«

Palcikas lächelte über diese Vorsichtsmaßnahme. »Ah, ein Geheimunternehmen«, sagte er, als er wieder frei war. »Kleines Team, begrenztes Ziel, wenig Verluste, Geiselbefreiung? Sie stehlen Geheimformeln wie in James-Bond-Filmen?« Er musterte Briggs, Ormack und McLanahan. »Das sind keine Marines. CIA? Spione?« Er schüttelte den Kopf, starrte Ormack an und nickte ihm zu. »Nein, keine Spione. Aber Sie sind hoher Offizier. Vielleicht der Kommandeur? Sie sehen aus wie Kommandeur.«

Snyder warf Ormack einen warnenden Blick zu – *keine Namen, keine Fragen, offiziell sind wir gar nicht hier* –, und der General nickte, um zu zeigen daß er verstanden hatte. »Ich freue mich, Sie kennenzulernen«, sagte Snyder und streckte dem Hünen seine Rechte hin, die Palcikas kräftig schüttelte. »Ich habe schon viel von Ihnen gehört, seit

Sie nach Litauen heimgekehrt sind. In Amerika sind Sie sehr populär.«

»Kluger Mann!« sagte Palcikas breit grinsend. »Ich hielt Sie zuerst für General wie ich, aber Sie sind für General zu klug – vielleicht Sergeant, ja?« Die Amerikaner lachten laut – Palcikas' Charme war unwiderstehlich. »Keine Namen, Unternehmen ist geheim. Sie wissen von mir . . . vielleicht doch Spione.« Er zuckte nonchalant mit den Schultern. »Macht nichts. Sie haben uns geholfen, und dafür danke ich Ihnen. Was haben Sie jetzt vor?«

»Im Augenblick will ich vor allem hier *raus*«, antwortete Snyder.

»Ganz einfach«, sagte Palcikas und schlug Ormack und Snyder auf die Schulter. »Wir nehmen Sie mit. Sie wollen zu Ihrer Botschaft? Zur ›Stadt des Fortschritts‹? Ja, wir bringen Sie hin. Schwere Bewachung, auf Lastwagen versteckt, niemand merkt was. Okay?«

Snyder wollte bereits dankend ablehnen, aber dann dachte er doch über dieses Angebot nach. Eine SEA HAMMER oder Super Stallion mußte mindestens zweimal fliegen, um die im Fisikus festsitzenden Marines rauszuholen – und bei Tageslicht würde jeder Flug hundertmal gefährlicher als der vorige sein. Außerdem ließ ihr Unternehmen sich dann unter keinen Umständen mehr geheimhalten. Der Hauptmann wandte sich an Trimble und zog ihn einige Schritte beiseite.

»Ich lege mein Leben verdammt ungern in die Hände von Leuten, die ich nicht kenne, aber das hier *sind* Einheimische. Sich die Unterstützung von Einheimischen zu sichern, wird immer wieder empfohlen. Und wenn eine Echo oder Hammer kommt, um uns rauszuholen, kann sie auf der ganzen Strecke beschossen werden.«

»Wenn Sie mich fragen, sollten wir so schnell wie möglich aus dem Fisikus verschwinden, Sir«, antwortete Trimble. »Unser Auftrag ist ausgeführt: Wir haben den Kerl, wir haben das Geheimmaterial. Ich bin dafür, schnellstens abzuhauen.«

»Dafür bin ich auch«, bestätigte Snyder. Er sprach Palcikas an: »Wir akzeptieren Ihr Angebot dankend, General – unter folgenden Bedingungen: Ich muß wissen, welche Strecke wir fahren, niemand bekommt die Augen verbunden, wir behalten unsere Waffen, und in jedem Fahrzeug sitzen gleichviele Litauer und Amerikaner.«

Der Funker übersetzte, was Snyder gesagt hatte, und Palcikas nickte zustimmend. »Sehr vorsichtig, Hauptmann, aber Vorsicht ist gut. Mein Wort, daß Bedingungen erfüllt werden.«

»Danke, General. Vielleicht können Sie die Waffen im ersten Stock dieses Gebäudes brauchen – dort lagert die Ausrüstung eines ganzen Bataillons.«

»Waffen sind immer gut, junger Hauptmann«, sagte Palcikas lächelnd. »Wenn Sie gestatten, lasse ich Soldaten kommen, um abzuholen.«

»Wenn wir abfahren, können Sie alle haben«, sagte Snyder. »Aber nicht vorher.«

»Sie sind sehr vorsichtig. Aber das gefällt mir. Gut, wir holen uns die Waffen, wenn Sie abgezogen sind.« Palcikas erteilte seinem Funker einen kurzen Befehl und wandte sich dann an Ormack und die anderen Luftwaffenoffiziere. »Und was ist mit unseren namenlosen Spionen? Fahren Sie mit den Marines – oder möchten Sie den Rest des Instituts besichtigen? Wie ich höre, steht in der östlichen Halle ein phantastischer Vogel. Denke ich richtig, daß Sie seinetwegen hergekommen sind?«

Ormack schien das Angebot annehmen zu wollen, aber Snyder, der bereits über Funk mit seinem Kompanieoffizier auf dem Gebäudedach sprach, wehrte ab: »Nein, General, diese Gentlemen kommen mit *uns*.«

Palcikas zuckte mit den Schultern und wandte sich wieder an Ormack: »Seien Sie unbesorgt, General – und ich weiß, daß Sie ein General sind, auch wenn dieser junge Hauptmann Ihnen Befehle geben kann –, ich kümmere mich gut um den Vogel, und mein Stab macht ein paar hübsche Aufnahmen von ihm. Vielleicht erscheinen sie schon nächste Woche in den größten Luftfahrtzeitschriften?«

Oval Office im Weißen Haus, Washington D. C.
12. April, 21.57 Uhr (13. April, 03.57 OEZ)

Geht in der Nachrichtenzentrale des Weißen Hauses ein Anruf aus dem Ausland ein und wird vom Präsidenten der Vereinigten Staaten angenommen, ist er keineswegs allein, wenn er den Hörer abnimmt und »Hallo!« sagt. Solche Anrufe werden im allgemeinen erst nach ein paar Minuten – nicht mehr als drei bis vier – durchgestellt, während sich eine ganze Expertengruppe darauf vorbereitet, das Gespräch mitzuhören.

Bei diesem Anruf aus der weißrussischen Hauptstadt Minsk wurden rasch ein Dolmetscher und eine Dolmetscherin an nicht aufspürbare »tote Nebenstellen« gesetzt: einer für Russisch, die andere für Weißrussisch. Der Russischdolmetscher, ein Marineoffizier im Stab des Weißen Hauses, war dem Sicherheitsberater des Präsidenten unterstellt und schon während der Vorbereitungen des Unternehmens in Wilna in Alarmbereitschaft versetzt worden. Die Dolmetscherin für Weißrussisch, eine Mitarbeiterin des Außenministeriums, war erst kurz vor Beginn des Unternehmens angefordert worden – als abzusehen war, wer anrufen würde.

Außer den Dolmetschern waren auch Ingenieure zugeschaltet, um mit leistungsfähigen Computern die Verbindung zu analysieren, den Ausgangspunkt dieses Anrufs festzustellen und möglichst zu ermitteln, wie viele Ohrenpaare am *anderen* Ende zuhörten. Zu den übrigen Fachleuten gehörten Psychologen, deren Aufgabe es war, den Streß in der Stimme des Anrufers zu analysieren und festzustellen, ob er ehrlich oder verschlagen, unnachgiebig oder kompromißbereit war; weiterhin gehörten dazu Geheimdienstleute, die den Anrufer und etwaige Stimmen im Hintergrund identifizieren sollten, und natürlich Berater des Präsidenten, in diesem Fall mehrere Mitglieder des Nationalen Sicherheitsrats, die an »toten Nebenstellen« mithörten, damit sie nicht ihrerseits gehört und entdeckt werden konnten.

Als sein Stabschef ihm meldete, alle seien bereit, drückte der Präsident auf den Knopf, der die Verbindung herstellte, und meldete sich . . .

. . . woraufhin Pawel Borisowitsch Swetlow, der weißrussische Präsident, in seiner Muttersprache loslegte. Die Lautstärke wurde elektronisch heruntergeregelt, und die Dolmetscherin übersetzte fast simultan: »Mr. President, warum helfen Sie diesen litauischen Terroristen? Warum haben Sie amerikanische Marineinfanteristen nach Wilna entsandt?«

Auf der linken Seite des Bildschirms auf dem Schreibtisch des Präsidenten stand die fast in Echtzeit erstellte Übersetzung, während rechts Kommentare seiner Mitarbeiter erschienen. *Er dürfte beim Terroristen-Gambit bleiben*, tippte einer der Psychologen ein. *Könnte leicht angetrunken sein*, vermutete ein anderer. *Er ist dazu veranlaßt worden, »Terroristen« zu sagen*, schrieb ein CIA-Offizier. *Von wem?*

»Falls Sie den Einsatz in der US-Botschaft meinen, Präsident Swetlow«, sagte der Präsident der Vereinigten Staaten, »haben wir von Präsident Kapocius schon vor mehreren Tagen eine Überfluggenehmigung für unsere Flugzeuge erhalten. Der Ministerrat der Gemeinschaft Unabhängiger Staaten ist telegrafisch von unserem Antrag auf Überfluggenehmigung unterrichtet worden.« Das war eine leichte Verdrehung der Tatsachen, denn in Wirklichkeit war das Telegramm erst vor ungefähr einer halben Stunde abgeschickt worden. »Von irgendwelchen terroristischen Aktivitäten in Litauen ist mir nichts bekannt.«

»Letzte Nacht sind zahlreiche GUS-Stützpunkte überfallen worden, wobei Hunderte von Soldaten den Tod gefunden haben – die meisten davon aus meinem Land!« polterte Swetlow.

Verluste weit übertrieben, tippte ein Berater des Präsidenten sofort. Die Dolmetscherin übersetzte weiter: »Unseren Informationen nach sind diese Anschläge von litauischen Terroristen verübt worden. Sind die Vereinigten Staaten etwa an diesen terroristischen Aktivitäten beteiligt?«

Der Präsident betätigte die »Stummschaltung« seines Telefons, um sich ungestört beraten zu können. »Hat Präsident Kapocius seine Erklärung zu den Angriffen schon abgegeben?«

»Ja, Sir«, antwortete jemand.

»Wann?«

»Vor ungefähr zehn Minuten.«

»Hat er gesagt, daß es sich um Angriffe litauischer Truppen gehandelt hat?«

»Ja, Sir.«

»Und General Palcikas? Hat er Palcikas erwähnt?«

»Ja, Sir. Der General ist ausdrücklich belobigt worden.«

»Gut.« Der Präsident hob die Stummschaltung seines Telefons wieder auf. »Präsident Swetlow, der litauische Präsident Kapocius hat vor zehn Minuten bekanntgegeben, daß litauische Truppen diese Stützpunkte auf seinen Befehl angegriffen haben. General Palcikas erhält seine Befehle von Präsident Kapocius. Es handelt sich also keineswegs um terroristische Aktivitäten.«

Aber Swetlow unterbrach den Präsidenten, und die Dolmetscherin ratterte los, bevor er ausgesprochen hatte: »Der Ministerrat der Gemeinschaft Unabhängiger Staaten hat mich damit beauftragt, im Baltikum während der im Kooperationsvertrag vereinbarten Übergangszeit für Ruhe und Ordnung zu sorgen. Ihre Einmischung und Ihre Unterstützung dieses terroristischen Aufstands bedrohen Frieden und Sicherheit nicht nur in Litauen, sondern auch in Belarus und der Gemeinschaft Unabhängiger Staaten.«

Auf dem Bildschirm vor dem Präsidenten erschienen sofort neue Kommentare wie *Klingt verdammt ernst* und *Auftakt zu irgend etwas???*

»Bleiben Sie bei Ihrer Darstellung, Mr. President«, sagte Sicherheitsberater George Russell laut. »Wir evakuieren Amerikaner und verstärken die Botschaftswache für den Fall, daß Unruhen ausbrechen sollten. Für alles andere sind die Vereinten Nationen zuständig.«

»Lassen Sie sich diesen Scheiß nicht gefallen, Mr. President!« forderte Vizepräsident Martindale etwas weniger diplomatisch.

Der Präsident nickte wortlos. »Präsident Swetlow, ich habe nicht die Absicht, herumzusitzen und mir Drohungen anzuhören«, erklärte er dem Weißrussen. »Ich fordere Sie auf, das Unternehmen zur Verstärkung unserer Botschaftswache nicht zu behindern. Was diese Angriffe auf GUS-Stützpunkte betrifft, schlage ich vor, die Vereinten Nationen als Schlichter einzusetzen. Die Vereinigten Staaten setzen keine Waffengewalt gegen GUS-Verbände ein, solange unsere Truppen nicht zuerst beschossen werden. Ich fordere Sie nachdrücklich auf, in Litauen auf militärische Gewalt zu verzichten.«

»Ich werde nicht dulden, daß Litauen und die Vereinigten Staaten mein Freiwilligenheer und den mühsam erkämpften Frieden zerstören«, polterte Swetlow. »Damit Handel und Versorgung gesichert sind, braucht Belarus den Frieden und die Sicherheit der Gemeinschaft Unabhängiger Staaten. Wir haben in Litauen vitale Interessen zu verteidigen, und seine Guerillaarmee...«

Ein CIA-Analytiker tippte: *Kernpunkte! Von Litauen abhängig... vitale Interessen in Litauen... auf dem Weg in den Krieg!?*

»... und ich versichre Ihnen, Mr. President, daß meine Regierung handeln wird, falls diese Angriffe nicht aufhören«, fuhr Swetlow fort. Seine Stimme klang lauter und aufgeregter. »Wir werden alle Mittel einsetzen, um das Baltikum wieder zu befrieden. *Alle nur denkbaren Mittel!* Räumen Sie Litauen und mischen Sie sich dort nicht ein, sonst müssen Ihre Landsleute die Folgen tragen.«

Am anderen Ende wurde aufgelegt.

Auf dem Bildschirm erschienen sofort die Gesprächsdauer, die Gesprächslänge in Wörtern und eine Flut von Analysen der mithörenden Techniker.

Ohne auch nur auf die Kommentare von CIA-Agenten und Psychologen einzugehen, sagte Verteidigungsminister Thomas Preston: »Er meint's ernst. Ich glaube, daß er in Litauen einmarschieren wird.«

»Die Voraussetzungen sind jedenfalls da, Mr. President«, fügte Sicherheitsberater George Russell hinzu. »Swetlow hat die eigene Lage als aussichtslos geschildert – eine terroristische Guerilla, Gefahr für den Frieden, Abhängigkeit seines Landes von Litauen, vitale Interessen Weißrußlands in Litauen... Mit dem Wortprotokoll dieses Telefongesprächs kann er vor die Fernsehkamera treten, um alle seine Entscheidungen zu rechtfertigen.«

»Aber den Einsatz weißrussischer Verbände in Litauen kann nur die GUS rechtfertigen«, stellte der Präsident fest. »Was wird die Gemeinschaft dazu sagen? Wie wird sie auf diese Entwicklung reagieren...?«

»Das dürfte keine Rolle mehr spielen, Sir«, sagte General Wilbur Curtis, der Vorsitzende der Vereinten Stabschefs. »Er hat die Gemeinschaft einmal erwähnt, aber danach ist nur mehr von Belarus die Rede gewesen. Ich glaube, daß er bereit ist, auch ohne Zustimmung der GUS loszuschlagen.«

Alle nickten, als seien sie der gleichen Meinung.

Der Präsident spürte deutlich, wie sich seine Magennerven verkrampften. Er fühlte sich den Ereignissen hilflos ausgeliefert: Wie sollte er Swetlow daran hindern, tatsächlich in Litauen einzumarschieren? »Also gut«, sagte er und gab sich einen Ruck. »Was wird er tun? Wo wird er zuschlagen?«

General Curtis schlug sofort ein Notizbuch mit dem Ergebnis einer Untersuchung seines Stabes auf. »Aus der gegenwärtigen Kräfteverteilung ergeben sich drei wahrscheinliche Angriffsschwerpunkte:

Der Hauptvorstoß dürfte vom Heeresfliegerstützpunkt Smorgon im Norden Weißrußlands aus geführt werden, wo eine Panzerbrigade mit fünfzehnhundert Mann und zweihundert Panzern, eine Fliegerbrigade mit ungefähr sechzig Kampfflugzeugen und eine Infanteriebrigade mit fünfzehnhundert Mann stationiert sind. Sie alle können Wilna in spätestens zwei Stunden erreichen – abgesehen von den

Kampfhubschraubern, die in weniger als einer halben Stunde über der Hauptstadt sein können, und einigen Erdkampfflugzeugen, die sogar binnen zehn Minuten angreifen können.

Der zweite Vorstoß wird dann aus Litauen heraus geführt – aus dem Land selbst. Weißrußland hat in Litauen rund zehntausend Mann stationiert. Je nachdem, wie stark das Fernmeldenetz durch unser Unternehmen und die Überfälle durch Litauer beschädigt ist, können sie in bis zu einer Stunde mobilisiert werden.

Der dritte Vorstoß erfolgt aus dem Kaliningrader Gebiet – dem kleinen Stück Rußland im Südwesten Litauens«, fuhr Curtis fort. »Dort stehen fast ausschließlich weißrussische Verbände unter russischem Befehl. Die Weißrussen haben ihren Luftwaffenstützpunkt Tschernjachowsk im Kaliningrader Gebiet systematisch ausgebaut. Dort ist jetzt eine Fliegerbrigade mit weit über hundert Flugzeugen und Hubschraubern stationiert, die binnen einer halben Stunden die Stadt Kaunas und den Hafen Memel angreifen können. Zu dieser Brigade gehören nur schwache Infanteriekräfte, aber sie kann nach den ersten Angriffen umgruppiert und für Luftlandeunternehmen und Truppentransporte eingesetzt werden.«

»In weniger als einer Stunde«, rechnete der Vizepräsident vor, »können die weißrussischen Truppen also in ganz Litauen auf dem Vormarsch sein – und in ein paar Stunden können sie massiert angreifen?«

»Das stimmt leider, Mr. Vice President.«

Im Oval Office herrschte zunächst Schweigen.

Der schlimmste Fall, den sie alle von Anfang an befürchtet hatten, war eingetreten: Litauen wurde angegriffen.

»Case, verbinden Sich mich sofort mit Präsident Kapocius«, verlangte der Präsident.

»Wir versuchen schon, Verbindung zu bekommen«, antwortete sein Stabschef Timmons, »aber viele Leitungen sind zerstört. Wir sind dabei, eine Verbindung über die US-Botschaft herzustellen, aber auch das ist nicht ganz einfach.«

»Vielleicht hat er die Hauptstadt schon verlassen«, meinte Außenminister Danahall.

»Ich muß mit Kapocius reden!« stellte der Präsident nachdrücklich fest. »Ich muß wissen, wie er darüber denkt. Herrje, ich kann ihm seine Entscheidungen doch nicht abnehmen...!«

»Sie müssen reagieren, Mr. President«, sagte der Vizepräsident. »Gintarus Kapocius hat amerikanischen Militärmaschinen eine Überfluggenehmigung erteilt. Er hat sich darauf verlassen, daß wir nicht nur unsere eigenen Leute retten, sondern auch sein Land beschützen. Das gibt uns das Recht, alle erforderlichen Maßnahmen zu treffen.«

»Das will ich von *ihm* hören«, knurrte der Präsident. »Ich denke gar nicht daran, in seinem Land ohne seine ausdrückliche Zustimmung einen Krieg anzufangen. Vor allem keinen, der sich zu einem Atomkrieg ausweiten könnte!«

»Sir, wir haben einen Notfallplan«, warf Curtis ein. »General Lockarts U.S. European Command würden die 26. Marines, Schiffe der Siebten Flotte in der Ostsee sowie Einheiten der Dritten Armee und der Dritten und Siebzehnten Luftflotte unterstellt. Außer diesen Verbänden können wir die Air Battle Force in South Dakota in sofortige Alarmbereitschaft versetzen. Das wären rund zwanzigtausend Mann, zweitausend Marines, vier Jagdstaffeln, sechs Bomberstaffeln, eine Staffel Aufklärer, eine Transportstaffel und...«

»Um Himmels willen, General, halten Sie die Luft an!« unterbrach ihn der Präsident. »Ich *weiß*, daß Sie einen Notfallplan haben. Aber ich muß jetzt *nachdenken*.« Während die anderen schwiegen, stand der Präsident auf, ging minutenlang im Oval Office auf und ab und blieb zuletzt an der Terrassentür zum Rosengarten stehen. Er starrte sein Spiegelbild in der Panzerglasscheibe an, wandte sich dann ab und kam an den Schreibtisch zurück. »Wie lange würde die Mobilmachung unserer Truppen in Deutschland dauern?« fragte er Curtis.

»Unsere ersten Luftwaffeneinsätze über Litauen – Aufklärungsflüge und beschränkte Luftangriffe – könnten in zehn bis zwölf Stunden beginnen«, antwortete der General. »Realistischerweise müßten wir damit bis zum Abend warten, weil Tageseinsätze viel riskanter wären. Binnen drei Tagen wären die fliegenden Verbände voll einsatzbereit.

Die Entsendung von Bodentruppen wäre erheblich schwieriger – außer wir bekämen die Erlaubnis, die polnisch-litauische Grenze zu überschreiten, was aber sehr unwahrscheinlich ist. Für die Vorbereitung eines Landungsunternehmens würden die rund vierzigtausend Marines und Second Marine Expeditionary Force mindestens eine Woche brauchen.«

»Also mindestens zehn bis zwölf, eher vierundzwanzig Stunden bis zu den ersten Luftwaffeneinsätzen«, faßte der Präsident zusammen. »Falls die Weißrussen sich jetzt zum Einmarsch entschließen, haben sie für ihren Vorstoß durch Litauen mindestens einen Tag lang Zeit. Sie könnten Wilna besetzen, bevor wir das erste Flugzeug in die Luft bekämen.«

»Wir könnten auch tagsüber fliegen, Sir«, stellte Curtis fest. »Ich habe keinen aktuellen Wetterbericht, aber schlechtes Wetter wäre günstiger. Trotzdem müßten wir mit steigenden Verlusten rechnen, bis die Luftherrschaft erkämpft wäre. Ohne vorgeschobene Stützpunkte oder Überflugrechte, die uns vermutlich weder Polen noch Lettland einräumen würden, müßten unsere Flugzeuge aus Dänemark, Norwegen oder Deutschland Hunderte von Kilometern weit übers Meer anfliegen.«

»Und das setzt voraus, daß *diese* Staaten uns Kampfeinsätze von ihrem Boden aus gestatten«, warf Danahall ein. »Unter Umständen warten sie erst eine Resolution des Sicherheitsrats der Vereinten Nationen ab, bevor sie uns solche Einsätze genehmigen.«

Der Präsident sah wieder zu Curtis hinüber. »Das heißt also, daß wir praktisch zusehen müßten, wie Litauen von Weißrußland oder der GUS besetzt wird, ohne etwas dagegen unternehmen zu können?«

»Das halte ich für eine allzu pessimistische Annahme, Mr. President«, warf Verteidigungsminister Preston ein. »Ich bin der Überzeugung, daß unsere NATO-Partner – vor allem England und Deutschland – unser Eingreifen in Litauen engagiert unterstützen würden.«

»Für landgestützte Hubschrauber sind die Entfernungen vermutlich zu groß«, stellte Curtis fest, »aber Bomber F-111 aus England, Erdkampfflugzeuge A-10 und mit Lenkwaffen Maverick zur Panzerabwehr ausgerüstete Jäger F-16 aus Deutschland und Dänemark haben mehr als genug Kampfkraft und Reichweite. Die Überführung von Stealth-Bombern F-117 und Jagdbombern F-15E nach Europa dauert einige Tage. Die Air Battle Force könnte binnen vierundzwanzig Stunden einsatzbereit sein – aber sie braucht einen vorgeschobenen Stützpunkt, um wirksam eingreifen zu können.«

Der Präsident erkannte, daß dies der schlimme Augenblick war, in dem er entscheiden mußte, ob er junge Männer in ein fremdes Land entsenden wollte, um sie dort kämpfen und vielleicht auch sterben zu lassen. Zuvor war es lediglich um ein paar Marines gegangen, die den Schutz der Botschaft in Wilna verstärken und durch ein weiteres Unternehmen einen amerikanischen Gefangenen befreien sollten. Um die Risiken zu minimieren, waren beide Einsätze nachts und mit möglichst geringer Mannschaftsstärke durchgeführt worden. Aber jetzt hatte sich die Situation geändert, und er sollte mehr Männer, mehr Material entsenden – und das am hellichten Tag und angesichts kampfbereiter feindlicher Truppen.

»Nein, ich brauche bessere Optionen, General«, entschied der Präsident. »Ich brauche von allen Beteiligten nähere Angaben. Ich muß wissen, was Präsident Swetlow vorhat. Ich muß wissen, was Präsident Kapocius wünscht. Ich muß wissen, worauf wir uns da einlasssen, sonst würde ich das Leben von Amerikanern leichtfertig aufs Spiel setzen.«

Curtis schwieg einen Augenblick, während er über die verschiedenen Möglichkeiten nachdachte – und kam wie jedesmal zum selben Ergebnis.

»Sir, selbst wenn Sie sich sofort zu Luftwaffeneinsätzen in Litauen entschließen«, sagte der General, »brauchen unsere in Europa stationierten Verbände etwas Zeit, bevor sie wirksame Einsätze fliegen können.«

Der Präsident starrte ihn mißtrauisch, sogar vorwurfsvoll an, denn er wußte genau, worauf Curtis hinauswollte.

»Die Air Battle Force aus Ellsworth wäre wie erwähnt erst in vierundzwanzig Stunden einsatzbereit«, fuhr Curtis fort, »und sie braucht einen vorgeschobenen Stützpunkt – zum Beispiel in England oder Norwegen. Aber wir haben zufällig einen fliegenden Verband, der schneller verlegt werden könnte und über einen Einsatzplan für genau diesen Notfall verfügt...«

»Elliott«, sagte Sicherheitsberater Russell leicht angewidert. »Brad Elliotts Einheit, stimmt's?«

»Kurz vor Beginn der beiden Unternehmen in Wilna habe ich mit General Elliott gesprochen«, berichtete Curtis. »Bekanntlich hat er sich für einen Kommandeur, der vier seiner besten Offiziere im Feuer hatte, auffällig still verhalten. Auf Befragen hat General Elliott mich über ein Unternehmen informiert, das als Ergänzung des Unternehmens REDTAIL HAWK vorgesehen war. Wäre das ursprüngliche

Unternehmen gescheitert, wäre es abgesagt worden, hätte General Elliotts Verband gemeinsam mit MADCAP MAGICIAN, einem Team der Intelligence Support Agency, einen neuerlichen Rettungsversuch unternommen.«

»Mit *wessen* Genehmigung?« fragte der Präsident scharf. Als Curtis nicht gleich antwortete, nickte der Präsident langsam. »Aha, ich verstehe. *Ohne* Genehmigung. Elliott hätte dieses Unternehmen selbst befohlen, stimmt's?«

»Ich habe ihm angedroht, ihn einsperren zu lassen, wenn er das Unternehmen nicht sofort aufgibt und seinen Verband zurückbeordert«, fuhr Curtis fort. »Dieser Befehl ist ausgeführt worden.« Damit war die Frage des Präsidenten ohne weitere Erklärung übergangen worden, was ihn noch wütender stimmte.

Russell schüttelte den Kopf. »Ist er jetzt übergeschnappt? Verdammt noch mal, für wen hält sich Elliott eigentlich? Der gehört nicht eingesperrt – den sollte man an die Wand stellen und *erschießen!*«

»Schon möglich«, bestätigte Curtis. »Andererseits lieber nicht, George, denn im Augenblick ist er unser bester Mann. Elliott hat starke Land-, Luft- und Seestreitkräfte zu einer geheimen, schlagkräftigen Kampfgruppe zusammengefaßt. Er hat über hundert Marines, zwei Kipprotor-Flugzeuge als Kampfzonentransporter und sechs modifizierte Bomber B-52, die offiziell gar nicht existieren. Er hat mir einen Plan vorgelegt, der die Vernichtung der Hälfte des weißrussischen Invasionspotentials *in einer Nacht* und die Rückholung unserer Marines aus dem Fisikus-Institut vorsieht. Mein Stab hat den Plan begutachtet und hält ihn für durchführbar, wenn die litauischen Streitkräfte uns etwas unterstützen. Und er kann in ungefähr vierzehn Stunden ausgeführt sein.«

»In vierzehn Stunden!« wiederholte der Präsident ungläubig. »Aber Sie haben doch selbst von zwei bis drei Tagen Anlaufzeit für Luftwaffeneinsätze gesprochen...«

»Sir, General Elliott hat *seine* Kampfgruppe bereits mobilisiert«, antwortete Curtis. »Spätestens morgen abend – etwa fünfzehn Uhr hiesiger Zeit – kann unser Kampfverband über Litauen sein. Ich möchte Ihnen und Ihrem Stab das Unternehmen erläutern und schlage zunächst vor, Elliotts Verband Starterlaubnis für den Flug von Nevada zu seinem Bereitstellungsraum über der Ostsee zu erteilen. Sollte sich die Lage bessern, können wir ihn zurückrufen oder nach Thule in Grönland beordern, wo Elliott ihn ursprünglich stationieren wollte.«

Curtis machte eine Pause und versuchte, die Stimmung des Präsidenten und seiner Berater einzuschätzen. Der Präsident wirkte zweifelnd, aufgebracht und fuchsteufelswild – aber er zog wider Erwarten nicht über Elliott her. Und seine Berater schwiegen geflissentlich, als fehle ihnen der Mut, sich hinter einen mutigen, aber potentiell gefährlichen Querkopf wie Bradley James Elliott zu stellen.

»Verflucht, General«, sagte der Präsident kopfschüttelnd, »wie kommt Elliott mit diesem Scheiß durch? Und erzählen Sie mir bitte nicht, daß wir Kerle wie ihn *brauchen* – von dem bekomme ich nur Alpträume!«

Dazu äußerte sich Curtis lieber nicht.

Der Präsident massierte sich den schmerzenden Nacken, bevor er seufzend sagte: »Also gut, Elliott soll schnellstens herkommen. Ich will bloß hoffen, daß sein Plan wirklich was taugt.«

US-Botschaft in Wilna, Litauen
13. April, 05.02 Uhr

Major Jurgensen begutachtete die MV-22 SEA HAMMER und schüttelte angewidert den Kopf. Mit angelegten Rotorblättern und geöffneter Verkleidung erinnerte die rechte Triebwerksgondel an eine verwelkte Blüte. Der gepflegte Rasen vor dem Hauptgebäude wies Flecken von Kerosin, Getriebeöl und Hydraulikflüssigkeit auf und war von schweren Stiefeln zerpflügt. »Soviel Schaden durch Gewehrfeuer, Sergeant?«

»Ein verdammt unglücklicher Treffer, Sir«, antwortete der Bordwart des beschädigten Flugzeugs. »Dieser eine Schuß hätte gar keine dümmere Stelle treffen können ... Als ob der Schütze genau gewußt hätte, welche Leitung mit Behelfsmitteln am schwierigsten zu ersetzen ist.«

»Haben Sie versucht, Teile der Echo zu verwenden?« fragte der Major, indem er zu der beschädigten CH-43E Super Stallion hinübernickte. Jurgensen hatte zugestimmt, den Hubschrauber ausschlachten zu lassen, um die MV-22 wieder flugfähig zu machen, weil sie besser für den Weitertransport des befreiten Luftwaffenoffiziers und des Geheimmaterials aus dem Fisikus-Institut geeignet war. Mit dem hier noch vorhandenen Rest Treibstoff kam das Kipprotor-Flugzeug weiter als die Super Stallion.

»Ein paar Teile haben wir brauchen können«, berichtete der Sergeant. »Die beiden haben nicht viel gemeinsam, aber zum Glück sind die Hydraulikleitungen überall gleich. Damit kommen wir ganz gut zurecht.«

»Okay, aber wann können wir unsere Leute aus dem Fisikus-Institut abholen?«

»In ein paar Minuten bringen wir die Verkleidungen wieder an, Sir, und machen einen Triebwerksprobelauf. Danach müssen die Waffen wieder an Bord – das dauert nur ein paar Minuten. Insgesamt zehn bis fünfzehn Minuten, Sir.«

Als Realist rechnete Jurgensen eher mit einer halben Stunde. »Melden Sie mir, wenn Sie fertig zum Anlassen sind«, sagte Jurgensen. »Wir lassen die Waffenbehälter weg und setzen die Sea Cobras als Begleitschutz ein. Weitermachen!«

Ein Mann hastete heran und holte ihn zur Funkstation am Hintereingang des Botschaftsgebäudes. »Was gibt's?« fragte Jurgensen den Funker.

»Funkspruch von Hauptmann Snyder, Sir«, meldete der Funker und gab ihm den ausgefüllten Vordruck mit dem entschüsselten Funkspruch.

Jurgensen überflog den Text. »Klasse gemacht, Eddie!« sagte er laut, als könnte Hauptmann Snyder ihn hören. Dem Funker diktierte er als Antwort: »Vorschlag angenommen, übermittelt schnellstens Strecken- und Zeitplan, Hammer-Start frühestens in dreißig Minuten.« Als er sich abwandte, sah er Botschafter Reynolds im Flur stehen. »Entschuldigung, Mr. Ambassador, unser Team drüben im Fisikus-Institut hat Verbindung mit dem litauischen General Palcikas aufgenommen. Er hat sich offenbar erboten, die Marines heimlich in die Botschaft begleiten zu lassen. Die Abfahrt könnte in ungefähr einer Viertelstunde sein. Sehen Sie da irgendwelche Probleme?«

Der Botschafter dachte kurz nach und schüttelte dann den Kopf. »Nein, Major, ich sehe keine. Ihre Männer müssen ständig Uniform tragen und jegliche Angriffshandlungen unterlassen. Das ist *sehr* wichtig. Wenn wir der Welt beweisen wollen, daß wir keine Invasionsstreitmacht sind, müssen Ihre Männer die Finger vom Abzug lassen. Diese Zusammenarbeit mit Palcikas ist sehr vorteilhaft, aber wenn er das Kommando hat, sollen auch nur *seine* Männer kämpfen. Trotzdem dürfen Ihre Leute sich natürlich verteidigen.«

»Verstanden«, bestätigte Jurgensen. »Ich brauche einen genauen Stadtplan oder eine...«

»*Hubschrauber!*« brüllte eine Stimme warnend. »Schwere Hubschrauber aus Osten im Anflug!«

Jurgensen rannte ins Freie hinaus, ließ sich ein Fernglas geben und suchte den schon deutlich helleren Himmel im Osten ab. Dann sah er sie: vier Kampfhubschrauber Mi-24 mit der NATO-Codebezeichnung HIND, die unter ihren Stummelflügeln riesige Waffenlasten mitschleppten. Der Major hob sein Handfunkgerät an die Lippen.

»Achtung, alle Mann! Fliegeralarm! Alle Zivilisten sofort in den Keller. Auf weitere Anflüge achten – ich will nicht, daß alle sich nur auf die HINDS konzentrieren und einen kleineren Hubschrauber unbemerkt rankommen lassen. Rattlers, klar zum Alarmstart! Stinger-Teams, sofort Meldung, wenn Ziele erfaßt und...«

»Major, Sie dürfen diese Hubschrauber nicht beschießen«, sagte Botschafter Reynolds, indem er Jurgensen eine Hand auf die Schulter legte.

»Wie bitte?«

»Sie dürfen vom Botschaftsgelände aus *nicht* auf diese Hubschrauber schießen.«

Während die Triebwerke der Kampfhubschrauber AH-1W Sea Cobra heulend anliefen, schüttelte Jurgensen den Kopf, als habe er Reynolds' ungeheuerliche Behauptung nicht richtig verstanden. »Soll das ein Witz sein, Mr. Ambassador?«

»Das ist mein voller Ernst, Major«, versicherte Reynolds ihm. »Begreifen Sie das nicht? Wir genießen hier nur deshalb diplomatische Immunität, weil wir uns strikt auf Verteidigung und den Schutz unserer eigenen Staatsbürger beschränken. Außerdem hat uns weder Washington noch der litauische Präsident irgendwelche offensiven Handlungen gestattet.«

»Aber diese Hubschrauber *gefährden* meine Männer!«

»Fliegende Hubschrauber gefährden niemanden, solange sie nicht angreifen, Major«, stellte Reynolds fest. »Also dürfen Sie nicht schießen, bevor nicht auf uns geschossen wird. Jeder Angriff auf unsere Botschaft ist auf Anordnung des Präsidenten als kriegerischer

Akt zu betrachten, aber ein von diesem Gelände ausgehender Angriff wäre eine schwere Völkerrechtsverletzung.«

»Was soll ich also tun? Mich hinstellen und auf einen Angriff warten?«

»Sie haben keine andere Wahl«, sagte Reynolds nachdrücklich. »Sie können sich nur zur Verteidigung einrichten – und verdammt noch mal hoffen, daß die Hubschrauber nicht angreifen.«

»Ich denke nicht daran, untätig rumzusitzen und auf einen Angriff zu warten!«

»Ich weiß nicht, ob Sie das interessiert, Major, aber als US-Botschafter in Litauen und Chef dieser Einrichtung *befehle* ich Ihnen, *nicht* auf die Hubschrauber zu schießen, solange wir nicht angegriffen werden.«

Jurgensen war vor Schock sprachlos. Die Mi-24 waren inzwischen so nahe herangekommen, daß er sie als das ältere Modell HIND-D erkannte, deren Bewaffnung aus einem 12,7-mm-MG im Bug, vier Raketenbehältern mit je 32 57-mm-Raketen und mindestens vier Panzerabwehrlenkwaffen oder Jagdraketen bestand. Die Maschinen bildeten eine in der Höhe leicht gestaffelte Angriffsformation, in der sie zum Schutz vor Fla-Raketen nur den geringsten Querschnitt zeigten.

»Das ist eine Angriffsformation, Mr. Ambassador!« drängte Jurgensen. »Wir müssen etwas unternehmen!«

»Sie dürfen nicht angreifen, Major«, sagte Reynolds fast bittend. »Ich weiß, wie Ihnen zumute ist – ich bin jetzt Anwalt und Botschafter, aber früher war ich selbst beim Marine Corps. Gelingt es diesen Hubschraubern, Sie zu einem Angriff zu provozieren, können sie unsere ganze Botschaft in Schutt und Asche legen und sich dabei zu Recht auf Notwehr berufen. Eigentlich dürften Sie nicht mal mit den Fla-Raketen Stinger auf sie zielen – schon das könnte als Angriffshandlung ausgelegt werden! Würden davon Bilder gemacht und veröffentlicht, wären wir beide unseren Job los.«

»Scheiße, Scheiße, Scheiße!« Der Major hatte sich sein Leben lang noch nie so hilflos gefühlt. »Trotzdem bleiben meine Stinger-Teams in Bereitschaft. Mein Job ist mir egal, aber diese Raketen sind unsere einzige Waffe gegen Kampfhubschrauber.«

Die Mi-24 kamen jetzt in ideale Stinger-Reichweite.

Jurgensen hob sein Handfunkgerät an die Lippen. »Alle Einheiten, jetzt Stufe grün, aber *nicht* angreifen. Niemand eröffnet das Feuer ohne meinen ausdrücklichen Befehl.« Er wandte sich an Reynolds und fragte: »Aber meine Sea Cobra kann ich starten lassen, stimmt's?«

»Wir haben Erlaubnis, Litauen zu überfliegen, Major«, bestätigte Reynolds. »Also können Sie mit den Cobras machen, was Sie wollen. Aber auch für sie gilt, daß sie erst schießen dürfen, wenn sie selbst beschossen werden. Und ich schlage... äh... vor, daß sie sich auch an die internationalen Luftverkehrsregeln halten.« Das sagte er weniger nachdrücklich, denn die Kampfhubschrauber kamen wirklich sehr schnell näher, und der Botschafter wollte nicht riskieren, Jurgensen den Start seiner Sea Cobras auszureden.

Aber diese Gefahr bestand jetzt nicht. »Ich hab's eigentlich satt, mich an Regeln zu halten, Mr. Ambassador«, stellte Jurgensen fest. Über Funk befahl er: »*Rattlers*, ich wiederhole, *Rattlers*, Stufe gelb und Start! Setzt euch hinter diese Hinds, greift aber nur an, wenn ihr beschossen werdet. Ich wiederhole: *Nur angreifen, wenn ihr beschossen werdet!*«

Die Sea Cobras, deren Triebwerke warmgelaufen waren, hatten eben ihre Rotoren eingekuppelt, als jemand rief: »Raketen abgeschossen! Raketen abgeschossen!«

Jurgensens schlimmste Befürchtungen hatten sich erfüllt.

Die zweite Mi-24 hatte zwei Lenkflugkörper abgeschossen – keine lasergesteuerten AT-6 SPIRAL oder funkgesteuerten AT-3 SAGGER zur Panzerbekämpfung, sondern die kleineren, schnelleren SA-7 GRAIL mit Infrarotsuchkopf. Die erste AH-1W slippte beim Abheben nach rechts, so daß die Jagdrakete sie um mehrere Meter verfehlte, aber die zweite Sea Cobra wurde noch am Boden von einer SA-7 getroffen. Der Hubschrauber zerplatzte, und die Hitzewelle der Explosion war so gewaltig, daß Jurgensen und Reynolds, die mindestens 120 Meter entfernt standen, sie noch deutlich spürten.

»Alle Einheiten – *Feuer frei!* Stufe *rot* und *Feuer frei!*« brüllte Jurgensen in sein Funkgerät, während der Botschafter und er sich hinter einem massiven Pflanzentrog in Deckung warfen. »Alle Einheiten, *Feuer frei!*«

Die Reaktionszeit der Stinger-Teams betrug mehrere Sekunden, aber als die Mi-24 auf ungefähr einen Dreiviertelkilometer herangekommen waren, fauchten ihnen zwei dieser Fla-Raketen entgegen.

Sekunden später trafen die Kampfhubschrauber die Abschußpositionen mit einer Salve 57-mm-Raketen, die Bäume entwurzelten und eine Bresche in die Mauer um das Botschaftsgelände schlugen.

Eine Fla-Rakete Stinger fand ihr Ziel: Sie ließ eines der Triebwerke der zweiten Mi-24 explodieren. Der riesige Kampfhubschrauber geriet ins Trudeln, drehte sich um die eigene Asche und verlor dabei schnell an Höhe. Aber er schaffte es trotzdem, sich in der Luft zu halten, bis er aufs Botschaftsgelände krachte, wo er sich überschlug und dann brennend in der Nähe des defekten Hubschraubers CH-53E liegenblieb. Der Brand drohte auf die Sea Stallion überzugreifen; Jurgensens Marines waren mit Luftabwehr ausgelastet und hatten keine Zeit zur Brandbekämpfung.

Die zweite Stinger verfehlte ihr Ziel, weil sich der Infrarotsuchkopf durch Magnesiumfackeln, die von den Hubschraubern abgeworfen wurden, täuschen ließ.

Der vierte Kampfhubschrauber griff nur zwei Ziele an: die CH-53E Super Stallion und das Kipprotor-Flugzeug MV-22. Nach seinem Präzisionsangriff mit MG-Feuer und Raketen verschwanden beide Maschinen hinter einem Vorhang aus Feuer und Rauchschwaden.

Die erste und dritte Mi-24 drehten sofort ab, um die Verfolgung der AH-1W Sea Cobra aufzunehmen. Obwohl der amerikanische Kampfhubschrauber schneller und wendiger war, gelang es ihm nicht, rechtzeitig in Angriffsposition zu kommen. Eine der acht von den Verfolgern abgeschossenen Jagdraketen SA-7 mußte ihr Ziel gefunden haben. Den Abschuß selbst konnte Jurgensen nicht beobachten: Er sah die Mi-24 weiterfliegen, sah sie Raketen abschießen und verlor den Funkkontakt zu Rattler Four. Danach sah er mehrere Kilometer entfernt nur eine schwarze Rauchsäule aufsteigen.

Der Angriff war vorbei, kaum daß er richtig begonnen hatte. Die beiden anderen Stinger-Teams bekamen die Hubschrauber nie richtig ins Visier und sparten sich ihre Lenkwaffen deshalb für den nächsten Angriff auf. Die beiden ersten Mi-24 hatten offenbar strikten Befehl gehabt, auf keinen Fall die Botschaftsgebäude anzugreifen, denn außer den beiden Stinger-Positionen und den Hubschraubern auf dem Gelände war nichts beschädigt worden.

In nur dreißig Sekunden waren vier Maschinen zerstört worden, während die Angreifer lediglich einen Hubschrauber verloren hatten.

Jurgensen und Reynolds waren zunächst sprachlos, als sie die um sie herum angerichtete Verwüstung betrachteten. Erst die Hilfeschreie der Verwundeten rissen den Major aus seiner Erstarrung. Er hob sein Handfunkgerät an den Mund. »Funker, sofort Blitzmeldung ans 26. MEU: ›Botschaft ist soeben von vier Kampfhubschraubern HIND-D angegriffen worden. Eigene Verluste noch unbekannt, aber mittelschwer. Botschaft nur wenig beschädigt. Vier eigene Hubschrauber zerstört. Ein russischer Hubschrauber abgeschossen...‹«

»Ein *weißrussischer* Hubschrauber«, warf Botschafter Reynolds ein.«

»Funker, bitte warten«, sagte Jurgensen. Er wandte sich an Reynolds. »Wissen Sie das bestimmt, Mr. Amabassador?«

»Ich habe die zwei, die unsere Cobra verfolgt haben, ganz deutlich gesehen«, antwortete Reynolds. »Diese Schweinehunde sind Weißrussen gewesen – das weiß ich hundertprozentig. Die weißrussische Flagge hat als einzige einen senkrechten Streifen am Innenrand.«

»Aber woher wissen Sie, daß die vier keine Weißrussen unter GUS-Befehl gewesen sind?«

»Mit Ausnahme russischer Maschinen sind GUS-Flugzeuge der einzelnen Staaten an einer weißen Raute um ihr Hoheitsabzeichen zu erkennen«, sagte der Botschafter. »Aber genau diese Rauten haben hier gefehlt. Glauben Sie mir, das sind *weißrussische* Hubschrauber gewesen!«

»Funker, ergänzen Sie die Meldung: ›Angreifende Hubschrauber von Botschafter Reynolds als weißrussische, ich wiederhole, als *weißrussische* Maschinen identifiziert. Ein Kampfhubschrauber ist auf dem Botschaftsgelände abgestürzt; wir werden das Wrack untersuchen, um sein Herkunftsland festzustellen.‹ Ende der Meldung.«

Jurgensen war zu dem abgeschossenen Mi-24D unterwegs, um die Löscharbeiten zu beaufsichtigen, als sein Handfunkgerät erneut piepste. »Sir, eine Meldung in Klartext von Amos Ten.« Amos war das Rufzeichen der in ganz Litauen verteilten Special-Forces-Teams. »Ten meldet Truppenbewegungen, mindestens eine Brigade, vom weißrussischen Stützpunkt Smorgon aus im Eilmarsch nach Westen. Außerdem hat Ten vierzehn einfliegende Hubschrauber gemeldet, bevor die Verbindung abgerissen ist...«

»Verstanden«, sagte der Major. *Scheiße, die gottverdammten Weißrussen machen wirklich Ernst; die marschieren wirklich in Li-*

tauen ein! Von allen beschissenen Tagen müssen sie sich ausgerechnet diesen aussuchen, um mit ihren Armeen nach Litauen vorzustoßen!

»Stellen Sie für mich eine Direktverbindung mit Scrambler zum 26. MEU her und warnen Sie unsere Leute drüben im Fisikus. Aus ihrem Flug wird nichts mehr. Geben Sie auch die Warnung vor anfliegenden Hubschraubern weiter. Sie sollen versuchen, sich so schnell wie möglich zur Botschaft durchzuschlagen. Los, Ausführung!«

National Military Command Center im Pentagon
12. April, 22.02 Uhr (13. April, 04.02 OEZ)

General Wilbur Curtis registrierte überrascht, daß Brad Elliott eine Fliegerkombi trug, als er das National Military Command Center betrat. »Na, gehen wir fliegen, Brad?« fragte er freundlich.

Elliott stand respektvoll auf, als Curtis hereinkam, aber er gab keine Antwort. Sein Mund mit den zusammengekniffenen Lippen bildete eine schmale Linie. Der Vorsitzende der Vereinten Stabschefs merkte ihm sofort an, daß er wütend war – verdammt wütend.

Curtis traf den Dreisternegeneral, der das HAWC leitete, auf dem Besucherbalkon über dem Command Center, von dem aus die Vereinten Stabschefs und ihre Mitarbeiter Kampfeinsätze in aller Welt überwachten. Der schalldicht verglaste Balkon konnte durch fernbetätigte Jalousien isoliert werden; waren sie jedoch wie jetzt geöffnet, hatten Besucher wie Elliott das aus acht Bildschirmen zusammengesetzte Big Board vor sich, das im Augenblick Land- und Seekarten des Baltikums, einen Stadtplan von Wilna und eine Wetterkarte des Ostseeraums zeigte.

Curtis forderte Elliott mit einer Handbewegung auf, Platz zu nehmen, und entließ den Stabsoffizier, der den Besucher hierher begleitet hatte. »Wie geht's, Brad?« erkundigte Curtis sich.

»Nicht besonders«, gab Elliott zu.

»Sie haben die neuesten Informationen nicht mehr angefordert. Jetzt weiß ich auch, warum nicht. Sie sollten mir doch mitteilen, wenn Sie nach Washington unterwegs sind.«

»Können wir bitte gleich zur Sache kommen, Sir?«

»Nennen Sie mich nicht ›Sir‹, Brad«, forderte Curtis ihn auf. »Sie wissen, daß wir das längst abgeschafft haben.« Als Elliott ihn nur finster anstarrte, seufzte Curtis innerlich. »Was tut man, Brad, wenn ein Mann, den man seit vielen Jahren zu kennen glaubt, auf einmal ganz anders ist? Ich habe schon viele Veränderungen erlebt – durch Krieg, Beförderung, Degradierung, Enttäuschung, Zorn, Freude –, aber manche Leute hält man für alt oder erfahren genug, um keine Änderungen mehr befürchten zu müssen.«

»Ich weiß nicht, ob ich *Sie* überhaupt kenne, *Sir*«, antwortete Elliott erbittert. »Die gesamte militärische Führungsspitze scheint plötzlich auf der Stelle zu treten.«

»Nicht wirklich, Brad«, widersprach Curtis.

»Wie kommt das, General Curtis? Niemand scheint sich ein Bewußtsein für Recht und Unrecht bewahrt zu haben. Ich habe das Gefühl, daß meine Männer da drüben in Litauen im Stich gelassen werden. Es gibt keine Reserven. Keine Unterstützung. Keine Notfallplanung. Dabei habe ich mich darauf verlassen, daß Lockhart, Kundert und vor allem *Sie* sie schützen würden.«

»Sie werden beschützt, Brad«, versicherte Curtis ihm geduldig. »Das 26. MEU gehört zu den besten Spezialeinheiten des Marine Corps. Ihren Offizieren passiert garantiert nichts.«

»Auch wenn um sie herum Litauen in Flammen steht?« fragte Elliott. »Ich bekomme ebenfalls alle MILSTAR-Meldungen, Wilbur. Unser Team hat eine SEA HAMMER verloren, und die andere ist beschädigt. Auf dem Big Bord habe ich eine Meldung über Präsident Swetlow gelesen – also dürfte er von dem Unternehmen wissen und hat vermutlich darauf reagiert.«

»Gut beobachtet«, bestätigte Curtis, »und alles wahr.«

»*Was tun Sie dann dagegen, verdammt noch mal?*« explodierte Elliott. »Seit Beginn dieses Unternehmens hat keine einzige weitere Einheit einen Mobilmachungsbefehl bekommen. Was will der Präsident tun, wenn sich die Lage in Litauen dramatisch zuspitzt, Wilbur? Im ungünstigsten Fall könnten wir erst in ein paar Tagen wirkungsvoll eingreifen. Aber trotzdem bleibt unsere militärische Führung untätig.«

»Tatsächlich ist schon was passiert«, berichtete Curtis. »Wir haben entdeckt, daß die Weißrussen mit mindestens einer Brigade aus Osten und zwei bis drei Bataillonen aus Süden in Richtung Wilna vorstoßen.«

»Scheiße! Ich hab's gewußt!« Elliott zeigte ins National Command Center hinunter, das nur von zwei Dutzend Stabsoffizieren bevölkert wurde. »Mehr wollen Sie nicht aufbieten? Wo bleibt der große Krisenstab?« Er machte eine Pause, starrte Curtis an und kniff die Augen zusammen. »Aus Osten, was? Aus Smorgon? Die weißrussische Heimatbrigade ist also aktiviert worden?«

»Sie wissen über die Heimatbrigade Bescheid?«

»Verdammt noch mal, Wilbur, *natürlich* weiß ich darüber Bescheid!« sagte Elliott aufgebracht. »Sie wäre eines *unserer* Hauptziele gewesen. MADCAP MAGICIAN wollte zwei Teams entsenden, um ihre Stabsgebäude und die Nachrichtenzentrale zerstören zu lassen. Für meine Bomber wären diese Gebäude Sekundärziele gewesen. Sollte sich ein weißrussischer Einmarsch abzeichnen, müssen sie zerstört werden, Wilbur – immerhin sollen in Smorgon Atomraketen des Typs SCARAB stationiert sein! Ich wollte nicht über die Grenze hinweg angreifen, aber diese Raketen hätten vor einem möglichen Einsatz neutralisiert werden müssen. Zwei Marschflugkörper SLAM gegen das Kraftwerk am Stadtrand, zwei weitere gegen die beiden Gebäude...«

»Großer Gott, Brad«, unterbrach Curtis ihn kopfschüttelnd, »Sie wollten mal so richtig loslegen, was? Mit Angriffsschäden in Milliardenhöhe – allein auf *Ihren* Befehl hin.«

»Der Einsatz von Luftstreitkräften ist ein unverzichtbares Element unserer nationalen Sicherheit«, stellte Elliott nachdrücklich fest, »und zu meinen Aufgaben als HAWC-Direktor gehört es auch, gefährliche Einsätze zu planen, zu organisieren und durchzuführen, um...«

»Hören Sie auf, Brad! Sie haben bisher nie versucht, sich mit wolkigen Phrasen zu rechtfertigen, also fangen Sie jetzt lieber auch nicht damit an.« Der Vorsitzende der Vereinten Stabschefs schüttelte den Kopf. »Jesus, Brad, nicht mal *Ihnen* hätte ich die Frechheit zugetraut, ausländische Ziele anzugreifen, ohne das Unternehmen vorher mit mir oder dem Weißen Haus abzustimmen.«

»Ich habe Ihnen meinen Plan vorgelegt und das Unternehmen abgeblasen, als Sie's nicht genehmigt haben«, stellte Elliott fest. »Mein Zögern bringt Luger vermutlich den Tod. Sie haben die Weißrussen geradezu eingeladen, in Litauen einzumarschieren – aber ich halte mich strikt an Ihre Befehle.«

»Für den Fall, daß Sie's vergessen haben, Brad: So *sollte* die Sache auch funktionieren«, sagte Curtis. »*Wir* sollten die Befehle geben, und *Sie* sollten sie ausführen. Daß Offiziere militärische Einsätze ohne Genehmigung ihrer Regierung planen und durchführen, kommt in Militärdiktaturen und bei Staatsstreichen, aber nicht in konstitutionellen Demokratien vor.«

»Und unsere militärische Führungsspitze sollte nicht untätig zusehen, wie amerikanische Soldaten in treuer Pflichterfüllung in fremden Ländern gefangengehalten und gefoltert werden«, antwortete Elliott hitzig, dann fügte er provokant hinzu: »Es sei denn, die militärische Führungsspitze in Washington bestünde nur noch aus politischen Arschkriechern!«

»Tun Sie sich bloß keinen Zwang an«, sagte Curtis. »*Ich* schmeiße Sie garantiert nicht raus – das überlasse ich dem Präsidenten, bei dem nicht mehr viel dazu fehlt. Sie können nicht auf eigene Faust eine Neuauflage des Einsatzes der *Old Dog* planen, nur weil *Sie* ihn für zweckmäßig halten. Natürlich wünscht sich jeder, er könnte ein paar modifizierte B-52 starten und die Bösen bombardieren. Aber so einfach ist die Sache nicht! Die politische Führung dieses Landes hat mehr zu berücksichtigen, als die Schuld- und Selbstwertgefühle eines einzelnen Mannes.«

»Schuldgefühle? Selbstwertgefühl? Wovon reden Sie eigentlich?«

»Ich rede von Ihnen, Brad«, sagte Curtis. »Sie tragen das Unternehmen *Old Dog* wie einen Orden an der Brust. Ihre Beinprothese ist eine Art Denkmal für ein Unternehmen, *das durch Ihre Schuld schiefgegangen ist*.«

»Aber es ist nicht schiefgegangen, Curtis! Wir haben unseren Auftrag ausgeführt! Wir haben Kawasnija zerstört!«

»Das Ziel ist nur bombardiert worden, weil Sie Profis wie McLanahan, Luger, Tork, Pereira und Ormack an Bord hatten«, stellte Curtis fest. »Dazu haben Sie verdammt wenig beigetragen: meistens vor Schmerzen und Schock kaum ansprechbar, während des Angriffs halb bewußtlos und nach dem Start in Anadyr ganz ohnmächtig. Sie haben nicht nur praktisch nichts zum Erfolg des Unternehmens beigetragen, sondern beinahe die Besatzung der *Old Dog* umgebracht und *eigenhändig* den Dritten Weltkrieg ausgelöst!«

Elliott schien widersprechen zu wollen, aber Curtis ließ ihn nicht zu Wort kommen.

»Und sehen Sie sich an, was Sie jetzt vorhaben! Sechs EB-52 sind startbereit. MADCAP MAGICIAN ist befehlswidrig ausgelaufen und angeblich in der Ostsee verschollen. *Sie* tragen Ihre Fliegerkombi, um dem Weißen Haus und mir Entschlossenheit zu demonstrieren. Da kein Arzt Sie für flugtauglich erklärt hat, haben Sie auch keinen Grund, eine Fliegerkombi zu tragen – ein erbärmliches Clownskostüm, Brad! Das Kennzeichen eines müden alten Mannes, der sich davor fürchtet, einsam und unbesungen zu sterben.

Sie verschwenden keinen Gedanken auf die möglichen Folgen – Krieg in Europa, ein nuklearer Schlagabtausch zwischen uns, Weißrußland und der Gemeinschaft Unabhängiger Staaten. Ihnen ist egal, wer alles sterben muß, solange Sie nur Ihre Chance bekommen, den Mann rauszuholen, der damals Ihnen das Leben gerettet hat. Vermutlich gehören Wendy Tork und Angelina Pereira zur Besatzung einer dieser EB-52, nicht wahr?«

»Ich . . . beide wollten unbedingt mit, haben nicht lockergelassen, und . . .«

»Sie Dreckskerl!« explodierte Curtis. »Wie können Sie *deren* Leben auch noch mal aufs Spiel setzen? Was hätten Sie getan, wenn sie bei diesem Einsatz umgekommen wären? Oder wäre Ihnen das gleichgültig gewesen? Solange Sie Dave rausgeholt hätten, solange Sie *versucht* hätten, Dave rauszuholen, wäre Ihr Gewissen rein gewesen. Sie wären zur Beisetzung gegangen, hätten ein paar passende Worte gesprochen und hätten sich anschließend dazu gratuliert, am Leben geblieben zu sein.«

»Trauen Sie mir das wirklich zu?« fragte Elliott betroffen. »Glauben Sie denn, daß ich seit damals fast jede Nacht hochschrecke, weil ich mich dazu beglückwünsche, lebend davongekommen zu sein? Diese Gesichter verfolgen mich im Traum, Wilbur.«

»Aber bilden Sie sich etwa ein, nachts besser schlafen zu können, Brad, wenn Sie Ihre Fliegerkombi, Ihre Besatzungen und Ihre EB-52 nehmen und mit oder ohne Erlaubnis der Regierung in den Krieg ziehen? Denken Sie gefälligst darüber nach, verdammt noch mal! Hier geht's nicht um Erfolg oder Mißerfolg. Erfolgreich sind Sie immer gewesen. Aber Sie sind auch immer einsam gewesen. Sie sind ein Einzelgänger, der Angst vor der Einsamkeit hat. Sie sind ein Krieger, der Angst vor dem Sterben hat.

Sehen Sie sich an, was dort passiert, Brad. Der weißrussische General Woschtschanka ist dabei, mit seiner Heimatbrigade aus eigenem Antrieb Litauen zu besetzen. Ohne Erlaubnis seiner Regierung – er hat nur einfach beschlossen, es zu tun, Präsident Swetlow hat keine andere Wahl gehabt, als sein Unternehmen nachträglich zu billigen. Swetlow muß sich jetzt von Woschtschanka vorschreiben lassen, wie er auftreten und was er sagen soll, weil der General ihm für den Fall, daß er nicht mitmacht, bestimmt mit einer Besetzung der Hauptstadt gedroht hat.

Während wir sein Vorgehen öffentlich mißbilligen und über Maßnahmen gegen Woschtschankas Aggression nachdenken, machen *Sie* hier praktisch nichts anderes!« fuhr Curtis fort. »Was soll der Präsident jetzt tun? Wie soll er darauf reagieren? Welche Garantie hat er, daß Sie sich zukünftig anständig benehmen, wenn ich ihm erkläre, daß ich alles im Griff habe, daß Sie sich beruhigen und unsere Befehle ausführen werden? Überhaupt keine!«

»*Anständiges* Benehmen gehört nicht zu meinen dienstlichen Pflichten, General«, widersprach Elliott. »Ich habe zu planen, zu organisieren und durchzuführen...«

»Sie haben Befehle auszuführen und die Gesetze zu achten, sonst nichts!«

»Schon gut, Wilbur, schon gut. Wenn Sie's für nötig halten, gebe ich zu, ohne Wissen des Pentagons eine Kampfgruppe aufgestellt zu haben, die ich einsetzen wollte, ohne dafür eine ausdrückliche Erlaubnis einzuholen. Ob das legal gewesen ist, sollen die Rechtsverdreher ausdiskutieren. Aber wir wollen uns nicht damit aufhalten. Tun wir lieber was, um Ormack, Briggs, McLanahan, Luger und diese Marines aus Litauen rauszuholen – und zwar *sofort!*«

»Von *Ihnen* verlange ich Meldung, General Elliott«, sagte Curtis aufgebracht, »wo sämtliche Elemente Ihrer Kampfgruppe – vor allem MADCAP MAGICIAN – gegenwärtig stationiert sind. Seit ich Ihnen befohlen habe, das Schiff einen Hafen anlaufen zu lassen, ist es nicht mehr gesichtet worden.«

»Ich habe das Schiff zurückbeordert, und es hat meinen Befehl ausgeführt.«

»Sie haben meinen Befehl nach Ihrem Gutdünken ausgelegt«, stellte Curtis fest. »Ich möchte wetten, daß Sie Oberst White befohlen haben, sich mit seinem Schiff nicht zu weit von Wilna entfernt auf die Lauer zu legen. Ein weiteres Beispiel für offene Mißachtung meiner Befehle!

Sie setzen sich jetzt via MILSTAR mit Offizieren des European Command in Deutschland und des 26. MEU an Bord der USS *Wasp* zusammen, schildern ihnen den geplanten Einssatz, geben bekannt, wo die *Valley Mistress* steht, und erläutern, was Sie mit MADCAP MAGICIAN vorgehabt haben. Und ich erwarte, daß Sie mir und meinen Offizieren gegenüber ehrlich und aufrichtig sind! Es wird allmählich Zeit, daß Sie aufhören, den Einzelkämpfer zu spielen, und sich wie ein anständiger amerikanischer Offizier benehmen, General, sonst laß ich Sie persönlich einlochen!«

»Bedeuten Dave Luger und die anderen Ihnen denn überhaupt nichts, Wilbur?« fragte Elliott bittend. »Ich könnte helfen. Ich könnte diesen weißrussischen Vormarsch zum Stehen bringen. Meine geheime Kampfgruppe ist schlagkräftig und sofort einsatzbereit, und mein Kopf liegt schon ewig lange unter der Guillotine. Spielt das alles für Sie keine Rolle?«

»Doch, es spielt eine«, gab Curtis seufzend zu. »Sie können sehr viel beitragen. Alle erkennen Ihr Potential an – sogar der Präsident. Aber keiner mag unberechenbare Kommandeure. Ihr Plan soll sofort ausgeführt werden, und Ihre Besatzungen erhalten Befehl, die ihnen erteilten Aufträge auszuführen. Aber die Befehle gebe jetzt *ich*, als Beauftrager der National Command Authority.«

»Was, *mein* Plan soll ausgeführt werden?«

»Weil Sie über die einzige kleine, schlagkräftige Kampfgruppe verfügen, die sofort einsatzbereit ist. Sie sind als Kommandeur abgelöst, aber wir haben Ihr Team aktiviert. Die EB-52 Megafortress' starten sofort. Sie haben vollen MILSTAR- und NIRTSAT-Zugang, und MADCAP MAGICIAN hat die Erlaubnis, im Landesinnern zu operieren. Sie und ich verfolgen das Unternehmen hier vom Command Center aus, und wir können nur hoffen, daß es nicht zu spät kommt.«

Elliott wollte seinen Ohren nicht trauen. Nach diesem gewaltigen Anschiß genehmigten die National Command Authority – und der Präsident – tatsächlich *sein* Unternehmen!

Fisikus-Forschungsinstitut, Wilna
13. April, 04.07 Uhr

»*Hubschrauber im Anflug!*« rief der Funker. »Alle Mann in Deckung!«

Eine kleine Kolonne aus Lastwagen und Halbkettenfahrzeugen wollte das Fisikus-Gelände durch die Einfahrt Denerokin verlassen, um die Marines quer durch die Stadt in die US-Botschaft zu bringen, als der Funker auf dem Beifahrersitz diese Warnung rief. Briggs und Ormack, die Luger auf der Ladefläche eines jugoslawischen LKWs zwischen sich hatten, wurden fast niedergetrampelt, als die Marines von dem noch fahrenden Wagen sprangen und in alle Richtungen auseinanderliefen.

Die Luftwaffenoffiziere folgten ihrem Beispiel. Mit David Luger zwischen sich rannten Hal Briggs und John Ormack etwa hundert Meter von dem aus zwanzig Fahrzeugen bestehenden Konvoi weg und erreichten eine Zeile niedriger gemauerter Lagerschuppen, hinter denen sie verhältnismäßig sicher waren. Patrick McLanahan und Gunnery Sergeant Wohl blieben ihnen mit vier schweren Segeltuchtaschen voller Geheimdokumente aus dem Sicherheitstrakt dicht auf den Fersen.

»Ein paar Minuten lang hab' ich tatsächlich geglaubt, wir würden's schaffen«, sagte Luger resigniert. Immerhin hatte er sich zusehends erholt, je näher sie dem Tor und der Freiheit kamen. Seine linke Schulter war dick verbunden, und sein Gesicht war ungesund blaß, aber er wirkte schon viel kräftiger und kam recht gut ohne fremde Hilfe zurecht.

»Keine Angst, wir schaffen's, Mann«, versprach Briggs ihm. »Also durchhalten!« Briggs war mit einem M-16 bewaffnet, mit dem er wie die Marines in ihrer Umgebung auf den Morgenhimmel zielte, weil er annahm, daß jeder Luftangriff aus der Sonne heraus geführt werden würde. McLanahan und Ormack trugen wie zuvor nur Kampfmesser und Pistole – sie durften keine Waffen haben, die bei ungeschicktem Gebrauch die eigenen Leute hätten gefährden können.

Sie sahen die Abwehr der Marines, bevor der erste Angreifer in Sicht kam: Auf dem Dach des Sicherheitsgebäudes, auf dem noch sechs Marines die Stellung hielten, blitzte etwas auf; dann raste eine schwarze Rauchspur in Richtung Horizont davon, als einer der Männer seine Fla-Rakete Stinger von der Schulter auf die feindlichen Hubschrauber abschoß. Ihre Blicke folgten der Rauchspur, und sie sahen drei riesige Kampfhubschrauber sowjetischer Bauart, die jetzt steil wegkurvten und Magnesiumfackeln als Köder für den Infrarotsuchkopf der Stinger ausstießen.

»Scheiße!« fluchte Wohl. »Wer hat die Stinger so früh abschießen lassen? Snyder wird anscheinend nervös. Jetzt haben sie's erst recht auf uns abgesehen.«

»Das sind Mi-24D, glaub' ich«, sagte McLanahan. »Mit MGs, ungelenkten Raketen und Lenkwaffen zur Panzerbekämpfung.«

»Bleibt in Deckung und schießt vor allem nicht«, forderte Wohl seine Männer auf. »Mündungsfeuer würde uns sofort verraten.«

»Was sollen wir tun? Weglaufen?«

»Wir tun so, als wären wir nicht da«, antwortete der Sergeant. »Kommt von hier kein Widerstand, nehmen sie sich hoffentlich nur die Lastwagen vor und fliegen nach einer Aufklärungsrunde weiter. Versuchen sie, Luftlandetruppen abzusetzen, greifen wir an; diese Dinger sind am Boden sehr verwundbar. Ansonsten haben wir gegen Kampfhubschrauber keine Chance.« Wohl dachte bereits an einen Gegenangriff, während die großen Hubschrauber näher kamen, bis die unter ihren Stummelflügen hängenden Waffen deutlich sichtbar waren.

Tatsächlich gelang es den drei Kampfhubschraubern HIND-D, der Stinger auszuweichen. Sie setzten ihren Anflug fort, eröffneten aus etwa einem halben Kilometer Entfernung nacheinander das Feuer mit MGs und Raketen und zerschossen die Fahrzeugkolonne mühelos.

»Aber die Marines auf dem Dach haben sie nicht angegriffen«, stellte Briggs fest.

»Sie müssen Befehl haben, nur sorgfältig ausgewählte Ziele zu bekämpfen«, meinte Wohl. »*Jetzt* greift Snyder hoffentlich noch mal an!«

Tatsächlich schossen die Marines nur Sekunden später eine weitere Stinger auf den letzten Hubschrauber ab, und diesmal flog die winzige Jagdrakete geradewegs in einen Triebwerksauslaß und detonierte dort. Die riesigen Rotorblätter standen einfach still, und der in Flammen gehüllte Hubschrauber stürzte taumelnd ab. Er krachte nur wenige hundert Meter außerhalb des Zauns auf die Gleise des Güterbahnhofs.

»Einer weniger!« rief Briggs.

»Das ist unsere letzte Rakete gewesen«, sagte Wohl. »Die Flieger sind jetzt natürlich stinksauer. Falls sie angreifen, rennt ihr los. Versucht einen Keller oder eine offene Tür zu finden. Laßt euch nicht im Freien erwischen!«

Die beiden verbliebenen Hubschrauber erreichten das Institutsgelände und begannen dort ihr Zerstörungswerk.

Trotz ihrer Riesengröße war die Mi-24D erstaunlich schnell und wendig. Dieses ältere Baumuster hatte einen Bugturm mit einem schweren MG. Zeigte sich irgendwo ein Soldat, schwenkte der Turm in seine Richtung und gab einen kurzen Feuerstoß ab. Die dünnwandigen Lagerschuppen, hinter denen die Marines in Deckung lagen, boten kaum genug Schutz.

Mit ihren 57-mm-Raketen bekämpften die weißrussischen Besatzungen vor allem Lastwagen und Panzerfahrzeuge, von denen sie nur wenige verfehlten: Auf das langgezogene Fauchen, mit dem eine Rakete abgeschossen wurde, folgte fast jedesmal nur Sekundenbruchteile später eine gewaltige Explosion. Die Hubschrauber mit Infanteriewaffen bekämpfen zu wollen, war ebenso aussichtslos wie lebensgefährlich, denn die großen Mi-24D waren wendig wie Preisboxer mit guter Beinarbeit und setzten abwechselnd ihre MG-Schützen an den Türen, Raketen aus ihren vier Waffenbehältern oder das schwere MG im Bugturm ein.

Die feindlichen Hubschrauberbesatzungen waren gut, sehr gut.

Trotzdem konnten litauische Soldaten verhindern, daß daraus ein Blutbad entstand. Obwohl nur einer ihrer Fla-Panzer ZSU-23-4 einsatzbereit war und kaum noch Munition hatte, genügte ein zwei Sekunden langer Feuerstoß, der das Heckrotorlager der ersten Mi-24D traf und zum Qualmen brachte. Offenbar war die HIND ernstlich beschädigt, denn sie versuchte gar nicht mehr, den Fla-Panzer anzugreifen, sondern drehte ab und stieg weg, solange sie noch flugfähig war.

Ein litauischer Soldat rannte quer über die Straße auf die Stelle zu, wo Briggs, McLanahan, Ormack, Luger und Wohl Deckung gefunden hatten. McLanahan trat hinter dem Schuppen hervor und rief: »Hey! Hierher!«

Gunnery Sergeant Wohl packte McLanahan am Jackenkragen und zerrte ihn in Deckung zurück. »Hiergeblieben, McLanahan!«

Aber seine Warnung kam zu spät. Der letzte weißrussische Kampfhubschrauber stieß auf den einzelnen Soldaten herab. Ein kurzer Feuerstoß aus dem MG im Bugturm ließ seinen Oberkörper wie eine überreife Melone zerplatzen.

Der Hubschrauber drehte rasch nach links ein und beschoß den Lagerschuppen, hinter dem die fünf Männer Deckung gefunden hatten. Einige kurze Feuerstöße aus dem schweren MG genügten, um das dünne Mauerwerk zum Einsturz zu bringen.

Wohl drehte sich zu den Offizieren um. »Lauft!« brüllte er, um den Triebwerks- und Rotorenlärm des Hubschraubers zu übertönen.

McLanahan wollte automatisch nach seinen zwei Segeltuchtaschen mit Dokumenten greifen, aber Wohl schlug sie ihm aus den Händen, stieß ihn von dem Schuppen weg und kreischte dabei: »Dieser Mist bleibt hier! Los, *rennen* Sie schon!«

Die kurze Intensivausbildung beim Marine Corps trug jetzt Früchte, denn keiner der drei gesunden Offiziere konnte sich daran erinnern, jemals so schnell gelaufen zu sein – obwohl sie Luger dabei mehr tragen als stützen mußten.

Sie hatten ihre Deckung erst vor wenigen Sekunden verlassen, als der Lagerschuppen in einer Staubwolke zusammenkrachte. Der Rotorabwind der Mi-24D begann an ihren Uniformen zu zerren – als schwebe der große Kampfhubschrauber dicht über ihnen, sauge sie auf Kernschußweite an und werde sie zuletzt einen nach dem anderen umbringen. Fast hätte man glauben können, seine MG-Schützen spielten ein tödliches Katz-und-Maus-Spiel mit den Flüchtenden. Irgendwann würden sie dieses Spiels überdrüssig werden, eine geeignete Waffe auswählen und ihnen den Rest geben.

Ihre kopflose Flucht endete schon bald an einem breiten, tiefen Betongraben, der das Gelände innerhalb des hohen Maschendrahtzauns umgab. Die fünf Männer erreichten halb springend, halb stürzend die trockene Sohle des sechs Meter breiten Grabens. Aber nun saßen sie endgültig in der Falle, denn vor ihnen ragte noch der dreieinhalb Meter hohe Sicherheitszaun auf, der das gesamte Fisikus-Gelände umgab.

Die riesige HIND-D flog genau auf sie zu – nicht höher als fünf bis sechs Meter und mit verhältnismäßig wenig Fahrt.

Die MG-Schützen an den Türen konnten sie unmöglich verfehlen...

»Nein!« schrie Briggs in Todesangst. Als der Hubschrauber fast über ihnen war, riß er sein Gewehr hoch, zielte rasch und drückte ab. Der MG-Schütze an der rechten Seitentür griff sich an die Brust, taumelte rückwärts in die Maschine, fiel wieder nach vorn und blieb tot in seinem Gurtzeug hängen.

Der Kampfhubschrauber donnerte über sie hinweg. Sein Lärm war so ohrenbetäubend laut, daß er den Männern die Luft aus den Lungen zu saugen schien.

Briggs schoß weiter und bemühte sich, den Heckrotor, die Triebwerke, irgendein wichtiges Teil zu treffen.

Die Mi-24D kurvte nach rechts weg, ging in den Geradeausflug über und drehte sofort wieder links ein, als wisse ihr Pilot nicht recht, was er tun solle. Zuletzt zog die HIND-D in einer leichten Rechtskurve nach Osten ab. Der beschädigte zweite Hubschrauber folgte ihr wenige Augenblicke später, und die beiden Maschinen verschwanden in Richtung Sonnenaufgang.

Es dauerte einige Zeit, bis sich die Herzen der fünf Männer einigermaßen beruhigt hatten. »Mann...«, keuchte Briggs. »Mann, das war knapp!«

»Klasse gemacht, Briggs«, sagte Wohl. »Verdammt mutig von Ihnen. In Zukunft dürfen Sie schießen, wenn Sie's für nötig halten, okay?«

Aber Briggs war noch zu erledigt, um sich über diese Anerkennung freuen zu können.

»Sonst alle in Ordnung?« fragte Wohl. Von ein paar Prellungen abgesehen, waren tatsächlich alle unverletzt und auf den Beinen. »Gut, dann sehen wir jetzt zu, daß wir so schnell wie möglich ins Sicherheitsgebäude zurückkommen und...«

»*Stoi!*« rief eine Stimme hinter ihnen auf russisch. »*Nyee dveghight yes! Nyee dveghigth yes!*«

Dave Luger erstarrte sofort und legte seine Hände auf den Kopf. »Was hat er gesagt?« fragte Ormack. »Wer ist das?«

»Er hat ›Halt‹ und ›Keine Bewegung!‹ gerufen«, antwortete Wohl. »Briggs, lassen Sie Ihr Gewehr fallen. Nehmen Sie die Hände hoch.«

»Okay – wer seid ihr, Jungs?« Die russische Stimme sprach plötzlich Amerikanisch mit Bostoner Akzent. Als die fünf sich umdrehten, stand hinter ihnen ein einzelner Mann, der einen dunkelblauen Overall trug und mit einer Maschinenpistole Uzi mit Schalldämpfer bewaffnet war.

»Gunnery Sergeant Wohl.«

»Marines?«

Als Wohl nickte, ließ der Mann die Waffe sinken. »Master Sergeant Edward G. Gladden, U.S. Army. Willkommen in Litauen! Na, wie gefällt's euch hier?«

Luger bekam vor Streß einen Lachanfall, der erst aufhörte, als Briggs ihm kräftig auf den Rücken klopfte. »Ist die Army in Litauen einmarschiert?« fragte Ormack.

»Ich gehöre zu einem der A-Teams, die hier beobachten und unterstützen sollen«, antwortete Gladden. »Wir wollten gerade Ihre Kolonne anhalten, um vielleicht mitzufahren, als die Hubschrauber angegriffen haben. Die verdammte HIND ist beinahe auf mein Versteck am Güterbahnhof gestürzt, deshalb bin ich lieber abgehauen. Mein Partner beobachtet inzwischen, was sich auf dem Flughafen tut.« Er musterte den Luftwaffenoffizier. »Wer seid *ihr*? Ihr seht nicht wie Marines aus.«

»Das ist geheim«, sagte Wohl sofort. »Sie gehören zu mir. Wie viele Leute haben die Special Forces hier stationiert?«

»Ungefähr eine Kompanie im Gebiet zwischen Kaunas und der weißrussischen Grenze«, antwortete Gladden. Er zündete sich eine russische Zigarette an, deren beißender Rauch bei McLanahan noch auf zehn Schritt leichte Übelkeit erzeugte. »Ich schlage vor, daß wir zu eurem Chef gehen und besprechen, wie wir hier rauskommen.«

»Ihr habt einen Plan?«

»Wir haben immer einen«, bestätigte Gladden stolz. »Also los!« Auf dem Rückmarsch zum Sicherheitsgebäude sprach Luger ihn auf russisch an. Gladden nickte grinsend und antwortete ebenfalls auf russisch, das er fließend sprach.

»Klappe halten!« forderte Wohl Luger auf. »Worüber hat er mit Ihnen gesprochen?« fragte er Gladden.

»Ihr Freund hat gesagt, meine Eltern müßten viel Sinn für Humor gehabt haben, um ihrem Sohn die Initialen ›E. G. G.‹ zu geben«, antwortete Gladden. »Ich habe zugestimmt. Ihr Marines lernt ziemlich gutes Russisch.«

»Er ist kein Marineinfanterist«, stellte Gunny Wohl nachdrücklich fest, »und ich wäre Ihnen dankbar, wenn Sie nicht mit ihnen reden würden.«

»Sind das Ihre Gefangenen?«

»Sie sind verdammt lästig, sonst nichts.« Das Grinsen, mit dem Wohl das sagte, verwirrte den Mann von den Special Forces noch mehr.

»Durch die Kanalisation?« fragte Snyder ungläubig. »Das ist Ihr großer Plan? Wir sollen durch den *Abfluß* abhauen?«

Gladden verschlang den Kanten Schwarzbrot, den einer von Palcikas' Männern ihm gegeben hatte, als habe er seit Tagen nichts mehr zwischen die Zähne bekommen – was übrigens tatsächlich der Fall war.

»Ja, Sir, das stimmt«, murmelte er kauend. »Diese Verbindung haben wir vor ein paar Tagen bei der Vorbereitung Ihres Einsatzes entdeckt. Wir haben sie dem U. S. European Command gemeldet – aber die Meldung hat euch Marines anscheinend nie erreicht. Vom Fisikus aus führt ein Abwasserkanal mit gleichmäßigem Gefälle unter der Stadt hindurch ans Südufer der Wilija, in die er gleich neben der Wilnaer Brücke mündet.

Ab dort benutzt man den Wartungssteg unter der Brücke, der unbeleuchtet und nach Mitternacht praktisch unbewacht ist, um in die Freihandelszone ›Stadt des Fortschritts‹ zu gelangen. Dann noch eineinhalb Kilometer auf der Okmerges-Avenue, und schon ist man in der Botschaft. Oder man springt einfach in den Fluß und schwimmt rüber – die Wilija ist dort nur knapp tausend Meter breit. Bis man drüben ist, hat die Strömung einen genau bis vor die Botschaft getragen.«

»Dort unten passiert einem nichts?« fragte Trimble. »Wie sieht's mit ungeklärten Abwässern oder Chemikalien aus?« Der Gedanke, in Fäkalien oder radioaktiven Abfällen schwimmen zu müssen, war für ihn eine Horrorvorstellung.

»Wir haben überall gemessen, aber nirgends erhöhte Radioaktivität festgestellt«, antwortete Gladden. »Natürlich sind die Abwasserkanäle glitschig, stinken nach Scheiße und stehen an manchen Stellen knöcheltief voll Schlamm. Aber durch die Gullys kommt reichlich Frischluft, so daß der Marsch einigermaßen auszuhalten ist. Vor allem ist diese Route schnell und sicher.«

»Sind die Kanäle groß genug, daß wir die Verwundeten mitnehmen können?«

»Vom Fisikus aus bis zur Traky-Avenue geht's da unten eng zu – auf den ersten fünf Kilometern hat der Hauptkanal nur eineinhalb Meter Durchmesser. Ab Traky sind's immerhin zwei Meter, und unter dem Gedimino-Boulevard liegt die reinste Autobahn. Mein Partner und ich fahren dort unten mit Rädern spazieren und haben uns Einkaufswagen besorgt, um unsere Ausrüstung zu transportieren...«

»Okay, okay, Sergeant«, unterbrach ihn Snyder. *Dieser Kerl treibt sich schon zu lange in der Kanalisation herum!* dachte er. »Wir müssen Gefallene und Verwundete transportieren. Halten Sie das trotzdem für möglich?«

»Es dauert lange, Sir, wahrscheinlich drei bis vier Stunden, bis die Träger wieder aufrecht gehen können«, antwortete Gladden. »Die Kanäle sind im Augenblick nicht überflutet, aber irgendein Spritzwasserschutz aus Ponchos oder Leichensäcken für die Verwundeten wäre gut. Ansonsten sehe ich keine Hindernisse, Sir.«

»Also gut«, sagte Snyder, »wir benutzen die Kanalisation, aber das gilt nicht für alle. Der Gegner erwartet natürlich, daß wir zur Botschaft durchzubrechen versuchen, und wenn auf der Straße nichts passiert, fängt er an, uns anderswo zu suchen. Und auf eine Schießerei in der verdammten Kanalisation bin ich nicht im geringsten scharf.

Daher teilen wir uns. Die Gefallenen, die Schwerverletzten und ein paar von uns fahren mit Lastwagen. Andere befahren parallel verlaufende Routen, um diesen Lastwagen Feuerschutz zu geben. Wir übrigen schaffen die marschfähigen Verwundeten, die Flieger und ihre Dokumente durch die Kanalisation zum Fluß runter.«

Snyder wandte sich an General Palcikas, der eben mit seinem Funker sprach.

»Sir, wir wollen's noch einmal mit einer LKW-Kolonne versuchen«, sagte der Amerikaner, »aber diesmal hätte ich lieber drei einzelne Konvois auf Parallelrouten, damit sie sich gegenseitig Feuerschutz geben können.«

»Einverstanden«, stimmte der litauische General zu. »Wir haben Verbindung zu vielen Leuten... Bürgern..., die jetzt helfen wollen.«

»Ausgezeichnet!« meine Snyder. »Was haben Sie persönlich vor, Sir?«

»Ich bleibe hier«, antwortete Palcikas. »Unsere Zellen in der Stadt erhalten Munition und Waffen aus dem Sicherheitstrakt. Da ich wieder Funkverbindung zu allen Einheiten habe, kann ich die Verteidigung von hier aus organisieren. Ich setze ein Bataillon ein, um die GUS-Truppen in Darguziai im Süden zu blockieren. Eine, vielleicht zwei Kompanien zum Schutz öffentlicher Einrichtungen und des Hauptpostamts. Dann kämpfen wir gegen weißrussische Hubschrauber und Infanterie aus Smorgon. Die große Schlacht findet morgen früh statt.«

»Alles Gute, Sir«, sagte Snyder. »Sollten Sie noch etwas brauchen, kann ich Ihre Wünsche gern an die US-Botschaft weitergeben, der ich berichten werde, wie ausgezeichnet Sie uns unterstützt haben.«

»*Pas deschaz*«, meinte Palcikas mit einer wegwerfenden Handbewegung. »Sie helfen, ich helfe. Sie sind ein guter Soldat. Auch Ihnen alles Gute!«

»Danke, Sir.« Er wandte sich an Gunny Trimble. »Wir brauchen Stadtpläne, damit...«

»Hauptmann, wir kommen nicht mit«, warf John Ormack ein.

Snyder drehte sich zu den Luftwaffenoffizieren um, funkelte Ormack wütend an und tat dann so, als nehme er die Ankündigung nicht recht ernst. »Natürlich kommen Sie mit uns, Ormack.«

»*General* Ormack, Hauptmann«, stellte Ormack richtig. Mehrere Marines drängten näher heran, um ja nichts zu verpassen, und selbst Palcikas beobachtete Ormack mit leicht amüsiertem Lächeln. Während Snyder ihn verblüfft und ungläubig anstarrte, fuhr Ormack fort: »Und ich habe Ihnen gesagt, Hauptmann, daß wir *noch* nicht mit in die Botschaft zurückkommen.«

Jetzt war Snyder wirklich zornig, und Trimble wirkte doppelt so wütend wie sein Vorgesetzter. »Was anderes bleibt Ihnen gar nicht übrig, *General*. Sie sind zu meiner Einheit abkommandiert. Sie haben kein Recht, selbständig Entscheidungen zu treffen.«

»Genau dieses Recht nehme ich mir jetzt heraus«, stellte Ormack fest. »Sie haben den Auftrag gehabt, ins Fisikus einzudringen, REDTAIL HAWK zu befreien und uns Gelegenheit zu verschaffen, das hiesige Geheimmaterial zu sichern. Nun, REDTAIL HAWK ist aufgespürt, aber wir haben noch nicht gesehen, was uns wirklich interessiert. Solange General Palcikas hier im Fisikus bleibt, bleiben wir auch. Wir wollen den Stealth-Bomber Fi-170 *Tuman* in allen Einzelheiten besichtigen.«

»*Sie* wollen *mir* erzählen, welchen Auftrag *ich* habe?« fragte Snyder ungläubig. »Kommt nicht in Frage, Ormack! *Ich* habe hier das Kommando. Ich treffe die Entscheidungen. Sie kommen mit – notfalls in Handschellen! Daheim können Sie sich dann beschweren, aber wenn ich diesen Auftrag gut zu Ende bringe, kann mir niemand was anhaben. Sie suchen jetzt Ihr verdammtes Geheimmaterial zusammen und halten sich abmarschbereit, verstanden?«

»Zum letzten Mal, Snyder: Wir kommen nicht mit«, sagte Ormack nachdrücklich und gab Briggs, Luger und McLanahan ein Zeichen. Sie lösten sich aus dem Kreis der Marines und folgten ihm, als er in Richtung Vorfeld davonging. »Wir sind im Osthangar und untersuchen den Bomber...«

»Gunny Trimble, legen Sie diesen vier Männern Handschellen an!« befahl Snyder. »Wenn's sein muß, *schleppen* Sie sie zum Einstieg.« Trimble setzte sich in Bewegung, noch bevor Snyder ausgesprochen hatte. Er war clever genug, um sich zuerst Hal Briggs vorzunehmen. Aber darauf war Briggs gefaßt: Er schüttelte seinen Griff mit einer raschen Armbewegung mühelos ab. Trimble stürzte sich mit einem Aufschrei auf Briggs, als wolle er ihn unter sich begraben...

Im nächsten Augenblick packte eine Hand ihn hinten an der Jacke, und Trimble wurde von Briggs weg in die Höhe gehoben, als hinge er an einem Kranhaken.

General Dominikas Palcikas hielt Gunnery Sergeant Trimble gepackt. Der hünenhafte Litauer hatte keine Mühe, Trimble in Schach zu halten. Die vier oder fünf übrigen Marines waren zu verblüfft, um einzugreifen, oder schreckten davor zurück, sich gegen einen Offizier zusammenzutun.

»Das reicht, finde ich«, sagte Palcikas. Er schob Trimble sanft, aber nachdrücklich weg, als trenne er streitende Kinder. »Das dürfen Sie nicht.«

»Verdammt noch mal, was machen Sie da, General?« knurrte Snyder. Seine Hand zuckte, als wolle er nach seiner Pistole greifen. Palcikas sah diese Bewegung und lächelte. Der Hauptmann überlegte sich die Sache anders. »Gunny, führen Sie meinen Befehl aus.«

Trimble versuchte, sich an Palcikas vorbeizudrängen, aber der litauische General trat zwischen ihn und die Luftwaffenoffiziere. Trimble überlegte offensichtlich, wie Palcikas am besten beizukommen war, und schließlich brüllte er: »Aus dem Weg, Hundesohn!«

»Dieser General hat Ihnen etwas befohlen, Sergeant«, sagte Palcikas.

»Der hat mir nichts zu befehlen!« brüllte Trimble. Gleichzeitig griff er nach seiner Pistole Kaliber .45.

Aber bevor er sie ziehen konnte, hatte er Palcikas' Makarow vor seinem Gesicht – nur eine Handbreit von seiner Stirn entfernt. Die Marines nahmen ihre Gewehre von den Schultern oder zogen ihre Pistolen, aber die litauischen Soldaten, von denen sie umringt waren, hielten bereits ihre AK-47 schußbereit. Sie zielten nicht richtig auf die Amerikaner, aber jeder von ihnen hatte seinen Zeigefinger am Abzug. Die stumme Drohung war unmißverständlich.

»Genug!« sagte Palcikas streng. Er nahm die Pistole hoch und ließ den Hammer nach vorn schnappen. Um ihn herum war es so still geworden, daß das leise Klicken des Hammers deutlich zu hören war. Die litauischen Soldaten, aber auch die Marines verharrten schweigend.

»General Palcikas, wie stellen Sie sich das vor?« fragte Snyder. »Ich habe einen Befehl gegeben. Diese vier Männer unterstehen mir.«

»Mein Englisch nicht so gut«, sagte Palcikas, »aber dieser Mann...«, er zeigte mit seiner Makarow auf Ormack, bevor er die Pistole wegsteckte, »... ist General, ja? Er gibt Befehle. *Sie* gehorchen.«

»Nicht bei diesem Unternehmen«, widersprach Snyder. »Hier befehle *ich*!«

»Ihnen unterstehen Marines. Diese Männer sind keine Marines. *Sie* kommandieren, weil die einverstanden sind – weil Sie Spezialist sind. Jetzt gibt er Befehle. Er ist höherer Offizier. Sie gehorchen.«

»Hören Sie, Snyder«, sagte Ormack. »Sie wollen möglichst bald abhauen, weil Sie fürchten, hier eingeschlossen zu werden. Das verstehe ich. Für Sie und Ihre Männer gibt's nichts mehr zu holen, deshalb können Sie nichts Besseres tun, als zu verschwinden. Aber wir sind anders als Sie; wir sind Flieger und Ingenieure und Wissenschaftler. Wir *müssen* diesen Bomber sehen!«

»Hier sind Sie nicht sicher«, widersprach Snyder. »Warum begreifen Sie das nicht endlich? Das Institut kann jeden Augenblick von feindlichen Truppen überrannt werden.«

»Schon möglich«, warf McLanahan ein, »aber noch sind keine hier. Außerdem wollen auch die Russen diese Einrichtung unbeschädigt in die Hand bekommen. General Palcikas sagt, daß Infanterie aus Darguziai und Smorgon hierher unterwegs ist – und daß der Kampf heute nacht oder morgen früh beginnen wird. Also haben wir mehr als genug Zeit, um den Stealth-Bomber zu inspizieren.«

»Ich habe den Auftrag, REDTAIL HAWK und das Geheimmaterial zurückzubringen.«

»Ich weiß, welchen Befehl Sie haben, Hauptmann«, bestätigte Ormack, »aber dies ist etwas völlig anderes. Ich ergänze Ihren Befehl. Als General entscheide ich, daß Briggs, Luger, McLanahan und ich hierbleiben, um den Bomber zu inspizieren.«

»Und ich sage, daß ich meine Anweisungen notfalls mit Gewalt durchsetzen werde...«

»Ich gebe Ihnen einen dienstlichen Befehl, Hauptmann«, unterbrach ihn Ormack streng. »Ich bin Brigadegeneral der U. S. Air Force. Sie sind Hauptmann des U. S. Marine Corps. Ich erteile Ihnen einen Befehl.«

»Sie können hier keine Befehle geben, Ormack«, behauptete Snyder. »Und reden Sie gefälligst leiser, Namen dürfen nicht genannt werden.«

»Ich verbitte mir diese Tonart, Hauptmann!« sagte Ormack scharf. »Sie reden mich von jetzt an mit ›Sir‹ oder ›General‹ an und führen meine Befehle aus, sonst mache ich nach unserer Rückkehr ein Disziplinarverfahren gegen Sie anhängig. Versuchen Sie weiter, meine Befehle zu verweigern, sorge ich dafür, daß Sie die nächsten drei bis fünf Tage hinter Gittern verbringen.«

Vor Schock war Snyder sekundenlang sprachlos. Er versuchte angestrengt, sich *irgend etwas* auszudenken, um wieder Herr der Lage zu werden, aber ihm wollte absolut nichts einfallen. Ormack *war* ein General, auch wenn er ihr Unternehmen eigentlich von Anfang an nur behindert hatte. Brachten Snyder und seine Männer ihn jetzt unter Einsatz ihres Lebens in Sicherheit, mußten sie befürchten, vor ein Kriegsgericht gestellt und wegen Befehlsverweigerung verurteilt zu werden.

»Was soll das, General?« fragte Snyder völlig frustriert. »Warum tun Sie das?«

»Das verdammte Marine Corps hat sich reichlich Mühe gegeben, mir beizubringen, wie minderwertig ich bin«, fuhr Ormack aufgebracht fort. »Ich weiß, ich kann keine zwanzig Meilen laufen, kann nicht mit dem M-16 schießen, kann keinen Hinderniskurs absolvieren oder mit bloßen Händen töten wie Sie alle. Aber dadurch sind militärische Disziplin, die Verfassung der Vereinigten Staaten und die Militärgerichtsbarkeit noch längst nicht außer Kraft gesetzt. Mit Ihrer Befehlsverweigerung ist ab sofort Schluß!«

»Befehlsverweigerung!« ächzte Snyder.

»Hauptmann, Snyder, *ich befehle Ihnen*, sich mit Ihren Männern, Ihren Verwundeten und diesen vier Taschen Geheimmaterial auf dem schnellsten und sichersten Weg, den Sie finden können, in die amerikanische Botschaft zu begeben«, sagte Ormack, »wo Sie Botschafter Lewis Reynolds ausführlich Bericht über Ihren Auftrag und unsere hiesigen Aktivitäten erstatten werden. Okay, wofür entscheiden Sie sich? Führen Sie meinen Befehl aus oder nicht?«

»Ich kann die Botschaft anrufen«, sagte Snyder. »Sie kann mich mit General Kundert oder General Lockhart verbinden.«

»Dann tun Sie's, wenn Sie glauben, Zeit dafür zu haben«, entschied Ormack. »Aber ich habe Ihnen einen Befehl erteilt. Führen Sie ihn jetzt aus.«

Hauptmann Edward Snyder, USMC, fühlte sich wie vor den Kopf geschlagen. Gunnery Sergeant Trimble wollte seinen Augen nicht trauen, als er Snyder wortlos zögern sah. »Hauptmann, *Sie* haben hier das Kommando!« sagte er nachdrücklich. »Soll ich diese Kerle...«

»Ach, halten Sie die Klappe, Gunny«, wehrte Snyder unwillig ab. Er starrte Ormack haßerfüllt an. »Ich hab' meine Befehle von dem General hier.«

»Ich kann die Botschaft anrufen, Sir. Wir lassen uns mit dem Oberkommando verbinden... oder wir reden mit dem Kommandanten persönlich!«

»*Nein*, hab' ich gesagt. Wir führen den Befehl aus. Lassen Sie die Männer antreten, damit wir abmarschieren können.«

»Aber, Sir...«

»Sie sollen antreten lassen, Gunny«, sagte Snyder barsch. Er baute sich vor Ormack auf, sah kurz zu Briggs und McLanahan hinüber und starrte dann wieder den General an. »Nur noch eine Bitte, Sir. Ein Haufen guter Marines hat sein Leben riskiert, damit Sie herkommen und Soldat spielen konnten. Falls Sie lebend zurückkommen, gehen Sie zu den Beerdigungen, küssen ihre Frauen und Mütter und behandeln sie mit dem Respekt, der ihnen zusteht. Kein Jubel, keine Siegesfeiern. Das gilt für Sie alle. Sie bedanken sich bei den Marines, die Sie hergebracht haben.«

»Wir kommen alle drei, Hauptmann«, sagte Ormack, der Snyders Blick standgehalten hatte. »Und jetzt verschwinden Sie!«

»Aye, aye, *Sir*«, antwortete Snyder mit Verachtung im Tonfall. Er legte die rechte Hand an den Helm, aber seine Lippen waren zu einem schmalen Strich zusammengepreßt, und die linke Hand blieb zur Faust geballt. Ormack erwiderte seinen Gruß nicht. Die Marines folgten dem Hauptmann, als er kehrtmachte und davonmarschierte.

Ihr schweigender Abmarsch hinterließ ein Gefühl der Leere – bis General Palcikas Ormack auf den Rücken klopfte und breit grinsend sagte: »Gut gemacht, General! Ich hab' gewußt, daß Sie ein guter Führer sind! Generale müssen den Befehl übernehmen. Gut gemacht! Kommen Sie, wir besichtigen jetzt den sowjetischen Wundervogel.«

»Wir können noch mehr«, warf Luger ein. »Wir können damit wegfliegen.«

Alle starrten Luger verblüfft an. McLanahan erholte sich als erster von seiner Überraschung und fragte: »Was? Stimmt das wirklich? Die Maschine ist flugfähig?«

»Ich habe die *Tuman* mindestens achtmal geflogen... soweit ich mich erinnern kann«, berichtete Luger. »Natürlich ist sie flugfähig.« Er sah zu Briggs, dann zu Ormack und schließlich zu Patrick McLanahan, seinem alten Freund und Partner, hinüber und grinste. »Wenn wir's schaffen, an die hier gelagerten Waffen ranzukommen, können wir sogar ein paar Raketen abschießen und ein paar Bomben werfen.«

»Dann nichts wie hin!« sagte Ormack. Er rieb sich die Hände. »Wird allmählich Zeit, daß wir wieder in die Luft kommen!«

6

»*Erst schneiden wir es ab; dann vernichten wir's.*«
GENERAL COLIN POWELL, U. S. ARMY,
AM VORABEND DES UNTERNEHMENS WÜSTENSTURM.

Über dem Kaliningrader Gebiet, Republik Rußland
13. April, 08.47 Uhr

Von seinem Transporthubschrauber Mi-8 aus, der als fliegender Befehlsstand eingerichtet war, sah Generalleutnant Anton Woschtschanka schwarze Rauchwolken über dem Militärflugplatz Tschernjachowsk im Kaliningrader Gebiet. Nachdem der Pilot auf seine Anweisung tiefergegangen war – sie flogen in 4000 Meter Höhe, fast der Dienstgipfelhöhe der schwerbeladenen Mi-8, um vor dem sporadischen Abwehrfeuer russischer Infanterie sicher zu sein –, erkannte er Panzer, die am Flugplatzrand Verteidigungsstellungen einnahmen. Das waren unverkennbar die alten, langsamen T-60 seiner 31. Panzerbrigade, die gegen erbitterten Widerstand russischer Panzer T-72 und T-80 auf den Flugplatz vorgestoßen waren.

»Stand des Unternehmens gegen Tschernjachowsk?« fragte er seinen Stabschef. Der Stabschef gab seine Frage an die Funker weiter. »Sehr gut«, lautete die Antwort. »Die Einunddreißigste meldet, daß sie die GUS-Kommandozentrale, die Radarstation und das Rollfeld besetzt hält. Letzte Rückzugsgefechte werden aus dem Bereich des Bomben- und Munitionslagers gemeldet. Einige Flugzeuge haben noch starten können, aber der Platz ist fest in unserer Hand.«

»Verluste?«

»Leicht bis mittel, hat Oberst Schklowski gemeldet«, antwortete der Stabschef. »Die Brigade ist weiter einsatzbereit und richtet sich jetzt zur Verteidigung ein.«

»Ausgezeichnet«, sagte der General zufrieden. Schlagkraft und Schnelligkeit waren bei diesem Unternehmen entscheidend. »Ich will kein Blutbad, und wir brauchen die Bomben- und Munitionsbestände. Oberst Schklowski soll das Gebiet abriegeln und die Verteidiger zur Kapitulation auffordern.« Nachdem der Stabschef den Befehl weitergegeben hatte, fragte Woschtschanka: »Was meldet die Siebte Division aus Kaliningrad?«

»Die Besetzung geht weiter, General«, sagte der Stabschef nach einem Blick in seine aus eingegangenen Funksprüchen zusammengestellten Notizen. »General Gurwitsch und die Zwanzigste Amphibienbrigade haben das Oberkommando der russischen Flotte besetzt und den Kriegshafen abgeriegelt; die Dreiunddreißigste Panzerbrigade kontrolliert den Marinefliegerstützpunkt Proveren. Unsere Flugzeuge haben ein Kriegsschiff, das auslaufen wollte, angegriffen und schwer beschädigt. Die übrigen Schiffe liegen an den Kais – bis auf drei, die wie von Ihnen befohlen das Fahrwasser durch die Kaliningrader Bucht sperren.

Fast alle Kriegsschiffe sind nur zu einem Drittel, höchstens zur Hälfte bemannt. Große Teile der Besatzungen halten sich in den Unterkünften oder außerhalb des Kriegshafens auf, weil sie nicht wissen, was zu tun ist. Dadurch haben unsere Truppen mehr Bewegungsfreiheit, die sie nutzen, um rasch in Position zu gelangen. Rundfunk und Fernsehen in Kaliningrad unterstehen unserer Kontrolle. Die Einwohnerschaft scheint zunächst abwarten zu wollen.«

General Woschtschanka nickte. Diese abwartende Einstellung war teuer genug erkauft. Für ihr Stillhalten hatten die Kommandeure des Kriegshafens Kaliningrad und des Marinefliegerstützpunkts Proveren miteinander nahezu eine Viertelmillion Dollar kassiert. Daß der Militärflugplatz Tschernjachowsk in Flammen stand, lag auch daran, daß für die Bestechung seines Kommandeurs kein Geld mehr dagewesen war, so daß die Russen dort Widerstand geleistet hatten.

Aber das Geld war gut angelegt.

Sein im Kaliningrader Gebiet angelaufenes Unternehmen war nicht in erster Linie darauf angelegt, einen überwältigenden Sieg zu erringen: Trotz der ihm von General Gabowitsch zugesicherten Unterstützung und Zusammenarbeit hegte Woschtschanka keine Illusionen in bezug auf die militärische Macht Rußlands. Aber es war notwendig, die Russen im Kaliningrader Gebiet in den Clinch zu nehmen, sie zu blockieren und strategische Geländegewinne zu erzielen, um dann aus einer Position der Stärke heraus verhandeln zu können. Rußland und der Gemeinschaft Unabhängiger Staaten fehlte es an Geld und Begeisterung für einen Krieg; Belarus dagegen hatte nichts zu verlieren.

Im Kaliningrader Gebiet konnte Woschtschanka Sieger bleiben, wenn es ihm gelang, wichtige Eroberungen zu machen, ohne als blutrünstiger Schlächter dazustehen.

Aber in Litauen sah die Sache anders aus. Dort mußte er Dörfer und Städte besetzen, Landgewinne erzielen und sich so schnell wie möglich festsetzen. Die Welt würde nicht endlos lange in ihrer Erstarrung verharren: Sie würde irgendwann reagieren – womöglich mit dem Beschluß, die weißrussischen Truppen aus Litauen zu verjagen. Darum mußte Woschtschanka seine Siege rasch konsolidieren und danach beweisen, daß jeder Versuch, ihn aus Litauen zu vertreiben, Litauen wesentlich mehr schaden würde als Belarus...

Der wichtigste Teil seines Bedrohungspotentials waren die Kurzstreckenraketen SS-21 SCARAB, die jetzt im Norden Weißrußlands in Stellung gebracht wurden. Diese kleinen Atomraketen auf fahrbaren Abschußrampen waren sein Schlüssel zum Erfolg. Die drei Rampen mit den an Woschtschanka übergebenen Atomsprengköpfen standen unter schwerer Bewaffnung an einem geheimgehaltenen Ort, und die übrigen wurden auf verschiedene Startplätze im Norden verteilt. Ihre Dislozierung war zweifellos wichtig, aber noch wichtiger war eine ständige Funkverbindung zu allen Startplätzen.

»Ich brauche sofort einen Bericht über die Verteilung der SS-21«, ordnete Woschtschanka an. Es war riskant, solche Angaben über Funk einzuholen, aber die Geschwindigkeit seines weiteren Vormarschs und der Inhalt der Mitteilung, die Präsident Pawel Swetlow auf seine Anweisung der Weltöffentlichkeit machen würde, hingen von der planmäßigen Aufstellung dieser Raketen ab. »Fordern Sie die Daten verschlüsselt an, sobald wir in Reichweite sind.«

»Das sind wir erst in fast einer Stunde, General – in der Nähe des Marinestützpunkts Lida«, wandte sein Stabschef ein. »Auf größere Entfernungen ist die Verbindung nicht mehr abhörsicher.«

»Gut«, sagte Woschtschanka, »aber ich brauche den Bericht so bald wie möglich.« Je schneller meine Abschußrampen in den Wäldern versteckt sind, dachte er, desto schneller kommt meine Invasion voran.

Über dem Nordwesten Weißrußlands
13. April, 09.35 Uhr

»Anflugkontrolle Lida Marine, hier Flug sieben-eins-eins mit zwei Maschinen, vierzig Kilometer südwestlich, tausend Meter, Kurs null-neun-null... verbessere, null-neun-fünf. Kommen.« Der junge weißrussische Jagdflieger, der die Standortmeldung abgegeben hatte, wischte sich den irritierenden Schweißtropfen unter dem Hartgummirand seiner Sauerstoffmaske weg. Heute waren für alle Kurse bei der ersten Meldung ungerade Werte vorgeschrieben – das hätte er fast vergessen. Entlang der Grenze zu Litauen gab es etwa ein Dutzend Luftverteidigungsstellungen, die sofort schießen würden, falls er einen zweiten Fehler dieser Art beging.

»Flug sieben-eins-eins, Lida Marine, zur Identifizierung fünf Sekunden lang Kurs null-vier-fünf halten, danach selbständig weiterfliegen.«

»Sieben-eins-eins, verstanden.« Hauptmann Wladi Doleckis steuerte seinen Jagdbomber MiG-27 mit zwei Fingern der rechten Hand in einer weiten Kurve nach Nordosten, zählte langsasm bis fünf und kehrte dann auf den ursprünglichen Kurs zurück. Oberleutnant Franzisk Stebut, sein Rottenflieger, der sich mit seinem Jagdbomber Suchoi Su-17 an Doleckis' linker Flügelspitze orientierte, folgte seinem Beispiel.

Franzisk, der ziemlich gut Formation hielt, schien an einer Schnur tief unter der MiG-27 zu hängen, obwohl er nur wenige Meter weit entfernt war.

Die Luftraumüberwachung im Grenzgebiet war nicht sonderlich effektiv – die Marine-Leitstelle Lida empfing offenbar kein Transpondersignal, sondern hatte nur ihr Primärecho auf dem Radarschirm –, aber solche kleinen Pannen waren alltäglich. Der junge, blonde, blauäugige Jagdbomberpilot ignorierte sie einfach. Als leidenschaftlicher Flieger dachte er gar nicht daran, sich von solchen Kleinigkeiten den Tag verderben zu lassen.

»Sieben-eins-eins, durch Radar identifiziert. Alle Höhenwechsel rechtzeitig ankündigen. Flüge westlich des vierundzwanzigsten Längengrads bis auf weiteres *verboten*. Lida Marines, Ende.«

»Sieben-eins-eins, verstanden. Ende.« Da er in die Ereignisse, die sich gerade in Litauen zusammenbrauten, nicht hineingezogen werden wollte, war ihm das nur recht. Die Heimatbrigade aus Smorgon war in Marsch gesetzt worden, um irgendwelche Unruhen in Litauen niederzuschlagen, aber obgleich außer Smorgon auch die Militärflugplätze Lida und Ross in Bereitschaft versetzt worden waren, hatten ihre Staffel keinen Einsatzbefehl bekommen. Auch wenn Doleckis sich manchmal ausmalte, wie es wäre, sich mit anderen Jagdfliegern oder ausländischen Luftabwehrsystemen zu messen, war er eigentlich nicht scharf auf einen richtigen Krieg.

»Lida Marine...«, wiederholte sein Rottenflieger auf der taktischen Frequenz. »Das ist doch ein richtiger Witz! Wann wird das Rufzeichen endlich geändert?«

»Wenn die Bürokraten mal ihre lahmen Ärsche hochkriegen«, antwortete Doleckis lachend. Der Name ihres Platzes gehörte zu den vielen Ungereimtheiten des Alltags in Belarus, zu den bürokratischen Absonderlichkeiten, die irgendwann korrigiert werden würden.

Der Marineflieger-Stützpunkt Lida – ungefähr 120 Kilometer westlich von Minsk und 240 Kilometer östlich der Ostsee – war früher ein wichtiger Stützpunkt der Baltischen Rotbannerflotte gewesen. Damals war in Lida noch eine Staffel Marineflieger mit zwanzig Jagdbombern Su-24 und Begleitjägern MiG-23 stationiert gewesen. Das jetzt unabhängige Weißrußland besaß natürlich weder Kriegsmarine noch Marineflieger – aber »Lida *Marine*« existierte weiterhin. Ein unsinniges Relikt aus einer untergegangenen Gesellschaftsordnung.

Nun, vielleicht war doch nicht alles so schlecht, was von den Russen kam. Beispielsweise bauten sie erstklassige Militärflugzeuge wie seinen Jagdbomber MiG-27, der in großen Höhen fast Mach 2 erreichte und selbst in Bodennähe überschallschnell war. Dieser Jagdbomber konnte an Aufhängepunkten über 4000 Kilogramm Waffen schleppen und hatte mit Zusatztanks eine Einsatzreichweite von über 600 Kilometern. Auch die Elektronikausrüstung konnte sich sehen lassen: Zielsuchradar und Laser-Entfernungsmesser im Bug, automatische Doppler-Navigationsanlage, Radarwarnsystem Sirena-3, Infrarotsensor zur Erfassung und Bekämpfung von Bodenzielen und das modernisierte Feuerleitsystem ASP-5R. Dieser Vogel war fast so alt wie er, aber Doleckis flog ihn geradezu leidenschaftlich gern.

Oberleutnant Franzisk Stebuts einstrahliger Schwenkflügeljäger

Su-17C war sogar noch älter als Doleckis MiG-24D. Er trug je zwei Waffenbehälter mit 23-mm-Maschinenkanonen SPPU-22 unter beiden Flügeln, je zwei 30-mm-Maschinenkanonen in beiden Flügelwurzeln, einen großen Zusatztank unter dem Rumpf und war zur Erdkampfunterstützung ausgelegt. Zwei SPPU-22 in den Waffenbehältern schossen sogar nach hinten, damit Bodenziele auch nach dem Überflug der Su-17 noch bekämpft werden konnten.

Doleckis, mit und ohne Laser-Entfernungsmesser einer der besten Jagdbomberpiloten der weißrussischen Luftwaffe, flog eine bis an die Zähne bewaffnete MiG-27D: vier Schüttbomben mit je 70 kleinen Bombenkörpern an den hinteren Aufhängepunkten, zwei Behälter mit 57-mm-Raketen an den vorderen Aufhängepunkten, ein Zusatztank unter der Rumpfmittellinie und zwei Jagdraketen AA-2 mit Infrarotsucher an den kleinen äußeren Waffenträgern. Das Magazin der im Rumpf untergebrachten großkalibrigen 30-mm-Maschinenkanone zur Bekämpfung von Bodenzielen enthielt 300 Schuß panzerbrechende Munition.

Das war die größte Waffenlast, mit der Doleckis seit seiner Ausbildung in der Jagdbomberschule Tiflis jemals unterwegs gewesen war...

... und wie damals in der Flugzeugführerschule waren alle Waffenschalter mit Draht und Bleiplomben versiegelt. Doleckis hatte strikte Anweisung, ohne ausdrückliche Erlaubnis keinen der Schalter zu betätigen; schon das Lösen eines Drahts hätte ihm ein Disziplinarverfahren eingebracht. Zum Glück konnte man kaum versehentlich an die Schalter kommen.

Doleckis war also mit einigen tausend Kilogramm erstklassiger Waffen beladen unterwegs, aber er hatte die strikte Anweisung, zu warten und sich bereit zu halten. Er wußte, daß er für den Fall, daß General Woschtschanka ihn brauchte, in Reserve gehalten wurde, und malte sich gern aus, wie er einen verzweifelten persönlichen Hilferuf des Generals empfing, obwohl er wußte, daß das unwahrscheinlich war.

Stebuts Hochleistungskamera war aufnahmebereit, aber da keiner von ihnen nähere Anweisungen erhalten hatte, flogen sie einfach gleichmäßig weiter...

»Flug sieben-eins-eins«, sagte die Anflugkontrolle plötzlich, »neuer Kurs drei-zwo-null, auf siebenhundert Meter sinken und

Lida-Marine-Leitstelle auf Kanal neun rufen. Anweisungen bestätigen.«

»Flug sieben-eins-eins, Kurs drei-zwo-null, siebenhundert Meter, Kanal neun.« Endlich schien etwas zu passieren! Dieser neue Kurs führte dichter an die litauische Grenze heran, und in der neuen Höhe befand er sich kaum hundert Meter über den höchsten Geländeerhebungen. Die Aufforderung, sich im Tiefflug über den Wäldern des Nemas-Tals bei der Leitstelle zu melden, mußte etwas zu bedeuten haben.

Hauptmann Doleckis schaltete aufgeregt auf die neue Frequenz um und meldete sich: »Lida-Marine-Leitstelle, Flug sieben-eins-eins auf Kanal neun. Kommen.«

»Sieben-eins-eins, Leitstelle, verstanden«, antwortete die rauchige Stimme ihrer Dispatcherin in der Leitstelle. Sie war eine rothaarige russische Schönheit – ein weiterer guter Import aus Rußland –, hinter der Doleckis schon seit Wochen her war. Dieser verführerischen Stimme hätte er tagelang zuhören können. »Sieben-eins-eins«, gurrte sie, »fliegen Sie Überwachungsschleifen bei Papa-Kilo, Kilo-Juliett, fünf-null, drei-null – und warten Sie weitere Anweisungen ab. Kommen.«

»Sieben-eins-eins, verstanden«, antwortete Doleckis, wiederholte die Koordinaten und suchte sie dann auf der an seinem Kniebrett festgeklemmten Karte. Er fand sie knapp nördlich eines kleinen Dorfs etwa zehn Kilometer von der Grenze entfernt. Überwachungsschleifen bestanden aus liegenden Achten mit zweimal zwanzig Kilometern Länge und nicht mehr als zehn Grad Schräglage in maximal 500 Meter Höhe. Dabei konnte man das unter einem liegende Gelände gut absuchen – aber Doleckis hätte vor allem gern gewußt, wonach er Ausschau halten sollte.

Doleckis stellte seine MiG-27 für diesen Überwachungsflug ein. Er nahm die Leistung auf 60 Prozent zurück, verstellte seine Schwenkflügel manuell auf maximale Spreizung und setzte die Klappen eine Raste tiefer, um die Stabilität im Langsamflug zu erhöhen. Ging die Steuerfähigkeit in dieser relativ niedrigen Höhe verloren, konnte das katastrophale Folgen haben.

»Sieben-eins-eins, Klappen fünfzehn, Spreizung sechzehn«, warnte Doleckis seinen Rottenflieger. Er wartete noch einige Sekunden, bevor er sich davon überzeugte, daß auch Stebuts Su-17 für den

Langsamflug eingerichtet war. An sich war der jeweilige Rottenflieger dafür verantwortlich, daß »deine Maschine immer wie meine aussieht«, aber leider schliefen Rottenflieger manchmal.

Aber Stebut war hellwach, spreizte ebenfalls seine Tragflügel und blieb halblinks hinter ihm. Tatsächlich war seine Su-17 größer, schneller und stärker bewaffnet als die MiG-27, die jedoch wegen ihrer neueren Avionik und größeren Treffsicherheit für die meisten Jagdbombereinsätze vorgezogen wurde – vor allem in Situationen, in denen es darauf ankam, wenig zusätzliche Schäden anzurichten oder eigene Truppen im Zielgebiet nicht zu gefährden.

Doleckis konnte sich lediglich an dem Dorf orientieren – unter ihnen lagen nur dichte Wälder, der Nordteil des weltberühmten Naturschutzgebiets Beresina – und würde Mühe haben, dort etwas zu entdecken. Um nicht versehentlich über die litauische Grenze zu geraten, gab er die Koordination in seine Doppler-Navigationsanlage ein. »Sieben-eins-eins in Überwachungsschleife«, meldete er dann.

»Flug sieben-eins-eins, verstanden«, bestätigte die Dispatcherin. »Melden Sie Treibstoffvorrat.«

Er war erst zwanzig Minuten in der Luft gewesen, als der Anruf gekommen war, und sein Zusatztank war noch beinahe voll – bei nur 60 Prozent Leistung konnte er *ewig* weiterfliegen. »Sieben-eins-eins, Treibstoff für zwei Stunden.« Tatsächlich war ihre mögliche Flugdauer etwas länger, aber wenn er drei Stunden sagte, würden sie vermutlich auch drei Stunden hier oben aushalten müssen.

»Leitstelle verstanden, zwei Stunden«, antwortete die Rothaarige. »Weitere Anweisungen folgen – Wladi.«

Sieh mal an, sie weiß deinen Namen! sagte sich Doleckis. Die Tatsache, daß er dazu verdammt sein konnte, zwei Stunden lang über endlosen Wäldern zu kreisen, war in diesem Augenblick vergessen. Sobald sie gelandet waren, würde er sich um diese rothaarige Schönheit kümmern...

Der geringste Durchmesser der Lichtung konnte keine 30 Meter betragen, denn als Major Hank Fell, der Pilot der CV-22, das Kipprotor-Flugzeug hineinsetzte, streiften die Enden der Rotorblätter beinahe die Äste knorriger Fichten und Tannen – und das bei einem Raumbedarf der CV-22 von knapp 26 Metern. Schon ein kleiner

Windstoß oder die Bewegung der Bäume durch den Rotorabwind hätte bewirken können, daß Äste gegen die Blattspitzen peitschten und sie beschädigten.

Master Sergeant Mike Brown, Lademeister und MG-Türschütze der CV-22, war ausgestiegen, stand mit aufgesetztem Helm vor dem Bug und war durch ein langes Kabel mit der Bordsprechanlage verbunden. Er suchte den Himmel mit seinem Fernglas ab, als die beiden Düsenjäger fast genau über sie hinwegflogen. Obwohl deren Piloten sie auf der Lichtung nur zufällig hätten entdecken können, zog Brown unwillkürlich den Kopf ein, als fürchte er, im nächsten Augenblick von einer Bombe getroffen zu werden.

»Diesmal hab ich sie *echt* gut gesehen, Sir«, berichtete Brown atemlos. »Zwei Jagdbomber MiG-27 und Su-17. Die MiG ist für Erdkampfeinsätze und außerdem mit zwei Jagdraketen ATOLL bewaffnet. Die Suchoi scheint Waffenbehälter mit Maschinenkanonen unter den Flügeln zu haben. Ich glaube nicht, daß sie uns gesehen haben.« Er ließ die Stoppeinrichtung seiner Armbanduhr anlaufen. »Ich stoppe ihre Überflugzeiten, damit wir wissen, wieviel Zeit wir für den Start haben.«

Hank Fell und Martin Watanabe, der Copilot der CV-22, waren genauso ängstlich und nervös wie Brown, denn die über sie hinwegröhrenden Jagdbomber übertönten sogar die Geräusche ihrer eigenen Triebwerke. »Verstanden«, sagte Fell. »Ich glaube auch, daß wir hier vorläufig sicher sind. Sehen Sie sich das Bugfahrwerk genau an, Mike.«

Fell, der die CV-22 PAVE HAMMER in Baumhöhe geflogen hatte, seit sie vor zehn Minuten aus Polen kommend nach Weißrußland eingeflogen waren, hatte gerade noch auf dieser Lichtung landen können, als die Jagdbomber etwa 25 Kilometer vor ihnen aufgetaucht waren. Die CV-22 hatte kaum auf dem sumpfigen Untergrund aufgesetzt, als die Jagdbomber schon über sie hinwegflogen. Die 18 Marines an Bord sprangen sofort aus dem Flugzeug und bildeten einen Abwehrkreis. Die eine Gruppe hatte eine Fla-Rakete Stinger, die ständig auf die beiden Jagdbomber gerichtet blieb.

»Bugfahrwerk ist unter Wasser«, meldete Brown, während er die Unterseite der CV-22 untersuchte. Nach starken Regenfällen stand die Lichtung teilweise unter Wasser, und das Bugfahrwerk war so tief eingesunken, daß die Unterseite des Radarbugs und der FLIR-Sensorkugel schon den Wasserspiegel berührten. »Radar und FLIR abschalten, sonst gibt's 'nen Kurzen.«

»Ausgeführt«, sagte Watanabe nur.

Zum Glück war das Hauptfahrwerk nicht auch noch eingesunken, sondern stand auf relativ festem Boden. »Achtern ist alles klar, aber der Bug dürfte nicht leicht freikommen«, vermutete Brown. »Das wird ein schwieriger Start.«

»Großartig«, sagte Fell. »Wie weit haben wir es noch bis zur Landezone?«

Watanabe rief ihren Computerflugplan auf einem der großen MFDs auf. »Gut hundertzehn Kilometer«, antwortete er. »Zwanzig bis dreißig Minuten Flugzeit.«

Fell betrachtete seine beiden Rotoren, die sich im Leerlauf drehten. Selbst in dieser Stellung verbrauchte eine CV-22 viel Sprit – und genau das konnten sie sich jetzt nicht leisten. Seit sie vor einigen Stunden von der USS *Valley Mistress* gestartet waren, hatten sie nahezu 500 Kilometer auf Zickzackkursen zurückgelegt, um Radarstationen zu umfliegen. Mit 18 Marines und der ganzen Ausrüstung an Bord betrug die Einsatzreichweite der CV-22 nur etwa 800 Kilometer, und sie waren noch weit vom Ziel entfernt. Jede Minute im Leerlauf am Boden verringerte ihre Reichweite, und keiner hatte Spaß an der Vorstellung, verfolgt von der weißrussischen Armee durch diese Sümpfe marschieren zu müssen.

»Wir können nicht länger warten«, entschied Fell. »Mike, lassen Sie alle wieder an Bord kommen. Überfliegen die Jagdbomber uns auf Ostkurs, sind wir direkt hinter ihnen. Dann sehen sie uns hoffentlich nicht, wenn sie nach Westen abdrehen.«

Die Marines waren eben wieder an Bord und hatten sich eilig angeschnallt, als Brown an die rechte Seitenscheibe neben dem Piloten klopfte und zum Himmel deutete. »Sie kommen!« rief er, bevor er zur Seitentür hastete. Fell schob die beiden Leistungshebel nach vorn – 60, 70, 80 Prozent Leistung. Nichts...

»Achtung, Überflug, fertig... Jetzt!«

Fell drückte die Leistungshebel auf 90 Prozent nach vorn. Heck und Hauptfahrwerk hoben ab, aber das Bugfahrwerk steckte weiter fest. Er schob die Leistungshebel auf 95 Prozent. Das Heck brach wegen des Rotorabwinds nach rechts aus, und die CV-22 begann so heftig zu vibrieren, als müßte das Bugfahrwerk gleich abreißen. »Vorsicht!«

warnte Brown über die Bordsprechanlage. »Seitenruder wird von Zweigen getroffen!«

Fell betätigte den Hebel für die zyklische Blattverstellung, um das Hauptfahrwerk wieder aufzusetzen. In diesem Augenblick kam das Bugfahrwerk überraschend frei, und die CV-22 geriet mit einem Rückwärtssatz in die Bäume.

»Leitwerk in den Bäumen!« rief Brown aufgeregt. »*Stabilisieren!*«

Irgendwie konnte Fell gerade noch verhindern, daß die CV-22 außer Kontrolle geriet. Er ließ die Maschine in kaum einem Meter Höhe vorwärtskriechen, bis das Leitwerk wieder aus den Bäumen heraus war.

»Ich sehe ein paar Zweige im Höhenleitwerk stecken«, meldete Brown. »Soll ich aussteigen und sie rausziehen?«

Fell schaltete das Steuersystem kurz auf TEST um, konnte nun das Höhensteuer betätigen und spürte keinen größeren Widerstand. »Nein, nicht nötig«, entschied er. »Bleiben Sie an Bord, Mike.«

Sekunden später schwebte die CV-22 bereits über den Baumwipfeln. Fell zog das Fahrwerk ein, schwenkte die Triebwerksgondeln um 45 Grad nach unten, was den Wechsel vom Hubschrauber- zum Flugzeugmodus bewirkte, und kurvte nach rechts ein, um sich hinter die Su-17 zu setzen, die er zwei bis drei Kilometer vor sich sah. Er blieb in Baumhöhe und flog so tief, daß einzelne Wipfel die Rumpfunterseite streiften.

Vielleicht war's doch keine so gute Idee, die Zweige im Höhenruder zu ignorieren, dachte Fell wenig später. Während die CV-22 sich in ein Flugzeug verwandelte, machten die Zweige sich immer unangenehmer bemerkbar. »Scheiße, das Höhenruder klemmt!« sagte Fell über die Bordsprechanlage. Jede Betätigung des Ruders erforderte großen Kraftaufwand. »Hoffentlich brechen die Zweige irgendwann ab, sonst...«

»Sie kurven nach links weg!« rief Watanabe. Fell versuchte sofort, den beiden Jagdbombern zu folgen. Aber die Weißrussen zogen ihre Maschinen diesmal so eng herum, daß er unmöglich hinter ihnen bleiben konnte. »Los, schnell runter!«

Aber der Wald war gerade hier besonders dicht. Also blieb ihnen nur eine Möglichkeit: der Fluß! »Besatzung, klar zur Wasserlandung!« rief Fell, während er die Triebwerksgondeln in Hubschrauberstellung zurückschwenkte. »Wir müssen auf den Fluß runter!«

Dort unten ist irgendwas! sagte Doleckis sich. Zum zweitenmal auf diesem Überwachungsflug glaubte er, dicht über den Bäumen eine Bewegung wahrzunehmen. Aber wenn er genauer hinsah, war nichts mehr zu erkennen. Merkwürdig...

»Franzisk, hast du bei fünf Uhr irgendeine Bewegung gesehen?« fragte er auf der taktischen Frequenz.

»Negativ«, antwortete Stebut. »Ich sehe nichts.«

Doleckis schaltete auf Kanal neun um. »Leitstelle, Sieben-eins-eins... äh, sind an dieser Überwachung noch andere Maschinen beteiligt?«

»Sieben-eins-eins, negativ«, sagte die Rothaarige.

»Haben Sie sonst noch jemand im Radar?«

Wieder eine kurze Pause. »Sieben-eins-eins, verschwommene Primärziele in Ihrer Umgebung... ziemlich langsam, Flughöhe unbekannt. Vorsicht, das könnten Vogelschwärme sein.«

Vogelschwärme? Möglich, aber wenig wahrscheinlich. Um diese Jahreszeit traten in Nordeuropa noch keine Zugvögel auf. »Leitstelle, ich habe heute noch keinen einzigen Vogel gesehen. Wonach suchen wir eigentlich hier draußen, Leitstelle?«

»Sieben-eins-eins, möchten Sie Alpha sprechen, um nähere Auskünfte zu erhalten?«

Alpha war der Kommodore ihres Jagdgeschwaders, mit dem man lieber nur im Notfall sprach. »Negativ, Leitstelle. Aber ich möchte unsere Überwachungsschleife zum Nemas hin verlegen und den Fluß entlang patrouillieren. Kommen.«

»Sieben-eins-eins, warten Sie.«

Warten? Worauf? fragte er sich. *Weihnachten?*

Warten war nicht seine Art.

Doleckis kurvte nach rechts und suchte die Stelle im Osten ab, wo er die Bewegung gesehen hatte.

Irgendwas *war* dort draußen...

Aber sein Rottenflieger war durch die überraschende Richtungsänderung nach hinten außer Sicht geraten. »Wladi, nimm ein bißchen Fahrt weg«, funkte Stebut. Doleckis ging mit der Leistung etwas zurück, und der Oberleutnant schloß wieder zu ihm auf – jetzt allerdings mit größerem Abstand.

»Sieben-eins-eins, Leitstelle, haben Sie Schwierigkeiten? Kommen.«

Jedenfalls hat sie sofort gemerkt, daß ich unsere Schleife abgekürzt habe, dachte Doleckis. *Schade...* »Negativ. Sieben-eins-eins überprüft einen möglichen Kontakt in der Nähe des Überwachungsgebiets. Ich melde mich dann wieder.«

»Sieben-eins-eins, verstanden«, sagte die Dispatcherin zögernd. Obwohl sie einerseits nicht bereit war, ihm eine Freigabe dafür zu erteilen, wollte sie ihm diese Überprüfung andererseits nicht ausdrücklich verbieten. »Sieben-eins-eins, was haben Sie vor?«

»Ich habe vor, Sie zu benachrichtigen, sobald es Kontakt gegeben hat oder ich wieder in der Überwachungsschleife bin, Leitstelle«, antwortete Doleckis. Und er fügte mit unüberhörbarem Sarkasmus hinzu: »Warten Sie.«

Am südlichen Flußufer war Fell mit der CV-22 PAVE HAMMER so nahe wie irgend möglich an die Bäume herangegangen. Auf der waagrecht heruntergeklappten Heckrampe standen vier Männer: Während zwei Marines als Helfer fungierten und ein weiterer mit seinem Fernglas den Himmel absuchte, bemühte Master Sergeant Brown sich, den im Höhenruder festgeklemmten Zweig mit einem Lasso herunterzuholen. Mit beiden Triebwerksgondeln in 45-Grad-Stellung war das Flugzeug noch gut 50 Knoten schnell, was seine Bemühungen nicht gerade erleichterte.

Brown hatte es endlich geschafft, das Seil über den Zweig zu werfen, und überlegte, wie er ihn runterholen sollte, als der Luftbeobachter zum Himmel deutete. Brown sah in die angegebene Richtung und keuchte erschrocken. »MiG und Suchoi kommen zurück!« meldete er über die Bordsprechanlage. »Sechs Uhr, zehn bis zwölf Kilometer, tief und langsam. Achtung, ich will diesen Zweig rausziehen!«

»Dann los, Mike«, forderte Fell ihn auf. »Wir müssen die verdammte Heckklappe schließen!«

Als Brown kräftig am Seil rückte, kam der größte Teil des Zweigs herunter. »Kleine Stücke sind noch drin, aber die stören nicht, glaub' ich, Heckklappe klar zum Schließen. In fünf Sekunden seid ihr wieder manövrierfähig.«

Watanabe betätigte den Heckrampenschalter und wandte sich an Fell. »Was machen wir jetzt?«

»Abhängen oder abschießen können wir sie nicht«, antwortete

Fell. »Also verstecken wir uns.« Er flog einige Sekunden lang weiter, bis der Fluß eine leichte Rechtskurve machte, drehte rasch auf der Stelle, um die weißrussischen Jäger vor sich zu haben, und versetzte dann nach links, bis die Blattspitzen fast die Bäume berührten. Dann ging er stetig tiefer, bis sein Radarhöhenmesser auf Null stand.

Brown hastete dabei von einem Fenster zum anderen, um die Position des Flugzeugs zu kontrollieren. »Rumpf im Wasser«, meldete er. »Nicht weiter nach links, sonst kommen wir in die Bäume.« »Er lief auf die andere Seite hinüber, wo der Rotorabwind das Wasser des schmalen Flusses weiß aufschäumen ließ. »Rechts wirbeln wir ziemlich viel Schaum auf – den werden sie aus der Luft sehen.«

Vielleicht ist das Versteckspielen doch keine so gute Idee gewesen – womöglich müssen wir uns hier rauskämpfen.

»Wir haben die Stinger- und Waffenbehäler, Marty. Ich hab' das Flugzeug und den Stinger-Behälter; du übernimmst die Kanone. Und sieh nach, ob unsere ECM und die Störsender aktiviert sind.« Watanabe machte ihre beiden Waffenbehälter einsatzbereit, und Fell klappte das Stinger-Visier seines Helms herunter, dessen gelber Zielkreis ihm das jeweilige Blickfeld der Fla-Raketen zeigte. Inzwischen hatte Watanabe die Radarstörsender und das Infrarotstörsystem ALQ-136 aktiviert, das unsichtbare Energiebündel nach allen Seiten aussandte, um Jagdraketen mit Infrarotsuchkopf wie die russische ATOLL vom Kurs abzubringen.

Die anfliegenden Jagdbomber waren jetzt deutlich zu sehen, und Fell wurde bewußt, wie verwundbar, wie deutlich sichtbar er war. Ein Blick auf dem schmalen Fluß Nemas, und wenn er aus dem linken Seitenfenster sah, konnte er beobachten, wie seine Rotorblätter die Zweige der Uferbäume wie im Sturm bewegten. Beides glich riesigen Leuchtzeichen, die geradewegs auf sie deuteten. Dieser Flug bei Tageslicht wuchs sich allmählich zu einem Alptraum aus. Fell dachte einen Augenblick an die zweite CV-22, die von der *Valley Mistress* gestartet war, um Smorgon über Nordlitauen und Südwestrußland zu erreichen, und konnte nur hoffen, daß sie es leichter hatte.

»Besatzung, Achtung!« sagte Fell warnend, als die weißrussischen Jagdbomber näher und näher herankamen. »Gleich wird's spannend!«

Heeresfliegerstützpunkt Smorgon,
Republik Weißrußland 13. April, 09.47 Uhr

Zu den belebtesten Teilen des Stützpunkts Smorgon gehörte an diesem Morgen das Tanklager. Anders als sonst waren von den sechs Abgabestellen nur zwei geöffnet, an denen jeweils etwa drei Dutzend Tankwagen standen, die lange warten mußten. Die eine Kolonne tankte Kerosin für Flugzeuge und Hubschrauber, die nicht übers Unterflurtanksystem des Platzes betankt werden konnten, und die andere holte Dieseltreibstoff für die vielen Lastwagen und Generatoren des Stützpunkts und der nach Litauen entsandten Einheiten. Bei ihrem Einmarsch in Litauen führte die Heimatbrigade der weißrussischen Armee zur Versorgung ihrer LKW-Kolonnen fast hundert Tankwagen mit.

Normalerweise bestand das Bedienungspersonal des Tanklagers aus zwei Zügen Soldaten, aber die meisten dieser Männer waren nach und nach zu den LKW-Kolonnen abkommandiert worden, so daß nur eine Handvoll Personal übrigblieb und die Tankwagenfahrer die Füllarbeiten selbst vornehmen mußten. Deshalb war der Stabsfeldwebel, dem das Tanklager unterstand, angenehm überrascht und erleichtert, als sich eine LKW-Ladung Soldaten zur Arbeit im Tanklager bei ihm meldete.

»Ausgezeichnet!« sagte Stabsfeldwebel Paschuto zu dem Unteroffizier, der die Gruppe führte. »Als erstes können deine Leute die Fahrbefehle der Tankwagenfahrer kontrollieren, damit sie nach dem Tanken zügig abgefertigt werden können.«

Der junge Unteroffizier nickte wortlos, grüßte knapp und ging davon. Nicht sehr gesprächig, sagte sich Paschuto, aber dies war die erste Ehrenbezeugung, die jemand ihm seit Wochen erwiesen hatte, und einen weiteren Schwätzer konnte er hier ohnehin nicht brauchen.

Nach dem Eintreffen des 15köpfigen Arbeitskommandos klappte das Tanken so gut, daß Paschuto sogar Zeit für ein zweites Frühstück in der Kantine hatte. Als er in die Dienstbaracke zurückkam, legte der junge Unteroffizier ihm einen ganzen Stapel ausgefüllter Tankbelege vor. »Gut gemacht«, sagte Paschuto anerkennend und ging daran, die Belege abzuzeichnen. »Aber ich könnte dich nicht nur heute brauchen. Wie heißt dein Kommandeur? Vielleicht kann ich erreichen, daß du hierher abkommandiert wirst.«

»Vielen Dank«, antwortete der Unteroffizier in schwer verständlichem Weißrussisch. Er sprach langsam und unbeholfen, als sei er geistig ein bißchen zurückgeblieben – was absolut nicht zu seinen Leistungen paßte. »Mein Kommandeur heißt White.«

Der Mann war wirklich sehr schlecht zu verstehen. »*Wie* heißt dein Kommandeur?«

»Mein Kommandeur ist Oberst Paul White, United States Air Force«, sagte der Unteroffizier laut und deutlich auf weißrussisch. Dabei zog er aus seiner Jacke eine kleine Maschinenpistole mit Schalldämpfer, mit der er auf Paschuto zielte. »Hände hoch, sonst...«

Paschuto wartete den Rest gar nicht erst ab. Er warf sich herum, spurtete zum Hinterausgang und versuchte, die Tür hinter sich zuzuknallen, bevor die ersten Schüsse fielen. Aber an der Tür stieß er mit zwei Soldaten der Heimatbrigade zusammen, die eben durch den Hintereingang hereinkamen. »Kommandos!« rief der Stabsfeldwebel. »Bei uns vorn sind amerikanische Kommandos! Gebt mir ein Gewehr!«

»Sorry, Kamerad, wir können dir nicht helfen«, antwortete einer der Soldaten auf englisch. Paschuto verstand nicht, was er sagte, aber er wußte sofort, was er von diesen beiden zu erwarten hatte. Während der erste Soldat ihn packte und ihm die Hände auf dem Rücken festhielt, bedeckte der zweite Paschutos Mund und Nase mit einem Lappen, der mit einer übelriechenden Flüssigkeit getränkt war. Dem Stabsfeldwebel wurde sofort schwarz vor den Augen, und er war fürs erste außer Gefecht gesetzt.

»Lastwagen abfahrbereit, Wilson?« fragte Sergeant Thomas Seymour vom Marinekorps den Mann, der den weißrussischen Unteroffizier spielte. Weitere Marines aus Oberst Whites Einsatzteam MADCAP MAGICIAN kamen in die Dienstbaracke und machten sich sofort daran, die Aktenschränke und Schreibtische zu durchsuchen.

»Ja, Sir«, meldete Korporal Ed Wilson. »Die Fahrer sind betäubt, unsere Leute sind an Bord und abfahrbereit. Wir haben drei Tankwagen für den Flugplatz, einen für den Fuhrpark und acht für die LKW-Konvois.«

»Wir brauchen zwei weitere für den Flugplatz und zwei fürs Kontrollzentrum«, entschied Seymour. »Für die Konvois bleiben keine übrig, fürchte ich.« Der Sergeant drehte sich zu den Marines um, die dabei waren, die Schreibtische zu durchwühlen. »Haben Sie die Fahrbefehle schon gefunden, DuPont?«

»Hier sind die richtigen«, antwortete der Mann. Er setzte sich an eine uralte mechanische Schreibmaschine und fing an, Fahrbefehle zu tippen, wobei er sich an der Stützpunktkarte hinter dem Schreibtisch orientierte. Als die Fahrbefehle ausgestellt waren, übte er kurz Paschutos Unterschrift, dann zeichnete er die schon gestempelten Vordrucke ab. Seymour, der einen Stahlschrank aufgebrochen hatte, fand darin Dienstausweise, die zum Befahren des Flugplatzes sowie zum Verlassen des Stützpunkts berechtigten; er gab sie Wilson, damit der sie verteilen konnte. Nach einer knappen letzten Besprechung entließ Seymor die Marines mit den Tankwagen zu ihren festgelegten Zielen.

»Wird allmählich Zeit, daß du kommst, Gefreiter«, maulte der weißrussische Bordwart des Kampfhubschraubers Mi-24D, als der Tankwagen vorfuhr. »Wir warten schon ewig lange auf Treibstoff«, sagte er, während der Gefreite ihm seinen Fahrbefehl hinhielt, den er abzeichnen mußte. »Woran hat's denn diesmal gelegen?«

»Sergeant Paschuto hat einen Mann zurückgeschickt, damit er sich den richtigen Fahrbefehl ausstellen läßt« antwortete der Gefreite. Er nahm den Gang heraus, zog die Handbremse an, sprang aus dem Wagen und legte Bremsklötze unter die Hinterräder seines Fahrzeugs. Dann ging er auf die rechte Seite hinüber, wo Männer des Bodenpersonals schon dabei waren, die Erdungsdrähte abzuwickeln.

Der Bordwart folgte dem Gefreiten und steckte ihm den abgezeichneten Fahrbefehl in die Brusttasche seines Arbeitsanzugs. »Der ist frisch getippt«, sagte er dabei. »Also bist du der Kerl mit dem falschen Fahrbefehl gewesen, stimmt's?«

Der Marineinfanterist kämpfte darum, sich nichts anmerken zu lassen. »Ist nicht meine Schuld gewesen«, antwortete er in stockendem Weißrussisch.

»Natürlich nicht!« meinte der Bordwart spöttisch. Er musterte den Gefreiten mit zusammengekniffenen Augen. »Du bist neu hier, stimmt's? Dich hab' ich...«

Plötzlich ertönte zwischen den auf dem Vorfeld abgestellten Hubschraubern ein lauter Schrei. Der Bordwart drehte sich um, sah Männer in die Ferne deuten und blickte ebenfalls in diese Richtung.

Aus der Radarkuppel, die in zwei Kilometern Entfernung am anderen Ende der Landebahn stand, stieg eine dunkle Rauchsäule auf. »Ein Brand in der Anflugkontrolle!« rief jemand. Im nächsten Augenblick zerfetzte eine gewaltige Explosion die Radarkuppel und schleuderte ihre Trümmer wie bei einem Vulkanausbruch hoch in die Luft. Sie sahen die Explosion, bevor der Knall sie erreichte, aber als die Schall- und Druckwelle dann über sie hinwegging, hatten sie das Gefühl, in die Bahn eines tropischen Wirbelsturms geraten zu sein.

»Ich melde den Unfall«, sagte der Gefreite – aber als er sein Funkgerät aus dem Fahrerhaus holen wollte, hielt ihn der Bordwart am Arm fest.

»Augenblick mal! Dich kenn' ich überhaupt nicht. Wie heißt du eigentlich?«

»Lassen Sie mich los! Ich muß den Unfall melden und Sergeant Paschuto...«

Der Bordwart packte fester zu, und nun wurden auch andere auf diesen Vorfall aufmerksam. »Los, wie heißt du, Soldat? Ich kenn'dich nicht, und du sprichst mit ausländischem Akzent.« Er winkte einen seiner Leute heran. »Misklaw, hilf mir mal!«

Dann ertönte ein weiterer Schrei. Am anderen Ende des Vorfelds, auf dem der Bordwart den verdächtigen Fahrer gepackt hielt, strömte ein breiter Schwall Kerosin aus einem 30 000 Liter fassenden Tankwagen. Der Treibstoff bildete einen See, der sich rasch über die Abstellfläche ausbreitete. »Verdammt, was ist das wieder?« Plötzlich war ein gedämpfter Knall zu hören, und im nächsten Augenblick schien sich der gesamte Inhalt des Tankwagens, neben dem sie standen, auf einmal über den Asphalt zu ergießen.

»Los, haut ab!« brüllte jemand. Aus drei weiteren Tankwagen strömten nach gedämpften Explosionen fast 100 000 Liter Kerosin aufs Vorfeld. Die dort abgestellten Kampfhubschrauber Mi-24D waren plötzlich durch Treibstoff gefährdet, der ihre Räder zentimeterhoch umspülte.

»Sabotage!« rief der Bordwart. Der junge Gefreite wollte weglaufen, aber der andere packte fester zu. »Hiergeblieben, du Dreckskerl! Was geht hier vor?«

Korporal Wilson war es nicht gewohnt, sich grob anfassen zu lassen – und schon gar nicht zweimal nacheinander. Während das Bodenpersonal und die Hubschrauberbesatzungen auseinanderliefen, um aus dem riesigen Treibstoffsee herauszukommen, packte der junge Marineinfanterist den Bordwart mit eisernem Griff, als wolle er ihn von seinem Tankwagen wegziehen, und rammte ihm gleichzeitig das rechte Knie in den Unterleib. Der andere klappte mit einem dumpfen Aufschrei zusammen und hing wie leblos in Wilsons Armen.

Der Amerikaner wartete einige kostbare Sekunden lang, bis alle vorbeigelaufen waren. Dann holte er tief Luft für seinen Spurt entgegen der allgemeinen Fluchtrichtung – zu einem hundert Meter entfernten Strahlabweiser hinter den Hubschraubern. Er mußte nur den Bewußtlosen zu Boden sinken lassen und losrennen.

Aber obwohl Wilson sich selbst ermahnte, schnellstens abzuhauen, brachte er es nicht über sich, den Mann hier zurückzulassen. Der Bordwart hatte nur seine Pflicht getan; er hatte es nicht verdient, elend in einem Flammenmeer umzukommen. Deshalb schleppte Wilson den Bewußtlosen mit sich hinter die Mi-24 und auf den Strahlabweiser zu. Er würde den Mann sofort liegenlassen, wenn er unterwegs beschossen wurde – aber auch nur dann.

Um Kerosin zu entflammen, braucht man einen sehr heißen Zündfunken – ein halbes Pfund Sprengstoff C4 mit einem Phosphorbrandsatz genügte in diesem Fall –, aber der Zeitschalter war auf nur 30 Sekunden eingestellt. Korporal Wilson hätte ihn auf 60 Sekunden einstellen sollen. Das war sein letzter Gedanke, bevor er einen Lichtblitz sah, ein lautes Brausen hörte und mit dem Mann, den er hatte retten wollen, von einer weißglühenden Flammenwand verschlungen wurde.

Die beiden hatten keine Chance.

Die Explosionen und der Flächenbrand erfaßten nacheinander alle 18 Kampfhubschrauber, die auf diesem Teil der Vorfläche abgestellt waren, und ließen den Treibstoff in ihren Tanks explodieren, wodurch die Flammen neue Nahrung erhielten. Die bereits zur Radarkuppel entsandte Flugplatzfeuerwehr raste wenige Minuten später zum Vorfeld zurück, aber da waren bereits alle 18 Maschinen zerstört oder schwer beschädigt. Fast gleichzeitig flog auch das Tanklager in die Luft, denn auch dort ließen die Marines des Einsatzteams MADCAP MAGICIAN Sprengladungen hochgehen.

In der allgemeinen Panik verließen die Marines, wenngleich ohne Korporal Ed Wilson, unbehelligt den Stützpunkt und führten ihren vorbereiteten Fluchtplan aus. Das zweite Kipprotor-Flugzeug CV-22 würde sie in einigen Stunden abholen, um sie bei Einbruch der Dunkelheit in der Nähe ihres nächsten Ziels abzusetzen.

Über dem Nordwesten Weißrußlands
13. April, 09.47 Uhr

»Ich seh' sie!« rief Hauptmann Doleckis auf seiner taktischen Frequenz.

Was er sah, war nicht ganz klar: Er erkannte deutlich einen sich drehenden Rotor, aber so sich wie die Bäume am Ufer bewegten, mußte gleich daneben ein weiterer sein. Also zwei Hubschrauber, die sich dicht nebeneinander unter den Bäumen versteckten?

»Marine-Leitstelle, hier Flug sieben-eins-eins, ich beobachte zwei Hubschrauber dicht nebeneinander am Newas-Südufer über dem Wasser. Mein Standort« – er blickte auf die Anzeige seiner Navigationsanlage –, »etwa dreiundfünfzig Kilometer westnordwestlich von Lida.« Bis er diese Meldung abgesetzt hatte, war er über die Hubschrauber hinweg. »Ich versuche, die Ziele aus der Luft zu identifizieren. Zweckmäßig wäre die Entsendung von Hubschraubern und Infanterie. Kommen.«

»Verstanden, Sieben-eins-eins«, bestätigte die Dispatcherin in der Leitstelle. »Hier liegt keine Meldung über genehmigte Flugbewegungen vor. Wir fragen in Smorgon an, ob Hubschrauber der Heimatbrigade unterwegs sind. Halten Sie Sichtkontakt und bleiben Sie auf diesem Kanal empfangsbereit. Bestätigen Sie!«

»Sieben-eins-eins, ich werd's versuchen«, antwortete Doleckis. »Aber wir sind schwer und tief. Schicken Sie langsamere Maschinen oder Hubschrauber, die uns ablösen. Kommen.«

»Leitstelle hat verstanden. Warten Sie.«

Um diese Zeit ist anscheinend noch kein Jägerleitoffizier da, dachte Doleckis – wir sind führungslos auf Patrouille geschickt worden. Na wunderbar. »Leitstelle, ich brauche Anweisungen, verdammt noch mal!« sagte er irritiert. »Falls die abhauen wollen, können sie in sechzig Sekunden über der Grenze sein!«

Danach herrschte einige Minuten lang Funkstille. In dieser Zeit sprach die Überziehwarnung einmal an, und Doleckis Rottenflieger beschwerte sich mehrmals über seine engen Kurvenradien im Langsamflug. Wiederholte Anrufe auf der internationalen Wachfrequenz blieben erfolglos. Die Hubschrauber blieben halb unter Bäumen versteckt über dem Wasser, befanden sich offenbar im Schwebeflug und hielten ihre Position. Dann meldete sich die Rothaarige wieder.

»Sieben-eins-eins. Leitstelle, Befehl von Alpha: Ziele identifizieren, Ergebnis melden und Ziele weiter auf Sicht verfolgen. Überfliegen der litauischen Grenze genehmigt. Angriff nur auf Befehl. Bestätigen Sie.«

»Ziele identifizieren, Ergebnis melden, auf Sicht verfolgen, überfliegen der Grenze genehmigt, Angriff nur auf Befehl an Flug sieben-eins-eins«, bestätigte Doleckis. Er wechselte auf die taktische Frequenz über. »Franzisk, du steigst auf tausend Meter und kreist dort.«

»Zwo«, sagte Stebut nur. Der Jagdbomber Su-17 blieb hinter der MiG-27 zurück, stieg in einer flachen Linkskurve auf tausend Meter und kreise dort etwas versetzt, so daß Stebut gleichzeitig seinen Kameraden und die Ziele im Auge behalten konnte.

»Noch zehn Minuten Reserve, Hank«, sagte Watanabe im Cockpit der CV-22. »Wir müssen hier weg, sonst ist unser Auftrag gefährdet.« Außerdem wußten beide, daß weitere Flugzeuge hierher unterwegs waren, falls die Jagdflieger sie gesichtet hatten.

»Dann am besten gleich«, entschied Fell. Er schaltete den Kabinenlautsprecher ein. »Besatzung, Achtung! Wir heben wieder ab und versuchen, die beiden Jäger in niedriger Höhe abzuschütteln. Verstaut alle losen Gegenstände und überprüft eure Gurte. Geht in Gedanken noch mal unseren Plan für den Fall einer Notlandung durch. Denkt auch daran, die Maschine nur nach hinten zu verlassen – die Triebwerke sind heiß, die Kanone und die Waffenbehälter sind ausgefahren. Haltet euch gut fest!«

Doleckis wollte seinen Augen nicht trauen – dort unten waren keine zwei Hubschrauber, das war *einer*! »Leitstelle, Sieben-eins-eins, habe das Ziel in Sicht. Es ist ein... eine Art Frachthubschrauber mit Tarnanstrich und zwei großen Triebwerken an den Enden langer Tragflügel. Er nimmt Kurs auf...«

Das seltsame Ding flog plötzlich eine enge Kurve und beschleunigte dann viel schneller als jeder Hubschrauber, den er kannte.

Doleckis mühte sich verzweifelt ab, die unbekannte Maschine wiederzufinden. So wendig war kein Hubschrauber – die da unten hatten wie eine Rakete beschleunigt. »Leitstelle, kein Sichtkontakt mehr. Die Maschine hat nach Norden beschleunigt und ist außer Sicht gekommen... Franzisk, du gehst auf Ostkurs und suchst dieses Ding.«

»Zwo«, bestätigte Stebut lakonisch.

»Leitstelle, ich rufe Lida Radar, um nähere Inforamtionen anzufordern... Franzisk, umschalten auf Kanal zehn.«

»Zwo.«

Doleckis wechselte die Frequenz, kontrollierte rasch die Position seines Rottenfliegers und meldete sich: »Lida Radar, hier Flug sieben-eins-eins mit zwo Maschinen im Einsatz. Erbitte Steuerkurs zu nicht identifiziertem Flugzeug in diesem Sektor. Letzter Kurs dreihundertfünfzig Grad, Flughöhe zwanzig bis dreißig Meter.«

»Flug sieben-eins-eins im Einsatz, verstanden«, antwortete der Radarlotse. Auf das Stichwort »Einsatz« hin, mußte er den Luftraum um die beiden Jäger herum freihalten und sie bei ihrer Suche nach dem unbekannten Eindringling unterstützen. »Ich habe Sie jetzt im Radar. Befindet sich Ihr Rottenflieger nicht mehr in Formation, brauche ich sein Transpondersignal.« Eine Sekunde später erschien auf seinem Radarschirm die kodierte Identifizierung der Su-17, die annähernd parallel zu der MiG-27, aber dreihundert Meter höher flog. »Sieben-eins-eins Bravo, Sie sind identifiziert.«

»Bravo«, antwortete Stebut.

»Flug sieben-eins-eins, ich sehe keine weitere Maschine in Ihrer Nähe. Bei Flughöhen unter fünfzig Metern kann ich Sie allerdings erst informieren, wenn das andere Flugzeug bis auf dreißig Kilometer an Lida herangekommen ist.«

Verdammt, sagte sich Doleckis, *der Kerl muß irgendwo ganz in unserer Nähe sein!* »Verstanden, Radar. Rufen Sie uns, sobald sich ein...«

»Bravo hat das Ziel erfaßt!« unterbrach Stebut ihn. »Kurs null-vier-null, drei bis vier Kilometer nördlich des Flußufers... dreht jetzt wieder ein. Verdammt, Wladi, das dort unten ist ein Kipprotor-Flugzeug! Ein *amerikanisches* Kipprotor-Flugzeug!«

Doleckis suchte in verzweifelter Hast den Himmel über sich ab, bis er schließlich die Su-17 entdeckte. »Ich hab' dich in Sicht, Franzisk.

Du hast die Führung. Bleib auf dieser Frequenz. Ich schalte auf Kanal neun um.«

»Verstanden. Bravo hat die Führung.«

Doleckis schaltete wieder auf die Frequenz der Leitstelle um. »Leitstelle, hier Flug sieben-eins-eins mit zwei Maschinen. Wir haben Kontakt mit dem Ziel. Es handelt sich um ein amerikanisches Kipprotor-Flugzeug, das mit hoher Geschwindigkeit nach Ostnordost abzufliegen versucht. Sieben-eins-eins Bravo hat jetzt die Führung. Wir sind angriffsbereit und warten auf weitere Befehle. Kommen.«

Diesmal meldete sich eine vertraute Männerstimme. Sie gehörte dem Geschwaderkommodore, der Doleckis anwies, auch Stebut auf diese Frequenz zu holen.

»Flug Sieben-eins-eins, ich befehle Ihnen, diese Maschine zur Landung zu zwingen«, sagte der Kommodore, sobald sich die Piloten gemeldet hatten. »Smorgon entsendet zu Ihrer Unterstützung Kampfhubschrauber, deren Ankunftszeit aber noch unbestimmt ist. Sie steuern das Flugzeug von zwei Seiten an, geben Warnschüsse ab und versuchen notfalls, es mit Bordwaffen zur Landung zu zwingen, solange das nicht zum Absturz führt. Das Kipprotor-Flugzeug und seine Besatzung müssen unbeschädigt und unversehrt in unsere Hände fallen. Ist das verstanden?«

»Alpha, verstanden«, antwortete Doleckis knapp.

»Bravo, verstanden«, bestätigte auch Stebut. »Bravo im Sinkflug. Ich setze mich links neben ihn, Wladi, du bleibst rechts.«

»Ich hab' dich gut in Sicht«, sagte Doleckis und holte etwas nach rechts aus, während die große Su-17 hinter dem Kipprotor-Flugzeug tieferging. Obwohl er als Jagdbomberpilot keine Erfahrung mit Abfangmanövern hatte, war ihm durchaus klar, was der Kommodore von ihnen erwartete...

Das Kipprotor-Flugzeug kurvte plötzlich schnell nach rechts weg, verlor schnell an Geschwindigkeit und verschwand außer Sicht. Eben noch war es fast 400 Stundenkilometer schnell gewesen; im nächsten Augenblick hatte es seine Fahrt halbiert und flog eine unfaßbar enge Kurve. »Alpha hat Kontakt verloren! Fliege Suchkreis rechts.«

»Bravo hat Kontakt verloren«, sagte auch Stebut. »Ich hab' dich in Sicht, Alpha. Du hast die Führung.«

»Ich habe die Führung«, bestätigte Doleckis. *Dieses Katz- und Maus-Spiel kann ja lustig werden*, dachte er, während er einen Suchkreis flog und sich bemühte, das amerikanische Flugzeug wiederzufinden. Andererseits wußte er, daß die Chancen der anderen Maschine, ihren Auftrag auszuführen, um so geringer wurden, je länger sie hier Ausweichmanöver fliegen mußte. Das Flugzeug war weit, sehr weit von seinem Ausgangspunkt entfernt und verbrauchte bei diesen Manövern jede Menge Treibstoff.

Aber als er seinen Suchkreis beendete, war das Kipprotor-Flugzeug nirgends zu sehen. »Sieben-eins-eins Alpha hat Kontakt verloren.«

»Bravo hat das Ziel in Sicht, Wladi!« rief Stebut aufgeregt. »Die Maschine ist genau unter dir. Sie macht kaum noch Fahrt... jetzt fliegt sie anscheinend *rückwärts*. Verdammt, ich bin gleich drüber hinweg... Bravo hat Kontakt verloren. Ich habe dich in Sicht, du kannst einkurven.«

»Ich steige nach links oben«, sagte Doleckis. »Laß mir ein paar hundert Meter Platz, Franzisk.«

»Leitstelle, ich brauche Anweisungen«, funkte er, während er nach dem Steigen aus seiner Linkskurve heraus in den Sinkflug überging. »Das amerikanische Flugzeug läßt sich nicht in die Zange nehmen. Wir können es in Sicht behalten, aber ansonsten ist es zu wendig für uns. Ich bitte um Erlaubnis, die Maschine...«

In diesem Augenblick sichtete Doleckis das Kipprotor-Flugzeug erneut. Es stand tatsächlich über den Bäumen still – und drehte sich nach links, als folge es der Suchoi mit der Präzision einer radargeführten Kanone. »Bravo, eng einkurven und abfliegen! Das Flugzeug scheint...«

Dann bildete sich unter dem Kipprotor-Flugzeug eine Rauchwolke, in der etwas aufblitzte. Eine grellweiße Rauchspur zog sich rasch über den Himmel und schien nach der Su-17 zu greifen.

»Abdrehen, Franzisk, *abdrehen! Leuchtkörper!*« rief Doleckis erschrocken.

Stebut legte seine Maschine in eine Steilkurve, aber die winzige Lenkwaffe fand ihr Ziel, bevor er den ersten Leuchtkörper ausstoßen konnte.

Zuerst schien außer einem weiteren Lichtblitz in der Nähe von Stebuts Triebwerksauslässen nichts zu passieren, aber dann zog die Suchoi plötzlich eine schwarze Rauchfahne hinter sich her. Bevor Doleckis mehr sagen konnte, sah er ihre Cockpithaube wegfliegen, und im nächsten Augenblick wurde der Schleudersitz auf einem gelben Feuerstrahl aus der Maschine geschossen. Es war ein grausiger Anblick, als werde jemand überfahren oder von einem wütenden Stier aufgespießt. Stebuts Fallschirm öffnete sich, aber er pendelte nur einige Male und verschwand dann sofort zwischen den Bäumen. Franzisk war anscheinend ziemlich hart aufgekommen.

»Leitstelle, Bravo ist abgeschossen! Stebut mußte aussteigen!« meldete Doleckis aufgeregt. »Position ungefähr zweihundertvierzig Kilometer nordöstlich von Lida Marine zwischen Nemas-Nordufer und Grenze. Bravo ist von einer Jagdrakete dieses amerikanischen Kipprotor-Flugzeugs getroffen worden.« Er machte eine Pause, weil er noch unschlüssig war, aber als die Su-27 wenige Sekunden später zwischen die Bäume geriet und in einem öligen Feuerball explodierte, wußte er, was er zu tun hatte. »Sieben-eins-eins greift an!« Falls sein Geschwaderkommodore über Funk etwas antwortete, hörte Doleckis seine Antwort nicht mehr.

Flugzeughalle des Fisikus-Instituts, Wilna
13. April, 08.47 Uhr

»Unglaublich!« sagte General John Ormack vom Pilotensitz des Stealth-Bombers Fi-170 aus. »Diese Maschine könnte ich wahrscheinlich mit verbundenen Augen fliegen!« Mit ihm im Cockpit des riesigen Bombers waren Hal Briggs, Patrick McLanahan und Dave Luger, die mit ihm über die Auslegung der Instrumente und Bedienungselemente staunten. »Das hier sieht wie die exakte Kopie des Cockpits einer B-52 aus. Alles ist am richtigen Platz – wirklich *alles!*«

McLanahan, der rechts auf dem Platz des Copiloten/Bombenschützen saß, fiel auf, daß Luger die Schultern hängen ließ und immer deprimierter wurde, je mehr Ormack die erstaunliche Ähnlichkeit mit den EB-52 Megafortress im High Technology Aerospace Weapons Center unterstrich. »Was hast du, Dave? Dieser Bomber ist unglaublich! Er ist doch flugfähig, nicht wahr?«

Luger hob lange genug den Kopf, um das Instrumentenpult zu kontrollieren. »Batterie- und Hauptschalter ein«, forderte er McLanahan auf. Diese Schalter befanden sich genau wie in der B-52 auf der Instrumententafel rechts neben dem Copiloten.

Als McLanahan sie betätigte, flammte die Cockpitbeleuchtung auf, und die mit Batteriestrom betriebenen Instrumente erwachten zum Leben.

Luger begutachtete das vordere Instrumentenpult. »Braucht Treibstoff... keine Waffen an Bord... im Heck stehen zwei Luken offen. Ansonsten ist die Maschine flugfähig.« Er sank auf den Sitz hinter der Mittelkonsole zurück und ließ apathisch den Kopf hängen.

»Unglaublich!« wiederholte Ormack. »Mein Gott, ich komme mir wie James Bond vor! Ich sitze in einem sowjetischen Bomber, der in einem sowjetischen Hangar steht... Mann, jetzt weiß ich, wie einem erfolgreichen Spion zumute ist, der mit eigenen Augen sieht, was sein erfolgreich durchgeführter Auftrag bewirkt hat.«

Luger starrte Ormack an, als habe der General ihn ins Gesicht geschlagen, und wandte sich rasch ab, bevor Ormack zu ihm hinüberblickte.

Als Ormack Lugers aschfahles Gesicht sah, wurde ihm klar, was er eben gesagt hatte. »Hey, Dave, das bedeute noch lange nicht, daß Sie...«

Nun begriff McLanahan, was seinem Partner zusetzte. »Dave, dafür kannst du nichts, Mann. Du bist einer Gehirnwäsche unterzogen worden. Wir haben gesehen, was diese Schweine dir angetan und in welche Folterkammer sie dich gesteckt haben. Dagegen bist du absolut wehrlos gewesen.«

»Ich hab' nicht genug Widerstand geleistet«, wehrte Luger verbittert ab. »Ich hätte mich energischer wehren müssen. Sie haben mich in die Mangel genommen, und ich hab' ausgepackt – praktisch vom ersten Tag an.«

»Quatsch!« sagte Briggs energisch. »Sie sind allein, desorientiert und verwundet gewesen. Wie hätten Sie da noch Widerstand leisten sollen?«

»Ich hätte länger durchhalten müssen«, behauptete Luger. »Aber ich hab' nur an mich gedacht. Ich hab' alles verraten, einfach *alles*!«

»David, Sie wissen so gut wie ich, daß sich keiner gegen eine Gehirnwäsche wehren kann«, stellte Ormack fest. »Irgendwann redet jeder – oder wird verrückt und stirbt. Sie sind kein Verräter, sondern ein Held! Sie haben uns das Leben gerettet und dazu beigetragen, den Dritten Weltkrieg zu verhindern. Später haben Sie mitgeholfen, diesen Bomber zu bauen? Gut, dann können Sie jetzt *uns* helfen, ihn zu entführen.«

»Und vielleicht sogar diese weißrussische Invasion zu bekämpfen, wenn wir ein paar Waffen finden, mit denen wir ihn beladen können«, warf McLanahan ein. Er suchte den Hangar vor ihnen ab. »Wohin sind unsere litauischen Helfer verschwunden? Sie sollten doch anfangen, Waffen unter die Maschine zu bringen.«

»Ich sehe mal nach«, erbot sich Briggs. »Diese Kiste macht mich sowieso nervös – vor allem jetzt, wo von Bombenangriffen die Rede ist.« Er kletterte die kurze Einstiegsleiter hinunter und verschwand nach vorn aus dem Hangar. Wenige Minuten später kam er mit General Palcikas und dessen Dolmetscher zurück. Briggs setzte sich die Hör-Sprech-Garnitur für den Chef des Bodenpersonals auf und war jetzt über ein Kabel mit dem Cockpit verbunden. »Schlechte Nachrichten, Jungs«, sagte er. »Sieht so aus, als wollten die Litauer abhauen.«

»Was?«

»Draußen fahren lange Kolonnen weg. Augenblick, hier ist der General.«

Palcikas verzichtete auf den Dolmetscher und setzte sich die Hör-Sprech-Garnitur selbst auf. »Hallo, Spione, ihr seht aber gut aus! Freut mich, daß ihr dort oben seid. Wir rücken jetzt ab. Kommen.«

»Hier ist General Ormack. Wohin wollen Sie, General?«

»Wir treffen mit Generalleutnant Woschtschanka und seiner Heimatbrigade bei Kobrin zusammen – oder in der Hölle«, antwortete Palcikas. »Er hat die Grenze mit vierzigtausend Mann und vielen Panzern überschritten. Die Brigade kommt so rasch voran, daß sie Wilna einnehmen kann, bevor meine Truppen in Stellung sind. Auch aus Kaliningrad und Tschernjachowsk sind Verstärkungen unterwegs. Hier im Fisikus können wir auf keinen Fall bleiben.«

»Lassen Sie uns ein paar Männer da, die Englisch oder Russisch sprechen? Wir möchten den Bomber bewaffnen und...«

»Tut mir sehr leid, aber das ist nicht möglich, General«, wehrte Palcikas ab. »Wir lassen nur einen Sprengtrupp hier, der das Fisikus zerstört, falls die Weißrussen es erreichen. Am besten versuchen Sie, Ihre Botschaft zu erreichen. Ich muß jetzt fahren. Leben Sie wohl!« Palcikas gab Briggs die Hör-Sprech-Garnitur zurück, grüßte zum Cockpit hinauf und trabte davon.

»Na, anscheinend müssen wir die Maschine selbst beladen«, meinte Ormack resigniert. »Dave, Sie übersetzen Patrick als erstes die Betankungsvorschriften aus dem Russischen. Sobald der Sprit läuft, kümmern Hal und ich uns darum, daß die Waffen an Bord kommen. Also los!«

David Luger war so erschöpft, daß er mehrmals Pausen einlegen mußte, während er Patrick den Betankungsvorgang erklärte. Aber dann rollte McLanahan den Tankschlauch ab, zog ihn über den glatten Hangarboden und schloß ihn an den zentralen Füllstutzen an der linken Bugseite der Fi-170 an.

»Das erinnerte mich daran, wie du damals in Anadyr getankt hast, Patrick«, sagte Luger, der sich inzwischen einen Klappstuhl geholt hatte.

»Ich bin froh, daß ich nicht auf den Flügel klettern muß – und das Wetter hier ist paradiesisch mild.«

»Allerdings!« bestätigte Luger. Er betrachtete McLanahan prüfend. »Wie ich sehe, sind die Folgen deiner Erfrierungen operativ beseitigt worden.«

McLanahan berührte seine aus Plastikmaterial nachgeformten Ohrläppchen. »Alles auf Kosten der Air Force«, sagte er. »Ein Punkt weniger, den man Außenstehenden erklären muß.«

»Im Gegensatz zu mir«, stellte Luger fest.

Patrick betrachtete ihn mitfühlend und versuchte, etwas Tröstliches zu sagen, aber er brachte nichts heraus.

»Was haben sie mit mir vor, Patrick?« fragte Dave.

McLanahan, der den Tankvorgang mit umgehängter Maschinenpistole MP5 überwachte, zuckte mit den Schultern. »Natürlich wirst du eingehend vernommen«, antwortete er. »Unsere Leute müssen rauskriegen, was der verdammte KGB dir angetan hat.«

»Glaubst du, daß sie mich dabei umbringen?«

Um sich die eigenen Befürchtungen nicht anmerken zu lassen, gab Patrick vor, diese Frage nicht gehört zu haben. Was Luger nach seiner Rückkehr erwartete – falls sie jemals hier rauskamen –, war unter Umständen schlimmer als alles, was ihm die Sowjets angetan hatten. Aber McLanahan war entschlossen, Dave unter keinen Umständen mit seinen vagen Ängsten zu belasten.

»Unsinn!« McLanahan rang sich ein Lächeln ab. »Mach dich nicht selbst fertig, Mann! Hier gibt's noch viel zu tun.«

»Patrick, du mußt mir sagen, was du weißt, was du *denkst*«, verlangte Luger. »Ich hab' Angst. Ich komme mir verlassen vor.«

»Du bist *nicht* verlassen, Dave«, versicherte ihm Patrick, »sondern hast verdammt einflußreiche Freunde: Wilbur Curtis ist weiterhin Vorsitzender der Vereinten Stabschefs, Brad Elliott ist nach wie vor HAWC-Direktor, Thomas Preston ist Verteidigungsminister geblieben. Alle drei sind dir viel schuldig.« Er tätschelte den glatten Bomberrumpf und fügte hinzu: »Daß du mitgeholfen hast, diesen Vogel zu entführen, schadet natürlich auch nicht.«

Luger äußerte sich nicht dazu. Der Vorschlag, die Fi-170 zu entführen, anstatt nur die Konstruktionsunterlagen zu entwenden, war von ihm gekommen. Und als feststand, welche Waffen verfügbar waren – Jagdraketen AA-8 sowie Marschflugkörper X-27, eine freifliegende Version des britischen Minenwerfers Hunting JP233 zur Zerstörung von Startbahnen –, hatte er vorgeschlagen, den *Tuman* gegen die weißrussischen Invasoren einzusetzen. Damit war General Ormack sofort einverstanden gewesen.

Der Gedanke, die Fi-170 in die Luft zu bringen, hatte Dave für kurze Zeit sichtbar aufleben lassen – aber jetzt erlosch das Feuer schon wieder. McLanahan war kein Psychologe, aber er wußte, daß er Luger diese Depressionen austreiben mußte, wenn dieser Flug jemals stattfinden sollte. Deshalb bemüht er sich um einen möglichst optimistischen Tonfall, als er grinsend hinzufügte: »Mann, da werden die Bonzen staunen, wenn wir mit diesem Ding auf 'nem NATO-Flugplatz landen!«

»Ich hab' das Gefühl«, sagte Luger, »daß es vielen lieber wäre, wenn ich nicht zurückkäme.«

»Red' keinen Stuß, Dave«, widersprach Patrick energisch. »Hätten Sie dich liquidieren wollen, hätten sie uns nicht hergeschickt.«

»Vielleicht hat man gehofft, wir würden *alle* dabei draufgehen.«

McLanahan hatte das Gefühl, sein Herz setze einen Schlag aus. Daran hatte er nie gedacht. Eine idiotische Idee – oder etwa doch nicht? »Dave, du . . . du leidest an Verfolgungswahn. Beruhige dich bloß, Mann!«

Draußen rollte plötzlich ein schwerer Lastwagen auf den inneren Sicherheitszaun zu, der die Hangars umgab. McLanahan erschrak beim Anblick des auf seiner Ladefläche aufgebauten schweren Maschinengewehrs. Das Fahrzeug raste gegen das abgesperrte Tor zum Vorfeld und durchbrach es mühelos. Auf der Beifahrertür erkannte Patrick deutlich einen roten Stern.

»*Achtung!*« brüllte McLanahan warnend. »Russischer LKW auf dem Vorfeld!« Er zerrte Luger hoch, schleppte ihn an den Rand des Hangars in Deckung und zielte dann mit seiner MP5 auf den Lastwagen. Das Maschinengewehr auf der Ladefläche schwenkte in seine Richtung. Er hatte lediglich zwei Reservemagazine – ungefähr neunzig Schuß –, um sich gegen ein ganze LKW-Ladung Soldaten zu verteidigen.

»Nicht schießen, McLanahan!« rief jemand laut. Die Beifahrertür flog auf, und Gunnery Sergeant Chris Wohl sprang aus dem Fahrerhaus. »Donnerwetter, Oberst, anscheinend haben Sie bei mir *doch* was gelernt! Ich sag's nicht gern, aber allmählich bin ich von Ihnen beeindruckt.«

»Wohl! Verdammt, was tun Sie hier? Ich dachte, Sie seien längst in der Botschaft...«

»Wir waren in der Botschaft, McLanahan«, antwortete Hauptmann Snyder, der den LKW gefahren hatte. Im nächsten Augenblick sprang Gunnery Sergeant Trimble, der als MG-Schütze fungiert hatte, von der Ladefläche. Dann kletterte John Ormack aus dem Cockpit hinunter. Er erwiderte den Gruß der drei Marines sichtlich überrascht. »Wir sind in der Botschaft gewesen und haben unsere Gefallenen und Verwundeten abgeliefert... und jetzt sind wir zurückgekommen.«

»Aber warum nur?«

»Fragen Sie mich lieber nicht, Sir«, wehrte Snyder ab. Er starrte den über ihnen aufragenden Stealth-Bomber Fi-170 an. »Vielleicht wollten wir selbst sehen, was Ihnen so verdammt wichtig gewesen ist. Jetzt weiß ich, warum Sie bleiben wollten. Imposant, sehr imposant!« Er zuckte mit den Schultern. »Außerdem haben wir mitgekriegt, daß die Litauer abrücken, um gegen die weißrussische Heimatbrigade aus Smorgon anzutreten, und uns überlegt, daß Sie dann hier draußen ganz allein sind...

Jedenfalls sind wir hier und unterstehen Ihrem Befehl, General. Wir haben nicht genug Männer und Waffen, um das ganze Institutsgelände oder auch nur diesen Hangar zu halten, aber wenn Sie dieses Ding in die Luft bringen wollen, können Sie bestimmt ein paar kräftige Arme brauchen – und ein paar Leute, die Russisch lesen können. Sagen Sie uns, was wir tun müssen, um Sie und dieses schwarze Ungetüm in die Luft zu bringen.«

Die achtzehn Marines an Bord der CV-22 konnten nicht viel mehr tun, als durchzuhalten und dafür zu beten, daß ihr Pilot weiter Glück haben würde. Einige der Männer von COBRA VENOM waren mit Hör-Sprech-Garnituren an den Fenstern postiert, um zu versuchen, den feindlichen Jäger zu entdecken. Obwohl sie wußten, daß sie praktisch schon tot waren, wenn sie den Angreifer sahen, wollten sie lieber nach ihm Ausschau halten und seine Position melden, als nur untätig dazuhocken.

»Bis wir näher an der Landezone sind, bleibe ich nördlich der Grenze«, sagte Pilot Hank Fell über die Bordsprechanlage. »Wo ist der Hundesohn jetzt?« Er flog die CV-22 buchstäblich in Baumhöhe, hüpfte von einer Lichtung zur anderen und wechselte immer dann den Kurs, wenn ihr Radarwarner anzeigte, daß die MiG-27 ihnen wieder im Nacken saß.

»Kein Kontakt«, meldete Watanabe. »Zuletzt ist er bei sieben Uhr auf Ostkurs gewesen. Vermutlich ist er jetzt querab.« Sein INEWS (Integrated Electronic Warfare System) warnte automatisch vor allen Radargeräten in näherer Umgebung, zeigte die Position von Lenkwaffen an, die auf sie abgeschossen wurden, und konnte sogar Laserstrahlen orten und stören, die ihre Maschine erfaßten. Der Copilot war auch für die Jagdraketen Stinger zuständig – Watanabe hatte die Su-17 abgeschossen, so daß Fell und er jetzt je einen Abschuß zu verzeichnen hatten, seit sie zu MADCAP MAGICIAN gekommen waren – und hatte etwa auftauchende Bodenziele mit seiner Revolverkanone zu bekämpfen.

»Achtung auf der linken Seite«, sagte Fell über die Bordsprechanlage. »Findet den verdammten Jäger! José?«

»Hier«, sagte Gunnery Sergeant José Lobato, der Teamführer von COBRA VENOM.

»Haben Sie noch mal darüber nachgedacht, ob Sie nicht lieber marschieren wollen?« erkundigte sich Fell.

»Wir bleiben an Bord, Sir«, antwortete Lobato. »Die Jungs und ich haben keine Lust, siebzig Kilometer weit durch Indianergebiet zu latschen. Wir haben unser Flugticket bezahlt und bleiben an Bord.«

»Gut, meinetwegen.« Fell kurvte steil nach links ein. »Wir brauchen eine Lichtung, um...«

»Kontakt!« rief einer der Marines an den Fenstern. »Links über uns, ungefähr bei acht Uhr, Entfernung fünf Kilometer!«

Watanabe, der im Cockpit links saß, erkannte die MiG-27 sofort. »Kontakt! Linkskurve, Hank!«

Noch während er diese Anweisung gab, sah er einen Lichtblitz unter der linken Tragfläche des Jägers. Im nächsten Augenblick plärrte das INEWS mit seiner Warnung los – es mußte sekundenlang abgedeckt gewesen sein und hatte die ohne Radar anfliegende MiG-27 nicht rechtzeitig mit Infrarot entdeckt.

»*Jagdrakete!*« rief Watanabe laut.

Das INEWS hatte automatisch sein Infrarot-Störsystem aktiviert, das die heißen Triebwerksgase modulierte, um Jagdraketen mit IR-Suchkopf zu irritieren, und rechts einen elektronischen Köder ARIES ausgestoßen. Dieses kleine Gleitflugzeug strahlte das gesamte elektromagnetische Spektrum von Infrarot bis Ultraviolett ab und war deshalb weit wirksamer als Leuchtkörper oder Düppel. Der ARIES konnte einen feindlichen Jäger minutenlang blockieren, Jagdraketen aus großen Entfernungen anlocken und Lenkwaffen ködern, die nach einem ersten fehlgeschlagenen Angriff zurückkamen.

Bei der ersten Jagdrakete funktionierte der Köder ARIES einwandrei. Hauptmann Doleckis konnte nur verfolgen – erst erstaunt, dann völlig hilflos –, wie seine Jagdrakete R-50 mit Infrarotsuchkopf in elegantem Bogen nach links ins Leere abbog, um fast einen Kilometer von der amerikanischen Maschine entfernt zu detonieren. Als er dann versuchte, die CV-22 mit dem IR-Suchkopf seiner letzten Jagdrakete zu erfassen, blieb das Ziel nicht erfaßt, obwohl er in kaum vier Kilometer Abstand genau hinter dem Kipprotor-Flugzeug war. Sein Radarwarner piepste ständig, was bedeutete, daß die CV-22 ihn mit ihrem Zielsuchradar erfaßt hatte oder Störsignale sendete.

Doleckis unternahm einen letzten Versuch. Aus der Mindestentfernung von drei Kilometern meldete seine letzte R-50, sie habe ein Ziel erfaßt, und er drückte auf den Feuerknopf. Danach schaltete er sofort sein Radar ein, stellte die Blickfelddarstellung auf Bordwaffen um und aktivierte seine 30-mm-Maschinenkanone. Weil er ein Ausweichmanöver der CV-22 voraussah, hielt Doleckis etwas nach rechts vor und zielte auf einen Punkt, an dem er das feindliche Flugzeug innerhalb der nächsten Sekunden vermutete.

Die CV-22 kurvte wie erwartet steil nach rechts weg. Seine letzte R-50 schwankte etwas, als werde sie von einem nach links ausgestoßenen weiteren Köder angelockt, blieb dann aber doch auf Kurs. Trotzdem schien sie einen Augenblick von der Sonne abgelenkt worden zu sein, denn sie flog über die CV-22 hinweg, ohne auf ihre heißen Abgasstrahlen zu reagieren, und detonierte erst nach etwa zweihundert Metern.

Als die R-50 fauchend übers Cockpit hinwegflog, drehte Martin Watanabe instinktiv den Kopf zur Seite und zog die Schultern hoch, so daß er vor der Hauptwucht der Detonation geschützt war, als die Jagdrakete explodierte. Hank Fell, der ihr nachgesehen hatte, bekam dagegen die volle Wucht der Detonation ab. Sie zertrümmerte Windschutzscheibe und Seitenfenster rechts und überschüttete die beiden Piloten mit einem Hagel aus Lexan-Splittern. Fell spürte noch die Hitze der Detonation; danach fühlte er nichts mehr, weil die Druckwelle ihn beinahe aus dem Pilotensitz riß.

Watanabe griff mit einem Aufschrei nach dem Steuerknüppel und den Leistungshebeln. Das linke Triebwerk arbeitete inzwischen mit voller Leistung: Als das rechte Triebwerk nach der Detonation des 6,5 Kilogramm schweren Gefechtskopfs der R-50 ausgefallen war, hatte der Flugkörper der CV-22 das noch funktionierende Triebwerk automatisch auf volle Leistung gebracht. Dann versuchte der Flugregler, auch den rechten Rotor mit dem linken Triebwerk zu betreiben; als das nicht gelang, stellte er ihn auf Autorotation um und schwenkte beide Triebwerke für eine Hubschrauberlandung nach oben.

Watanabes Hand umklammerte den Steuerknüppel, aber er beherrschte das Flugzeug nicht wirklich. Die Detonation, deren Opfer Fell geworden war, hatte auch den Copiloten schwer verletzt. Er konnte nur bewußt darauf achten, die Flügel waagerecht und den Bug hochzuhalten, als die CV-22 in die Bäume geriet. Sie war sekundenlang in Gefahr, sich zu überschlagen, sackte dann aber doch fast waagerecht auf den Waldboden. Im nächsten Augenblick stand das schon qualmende rechte Triebwerk in Flammen, aber das automatische Feuerlöschsystem verhinderte ein Übergreifen des Brandes auf die rechten Flügeltanks.

»Abschuß! Flug sieben-eins-eins meldet Abschuß!« krähte Doleckis triumphierend über Funk. *Verdammt*, dachte er. *Mein erster Ab-*

schuß! Er atmete so schwer, daß er das Gefühl hatte, unter seiner Sauerstoffmaske nicht genügend Luft zu bekommen, und riß sie sich ab. *Verdammt, ist das aufregend!* An die Besatzung der abgeschossenen Maschine verschwendete er im Siegestaumel keinen Gedanken. Mit Geduld und Hartnäckigkeit hatte er über Amerikas beste Technologie gesiegt.

Doleckis meldete seinen geschätzten Standort, bemühte sich vergeblich, in der Nähe irgendeinen markanten Punkt zu finden, und verlangte schließlich eine Peilung zur Standortbestimmung. Als er näher an den Absturzort heranflog, sah er, daß die CV-22 noch verhältnismäßig intakt zu sein schien. Ihr rechtes Triebwerk brannte, aber der ölig schwarze Rauch wurde bereits durch weißen ersetzt, als das automatische Feuerlöschsystem anzusprechen begann. Für den Fall, daß es dort unten Überlebende gab, mußte er die Maschine nochmals mit Bordwaffen angreifen.

Der junge weißrussische Pilot richtete das Rechteckvisier seiner Maschinenkanone auf das abgestürzte Flugzeug und gab einen zwei Sekunden langen Feuerstoß ab. Die Garbe lag jedoch viel zu hoch und zerfetzte die Bäume weit oberhalb der CV-22. Bis Doleckis merkte, daß sein Visier noch auf Luftkampf eingestellt war, hatte er das Ziel bereits überflogen. Er kurvte rechts ein, um die CV-22 in Sicht zu behalten, und bereitete sich auf einen weiteren Angriff mit der Maschinenkanone vor. Die Bomben und Raketen seiner MiG-27 hätten zuviel Schaden angerichtet, denn er wußte, daß sein Kommodore das Flugzeug möglichst intakt in die Hände bekommen wollte.

Doleckis befand sich vor seinem erneuten Angriff im Queranflug, als im Wald in der Nähe der Absturzstelle plötzlich eine Qualmwolke sichtbar wurde, aus der ein weißer Rauchfaden aufstieg. Er kurvte sofort nach rechts weg und betätigte die Schalter, mit denen Düppel und gleißend hell brennende Magnesiumfackeln ausgestoßen wurden.

Der weiße Faden raste genau auf ihn zu...

Die Fla-Rakete würde ihn treffen...

Ihre Rauchspur wurde größer und größer. Die Rakete steuerte die Köder hinter ihm an und verfehlte den Jagdbomber nur um wenige Meter. Zum Glück schien sie keinen Abstandszünder zu haben. Die Besatzung der CV-22 hatte eine Stinger auf ihn abgeschossen! Die Amerikaner waren also keineswegs hilflos und außer Gefecht gesetzt, sondern griffen ihrerseits an!« »Leitstelle, Sieben-eins-eins, die Besatzung der abgeschossenen CV-22 hat mich mit einer Fla-Rakete beschossen! Warnen Sie alle Flugzeuge vor Raketenbeschuß!«

Doleckis begann seinen Angriff aus zehn Kilometern Entfernung in tausend Meter Höhe und mit 400 Stundenkilometern. Bei acht Kilometern senkte er den Bug der Maschine, richtete das Rechteckvisier auf die CV-22 und beobachtete, wie der Entfernungsmesser rückwärtslief. Die Anzeige stand plötzlich still, lief dann schnell weiter und blieb erneut stehen – der Radarentfernungsmesser wurde gestört. Aber das spielte keine Rolle. Er wartete einfach, bis die Umrisse der CV-22 deutlich im Visier erschienen, und drückte dann auf den Feuerknopf.

Als seine Maschinenkanone loshämmerte, nahm er aus dem Augenwinkel heraus eine plötzliche Bewegung wahr. Ein rascher Blick nach links zeigte ihm etwas, das wie ein größeres Insekt dicht über den Bäumen schwebte – dann waren es zwei, drei Insekten, zu denen rechts weitere drei oder vier kamen. Jedes schien zwei blitzende Augen zu haben, die genau auf ihn gerichtet waren. Doleckis sah aufs Zählwerk seiner Maschinenkanone – 150 Schuß waren bereits abgegeben – und stellte befriedigt fest, daß alle Einschläge genau im Ziel lagen. Vom Rumpf der CV-22 stiegen kleine schwarze Rauchwolken auf, und der rechte Tragflügel knickte nach unten ab...

Ein gewaltiger Schlag warf Doleckis nach rechts in seine Schultergurte, als sei die MiG-27 von einer Abbruchbirne getroffen worden. Er riß den Steuerknüppel zurück und sah wieder Insekten vorbeiflitzen – aber diesmal war zu erkennen, daß sie in Wirklichkeit kleine Zweimannhubschrauber mit je zwei Maschinengewehren an den Landekufen waren. Immer neue MG-Garben hämmerten gegen den Rumpf des Jagdbombers. Doleckis wußte, daß sie weder seine Cockpitpanzerung noch die hochfeste Verglasung durchschlagen konnten, aber der übrige Rumpf der MiG-27 bestand nur aus einer dünnen Stahllegierung.

Im Cockpit begannen Warnleuchten zu blinken. Das Kanonenvisier wurde plötzlich dunkel. Das blecherne Hämmern, unter dem seine Maschine erzitterte, löste ein immer stärker werdendes Rütteln aus. Der Steuerknüppel ließ sich nicht mehr bewegen, aber selbst wenn das möglich gewesen wäre, hätte er das Rütteln nicht übersteuern können. Doleckis schaltete auf Reservehydraulik um und betätigte die Seitenruderpedale, die normal funktionierten. Auch der Steuerknüppel schien nicht mehr völlig unbeweglich zu sein.

Vielleicht reichte es noch für einen weiteren Angriff...

Doleckis konzentrierte sich so darauf, die CV-22 erneut angreifen zu können, daß er weder die Warnleuchten für Triebwerksausfall noch seinen rapiden Höhen- und Fahrtverlust bemerkte. Er flog die MiG-27 mit steil hochgerecktem Bug und fast auf der linken Flügelspitze stehend in die Bäume, zwischen denen sie in einem riesigen Feuerball explodierte.

»Wo sind *die* plötzlich hergekommen?« fragte Martin Watanabe. Er lag im Moos auf dem Waldboden, wurde von einem Sanitäter wegen schwerer Gesichts- und Brustverletzungen behandelt und war bei vollem Bewußtsein. Er beobachtete die über sie hinwegflitzenden kleinen Hubschrauber. »Wem gehören die Maschinen?«

»Keine Ahnung«, antwortete der Sanitäter. »Aber Gunny Lobato will sich mit ihnen treffen.« José Lobato war zu einem Hubschrauber unterwegs, der in ihrer Nähe auf einer Lichtung landete.

Lobato identifizierte die Hubschrauber als McDonnell-Douglas Model 500 Defender: amerikanische Zweimannhubschrauber mit je einem IR-Scanner und 7,62-mm-Maschinengewehren vorn an den Landekufen. Fünf von ihnen verharrten im Schwebeflug und der Führer von COBRA VENOM ging hinter einem Baum in Deckung, als ein sechster Hubschrauber auf der Lichtung landete. Ein Soldat mit gezogener Pistole stieg aus dem Hubschrauber und ging auf ihn zu. Labota hob sein Gewehr und rief erst auf englisch, dann auf russisch: »Halt!«

Der Soldat gab dem Piloten ein Zeichen, sein Triebwerk abzustellen, hob die Waffe und brüllte laut: »COBRA VENOM? Amerikanische Marines? COBRA VENOM?«

»Wer zum Teufel sind Sie?«

»Ich bin Major Pakstas von der Brigade Eiserner Wolf. Und Sie sind Gunnery Sergeant Lobato von COBRA VENOM, stimmt's?«

Lobato konnte nicht glauben, daß dieser Kerl hier draußen auf sie gewartet haben sollte. »Was wollen Sie, Major?«

»Ich habe den Auftrag, Sie nach Krowo zu begleiten«, antwortete Pakstas. Der Sergeant wollte seinen Ohren nicht trauen – der Kerl kannte ihre Landezone beim Weiler in der Nähe des Heeresflieger-

Stützpunkts Smorgon! War etwa jemand aus dem anderen Team in Gefangenschaft geraten? »Wir bringen Sie zu Ihrer Landezone und unterstützen Sie bei der Durchführung Ihres Auftrags.«

»Keine Ahnung, wovon Sie reden«, behauptete Lobato. »Verschwinden Sie, sonst lasse ich meine Männer angreifen!«

»Gunnery Sergeant Lobato«, sagte Pakstas, »ich weiß, daß Sie den Auftrag haben, das Kontrollzentrum in Smorgon für einen Angriff mit lasergesteuerten Lenkwaffen zu markieren und die dort stationierten Raketen SS-21 aufzuspüren und zu vernichten.« Er sprach ausgezeichnetes Englisch, was Lobato nur noch mißtrauischer machte, weil er glaubte, nur Geheimdienstagenten sprächen gut englisch. »Oberst White hat uns über Ihren Auftrag informiert, und wir halten uns bereit, Sie dabei zu unterstützen. Ich muß General Palcikas und der amerikanischen Botschaft den Status Ihres Teams melden.«

»Welcher Idiot hat Ihnen das alles erzählt?« brüllte Lobato aufgebracht.

»Der gleiche, der Sie nach Ihrer Rückkehr mit einem Tritt in den Hintern in Peabody's Tavern befördern wird«, antwortete Pakstas. Er steckte seine Pistole ins Halfter und reckte grinsend die Mittelfinger beider Hände hoch. »Verstehen Sie, was das bedeutet, Gunnery Sergeant?«

Lobato grinste ebenfalls. »Allerdings, Major.« Er spürte förmlich, wie seine Männer hinter ihm erleichtert aufatmeten, als sie diese Geste sahen. Bei Paul White gab es keinen Einsatz ohne geheime Parolen, zu denen jeweils bestimmte Gesten gehörten. »Peabody's Tavern« war eine beliebte Bar in Plattsburg, N. Y., wo José Lobato aufs College gegangen war – und nur Paul White konnte auf die Idee kommen, als Erkennungszeichen dazu noch *beide* Mittelfinger hochrecken zu lassen.

Lobato hängte sich das Gewehr um, trat auf Pakstas zu und schüttelte ihm kräftig die Hand. »Ihre Hilfe können wir allerdings brauchen, Sir. Wir haben einen Gefallenen und zwei Verwundete, darunter einen Schwerverwundeten, und müssen unser Flugzeug zerstören.«

»Nicht nötig«, entschied Pakstas. »Unsere siebte Kompanie ist in fünf bis zehn Minuten hier, um den Gefallenen und die Verwundeten abzutransportieren. Wir können sogar versuchen, Ihr Flugzeug über die Grenze zu schaffen, bevor die Weißrussen es erreichen – aber natürlich ohne Garantie. Und wir haben es eilig: Wir müssen tagsüber zweimal tanken und Sie dann nach Einbruch der Dunkelheit in Angriffsposition bringen. Wegen Ihrer schweren Ausrüstung kann jeder Hubschrauber nur einen Mann transportieren, aber weitere Maschinen sind bereits angefordert.«

»Ausgezeichnet, Sir. Vielen Dank!« Lobato erteilte seinen Männern einige kurze Anweisungen, damit sie sich aufstellten, um von den kleinen Hubschraubern aufgenommen zu werden. Während die Marines von COBRA VENOM die zugewiesenen Maschinen bestiegen, wandte sich der Sergeant an Pakstas. »Sie sprechen ausgezeichnetes Englisch, Sir. Darf ich fragen, wo Sie das gelernt haben?«

»Keine Kunst – schließlich bin ich geborener Amerikaner«, antwortete Pakstas. »Aus Shaker Heights, Ohio. Meine Eltern sind Ende der dreißiger Jahre vor Hitler und Stalin nach Amerika geflüchtet und leben noch heute dort. Ich bin in Ohio aufgewachsen, aber 1991 zurückgekommen, als Litauen unabhängig geworden ist.« Er sah auf seine Uhr. »Bis es dunkel wird, haben wir noch einen weiten Weg vor uns. Beeilen wir uns lieber!«

National Military Command Center, Pentagon
13. April, 12.45 Uhr (18.45 OEZ)

»Die Lage ändert sich rasch, Sir«, sagte der Vortragende in der Kommandozentrale des Pentagons. Zählte man die anwesenden Stabsoffiziere nicht mit, sprach er vor nur drei Männern: Luftwaffengeneral Wilbur Curtis, dem Vorsitzenden der Vereinten Stabschefs, Verteidigungsminister Thomas Preston und General Vance Kundert, dem Kommandanten des Marine Corps. Diese drei Männer saßen im National Military Command Center in der ersten Reihe. Von dort aus konnten die Verantwortlichen im Pentagon und im WeißenHaus mit fast jedem Einheitsführer, jedem Schiff, jedem Flugzeug, jeder Botschaft und jeder ausländischen Regierung sprechen und sich in Echtzeit über den Fortgang militärischer Unternehmen informieren lassen.

Im Augenblick ging es um den weißrussischen Einmarsch in Litauen und die amerikanische Reaktion darauf. »Die Vorstöße der weißrussischen Armee verlaufen erwartungsgemäß zweigleisig – intern und extern«, sagte der Vortragende. »Intern verlaufen sie wegen häufiger Gegenangriffe litauischer Einheiten nur sehr zögernd und desorganisiert. In der Umgebung ihres Luftwaffenstützpunkts Siauliai haben die Weißrussen größere Geländegewinne erzielt, aber überall sonst haben mangelhafte Fernmeldeverbindungen, Koordinierungsmängel und fortgesetzte Angriffe litauischer Truppen ihren Vormarsch behindert.

Im Gegensatz dazu kommt der von außen nach Litauen geführte Vorstoß unerwartet rasch voran. Der weißrussischen Armee ist es gelungen, den russischen Widerstand im Kaliningrader Gebiet und in der Stadt selbst wider Erwarten rasch zu brechen. Daher steht sie schon jetzt zum Einmarsch nach Litauen bereit.«

»Die Russen haben keinen Widerstand geleistet?« fragte Kundert verblüfft. »Was zum Teufel geht dort drüben vor? Wie ist das zu erklären?«

»Wir nehmen an, daß mehrere Faktoren eine Rolle gespielt haben, Sir«, antwortete der Vortragende. »Die Weißrussen haben schnell und wuchtig angegriffen, so daß Widerstand vermutlich zwecklos gewesen ist. Möglich wäre auch ein Abkommen zwischen Woschtschanka und den russischen Generälen im Kaliningrader Gebiet. In der Übergangszeit zwischen dem Zerfall der Sowjetunion und der Gründung einer Gemeinschaft Unabhängiger Staaten haben sich dort lokale Kriegsherrn etabliert, die...«

»Ich dachte, das Kaliningrader Gebiet sei fest in russischer Hand«, warf Verteidigungsminister Preston ein. »Warum haben die Weißrussen dort so leichtes Spiel gehabt?«

»Als die ehemaligen sowjetischen Kriegsherrn zwischen Vernichtung und Zusammenarbeit wählen mußten, haben sie sich offenbar für Zusammenarbeit entschieden«, vermutete Curtis.

»Außerhalb Litauens sind drei Hauptstoßrichtungen weißrussischer Verbände zu erkennen – die Küste entlang nach Memel, aus dem Kaliningrader Gebiet nach Kaunas, aus Osten nach Wilna«, berichtete der Vortragende weiter. »Die Angriffsspitzen haben die Grenze bereits überschritten und treffen mit in Litauen stationierten eigenen Versorgungseinheiten zusammen.«

»Dann sind wir also zu spät dran«, stellte Verteidigungsminister Preston fest. »Wir können die Weißrussen nicht mehr aufhalten, stimmt's?«

Ein weiterer Offizier trat ans Rednerpult auf dem Podium. »Das stimmt nicht ganz, Mr. Secretary«, antwortete Luftwaffengeneral Brad Elliott. »Mein... unser Einsatzverband mit EB-52 Megafortress kann den Vormarsch dieser drei Armeen erheblich verlangsamen.«

Preston runzelte die Stirn. Natürlich mußte etwas Dramatisches geschehen, um diesen Krieg schnell zu beenden, aber Elliotts Plan war in seinen Augen keine Ideallösung. Aber der Präsident und Wilbur Curtis hatten sich davon überzeugen lassen, und bessere Abwehrmöglichkeiten waren gegenwärtig nicht in Sicht. »Ich weiß, wie Ihre EB-52 eingesetzt werden, General Elliott«, sagte Preston, »aber was nutzen sie uns noch, wenn die Weißrussen schon in Litauen stehen?«

»Satellitenaufnahmen zeigen, daß die Angriffsspitzen vor allem aus leichten Fahrzeugen, Panzerspähwagen und Hubschraubern bestehen«, erklärte ihm Elliott. »Die großen Panzerverbände folgen erst in einigen Stunden. Wir können sie noch angreifen, bevor sie die litauische Grenze überschreiten.«

»Mit ein paar Bombern B-52? Klingt nicht sehr aussichtsreich«, meinte Preston skeptisch.

»Die Kampfkraft jeder EB-52 Megafortress entspricht einem ganzen Geschwader Jagdbomber F-16«, sagte der General. »Auch wenn es ihnen nicht gelingt, in einer Nacht den gesamten Vormarsch zu stoppen, können sie die erste Welle so dezimieren, daß sich die Weißrussen gezwungen sehen, ihre Invasion abzublasen.«

Preston teilte widerstrebend Elliotts Auffassung, aber er hatte nicht vor, ihm das auf die Nase zu binden. »*Falls* die Bomber ihre Ziele finden«, knurrte er. »Wo stecken sie überhaupt?«

»Ich rechne damit, daß eine erste Gruppe von vier Bombern in etwa fünfundvierzig Minuten die Ostseeküste überfliegt«, antwortete Elliott. »Eine Megafortress greift die Panzerverbände an, die aus Smorgon nach Westen marschieren. Zwei weitere Maschinen werden auf den weißrussischen Luftwaffenstützpunkt Siauliai in Litauen angesetzt und fliegen dann nach Süden weiter, um die aus Tschernjachowsk nach Kaunas marschierenden Panzer anzugreifen. Unsere vierte EB-52 bekämpft die Panzerverbände, die entlang der Küste vorstoßen und den Hafen Memel bedrohen.«

»Was wird aus den COBRA-VENOM-Teams, die bereits in Smorgon sind?« fragte General Kundert. »Ich dachte, die sollten ebenfalls Luftunterstützung bekommen.«

»Die bekommen sie auch«, versicherte Elliott ihm. »Wir haben zwei Maschinen in Reserve. Sobald die ersten vier Bomber zurückfliegen, werden sie durch die beiden anderen abgelöst. Diese EB-52 nehmen Verbindung mit unseren in Weißrußland operierenden Marines auf und arbeiten mit ihnen bei der Zerstörung der Befehls- und Kontrolleinrichtungen für Woschtschankas Atomraketen zusammen.«

»Das ist absolut unerläßlich, Gentlemen« betonte Preston. »Alle Erfolge gegen Woschtschankas Infanterie- und Panzerverbände sind wertlos, falls er seine Drohung wahrmacht und ein paar Atomraketen einsetzt. Dann sind wir letzten Endes doch die Verlierer.«

»Sir, um diese Atomraketen aufzuspüren, brauchen wir jede nur mögliche Unterstützung«, sagte Curtis zu Preston. »Außenminister Danahall hat angedeutet, jemand aus dem Stab unserer Botschaft in Moskau sei darauf angesetzt. Sind da irgendwelche Fortschritte gemeldet worden?«

»Sharon Greenfield, die CIA-Residentin in Moskau, gehört zu unseren Leuten«, versicherte Preston ihm, »und hat ausgezeichnete Verbindungen zu Boris Dwornikow, dem früheren Moskauer KGB-Chef. Trotzdem würde ich an Ihrer Stelle nicht auf Unterstützung aus Moskau zählen. Der Präsident verläßt sich darauf, daß Ihre COBRA-VENOM-Teams und General Elliotts Bomber Woschtschankas Hauptquartier zerstören. Sollte das nicht gelingen, könnte ganz Europa binnen weniger Stunden von einem Atomkrieg erfaßt werden.«

Hotel Latvia, Riga, Republik Lettland
13. April, 19.21 Uhr

»Ein Kurier aus Moskau, General«, meldete der Portier am Telefon. »Er hat eine dringende, nur für Sie bestimmte Mitteilung zu überbringen.«

General Wiktor Gabowitsch zögerte. Auf der Flucht vor den gefährlichen Wirren in Litauen hatte er sich vorläufig in den elften Stock des ehemaligen Interhotels Latvia im Herzen Rigas zurückgezogen. Hier in Lettland wollte er die Fortschritte der weißrussischen Invasion und die Reaktion des GUS-Ministerrats auf Woschtschankas Einmarsch abwarten. An sich hätte niemand wissen dürfen, daß er sich hier aufhielt. Andererseits würden viele ehemalige KGB-Offiziere versuchen, durch seine Vermittlung in Woschtschankas neuer kommunistischer Republik unterzukommen, so daß diese Mitteilung nicht ganz unerwartet kam.

»Bringen Sie mir die Nachricht rauf«, wies Gabowitsch den Portier an.

»Der Kurier besteht darauf, sie Ihnen persönlich zu übergeben, General.«

»Wer ist er?«

»Das will er nur Ihnen sagen, General.«

Das war keine Überraschung. Erschien ein KGB-Offizier irgendwo persönlich, vermied er es möglichst, sich Unbekannten oder im Rang unter ihm Stehenden wie einem Portier gegenüber auszuweisen. Hätte der Besucher einen Namen genannt, wäre Gabowitsch erst recht mißtrauisch geworden. »Gut, er soll raufkommen«, entschied der General.

Gabowitsch zog seine Beretta aus dem Schulterhafter, als an die Zimmertür geklopft wurde – erst viermal, dann einmal etwas tiefer, ein vertrauter KGB-Code. Er hielt die Pistole schußbereit, während er mit der freien Linken die Tür aufriß.

»Guten Abend, General Gabowitsch«, begrüßte ihn der Besucher freundlich.

Gabowitsch wußte nicht recht, wen er erwartet hatte – aber jedenfalls nicht General Boris Grigorjewitsch Dwornikow, den ehemaligen Moskauer KGB-Chef. Dwornikow bekleidete jetzt einen Führungsposten bei der Moskauer Polizei, aber Gabowitsch wußte aus eigenen Quellen, daß er sich keineswegs nur auf Polizeiarbeit beschränkte. Offenbar mischte Dwornikow auch nach dem Zerfall der Sowjetunion weiter überall mit und hatte viel bessere Verbindungen als Gabowitsch selbst. Bekannt war jedoch auch, daß Dwornikow heimtückisch verschlagen sein konnte und sich in letzter Zeit mehrmals auffällig zugunsten der Amerikaner engagiert hatte.

»Wollen Sie mich nicht hereinbitten, Wiktor Jossifowitsch, oder reden wir hier draußen im Flur miteinander?«

Gabowitsch machte Dwornikow sprachlos verblüfft ein Zeichen, er solle eintreten.

»Ich bin lange nicht mehr im Hotel Latvia gewesen«, sagte Dwornikow, während er seine schwarzen Lederhandschuhe auszog und sich nonchalant umsah. »Es hat sich seit Intourist-Zeiten ziemlich verändert, nicht wahr? Das Innenministerium und wir beim KGB sind eben keine Hotelfachleute gewesen.« Er sah Gabowitschs Hand in seiner rechten Hosentasche und lächelte. »Sie haben noch immer eine Vorliebe für diese hübschen kleinen italienischen Pistolen? Für Sie immer nur beste Qualität, nicht wahr?«

Gabowitsch zog seine Hand aus der Tasche, sicherte die Beretta und steckte sie ins Schulterhafter zurück. »Ihr Besuch kommt überraschend, Genosse General...«

»Bitte keine Dienstgrade mehr, Wiktor Jossifowitsch«, sagte Dwornikow milde protestierend. »Wenigstens nicht vor der Wiedererrichtung der Sowjetunion – und dann stehe ich vermutlich im Rang unter Ihnen. Nur Sie haben den Weitblick aufgebracht, endlich etwas zu unternehmen, um den früheren Glanz der Sowjetunion wiederherzustellen.« Ein Lächeln zeigte, wie stolz Gabowitsch darauf war. »Ich vermute wohl richtig, daß das der Zweck Ihres Geheimpakts mit General Woschtschanka und den übrigen weißrussischen Berserkern gewesen ist?«

Gabowitsch war sichtlich erleichtert. Sein bisher erfolgreicher Plan war von einem der mächtigsten Männer der ehemaligen Sowjetunion gebilligt worden. Dwornikow war sogar bereit, sich ihm zu *unterstellen*! »Ja, genau das habe ich beabsichtigt, Genosse General«, antwortete Gabowitsch stolz. »Ich bin glücklich, daß Sie damit einverstanden sind.«

»Ich wüßte gern mehr, Genosse«, sagte Dwornikow. Er zeigte auf den Barschrank im Wohnraum von Gabowitsch Suite. »Wie wär's mit einem Gläschen auf den Erfolg Ihres Unternehmens?« Gabowitsch bot ihm mit einer Handbewegung einen Sessel an und schenkte zwei Gläser Cognac ein. Bevor er etwas sagen konnte, hob Dwornikow sein Glas. »Auf Sie und den Erfolg Ihres Unternehmens!«

»Auf die neue Union der Sozialistischen Sowjetrepubliken!« sagte Gabowitsch zuversichtlich. Er leerte das Glas, ohne zu merken, daß Dwornikow nur an seinem Cognac nippte.

»Sie haben wirklich viel erreicht, Wiktor Jossifowitsch«, bestätigte Dwornikow lächelnd. »Den alten Woschtschanka dazu aufzustacheln, seine Truppen gegen die Litauer *und* unsere Landsleute im

Kaliningrader Gebiet einzusetzen, ist ein Geniestreich gewesen. Mich wundert ehrlich gesagt nur, daß der alte Trottel Ihren Plan überhaupt verstanden hat.«

»Er scheint vage Vorstellungen von einem neuen kommunistischen Staat und der Wiedererrichtung der Sowjetunion zu hegen«, antwortete Gabowitsch, »aber mehr als alles andere interessiert ihn persönliche Macht. Woschtschanka ist von der Idee besessen gewesen, sich mehr Macht, immer mehr Macht, zu sichern. Gefehlt hat ihm dazu nur das richtige Werkzeug, der richtige Zündfunken...«

»Und für den haben Sie gesorgt«, warf Dwornikow ein. »Als Direktor des Sicherheitsdienstes im Fisikus haben Sie Woschtschanka verlockende Angebote machen können, nicht wahr? Ein ganzes Waffenarsenal – und vor allem Atomsprengköpfe. Meines Wissens ist der KR-11 ebenso wie die Abwurflenkwaffe X-27 am Fisikus entwickelt worden, stimmt's? Damit haben Sie ihn geködert, nicht wahr?«

Gabowitsch war keineswegs überrascht, daß der andere seinen Plan entdeckt und enträtselt hatte – schließlich war genau das die Fähigkeit, die Dwornikow berühmt gemacht hatte. »Richtig«, bestätigte er. »Nicht nur die Waffen, Boris Grigorjewitsch, sondern auch das dazugehörige Steuersystem. An sich ein recht einfaches System, weitgehend automatisiert und...«

»Wie viele Sprengköpfe haben Sie ihm geliefert?«

»Drei«, antwortete Gabowitsch. »Außerdem haben wir Techniker abgestellt, um seine Atomraketen SS-21 für die Aufnahme unserer Sprengköpfe modifizieren zu lassen. Woschtschanka besitzt eine Option auf neun weitere und kann...«

»Wieviele SS-21 mit Atomsprengköpfen hat Woschtschanka im Augenblick einsatzbereit?« fragte Dwornikow, während er mit der Kuppe des rechten Zeigefingers spielerisch über den Rand seines Cognacschwenkers fuhr.

Die wiederholten Fragen – und vor allem die letzte – irritierten Gabowitsch, der jetzt auch merkte, daß Dwornikow seinen Cognac praktisch nicht angerührt hatte. Das Ganze klang allmählich fast nach einem Verhör. »Gibt es irgendwelche Probleme, Boris Grigorjewitsch? Alles verläuft genau nach Plan. In ein paar Tagen ist ganz Litauen besetzt. Der Gemeinschaft bleibt dann nichts mehr anderes übrig, als sich am Verhandlungstisch mit Woschtschanka zu einigen.«

»Aber was haben *Sie* davon, Wiktor Jossifowitsch?« fragte Dwornikow. »Wie Sie natürlich wissen, ist das Fisikus-Institut von Dominikas Palcikas und amerikanischen Marines besetzt worden, und die Litauer haben alle Wissenschaftler verhaftet. Sie selbst können unmöglich gehofft haben, das Fisikus auch nach Beginn der Invasion halten zu können. Was haben Sie also...« Er sprach nicht weiter, weil ihm plötzlich klar wurde, was Gabowitsch wollte – und daß es nichts mit dem Fisikus zu tun hatte.

»Ich glaube, Sie haben erraten, was ich will, Boris Grigorjewitsch, und Sie stimmen mir zu«, sagte Gabowitsch. »Die verdammte GUS, die rücksichtslosen Bürokraten in Moskau, die erbärmlichen Gestalten im Ministerrat in Minsk – sie alle wissen, was passieren wird, was geschehen *muß*. Wie soll die ›Gemeinschaft Unabhängiger Staaten‹ angesichts der riesenhaften Probleme der Nachfolgerstaaten der Sowjetunion überleben können?«

»Da haben Sie recht«, sagte Dwornikow nickend. »Diese Gemeinschaft wird nicht lange Bestand haben. Aber wie konnten Sie einem Größenwahnsinnigen wie Woschtschanka Atomsprengköpfe verschaffen? Sie wissen doch, was er damit tun wird.«

»Ja – er wird sie einsetzen«, antwortete Gabowitsch lakonisch. »gegen GUS-Truppen, gegen Russen, gegen Minsk, gegen jeden Angreifer. Und wenn der erste Sprengkopf detoniert, bricht in ganz Europa ein Chaos aus, in dem auch die GUS untergeht.«

»Und Sie sind in Riga, weil Sie damit rechnen, daß Woschtschanka seine Atomraketen nicht nur gegen russische und GUS-Truppen, sondern auch gegen Minsk einsetzen wird?«

»Selbstverständlich«, bestätigte Gabowitsch nüchtern. »In Minsk hat er keine Kommandostellen mehr – alle sind nach Smorgon verlegt worden und sollen bald nach Kaunas übersiedeln.«

»Und Wilna?« fragte Dwornikow weiter. »Soll Wilna auch zerstört werden?«

»Alle Spuren russischer Einflüsse werden getilgt – auch in seiner Heimat«, sagte Gabowitsch. »Aber bis dahin ist die Masse seiner rund hunderttausend Mann starken Land- und Luftstreitkräfte außer Gefahr im Westen Litauens und im Kaliningrader Gebiet stationiert.«

»Die Russen werden ihn vernichten.«

»Glauben Sie, daß Woschtschanka sich davor fürchtet? Nein, er hält sich für unbesiegbar! Was logisch oder taktisch klug ist, spielt bei seinen Überlegungen keine Rolle. Mich würde es nicht wundern, wenn er heimlich ein paar Raketen nach Rußland verlegt hätte, um sie auf Moskau abzuschießen.«

»Was ist mit Riga? Lettland ist doch fast so russisch wie Sankt Petersburg.«

»Soviel ich weiß, hat er im Augenblick nicht vor, Estland und Lettland zu besetzen«, antwortete Gabowitsch. »Trotzdem verfolge ich die Bewegungen seiner Raketentruppen. Bisher ist noch keine SS-21-Einheit gefährlich nahe an Lettland herangekommen – höchstens die in Daugavpils stationierte.«

»Sie wissen also, wo die Atomraketen stehen?« fragte Dwornikow. »Sie können ihre Standorte genau angeben?«

»Natürlich«, sagte Gabowitsch und schenkte sich reichlich Cognac nach. »Ich muß doch damit rechnen, daß mich das alte Schlachtroß zu liquidieren versucht. Anscheinend vermutet er mich in Minsk, denn er hat die drei SS-21 mit unseren Fisikus-Sprengköpfen in Kurenez aufstellen lassen. Von dort aus können sie Minsk und Wilna gleich gut erreichen.«

»Und Sie glauben also, daß die Vernichtung mehrerer Millionen Menschen und die Zerstörung zweier europäischer Hauptstädte das Ende der Gemeinschaft Unabhängiger Staaten und die Rückkehr der alten Sowjetunion bewirken werden?«

»Natürlich bedeutet das die Auferstehung der Sowjetunion!« sagte Gabowitsch gereizt. »Nach diesem Überfall besetzt Rußland logischerweise Weißrußland. Danach bleibt Rußland keine andere Wahl, als die übrigen Republiken zu unterwerfen, die noch Atomwaffen besitzen: die Ukraine, Aserbeidschan, Usbekistan und Kasachstan. Das bedeutet das Ende der Gemeinschaft, die durch ein starkes, dominierendes Rußland abgelöst wird – und so soll's auch sein!«

Dwornikow betrachtete nachdenklich die bernsteingelbe Flüssigkeit in seinem Glas. »Und der Tod von Millionen Menschen – auch russischer Landsleute – stört Sie nicht weiter?«

»*Stören?* Genosse General, ich rechne damit! Läßt sich ein besserer Schlußstrich ziehen als mit Atomwaffen? Wissen Sie eine bessere Methode, unsere Heimat von Reformbefürwortern, Reaktionären, Nationalisten, Imperialisten und Kapitalisten zu befreien? Wie es im Schützengraben keine Atheisten gibt, gibt's nach einer Atomexplosion keine Liberalen mehr. Unsere Bürger werden erkennen, daß ohne eine starke Sowjetunion ein noch größeres Chaos droht. Dann ist wieder alles wie früher: Rußland gewinnt sein Ansehen und seine Macht zurück, ausländische Einflüsse werden zurückgedrängt, und die Zentralregierung hält das Heft fest in der Hand.«

Das alles bewies Dwornikow, daß er einem sehr beherrschten, sehr ruhigen, aber völlig verrückten Mann gegenübersaß. Gabowitsch genoß seit vielen Jahren den Ruf, ein nüchterner Realist zu sein, aber in letzter Zeit hatte es Andeutungen gegeben, die eher das Gegenteil besagten. Vermutlich war er noch verrückter als Woschtschanka. Und trotzdem... klangen seine Ausführungen irgendwie logisch. War es vorstellbar, daß Gabowitschs verrückter Plan etwa doch *funktionierte?* Darüber würde er nachdenken müssen.

»Ich sehe jetzt, was Sie vorhaben, Wiktor Jossifowitsch«, sagte er schließlich. »Ich hatte schon angefangen, mir Ihretwegen Sorgen zu machen: Ich habe befürchtet, Sie wollten die Sowjetunion verraten und zu Woschtschanka überlaufen...«

»*Niemals!*« beteuerte Gabowitsch.

»Das ist mir jetzt klar«, sagte Dwornikow. »Aber wie wollen Sie sicherstellen, daß Woschtschanka die Atomraketen tatsächlich einsetzt? Er hat sich mit diesem Plan einverstanden erklärt, aber wir wissen beide, daß er nicht gerade intelligent ist. Wo befindet sich seine Kommandozentrale in Smorgon? Steht sie in ständiger Verbindung mit seinen Raketentruppen? Kann er ihnen den Abschußbefehl über Funk oder eine Datenleitung übermitteln?«

»Selbstverständlich«, versicherte ihm Gabowitsch. »Das im Fisikus entwickelte Datenübertragungssystem ist das modernste der Welt. Aber Sie brauchen sich keine Sorgen darüber zu machen, ob Woschtschanka den Befehl gibt – er wird's tun! Schon in wenigen Stunden werden wir hören, daß eine Atomrakete abgeschossen worden ist.«

»Ich wollte, ich wäre so zuversichtlich wie Sie, daß alles klappen wird, Wiktor Jossifowitsch. Ich wäre beruhigter, wenn ich diese Gewißheit hätte.«

»Das bezweifle ich«, widersprach Gabowitsch nüchtern. »Sie wollen wissen, wo die Kommandozentrale liegt, weil Sie vorhaben, Woschtschanka daran zu hindern, die Raketen einzusetzen. Aber warum wollen Sie ihm in den Arm fallen? Sie sind in der alten

Sowjetunion ein mächtiger Mann gewesen, Boris Grigorjewitsch – möchten Sie diesen Zustand nicht wiederherstellen?«

»Mir wäre wesentlich wohler, wenn statt eines Verrückten wie Woschtschanka jemand wie Sie über diese Waffen verfügen könnte.«

Gabowitsch betrachtete ihn mißtrauisch. Schmeichelei paßte nicht zu Dwornikow. Tatsächlich hatte er sich damit entlarvt. »Versuchen Sie nicht, mich einzuwickeln«, knurrte Gabowitsch. »Ich weiß, daß Sie lügen! Ich soll die Atomraketen so wenig kontrollieren dürfen wie Woschtschanka. Sie halten mich für verrückt, stimmt's? Idiot! Sie wollen überhaupt keine Raketen einsetzen, stimmt's? Die Zukunft ist Ihnen gleichgültig! Die glorreiche Zukunft, die unser... die *mein* sein wird!«

Gabowitsch griff nach der Pistole in seinem Schulterhafter, aber er war viel zu langsam. Dwornikow zog eine Walther P4 mit aufgesetztem Schalldämpfer unter seinem Mantel hervor und schoß Gabowitsch damit aus kurzer Entfernung zweimal ins Herz. Die wirkungsvoll gedämpften Schüsse waren kaum hörbar. Gabowitsch stolperte mit vor Erstaunen und Wahnsinn weit aufgerissenen Augen rückwärts; er war tot, bevor er auf dem Teppichboden zusammenbrach.

»Du hast die Gewalt über Leben und Tod in den Händen gehalten, du blöder Hund«, sagte Dwornikow zu dem Toten, »aber du hast alles versiebt. Ich kann nur hoffen, daß Woschtschanka jetzt seinen Plan verwirklicht, sonst ist die ganze Mühe vergeblich gewesen.«

Dwornikow steckte die Pistole weg und machte sich daran, die Papiere in Gabowitschs Aktentasche zu sichten. Der Trottel hatte stapelweise Unterlagen über die Atomraketen – sogar über ihre Stationierungsorte – in seinem Hotelzimmer herumliegen. *Verdammt noch mal, die hätte ich ihm von jedem Zimmermädchen klauen lassen können!* Er riß die Schriftstücke mittendurch, steckte sie in den Papierkor aus lackiertem Blech und warf ein brennendes Streichholz darauf. *Als Spion hat Gabowitsch nicht viel getaugt*, sagte sich Dwornikow nüchtern, *aber sein Plan wird trotzdem verwirklicht. Dafür werde ich sorgen...*

»Halt, keine Bewegung, Boris! Hände hoch und weg von diesem Schreibtisch!«

Dwornikow hörte auf, Schriftstücke zu zerreißen, ließ sie fallen und richtete sich mit erhobenen Händen auf. »Sieh da, die liebe Sharon«, sagte er. Dann drehte er sich trotz ihrer Warnung um und begrüßte die CIA-Agentin Sharon Greenfield mit entwaffnendem Lächeln. »Endlich allein – und diesmal in viel angenehmerer Umgebung.«

»Weg vom Schreibtisch, hab' ich gesagt!« Er gehorchte und trat damit einen Schritt näher auf sie zu. »Sie ziehen Ihre Pistole mit der linken Hand – nur mit Daumen und Zeigefinger – raus und werfen sie hierher!«

»Wirklich, Sharon, ich...«

»*Sofort!*« befahl sie.

Dwornikow zuckte mit den Schultern, zog seine Walther aus dem Schulterhafter und warf sie ihr vor die Füße. Die Amerikanerin hob sie auf, steckte sie in ihre Manteltasche und machte ihm ein Zeichen mit ihrer Pistole. »Weg vom Schreibtisch!« Obwohl er zu gehorchen schien, blieb der Abstand zwischen ihnen gleich. »Sie sind nachlässig geworden, Boris«, stellte sie fest, stieß den Papierkorb um und trat das Feuer aus. »In der guten alten Zeit waren Sie viel geschickter, viel vorsichtiger. Aber zum Glück sind Sie faul geworden – das macht mir die Arbeit leichter.«

Dwornikow ignorierte ihre Behauptung. »Sharon, damit ruinieren Sie den schönen neuen Teppichboden...«

»Kein Wort mehr, Boris!« Sie beugte sich über Gabowitsch. Obwohl die beiden Einschußwunden kaum bluteten, war er mausetot. Seine Pistole ließ sie im Schulterhalfter stecken. »Warum haben Sie Gabowitsch erschossen, Boris? Falls unsere Berichte zutreffen, könnte er Woschtschanka als Gegenleistung für eine Vorzugsbehandlung nach der Besetzung Litauens mehrere Atomsprengköpfe überlassen haben. Vielleicht wußte er sogar, wo sie jetzt stationiert sind.«

»Er hat nichts gewußt. Er ist verrückt gewesen. Er wollte seine Pistole ziehen, und ich hab' ihn erschossen.«

»Wie kommen Sie darauf, daß er nichts gewußt hat? Hat er mit Ihnen gesprochen?«

»Nein.«

Sie betrachtete Dwornikow mit gerunzelter Stirn, als wisse sie nicht recht, ob sie ihm glauben solle, und zeigte danach auf die Einschußwunden. »Verdammt gute Trefferlage, Boris. Und Sie sind nicht auf die Idee gekommen, ihn bloß in die Schulter oder ins Bein zu schießen, um ihn vernehmen zu können?«

»Haben Sie das mit mir vor, Sharon? Verwunden Sie mich nur – oder schießen Sie mich gleich tot?«

Greenfield beugte sich um die größtenteils nur angekohlten Schriftstücke. »Weder noch, wenn Sie sich anständig benehmen.« Sie erfaßte rasch, was sie vor sich hatte. »Boris, diese Unterlagen... sie enthalten Angaben über die Standorte von Woschtschankas Atomraketen. Warum wollten Sie...«

Dwornikow bewegte sich blitzschnell.

Sein Fußtritt gegen Greenfields rechte Hand ließ ihre Pistole wegfliegen. Ein kurz angesetzter Handkantenschlag traf ihren Hals. Sie stieß einen Schrei aus und ging zu Boden. Im nächsten Augenblick kauerte er über ihr, drückte ihre Arme mit seinen Beinen an ihren Oberkörper und schlug sie mehrmals ins Gesicht, bis ihre Gegenwehr schwächer wurde und schließlich aufhörte.

»Endlich!« keuchte Dwornikow dabei. »Du ahnst nicht, wie lange ich auf diesen Augenblick gewartet habe!« Dies war kein umgänglicher, gebildeter, kultivierter Mann von Welt mehr – sondern ein vor Begierde zitternder Triebtäter mit wild rollenden Augen.

Diese Seite seines Charakters hatte Sharon immer gefürchtet, aber bisher nie erlebt. Bei ihren Treffs in Moskau hatte Dwornikow grobe sexuelle Anspielungen gemacht, die sie ebenso grob zurückgewiesen hatte. Da sie wußte, daß er privat wie beruflich als Sadist galt, hatte sie immer gefürchtet, er werde eines Tages über sie herfallen.

Er schlug ihren Mantel auf und zerriß die Bluse, um an ihre Brüste heranzukommen. »Oh, Sharon, liebe Sharon! Ich hab' gewußt, daß du so schön sein würdest...«

Sie konzentrierte sich, sie mußte ihn auf andere Gedanken bringen, um sich befreien zu können. Sie hatte ihn von Moskau an beschattet und bis hierher ins gottverdammte Hotel Latvia verfolgt, und der Teufel sollte sie holen, wenn sie sich ihren Auftrag von diesem Schwein ruinieren ließ.

»Warum wollen Sie Gabowitschs Plan verwirklichen?«

»Weil er richtig ist«, keuchte Dwornikow, während er sich mühte, seine Hose aufzuknöpfen. »Woschtschanka wird Minsk und Wilna vernichten. Rußland wird sich die Republiken einverleiben und wie zuvor über Europa herrschen – und ich will daran teilhaben. Ich brauche nur dafür zu sorgen, daß niemand diese Raketen findet. Sobald ich wieder in Moskau bin, werde ich KGB-Vorsitzender.«

Seine Rechte umschloß ihre linke Brust. Daumen und Zeigefinger zogen spielerisch an der Brustwarze. Dann packten sie plötzlich fester zu und entrissen der hilflos unter ihm Liegenden ein Stöhnen. Dwornikow kniff böse lächelnd die Augen zusammen. »Ah, das gefällt dir wohl, meine liebe Sharon?«

Das gedämpfte *Plop! Plop! Plop!* klang sehr dezent, aber der Körper des ehemaligen KGB-Generals zuckte wie unter Hammerschlägen zusammen. Dwornikows rechte Brusthälfte explodierte förmlich, und seine Augen weiteten sich vor Schreck und Entsetzen. »Sharon, Liebste«, krächzte der Sterbende mit blutigem Schaum auf den Lippen, »was hast du getan?« Er verdrehte die Augen und sackte vornüber.

Sie blieb endlose Sekunden lang mit der rauchenden Pistole in der rechten Hand liegen und horchte auf seine gurgelnden Atemzüge. Sie bewegte sich erst, als dieses Gurgeln verstummt war. Dwornikow hatte die Waffe vergessen, die Sharon vorhin in ihre Manteltasche gesteckt hatte – seine eigene Pistole.

Jetzt war das Schwein endlich tot.

Sobald sie sich erholt hatte, kroch sie zum Schreibtisch und den nur teilweise verbrannten Unterlagen zurück. Soviel sie in der Eile feststellen konnte, handelte es sich um Gabowitschs Aufzeichnungen über den Verkauf dreier Atomsprengköpfe an den weißrussischen Generalleutnant Woschtschanka – mit genauen Angaben über die Stationierungsorte der als Trägerraketen vorgesehenen SS-21.

Sharon kam mühsam auf die Beine, knöpfte ihren Mantel zu, stopfte die Papiere in ihre Manteltaschen und verließ hastig den Raum. Die weißrussische Invasion lief, und der Gegenangriff würde kurz nach Sonnenuntergang beginnen. Falls Woschtschanka diese Raketen einsetzen wollte, würde er es *dann* tun. Ihr blieb nicht viel Zeit – aber sie hatte noch eine Chance. Sie mußte diese Unterlagen in die US-Botschaft in Riga bringen, damit der Text übersetzt und verschlüsselt weitergeleitet werden konnte, um hoffentlich dazu beizutragen, daß die Marines die Standorte der SS-21 entdeckten.

Entlang der litauisch-weißrussischen Grenze
fünfzig Kilometer östlich von Wilna
13. April, 22.14 Uhr

Für die Menschen im Norden Weißrußlands war das Osmansky-Hochland zwischen Minsk und Wilna in alter Zeit der »Himmelsweg«, weil seine sanft gewellten Gletschertäler aus den düsteren Sumpfgebieten Weißrußlands zu den fruchtbaren Landschaften Litauens und der Ostseeküste führten. Aber im Hochland gab es auch kahle, felsige, vom Wind umtoste Hügel, die mit Fuhrwerken nur schwer zu überwinden waren. Und dieses Hügelland eignete sich hervorragend für Hinterhalte. Im ausgehenden Mittelalter wurden dort mehrere Schlachten gewonnen, indem die litauisch-weißrussischen Verteidiger Invasoren überfielen, die auf der Suche nach ihnen durch die weiten sumpfigen Täler marschierten.

Die Hauptburg des litauischen Großfürsten Gediminas erhob sich auf einem westlichen Ausläufer des Osmansky-Hochlands. Der zehn Stockwerke hohe Wachtturm auf dem Hügel bildete den höchsten Punkt Litauens, von dem aus man nach Norden und Süden siebzig bis achtzig Kilometer weit nach Weißrußland hineinblicken konnte.

Um diesen Vorteil zu nutzen, hatte General Dominikas Palcikas auf dem Hauptturm ein im Krieg von der Royal Navy erbeutetes Radar 293 zur Überwachung des Hubschrauber- und Fahrzeugverkehrs unten in der Ebene installieren lassen. Da die Anlage jedoch schon alt und sehr unzuverlässig war, hatte Palcikas dort oben auch Wachen postiert, die ihre Beobachtungen melden sollten.

Palcikas, selbst Absolvent einer sowjetischen Militärakademie, hatte angenommen, alle von der Roten Armee ausgebildeten Generale dächten und entschieden ähnlich. Deshalb war er überrascht, daß General Woschtschankas Heimatbrigade auf der Autobahn nördlich des Osmansky-Hochlands nach Westen zog. Alle Heere, die diesen »unteren Weg« durch Weißrußland gewählt hatten, waren von Verteidigern, die aus den Hügeln hervorbrachen, geschlagen worden.

»Radarkontakt, Hubschrauber, mehrere Ziele, Peilung eins-null-drei Grad, Entfernung zweiundfünfzig Kilometer«, meldete der Radarlotse aus seinem im Burghof stehenden Fahrzeug über Funk. »Mit neunzig Knoten auf Westkurs. In wenigen Minuten sind sie über Wilna-Ost.«

An Bord seines Hubschraubers Mi-8, der ihm als fliegender Befehlsstand diente, nickte Dominikas Palcikas nervös, als er diese Meldung erhielt. Mit zwanzig weiteren Maschinen dieses Typs, die zum Bataillon eins gehörten, stand der Hubschrauber auf einem Felsgrat zwanzig Kilometer östlich der litauischen Grenze. Als Kampfhubschrauber trug jede Mi-8 außer vier Mann Besatzung zehn Soldaten und vier Waffenbehälter mit 57-mm-Raketen, aber Palcikas hatte seinen Hubschrauber mit zahlreichen Funkgeräten ausrüsten und zu einem fliegenden Leitstand umbauen lassen.

Zu seinem Eingreifverband gehörten außerdem zweitausend Soldaten mit etwa hundert Fahrzeugen: Panzer, Schützenpanzer und Jeeps mit rückstoßfreien Kanonen zur Panzerbekämpfung. »Neunzig Knoten Fahrt – das könnten Kampfhubschrauber sein«, meinte der General nachdenklich. »Aber da unsere Patrouillen noch keine Panzerkolonnen gesichtet haben, sind das vermutlich Aufklärer.«

»Bisher sind nirgends Kampfhubschrauber gemeldet worden«, berichtete Oberst Zukauskas, sein Stellvertreter als Kommandeur. »Vielleicht ist der Überfall der amerikanischen Marines auf Smorgon erfolgreich gewesen?«

»Schon möglich«, sagte Palcikas mit schwachem Lächeln. In der Tat wies vieles darauf hin, daß die Marines in Weißrußland sehr aktiv waren – das COBRA-VENOM-Team, das von seinen Leuten aufgelesen worden war; die unerklärliche Rückkehr der Marines ins Fisikus-Institut; und nicht zuletzt Berichte über heftige Explosionen und Flächenbrände auf dem Heeresfliegerstützpunkt Smorgon.

Aber die weißrussische Heimatbrigade, die aus Smorgon in Richtung Wilna vorstieß, war noch immer kampfstark: Sie hätte so viele *Aufklärungs*hubschrauber, wie Litauen insgesamt an Hubschraubern besaß, und hatte so viele Mechaniker und Müllmänner, wie Palcikas ausgebildete Soldaten. Daher konnte Palcikas nicht hoffen, Woschtschankas Truppen in offener Feldschlacht zu besiegen...

... und deshalb würde er ihnen auch nicht in offener Feldschlacht gegenübertreten. Palcikas war Realist genug, um zu erkennen, daß weder Gebete noch positives Denken oder generalstabsmäßige Planung bewirken würden, daß die weißrussische Heimatbrigade auf dem Absatz kehrtmachte und davonlief. Statt dessen brauchte er einen Alternativplan, den er in diesem Augenblick in die Tat umzusetzen begann.

Obwohl Woschtschankas Truppen auf der Autobahn Minsk–Wilna schnell vorankamen, hatte diese Route den großen Nachteil, daß sie nur an bestimmten Stellen leicht und bequem verlassen werden konnte. Hatte sich die Marschkolonie einmal in Bewegung gesetzt, war ein seitliches Ausschwärmen so gut wie unmöglich. Palcikas hatte beschlossen, eine weißrussische Taktik aus der Zeit der Mongolenstürme aufzugreifen.

Als die Mongolen zur Ostsee vorstießen, hatten die *Rus* aus dem Hochland blitzschnelle Angriffe gegen Nachhuten und Nachschublinien vorgetragen und sich dann sofort wieder in die unzugänglichen Hügel zurückgezogen. Etwas Ähnliches hatte Palcikas jetzt mit seinen leichten Panzern, Schützenpanzern und Kampfhubschraubern vor. Statt sich Woschtschankas Heimatbrigade an der Grenze entgegenzustellen, hatte er seine sechstausend Mann im weißrussischen Osmansky-Hochland stationiert und war nun in der Lage, die Marschkolonnen von den Flanken aus anzugreifen.

Die Sicht war schlecht, aber wenn der Regen für Augenblicke nachließ, konnte Palcikas die auf der Autobahn nach Westen rollenden Fahrzeug- und Panzerkolonnen erkennen. Das stürmische Regenwetter behinderte offenbar auch Woschtschankas Aufklärer, denn mindestens ein Hubschrauber kam bis auf zwei Kilometer an den Bereitschaftsraum des Bataillons eins heran, ohne es zu entdecken. Mittlerweile flogen die meisten Aufklärer voraus und konzentrierten ihre Suchtätigkeit auf die Außenbezirke von Wilna.

»Das Radar meldet weitere anfliegende Hubschrauber«, berichtete Zukauskas. »Sie sind schneller als die erste Gruppe. Das müssen die Kampfhubschrauber sein. Ihr Kurs führt dicht am Bataillon drei vorbei.«

»Sorgen Sie dafür, daß das Bataillon angriffsbereit ist, wenn die Hubschrauber vorbeifliegen«, befahl Palcikas. Zur Befehlsübermittlung wurden altmodische Feldfernsprecher eingesetzt, weil Funkverkehr in unmittelbarer Nähe der weißrussischen Truppen sofort entdeckt worden wäre. Palcikas stieg aus seiner Mi-8, näherte sich geduckt dem Rand des Steilabfalls und robbte dann bis zu einem Wachposten vor, der die weißrussischen Fahrzeugkolonnen durch ein großes Teleskop beobachtete. »Haben Sie schon ein Ziel für uns, Sergeant?«

Sergeant Styra drehte den Kopf zur Seite, sah den General neben sich im Schlamm liegen und schluckte trocken. »Leider noch nicht. Ich sehe jedes einzelne Fahrzeug, aber Raketentransporter und ZSU-23-4 sind nicht von den anderen zu unterscheiden.« Sein Teleskop war ein sowjetisches Nachtsichtgerät CSR-3030: eine sperrige, veraltete Ausführung, die viel Licht – zum Beispiel Mondschein – brauchte, um deutliche Bilder zu zeigen. In dieser regnerischen Aprilnacht war es praktisch wertlos.

»Bleiben Sie dran. Sie kriegen bald mehr Licht.« Palcikas kroch rückwärts, bis er wieder aufstehen konnte. Dann wies er seinen Stellvertreter an: »Oberst, sorgen Sie dafür, daß die Hubschrauber angriffsbereit sind.«

Die erste Warnung kam nicht von Soldaten der Marschkolonne, sondern vom Bordschützen eines weißrussischen Kampfhubschraubers Mi-24 südlich der Autobahn: »Brigade, hier Eins-fünf-vier. Feindliche Hubschrauber auf einem Felsgrat im Süden. Haben sie in Sicht – fliegen zum Angriff an.« Sein IR-Scanner hatte unter ihnen ein sehr heißes Hubschrauberprofil geortet. »Ziel!« meldete der Bordschütze aufgeregt.

»Entfernung?« fragte der Pilot. Dann meldete er: »Raketenbehälter einsatzbereit.« An Bord der Mi-24 kontrollierte der Bordschütze außer dem Infrarotsensor im Bug nur die Waffen, die der Pilot ihm überließ. Aber da kein Pilot leergeschossene Waffen zurückbekommen wollte, behielten die meisten die Kontrolle über alle Waffen, so daß der Bordschütze lediglich als High-Tech-Beobachter fungierte.

»Geschätzt drei Kilometer...«, antwortete der Bordschütze. »Zwei Kilometer... drei Grad links... jetzt nur noch ein Kilometer...«

Aber irgendwas stimmte hier nicht. Das Objekt, das er für einen Hubschrauber gehalten hatte, sah plötzlich ganz anders aus. »Moment mal.«

Das war kein Hubschrauber! Als sie näher herankamen, sah der Bordschütze vor ihnen einen alten Lastwagen, dessen Umrisse so verändert worden waren, daß sie einem Hubschrauber glichen, während irgendein waagerechtes Windrad auf dem Dach des Fahrerhauses seinen Rotor imitierte. Mehrere strategisch verteilte Leuchtkörper erzeugten im IR-Scanner das Bild eines im Leerlauf dastehenden Hubschraubers. »Das ist kein...«

Aber sein Einspruch kam nicht nachdrücklich genug. »Raketen los!« sagte der Pilot und schoß eine Salve aus zehn-57-mm-Raketen ab. Die Explosion war spektakulär – zu spektakulär. Das Fahrzeug mußte mit Benzin beladen gewesen sein, denn es explodierte in einem orangeroten Feuerball, der die Nacht weithin erhellte. In diesem Feuerschein war die Marschkolonne auf zwei bis drei Kilometer entfernten Autobahn deutlich zu erkennen.

»Volltreffer, starke Sekundärexplosionen«, meinte der Pilot zufrieden.

»Nein, das war kein Hubschrauber, sondern ein Köder!« stellte der Bordschütze fest. »Los, steigen wir aus, bevor...«

Seine Warnung erfolgte zu spät.

Nur Sekunden später wurde die Mi-24 von einer sowjetischen Fla-Rakete SA-7 getroffen, die einer von Palcikas' Infanteristen abschoß, als der Kampfhubschrauber direkt über ihn hinwegflog – bei einer Entfernung von unter tausend Metern konnte selbst die verhältnismäßig unzuverlässige SA-7 STRELA ihr Ziel nicht verfehlen.

Nachdem ihr zerstörtes linkes Triebwerk stillgelegt worden war, flog die Mi-24 zunächst weiter, stürzte jedoch keine Minute später ab.

Aber obwohl der Abschuß einer Mi-24 für die Litauer sehr vorteilhaft war, hatten Palcikas' Soldaten vor allem ein wirkungsvolles Ablenkungsmanöver und eine helle Lichtquelle gebraucht, während sie die Marschkolonne nach bestimmten Fahrzeugen absuchten – die sie entdeckten, als der mit Benzin beladene Köder in Flammen aufging. Die nach sowjetischem Vorbild in die Kolonne eingegliederten Fla-Waffen waren durch andere Fahrzeuge getarnt und geschützt worden, aber als sich die Marschkolonne umgruppierte, um den »Angriff« aus dem Osmansky-Hochland abzuwehren, ging dieser Schutz verloren.

Jetzt konnten die Späher auf dem Felsgrat über der Kolonne endlich ihre Ziele erkennen: Etwa jedes zehnte Fahrzeug war ein Transporter mit je vier Fla-Raketen SA-8 mit geringer Reichweite, ungefähr jedes fünfzehnte Fahrzeug war ein Kettenfahrzeug mit je drei Mittelstreckenraketen SA-6, und auf beiden Seiten der Kolonne marschierten in unregelmäßigen Abständen Fla-Panzer ZSU-23-4 mit.

Palcikas hatte nicht nur Lehren aus historischen Schlachten gezogen, sondern auch aus dem Golfkrieg gelernt: Schnell und massiert zuschlagen, dann wieder verschwinden. Genau das hatte er vor. Sobald die Fla-Waffen sichtbar wurden, ließ er seine Panzer und Hubschrauber angreifen. Die Angreifer brachen aus dem Hochland hervor und eröffneten das Feuer, bevor die überraschten Weißrussen reagieren konnten.

Die Litauer hatten bloß Granatwerfer, Panzerfäuste und rückstoßfreie Kanonen, aber ihre Ziele waren keine massiven Kampfpanzer, sondern nur verhältnsimäßig leichte Fla-Panzer. LKWs und Jeeps mit rückstoßfreien Kanonen erzielten die meisten Abschüsse, indem sie sehr dicht heranfuhren, das Feuer eröffneten und danach sofort die Stellung wechselten.

Die ZSU-23-4 wurden schwer getroffen.

Die wenigen Panzer der Litauer, hauptsächlich ältere T-55 und T-62, sorgten durch Störangriffe dafür, daß die leichteren Fahrzeuge unbemerkt aus der Nähe angreifen konnten. Sowie die ZSU-23-4 ausgeschaltet waren, griffen Palcikas' Hubschrauber mit Maschinenkanonen und 40-mm-Werfergranaten die Fla-Panzer und die Transporter mit den SA-6 und SA-8 an. Da die empfindlichen Fla-Raketen bereits durch schweres MG-Feuer oder Granatsplitter verwundbar waren, wurden sie fast mühelos außer Gefecht gesetzt.

Die weißrussischen Lastwagen hatten große Schwierigkeiten bei dem Versuch, die Autobahn zu verlassen, um ihre Kolonne zu verteidigen. Auf beiden Seiten der Autobahn befanden sich jeweils ein tiefer Entwässerungsgraben und ein massiver Wildschutzzaun. Selbst die schweren Panzer T-64 und T-72 hatten Mühe, diese Gräben zu überwinden, und die leichteren Fahrzeuge waren praktisch chancenlos. Jedes Fahrzeug, das auch nur für Augenblicke hängenblieb, wurde eine leichte Beute der litauischen Panzerjäger.

»Wir haben sie festgenagelt!« berichtete Oberst Zukauskas dem General, als sie mit seiner Mi-8 auf der Suche nach Einheiten, die Unterstützung brauchten, die Autobahn abflogen. »Bataillon drei meldet mehrere in Brand geschossene Tankwagen und Munitionstransporter, und auch an der Kolonnenspitze sind anscheinend mehrere Fahrzeuge defekt oder zerschossen. Jetzt können wir uns die schweren Panzer und Schützenpanzer vornehmen!«

»Nein«, sagte Palcikas. »Geben Sie den Befehl zum Rückzug. Alle Einheiten sollen sich bei Punkt ›Sieg‹ im Hochland sammeln, um weitere Befehle für den Rückzug zu erhalten.«

»Aber das kann ein glänzender Sieg für Sie werden, General!« protestierte Zukauskas. »Wir haben nicht damit gerechnet, daß der erste Angriff so erfolgreich sein würde. Unsere Verluste sind sehr leicht – bisher nur eine Handvoll Fahrzeuge –, und wir sollten unseren Vorteil nutzen!«

»Unsere Verluste sind leicht, weil wir bisher keine Panzerverbände angegriffen haben«, stellte Palcikas fest. »Das entspricht genau meinem Plan. Größere Verluste können wir uns nicht leisten. Der Gegner kann sich rasch erholen, und wenn wir tief in Weißrußland eingekesselt werden, riskieren wir, völlig aufgerieben zu werden. Nein, solange Sturm und Regen anhalten, müssen wir uns zurückziehen, statt weiter anzugreifen. Unser Auftrag ist erfüllt.«

»Entschuldigen Sie, General«, wandte Zukauskas ein, »aber wir haben den Auftrag, Litauen zu verteidigen. Wenn wir es jetzt schaffen, diese Panzerkolonne aufzuhalten, ist Litauen gerettet. Ich bin dafür, weiter anzugreifen!«

»Ich nehme Ihren Einwand zur Kenntnis«, antwortete Palcikas. »Geben Sie jetzt sofort den Rückzugsbefehl weiter.«

Zukauskas nickte, schien aber mit sich zu kämpfen, ob er nochmals widersprechen solle. Bereits im nächsten Augenblick drehte er sich mit einem Funkspruch zu Palcikas um. »General, Bataillon drei hat die Autobahn nach Norden überschritten und greift die Panzerkolonne an. Oberst Manomaitis meldet sechs zerstörte oder liegengebliebene T-72.«

»*Verdammt!*« fluchte Palcikas so laut, daß sogar die Piloten vorn im Cockpit ihn noch hörten. »Sollte Manomatis diese Dummheit überleben, dreh' ich ihm eigenhändig den Kragen um!«

»Wir könnten ihn zurückbeordern«, sagte Oberst Zukauskas, »aber dann müßten wir seinen Rückzug mit Teilen von Bataillon zwei oder den Hubschraubern decken. Greifen wir dagegen mit allen Kräften an...«

»Das sind die blutrünstigen Sprüche eines Mannes, der trocken und warm in einem Hubschrauber sitzt, Oberst«, sagte Palcikas aufgebracht, »während draußen sechzehnjährige Freiwillige im Feuerkreis weißrussischer Panzer durch knietiefen Schlamm stolpern. Unsere Hubschrauber müssen wegen Treibstoffmangels bald nach Litauen zurück, und wir haben kaum noch SA-7 – haben Sie das vergessen? Geben Sie sofort meine Befehle durch: Bataillon eins geht zum Punkt ›Wirbelsturm‹ zurück und übernimmt den Schutz der Westflanke, bis...«

Die Mi-8 begann plötzlich zu schwanken und durchzusacken, als ihr Rumpf von schwerem MG-Feuer durchsiebt wurde. Die Kabine füllte sich mit ölig beißendem Qualm.

»*Wir müssen notlanden, General!*« rief der Pilot nach hinten, während die Cockpitbeleuchtung erst flackerte und dann ganz ausfiel. »Vorsicht beim Aufsetzen!«

Palcikas sah, wie ihre Raketenbehälter abgeworfen wurden, während die Piloten sich bemühten, einen guten Landeplatz zu finden, der möglichst weit im sicheren Hochland, aber trotzdem nicht zwischen Felsen liegen sollte.

Der große Kampfhubschrauber setzte krachend auf, aber sein Dreibeinfahrgestell blieb intakt, und die Mi-8 stürzte glücklicherweise nicht um. So wurde trotz der Notlandung niemand verletzt. Während die Soldaten ausschwärmten, um den Landeplatz zu sichern, suchten Palcikas und sein Stab die Geheimunterlagen zusammen, nahmen ihre Handfunkgeräte mit und verließen die Maschine.

»Los, ab in die Berge!« befahl Palcikas seinen Soldaten. »Funker, versuchen Sie, Oberst Manomaitis zu erreichen. Melden Sie ihm, daß wir notgelandet sind. Er soll einen geordneten Rückzug zum Punkt ›Blitz‹ überwachen. Danach rufen Sie Sperling zehn, damit er uns abholt. Aber funken Sie nur kurz, sonst peilt uns der Feind an und...«

Im nächsten Augenblick warfen sich alle in Deckung, als in unmittelbarer Nähe Granaten einschlugen. Die weißrussischen Panzer begannen ihren Gegenangriff. Aus Westen rasselten mehrere T-72 heran – nachts waren Entfernungen schlecht zu schätzen, aber Palcikas vermutete, sie seien schon auf weniger als 4000 Meter herangekommen –, und sein Bataillon eins flüchtete vor ihren schweren 12,5-cm-Kanonen. Zwei litauische Panzer waren bereits getroffen und brannten lichterloh. »In die Berge!« rief Palcikas. »Versteckt euch, aber fallt in keine Schlucht, Beeilung!«

Nachdem Palcikas seine Männer gezählt hatte, folgte er ihnen bergauf und blieb dann stehen, um sein Handfunkgerät zu benutzen. Das *mußte* er riskieren, sonst wurden sie in wenigen Minuten abgeknallt oder überrannt. »Bataillon zwo, hier Alpha. Schickt Panzerjäger zur Bekämpfung von vier bis sechs T-72 nach Westen. Bataillon eins befindet sich auf dem Rückzug und braucht...«

Palcikas hörte ein lautes Splittern und Krachen und glaubte, das linke Bein sei ihm abgeschossen worden. Zunächst empfand er keinen Schmerz – nur eine Art Gefühllosigkeit und zugleich eine feuchte Wärme, die sich auszubreiten begann –, aber als er dann einknickte und schwer zu Boden ging, schrie er vor Schmerzen auf. Seine linke Hand ertastete die Wunde: ein richtiges Loch im Oberschenkel, aus dem Ströme von Blut flossen. Die Schmerzen waren so stark, daß er sich schreiend im Gras wälzte und hoffte, von einem feindlichen Panzer zermalmt zu werden, damit sie endlich aufhörten.

»*General Palcikas!*« rief eine Stimme. Das war Oberst Zukauskas auf der Suche nach seinem Vorgesetzten. Hände packten Palcikas an den Schultern seiner Kampfjacke und schleppte ihn hinter einige Felsen in Deckung.

»Nein . . . nein, lassen Sie mich liegen, Vitalis!« keuchte Palcikas. »Übernehmen Sie den Befehl über die Brigade.« Aber er spürte die Hände des anderen weiter auf seinen Schultern. »Mir kann niemand helfen, Vitalis. Sie müssen den Befehl über die Brigade übernehmen. Los, gehen Sie schon!«

Als Zukauskas keine Antwort gab, drehte sich der General schmerzlich stöhnend nach ihm um. Dabei entdeckte er, daß die Hände eines Toten auf seinen Schultern lagen. Kopf und Brust des Obersten waren von einer MG-Garbe durchsiebt worden, und Zukauskas war lautlos hinter ihm zusammengesackt, ohne seine Jacke loszulassen.

Palcikas nahm ihm sein AK-47 und die Tasche mit den Reservemagazinen ab und verkroch sich ganz hinter die Felsen, aber noch während er die Waffe durchlud, wußte er, daß jeder Versuch, sich zu wehren, zwecklos war. Er tastete seine Überlebensweste nach Verbandszeug ab, aber alle Päckchen waren verlorengegangen. Als die Splitterwunde nicht zu bluten aufhörte, kratzte er schließlich eine Handvoll Erde zusammen und klatschte sie darauf. *Überlebe ich den Blutverlust*, dachte er dabei, *sterbe ich jetzt bestimmt an einer Blutvergiftung.*

Palcikas' Gehirn rang nach Sauerstoff, und der Oberkommandierende der litauischen Streitkräfte dachte über diesen Kampf nach, der seine größte Schlacht gewesen war – und seine größte Niederlage. Es war ein kühner Plan gewesen, weit in feindliches Land vorzustoßen und einen mindestens zehnmal stärkeren Gegner anzugreifen, um speziell seine Fla-Waffen auszuschalten. Tatsächlich hatten sie einen schweren Schlag gegen die Marschkolonne geführt. Palcikas hatte mindestens zwei Dutzend abgeschossene oder stark beschädigte Fla-Panzer ZSU-23-4 und Raketentransporter gezählt; dazu kamen weitere Panzer, Dutzende von Lastwagen und zwei Kampfhubschrauber Mi-24.

Nicht schlecht für eine kleine Gruppe von Patrioten...

Die Regengeräusche auf seinem Stahlhelm wurden durch das Aufheulen schwerer Motoren, das Rasseln von Panzerketten und das Hämmern von MG-Garben übertönt. Palcikas riskierte einen Blick über die Deckung hinweg und sah nur wenige hundert Meter entfernt mindestens vier Panzer, die von Infanterie begleitet auf ihn zurollten. Aber sobald die T-72 nicht weiterkamen, mußte die Infanterie allein vorgehen. Dann konnte er sie mit seinem AK-47 aufhalten, bis die Munition verschossen war – oder eine Panzergranate ihn erledigte. Auf keinen Fall wollte Palcikas den verdammten Weißrussen lebend in die Hände fallen!

Als einer der T-72 schoß, wirbelte der Einschlag Erdbrocken und Steine auf und ließ Palcikas vor Schmerzen laut aufschreien. Allein die Druckwelle schien seinen ganzen Körper zu lähmen. Unmittelbar nach dem Einschlag folgte eine gewaltige Sekundärexplosion: Die Panzergranate mußte den notgelandeten Hubschrauber Mi-8 getroffen haben...

Aber das Heulen der über ihn hinwegfliegenden Granate verstummte wider Erwarten nicht, sondern schien von den Hügeln zurückzukommen – aus Osten auf die Feindpanzer zu. Palcikas sah nichts; er hörte nur dieses seltsame Heulen, das erst abbrach, als zwei der T-72 vor ihm plötzlich explodierten. Die gewaltigen Explosionen warfen die Panzer brennend übereinander und ließen sie hangabwärts kullern, bis sie nach starken Sekundärexplosionen liegenblieben.

Nach diesem Feuersturm brauchte Palcikas mehrere Minuten, um sich so weit zu erholen, daß er sich an seiner Felsendeckung hochziehen konnte, um einen Blick auf die im Tal verlaufende Autobahn Minsk-Wilna werfen zu können.

Dort erwartete ihn erneut ein unglaublicher Anblick: Sämtliche Panzerfahrzeuge der weißrussischen Heimatbrigade schienen in Flammen zu stehen. Die Autobahn glich einer kilometerlangen Lichterkette. Überall lagen Gefallene verstreut, floß brennender Treibstoff über die Fahrbahnen und detonierte Panzermunition, so daß er sich zu seinem eigenen Schutz in Deckung zurücksinken ließ.

Während Palcikas hinter seinen Felsen auf die endlos weitergehenden Sekundärexplosionen horchte, hob er zufällig den Kopf und sah ein unglaubliches Bild: Ein gigantisches Flugzeug mit ungeheurer Spannweite röhrte in kaum hundert Meter Höhe über ihn hinweg. Es war so nahe, daß er das Gefühl hatte, es berühren zu können, und so tief, als wolle es auf der Autobahn landen.

Ganz eindeutig ein amerikanischer Bomber B-52.

Er mußte panzerbrechende Bomben oder Minen abgeworfen haben, die mit einem einzigen Schlag die weißrussische Panzerkolonne vernichtet hatten.

Erst jetzt verstand General Palcikas die Mitteilung seines Präsidenten, die er unmittelbar vor dem Abmarsch aus Wilna erhalten hatte. Kapocius hatte ihm mitgeteilt, eine ausländische Macht habe angeboten, ihn zu unterstützen, sobald die Fla-Waffen der vorrückenden weißrussischen Heimatbrigade zerstört seien. Der General hatte an Polen, vielleicht auch Rußland und andere Staaten der Gemeinschaft gedacht – aber er hätte sich nicht träumen lassen, von den Vereinigten Staaten unterstützt zu werden.

Irgendwann klangen die Sekundärexplosionen ab, und er hörte einige Minuten später Schritte in seiner Nähe.

»General Palcikas!« rief eine Stimme. »General! Wo stecken Sie?« Nach kurzer Pause fügte die Stimme hinzu: »Ich begehre die Strafe, um mich würdig zu erweisen!«

Palcikas füllte seine Lunge mit der feuchtkalten Luft und rief so laut er konnte: »Um mich würdig zu erweisen, die Macht zu erhalten!« Das war der auf ihrem Ritterschaftsritual basierende Privatcode seiner Offiziere. Wenig später wurde er aus seiner Deckung hinter den Felsen gehoben, und ein Sanitäter versorgte seine Beinverletzung.

»Wie schlimm steht's?« fragte Palcikas.

Sein Nachrichtenoffizier Degutis, den er nach dem Unternehmen gegen das Fisikus zum Hauptmann befördert hatte, hielt einen Poncho als Regenschutz über seinen Kopf. »Ihre Beinwunde sieht schlimm aus, General, aber ich glaube...«

»Nicht mein Bein, verdammt noch mal! Die *Brigade*, Pauli. Los, reden Sie schon!«

»Entschuldigung, General. Die Brigade ist auf dem Rückmarsch nach Wilna. Wir haben rund dreihundert Mann verloren – vor allem durch den Gegenangriff weißrussischer Panzer auf Bataillon eins. Die Bataillone zwo und drei haben weit weniger Verluste gehabt. Außer Ihrer Mi-8 und einem Defender haben wir vier Panzer, elf Schützenpanzer und fünfzehn Lastwagen verloren. Interessiert Sie, wie wir die Verluste des Gegners und die verbliebene Angriffsfähigkeit der Heimatbrigade einschätzen, General?«

Palcikas fühlte einen Stich im Oberschenkel und wußte, daß der Sanitäter ihm ein Schmerzmittel gespritzt hatte, um die Granatsplitter aus seinem Bein holen zu können. »Nur... wenn Sie sich... beeilen, Hauptmann«, keuchte er mit schmerzverzerrtem Gesicht, während er spürte, wie sich eine Pinzette in sein Fleisch grub.

»Das geht ganz schnell, General«, versicherte ihm Degutis lächelnd. »Verluste der Heimatbrigade: neunzig Prozent. Verbliebene Angriffsfähigkeit: null Prozent.«

Über dem Südwesten Litauens
14. April, 0.54 Uhr

»Sensorkontakt!« meldete Patrick McLanahan. Der mit dem Angriffsradar gekoppelte IR-Scanner im Bug des Stealth-Bombers Fi-170 *Tuman* hatte eine Panzerkolonne erfaßt, die in der Nähe der Kleinstadt Kazly Ruda – nur zwanzig Seemeilen von der zweitgrößten litauischen Stadt Kaunas entfernt – nach Nordosten marschierte. Als McLanahan das Fadenkreuz mit seinem Joystick über die Spitze der Kolonne verschob und den Abzug betätigte, erschien um den Panzer herum ein weißes Quadrat. »Ziel erfaßt, noch hundertfünfzig Sekunden.« Er wandte sich an General Ormack auf dem Pilotensitz. »Geht's jetzt besser, John?«

»Nein, zum Teufel mit dieser Kiste!« schimpfte Ormack. Er kämpfte mit dem Trimmschalter des Bombers, der völlig willkürlich in starkes Sinken geriet, das ebenso unvermittelt in starkes Steigen übergehen konnte. »Verdamm noch mal, Dave, läßt sich der Flugregler wirklich nicht ausschalten?«

»Erst nach dem Waffenabwurf, Sir«, sagte David Luger, der hinter den beiden auf dem Fluglehrerplatz saß.

»Okay, aber können Sie nicht einfach die Stromversorgung unterbrechen?«

»Das hab' ich schon versucht«, antwortete Luger. Um sich einigermaßen warm zu halten, trug er zwei Fliegerkombis übereinander, und dazu eine pelzgefütterte Fliegerjacke. »Der Trimmantrieb bekommt trotzdem weiter Strom. Versuchen Sie's noch mal mit dem Reserve-Hydrauliksystem.«

Ormack hielt das Steuerhorn mit der rechten Hand umklammert, griff mit der anderen neben sein linkes Knie und betätigte einen Schalter. Während ein lautes Rumpeln im Bug der Fi-170 verstummte, erlosch die rote Fahrwerkswarnleuchte, die seit dem Start gebrannt hatte. Aber nach etwa fünf Sekunden flammte die Warnleuchte wieder auf, und das Rumpeln war wieder zu hören. »Das Bugfahrwerk ist wieder runtergefallen«, stellte Ormack fest. »Also bleibt's vorläufig dort. Irgendwelche Einschränkungen beim Waffeneinsatz mit ausgefahrenem Fahrwerk?«

»Nach dem Abwurf zehn Sekunden lang nicht slippen, kurven oder sinken«, antwortet Luger prompt.

»Das sagen Sie so einfach«, knurrte Ormack. »Und ich kämpfe dauernd mit der Trimmung... Die bringt uns noch um!«

»Nur nicht sinken – leichtes Steigen ist in Ordnung«, erklärte ihm Luger. »Patrick, du mußt die Bombenklappen elektrisch öffnen, sonst fällt das Hydrauliksystem womöglich ganz aus. Den Schalter dafür findest du rechts neben dem Waffenwahlschalter.«

»Verstanden. Noch hundertzwanzig.« McLanahan konzentrierte sich wieder auf die noch verbliebenen Waffen: zwei Jagdraketen AA-8 zur Radaransteuerung in den äußeren Waffenkammern und zwei Marschflugkörper mit Minenbomben in der mittleren Bombenkammer. Ursprünglich hatten sie nicht die Absicht gehabt, irgendwen anzugreifen: Sie hatten eigentlich nur nach Schweden oder Norwegen fliegen wollen. Der Bomber litt unter zahlreichen Kinderkrankheiten, und wie vor vielen Jahren an Bord der *Old Dog* hatten sie keine Rettungsausrüstung, keine Luftfahrtkarten (vom gespeicherten Navigationssystem abgesehen) und keinen Plan, außer daß sie gern überleben wollten.

Aber sobald sie in der Luft waren, empfingen sie aus allen Teilen des Landes Funksprüche, mit denen litauische Einheiten verzweifelt Unterstützung anforderten. Überall wurden kleine und größere

Städte angegriffen – meistens von weißrussischen Verbänden, die schon als GUS-Truppen im Land stationiert waren, aber zunehmend auch von Panzerverbänden, die aus dem Kaliningrader Gebiet vorstießen. Da der Treibstoffvorrat der Fi-170 für einige Stunden reichte, während Radar und IR-Scanner ihnen fast überall Ziele zeigten, machten sie sich kurzentschlossen an die Arbeit.

In weniger als einer halben Stunde hatten McLanahan und seine Kameraden eine Panzerkolonne am Stadtrand von Wilna mit zwei Minenbomben angegriffen, nachdem sie bereits kurz nach dem Start einen Kampfhubschrauber Mi-24 mit einer Jagdrakete AA-7 mit Infrarotsuchkopf abgeschossen hatten. Nun flogen sie noch einen allerletzten Angriff, dann hatten sie ihre Dankesschuld den Litauern gegenüber abgetragen und konnten für sich selbst und ihr eigenes Überleben fliegen.

»Noch hundert«, meldete McLanahan. »Zeiger in Mittelstellung bringen, zehn Grad rechts.« Um möglichst viele Panzer zu vernichten, wollte er ihre zweite Bombe so abwerfen, daß sich die Zerstörungsbereiche überlappten. »Uhr zeigt zweiten Abwurf an.« Die Uhr sprang auf 120 Sekunden. »Erster Abwurf manuell, der zweite dreißig Sekunden später automatisch. Danach steile Rechtskurve, Kurs drei-vier-null und Sinken auf vierhundert Fuß... äh, auf hundertzwanzig Meter.«

»Unsere Mindestflughöhe beträgt vierhundert Meter«, warf Luger ein. »Dort oben sind wir bis zur Küste vor Türmen und Geländehindernissen sicher.«

McLanahan zeigte auf den Bildschirm des Radarwarners, auf dem jetzt ein Kreis erschien. »In dieser Kolonne gibt's ein Radar, vermutlich das Feuerleitradar eines Fla-Panzers. Überfliegen wir ihn, sind wir tot. Vorläufig scheint er uns noch nicht erfaßt zu haben.«

»Denkt daran, Jungs, daß sich unser Radarquerschnitt dramatisch vergrößert, wenn die Bombenklappen geöffnet werden«, sagte Luger. »Die Klappen bestehen aus Verbundwerkstoffen – aber darunter wird eine Stahlkonstruktion sichtbar, die mindestens das 600fache an...«

Auf dem Radarwarner erschien plötzlich ein zweiter Kreis, diesmal jedoch hinter ihnen. »Noch ein Radar«, meldete McLanahan. »Position wechselt rasch... sieht wie ein Jäger aus.« Er überzeugte sich davon, daß die vier Leuchttasten unter dem Bildschirm des Radarwarners gedrückt waren. »Alle Störsender aktiv.«

»Denkt daran, daß wir nur die Steuersignale stören«, warf Luger ein. Damit sich der Stealth-Bomber nicht durch starke Ausstrahlungen verriet, störte er nur die Steuersignale von Lenkwaffen, nicht dagegen das Bahnverfolgungs- und Zielsuchradar feindlicher Jäger. »Er kann uns trotzdem erfassen und auf Kanonenschußweite rankommen.«

»Sechzig Sekunden. Bombenklappen öffnen sich bei vierzig.« Der kleine Kreis auf dem Radarwarner verschwand. »Er hat auf ›betriebsbereit‹ zurückgeschaltet – wahrscheinlich sieht er uns oder hat uns mit dem IR-Scanner erfaßt. Kann dieses Ding auch vor Infrarot warnen, Dave?«

»Betriebsartenschalter auf KF stellen – frag' jetzt bitte nicht, was KF heißt – und die Taste links unten gedrückt halten, damit der Scanner rotiert.« Die Bildschirmdarstellung wechselte und zeigte jetzt ein schlichtes T-Symbol mit einem hellen Lichtpunkt bei zwei Uhr. »Die Anzeige ist seitenverkehrt wie beim alten AAR-47«, fügte Luger hinzu. »Ein Lichtpunkt rechts bedeutet, daß Gefahr von *links* droht...«

Direkt über dem Bildschirm begannen plötzlich zwei große rote Warnleuchten zu blinken. »Raketenstart!« rief McLanahan aus. »Wo sind Düppel und Leuchtkörper?«

»Nicht wegkurven!« befahl Luger scharf. »Anflug fortsetzen. Wir verwenden keine Leuchtkörper. Du drückst einfach auf den Knopf dort unten.«

Aus einem Magazin im Bomberheck schoß eine kleine schlanke Rakete, die von ihrem Doppler-Radar genau in die Flugbahn der heranrasenden feindlichen Lenkwaffe gesteuert wurde. In hundert Meter Abstand detonierte ihr zehn Kilogramm schwerer Gefechtskopf, zündete eine zuvor ausgestoßene Wolke aus Aluminiumpulver und blendete damit den IR-Suchkopf der Lenkwaffe. Gleichzeitig geriet sie in den durch die Detonation entstandenen Splitterhagel, der sie zum Absturz brachte.

Davon sah die Besatzung jedoch nichts. Sie konnte nur beobachten, wie der Lichtpunkt wild zackend abdrehte und vom Bildschirm verschwand. »Okay, das hat geklappt«, stellte Ormack zufrieden fest. »Ich bin auf Kurs. Bombenklappen!«

»Werden geöffnet«, bestätigte McLanahan. Als er die Klappen elektrisch entriegelte, öffneten sie sich durch ihr eigenes Gewicht.

»Mittlere Bombenkammer offen... fünf Sekunden... vier, drei, zwei, eins, Start!« Er drückte die Taste für manuelle Auslösung und ließ den ersten Marschflugkörper X-27 starten.

Im Gegensatz zu seinen intelligenteren Vettern in den Vereinigten Staaten konnte dieser Marschflugkörper nur geradeaus fliegen und mußte für den Abwurf seiner Bomben und Minen programmiert werden. Aber dann war er eine vernichtende Waffe, die unter ihrer Flugbahn Schützen- und Panzerminen sowie Minen mit Verzögerungszünder verstreute.

Die X-27 verwüstete einen gut 250 Meter langen und 15 Meter breiten Geländestreifen, durchlöcherte Panzer und zerstörte Lastwagen; ihre weit nach beiden Seiten ausgestreuten Minen mit Verzögerungszünder sorgten für eine wirkungsvolle Sperrung der Straße, indem sie Fahrzeuge, die an der liegengebliebenen Kolonnenspitze vorbeifahren wollten, in die Luft jagte.

Dreißig Sekunden nach dem Start der ersten Abwurflenkwaffe und nur einen Kilometer vor der Marschkolonne wurde auch die zweite X-27 gestartet. Dann schloß McLanahan die Bombenklappen, und Ormack brachte den Stealth-Bomber auf Nordwestkurs. Da jetzt kein Angriff mehr zu fliegen war, konnten sie den Flugregler endlich ausschalten, und Ormack flog den riesigen Bomber selbst, ohne ständig verwirrende Steuerbefehle des Autopiloten korrigieren zu müssen.

Kurze Zeit später piepste der Radarwarner erneut. »Bandit bei sechs Uhr«, meldete McLanahan. »Scheint wieder der Jäger zu sein. Warum hat er uns so genau im Radar?«

»Das ausgefahrene Bugfahrwerk verdirbt unsere Stealth-Eigenschaften«, antwortete Luger. »Er kann ständig unser Fahrwerk orten.«

»Versuchen wir's noch mal mit einer nach hinten abgefeuerten Rakete«, schlug McLanahan vor. »Wir müssen den Kerl bald abschütteln, sonst schließt er irgendwann auf und knallt uns mit seiner Kanone ab. Wir nehmen die Leistung zurück, lassen ihn rankommen und schießen eine Rakete auf ihn ab.«

»Gut, wir versuchen's«, entschied Ormack. »Dave, Sie halten sich bereit, die Instrumente zu kontrollieren, falls ich den Überblick verliere.«

»Wird gemacht«, bestätigte Luger. Er wandte sich grinsend an

McLanahan. »Hey, Patrick, genau wie beim Geschwader-Wettbewerb, was?«

»Yeah«, stimmte McLanahan zu, »aber diesmal geht's um verdammt viel mehr.«

Ormack zog seine Schultergurte fester. »Kann's losgehen, Patrick?«

McLanahan legte einen Finger auf den Startknopf der Rakete. »Fertig.«

»Okay, ich nehme die Leistung zurück...« Ormack zog seine Leistungshebel in Leerlaufstellung und nahm den Bug der Fi-170 leicht hoch. Die Maschine verlor rasch an Fahrt. Der Pilot schob die vier Leistungshebel wieder nach vorn und rief: »*Jetzt!*«

McLanahan drückte auf den Startknopf. Im nächsten Augenblick ging ein schwerer Schlag durch die Maschine, die sich zitternd aufbäumte, und die Lichter im Cockpit erloschen flackernd. »Großer Gott!« rief Ormack. »Licht! Dave, den Fahrtmesser kontrollieren!«

Luger reckte sich hoch und schaltete die rote Notbeleuchtung ein. »Triebwerke drei und vier sind ausgefallen«, meldete er laut. »Eins und zwei laufen einwandfrei. Die Rakete muß beim Start explodiert sein. Nachdrücken, General, nachdrücken! Sie fliegen noch, aber wir brauchen Fahrt! Als Folge der Raketenexplosion stehen Nummer drei und vier mit Verdichterstillstand. Leistungshebel drei und vier in Aus-Stellung, General.«

Ormack riß die rechten Hebel in Leerlaufstellung zurück, klappte einen Sperriegel hoch und brachte die Leistungshebel in Aus-Stellung.

»Okay. Patrick, du beobachtest die Abgastemperaturen.« Er zeigte McLanahan, welche Instrumente er kontrollieren mußte. »Ist die Temperatur in zehn Sekunden nicht unter dem gelben Bereich, müssen wir die Feuerlöscher aktivieren. Ich trimme die Maschine für Sie aus, General. Achten Sie immer auf genügend Fahrt. Keine steilen Kurven, weil die Flügel superkritisch sind. Mit zwei Triebwerken fliegt sie wie 'ne bleierne Ente, aber sie fliegt. Also hübsch vorsichtig!«

»Guter Rat«, murmelte der General.

»Dieser Jäger hat jetzt ein schönes helles Ziel vor sich«, sagte McLanahan. Er schüttelte den Kopf. »Nichts zu machen – die Temperaturen gehen nicht runter. Feuerlöscher drei und vier!« Luger legte eine Hand auf die Hebel eins und zwei, damit McLanahan sie nicht versehentlich aktivieren konnte, und beobachtete, wie Patrick die beiden anderen zog. Die Instrumente vor McLanahan blieben weiter dunkel. »Hey, wie kriege ich mein Zeug zurück? Welche Schalter muß ich betätigen, damit wieder Strom kommt?«

»Bei zwei Triebwerken gibt's keinen mehr«, erklärte Luger ihm. »Der verfügbare Saft bleibt für Flugregelung, Funkgeräte, Notausrüstung und so weiter reserviert. Unsere Mindesthöhe ist vierhundert Meter, General – dort sollten wir jetzt lieber hin.«

»Der Jäger ist bestimmt noch hinter uns her«, wandte McLanahan ein. »Sobald wir steigen, sitzen wir auf dem Präsentierteller.«

»Ich kann dort draußen nichts erkennen, Patrick«, stellte Ormack fest. Das Gelände vor ihnen war dunkel, der Horizont verschwamm im Nebel, und dicke Regentropfen prasselten immer wieder gegen die Windschutzscheibe. »Mir bleibt nichts anderes übrig – wenn wir nicht steigen, rammen wir irgendein Hindernis.« Er zog die Steuersäule zurück und stieg auf 400 Meter, wo sie auch ohne Bodensicht ungefährdet waren.

Luger war dabei, seine Fallschirmgurte festzuziehen. »Ein völlig neues Erlebnis«, meinte er. »Aussteigen ohne Schleudersitz aus 'nem Stealth-Bomber. Das erinnert an unser Simulatortraining bei Major White, stimmt's, Patrick?«

»Tut mir leid, daß wir dich da reingerissen haben, Dave«, sagte McLanahan, dem Lugers körperlicher Zustand Sorgen machte. »Wir hätten dich mit den drei Marines zurückschicken sollen. Dann wärst du jetzt schon in Sicherheit.«

»Red keinen Unsinn, Patrick!« wehrte Luger ab. »Ich hab' mitfliegen *müssen*. Nur so hab' ich mich an Gabowitsch, Teresow und den übrigen Arschlöchern rächen können, die mich jahrelang eingesperrt haben, um mit meiner Hilfe diese Dreckskiste zu bauen. Hätte ich 'nen *besseren* Bomber gebaut, wären wir jetzt vielleicht auch in Sicherheit.«

»Können wir durch die Bombenkammer aussteigen?«

»Die ist vom Cockpit aus nicht zugänglich«, antwortete Luger. »Wahrscheinlich sollte verhindert werden, daß... Verdammt, *seht euch den an!*«

Die beiden anderen sahen nach rechts.

Eine MiG-29 hatte sich unmittelbar vor die rechte Flügelspitze des Bombers gesetzt und einen Signalscheinwerfer eingeschaltet, der hell ins Cockpit der Fi-170 schien. »Ist das nicht großartig, Mann? Mir kommt's vor, als hätte ich alles schon mal erlebt. Sind wir nach unserem Bombenangriff auf Kawasnija nicht auch von einer MiG-29 gejagt worden, die mein Bein zerschossen hat?«

»Genau«, bestätigte McLanahan. Im nächsten Augenblick gab der MiG-Pilot einen kurzen Feuerstoß aus der linken Maschinenkanone ab. Dann blinkte sein Signalscheinwerfer: einmal, Pause, zweimal, Pause, einmal, Pause, zuletzt noch fünfmal. »Eins-zwo-eins-fünf. Wir sollen auf die internationale Notfrequenz umschalten.«

»Vielleicht können wir uns irgendwie rausreden«, schlug Ormack vor. »Vor dem Kerl wegfliegen können wir jedenfalls nicht.« Er schaltete auf die Notfrequenz 121,5 Megahertz um und drückte seine Sprechtaste. »Achtung, Jäger MiG-29, hier *Tuman*«, sagte er auf englisch. »Wir befinden uns auf einem genehmigten Flug durch litauischen Luftraum. Teilen Sie uns Ihre Absichten mit. Kommen.«

Die Lautsprecherstimme antwortete auf russisch. »Er ist aus Weißrußland«, übersetzte Luger. »Er sagt, daß er Befehl hat, uns abzuschießen, wenn wir seine Anweisungen nicht ausführen. Er fordert uns auf, in dreitausend Meter Höhe Kurs eins-fünf-null zu halten und unser Fahrwerk auszufahren. Er wird uns verfolgen. Führen wir seine Anweisungen nicht aus, schießt er uns ab.«

Die MiG-29 wackelte einmal mit den Flügeln und kippte nach rechts ab.

»Uns bleibt nichts anderes übrig, fürchte ich«, sagte Ormack. »Wir können ihn nicht sehen und uns ohnehin kaum in der Luft halten. Wie denkt ihr darüber, Jungs?«

»Ich finde, wir sollten's wenigstens versuchen«, antwortete Luger. »Wir gehen tiefer und bemühen uns, ihn im Tiefflug abzuschütteln. Schießt er auf uns, steigt ihr aus. Dann kriegen sie den Bomber nicht – und wenigstens ihr könnt euch in Sicherheit bringen.«

»Aber du nicht«, stellte McLanahan fest. »Kommt nicht in Frage, Dave. Wir gehen tiefer und...«

Ein gleißend heller Lichtblitz, dem eine gewaltige Explosion folgte, erhellte das Cockpit. Luger und McLanahan blickten nach rechts und sahen einen Feuerball zur Erde stürzen. »Das ist der Jäger!« meldete Patrick. »Er ist explodiert! Wie konnte das...?«

»Der Grund fliegt hier drüben«, antwortete Ormack. »Seht mal nach links!«

Sekunden später erschien links neben ihnen ein riesenhaftes Objekt, das sich etwas vor die Fi-170 setzte und sie mit fünfzig Meter Überhöhung begleitete. Die gewaltige dunkle Maschine war so nah und flog mit soviel Leistung, daß der angeschlagene sowjetische Stealth-Bomber vibrierte.

»Mein Gott... ich kann's nicht glauben!« rief Luger aus. Das Ungetüm, das sie in enger Formation begleitete, war eine amerikanische EB-52 Megafortress. Sie hatte die ahnungslose MiG-29 überrascht und von hinten mit einer Jagdrakete mit Infrarotsuchkopf abgeschossen. Im nächsten Augenblick tauchte rechts eine zweite EB-52 auf, die sie dann ebenfalls begleitete. »Gleich zwei davon! Unsere *Old Dog* ist also nachgebaut worden?«

»Genau«, bestätigte Ormack zufrieden. »Aber ich hätte nie gedacht, daß ich noch mal eine sehen würde.«

Ohne daß sie etwas davon ahnten, wurden sie außerdem von zwei weiteren in großer Höhe fliegenden EB-52 begleitet, als sie den litauischen Luftraum verließen. Um nicht entdeckt zu werden, wahrten sie Funkstille, anstatt sich laut über diese unerwartete Begleitung zu freuen. Wenige Minuten später befand sich die Dreiergruppe über der Ostsee in Sicherheit und nahm Kurs auf Norwegen.

Ausweichflugplatz Kurenez, Weißrußland
14. April, 03.04 Uhr

Der weißrussische Sergeant hastete zu seinem Einheitsführer, grüßte und übergab ihm ein soeben eingegangenes Fernschreiben. Edlin Kramko, Hauptmann der Raketentruppen, las es wortlos, dann studierte er den Text ein zweites Mal. Der Sergeant hätte schwören können, daß sein Vorgesetzter unter Stahlhelm und Tarnbemalung leichenblaß geworden war. »Hauptmann...?«

»Das ist unser Alarmbefehl«, sagte Kramko. »Alle Raketen sollen binnen zehn Minuten startbereit sein. Gleichzeitig wurde uns ein neues Ziel zugewiesen.«

Kramko zeigte den Befehl seinem Sergeanten, der erschrocken die Augen aufriß, als er das neue Ziel sah. »Das muß ein Irrtum sein, Hauptmann! Die beiden ersten Ziele – Wilna und Jonawa in Litauen – sind gleichgeblieben, aber dieses dritte muß ein Irrtum sein. Matschulische? Das ist ein GUS-Luftwaffenstützpunkt in *Minsk*! Wir müssen ...«

»Ich lasse mir den Befehl nochmals bestätigen«, beruhigte ihn Kramko, »aber er paßt zu Meldungen über Luftangriffe und Kommandounternehmen überall in der Heimat. Diese Stützpunkte können von den Russen oder GUS-Truppen besetzt worden sein – angeblich haben sogar ukrainische Bomber die Grenze überflogen und unsere Truppen angegriffen. Sollte das stimmen, sind wir vielleicht die letzten Verteidiger der Hauptstadt.«

»Aber wir würden *die Hauptstadt mit Raketen beschießen*!«

»Schluß jetzt, Sergeant«, sagte Kramko energisch. »Obwohl der Funkverkehr schon die ganze Nacht gestört ist, lasse ich mir den Befehl möglichst bestätigen. Sie stellen inzwischen die neuen Koordinaten ein und alarmieren die Startmannschaften, damit die Raketen einsatzbereit sind.«

Der Sergeant grüßte knapp und eilte zu dem Sattelschlepper hinüber, in dessen Auflieger das Kontrollzentrum untergebracht war.

Kramkos Kompanie verfügte über insgesamt zwölf Raketen SS-21 SCARAB, davon drei mit Atomsprengköpfen. Um höchste Zuverlässigkeit zu garantieren, waren die Raketen untereinander und mit dem Kontrollzentrum nicht nur über Funk, sondern auch durch ein armiertes Fernsprechkabel verbunden. Über eine Richtfunkverbindung mit dem Hauptquartier – und die wollte Kramko erst prüfen, bevor er seinen Funkspruch mit der Bitte um Bestätigung ihrer Ziele riskierte.

»Qualität der Richtfunkverbindung?«

»Verbindung steht und ist störungsfrei, Hauptmann«, meldete der Unteroffizier. Kramko forderte die Zielkoordinaten erneut an. Da sie bestätigt wurden und mit den im Fernschreiben genannten Koordinaten übereinstimmten, war jeder Zweifel ausgeschlossen. »Die Startmannschaften haben den Alarmbefehl bestätigt, Hauptmann.«

»Danke. Rufen Sie mich über Funk, wenn der Hochfahrbefehl kommt. Ich bin unterwegs, um die Raketen zu inspizieren.«

Dieser Hochfahrbefehl war in Wirklichkeit der Startbefehl, aber das Raketensystem SS-21 brauchte vor dem Start gewisse Zeit, um seine Kurskreisel auf Touren zu bringen – mindestens drei Minuten, aber je nach den äußeren Bedingungen sowie Alter und Wartungszustand der Rakete auch bis zu fünf Minuten. Die SS-21 mit Atomsprengköpfen hatten die zuverlässigsten Kurskreisel. Kramko hatte diese drei Raketen aus Sicherheitsgründen nur wenige hundert Meter vom Kontrollzentrum aufstellen lassen und wollte sie jetzt ein letztes Mal inspizieren.

Ansonsten konnte er nur noch warten ... und sich fragen, welcher Teufel in General Woschtschanka gefahren sein mußte, wenn er Minsk – seine eigene Hauptstadt! – mit einer Atomrakete beschießen wollte.

Heeresflieger-Stützpunkt Smorgon, Weißrußland
14. April, 03.05 Uhr

In einer Inszenierung, die an Schwarzweißfilme aus dem Zweiten Weltkrieg erinnerte, hatte Woschtschanka im Lageraum seines Hauptquartiers eine riesige Tischkarte Weißrußlands und der baltischen Staaten aufbauen lassen. Soldaten mit aufgesetzten Kopfhörern schoben mit Croupiersrechen kleine Quadrate mit Nationalflaggen und den taktischen Zeichen von Einheiten hin und her. Von einem verglasten Balkon aus konnten der General und sein Stab die Entwicklung der Schlacht verfolgen – Göttern ähnlich, die vom Olymp herab die menschliche Tragödie beobachten.

Im Augenblick war die Stimmung im Lageraum von ungläubigem Schock und Entsetzen geprägt. Mit der Meldung von einem Überfall durch litauische Truppen war das geschlossene karmesinrote Quadrat, das die aus Smorgon in Marsch gesetzte 40 000 Mann starke Heimatbrigade symbolisierte, in sechs Bataillonsblöcke aufgeteilt worden. Danach wurde einer der Blöcke ganz weggenommen, während zwei weitere mit dem Fähnchen KV (Kampfkraft vermindert) gekennzeichnet wurden.

Kurze Zeit später erschienen weitere KV-Fähnchen.

Plötzlich wurden ohne nähere Begründung alle Bataillonsblöcke weggenommen und durch zwei Kompanieblöcke mit KV-Fähnchen ersetzt. Dieses Fähnchen trug auch Smorgons Geschwaderblock, nachdem er Opfer eines Kommandounternehmens gegen den Stützpunkt geworden war. Ähnliches war südlich von Wilna passiert: Drei Bataillone mit dem Auftrag, die litauische Hauptstadt anzugreifen, waren von nicht identifizierten Flugzeugen angegriffen worden.

»Eine der Maschinen ist von unseren Jägern als ein russisches

Versuchsflugzeug erkannt worden«, hatte der Fliegerführer gemeldet. »Sie hat das dreiundzwanzigste Bataillon mit Minenbomben angegriffen. Die Piloten haben Englisch gesprochen, sich aber als Russen bezeichnet.«

Bombenangriffe russischer Flugzeuge kamen in diesem Frühstadium völlig unerwartet, waren geradezu undenkbar. Obwohl Woschtschanka und seinem Stab keine eindeutige Identifizierung der Maschinen vorlag, deren Opfer die Heimatbrigade und weitere Panzerkolonnen geworden waren, mußte es sich um russische oder GUS-Bomber gehandelt haben, denn aus Westen waren keine Einflüge in den litauischen Luftraum gemeldet worden. Das hieß wiederum, daß sie aus Rußland oder der Ukraine stammen mußten, denn nur diese beiden Staaten besaßen schwere Bomber.

»Hat Kurenez die neuen Ziele schon bestätigt?« fragte General Woschtschanka.

Sein Kommandeur der Raketentruppen sah sich hilfesuchend um. Die anderen Stabsoffiziere schwiegen jedoch – sie würden ihm nicht den Rücken stärken. Trotzdem wollte er dazu nicht einfach schweigen. »Die neuen Ziele sind bestätigt, General, und die Richtfunkverbindung ist störungsfrei.«

»Gut. Dann lassen Sie ...«

»Aber ich gestatte mir, nochmals meine Bedenken vorzutragen, General. Matschulische, das Ziel einer unserer Atomraketen, liegt keine fünf Kilometer von Minsk entfernt. Selbst ein Volltreffer könnte große Teil der Stadt in Trümmer legen und Zehntausende von Todesopfern fordern. Sollte die Rakete jedoch ihr Ziel verfehlen ... General, das könnte katastrophale Folgen haben!«

»Gennadij Fedorowitsch, Matschulische ist der größte GUS-Stützpunkt ... nein, der wichtigste *russische* Stützpunkt in ganz Weißrußland« stellte Woschtschanka fest. »Rußland hat dort zwanzigtausend Mann, gut zwei Dutzend Jäger und hundert Kampfhubschrauber stationiert.«

»Von denen bisher noch keiner eingesetzt worden ist, General. Sie sind nicht mal alarmiert worden!«

»Das kann sich schnell ändern«, wandte Woschtschanka ein. »Moskau will Einsätze schwerer Bomber über Weißrußland weder bestätigen noch dementieren – angeblich wird noch ermittelt. Das ist unannehmbar. Völlig unannehmbar!«

»Trotzdem ersuche ich Sie dringend, eine Bestätigung abzuwarten, bevor Sie einen GUS-Stützpunkt angreifen, General. Sollten Sie sofort angreifen wollen, bietet sich eine Rakete mit herkömmlichem Sprengkopf an. In Matschulische stehen die Flugzeuge und Hubschrauber ungeschützt im Freien – da genügt ein einziger Sprengkopf, um großen Schaden anzurichten.«

»Wenn er genau trifft. Aber wir wissen beide, daß die SS-21 keine Präzisionswaffe ist. Vor allem nicht mit ihrem herkömmlichen Gefechtskopf.«

Der viel schwerere herkömmliche Sprengkopf der SS-21 halbierte die Höchstreichweite und verringerte zugleich die Treffsicherheit. Im Gegensatz dazu steigerte das leichtere, modernere Führungssystem des Atomsprengkopfs KR-11 die Reichweite der SS-21 um zwanzig Prozent auf fast zweihundert Kilometer – bei weniger als zweihundert Meter Streuung.

»Dann beschießen wir den Stützpunkt mit einer ganzen Salve«, schlug der Kommandeur vor. »Zwölf Raketen aus Baranowitschi oder Kurenez zerstören alle Flugzeuge und Hubschrauber und die meisten Wartungseinrichtungen. Oder wir greifen mit unseren Flugzeugen aus Lida an. Aber eine *Atomrakete*...« Er zögerte, als finde er die Idee unvorstellbar. »General, Sie müssen Ihre Entscheidung überdenken, bevor...«

Er wurde von einem durchdringend laut schrillenden Telefon unterbrochen. Woschtschanka sah stirnrunzelnd zu seinem Operationsoffizier hinüber, der den Hörer abnahm.

»Fliegeralarm, General!« meldete der Stabsoffizier. »Mehrere Flugzeuge im Tiefflug, ungefähr zwanzig Kilometer entfernt, bisher nicht identifiziert.«

Der Fliegerführer griff nach dem Telefon, das ihn mit dem Kommandeur der hier auf dem Platz stationierten Fliegerdivision verband. Nachdem er kurz zugehört hatte, konnte er berichten: »Unser Radar hat die Ziele kurz erfaßt – vermutlich Hubschrauber, die im Tiefflug über die Grenze geflogen sind. Eben startet die neunzehnte Staffel, um sie abzufangen.«

Während er sprach, wurde von Smorgon aus ein roter Block, der wie ein Hubschrauberrotor mit fünf Blättern aussah, nach Westen verschoben – eine kombinierte Staffel aus sechs Kampfhubschraubern Mi-24, die das Kommandounternehmen der Marines überstanden hatten, dazu einige Jagdbomber MiG-27 von anderen Stützpunkten im Norden Weißrußlands.

Woschtschankas ursprünglicher Zorn und seine Frustration legten sich etwas. Ja, sie hatten einen Rückschlag hinnehmen müssen; gewiß, sie hatten in sehr kurzer Zeit verdammt viele Panzer und Fahrzeuge verloren. Aber jetzt nahm er sich einen Augenblick Zeit, um zu überblicken, was ihm dort draußen *geblieben* war – eine noch immer imposante Streitmacht.

Obgleich Wilna und Kaunas, die beiden größten litauischen Städte, noch immer nicht gefährdet waren – beziehungsweise nur durch seine SS-21 –, befanden sich der wichtige Hafen Memel, die drittgrößte Stadt des Landes, und die viertgrößte Stadt Siauliai mit dem riesigen Luftwaffenstützpunkt fest in seiner Hand. Berücksichtigte man, daß auch der Hafen Kaliningrad und das Kaliningrader Gebiet von weißrussischen Truppen besetzt waren, verlief sein Unternehmen an sich weiter plangemäß. Das Eingreifen russischer und/oder ukrainischer Truppen und fliegender Einheiten kam unerwartet, aber er verfügte über genügend Reserven, um auch damit fertig zu werden.

Insgesamt lief das Unternehmen gar nicht schlecht...

»Vielleicht wäre es tatsächlich etwas voreilig, unsere SS-21 schon einzusetzen«, sagte Woschtschanka. Er konnte beobachten, wie alle seine Stabsoffiziere erleichtert aufatmeten. »Die Raketentruppen bleiben im Alarmzustand, aber ich halte den Startbefehl zurück, bis ich mit dem Präsidenten und Vertretern der Gemeinschaft Unabhängiger Staaten gesprochen habe. Ich dulde keine Einmischung von irgendeiner Seite – nicht von der GUS, Rußland, Polen oder den NATO-Staaten. Wird mir ihre Nichteinmischung nicht überzeugend zugesichert, setze ich sofort die SS-21 ein.«

Diese Ankündigung wurde mit allgemeinem Nicken quittiert, und der Kommandeur der Raketentruppen sagte zustimmend: »Eine sehr kluge Entscheidung, General. Die SS-21 sind als Einschüchterungsmittel viel wirkungsvoller als tatsächliche Zerstörungswaffen.«

»General, unser Radar meldet die anfliegenden Maschinen in fünfzehn Kilometer Entfernung!« sagte der Operationsoffizier. »Aber die Neunzehnte kann sie erst in zwei Minuten abfangen. Ich schlage vor, in den Luftschutzkeller runterzugehen.«

»Also gut«, entschied Woschtschanka. Seine Stabsoffiziere sprangen auf, als könnten sie es kaum erwarten, in den sicheren Schutzraum zu kommen. Woschtschanka ging absichtlich etwas langsamer und sah amüsiert zu, wie sie sich in ihrer Hast gegenseitig anrempelten.

Der Lageraum selbst war mit einer schweren Stahltür gesichert. Woschtschanka ging in den Befehlsstand voraus, in dem eine Nachrichtenzentrale und Geräte für die Richtfunkverbindung zu den Atomraketen aufgebaut waren. Woschtschanka warf einen raschen Blick auf den im Kontrollpult steckenden silberglänzenden Schlüssel, den er vor einer Stunde hineingesteckt und umgedreht hatte, um diese Richtfunkverbindung zu aktivieren. Den zweiten Schlüssel, den Startschlüssel, hatte er in seiner Tasche. Er wünschte sich, der litauische Präsident Kapocius, GUS-Präsident Bykow, der weißrussische Präsident Swetlow, der polnische Präsident Miriclaw und sogar der Präsident der Vereinigten Staaten könnten den bereits steckenden Schlüssel sehen, denn er bürgte gemeinsam mit dem zweiten in seiner Tasche für Woschtschankas unbeugsame Entschlossenheit, das begonnene Unternehmen siegreich zu Ende zu führen.

Nach außen wurde der Zugang zur Nachrichtenzentrale durch eine mit dünnen Stahlplatten verkleidete Holztür mit eingesetzter Panzerglasscheibe gesichert. Dahinter kamen ein langer Gang, in dem Hereinkommende kontrolliert wurden, und eine Stahlgittertür, damit die Wachen gleich sehen konnten, wer das Gebäude betrat. Eine weitere schwere Stahltür sollte den Korridor nach außen abschließen, aber der Befehlsstand wurde von so vielen Leuten betreten oder verlassen, daß die Stahltür ständig offenblieb und von einem dazu eingeteilten Wachposten kontrolliert wurde.

Laut Vorschrift durfte jeweils nur ein Mann den Korridor betreten, nur Stabsoffiziere hatten Erlaubnis, in kleinen Gruppen zu passieren. Neben dem Ausgang befand sich das Wachlokal mit einer einfachen Glastür, durch die der gesamte Eingangsbereich zu überblicken war. Mehrere schwerbewaffnete Soldaten im Kampfanzug standen als Wachposten am Eingang. Woschtschanka konnte bis ins Freie sehen und die bogenförmige Auffahrt mit den von Scheinwerfern angestrahlten Fahnenmasten überblicken. Als ihm auffiel, daß es draußen dunkel war, wurde ihm klar, daß er seit über vierundzwanzig Stunden auf den Beinen war, und er überlegte, ob er sich in seinen Bunker – drei Stockwerke unter der Erde – zurückziehen und ein Nickerchen machen sollte.

Woschtschanka hatte den Korridor passiert, und der Posten am anderen Ende hatte ihm gerade die Gittertür geöffnet, als eine gewaltige Explosion die Wände erzittern ließ. Weitere Detonationen sprengten die Eingangstüren vor Woschtschanka auf und ließen die Glastür des Wachlokals zersplittern, aber obwohl die Druckwelle den General zu Boden warf, blieb er unverletzt. Beißende Rauchschwaden nahmen ihm die Sicht. Zugleich fielen Schüsse – die meisten kamen von den Wachen.

Soldaten strömten in den Eingangsbereich und blieben entlang der Wände in Deckung. Mehrere Uniformierte, die schußsichere Schilde trugen, drängten Woschtschanka in die Nachrichtenzentrale zurück. »Drinnen ist es sicherer, General«, sagte einer von ihnen. Da auch seine Stabsoffiziere schon wieder nach drinnen verschwunden waren, widersprach Woschtschanka nicht.

Der General holte seinen Stab im Lageraum ein. Die Soldaten, die vorhin die Symbole auf der großen Karte verschoben hatten, waren nirgends mehr zu sehen. Auf Befehl Woschtschankas blieben die Stabsoffiziere zunächst im Lageraum, an dessen Tür ein Soldat als Wache postiert wurde. Dann griff der General sofort nach dem Telefonhörer. »*Was geht dort draußen vor, verdammt noch mal?*«

»Schwer zu beurteilen, General«, antwortete der Offizier vom Dienst. »Wir suchen gerade den Parkplatz West ab – einer meiner Leute will dort Mündungsfeuer gesehen haben. Trotzdem weist nichts auf einen Großangriff hin, und bisher sind keine weiteren Aktivitäten gemeldet worden.«

»Von wegen keine weiteren Aktivitäten!« brüllte Woschtschanka. »Ich befehle, daß das ganze Gelände mit Infanterie und Panzern abgeriegelt wird! Ich verlange, daß es *gesichert* wird!«

In diesem Augenblick rissen zwei schwere Explosionen die Decke des Lageraums genau vor den Stabsoffizieren auf. Die Glastrennwand zersplitterte, die Lichter gingen aus, und der Raum füllte sich mit beißendem Qualm, der Augen tränen ließ und Hustenanfälle hervorrief. Die Notbeleuchtung flammte auf. Durch die Rauchschwaden hindurch waren Soldaten zu erkennen, die sich in den Lageraum hinunter abseilten: mindestens zwölf bis vierzehn Männer in schwarzen Kampfanzügen, mit aufgesetzten Gasmasken und

Nachtsichtbrillen. Woschtschanka sah noch, wie sie zur Tür des Lageraums stürmten, bevor ein Soldat die Notbeleuchtung ausschoß, so daß wieder Dunkelheit herrschte.

Daraufhin drehte der Wachposten an der Tür durch und schoß mit seinem auf Dauerfeuer gestellten AK-47 wild um sich. Aber eine einzelne Kugel – der bisher einzige feindliche Schuß – ließ ihn tot zusammenbrechen. Woschtschanka kroch an ihm vorbei, öffnete die stahlbeschlagene Tür und gelangte so in die Nachrichtenzentrale.

Diese Schweine! fluchte er. *Wie können sie es wagen, mich in meinem eigenen Hauptquartier anzugreifen?* Er wußte nicht, wer die Angreifer waren, aber das spielte auch keine Rolle – er würde sich sofort rächen.

Woschtschanka kroch hastig ans Kontrollpult für die SS-21 mit den Atomsprengköpfen. Seine Hand zitterte – weniger aus Angst, mehr aus Zorn und Aufregung –, als er den zweiten Silberschlüssel aus seiner Brusttasche zog, ihn in die zuvor ertastete Öffnung schob und...

»*Stoi!*« rief eine Stimme hinter ihm auf russisch. Ein Soldat, der zu seinem schwarzen Kampfanzug einen seltsamen Helm mit Nachtsichtgerät und eine Gasmaske trug, bedrohte ihn mit einer Maschinenpistole. »*Uzeiga Lietuvos!* fuhr er auf litauisch fort. »Litauische Armee!« Zuletzt verlangte er wieder auf russisch: »*Nyee dveghightyes!* Keine Bewegung!«

»Du kommst zu spät, du litauisches Schwein«, sagte Woschtschanka laut – und drehte den Schlüssel nach rechts.

Der Soldat stürzte sich auf Woschtschanka und stieß ihn zu Boden. Hinter ihm tauchten weitere Männer in dieser futuristischen Aufmachung auf. Der erste Soldat drehte den Schlüssel nach links und zog ihn ab.

»Das nutzt nichts, du Idiot!« sagte Woschtschanka. »Den Raketenstart kann niemand mehr verhindern!«

Ein weiterer Soldat legte eine Art Tornister unters Kontrollpult und wickelte eine langes Kabel ab.

Woschtschanka wurde von kräftigen Armen gepackt, hochgerissen und ins Freie geschleppt.

Kleine Hubschrauber, die der General als litauische Militärhubschrauber Defender zu erkennen glaubte, flitzten kreuz und quer durch den Nachtimmel und nahmen die weißrussischen Verteidiger unter Feuer. Die Soldaten gingen neben dem Ausgang in Deckung, als zwei der leichten Maschinen tief über den Parkplatz hinwegfegten und auf alles schossen, was sich bewegte. Als die Soldaten danach wieder aufspringen wollten, ließ ein Lichtblitz, dem sofort ein dumpfer Schußknall folgte, sie zusammenzucken und erneut in Deckung gehen.

Woschtschanka wußte sofort, was das war: ein von ihm angeforderter Panzer T-72, der mit Höchstgeschwindigkeit über den Parkplatz West aufs Stabsgebäude zurasselte. Feuerstöße aus seinem 12,7-mm-Fla-MG hielten ihm die Defender vom Leib. Mit ihren kleinkalibrigen Waffen würden ihn die Leichthubschrauber nicht aufhalten können – das stand für Woschtschanka fest.

Plötzlich verschwand der T-72 in einer gewaltigen Explosion, die ihm den Turm abriß, als sei ein gigantischer Kapselheber am Werk gewesen.

Während die Hubschrauber auf der Suche nach allein vorgehender Infanterie weiter über den Parkplatz flitzten, wurde über ihnen ein großes Flugzeug sichtbar. Es war erstaunlich wendig, kam rasch näher, blieb dann mitten in der Luft stehen und schoß zwei Raketen in die Dunkelheit jenseits des äußeren Parkplatzes ab. Auch dort gab es Explosionen wie nach Volltreffern. Die riesige Maschine kam zurück, umrundete das Stabsgebäude und setzte dann auf dem Rasen des Einfahrtsrondells auf. Als kurz vor dem Aufsetzen ihre Landescheinwerfer aufflammten, erkannte Woschtschanka diese geheimnisvolle Maschine als ein *amerikanisches* Kipprotor-Flugzeug CV-22!

Soldaten rannten zur heruntergeklappten Heckrampe der Maschine. Woschtschanka wußte, daß er gleich dran war. Während er überlegte, ob er sich losreißen und einen Fluchtversuch wagen sollte, ließen ihn die Männer zu seinem Erstaunen frei. Einer grüßte sogar und sagte auf litauisch: »*Aciu*, General Woschtschanka, *uzteks. Viso gero.* Danke General, wir sind fertig. Leben Sie wohl!« Dann machte er kehrt und trabte hinter den anderen her zur CV-22.

Erst wollte er ins Stabsgebäude zurücklaufen, aber das wäre Selbstmord gewesen, denn offenbar hatten die Eindringlinge dort Sprengladungen angebracht. So blieb ihm nichts anderes übrig, als untätig zuzusehen, wie die CV-22 startete und von den Leichthubschraubern eskortiert nach Westen davonflog. Sobald die Maschinen in der

Nacht verschwunden waren, hastete Woschtschanka vom Stabsgebäude weg. Er schaffte es, noch den Parkplatz zu überqueren, bevor drei, vier, fünf Explosionen das Gebäude hinter ihm förmlich auseinanderplatzen ließen. Und ein dumpfes Rumpeln, das den Boden unter seinen Füßen erzittern ließ, verriet ihm, daß auch das unterirdische Waffenlager, die Notstromgeneratoren und der zweite Nachrichtenraum zerstört worden waren. In weniger als zehn Minuten war sein gesamtes Hauptquartier in Schutt und Asche gelegt worden!

Aber er würde als letzter lachen!

Der Start seiner Atomrakete SS-21 war unwiderruflich befohlen und durch nichts mehr aufzuhalten. Minsk, Wilna und Jonawa ... in fünf Minuten würden sie nicht mehr existieren.

Er hörte anfliegende Hubschrauber und ging schnell hinter einem Baum in Deckung, als sie näher kamen. Aber das waren keine CV-22 oder Defender – das waren Mi-24! Er lief begeistert auf den Parkplatz hinaus und winkte sie zur Landung ein.

Endlich reagierte seine Truppe erwartungsgemäß!

Aber als die Hubschrauber zur Landung ansetzten, erkannte er, daß dies keine weißrussischen Maschinen waren, denn sie trugen von weißen Rauten umrahmte russische und ukrainische Kokarden an den Rümpfen. GUS-Truppen, die offenbar nicht mehr seinem Kommando unterstanden. Aus den drei ersten gelandeten Mi-24 sprangen Soldaten. Woschtschanka machte kehrt und lief in Richtung Stabsgebäude davon. Vielleicht konnte er sich in den Trümmern verstecken, bevor die Soldaten ...

»General Woschtschanka!« rief eine Stimme ihm nach. »Stehenbleiben! Hier ist General Iswekow!«

Der Oberbefehlshaber der GUS-Streitkräfte – *hier* in Smorgon? Mit Kampfhubschraubern Mi-24 und schwerbewaffneten Soldaten? Woschtschanka war sich darüber im klaren, daß Iswekow ihm keinen Höflichkeitsbesuch abstatten wollte, und lief daher schneller.

»*Halt!*« rief eine andere Stimme. »Stehenbleiben, *oder ich schieße!*«

In panischer Angst lief Woschtschanka noch schneller. Er hörte einen scharfen Knall, spürte einen dumpfen Schlag und fühlte ein scharfes Stechen im Rücken. Aber er merkte schon nicht mehr, wie er der Länge nach hinschlug; er war bereits tot, bevor er auf den Asphalt stürzte.

Ausweichflugplatz Kurenez, Weißrußland
14. April, 03.23 Uhr

Hauptmann Kramko war unterwegs, um die zweite der drei Atomraketen SS-21 zu inspizieren, als sein Handfunkgerät piepste. »Alpha, hier Kommandozentrale, Startbefehl um null-drei-zwo-eins empfangen«, meldete sein Sergeant.

Kramko bestätigte den Empfang der Meldung. *Scheiße, dachte er, jetzt ist es tatsächlich soweit! Sie wollen unsere Raketen einsetzen!* Dann hatte er plötzlich einen Kloß im Hals und Tränen in den Augen. *Ein Atomkrieg – von Weißrußland ausgelöst? Unfaßbar!*

Der Horror, den er gleich starten würde, war...

Dann blitzte links von ihm plötzlich etwas auf. Eine gelbe Leuchtkugel stieg steil in den wolkenverhangenen Nachthimmel auf und sank zur Erde herab. Eine Angriffswarnung – die Raketenstellung wurde angegriffen! Im nächsten Augenblick fiel ein einzelner Schuß, dem ein Feuerstoß aus einem Sturmgewehr folgte. Kramko zog instinktiv die Schultern hoch. Er drückte die Sprechtaste seines Funkgeräts. »Wachhabender, hier Alpha. Meldung!«

»Eindringlinge im Sicherheitsbereich – ungefähr dreihundert Meter nördlich der Zentrale.«

Scheiße! dachte Kramko. *Ein echter Alptraum!* Eigentlich hatte er die Raketen überhaupt nicht abschießen wollen, aber nachdem jetzt Unbefugte zu ihnen vordringen wollten, um ihren Start zu verhindern, wollte er sie sofort abschießen! »Achtung, Alarmstufe eins!« befahl er über Funk. »Feuer frei auf Unbefugte. Raketenstart in spätestens fünf Minuten. Ende.« Danach lief er in Richtung Kommandozentrale.

Einige Meter vom Auflieger des Sattelschleppers entfernt, sah Kramko unter den Bäumen einen Wachposten, der die Flugplatzgebäude beobachtete. *Die übrigen Wachen haben offenbar schon ihre Alarmstellungen bezogen*, sagte sich der Hauptmann. Er stürmte in die Kommandozentrale. »Stand der Startvorbereitungen, Sergeant?«

Männer drehten sich nach ihm um – aber das waren eindeutig keine weißrussischen Soldaten! Sie trugen schwarze Kampfanzüge, Sturmhauben und dicke Panzerwesten. Am Kontrollpult saßen drei Männer, die Englisch sprachen. Zwei Soldaten warfen sich auf den Hauptmann und fesselten ihm die Hände mit Plastikbändern auf dem

Rücken. »*Kta tam?*« fragte Kramko auf russisch. »*Myneyeh ehtah nyee nrahveetsa!* Wer sind Sie? Lassen Sie das sofort!«

»Das Ding ist gesichert, Gunny«, meldete einer der Soldaten. »Nimmt keine Eingaben an. Ich habe versucht, das System neu zu starten, aber es reagiert nicht.«

»Klasse!« sagte Gunnery Sergeant Lobato. Er wandte sich an Kramko und fuhr auf russisch fort: »Hauptmann, wir sind amerikanische Marines. Haben Sie das verstanden?«

Kramko machte große Augen. »Amerikaner? Hier? Wie sind Sie hergekommen?«

»Hauptmann, sind hier Raketen mit Atomsprengköpfen stationiert?«

Als Kramko noch zögerte, stieß ihn einer der Marines grob vor die Brust. »Ich verweigere die Aussage«, antwortete der Hauptmann prompt. »Ich bin weißrussischer Offizier und sage nichts, was...«

»Die Raketen starten in ungefähr hundert Sekunden, Gunny«, meldete einer der Marines. »Ich kann den Countdown nicht anhalten!«

»Hauptmann, Sie wissen genau, daß Ihr Land mit diesen Raketen einen Atomkrieg auslösen würde«, sagte Lobato eindringlich. »Sie müssen uns helfen, den Start zu verhindertn.«

»Gunny, ich hab' die Zieldatei! Sie ist so gesichert, daß ich sie nicht ändern kann, aber hier stehen die Zielkoordinaten... Hey, eine dieser Raketen fliegt nach Süden! Nein, nach *Südosten* – und das einzige Ziel innerhalb ihrer Reichweite wäre...«

»Minsk«, sagte Lobato zu dem Weißrussen. »Eine der Raketen dort draußen ist auf Minsk gerichtet. Ist Ihnen das klar, Hauptmann? Sie sind dabei, eine Rakete auf Ihre eigenen Landsleute abzuschießen.«

Kramko wirkte ängstlich und verwirrt. »Ich bin weißrussischer Offizier... ich erhalte meine Befehle vom Oberkommando...«

»Rufen Sie die Wachmannschaft zurück«, forderte Lobato ihn auf. »Wir können verhindern, die Raketen zu starten.«

»Das kann niemand!«

»Doch, *wir* können's!« widersprach Lobato. »Wir haben einen Bomber einsatzbereit. Aber wir müssen das Ziel markieren. Rufen Sie die Wachen zurück, damit wir nahe genug rankönnen, um das Ziel zu markieren!«

Kramko zögerte noch. Diese Amerikaner hätten ihn umbringen können, aber sie hatten's nicht getan. Sie schienen wirklich helfen zu wollen. War das vielleicht die Hilfe, nach der er Ausschau gehalten hatte? War das vielleicht eine Chance, diesen Wahnsinn zu verhindern?

»Gut, ich tue, was Sie verlangen«, sagte Kramko schließlich. Darauf wurden seine gefesselten Hände befreit, und er bekam sein Handfunkgerät zurück.

»Achtung, Achtung, hier Alpha!« rief Kramko ins Mikrofon. Dann riß er sich von den Marines los, die ihn festhielten, und brüllte: »Feuer frei! Amerikanische Marines greifen uns an! *Feuer frei!*« Lobato riß ihm das Funkgerät weg, und seine Hände wurden erneut gefesselt.

»Verdammter Scheißkerl!« sagte Lobato aufgebracht. »Damit haben Sie Millionen Menschen zum Tod verurteilt.« Er atmete schwer wie nach einem Marathonlauf. Dann zog er ein winziges Funkgerät aus seiner ALICE-Weste.

Die hinter ihm stehenden Männer des COBRA-VENOM-Teams waren hilflos – ihre ganze Ausbildung, ihre ganze Erfahrung waren wertlos, wenn sie nicht nahe genug an die Raketen herankamen. »Was machen wir jetzt Gunny?« wollte einer von ihnen wissen.«

»*Tsehvakhf*« sagte Lobato auf russisch und mit einem wütenden Blick zu Kramko hinüber. »Wir beten, daß die Luftwaffe die verdammten Raketen hier unten finden kann.« Über Funk befahl er: »An alle – konzentrischer Angriff mit Leucht- und Sprengmitteln. Aufgefundene Raketenstellungen sofort markieren. Ihr habt ungefähr zwanzig Sekunden Zeit. *Ausführung!*«

*An Bord einer EB-52 Megafortress über dem Nordwesten
Weißrußlands
14. April, 03.25 Uhr*

»Wir sind gleich am Startpunkt«, sagte Hauptmann Alicia Kellerman, die Navigatorin. »Dreißig Sekunden bis zur Startkontrolle.«

Major Kelvin Carter, der Pilot ihrer Megafortress, der im High Technology Aerospace Weapons Center die Weiterentwicklung der EB-52 leitete, sah mit gerunzelter Stirn zu seiner Copilotin hinüber.

»Haben wir schon eine Bestätigung von den Jungs dort unten?« fragte er mit unverwechselbarem Südstaatenakzent.

»Bisher nicht«, antwortete Hauptmann Nancy Cheshire, die Copilotin. »Trotzdem bringen wir unsere Babys schon mal auf den Weg.«

»Richtig«, bestätigte Carter.

»Letzte Startkontrolle«, kündigte Kellerman an.

Mit Hauptmann Paul Scott, dem Radarnavigator/Bombenschützen, ging sie eine Klarliste mit acht Punkten durch, die vor dem Start der Abwurflenkwaffe AGM-145 abgehakt werden mußte. Die auch als MSOW (Modular Standoff Weapon) bezeichnete AGM-145 war eine kleine Lenkwaffe mit Düsenantrieb, 225 Kilo schwerem Gefechtskopf und einem IR-Sensor, der Infrarotbilder zum Flugzeug zurücksendete. Wie ihre Vorgängerin, die Lenkwaffe AGM-65 Maverick, war die MSOW eine Waffe, die man »abfeuern und vergessen«, und mit der die EB-52 aus großen Entfernungen mit unheimlicher Präzision angreifen konnte. Als Weiterentwicklung der Maverick war die AGM-145 imstande, selbständig Ziele *aufzuspüren* und zurückzumelden, damit an Bord der Megafortress über ihre Bekämpfung entschieden werden konnte.

Für diesen Einsatz war die MSOW ideal geeignet, weil Kelvin Carters Besatzung keinen bestimmten Auftrag erhalten hatte. Als eine der beiden in Reserve gehaltenen EB-52 war ihre Megafortress erst in den litauischen Luftraum eingeflogen, als die vier anderen Bomber, die Ziele in Litauen und Weißrußland angegriffen hatten, heil zurück waren. Bald nach dem Start hatten sie den Befehl erhalten, einen kleinen Flugplatz zwischen Minsk und Wilna anzugreifen – nicht ihr ursprüngliches Ziel Smorgon, sondern einen anderen Platz, auf dem Kurzstreckenraketen stehen sollten. Dieser Befehl war nicht aus Washington, sondern direkt von einer CIA-Agentin in Lettland gekommen.

Im vorderen Teil ihrer achtzehn Meter langen Bombenkammer trug die EB-52 acht Lenkwaffen MSOW in einer Abschußvorrichtung mit Trommelmagazin. Zu ihrer Bewaffnung gehörten auch acht Jagdraketen AGM-88 HARM (High Speed Anti-Radar Missile) in einer Abschußvorrichtung im hinteren Teil der Bombenkammer. Sechs davon hatte sie jedoch schon eingesetzt, um beim Einflug in den litauischen Luftraum Radarstellungen zu vernichten, von deren Zielsuchradar sie erfaßt worden war.

Außerdem trug die Megafortress acht radargelenkte AIM-120 Scorpion AMRAAM (Advanced Medium Range Air-to-Air Missile) und vier Lenkwaffen AIM-9R Sidewinder mit Infrarotsuchkopf an Aufhängepunkten unter ihren Tragflügeln. Als »Bordschützin« hatte Dr. Angelina Pereira, eine Veteranin des Geheimeinsatzes der *Old Dog*, schon zwei AIM-9R und vier AIM-120 verschossen. Pereira hatte das hochwirksame Abwehrsystem der Megafortress entwikkelt, das die Heckkanonen der B-52 durch zielsichere Jagdraketen ersetzte.

»Lenkwaffen startklar«, meldete Scott. Die Reichweite der MSOW betrug knapp sechzig Kilometer; bei fünfundfünfzig Kilometern drückte er auf den Startknopf. Damit begann für die vier Lenkwaffen ein fünf Sekunden langer Countdown, während sie Informationen über Standort, Kurs und Geschwindigkeit ihres Trägerflugzeugs erhielten. Dann wurden die Bombenklappen geöffnet und die MSOW nacheinander aus ihrem Trommelmagazin ausgestoßen. Binnen zwanzig Sekunden waren alle vier Lenkwaffen unterwegs, und die riesigen Bombenklappen schlossen sich wieder.

»Lenkwaffen gestartet«, meldete Scott. »Alle funktionieren einwandfrei.« Auf seinem viergeteilten großen Farbbildschirm erschienen die von den Lenkwaffen übermittelten Bilder. Scott übergab die Kontrolle über zwei der Lenkwaffen sofort an Alicia Kellerman: Als Radarnavigator/Bombenschütze entschied zwar er, welche Ziele bekämpft werden sollten, aber Kellerman war ebenfalls dafür ausgebildet, die Lenkwaffen einzusetzen. »Ich bekomme gute Daten von eins und zwo.«

»Gute Daten von drei und vier.«

»Anruf auf der taktischen Frequenz«, sagte Dr. Wendy Tork, die vierte Frau an Bord, plötzlich. Als ECM-Offizierin der Megafortress war Tork eine weitere Veteranin des Geheimeinsatzes der *Old Dog*. »Knopf drei, Kelvin.«

Carter betätigte den Kanalwählschalter der Bordsprechanlage und hörte: »Tiger, Tiger, Tiger, wir schießen Leuchtkugeln.«

Er drückte seine Sprechtaste. »Tiger, beschreiben Sie das Ziel. Kommen.«

»Tiger, Ihre Ziele sind drei mobile Abschußvorrichtungen für SS-21. Aber wir können sie nicht kennzeichnen. Ich wiederhole: Wir können sie wegen starker Abwehr nicht kennzeichnen. Wir haben in unmittelbarer Nähe Leuchtkugeln abgeschossen, aber wir kommen nicht ganz heran. Sind Ihre Lenkwaffen unterwegs? Können Sie die Ziele identifizieren? Kommen.«

»Tiger, verstanden, drei Abschußvorrichtungen für SS-21«, wiederholte Carter. »Warten Sie.« Über die Bordsprechanlage sagte er: »Unsere Ziele sind drei mobile Abschußvorrichtungen für SS-21, Paul. Sie können nicht gekennzeichnet werden, aber er läßt in ihrer Nähe Leuchtkugeln schießen.«

»Wir suchen noch«, antwortete sein Radarnavigator/Bombenschütze. »Restflugzeit fünfzehn Sekunden.« Sein Bildschirm zeigte ihm nur Bäume, Felder und den kleinen Flugplatz, aber bisher nichts, was nach einem lohnenden Ziel aussah.

»Ich hab' was ... ein Fahrzeug ... nein, einen Trailer«, berichtete Kellerman. Die MSOW zeigte jedes entdeckte Ziel sofort in Großaufnahme, die in einer Ecke des Bildschirms als Standbild erhalten blieb, während die Lenkwaffe weitersuchte. Dieses Bild konnte Scott sich auf seinen Monitor holen, um es ebenfalls zu begutachten. »Weise dem Trailer Lenkwaffe drei zu. Pilot, wir brauchen eine Peilung zum...«

»Ich sehe Gewehrfeuer!« rief Scott. Nur zehn Sekunden vor dem Einschlag hatte er plötzlich mehrere Ziele auf dem Bildschirm. Im nächsten Augenblick stieg auf dem Flugplatz eine Leuchtkugel auf, und die MSOW holte eine hell beleuchtete Abschußvorrichtung heran. »Ich hab' eine! Weise sie Lenkwaffe eins zu.«

»Ich hab' auch eine!« meldete Kellerman. Scott überzeugte sich rasch davon, daß sie nicht etwa das gleiche Ziel im Visier hatten, aber die Waffencomputer der Megafortress wußten bereits, daß es sich um verschiedene Ziele handelte. »Weise Lenkwaffe vier zu.«

Scotts letzte Lenkwaffe MSOW erfaßte erst sieben Sekunden vor dem Einschlag ein Ziel. »Tiger, wir haben drei Abschußvorrichtungen und den dazugehörigen Trailer!« funkte Carter. »Bleiben Sie in Deckung, bis...«

Plötzlich verschwand die dritte SS-21 in einem gelblichen Lichtblitz von Scotts Bildschirm. »Scheiße!« rief der Hauptmann. »Die dritte SS-21 ist vor dem Einschlag explodiert!«

»Nein!« widersprach Nancy Cheshire laut. »Sie ist gestartet! Dort vorn ist sie!«

Genau voraus löste sich schätzungsweise dreißig Kilometer entfernt eine helle Leuchtspur vom nachtdunklen Horizont und schien auf Westkurs genau über sie hinwegzufliegen.

»Einschlag Lenkwaffen drei und vier«, meldete Kellerman.

»Einschlag Lenkwaffe eins«, berichtete Scott. »Verdammt, wo bleibt die Nummer zwo?«

Cheshire bemühte sich, die Flugbahn der Rakete zu verfolgen, aber die SS-21 beschleunigte weiter und verschwand rasch in den Wolken. »Die haben wir leider verpaßt.«

»Tiger, Tiger, Sie müssen diese Rakete abschießen!« funkte Lobato auf der taktischen Frequenz. »Sie trägt einen Atomsprengkopf und ist nach Wilna unterwegs! *Sie müssen diese Rakete abschießen!*«

Carter reagierte sofort. Er schob seine elektronisch kontrollierten Leistungshebel bis zum Anschlag nach vorn, wartete einige Sekunden, bis die Megafortress Fahrt aufgeholt hatte, und zog sie dann in einer Linkskurve hoch. »Wendy! Angelina! Ortet das Ding und schießt es ab!«

Pereira aktivierte sofort ihr mit den Lenkwaffen AIM-120 Scorpion der Megafortress gekoppeltes Angriffsradar APG-165. Sie brauchte nur wenige Sekunden, um die SS-21 zu finden und als Ziel zu erfassen.

»Ich hab' sie!« kündigte sie an. »Entfernung vierundvierzig Kilometer – fast schon außer Reichweite.« Sie schoß sofort zwei ihrer restlichen vier AIM-120 auf die SS-21 ab.

Der ungünstigste Fall für eine Jagdrakete ist eine Aufholjagd von hinten, die vor allem den Jäger benachteiligt. Beide Raketen beschleunigten, während sie weiterstiegen, aber dabei war die SS-21 mit ihrem größeren Triebwerk im Vorteil, obwohl die AIM-120, deren Höchstgeschwindigkeit bei Mach vier lag, viel schneller als die SS-21 war.

»Erste Scorpion ist vom Kurs abgekommen«, berichtete Pereira. Carter hatte die EB-52 abgefangen – in den zwanzig Sekunden, die der Start der Jagdraketen gedauert hatte, war sie auf fast zehntausend Fuß gestiegen – und ließ sie jetzt langsam auf ihre frühere Höhe sinken. »Verbindung abgerissen... zweite Rakete auf Kurs... aktives Radar in Betrieb...«

Im Gegensatz zu den meisten Jagdraketen benutzte die AIM-120 ihr Bordradar, um ihr Ziel selbst anzusteuern, und hatte ein Raketentriebwerk, von dem sie während des ganzen Fluges angetrieben wurde. Sie verbrauchte ihre gesamte Energie, um die SS-21 einzuholen, und traf nur Zehntelsekunden vor Brennschluß des eigenen Triebwerks. Plötzlich wurde es draußen taghell.

Man hätte glauben können, die Sonne stehe bei wolkenlosem Himmel über der Megafortress – das Licht war so hell wie die Mittagssonne an einem sehr klaren Tag. Obwohl dieser Lichtblitz nur Bruchteile von Sekunden dauerte, blendete er alle im Cockpit der EB-52. »Gott!« rief Carter. »Was zum *Teufel*...

Ich sehe nichts! Nancy, ich kann nichts sehen!«

»Ich auch nicht«, sagte Cheshire. »Ich sehe meine Instrumente, aber ich kann sie nicht ablesen oder...«

In diesem Augenblick ließ ein ohrenbetäubend anschwellendes Rumpeln, das an einen näher kommenden Güterzug erinnerte, den ganzen Bomber erzittern, und die EB-52 wurde schlagartig nach rechts geworfen. Solange Carter geblendet war, wagte er nicht, die Ruder zu betätigen, um die Maschine nicht versehentlich ins Trudeln zu bringen. Blindflug nach Gefühl konnte rasch tödlich sein. »Nancy!« rief er. »Nicht steuern!«

»Nein... ich tue nichts...«

Die Turbulenzen hielten noch einige Sekunden an. Carter und Cheshire mußten ihre gesamte Willenskraft aufbieten, um nicht gegenzusteuern. Sie vertrauten darauf, daß der Bomber durch seine Eigenstabilität in die Normalfluglage zurückkehren würde, sobald die Turbulenzen abklangen. Als Carter auf seine Sprechtaste drückte, zeigte sich, daß die Bordsprechanlage ausgefallen war. »Stationskontrolle!« rief er, so laut er konnte. »Hört ihr mich? Meldung!«

»Angriff ist okay«, antwortete Scott.

»Abwehr ebenfalls«, bestätigte Tork.

»Paul! Alicia!« rief Carter. Kommt rauf und helft uns!«

Scott und Kellerman kamen nach oben ins Cockpit. »Bei uns unten ist alles ausgefallen«, berichtete der Hauptmann. »Wir haben den Lichtblitz nur sehr abgeschwächt mitbekommen.« Er sah, daß Carter die Hand vom Sidestick genommen hatte, weil er fürchtete, der Bomber könnte durch eine falsche Bewegung in einen unkontrollierbaren Flugzustand geraten. Scott stellte fest, daß sie noch in den Wolken waren – also mußten sie die Bordinstrumente schnellstens reaktivieren, bevor sie abstürzten. »Wir sind noch im Dreck, Kelvin. Womit soll ich anfangen?«

»Als erstes kontrollierst du die Instrumente«, sagte Carter. »Ich sehe überhaupt nichts und glaube, daß der verdammte Flugregler ausgefallen ist.«

»Abwehr ist ebenfalls geblendet«, sagte Kellerman, nachdem sie Tork und Pereira ausgemacht hatte. »Aber das gibt sich bald wieder, glaub' ich.«

Der Lichtstrahl von Scotts Taschenlampe huschte über die Bildschirme des elektronischen Fluginformationssystems. »Die ganze Elektronik ist ausgefallen«, meldete er.

»Die Triebwerke scheinen noch zu laufen«, stellte Carter fest. Er versuchte, die elektronischen Leistungshebel zu bewegen. »Aber sie lassen sich anscheinend nicht mehr regeln – die Anlage muß auf manuell umgeschaltet werden. Was zeigen die Reserveinstrumente an?«

Scott kontrollierte die Reihe mit den herkömmlichen mechanischen Bordinstrumenten und Triebwerksanzeigen. »Okay, Kelvin, die Nummer acht scheint mit Verdichterstillstand ausgefallen zu sein, aber ich lasse lieber die Finger davon. Die übrigen Triebwerke sehen normal aus. Der künstliche Horizont funktioniert nicht. Der Höhenmesser zeigt siebentausend Fuß an, das Vario zeigt leichtes Sinken mit dreihundert Fuß pro Minute, und laut Wendezeiger befinden wir uns in einer ganz leichten Rechtskurve.«

»Könnte schlimmer sein – wir haben ein paar Minuten Zeit, um alles wieder in Gang zu bringen«, sagte Carter. »Alicia, wir brauchen die Checkliste für Notfälle.«

Während Kellerman die Punkte der Checkliste vorlas und Scott die Instrumente überwachte, brachten Carter und Cheshire die Generatoren in Gang, reaktivierten Flugregler und Autopilot und schafften es zuletzt, die Triebwerke wieder über die mechanisch betätigten Leistungshebel zu regeln.

»Was zum Teufel war das?« fragte Nancy Cheshire.

»Die SS-21«, antwortete Pereira. »Durch den Treffer unserer Scorpion muß zumindest ein Teil des Atomsprengkopfs hochgegangen sein. Ganz kann er nicht detoniert sein, sonst würden wir vermutlich nicht mehr fliegen, und wir sind glücklicherweise weit genug entfernt gewesen, um nicht ernstlich beschädigt zu werden.«

»Aber durch den elektromagnetischen Impuls sind sämtliche elektronischen Geräte mit Außenantennen ausgefallen«, fügte Tork hinzu. »Im Gegensatz zu unserem alten Flugreglungssystem ist die experimentelle Avionik nicht EMI-geschützt. Analoge Geräte und mechanische Systeme sind gegen diesen Impuls völlig unempfindlich.«

»Das muß bedeuten... verdammt, das muß bedeuten, daß in weitem Umkreis *kein* elektronisches Gerät mehr funktioniert«, stellte Kellerman fest. »Die ganze Nachrichtentechnik, Funkgeräte, das Telefonsystem... Dort unten muß es jetzt wie um die Jahrhundertwende sein!«

»Nun, um so friedlicher wird unser Rückflug«, meinte Carter. »Eigentlich keine schlechte Methode, einen Krieg zu beenden: Außer Gewehren funktioniert auf dem Gefechtsfeld praktisch alles elektronisch – und der EMI muß so ziemlich alles flachgelegt haben. Das bedeutet, daß wir nach Sicht navigieren müssen. Die Wolkenuntergrenze hat bei viertausend Fuß gelegen, und ich denke, daß wir in dieser Höhe bis nach Norwegen fliegen können, ohne unterwegs gefährlich in Bodennähe zu kommen.«

»Und sobald wir den Bereich der EMI-Wirkung verlassen haben, benutzen wir einen unserer Notsender«, schlug Tork vor. »Ich hab' gerade einen getestet: Da er ausgeschaltet gewesen ist, funktioniert er einwandfrei. Sobald ich ihn an eine Außenantenne angeschlossen habe, können wir mit Bodenstationen sprechen.«

Den Rest ihres dreistündigen Flugs absolvierten sie nahezu schweigend. Die Besatzung wußte, was sie geleistet hatte – und was hätte passieren können. Es war viel zu schrecklich, um mit Worten ausgedrückt zu werden.

Epilog

Parlamentsgebäude, Wilna, Litauen
17. April, 09.05 Uhr

»Ich hätte nie geglaubt, daß ich mal für eine Atomexplosion dankbar sein würde«, sagte General Dominikas Palcikas, wobei er schwach lächelte, »aber diese stellt eine absolute Ausnahme dar.«

Palcikas und sein Adjutant saßen im Parlamentsgebäude im Büro des Verteidigungsministers. Eigentlich hatte der Minister seine Amtsräume im Breda-Palast, in dem der litauische Präsident Gintarus Kapocius und alle seine Minister sonst residierten. Wegen der kriegsbedingten Energiekrise waren jedoch alle Regierungsfunktionen in einem einzigen Gebäude zusammengefaßt worden, um so Energie zu sparen. Palcikas mußte lächeln, als er auf dem Schreibtisch des Ministers nicht weniger als zehn altmodische Feldfernsprecher für Gespräche innerhalb des Gebäudes stehen sah. Nach drei Tagen war die EMI-Wirkung längst abgeklungen, und Handfunkgeräte ersetzten Telefone, bis das Netz wieder betriebsbereit war.

Verteidigungsminister Dr. Algimantas Virkutis, ein 69jähriger praktischer Arzt, widmete sich im Augenblick einer sehr unpolitischen Aufgabe: Er untersuchte Palcikas' verwundetes Bein. »Ich muß Ihnen recht geben, Dominikas« sagte Virkutis. »Früher hieß es, die Kampfkraft einer Armee hänge von guter Verpflegung ab – aber heutzutage sind wohl eher Mikrochips entscheidend. Haben Sie schon versucht, das Bein zu belasten?«

Palcikas nickte, verzog aber schmerzlich das Gesicht, als er antwortete: »Ja, aber es tut verdammt weh...«

»Ich hab' Ihnen *verboten*, es zu belasten, General!« sagte Virkutis vorwurfsvoll. Er versetzte dem Bein einen leichten Klaps, der wie erwartet bewirkte, daß Palcikas erneut das Gesicht verzog. »Mein Gott, Dominikas, wann hören Sie endlich auf mich? Jede Stunde, die

Sie Ihr Bein belasten, verlängert den Heilungsprozeß um eine Woche. Haben Sie das kapiert?«

»Ja, Minister.«

»Und ich habe Sie aufgefordert, mich hier in meinem Büro wie früher Algy zu nennen. Sie hören anscheinend nie zu.« Er wickelte den Verband ganz ab und untersuchte die Wunde, was wieder sehr schmerzhaft war.

Palcikas mußte sich beherrschen, um dem Alten keinen Kinnhaken zu verpassen.

»Heilige Muttergottes, dieser Splitter muß anständig weh getan haben, als er da reingegangen ist!«

»Ungefähr wie jetzt, Algy«, knurrte Palcikas. »Wär's zuviel verlangt, wenn Sie . . .?«

»Reißen Sie sich ein bißchen zusammen, Dominikas.« Er untersuchte die Wunde sorgfältig, nickte zufrieden und verband sie mit sterilen Mullbinden aus der Arzttasche neben seinem Schreibtisch. »Dieser Sanitäter, der Sie zuerst versorgt hat – nachts, bei strömendem Regen, und nachdem Sie eine Handvoll Schlamm auf die Wunde geklatscht hatten –, hat erstklassige Arbeit geleistet.«

»Sonst wäre ich verblutet«, bestätigte Palcikas.

»Nächstes Mal passen Sie hoffentlich besser auf Ihre Verbandpäckchen auf«, ermahnte ihn Virkutis.

Palcikas ärgerte sich wieder einmal über die Angewohnheit des Alten, einem schon wegen des kleinsten Versehens Schuldgefühle zu suggerieren. »Ich dachte, wir hätten was Dienstliches zu besprechen, Algy«, sagte der General.

»Gewiß, gewiß«, bestätigte Virkutis. »Eine gute Nachricht: Wir stehen dicht vor dem Abschluß eines Waffenstillstandsabkommens mit Weißrußland.«

»Großartig!« sagte Palcikas. »Aber zu welchen Bedingungen?«

»Die Vereinigten Staaten haben zugestimmt, US-Soldaten im Auftrag der Vereinten Nationen als Friedenstruppen nach Weißrußland zu entsenden«, antwortete der Minister. »Die weißrussischen und GUS-Truppen räumen Litauen und das Kaliningrader Gebiet; die russischen und GUS-Truppen verlassen Weißrußland; alle dort stationierten Atomwaffen werden unter Aufsicht vernichtet; der Waffenstillstand wird durch internationale Aufklärungsflüge überwacht. Als Gegenleistung sind wir bereit, Weißrußland für seine

Gütertransporte durch Litauen günstigere Frachttarife einzuräumen.«

»Was wird aus der weißrussischen Armee?« fragte Palcikas. »Sie besteht noch immer aus mehreren hunderttausend Mann und kann uns jederzeit mit Vergeltung drohen.«

»Ich bin überzeugt, daß diese Gefahr sehr abgenommen hat, seit Reaktionäre wie Woschtschanka tot sind«, antwortete Virkutis. »Jedenfalls ist die Aufmerksamkeit der Weltöffentlichkeit dadurch auf die Probleme der baltischen Staaten gelenkt worden. Ich glaube, daß sie langsam einsieht, daß mit der alten Sowjetunion nicht auch gleich sämtliche Aggressionen verschwunden sind.« Er versetzte Palcikas' Bein nochmals einen Klaps, stand auf und nahm wieder hinter seinem Schreitbisch Platz. »Trotzdem müssen wir gemeinsam dafür sorgen, daß unser Land auch in Zukunft verteidigungsbereit bleibt, mein Freund. Falls Sie weiter mitmachen wollen, meine ich.«

»Natürlich!« sagte Palcikas. »Dieser kleine Kratzer wird mich nicht daran hindern, meine Pflicht zu tun.«

»Na ja, das Abseilen aus Hubschraubern lassen Sie vorläufig lieber bleiben«, meinte Virkutis lachend. »Andererseits gibt's keinen medizinischen Grund, Ihnen die Dienstausübung zu verbieten. Aber Sie haben einiges mitgemacht, Dominikas – *zuviel* mitgemacht, könnte man behaupten.«

»Was soll *das* wieder heißen?«

»Das soll heißen, daß die meisten Leute – damit meine ich Regierungsmitglieder, Geschäftsleute und prominente Mitbürger im ganzen Land – Ihre Leistungen als Oberbefehlshaber unserer Streitkräfte anerkennen, aber gewisse Zweifel daran hegen, ob Ihr missionarischer Eifer ganz dem entspricht, was wir für die Zukunft brauchen.«

»Fordern Sie meinen Rücktritt, Minister?« fragte Palcikas aufgebracht. »Tun Sie das?«

»Nein, das tue ich nicht, Dominikas«, antwortete Virkutis. »Aber ich möchte, daß Sie mal darüber nachdenken. Sie sind immer ein vorausschauender Mann gewesen, Dominikas, aber was Sie in letzter Zeit durchgemacht haben, hat Ihren Blick möglicherweise etwas getrübt.«

»Ich kann's einfach nicht glauben, Minister!« sagte Palcikas erregt. »Mein Beruf, mein ganzer Lebensinhalt ist die Verteidigung meiner

Heimat, meines Landes – und jetzt erzählen Sie mir, daß ich diese Tätigkeit nicht effektiv und objektiv ausüben kann?«

»Ich fordere Sie lediglich auf, darüber nachzudenken, Dominikas«, wehrte Virkutis ab. »Ich weiß, daß Sie mir selten aufmerksam zuhören, aber vielleicht kann ich Ihnen folgendes begreiflich machen: Nachdem Sie mitgeholfen haben, ein starkes, selbstbewußtes Land aufzubauen, wird es jetzt vielleicht Zeit, aus den Schützengräben zu kommen und sich an den Blumen auf den Feldern zu erfreuen, anstatt sie von Panzern niederwalzen zu lassen. Verstehen Sie das, Dominikas? Und hören Sie auf, mich Minister zu nennen, sonst lasse ich Sie ab sofort nicht mehr von hübschen Krankenschwestern, sondern von bulligen Sanitätern mit behaarten Armen versorgen.«

Darüber mußte Palcikas wider Willen lächeln. »Schon gut, schon gut«, sagte er nickend. »Vielleicht trete ich in ein, zwei Jahren freiwillig ab. Aber im Augenblick geht's mir vor allem darum, mein Oberkommando wieder funktionsfähig zu machen. Wenn ich hier nicht mehr gebraucht werde, muß ich nach Trakai zurück.«

»Doch, Sie werden noch gebraucht.« Virkutis schob den Adjutanten beiseite, um die Griffe des Rollstuhls, in dem Palcikas saß, selbst zu fassen. Er schob ihn auf den Flur hinaus, in den Aufzug, den Hauptkorridor des Parlamentsgebäudes entlang und rechts abbiegend auf eine reich geschmückte zweiflügige Tür zu. Zwei Soldaten, die dort Wache hielten, öffneten ihnen die Tür.

»Was zum Teufel soll das, Algy?« fragte Palcikas, als ihm klar wurde, wohin sie unterwegs waren.

»Nennen Sie mich Minister, General«, verlangte Virkutis. »Mein Gott, hören Sie denn nie zu?«

Über zweihundert Männer und Frauen, die Abgeordneten des litauischen Parlaments, erhoben sich, als Palcikas und Virkutis im Plenarsaal erschienen. Trompetenstöße kündigten ihr Kommen an, und der Zeremonienmeister verkündete mit lauter Stimmte: »Herr Präsident, meine Damen und Herrn Abgeordneten, verehrte Gäste und Mitbürger – der Oberbefehlshaber unserer Selbstverteidigungskräfte, General Dominikas Palcikas!«

Donnernder Applaus brach los, und Pressefotografen veranstalteten ein Blitzlichtgewitter, während Virkutis den General nach vorn zum Podium schob. Der Parlamentspräsident bat mehrmals um Ruhe, aber seine Aufforderung wurde minutenlang ignoriert.

»Das Wort hat der Präsident der Republik, der ehrenwerte Gintarus Kapocius«, verkündete der Parlamentspräsident. Kapocius verließ seinen Platz auf dem Podium und stellte sich neben Palcikas' Rollstuhl.

»Herr Präsident, meine Damen und Herrn Abgeordneten, verehrte Gäste und Mitbürger, ich bin mir durchaus bewußt, daß Jubelfeiern gegenwärtig verfrüht wären. Auf litauischem Boden stehen noch immer feindliche Truppen. Unser Land leidet noch immer unter den Auswirkungen der Atomexplosion, und es wird lange dauern, bis alle Schäden, die Volk und Staat erlitten haben, vollständig bekannt sind.

Aber wir haben uns heute versammelt, um den Mann zu ehren, der durch seinen Mut und seine Führungskraft maßgeblich dazu beigetragen hat, unsere Nation vor dem sicheren Untergang zu retten. Gegen weit überlegene feindliche Kräfte hat er sich mit seiner kleinen Truppe erfolgreich behauptet und die weißrussischen Invasoren durch Guerillaüberfälle zermürbt. Er ist für uns alle ein wirklicher Held: ein Vorbild für die Litauer und freiheitsliebenden Menschen in aller Welt.«

Der Beifall hielt wiederum einige Minuten an, bis sich der Präsident erneut Gehör verschaffen konnte. »Aber ich habe heute eine weitere Ehrenpflicht zu erfüllen. Als Symbol seiner Loyalität Volk und Regierung gegenüber hat General Palcikas einem Mitglied dieses Parlaments zwei sehr wertvolle Gegenstände anvertraut. Heute habe ich die ehrenvolle Aufgabe, sie ihm zurückzugeben – als Beweis unserer Achtung und unseres Stolzes auf ihn und seine Taten für unser litauisches Vaterland. Miss Kulikauskas?«

Durch einen Seiteneingang betraten Anna Kulikauskas und Korporal Georgi Manatis den Plenarsaal. Während der Korporal die Fahnenstange schräg hielt, entfaltete Anna die Staatsflagge, die das litauische Staatschwert umhüllte, und übergab es Palcikas. Tosender Beifall brandete auf, als der General das kostbare Geschenk in die Höhe reckte.

Aber inmitten dieses allgemeinen Jubels hatte Palcikas nur Augen für Anna. Als sie seinen Blick erwiderte, wußte er sofort, daß ihre Liebe stärker geworden war und von Tag zu Tag weiterwachsen würde. *Vielleicht gibt es doch etwas Größeres, als für sein Land zu kämpfen, dachte Palcikas;* vielleicht war es besser, für Menschen zu kämpfen – für Angehörige, Freunde und Mitbürger. Und nach diesem Sieg war es vielleicht wirklich Zeit, daß die alten, kampfesmüden Soldaten abtraten, um jüngeren Löwen Platz zu machen. Wie sollten die Jüngeren sonst erkennen, welchen Wert es hatte, ihre Heimat, ihr Volk und ihre Lebensart zu verteidigen?

Palcikas sah, daß Alexei Kolginows Namensarmband noch immer fest um die Parierstange des Staatsschwerts geschlungen war. Er berührte es in stillem Gedenken an einen gefallenen Kameraden, beließ es aber als Symbol der Vereinigung von Altem und Neuem an seinem Platz. Dann wandte er sich an Manatis und übergab ihm das Schwert. »Achten Sie gut darauf, Georgi.« Der junge Korporal war sichtlich verblüfft, aber Palcikas lächelte nur, ohne ihm weitere Befehle zu erteilen. Er winkte Anna zu sich heran und küßte sie auf die Wange, als sie sich über ihn beugte.

»Komm mit mir, Anna« bat er sie, während die Abgeordneten weiter jubelten und klatschten. »Bleib bei mir.«

Sie nickte mit Tränen in den Augen, schlang ihm die Arme um den Hals und küßte ihn. Dann verdrängte sie den Verteidigungsminister höflich, aber energisch von den Rollstuhlgriffen und schob Dominikas Palcikas aus dem Plenarsaal, aus dem Parlamentsgebäude und in die warme Frühlingssonne hinaus.

»Ich glaube«, sagte Dr. Virkutis zu dem Präsidenten, während der Beifall anhielt, »unser Held hat endlich einmal auf mich gehört.«

High Technology Aerospace Weapons
Center, Nevada
28. April, 05.45 Uhr

»Das find' ich echt beschissen«, sagte Hal Briggs erbittert.

An diesem grauen, kalten Morgen stand Briggs mit Brad Elliott, John Ormack, Patrick McLanahan, Wendy Tork, Angelina Pereira, Paul White, Kelvin Carter und weiteren hohen Offizieren und Ingenieuren aus dem High Technology Aerospace Center sowie dem MADCAP-MAGICIAN-Team der Intelligence Support Agency auf dem Vorfeld vor dem kleinen Abfertigungsgebäude. Selbst Fryderyk Litwy, der junge litauische Sicherheitsoffizier, den MADCAP-MAGICIAN im November des vergangenen Jahres gerettet hatte, war heute anwesend.

Vor dem Abfertigungsgebäude stand ein Transporter C-22B: eine modifizierte Verkehrsmaschine Boeing 727, die ohne ihre USAF-Markierungen wie ein ganz normales Verkehrsflugzeug aussah.

John Markwright, Stellvertreter des Direktors sowie Chefermittler der U. S. Defense Intelligence Agency, drehte sich um, funkelte Briggs an und fragte scharf: »Was haben Sie da gesagt, Hauptmann?«

»Daß das echt *beschissen* ist, Mann!«

»Hören Sie, ich...«

»So, das reicht!« unterbrach Elliott die beiden. »Hal, Sie halten gefälligst die Klappe.«

Briggs wandte sich ab, trat ein paar Schritte beiseite und murmelte dabei vor sich hin.

»Wissen Sie, ein Teil des hiesigen Problems ist ein auffälliger Mangel an *Disziplin*, General«, sagte Markwright gekränkt. »Obwohl ich stellvertretender Direktor der National Security Agency und Sonderbeauftragter des Präsidenten bin, haben mich Ihre hochnäsigen Offiziere seit meiner Ankunft wie den letzten Dreck behandelt.«

»Vielleicht gefällt uns nicht, was Sie tun«, warf McLanahan ruhig ein. »Vielleicht halten wir es sogar für *falsch*, was Sie tun.«

»Der Präsident ist anderer Meinung, Oberst«, sagte Markwright mit einer wegwerfenden Handbewegung.

»Aber allein aufgrund *Ihrer* Empfehlungen«, stellte Ormack fest. »Ich glaube nicht, daß Sie einen einzigen gottverdammten Vorschlag berücksichtigt haben, den wir oder das Pentagon für die weitere Behandlung des Falls David Luger unterbreitet haben.«

»Mein Stab und ich haben jeden einzelnen Vorschlag unvoreingenommen geprüft – darunter auch die verrückte Idee, ihn einfach hierzulassen«, antwortete Markwright. »Trotzdem sind wir übereinstimmend der Auffassung, daß er in Isolierhaft gehört, bis seine Befragung abgeschlossen ist, und der Einsatz der *Old Dog* keiner Geheimhaltung mehr unterliegt – und bis *meine* Ermittlungen abgeschlossen sind.« Er musterte sie nacheinander mit eisigem Blick. »Und solange meine Ermittlungen andauern, wären Sie alle gut beraten, mit mir zusammenzuarbeiten, anstatt mich mit Ihren verdammten Kontrollen und Sicherheitsbestimmungen zu nerven. Ich bin berechtigt, hier *alles* zu sehen und zu fragen, und je früher Sie das akzeptieren, desto besser ist es für uns alle.« Er wandte sich an Elliott und sprach etwas leiser weiter: »Und Ihre *volle* Unterstützung könnte auch dazu beitragen, Oberleutnant Luger das Leben etwas zu erleichtern, General. An seinem zukünftigen Aufenthaltsort könnte er's sonst ein bißchen ungemütlich haben.«

»Lassen Sie mich in Ruhe, Sie arroganter Fatzke!« knurrte Elliott. »Und wenn ich rauskriege, daß Sie *Major* Luger nach allem, was diese Gruppe durchgemacht hat, schlecht behandeln, drehe ich Ihnen persönlich den Hals um!«

Markwright wich vor Elliott zurück, als habe ihm der Dreisternegeneral das Knie in den Unterleib gerammt; dann grinste er hämisch: »Nein, General, wir verwahren ihn so gut, daß Sie sowieso nichts erfahren«, kündigte er an. »Luger gehört jetzt *mir*, kapiert? Und wenn Sie glauben, daß es ihm im Fisikus-Institut schlecht ergangen ist, haben Sie noch nichts erlebt. Was wir aus Luger rauskriegen müssen, *kriegen* wir aus ihm heraus!«

Elliott stieß ihn von sich weg, aber Markwright zog sich nur seine Anzugjacke gerade, grinste nochmals und stelzte in Richtung C-22B davon.

»Das verstehe ich nicht, General«, sagte Wendy Tork zu Elliott. »Wir sind alle hier und genießen volle Bewegungsfreiheit – warum soll Dave dann in Isolierhaft kommen?«

»Das ist mir auch nicht ganz klar, Wendy«, antwortete Elliott. »Gegen ihn wird natürlich ermittelt, und ich glaube, daß die Verantwortlichen Angst vor Nachwirkungen seiner Gehirnwäsche haben. Natürlich besteht die Möglichkeit, daß er ›umgedreht‹ worden ist, um als Doppelagent zu arbeiten. Der Unterschied liegt natürlich darin, daß wir ihn nach dem Einastz der *Old Dog* für tot erklärt haben. Wir können ihn nicht wieder auftauchen lassen, ohne alles preiszugeben – das Geheimunternehmen *Old Dog*, unsere Arbeit hier im HAWC und unsere Einsätze drüben in Litauen.«

»Aber wir könnten ihn hier im Dreamland isolieren«, warf Angelina Pereira ein. »Wir haben jahrelang russische Überläufer und chinesische Wissenschaftler beherbergt, ohne daß jemand von ihnen erfahren hat. Warum sollte das nicht auch bei Dave möglich sein?«

»Weil Markwright die Ermittlungen gegen ihn als karrierefördernd erkannt hat«, stellte Ormack aufgebracht fest. »Der Kerl hat vor, sich auf Daves Kosten zum NSA-Direktor aufzuschwingen.«

In diesem Augenblick fuhr ein Krankenwagen vor dem Abfertigungsgebäude vor. Die Hecktüren wurden geöffnet, und zwei Sicherheitsbeamte in Zivil stiegen aus und bauten sich daneben auf. Ein HAWC-Stabsarzt blieb im Fahrzeug auf der langen Gerätekiste sitzen, in der nicht ständig benötigtes Rettungsgerät aufbewahrt wurde. Er wirkte nervös und unruhig, als hege er Bedenken wegen eines ihm erteilten Auftrags. Er sah zu Brad Elliott hinüber, schwieg dann aber, als der General seinen Blick erwiderte.

Dave Luger, der ein einfaches weißes Hemd, Jeans und Tennisschuhe trug, trat auf die Stufe unter den Hecktüren. Seine Kameraden umringten ihn. Die Sicherheitsbeamten forderten sie auf, Abstand von dem Krankenwagen zu halten, aber als sie sahen, wie stark die Emotionen aller waren, bestanden sie nicht mehr darauf. Sie beschlossen sogar, vor dem Krankenwagen zu warten, damit die anderen ungestört Abschied von Luger nehmen konnten.

»Jetzt ist's wohl soweit«, sagte Luger. Angelina und Wendy umarmten ihn als erste. »Ich hab' nicht mehr geglaubt, daß wir uns wiedersehen«, murmelte er. »Aber ich bin froh, daß es doch geklappt hat.«

»Laß den Kopf nicht hängen, Dave«, forderte Wendy ihn auf. »Du wirst gut behandelt – dafür sorgen wir schon.«

»Wir werden dich nie vergessen, Dave«, sagte Angelina mit Tränen in den Augen. »Und wir sind dir noch 'ne Party schuldig. Wenn du zurückkommst, wird richtig gefeiert!«

»Ich kann's kaum erwarten.« Dave lächelte halbherzig. »Dabei ist das Wiedersehen mit euch bereits die schönste Feier gewesen.«

Dann war General Elliott an der Reihe. »Hey, danke für die Beförderung, Sir«, sagte Luger.

»Sie haben sie verdient, Major – und noch viel mehr«, antwortete Elliott. »Sie werden uns allen sehr fehlen. Aber ich bin sicher, daß Sie gut zurechtkommen werden.«

»Was haben Sie mit der Fi-170 vor, Sir?«

»Alle leugnen, daß sie jemals existiert hat«, berichtete der General. »Die Russen wollen sie nicht, die Litauer wollen sie nicht, also werd' ich sie behalten. Wenn Sie zurückkommen, können Sie sie haben.«

»Bloß nicht!« wehrte Dave ab. »Mir tut's leid, daß ich jemals damit zu tun gehabt habe. Ich bin nur froh, daß *wir* sie dann eingesetzt haben.«

Sie schüttelten einander die Hände. »Also bis dann, Sir«, sagte Luger.

»Wir sehen uns bald wieder«, behauptete Elliott zuversichtlich. »Die Sicherheitsüberprüfung ist schneller vorbei, als Sie glauben. Und ich kümmere mich um Sie. Lassen Sie sich von Markwright nicht verscheißern.«

»Das haben schon Bessere versucht«, antwortete Luger lächelnd. »Mit dem komme ich auch zurecht.«

Paul White, Kelvin Carter, der litauische Leutnant Litwy, Gunny Lobato und weitere Offiziere und Ingenieure kamen heran, um sich zu verabschieden. Als das Gedränge so groß wurde, daß der Krankenwagen umzingelt war, forderten die beiden Sicherheitsbeamten die Anwesenden energisch auf, zurückzutreten. Diese Aufforderung wurde widerstrebend befolgt. Zuletzt traten Ormack, Briggs und McLanahan vor, um sich zu verabschieden. »Ich weiß gar nicht, wie ich euch dafür danken soll, daß ihr mir das Leben gerettet habt«, sagte Dave. »Das Ganze ist noch immer ein Traum – ein unglaublicher Traum.«

»Wir drängen auf deine frühzeitige Entlassung – und fordern Besuchsrecht und Korrespondenzrecht«, versicherte ihm Ormack. »Keine Sorge, wir bringen diesen Schweinehunden in Washington bei, daß sie einen Helden eingelocht haben!«

»Wenn's sein muß, werden wir richtig massiv«, fügte Briggs hinzu. »Ich bin so sauer, daß ich mir den Präsidenten persönlich vorknöpfen könnte!«

Dave rang sich ein Lächeln ab. »Mit solcher Unterstützung kann mir ja gar nichts passieren.«

Zuletzt standen sich nur noch Luger und McLanahan gegenüber. Die beiden umarmten sich. »Schlimmer hätt's nicht kommen können«, sagte McLanahan. »Wir haben dich verloren, dann wiedergefunden und jetzt noch mal verloren... Scheiße.«

»Ihr habt mich nicht verloren«, widersprach Luger. Da er auf keinen Fall weinen wollte, lächelte er. »Weißt du noch, mit welchem Argument du mich damals hergelockt hast, Patrick? Du hast gesagt, das sei eine einmalige, unvergeßliche Chance. Nun, damit hast du recht gehabt.«

»Großer Gott, ich hab' dich immer bloß reingeritten, was?« fragte McLanahan. »Erst die *Old Dog*, dann der *Tuman*... was kommt als nächstes?«

»Ich bin schon gespannt«, sagte Luger. Er machte eine Pause und sah zu den Sicherheitsbeamten hinüber, die offenbar die Hecktüren schließen wollten. »Was mir auch bevorsteht«, er seufzte, »es wird bestimmt ein Abenteuer. Leb wohl, Patrick. Wir sehen uns wieder ... irgendwann.« Er drehte sich um und stieg ein.

Patrick wollte mit ins Fahrzeug klettern, aber die Sicherheitsbeamten hielten ihn zurück. »Lassen Sie mich wenigstens mit ihm zur Maschine rausfahren!«

»Der einzige, der mit ihm fährt, ist der Doc«, knurrte einer der Sicherheitsbeamten.

»Ach, scheren Sie sich zum Teufel!« explodierte McLanahan, während sich Dave Luger auf der fahrbaren Krankentrage ausstreckte und von dem HAWC-Stabsarzt untersucht wurde. McLanahan stieß den Wärter beiseite und versuchte, in den Krankenwagen zu klettern.

Der Sicherheitsbeamte zog ihn energisch zurück. »Hiergeblieben, Oberst, sonst müssen wir Sie verhaften. Und das täte mir verdammt leid.«

»Ich darf nicht mal mit ihm zum Flugplatz *rausfahren*? Was soll der Scheiß, ihr Arschlöcher?«

»Befehl«, sagte der zweite Mann knapp und hielt ihn am anderen Arm fest.

McLanahan sah zu Luger hinüber, der den Kopf schüttelte. »Laß es sein. Patrick. Wir sehen uns wieder. Das ist keine Verhaftung wert.« Dave lächelte, winkte den draußen Versammelten zum Abschied zu und streckte sich für die kurze Fahrt auf der Krankentrage aus.

Die Türen wurden zugeknallt, und das Fahrzeug rollte mit heulendem Motor an. Die Sicherheitsbeamten hielten McLanahan fest, bis der Krankenwagen neben der C-22B hielt und Luger über die hintere Fluggasttreppe an Bord getragen worden war. McLanahan fiel auf, daß Lugers Gesicht mit einem weißen Laken bedeckt und völlig unsichtbar war.

»Unglaublich!« fauchte McLanahan.

»Mit Dave ist alles in Ordnung, Patrick«, sagte Elliott. Er machte den Sicherheitsbeamten ein Zeichen, McLanahan loszulassen, was sie taten, sobald Luger an Bord und die hintere Tür geschlossen war. Ihr Blick glitt über die Männer und Frauen hinweg, die noch vor dem Abfertigungsgebäude versammelt waren. Einige Leute waren bereits gegangen – auch der junge Offizier in ausländischer Uniform, der ihnen aufgefallen war.

Aber irgendwas stimmte hier nicht ganz...

»Baker, hier Markwright«, sagte plötzlich eine Stimme. Einer der Sicherheitsbeamten zog ein Handfunkgerät aus der Innentasche seiner Jacke. »Wie sieht's bei Ihnen aus?«

»Hier Baker. Leichte Schwierigkeiten mit einem der Offiziere – einem gewissen McLanahan.«

»Alles unter Kontrolle?« fragte Markwright aus dem Flugzeug.

Der Sicherheitsbeamte zögerte, weil er noch immer an Gesichter dachte, die nicht mehr zu sehen waren, aber dann antwortete er: »Yeah, alles klar.«

»Wir sind startbereit. Kommen Sie an Bord, damit wir losfliegen können. Ende.«

»Baker verstanden.« Die beiden Sicherheitsbeamten trabten zum Flugzeug und waren erleichtert, von dieser feindseligen Gruppe wegzukommen.

»Wir überwachen ihn, Patrick«, sagte Elliott gerade. »Machen Sie sich keine Sorgen. Wir kümmern uns um ihn.«

»Woher wissen Sie, wohin er gebracht wird? Haben Sie eine Wanze ins Flugzeug geschmuggelt?«

»Daran haben wir gedacht«, gab Briggs zu. »Wir haben versucht, die Maschine von NIRTSats orten zu lassen, Dave einen Minisender einzupflanzen oder jemanden bei der NSA zu bestechen. Alles negativ. Nein, Dave hat garantiert nichts zu lachen, bis die Sicherheitsüberprüfung abgeschlossen ist.«

»Aber das dauert Jahre! Mindestens sechs Jahre, bevor der Ausschuß zusammentreten kann – und danach wer weiß wie viele weitere Jahre?«

»Nun, bis dahin sind Sie längst General«, sagte Elliott, »vielleicht sogar Vorsitzender der Vereinten Stabschefs oder sogar Präsident. Dann können *Sie* darüber entscheiden.«

»Dave hat Angst gehabt, jemand könnte es auf ihn, womöglich auch auf *uns* abgesehen haben«, berichtete McLanahan. »Er hat Angst gehabt, zuviel zu wissen und deshalb *nirgends* mehr sicher zu sein. Brad, wir müssen dringend etwas unternehmen, damit er...«

»Im Augenblick können wir nichts tun, Patrick«, wehrte Elliott ab. »Sie müssen einfach Geduld haben.«

Sie beobachteten, wie die Triebwerke der C-22B angelassen wurden und die Maschine zum Start rollte und wenig später abhob. Als das Flugzeug außer Sicht kam, ging die Gruppe langsam auseinander. Wendy Tork ergriff Patricks Hand, und er begleitete sie schweigend zu ihrem Wagen.

Zuletzt standen nur noch Paul White, Gunnery Sergeant Lobato und Brad Elliott auf dem Vorfeld. Nach längerem Schweigen sagte der General: »Paul, José, ich möchte Ihnen für alles danken. Ich werde niemals vergessen, was Sie für mich und meine Einheit getan haben.«

»Wir haben uns gefreut, Ihnen helfen zu können, General«, antwortete White. Er legte Lobato eine Hand auf die Schulter und fragte grinsend: »War doch toll, was?«

»Allerdings, Sir. Allerdings!« Der Sergeant ging zu ihrem Dienstwagen voraus, so daß White mit Elliott zurückblieb.

Der General wartete, bis alle außer Hörweite waren, bevor er White fragte: »Wissen Sie schon, wohin der Flug geht?«

»Noch nicht«, antwortete Paul White. »Aber in zehn Minuten kann ich's Ihnen sagen.«

»Okay.« Elliott machte eine Pause. Sie beobachteten, wie der HAWC-Krankenwagen langsam zurückkam und ohne zu halten an ihnen vorbeifuhr. Der Stabsarzt auf dem Beifahrersitz nickte Elliott zu, der daraufhin zu Paul White sagte: »Dieser Leutnant Litwy ist wirklich ein prima Kerl, nicht wahr?«

»Ja, das ist er«, stimmte White zu. »Das ist er wirklich.«

Oval Office des Weißen Hauses, Washington D. C.
28. April, 17.44 Uhr

Auch diese letzte Stabsbesprechung, bevor der Präsident sein Abendessen einnahm, drehte sich um das Hauptthema der vergangenen Tage: die Presseberichterstattung über die Ereignisse in Litauen und Weißrußland.

»Case, meinetwegen können Sie, solange Sie wollen, behaupten, ich müßte mir keine Sorgen machen«, sagte der Präsident zu seinem Stabschef, »aber ich werde auf Schritt und Tritt mit Fragen verfolgt. Die Presse ist hinter der Story her, daß wir Bomber zur Unterstützung litauischer Angriffe in Weißrußland eingesetzt haben. Was soll ich darauf antworten? Weiter alles abstreiten? Sollte das jemals rauskommen, stehe ich als völliger Idiot da.«

»Die Sache schläft garantiert von selbst wieder ein, Sir«, versicherte ihm Case Simmons. »Die Geschichte ist vor zwei Tagen gerüchteweise aufgekommen, aber bisher von niemandem bestätigt worden. Wir haben zugegeben, daß Marines und Special Forces in Litauen im Einsatz gewesen sind, aber für die EB-52-Einsätze gibt's keinerlei Beweise. In manchen Meldungen ist von amerikanischen Bombern die Rede, dann wieder von ukrainischen Bombern, sogar von einem russischen Stealth-Bomber... Niemand weiß Bescheid, Sir. Die Aufregung legt sich bald wieder.«

»Das will ich hoffen!« ächzte der Präsident. »Ich hab' die Ausfragerei satt. Herrje, wir müssen unsere Beziehungen zu den osteuropäischen Staaten neu ordnen, und ich kann nicht arbeiten, solange mich die Presse mit Fragen nach Bombereinsätzen löchert.« Er lächelte plötzlich. »Allerdings muß ich zugeben, daß wir ohne Elliott kaum eine Chance gehabt hätten – das alte Schlachtroß hat uns gerettet. Wieder mal.«

»Stimmt«, bestätigte sein Stabschef mit schiefem Lächeln.

Dann klopfte jemand an, und Sicherheitsberater George Russell wurde ins Oval Office eingelassen. Er stürmte mit hochrotem Gesicht herein und baute sich vor dem Schreibtisch des Präsidenten auf.

»George, was ist passiert?« fragte der Präsident besorgt.

»Dieser verdammte Elliott!« explodierte Russell. »Er hat's wieder mal geschafft! Er... er... Das soll der Scheißkerl mir büßen!«

Präsident und Stabschef starrten Russell an. »Ganz ruhig, George«, forderte der Präsident ihn auf. »Was hat Elliott dir getan?«

Russell knirschte mit den Zähnen. »Dieser verrückte Hundesohn hat uns den falschen Mann untergejubelt! Auf der Fahrt zum Flugzeug ist Dave Luger gegen Fryderyk Litwy, den litauischen Überläufer, den wir letzten November rausgeholt haben, ausgetauscht worden. Der verdammte Arzt muß mit denen unter einer Decke gesteckt haben!«

»Welcher Arzt?«

Russell machte ein finsteres Gesicht. »Oh, einer von Elliotts Stabsärzten. Litwy muß sich im Krankenwagen in der Gerätekiste versteckt und unterwegs seinen Platz mit Luger getauscht haben. Aber

Brad Elliott kann sich auf was gefaßt machen! Diesmal hat er den Bogen überspannt. Er bildet sich ein, mit *allem* durchzukommen, aber damit ist endgültig Schluß! Sir, ich bestehe darauf, daß er vor ein Kriegsgericht gestellt wird. Ich...«

Der Präsident lachte jetzt so schallend laut, daß Russell im Begriff zu sein schien, sich vor Frustration die Haare zu raufen.

»Sir, ich verstehe nicht, was daran witzig sein soll...«

Aber der Präsident winkte, nach Luft schnappend, ab. »Schon gut, George. Schon gut. Vergessen Sie die Sache einfach.«

»*Was?* Aber, Sir, Elliott...«

»... kümmert sich um Luger und sorgt dafür, daß er erst wieder auftaucht, wenn die Sicherheitsprüfung abgeschlossen ist. Er weiß, was für seine Leute am besten ist, George. Das hat er schon immer gewußt. Natürlich ist er ein Hundesohn – aber wenigstens ist er *unser* Hundesohn!«

Tatsächlich veröffentlichte Meldungen

Washington Post, 8. Dezember 1991 – Die Führer Rußlands, der Ukraine und Weißrußlands haben heute offiziell die Auflösung der Sowjetunion bekanntgegeben und zugleich mitgeteilt, sie hätten sich darauf geeinigt, diese durch eine »Gemeinschaft unabhängiger Staaten« zu ersetzen.

Der Entschluß, die von Kommunisten geschmiedete 69jährige Union aufzulösen und die Aktivitäten aller sowjetischen Regierungsorgane einzustellen, wurde in Abwesenheit des sowjetischen Präsidenten Michail Gorbatschow während eines Geheimtreffens in einer weißrussischen Jagdhütte nahe der polnischen Grenze gefaßt.

Gorbatschow, dessen verfassungsgemäße Stellung als Präsident und Oberbefehlshaber der vier Millionen Mann starken sowjetischen Streitkräfte damit im gesamten slawischen Kernbereich der ehemaligen sowjetischen Supermacht in Frage gestellt worden ist, hat sich bisher noch nicht zu dieser Entwicklung geäußert.

In Washington hat Außenminister James A. Baker III in einem Fernsehinterview festgestellt, daß »die Sowjetunion, wie wir sie gekannt haben, nicht mehr existiert«, zugleich aber hat er vor der weiterbestehenden Gefahr eines Bürgerkriegs inmitten der Ruinen des sowjetischen Imperiums gewarnt.

New York, Times, 24. Dezember 1991 – ... obwohl die Atomwaffenfrage in der neuen Gemeinschaft unabhängiger Staaten Gegenstand beunruhigender Versprechungen aus dem Kreml bleibt, müssen ihre entscheidend wichtigen Details von der neuen Gemeinschaft erst noch ausgearbeitet werden.

Die Führer der Republiken werden am Sitz der Gemeinschaft in Minsk zusammenkommen, um zu versuchen, ihre unterschiedlichen Auffassungen in bezug auf die Bildung eines gemeinsamen Verteidigungsrats, der nicht allzusehr an die alte Union erinnert, auf einen gemeinsamen Nenner zu bringen. Außerdem müssen sie mit Widerstand vieler ehemaliger Sowjetrepubliken gegen einen Plan rechnen, der vorsieht, Rußland letztlich zum Garanten der Abrüstung und Verwalter des gesamten sowjetischen Atomwaffenarsenals zu machen.

Washington Post, 20. Februar 1992 – Eine als Grundlage für die Haushaltsplanung des Pentagons bis zum Ende dieses Jahrhunderts erstellte Geheimstudie präsentiert Rußland als größte potentielle Gefahr für die vitalen Interessen Amerikas und geht davon aus, daß sich die Vereinigten Staaten an die Spitze eines NATO-Gegenangriffs stellen würden, falls Rußland in Litauen einmarschiert.

Eine militärische Intervention der Vereinigten Staaten in Litauen, die Jahrzehnte amerikanischer Zurückhaltung in der baltischen Einflußsphäre der ehemaligen Sowjetunion beenden würde, ist eine von sieben hypothetischen Kriegsmöglichkeiten, die das Pentagon untersucht hat, um den Streitkräften zu helfen, ihren Umfang bis über 1999 hinaus richtig einzuschätzen und zu rechtfertigen. In dieser Studie wird kein bestimmter Konflikt vom Pentagon angenommen oder vorhergesagt.

Der Fall Litauen sähe einen Land-, See- und Luftkrieg vor, in dem 24 NATO-Divisionen, 70 Jagdstaffeln und sechs Trägerkampfgruppen die russische Kriegsmarine »in der östlichen Ostsee einsperren«, Nachschubverbindungen in Rußland bombardieren und Panzerkräfte einsetzen, um die russischen Truppen aus Litauen zu vertreiben. Obwohl die Verfasser behaupten, ein nuklearer Gegenschlag Rußlands sei unwahrscheinlich, bleiben sie eine Begründung für diese Annahme schuldig. Der nicht als geheim eingestufte Entwurf einer Einleitung zu den sieben Fallschilderungen bezeichnet diese als »Illustration« der Aufgaben, die in den nächsten Jahren auf das amerikanische Militär zukommen könnten, und fügt hinzu: »Sie sind weder prophetisch noch erschöpfend.«

Das Fallbeispiel Litauen stuft die Wahrscheinlichkeit eines Krieges mit Rußland als »gering« ein, fügt aber hinzu, politische und wirtschaftliche Spannungen »könnten die politische Führung dazu zwingen, scheinbar irrationale Entscheidungen zu treffen«, und behauptet, ein russischer Einmarsch in Litauen sei »aufgrund jüngster Ereignisse in der früheren Sowjetunion wahrscheinlich«.

Noch verblüffender für staatliche und private Analytiker ist die in diesem Schriftstück vom Pentagon gebrauchte Klassifizierung Litauens als zur Sphäre »vitaler Interessen Amerikas« gehörig. Im politischen Sprachgebrauch bezeichnet das traditionell Bereiche, die die amerikanische Regierung notfalls mit militärischer Gewalt schützen würde. Obwohl das Dokument mit dem Titel »1994–1999 Defense Planning Guidance Scenario Set for Final Coordination« diesen Ausdruck auf Litauen anwendet, gibt es keinen direkten Verweis auf die offizielle US-Politik.

Mit nationalen Sicherheitsfragen befaßte Fachleute außerhalb des Pentagons haben darauf hingewiesen, daß die Vereinigten Staaten die Annexion der baltischen Staaten durch die Sowjetunion im Zweiten Weltkrieg nie anerkannt, aber sich aus Angst vor einem Atomkrieg mit Einmischungen in diesem Gebiet zurückgehalten haben.

Jährlicher Bericht an den Präsidenten und den Kongreß von Verteidigungsminister Dick Cheney, Februar 1992 – Special Operations Forces – Sonderverbände, kurz: SOF – leisten einen wichtigen Beitrag zu strategischer Abschreckung und Verteidigung. Die fortdauernde Weiterverbreitung von Massenvernichtungswaffen und der dazugehörigen Trägersysteme droht, die strategische Stabilität zu unterminieren ... Die speziellen Aufklärungs- und Eingreifkapazitäten von SOF können helfen, entsprechende Lagereinrichtungen, Kontrollmechanismen und andere strategisch wichtige Einrichtungen aufzufinden und zu zerstören ... SOF gehören zu den wenigen Instrumenten, die verfügbar sind, wenn es auf genau kontrollierbare Gewaltanwendung gegen die nukleare Waffenkapazität eines Gegners ankommt.

Associated Press, 12. März 1992 – Wie der russische Vizepräsident am Mittwoch bestätigt hat, sind in den ehemaligen Sowjetrepubliken Armenien und Aserbeidschan, die wegen der Enklave Nagorni-Karabach in erbitterte Kämpfe verstrickt sind, Atomwaffen gelagert.

Um welche Atomwaffen es sich dabei handelt, ist nicht bekannt, obwohl Fachleute davon ausgehen, daß dort taktische oder »Gefechtsfeld«-Waffen lagern.

Bee News Services, 13. März 1992 – Neue Befürchtungen in bezug auf die Sicherheit des Atomwaffenarsenals der ehemaligen Sowjetunion wurden am Donnerstag laut, als die Ukraine ankündigte, sie habe die Rückgabe von Nuklearwaffen an Rußland zur Verschrottung eingestellt.

Perfiljow, der Berater des russischen Vizepräsidenten, beschuldigte den ukrainischen Präsidenten Krawtschuk, die Atomwaffen zu mißbrauchen, um die Unabhängigkeit der Ukraine zu demonstrieren, und kündigte eine scharfe Reaktion Rußlands an.

Anmerkung

Dieser Roman verfolgt nicht den Zweck, tatsächliche Taktiken, Ansichten, Verfahren, Ausrüstungen oder Fähigkeiten der amerikanischen Regierung, des U.S. Marine Corps, des U.S. Special Operations Command oder der amerikanischen Rüstungsindustrie zu beschreiben oder zu erläutern. Die in *Nachtflug* geschilderten Handlungsabläufe, militärischen Einheiten, Ausrüstungen und Taktiken sind lediglich Produkte meiner Phantasie. Ich habe mich sehr um eine exakte Darstellung bemüht, aber dieses Buch ist ein Roman, und die von mir beschriebenen Personen, Einheiten, Ausrüstungen, Handlungsabläufe und Taktiken können und sollen die Wirklichkeit nicht genau wiedergeben. Ich hoffe, daß es mir gelungen ist, unseren Special Operations Forces etwas Gerechtigkeit angedeihen zu lassen (zumindest so viel, daß sie's jetzt nicht auf *mich* abgesehen haben!), aber es ist nicht meine Absicht gewesen, stellvertretend für sie ihre Geschichte zu erzählen. Ich hoffe, eines Tages dafür qualifiziert zu sein.

Ich halte nicht sonderlich viel von Fortsetzungsromanen, aber ich lasse gern viele Personen aus früheren Romanen erneut auftreten, denn sie gleichen alten Freunden. Orte und Handlung dieses Romans haben nichts mit meinen übrigen Büchern zu tun; zeitlich ist die folgende Handlung jedoch nach *Höllenfracht* und *Der Tag des Falken*, aber vor *Antares* und *Flug in die Nacht* einzuordnen.

Den Bomber B-1B bezeichne ich weiter als »Excalibur«, obwohl die U.S. Air Force ihm den Spitznamen »Lancer« gegeben hat.

Danksagung

Wenn man sich mit militärischer Ausrüstung beschäftigt, kann man nicht alles aus Büchern lernen – man muß irgendwann einen Schießstand besuchen, eine Waffe zur Hand nehmen und losballern. Ich hatte das Glück, Unterstützung von den Besten zu erfahren. Das verdanke ich Jefferson »Zuma Jay« Wagner, dem Vorsitzenden von Movie Arms Management, Inc., und seinen Partnern Ben Sherrill und Jared Chandler (»Razor« im Film *Flight of the Intruder*), die mit mir unterwegs waren und mir zeigten, wie man einige der Waffen einsetzt, über die ich in *Nachtflug in die Hölle* berichte. Das war eine Erfahrung, die ich nie vergessen werde. Vielen Dank auch an Bill Hazen, ebenfalls von Movie Arms Management, der mir viele Details über die Einsatzstrategie der U.S. Special Forces verraten hat, die sich in den Szenarien wiederfinden, die ich mir für dieses Buch ausgedacht habe.

Special Operation ist eine sehr weitgefächerte Abteilung, und nahezu alle dort haben mir geholfen.

Obwohl das U.S. Marine Corps offiziell nicht zum U.S. Special Operations Command gehört, bildet es normalerweise die Speerspitze bei militärischen Einsätzen in Übersee, und entsprechend groß sind Wissen und Talent der Soldaten – ich hoffe, ich habe der Zeit und Aufmerksamkeit, die sie mir erwiesen haben, Gerechtigkeit getan. Ich möchte mich bei Major Mark Hughes und Chief Warrent Officer Charles Rowe, USMC Presseabteilung in New York, für viele hilfreiche Informationen über Einsätze des Marine Corps in Übersee bedanken. Herzlichen Dank auch an First Lieutenant Mike Snyder, der mich tonnenweise mit Informationen über Waffen und Ausrüstung des Marines Corps versorgt hat.

Dank gebührt auch First Lieutenant Todd Yeatts, Mitarbeiter der Presseabteilung des Marine Corps Recruiting Depot, Parris Island,

S. C. Als ich Informationen über das Trainingslager der USMC brauchte, zog Todd mit einer Videokamera los und nahm ohne Murren einen ganzen Parcours für mich auf. Ein echter amerikanischer Marine!

Ebenfalls bedanken möchte ich mich bei Colonel Terry Meehan, Presseabteilung des Verteidigungsministeriums, für die Informationen, die er mir über das U.S. Special Operations Command geben konnte; bei Lieutenant Colonel Les Grau und Lieutenant Colonel Tim Thomas im Office of Foreign Military Studies, Fort Leavenworth, Kansas, für Daten die sowjetische Truppenentwicklung in den baltischen Staaten, den Republiken des Commonwealth und der ehemaligen UdSSR betreffend; Kent Lee und Dr. Jacob Kipp, Militärhistoriker mit Spezialgebiet Rußland in Fort Leavenworth; und Peter Ernest, Presseabteilung der Central Intelligence Agency.

Herzlichen Dank an Army Staff Sergeant Vincent Lobello, California Air National Guard, Mather AFB, Kalifornien für eine Wahnsinnstour durch das Cobra-Kampfflugzeug AH-1 und eine Erläuterung der aus dem Einsatz von Nachtsichtgeräten resultierenden taktischen Entscheidungen.

Dank an Captain Kimberley Urie, U.S. Air Force, und Shirley Sikes, Presseabteilung des Air Force Special Operations Command, Flugplatz Hulburt, Florida, für Informationen über die Flugzeuge des Special Operations Command, die Waffen und die Einsatzstrategie; und an Major Norm Hills, MH-53J-Helikopter-Pilot, Captain Randy Garratt, AC-130-Kampfflugzeug-Pilot; und an Captain David Tardiff, MC-130-Elektronik-Offizier, für die Hilfe ihre speziellen Einsatzbereiche betreffend, und für konstruktive Kritik an meinem Manuskript.

Danke an Jeff Richelson, Autor von *Sword and Shield*; an Amy Knight in der Kongreßbibliothek; an David Colton von der Anwaltskanzlei White & Case, New York City, für Informationen über die paramilitärischen Einheiten der Sowjets; an William E. Burrows, Autor von *Deep Black* und *Exploring Space* für Informationen über die Nachrichtensatelliten des Verteidigungsministeriums; an David McClave und Ronald Grimm in der Kongreßbibliothek; an Ian Cuthbertson im Institute for East-West-Studies; an David Shakley, Magnavox Defense Group, Inc.; an Caroline Russell, Boeing Aircraft Inc. Product Support Division; und an Mr. Evan H. Whildin von Colt's Manufacturing Co., Inc.

Eine großartige Informationsquelle über Sondereinsätze des U.S.

Marine Corps ist das Buch *Strike Force* von Agostino von Hassell, erschienen bei Howell Press. Grundlegendes Wissen über die Ausbildung und Geschichte des Marine Corps vermittelt *The Marine Book* von Chick Lawliss, erschienen bei Thames & Hudson.

Teil meiner Recherchen für dieses Buch war eine Reise in die Sowjetunion und die baltischen Staaten, die ich im April und Mai 1991 unternahm. Dank an Jurga Sakalauskaite, Reiseführerin bei GT International, dem ersten privaten Reisebüro in Litauen, für die Informationen über Litauen, Wilna und die baltischen Staaten. Dank auch an Intourist, das Reisebüro der sowjetischen Regierung, und an seine Repräsentanten, für die Offenheit und Ehrlichkeit ihr Land betreffend, sowie über den Status und die Zukunft der GUS-Staaten.

Die beste mir bekannte Quelle für historische, kulturelle und geographische Informationen über die baltischen Staaten ist *A Guide to the Baltic States*, herausgegeben von Ingrida Kalnis bei Inraods.

Ein steter Quell von Information, Moral, Inspiration und Ermutigung waren Lieutenant General Robert Beckel, Kommandeur des 15. Air Force Stretegic Air Command (bald ein Teil des USAF Air Mobility Command); Major General James Meier, stellvertretender Kommandeur des 15. Air Force Strategic Air Command; sowie Lieutenant Colonel Fredryc Lynch, Mitarbeiter der Presseabteilung des 15. Air Force Stretegic Air Command, March Air Force Base, Riverside, Kalifornien. Sie haben mir unsagbar geholfen, indem sie in den vergangenen Monaten ihre Zeit und die Freude an ihrer Arbeit mit mir geteilt haben.

Es war sehr aufregend zu versuchen, gleichauf mit den Veränderungen in der alten Sowjetunion zu bleiben, und ohne Hilfe wäre mir dies nicht gelungen. Wie immer möchte ich meiner Frau Jean danken, die mir half, diese Story auszubrüten; meinem Lektor und Freund George Coleman bei Putnam; und ganz besonders meinem Assistenten und Freund Dennis T. Hall, der meine Informanten ausfindig machte, ans Telefon ging, meine Quellen und Kontakte überprüfte und mir half, eine sich schnell verändernde Politszene im Griff zu behalten. Ich kann kaum erwarten, was als nächstes geschieht...

Dale Brown
Folsom, CA
März 1992

BLANVALET

HOCHSPANNUNG BEI BLANVALET

Explosive Thriller von Bestseller-Autoren!

D. Mason. Das IRIS-Projekt
35204

A. Hailey. Der Ermittler
35211

F.P. Wilson. Der Spezialist
35194

C. Cussler. Schockwelle
35201

BLANVALET

ELEKTRISIERENDE FRAUEN-THRILLER BEI BLANVALET

Spannung bis zum letzten Atemzug!

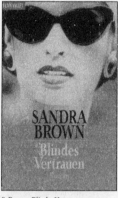

S. Brown. Blindes Vertrauen
35134

L. Howard. Vor Jahr und Tag
35152

G. Hunter. Die betrogene Frau
35127

R. Majer Krich. Bis zum letzten Atemzug
35110

BLANVALET

JEFF LONG

Zehn Männer und zwei Frauen wollen ihren Traum wahr machen – die Bezwingung des Mount Everest. Aber in eisigen Höhen ist der Grat zum Alptraum schmal...

»Eine großartige Darstellung menschlicher Schicksale vor der majestätischen Bergwelt des Himalaya.«
Publishers Weekly

Jeff Long. Tödliches Eis   35151